Knaur

Über den Autor:

Windsor Chorlton wurde in Nordengland geboren. Nach langer Verlagstätigkeit gab er diesen Beruf zugunsten der Schriftstellerei auf. Chorlton lebt mit seiner Frau und einer Tochter in Dorset, Südengland, und widmet sich neben dem Schreiben der Falknerei.

Windsor Chorlton

# Datumsgrenze

Roman

Aus dem Englischen
von Dagmar Roth

Knaur

Die englische Originalausgabe erschien unter dem Titel
»Latitude Zero« bei Orion Books Ltd., London

Besuchen Sie uns im Internet:
www.droemer-knaur.de

Vollständige Taschenbuchausgabe Dezember 1999
Droemersche Verlagsanstalt Th. Knaur Nachf., München

Umschlaggestaltung: Agentur ZERO, München
Umschlagabbildung: The Image Bank, München
Satz: Ventura Publisher im Verlag
Druck und Bindung: Ebner Ulm
Printed in Germany
ISBN 3-426-61148-1

2 4 5 3 1

*Für*
*Alan Lothian und Mike Newth*

Nicht in Utopia – versteckten Feldern –
Oder irgendeiner verborgenen Insel, der Himmel weiß wo.
William Wordsworth, *Das Präludium*

Wir werden jetzt den Kampf ums
Dasein ein wenig ausführlicher erörtern.
Charles Darwin, *Von der Entstehung der Arten*

Am 14. Dezember um 16.47 Uhr fing der Funkoffizier vom Dienst der *Gloriana* einen sos-Ruf auf, der bei 5.50 Grad südlicher Breite und 113.39 Grad östlicher Länge geortet werden konnte, einem Punkt ungefähr 80 Meilen nördlich von Java und zwei Tagesreisen entfernt von Singapur, dem nächsten Anlaufhafen. Der Funkoffizier informierte den wachhabenden Offizier, der wiederum die Information an den Nachrichtenoffizier weitergab. Dieser entschied, der Notruf rechtfertige es, den Kapitän beim Tennisspielen zu stören.

Geoffrey Ainsley, Herr über das luxuriöseste Kreuzfahrtschiff der Welt, hatte den ersten Satz verloren und servierte eben zum zweiten, den er unbedingt nach Hause bringen wollte, als Ancram an der Seitenlinie auftauchte. In Gegenwart von Passagieren wurde von Ainsleys Offizieren die Kunst der nonverbalen Kommunikation erwartet, wie sie gewöhnlich nur Kasinobosse beherrschten, und aus der auf elegant getrimmten Schrägstellung von Ancrams Augenbrauen schloss der Kapitän, seine momentane Beschäftigung sei nicht wichtig genug, als dass er die Sache bis nach seinem Punktgewinn auf sich beruhen lassen konnte.

»Spiel abgegeben«, rief er seinem Gegner zu. »Ich fürchte, die Pflicht ruft.« Mit einem jovialen Lächeln, seiner Ansicht nach die Miene eines souveränen Hoteliers, schlenderte er lässig vom Spielfeld. »Was gibt's, Stephen?«

»Ein Notruf über Funk. Wir haben das Boot auf dem Radar. Klein, vermutlich ein Fischerboot, ungefähr dreißig Meilen Süd-Südost.«

»Was haben die für Schwierigkeiten?«, erkundigte sich Ainsley, während er sein Gesicht mit einem Handtuch abtrocknete.

»Keine Ahnung. Sie reagieren nicht auf unsere Funksprüche.«

Ainsley steckte seinen Schläger in die Hülle und zog den Reißverschluss zu. »Außer uns noch Schiffe in der Gegend?«

»Wir sind am nächsten dran. Das Signal war sehr schwach. Ich vermute, außer uns hat es niemand aufgefangen.«

Ainsley blickte nach Backbord. Da drüben lag Java, die Küstenlinie war an der Formation zusammengeballter dicker Wolken erkennbar. Eigentlich hätte die Entscheidung zur Einleitung der Rettungsaktion keines weiteren Nachdenkens bedurft, aber wenn man für die Sicherheit und das Wohlbefinden von achthundert Seelen verantwortlich war, die praktisch alle sehr wohlhabend waren – einige sogar im Besitz der privaten Telefonnummern von Kongressabgeordneten und Ministern –, dann war gar nichts einfach. Dies war Ainsleys letzte Fahrt vor dem Ruhestand und er wollte seine berufliche Laufbahn ohne jeden Makel beenden. Er holte mit seinem Schläger zu einem Rückhandschlag aus. »Sehr schön. Sehen wir nach. Ich komme in ein paar Minuten zu Ihnen auf die Brücke.«

Bis er sich geduscht und umgezogen hatte, betrug die Entfernung zum Boot nur mehr zwölf Meilen. Es war jetzt durch einen starken Feldstecher erkennbar, durch den es ausssah wie ein Insekt. Bei acht Meilen identifizierte es Ainsley als Schoner primitiven Schnitts mit charakteristischem Rigg – wie eine Dhau, mit scharf vorstehendem Bug und hohem Heck. Die Segel waren schwarz.

»Nicht aus dieser Gegend«, bemerkte er. »Haben Sie von den Bugis gehört?«

»Bugis?«

»Piraten aus Sulawesi. Zumindest waren es Piraten, als ich zum ersten Mal diese Gewässer befuhr.« Ainsley senkte das Glas. »Scheint mir angebracht, dass Sie Ihren Freund von der Sicherheit bitten raufzukommen. Und treiben Sie einen Dolmetscher auf.«

Vor der ruhigen, enzianblauen See zeichneten sich die Konturen des Schoners deutlich ab. Das Boot lief unter Motor – einer kraftvollen Maschine. Ainsley konnte drei Gestalten auf Deck ausmachen und eine unter einer Persenning festgezurrte Ladung.

»Paddy ist da.«

»Ah, Paddy.«

Nur eine gewisse Wachsamkeit in der Miene verriet den Beruf des Mannes. Ainsley reichte ihm seinen Feldstecher. »Wir haben von dem Boot da vorn einen SOS-Notruf aufgefangen, wissen aber nicht, welches Problem sie haben. Liegt irgendein Grund vor, warum wir ihnen aus dem Weg gehen sollten?«

»Keine nachrichtendienstlichen Warnungen«, antwortete Paddy. »Aber so, wie die Welt nun einmal beschaffen ist ...« Es war nicht nötig, den Satz zu vollenden. Je näher die Jahrtausendwende rückte, desto eifriger versuchten alle möglichen Gruppierungen ihre Philosophien vom Jüngsten Gericht in Erfüllung gehen zu lassen. Er stellte die Schärfe ein und blickte lange durch das Glas. »Trimm gleichlastig, auf Deck alles in Ordnung, läuft schön. Ist weit davon entfernt, zu sinken.«

»Ganz recht. Ich bin mir zwar sicher, dass es überflüssig ist, aber vielleicht könnten Sie doch dafür sorgen, dass sich Ihre Mannschaft in Bereitschaft hält. Höchste Diskretion, natürlich.« Ainsley wandte sich an seinen Ersten Offizier. »Halten Sie den Bugbereich frei, mit Ausnahme von Paddys Männern. Wir nähern uns achtern bis auf Rufweite.«

Ein junger Asiate, der aussah wie ein Student, trat zögernd an die Tür. »Das ist Syed, Sir, der Dolmetscher. Ich habe ihm die Situation erklärt.«

«Immer herein, Syed. Ich möchte, dass Sie diese Jungs da fragen, was los ist.«

»Sprechen Sie einfach da rein.« Der Funkoffizier deutete auf ein Mikrofon auf der Konsole. »Sie brauchen nicht zu schreien.«

Syed wirkte etwas unsicher. »Wie höre ich denn, was sie sagen?«

»Keine Panik, das geht von selbst.«

Paddy hatte sich in eine Ecke zurückgezogen und sprach murmelnd in das Mikro an seinem Revers. Ainsley konzentrierte sich auf den Schoner, in dessen Bugwelle sich springende Delfine tummelten. Mit zunehmend sich verringernder Distanz wurde der enorme Größenunterschied zwischen den Booten immer augenfälliger. Aus der Höhe wie Zwerge wirkend starrten die Bugi-Segler nach oben, als hätte Gott den Himmel über ihnen geöffnet. Sie trugen beutelige schwarze Hosen und Stirnbänder.

»Auf jetzt, los,«, forderte Ainsley Syed auf.

Passagiere, verblüfft über die gewaltig verstärkte Stimme, die plötzlich über sie hinwegdröhnte, hoben die Köpfe. Die Bugis deuteten hektisch auf ein unter der Heckplane verborgenes Bündel.

»Sieht so aus, als sei einer von der Crew krank«, meinte Ancram. »Vielleicht auch tot.«

Der blecherne Klang von Bahasa-Indonesisch durchdrang die Brücke.

»Haben Sie das verstanden?«, fragte Ainsley den Dolmetscher.

»Er sagt, es sei kein Toter. Eine lebendige Frau. Eine weiße Frau.« Er sah den Kapitän an.

»Fragen Sie, wo sie sie gefunden haben.«

»Irgendwo in Sumatra. Sie wissen nicht, wie das Dorf heißt. Kapitän, sie lassen fragen, ob Sie die Frau übernehmen. Sie sagen, sie sei sehr krank. Sie glauben, sie stirbt bald.«

Ainsley wechselte einen Blick mit seinem Ersten Offizier. »Alle Maschinen stopp, bitte. Syed, sagen Sie ihnen, sie sollen fünfhundert Meter voraus bleiben und auf unser Beiboot warten. Stephen, alarmieren Sie das Krankenhaus.« Ainsley wandte sich an seinen Sicherheitsoffizier. »Paddy, ich nehme an, es handelt sich um einen echten Notfall, da aber Sicherheit oberstes Gebot ist, möchte ich, dass drei Ihrer Leute mit von der Partie sind.«

»Ich gehe selbst.«

»Aber lasst um Gottes willen keine Waffen sehen, sofern es nicht unbedingt notwendig ist.« Ainsley deutete auf das darunter liegende Deck. Passagiere, die Camcorder auf den Schoner gerichtet, säumten die Reling.

»Soll ich Anordnung geben, dass sie da verschwinden?«, erkundigte sich einer der rangniedrigeren Offiziere.

»*Anordnung geben*, Mr Clarke? Wenn Sie zwanzigtausend Pfund für einen Platz auf der Haupttribüne bezahlt hätten, würden Sie ihn dann so einfach aufgeben?«

»Ja, Sir. Ich meine, nein, Sir.«

Obwohl die Maschinen volle Fahrt zurück liefen, brauchte die *Gloriana* fast drei Seemeilen, bis sie an Geschwindigkeit verlor. Währenddessen wurde das Rettungsboot bereitgemacht und die Mannschaft instruiert. Als das Beiboot beim Schoner anlangte, neigte sich der Tag so friedlich dem Ende zu, wie er am Morgen angefangen hatte, die See färbte sich marineblau, der Horizont im Westen leuchtete in papageienbunten Streifen. Paddy hielt den Funkkontakt aufrecht, während er mit der Crew an Bord des Bootes ging.

»Sie haben Holz geladen. Die Leute behaupten, sie hätten die Fracht in Padang aufgenommen und befänden sich auf dem Weg nach Sulawesi.« Ainsley beobachtete, wie Paddy nach achtern ging. »Komme zu der Person.« Ainsley sah, wie er sich bückte. Eine lange Pause folgte. »Weiblich. Etwa Ende zwanzig. Nordeuropäischer Typ. In sehr schlechter Verfassung. Ohne Bewusstsein. Ende.«

»Irgendein Hinweis auf ihre Identität?«

»Nein. Sie ist nackt.«

»Fragen Sie die Leute, ob die ihre Sachen haben.«

»Nein. Sie behaupten, sie hätten sie in diesem Zustand gefunden.«

»Wo?«

»In irgendeinem Dorf. Kann mir nicht vorstellen, dass das einen Namen hat.«

»Versuchen Sie herauszubekommen, was passiert ist.«

Drei Bugis drängten sich gestikulierend um Paddy.

»Kapitän, die sind gehörig durcheinander. Ich würde sagen, ihre Fracht ist nicht ganz koscher. Soll ich das Boot durchsuchen?«

Kapitän Ainsley trug die Verantwortung für sein Schiff und nicht für die Regenwälder dieser Erde. In ein paar Minuten würde es dunkel sein. »Lassen Sie sie in Ruhe. Bringen Sie die Frau an Bord.«

Die Passagiere zeigten mit den Fingern auf die Frau, als sie an Bord des Beibootes gebracht wurde. Als der letzte Matrose in das Boot sprang, brodelte das Wasser unter dem Heck des Schoners auf, er neigte sich stark zur Seite und nahm Fahrt in Richtung Nordost auf. Als das Beiboot längsseits lag und die Frau an Bord gehievt wurde, waren die Bugis bereits außer Rufweite und die schwarzen Segel wurden von der noch dunkleren Äquatornacht verschluckt.

Ainsley wandte sich an Ancram. »Prüfen Sie, ob es Berichte über Boote gibt, die hier in der Gegend vermisst werden. Meiner Meinung nach sollten wir nach einer Jacht suchen.«

Er blieb noch eine Stunde auf der Brücke, bevor er seinen Ersten Offizier bat zu übernehmen. »Ich bin im Krankenhaus.«

Das Schiffslazarett der *Gloriana* war so ausgestattet, dass mit Ausnahme größerer neurochirurgischer Eingriffe jede Operation ausgeführt werden konnte. Zur Zeit wurden ein Kind mit einer Blinddarmreizung, ein siebzig Jahre alter Mann mit einem Oberschenkelbruch (ein Unfall in der Disko), ein Matrose mit einer ausgerenkten Schulter und eine Frau mit einer drohenden Fehlgeburt versorgt. Ainsley wechselte mit jedem Patienten ein paar Worte, bevor er in die Intensivstation ging.

Durch das Fenster sah er die gerettete Frau, verkabelt und verstöpselt mit einer ganzen Batterie lebenserhaltender Apparate. Dr. Penny Laing, eine schlanke Schottin Ende vierzig, beugte sich über sie. Ainsley klopfte um ihre Aufmerksamkeit zu erregen. Sie winkte ihn herein.

»Wie geht's unserer Schiffbrüchigen?«

»Schlecht. Wir haben sie buchstäblich in letzter Minute hereinbekommen.«

Der Zustand der Patientin schockierte Ainsley. Ihr Gesicht war verschwollen und mit Kratern übersät, ihre Lippen waren rissig und schorfig. Der gekrümmt auf ihrer Brust liegende Arm, dünn wie ein entrindeter Zweig, war über und über mit blauen Flecken bedeckt. Ihre Haare mochten einmal dunkelblond gewesen sein, jetzt waren sie ausgebleicht und stumpf.

»Übersteht sie es?«

»Sie hat alles eingesteckt, was einem die Natur auferlegen kann – Hitzschlag, Dehydrierung, jede Menge Insektenstiche und eine hässliche Wunde am Bein. Aber ihr Puls ist erstaunlich kräftig. Ja, ich glaube, sie wird durchkommen.«

»Hat sie etwas gesagt?«

»Nur unzusammenhängendes Zeug. Etwas von Tigern. Und jemanden umbringen. Oder jemanden, der sie umbringen will. Sie hat offensichtlich eine üble Tortur hinter sich. Wissen Sie, wer sie ist?«

»Keine Ahnung. In welcher Sprache sprach sie denn?«

»Englisch. Hörte sich an wie englisches Englisch.«

Ainsley warf einen Blick auf seine Uhr. In einer halben Stunde hatte er beim Abendessen zu erscheinen. Das Ritual am Tisch des Kapitäns sitzen zu dürfen war ein ungeduldig erwartetes Ereignis für die Passagiere und es ging nicht an, die Gäste des heutigen Abends zu enttäuschen. »Kann ich ein bisschen bleiben?«

»Solange Sie sie nicht stören.« Dr. Laing wandte sich ab. »Ich bin nebenan.«

In der Intensivstation war es totenstill. Ainsley war eingedöst, doch plötzlich wurde er sich einer leichten Veränderung in der Atmosphäre bewusst. Die Frau hatte die Augen geöffnet. Sie waren dunkelblau, der Blick von Medikamenten verschleiert, aber in ihren Tiefen spürte Ainsley Angst und Verwirrung.

»Sie befinden sich in Sicherheit. Sie sind im Krankenhaus.«

Langsam senkte sie die Lider, bis ihre Augen halb geschlossen waren.

»Können Sie mir sagen, wie Sie heißen?«

Keine Antwort. Ainsley schielte zur Tür, bevor er sich vorbeugte. »Wer sind Sie?«

Die trockenen Lippen öffneten sich, schlossen sich und öffneten sich wieder.

»Andy? Sagten Sie Andy? Woher kommen Sie, Andy? Wo haben diese Männer Sie gefunden?«

»Grünland.«

»Andy, waren Sie mit anderen zusammen? Müssen wir noch nach anderen Leuten suchen?«

»Umgebracht.«

»Wer wurde umgebracht?«

Die Tür öffnete sich krachend und Dr. Laing stürmte herein. »Kapitän, was tun Sie da? Lassen Sie bitte die Patientin in Ruhe.«

Ainsley richtete sich auf. »Wenn es sich um eine Schiffbrüchige handelt, sind vielleicht noch andere Menschen da draußen.«

»Tut mir Leid, aber Sie werden warten müssen.«

Ein diskretes Hüsteln veranlasste Ainsley sich umzudrehen. Ancram stand an der Tür mit einem Blatt Papier in der Hand. Ainsley ging hinaus. »Irgendwas gefunden?«

»Nichts neueren Datums. Nur das hier.«

Es war eine Namensliste, die per Fax aus Singapur gekommen war.

Leo Jaeger, 37, Amerikaner
Aquila Corrigan, 32, Amerikanerin
Jay Boucher, 29, Amerikaner
Dexter Smith, 30, Amerikaner
Nadine Wells, 24, Amerikanerin
Kent Bartok, 23, Amerikaner
Candida Woodville, 26, Britin
Ronnie Trigg, 39, Brite
Robert Marriot, 33, Australier
Sixt Haimendorf, 44, Österreicher
Josef Fieser, 35, Deutscher

Ainsley runzelte die Stirn. »Die Crew einer Jacht?«

Ancram schüttelte den Kopf. »Passagiere eines Luftschiffes, das vor sechs Wochen über der Java-See verschwand. Es handelte sich um Mitglieder irgendeiner Umweltschutzorganisation namens Wildguard.« Ancram klopfte auf die Liste. »Dieser Typ da, dieser Dexter, war ein berühmter Rockstar – der größte Förderer der Gruppe. Er war mit seiner Freundin an Bord, einem Model. Die Sache hat weltweit Schlagzeilen gemacht.«

Vor sechs Wochen hatte sich Ainsley in arktischen Gewässern aufgehalten, aber die Nachrichten über das vermisste Luftschiff waren ihm trotzdem nicht entgangen. »Ich dachte, alle seien tot.«

»Bis auf einen. Er tauchte vor ungefähr zwei Wochen in Singapur auf.«

Ainsley überflog noch einmal die Liste. Candida Woodville war die einzige Frau mit einem britischen Pass. Nachdenklich betrachtete Ainsley die bewusstlose Frau hinter der Scheibe.

»Die Ärztin hält sie für eine Engländerin. Sie sagte etwas, das klang wie ›Andy‹. Ich glaube, sie versuchte mir ihren Namen zu sagen.«

Er starrte auf die Liste. »Candida ... Candy.« Er hob den Blick. »Mein Gott, das muss sie sein.«

»Kapitän, der Überlebende behauptete, außer ihm habe es niemand geschafft.«

»Tja, wer sollte sie sonst sein?«

Ancram zuckte die Achseln.

»Hat man die Leichen gefunden?«

»Das werde ich prüfen.«

»Warten Sie.« Ainsley überlegte kurz. »Kommen Sie mit.«

»Sie *müssen* zum Dinner«, erinnerte ihn Ancram.

Die Schiffsbibliothek war der von Chatsworth nachempfunden worden. Als Ainsley eintrat, fand er zwei Besucher vor – einer schrieb, der andere schlief. Ainsleys Kommando unterstanden annähernd sechshundert Männer und Frauen, die Varieteekünstler, Kosmetikerinnen, Kinderbetreuer und einen Astrologen mitgerechnet, man musste ihm also verzeihen, dass er sich nicht an den Namen des Bibliothekars, eines Mannes mittleren Alters indischer Abstammung, erinnern konnte. Sein Namensschild verriet, dass er Jimmy Kuparam hieß.

»Jimmy, welche englischen Zeitungen haben wir?«

»Die *Times* und die *Sunday Times*, den *Telegraph* und die *Mail*«, antwortete Jimmy mit einem Tynside-Akzent.

»Ich bin *Telegraph*-Leser«, sagte Ainsley zu Ancram. »Sie übernehmen die *Times*. Jimmy, wären Sie so nett und würden sämtliche Ausgaben von der, sagen wir, letzten Oktoberwoche an ausgraben?«

Jimmy beförderte acht große Bündel hervor und legte sie auf den Tisch. In den nächsten zehn Minuten wurde die Stille nur durch das Rascheln der Zeitungsseiten und das rhythmische Schnarchen des schlummernden Passagiers unterbrochen.

»Da ist es«, meldete sich Ancram schließlich zu Wort. »Fünfter November, Datum Hongkong. ›Wachsende Angst um Luftschiff‹.«

»Lesen Sie vor«, ordnete Ainsley an und suchte inzwischen weiter.

»Der amerikanische Rockmusiker und aktive Umweltschützer Dexter Smith ist unter den elf Menschen an Bord eines Luftschiffes, das vor der Küste von Borneo vermisst wird. Der Funkkontakt brach während heftiger Stürme ab, die den südlichen Teil der Insel in der Nacht zum Mittwoch heimgesucht haben. Die radikale Umweltschutzorganisation Wildguard, deren amerikanischer Gründer, Leo Jaeger, sich ebenfalls unter den Passagieren befand, hatte das Luftschiff gechartert. Zu den Passagieren zählt ferner Dexter Smiths Freundin, das amerikanische Model Nadine Wells. Unbestätigten Berichten zufolge waren mindestens zwei britische Staatsbürger an Bord. Die Suche aus der Luft und auf dem Wasser wurde eingeleitet, aber ...«

Ainsley erstarrte. »Sehen Sie sich das an.«

Ancram stellte sich hinter ihn und betrachtete das große Porträtfoto einer jungen Frau. Es zeigte ein fein geschnittenes Gesicht des Typs, den man in *Country Life* zu sehen erwartet, aber ohne die gelangweilte Leere. Die Augen strahlten Intelligenz und unbändige Lebensfreude aus. Der Name unter dem Foto lautete Candida Woodville.

»Hübsches Mädchen«, meinte Ancram. »Glauben Sie, sie ist es?«

Ainsley las den Artikel zu Ende.

»Miss Woodville, 26, schloss vor kurzem ihr Zoologiestudium ab. Freunde von ihr erklärten, ihr besonderes Interesse habe Großkatzen gegolten. Die Aussicht mit dem Wildguard-Team in Südostasien arbeiten zu können habe sie begeistert. Im Hause der Familie in Hampshire äußerte sich General Adrian Woodville besorgt über die Sicherheit seiner Tochter, weigerte sich aber die Hoffnung aufzugeben.«

Ainsley lehnte sich zurück. Er war unsicher über sein weiteres

Vorgehen. Ancram schielte auf die Uhr. »Soll ich weitermachen, während Sie beim Abendessen sind?«

Gereizt antwortete der Kapitän: »Stephen, ich bin Kapitän eines Dampfers, kein verdammter Entertainer. Einen Abend werden meine Passagiere auch mal ohne mich auskommen.«

»Ja, Sir. Aber Sie haben nicht vergessen, dass Sie als Gastgeber des Jahrtausendballes fungieren?«

»Verdammt. Oh richtig. Ich werde da sein. In der Zwischenzeit ...«

»Sir?«

Ainsley stand auf. »Gehen Sie die restlichen Zeitungen durch.« Er ging zum Büro des Bibliothekars. »Ich muss einen Anruf erledigen.«

Als er wählte, merkte er, dass seine Hände zitterten. Verdammt dumm, dachte er. Völlig unverantwortlich.

»Doktor, hat Ihre Patientin irgendwelche besonderen Kennzeichen? Narben oder Ähnliches in der Art.« Er notierte Dr. Laings Antworten. »Große Operationsnarbe am linken Ellenbogen. Gebogene Narbe am rechten Handballen. Nein, das müsste reichen. Danke.«

Mit ausdrucksloser Miene ging er zurück in die Bibliothek. »Machen Sie weiter, Stephen. Ich bin in meiner Kabine, falls Sie irgendetwas Interessantes finden.« Er hielt die Zeitung hoch. »In Ordnung, wenn ich mir die ausborge, Jimmy?«

Fast verstohlen eilte er zu seiner Suite. Seine Privatsekretärin wartete mit einigen wichtigen Papieren auf ihn. Er winkte ab. »Können Sie eine Nummer in Hampshire für mich herausfinden? General Adrian Woodville.«

Er schloss die Bürotür hinter sich. In England war es vier Uhr früh an einem dunklen Wintermorgen, aber würde es sich um seine Tochter handeln, wäre es ihm egal, wenn man ihn mitten in der Nacht aus dem Schlaf risse. Andererseits, wenn er sich irrte – Gott, nicht auszudenken. Was er da vorhatte, war in höchstem Maße töricht. Er sollte die Information an die Botschaft weiterleiten und das Problem dem dort zuständigen Offizier überlassen. Seine Sprechanlage piepte. »Ich habe die Nummer. Soll ich Sie verbinden?«

Ainsley starrte auf das Telefon, er fühlte sich gar nicht gut. »Wenn Sie so nett wären.«

Elektronische Geschwindigkeit machte seinen Bedenken blitzschnell ein Ende. Innerhalb von Sekunden war die Verbindung hergestellt.

»Woodville«, meldete sich eine barsche Stimme.

»Tut mir Leid, dass ich Sie zu einer so unchristlichen Zeit anrufe. Mein Name ist Geoffrey Ainsley, Kapitän der ...«

»Was wollen Sie?«

»Ich bin Kapitän des Kreuzfahrtschiffes *Gloriana*, auf der Fahrt von Bali nach Singapur. Heute am späten Nachmittag erhielten wir ...«

»Geht es um Candy?«

Ainsley registrierte die Koseform des Namens und sprang entschlossen ins kalte Wasser. »Hat Ihre Tochter eine Narbe am linken Ellenbogen?«

Lastende Stille breitete sich aus. »Warum fragen Sie?«

»Bitte.«

Weiteres Schweigen folgte. »Sie hatte mit fünfzehn einen schweren Reitunfall. Sie musste genäht werden. Sehen Sie ...«

»Und an der rechten Hand?«

»Was soll das?«

»Hat Ihre Tochter eine Narbe am rechten Handballen?«

»Sie wurde von einem Hund gebissen – einem Jagdhund, das auch noch. Sie geriet andauernd in die Bredouille.« Woodville zögerte und Ainsley sah förmlich vor sich, welcher Gedanke in Woodvilles Kopf Gestalt annahm. »Haben Sie ihre Leiche gefunden?«

Ainsley holte tief Luft. »Heute um 18 Uhr übernahmen wir hundert Meilen nördlich von Java eine junge Frau von einem indonesischen Schoner. Ihr Zustand war sehr schlecht, aber sie lebt und wird im Schiffskrankenhaus behandelt. Sie hat Narben, wie die eben von Ihnen beschriebenen. Sie sagte, sie heiße Candy.« Ainsley schloss die Augen. »Ich glaube, es handelt sich um Ihre Tochter.«

»Tut mir Leid. Das kann nicht sein.«

»Ich versichere Ihnen, es ist die Wahrheit.«

»Lassen Sie mich mit ihr reden.«

»Das geht leider nicht, sie hat Beruhigungsmittel bekommen.«

»Woher soll ich wissen, dass es sich nicht um einen üblen Scherz handelt? Sie wären nicht der erste Verrückte, der mich anruft, seit die Zeitungen diesen Müll gedruckt haben.«

»Ich kann nur wiederholen, wir haben eine junge Frau gerettet, deren Beschreibung auf die Ihrer Tochter passt. Ich saß vor kaum einer Stunde an ihrem Bett.«

»Welche Augenfarbe hat sie?«

Ainsley war verblüfft. »Blau – eine Art Rauchblau.« Er zögerte einen Moment und überlegte. Irgendetwas war ihm aufgefallen, was er bisher noch gar nicht richtig registriert hatte. »Die Farbe des einen Auges unterscheidet sich leicht von der des anderen Auges. Ich bin mir nicht sicher.«

Am anderen Ende erfolgte keine Reaktion, zumindest keine, die Ainsley hören konnte.

»General?«

Als Woodville wieder sprach, klang seine Stimme erstickt. »Er sagte, er hätte gesehen, wie sie ertrunken ist. Er hat es mir selbst gesagt.«

Es dauerte einen Moment, bis Ainsley klar wurde, dass er von dem anderen Überlebenden sprach. »Er hat sich geirrt. Ihre Tochter liegt im Krankenhaus an Bord meines Schiffes.«

»Ist sie schwer verletzt?«

»Die größten Probleme sind Dehydrierung und Unterernährung. Die Ärztin ist zuversichtlich, was eine vollständige Genesung angeht.«

Der General gab ein kleines schluchzendes Lachen von sich. »Ich habe immer gesagt, das Mädchen ist unverwüstlich.«

Als er den Stolz und gleichzeitig den Schmerz in der Stimme des Mannes hörte, entschied Ainsely, es sei an der Zeit zum Rückzug. »Sie möchten sicher einige Maßnahmen einleiten. In zwei Tagen, um 11 Uhr Ortszeit, laufen wir in Singapur ein. Ich werde die britische Botschaft benachrichtigen und die Zentrale meiner Reederei. Dort bekommen Sie alle Informationen, die Sie brauchen.«

»Wissen Sie, was ihr zugestoßen ist?«

»Ich fürchte nein. Bis jetzt nicht. Aber ich bin sicher, sie hat einiges zu erzählen.« Ein Klopfen an der Tür zwang ihn das Gespräch zu unterbrechen. »Entschuldigen Sie einen Augenblick.« Er legte die Hand auf den Hörer.

Ancram trat ein. Er verzog das Gesicht. »Ich dachte, Sie sollten sich das ansehen.«

Es war eine Ausgabe der *Daily Mail*, erst eine Woche alt. Unter der Balkenüberschrift EXKLUSIV! und dem über ein Dschungelbild einschließlich eines Zähne fletschenden Tigers montierten Foto eines ausgemergelten junges Mannes schrie die Schlagzeile: »Grüne gegen Raubtier: Der Luftschiff-Überlebende schildert die letzten entsetzliche Augenblicke im Leben eines Rockstars«.

Ainsley überflog den ersten Absatz. »Der einzige Überlebende der Wildguard-Luftschiff-Katastrophe sprach heute Abend über die Torturen auf der einsamen Insel, auf der sich ein Albtraum abspielte, dem alle seine elf Gefährten zum Opfer fielen. Vier Wochen lang, während Suchtrupps ...«

Ainsley schob die Zeitung beiseite. »Nicht jetzt.« Er nahm die Hand vom Hörer. »Tut mir Leid, Sir.«

»Ich kann Ihnen gar nicht sagen, wie sehr ...«

»Bitte, das ist nicht nötig. Ich habe selbst eine Tochter.«

Als Ainsley schließlich den Hörer auflegte, fühlte er sich richtig schwach.

»Dann *war* sie es also?«

»Ja.« Ainsley stieß heftig den Atem aus. »Ich glaube, ich brauche einen Drink, Stephen. Sie schließen sich mir an, hoffe ich. Whisky, nicht wahr?« Für sich goss er einen Gin ein und hob das Glas. »Auf Candy.«

»Auf Candy. Warten Sie, bis die Reptilien über sie herfallen.« Ancram schlug mit der Hand auf die Zeitung. »Ferien in der Hölle. Menschen fressende Tiger, Krokodile, Piraten, Sex, Mord. Time Warner hat diesen Mann unter Vertrag genommen. Es soll ein Film gedreht werden. Er ist auf dem besten Weg ein Vermögen zu verdienen.«

Ainsley hatte keine Zeit für die Fantastereien der Sensationspresse. »Na, jetzt ist die Sache nicht mehr exklusiv, stimmt's?« Er betrachtete den starr vor sich hinblickenden Mann in der Zeitung. »Und ich weiß, wessen Geschichte ich mir lieber anhören werde.«

# Teil 1

# I

Das Jahrtausend rückte dem Ende entgegen und Jay Boucher fand reiche Beute in den wahnhaften Vorstellungen, die sich im amerikanischen Bewusstsein einnisteten. Für viele Bürger bedeutete das Jahr 2000 das Ende überlieferter Überzeugungen; diesen Menschen schien die Vergangenheit ein zu schwerer sinnloser Ballast auf einer Reise zu unbekannten Gefilden, wo sie doch niemals anlangen würden. Andere wiederum versprachen sich von der großen Zeitenwende aufregende neue Möglichkeiten und ihnen mangelte es nicht an Führern, die ihnen den Weg wiesen. Kultgemeinschaften und Sekten vermehrten sich wie Drachensaat und es waren nicht nur Träumer und Spinner, die sich ihnen anschlossen. Topmanager versammelten sich in Tipis und erflehten täglich mit beschwörenden Gesängen niedrigere Zinsen; eine viel gelesene Frauenzeitschrift veröffentlichte einen Artikel, in dem stand, wie man durch einen intensiver erlebten Orgasmus das Raum-Zeit-Kontinuum überwinden kann.

Interessante Zeiten, und niemand war empfindsamer darauf geeicht als Boucher. Aus einem erfolglosen Musiker war ein Rockkritiker geworden, dann ein Guru für die Lifestyle-Seiten und inzwischen war er sehr gefragt als Aussieber kulturellen Schutts und Entschlüssler von Phänomenen. Sein erstes Buch, eine Sammlung von Zeitschriftenartikeln mit dem Titel *Sezieren außerirdischer Phänomene,* war gerade erschienen und brachte ihm begeisterte Rezensionen ein. »Entlarvt erbarmungslos die Kuriosa des Zeitalters«, *New York Book Review*. »Der führende Chronist der Rockalypse«, *Rolling Stone*.

Zur Feier der Veröffentlichung, die zufällig mit seinem neunundzwanzigsten Geburtstag zusammenfiel, hatte Boucher fünf Freunde zum Essen in die Wohnung eingeladen, die er gemeinsam mit Lydia, einer Cellistin des Chicago Symphony Orchestra, bewohnte. Nach dem Essen spielten sie Poker nach zuvor festgelegten Regeln.

Alle Gäste waren männlichen Geschlechts. Lydia befand sich in Cleveland, der ersten Station einer sechswöchigen Tournee, und Boucher, der die Gesellschaft von Frauen durchaus zu schätzen wusste, hatte noch keine Frau kennen gelernt, die auch nur halbwegs Poker spielen konnte. Sie gaben im Uhrzeigersinn. Die ersten drei in der Runde waren allesamt Erfolgstypen wie er, in ungefähr seinem Alter. Marvin Finn, Architekt, hatte einen Wettbewerb gewonnen, Ben Lief, Bühnenautor, stand kurz vor der Aufführung seines zweiten Stückes, Conrad Jacobsen war nicht nur Lehrbeauftragter für Neuere Geschichte an der Universität von Chicago, sondern darüberhinaus ein überragender Bergsteiger.

Der Nächste am Tisch war Tom Brack, der seine glanzvollen Tage bereits hinter sich hatte. In den Sechzigerjahren hatte er als Korrespondent für *Life* gearbeitet, aber nachdem das Magazin eingegangen war, hatte er in großem Stil zu saufen begonnen und seine Karriere hatte sich im Sturzflug dem Ende genähert. Rettung kam in Gestalt einer Frau, sechzehn Jahre jünger als er, und nun arbeitete er in untergeordneter Stellung bei einem Handelsblatt und hatte einen vier Jahre alten Sohn.

Der Letzte in der Runde war Henry Ritter, Bouchers ältester Freund und gleichzeitig sein größter Rivale, obwohl die drei Romane, die Ritter geschrieben hatte, mit geradezu hartnäckiger Entschiedenheit von den Verlagen abgelehnt worden waren. Er war ein mürrischer Mensch, trug Secondhandklamotten und jobbte im Schichtdienst als Regalauffüller in einer Großhandlung für Autoteile, denn seiner Überzeugung nach kollidierte eine richtige Anstellung mit seiner Schriftstellerei.

An diesem Abend waren die Karten mäßig und die Spieler peppten die müde Vorstellung mit Klatsch und Tratsch und dem leicht anzüglichen Geplänkel auf, das ein Spiel um Geld bei ansonsten wohlerzogenen Männern anscheinend provoziert.

»Heißt das, Lydia kann nicht kochen«, fragte Lief, »oder will sie nicht?«

»Sie kann nicht«, verkündete Boucher stolz. »Sie kann nicht kochen, sie kann nicht Auto fahren und hat null Ahnung von Konversation.«

»Wenn du lediglich ein prestigeträchtiges Vorzeigeobjekt brauchst«, sagte Ritter düster, »warum schaffst du dir dann nicht einfach einen Windhund an, einen Saluki zum Beispiel?«

Während sich Boucher noch eine passende Antwort zurechtlegte, läutete das Telefon. »Lasst es läuten«, meinte er. »Der Anrufbeantworter ist an.«

»He, Jay. Rich Caldwell. Ich bin in Los Angeles und habe einen Auftrag für dich an Land gezogen. Ruf mich an.«

Rich Caldwell, der Mann mit dem hohen Adrenalinspiegel, war Herausgeber der Zeitschrift, bei der Boucher seine Karriere gestartet hatte.

»Er klingt ganz schön aufgeregt«, merkte Lief an.

»Rich hat den Stoffwechsel eines kleinen Raubtieres. Er lebt doppelt so schnell wie andere.«

»Willst du ihn nicht anrufen?«, erkundigte sich Finn.

Boucher sah auf sein Blatt – eine Zehn hoch. »Na ja«, meinte er, »ist ein maues Spiel.«

Er wählte Caldwells Nummer.

»Jay? Großartig. Hör zu. Ich habe gerade mit einer Lady namens Delta Glenn im *Chez Panis* gegessen. Sie hat echt gute Verbindungen zu Gott und der Welt. Zu ihren Klienten gehört Dexter Smith und siehe da, wie sich herausstellt, ist er ein großer Fan von dir.«

»Dexter Smith«, brummte Boucher. Er sah seine Gäste an und verdrehte ein wenig die Augen. »Ich fühle mich geschmeichelt.«

»Er bietet uns eine Exklusivstory an.«

»Rich, du weißt doch, ich mache keine Promi-Interviews.«

»Mann, Mann«, flüsterte Jacobsen. »Jay Boucher ist eine so große Nummer, der lässt sich nicht einmal vom größten Rockstar der Welt interviewen.«

»Kein Interview. Hör doch, Dexter ist leidenschaftlicher Umweltschützer. Hast du schon von Wildguard gehört?«

»Nein.«

»Öko-Freaks, aber nicht deine üblichen Baumliebhaber. Ein Typ namens Jaeger, früher bei den Fresno Angels aktiv, leitet die Truppe. Wildguard hat eine Kampagne gestartet. Es geht dabei um die Rettung eines Stücks Regenwald in Borneo, das durch den Bau eines Staudamms bedroht ist. Dexter Smith ist mit dabei, Seite an Seite mit den anderen. Was hältst du davon?«

»Mein Herz schlägt nicht gerade höher. Ich meine, abgesehen davon, dass Dexter Smith ein international bekannter Name ist, sehe ich da kein Thema für eine Story.«

»Im Grunde geht es ja auch um Dexter, aber diese Motorradrowdys, die sich jetzt für die Natur engagieren, haben schon irgendwas an sich.«

»Trotzdem, nicht gerade eine Wahnsinns-Story.«

»Die Umwelt retten? Was gibt's Großartigeres? Wenn der Damm gebaut wird, säuft ein Gebiet von der Größe New Jerseys ab. Millionen Pelztiere gehen zugrunde, darunter bestimmt welche, die der Wissenschaft noch gar nicht bekannt sind. Willst du das auf dein Gewissen laden?«

Boucher seufzte. »Und an was wird das werbemäßig gekoppelt?«

Caldwell zögerte nur den Bruchteil einer Sekunde. »Dexter musste sich in den letzten fünfzehn Monaten mit vertraglichen Auseinandersetzungen herumschlagen. War also lange raus aus dem Rampenlicht. Sein neuestes Album muss folglich in der Öffentlichkeit auf maximales Interesse stoßen. Es heißt *Dirty Old Man* und Delta sagt, es handele sich um eine scharfe Attacke gegen die Vergewaltigung des Planeten Erde durch den Menschen. Aber was soll der Scheiß? Ich bitte dich schließlich nicht, eine Kritik darüber zu schreiben.«

»Aber du verlangst von mir, dass ich um die halbe Welt fliege um Werbung für das nächste Album eines Rockmusikers zu machen.«

»Jay, du kriegst viertausend Wörter. Was du schreibst, bleibt dir überlassen. Außerdem kriegst du ein Spitzenhonorar, ein

Ticket für einen Flug rund um die Welt und zwei Wochen Spesen. Nicht mal Tintin hat je einen besseren Deal gemacht.«

»Darum geht es nicht. Ich muss einen Roman fertig schreiben.«

»Wer liest denn Romane?«

»Das ist meine Buße für all den Mist, den ich für dich geschrieben habe.«

»Jay, ich hatte schon etwas Begeisterung erwartet. Ich habe Delta praktisch versprochen, dass du das machst. Lass mich nicht hängen.«

Es kam nicht infrage, aber Boucher wollte keinen transkontinentalen Stunk. »Rich, ich bin mitten in einer Pokerpartie. Lass mich darüber schlafen.«

»Aber bleib nicht zu lange im Bett, die in Glitzercity haben eine kurze Aufmerksamkeitsspanne.«

Boucher verzog das Gesicht, als er an den Tisch zurückkehrte. »Dexter Smith und ein paar finanziell von ihm unterstützte Naturschützer begeben sich auf den Kreuzzug um den Regenwald in Borneo zu retten.«

»Machst du mit?«

»Nein. Das fesselt nicht gerade mein Interesse.«

»Borneo klingt doch ganz nett.«

»Das ist Urwald. An Urwäldern ist nichts Nettes.«

»Wie steht's mit Dexter Smith? Der zählt zu den ganz Großen.«

»Wenn das so ist, braucht er mich nicht, um sein Image aufzupolieren.«

»Du kannst dafür sorgen, dass er dasteht wie ein Arschloch.«

Boucher warf sein Blatt hin. »Ich bin nicht daran interessiert, Dexter Smith nach irgendwas aussehen zu lassen. Das ist ein Typ, der ein paar Töne rüberbringen kann. Wen interessiert, was dahinter ist?«

»Millionen Fans.«

»Spielen wir Karten«, bestimmte Boucher. Der Anruf hatte ihn ein wenig aus dem Konzept gebracht. »Wer gibt?«

»Immer der, der fragt«, erwiderte Jacobsen und schob ihm die Karten hin. »Du sagst an.«

»Stud mit sieben. Ohne Schnörkel.«

Boucher gab zwei verdeckte Karten, die dritte offen. Dass er sich seine Chancen selbst zuteilte, beruhigte ihn irgendwie. Seine offene Karte war ein König. Er hob die anderen ein wenig an – noch ein König und ein Bube. Ein starker Anfang, aber Lief hatte ebenfalls einen König und Ritter, der ein Ass vor sich liegen hatte, stieg gleich voll ein. Boucher ging mit, alle anderen auch. In der nächsten Runde bekam er eine Neun, die er gar nicht gebrauchen konnte, Ritter eine Dame. Ritter setzte zwanzig, nur Finn stieg aus. Es sah so aus, als würde noch ein Spiel daraus.

Brack warf ein paar Chips hin. »Was ist das für ein Verein, der bei Dexter Smith Spenden kassiert?«

»Wildguard. Caldwell sagt, ein ehemaliger Hell's Angel leitet die Gruppe.«

Jacobsen blickte auf. »Leo Jaeger. Yeah, der Sierra Club liegt mit Wildguard im Clinch, weil die den größten Teil der Rocky Mountains für Grizzlys und Pumas reservieren wollen. Außerdem engagieren sie sich aktiv für die Aussetzung von Wölfen. Man sagt, sie hätten ein paar aus Kanada importiert und in Idaho freigelassen. Sie sind auch sonst nicht kleinlich – spicken Bäume mit Nägeln, jagen Überlandleitungen in die Luft. Im Big-Sky-Country haben die Rancher eine Prämie ausgesetzt auf jeden mit einem Wildguard-Sticker.«

»Wie rekrutieren sie ihre Leute?«

»Nicht im großen Stil, aber ihr handgreiflicher Aktivismus macht was her.«

»Sie müssen was an sich haben, wenn sie einen Star wie Dexter Smith für sich interessieren.«

»Umweltfundamentalismus versüßt mit hippiegetränktem Spirit. Die Welt ist ein unteilbares Ganzes, jede Kreatur lebt mit der Welt in Harmonie, bla-bla-bla. Ihr Slogan lautet ›Kümmere dich um die Natur und die Natur kümmert sich um dich‹.

»Nicht gerade viel für ein Manifest.«

»Es reicht. Je weniger die Leute es sind, die daran glauben, umso glühender glauben die wahren Anhänger. Diese Spinner, die behaupten, die Welt werde Schlag Mitternacht an Silvester in einem schwarzen Loch verschwinden, haben noch weniger Zweifel als der normale Quantenphysiker. Und Menschen, die nicht zweifeln, ziehen Jünger an.«

»Wenn man dich reden hört, könnte man glauben, Wildguard sei eine Art faschistischer Sekte.«

»Hitler war Vegetarier und Tierfreund; und Himmler schwärmte für seine Hühnchen. Viele Grüne teilen die Ansicht der Nazis von einer degenerierten Kultur, die von einer Hierarchie gerettet werden muss, die auf dem Prinzip des Überlebens des Tüchtigsten basiert. Seht euch doch Earth First an; die behaupten, wenn es AIDS nicht gäbe, dann hätten die Umweltschützer es erfinden müssen.«

»Na komm schon, Conrad, jemand muss den Scheiß schließlich aufhalten. Die Welt wird immer schmutziger und immer übervölkerter.«

»Klar, und Wildguard passt das ins Konzept. Ohne die schmutzigen, ignoranten Massen hast du keine reine, erleuchtete Elite. Im Grunde sieht Wildguard die Lösung in einem Rettungsboot für zehn Mann auf einem Schiff mit tausend Passagieren.«

»Was ich nicht ausstehen kann«, sagte Finn, »ist, wenn Rock 'n' Roll-Sänger sich in Prediger verwandeln. Dann kannst du ihre Texte vergessen.«

»Ich schließe mich an«, nuschelte Boucher, allerdings bezogen auf Ritter, der ein zweites Ass kassiert hatte und nun fünfzig setzte. Obwohl er immer noch ein mieses Blatt hatte, ging Boucher wider besseres Wissen mit. Die anderen, bis auf Jacobsen, der ein Gesicht machte, als sei er hinter einem Straight oder einem Flush her, stiegen aus.

Boucher gab die sechste Karte und vergaß Dexter Smith und die Vermüllung des Planeten. »Pik Drei für Conrad – Flush möglich. Noch ein Dämchen für Henry. Der Geber kriegt einen Buben – keine ersichtliche Hilfe.«

»Setz deine Hoffnungen nicht auf Könige und Prinzen«, riet Ritter, »denn ich hab drei gleiche.«

Nach seinem Einsatz zu schließen war das gut möglich. Boucher war ein intuitiver Spieler, manchmal vorschnell, aber nicht einmal er konnte es ignorieren, wenn seine Chancen so offenkundig gleich null waren. Zwei verdeckte Paare waren in jedem Fall ein beschissenes Blatt, aber wenn diese beiden Paare bereits von offen auf dem Tisch liegenden Ass- und Damepaaren geschlagen waren, hatte er absolut nichts zu melden.

»Das kostet dich einen Hunderter«, sagte Ritter zu ihm.

»Okay.«

Jacobsen ging mit, was bedeuten musste, dass er seinen Flush oder Straight zusammenhatte. Boucher bekam feuchte Hände.

»Hosen runter«, krähte Ritter.

Boucher gab die letzten Karten und sah die seine nicht an.

»Passe«, sagte Ritter mit gleichmütigem Gesicht.

»Passe«, kam das schwache Echo von Boucher, der seine letzte Karte immer noch nicht ansah, aber wusste, dass Ritter nur den Moment der Vergeltung hinausschob.

»Miese Zocker seid ihr, alle beide«, maulte Jacobsen und schob einen Hunderter hin. »Damit ihr sauber bleibt.«

»Deine hundert«, kam es prompt von Ritter, »und erhöhe um zweihundert.«

Aller Augen richteten sich auf Boucher. Er hob eine Ecke seiner letzten Karte und der Herzkönig sah ihn an. Die Erregung schlug sofort in Panik um. Gegen null Chance und entgegen jeglicher Vernunft hatte er sein Fullhouse zusammen, aber er schätzte, dass Ritter drei Asse und zwei Damen oder wenigstens vier gleiche hatte. Er überlegte, ob er aussteigen sollte, aber er hatte noch nie ein Fullhouse hingeworfen. Bei so einem Blatt müsste er eigentlich mit Ritter mitgehen um seinen Verlust möglichst gering zu halten. Er griff nach seinen Chips.

»Deine dreihundert zum Sehen und den Pot.«

Mit heftigem Kopfschütteln klatschte Jacobsen die Karten auf den Tisch. »Das ist ein beschissenes Spiel.«

Ritter lachte. »Dir geht wohl der Arsch auf Grundeis, Jay.« Er begann den Pot zu zählen. Es waren fast vierzehnhundert Dollar und so viel Bargeld hatte Ritter nicht.

»Nimmst du einen Schuldschein?«

»Sicher«, antwortete Boucher und fühlte sich dabei ganz krank.

»Sehen lassen«, kommandierte Finn.
Boucher fächerte seine Karten hin. »Fullhouse. Drei Könige, zwei Buben.«
Mit ausdrucksloser Miene drehte Ritter seine letzte Karte um – eine Zwei. Er drehte seine erste verdeckte Karte um – Pikdame. Er drehte die zweite verdeckte Karte um – eine unbrauchbare Drei.
»Sieht aus, als geht die Runde an mich«, stellte Boucher fest, als ihm dämmerte, dass er gewonnen hatte.
»Du hast vielleicht ein Schwein, du Bastard.« Jacobsen staunte. »Du hast dein House mit der letzten Karte geschafft.«
Ritter stieß ein brüchiges Lachen aus, sein bisher rotes Gesicht wurde blass. »Du hättest gar nicht so lange im Spiel bleiben dürfen.«
Boucher brauchte beide Hände um seinen Gewinn zusammenzuschaufeln. »Ich habe meine Chance eben genutzt.«
Das Blut war wieder in Ritters Gesicht zurückgekehrt. »Himmel noch mal, Jay, das ist Scheckbuch-Poker.«
Boucher lächelte ihn an. »Ich bin ein Gewinner. Du bist ein Verlierer. Du musst das akzeptieren, es war schon immer so.«
Kaum waren ihm die Worte entschlüpft, bedauerte er sie bereits, aber gesagt ist gesagt. Ritter war pleite. Mit bebenden Lippen starrte er auf den leeren Fleck, auf dem seine Chips gelegen hatten. »Damit bin ich erledigt.« Mit so viel Würde, wie er aufzubringen imstande war, stand er schwankend auf und ging unter allgemeinem Schweigen zur Tür. Dort blieb er mit hängenden Schultern stehen. »Dein Buch«, sagte er. »Ich habe dein Buch vergessen.« Mit glasigem Blick nahm er sein Exemplar *Sezieren außerirdischer Phänomene*, schlug die Titelseite auf und zog einen Kugelschreiber hervor.
»Lass sein, ein andermal«, wehrte Boucher ernsthaft beunruhigt ab. »Mir fällt gerade nichts ein, was ich reinschreiben könnte.«
»Wie wär's mit dem, was du mir gerade an den Kopf geworfen hast?«
Boucher war unangenehm berührt. »Himmel, Henry, das ist mir im Adrenalinrausch so herausgerutscht.«

»Schon okay«, stieß Ritter hervor. »Schreib das Datum.«

Boucher schrieb gehorsam.

»Und nun«, befahl Ritter. »In Erinnerung an alte Zeiten«.

Boucher schrieb, wie befohlen, und reichte ihm das Buch ohne aufzublicken. Ein paar Sekunden später fiel es polternd auf Bouchers Chipsberg. Er hörte, wie Ritter hinausging und die Tür hinter sich schloss. Peinliches Schweigen lastete im Raum.

Lief gähnte. »Ich glaube, mein Bedarf an Elend und Schrecken ist für heute Abend gedeckt.«

Wie auf Kommando erhoben sich alle, dankten Boucher und wünschten Gute Nacht ohne ihm direkt in die Augen zu sehen. Ein paar Minuten später war nur noch Brack da, der Karten mischte und an unsichtbare Spieler verteilte.

»Henry hat Recht«, erklärte er. »Der Pot gehörte ihm.«

Boucher wusste, dass es stimmte, deshalb ging er hoch. »Du kannst nur abkassieren, was du gewinnst.«

Brack sah ihn nachdenklich an. »Was du da zu ihm gesagt hast, dass er ein Verlierer ist – das war beschissen.«

»Unverzeihlich«, gab Boucher ihm zerknirscht Recht. »Ich rufe ihn morgen an.«

Kopfschüttelnd tippte Brack mit dem Finger auf das Buch. »Das war ein Lebewohl, *Amigo*.«

»Ich bringe das in Ordnung. Wir kriegen das jedes Mal wieder hin. Möchtest du Kaffee?«

Brack stand auf. »In vier Stunden hängt mein Junior über mir am Berg.« Er klopfte noch einmal auf das Buch. »Starke Prosa.«

»Aber?«

Brack überlegte, wie er seine Kritik am besten anbringen könnte. »Du schreibst immer erst nach dem Ereignis. Das heißt, du kannst den Artikel so zurechtbiegen, wie es dir passt. Ich würde mich freuen, wenn du mal über was schreibst, von dem du den Ausgang noch nicht kennst.«

»Wenn man rückblickend arbeitet, kommt man näher an die Wahrheit heran.«

»Nachträgliche Einsicht ist was für Historiker. Journalisten sind Jäger und Sammler, sie nehmen Witterung vom Rohzustand auf. Dieses Buch, diese Artikel – das sind Autopsien.«

Bouchers Ego war so empfindlich wie das aller Autoren. »Ich weiß, es entspricht nicht deinem journalistischen Stil.«

Brack lachte. »Du denkst, wer ist dieser kaputte alte Sack, dass er sich einbildet mir erzählen zu können, wie man schreibt?« Er griff unter den Tisch. »Ich hab was für dich.«

Das sperrige Paket, das er mitgebracht hatte, entpuppte sich als altmodische Schreibmaschine.

»Ich habe sie in Frankreich aufgetrieben. Wer weiß? Vielleicht gehörte sie den Jungs von der *Paris Review*.«

Boucher war peinlich berührt. Er sprach seine Texte auf Band und arbeitete sie auf dem Laptop aus. Bei seiner Arbeitsmethode hatte er keine Verwendung für veraltete Technologie. »Tom, das kann ich nicht annehmen.«

»Das ist eine Zauber-Schreibmaschine. Auf ihr schreiben sich die Artikel von selbst. Sie ist überall gewesen – im Kongo, in Kambodscha, in der Carnaby Street.«

Wenn das so ist, wunderte sich Boucher insgeheim, warum entsorgst du sie dann bei mir? »Glaubst du, sie könnte aus Dexter Smith eine Story zaubern?«

»Wenn überhaupt, dann schafft das diese kleine alte Smith-Corona.« Bevor er ging, trank Brack einen Schluck Wasser und spülte damit eine Tablette hinunter. An der Tür zögerte er. Er lächelte traurig. »Halt sie in Ehren, Jay. Und vergiss nicht. Heute klopft dir jeder auf die Schulter. Morgen rennst du in offene Fäuste.«

Als Brack gegangen war, saß Boucher da und starrte auf die inmitten von Chips, Gläsern und Bierdosen thronende Schreibmaschine. Auf undefinierbare Weise verursachte ihm ihr Anblick eine Gänsehaut. Bracks Abschiedsworte erschienen ihm als eine Art unheilvolle Prophezeiung.

Nachdem er die Überreste vom Pokern aufgeräumt hatte, öffnete er das Fenster um zu lüften. Er stand da und lauschte den auf- und abschwellenden Geräuschen der Stadt. Auf dem Sears Tower blinkten die roten Warnlichter für die Flugzeuge. Er war zu unruhig um zu schlafen und um Lydia anzurufen war es zu spät. Verdrossen blickte er auf das Buch. Nicht alle Besprechungen waren positiv gewesen. »Banale Effekthascherei«, lautete der Verriss der *Washington Post*. Er dachte an seinen Roman, der noch nicht einmal zur Hälfte geschrieben war – an alle diese Wörter, die er noch aus sich herauskitzeln musste, bevor das Manuskript überhaupt prüfend abgewogen wurde, bevor der erste kritisch urteilende Hammer zuschlug. Sein schriftstellerisches Temperament entsprach dem eines Sprinters und nicht dem eines Marathonläufers.

Erneut zog die Schreibmaschine seinen Blick auf sich. Er spannte einen Bogen Papier ein. Die Mechanik war geölt und funktionierte reibungslos. Er stand da, seine Finger schwebten über den Tasten und plötzlich wurde ihm bewusst, dass er tippte. »Kümmere dich um die Natur«. Wenn er es sich recht überlegte, war vielleicht schon was dran an dieser Wildguard-Sache, das eine oder andere war einen kritischen Blick vielleicht wert. Er sah auf die Uhr, es war kurz nach Mitternacht, erst zehn in Kalifornien. Er wählte Caldwells Nummer und ging eigentlich davon aus, dieser befände sich auf dem Drogen- und Partyparcours, aber entweder hatte er früh Feierabend gemacht oder er fing spät an.

»Ich habe meine Meinung geändert. Ich mache die Dexter-Story.«

»Du hast beim Pokern Prügel eingesteckt, was?«

»Irrtum. Ich habe abkassiert. Wann startet die Expedition?«

## 2

Am Morgen ihres Vorstellungsgesprächs bei Wildguard stand Candy früh auf und nahm die Jagdhunde ihres Vaters zu einem Spaziergang zu seinem Fasanengehege mit. Als sie zurückkam, fand sie ihren Vater in der Küche vor. Er trug einen alten Armeepullover und ein seidenes Halstuch und aß Toast neben dem Agaherd. Seit einem Jahr war er pensioniert, aber er war immer noch gut in Form und sah gut aus und Candy fragte sich manchmal, ob er vielleicht noch einmal heiraten und, falls ja, wie sie dazu stehen würde.

Er küsste sie. »Wie geht's meinen Fasanen?«

»Sie kriegen endlich neue Federn«, antwortete Candy und goss sich eine Tasse Tee ein. »Auf dem Hinweg habe ich einen Sperber aufgescheucht. Er hatte eine Taube gefangen, die doppelt so groß war wie er, und hat sie bei lebendigem Leib gefressen. Ich musste sie eigenhändig umbringen.« Sie sah immer noch die verrückt blickenden, safrangelben Augen des kleinen Raubvogels vor sich und die halb zerfetzte Taube, die langsam den Schnabel auf- und zumachte.

»Die Natur ist grausam«, seufzte ihr Vater. »Ich hoffe, dass diese Wildguard-Leute das wissen.«

Candy wandte leicht den Kopf. »Natürlich wissen sie das.«

In Wahrheit hatte sie nur eine vage Vorstellung von den Zielen, für die Wildguard einstand. Sie hatte den Namen einfach aus einem Verzeichnis abgeschrieben – unter Dutzend anderen Naturschutzverbänden und Forschungsorganisationen, an die sie sich vor drei Monaten nach Abschluss ihres Studiums an der Universität von Edinburgh gewandt hatte. Sie hatte fast vergessen, dass Wildguard existierte, als der Brief von der stellvertretenden Vorsitzenden, einer Frau namens Aquila Corrigan, eintraf. Aquila kam nach London um die Voraussetzungen zur Gründung eines europäischen Zweiges zu prüfen und lud Candy für den 29. September zu einem Vorstellungsgespräch ein, bei dem es um ein Projekt in Borneo ging.

Panik. Candy blieben gerade noch drei Tage um sich vorzubereiten. Hektische Telefonanrufe und ein Streifzug durch die Stadtbibliothek führten zu dem Ergebnis, dass Wildguard eine militante Umweltschutzgruppe war, die offen Aktionen gegen Ausbeuter der Natur propagierte. Das veranlasste Candy zweimal darüber nachzudenken, ob sie den Termin wahrnehmen sollte, aber es war die erste positive Antwort auf die einundvierzig Bewerbungen, die sie verschickt hatte, und Borneo übte einen unwiderstehlichen Reiz auf sie aus. Zumindest, sagte sie sich, wäre das Vorstellungsgespräch eine gute Übung.

Nach dem Frühstück ging sie hinauf um zu baden. Anschließend stellte sie sich nackt vor ihre Frisierkommode – eine Frau in einem Kinderzimmer, das immer noch mit Plüschspielzeug, Teenagerbüchern, Rosetten vom Pony-Club und Postern von Popstars, die seit einem Jahrzehnt aus der Mode waren, voll gestopft war. Sieh dich an, sagte sie zu ihrem Spiegelbild – sechsundzwanzig Jahre alt, immer noch zu Hause lebend und sich gerade mal auf das erste richtige Vorstellungsgespräch vorbereitend.

Ihr Blick fiel auf das Foto ihrer Mutter. Wehmütig betrachtete sie es. Sie hatten sich sehr nahe gestanden und sahen sich so ähnlich, dass Fremde sie manchmal für Schwestern gehalten hatten. Ihre Mutter war vor über vier Jahren an Krebs gestorben, drei Wochen vor Candys Hochzeitstag.

»Es ist schon sehr ärgerlich«, hatte sie zwei Tage vor ihrem Tod zu Candy gesagt, »aber ich werde natürlich vom besten Platz in der Kirche aus zusehen, wie du zum Altar gehst.«

Seufzend wandte sich Candy wieder dem Spiegel zu und prüfte kritisch ihr Aussehen. Haut gut, Haare okay – üppig, haferblond und wellig. Brüste klein, fest und perfekt gerundet, Hüften voller, Beine *gerade* lang genug, damit die Proportionen stimmten, aber nicht so lang, wie sie es sich gewünscht hätte.

Sie öffnete den Kleiderschrank und verzog das Gesicht. Das Beste wäre wahrscheinlich die Kluft einer Öko-Guerilla, aber so etwas besaß sie nicht, geschweige denn die für solche Aktionen nötigen Nerven. Schließlich entschied sie sich für ein Baumwollshirt, eine Seidenweste, einen über die Knie reichenden Wollrock und wenig Make-up.

»Ein bisschen zusammengewürfelt und salopp das Ganze, oder?«, meinte ihr Vater, als sie herunterkam.

Es war ein richtiger Altweibersommertag und in einem Anflug von Übermut beschloss sie in ihrem Cabrio nach London zu fahren – einem taubenblauen 1957 Lancia Aurela Spider, den ihre Mutter ihr hinterlassen hatte, die ihn wiederum von ihrem Onkel, einem risikofreudigen Rennfahrer und Herumtreiber, geerbt hatte. Als sie mit heruntergelassenem Verdeck über die Autobahn fuhr, zog sie eine Menge Aufmerksamkeit auf sich. Lastwagenfahrer blinkten mit der Lichthupe, die Raser auf der Überholspur in ihren schnellen Limousinen verlangsamten im Vorbeifahren das Tempo und warfen ihr Blicke von verliebt oder sehnsüchtig bis eindeutig geil zu. Candy setzte ein höfliches Lächeln auf und richtete den Blick stur auf die Straße.

Sie ließ den Wagen in Belgravia stehen, denn sie übernachtete bei ihrer Großtante Peggy. Von dort fuhr sie mit U-Bahn und Bus nach Hornsey – eine entsetzliche Expedition, die halb so lange dauerte wie ihre Fahrt von Hampshire nach London. Der Termin war für fünfzehn Uhr fünfzehn vereinbart und die Adresse entpuppte sich als Maisonette-Wohnung in einer Häuserzeile aus der Zeit König Edwards. Sie streckte die Hand nach der Klingel aus und ihr Blick fiel auf ein Plakat im Fenster, das eine Druiden-Versammlung ankündigte.

»Na, super«, murmelte Candy und drückte auf den Knopf.

»Hallo, Candy«, erklang eine körperlose amerikanische Stimme, »kommen Sie herein.«

»Ich war vollkommen fehl am Platz. Absolut das Letzte, was die gesucht haben.«

Candy erläuterte Gemma beim Abendessen in einer Brasserie, wie das Gespräch verlaufen war – Gemma war der lebende Beweis dafür, dass eine enge, in der Jugend geschlossene Freundschaft ein Leben lang verbindet. Sie waren schon zur Schulzeit totale Gegensätze gewesen und daran hatte sich bis heute nichts geändert. Von jeder Tugend, die Candy besaß, besaß Gemma die entsprechende Untugend; sie war chaotisch, aufgedonnert und nahm wahllos alle möglichen Drogen und Ersatzdrogen zu sich. Arbeit betrachtete sie als Erweiterung ihres gesellschaftlichen Lebens; zur Zeit arbeitete sie als eine Art Assistentin bei einer monatlich erscheinenden Hochglanzfrauenzeitschrift und war unglücklich mit dem Sohn eines usbekischen Kriegsherrn liiert, den sie verdächtigte ein Gold- und Silberschmuggler oder noch Schlimmeres zu sein. Candy vermutete, dass ihr Gemmas halbseidener Lebenswandel indirekt die gleiche Freude verschaffte, wie ihrer Freundin umgekehrt wiederum ihre eigene provinzielle Spießigkeit Befriedigung schenkte.

Gemma musterte sie aufmerksam. »Was hast du angehabt?«

Candy senkte den Blick. »Also, ehrlich gesagt das, was ich jetzt anhabe.«

Gemma war entsetzt. »*Darling,* du siehst aus wie eine dieser Jaeger-Damen, die für Immobilienmakler arbeiten und Kaufinteressenten durch feuchte, alte Pfarrhäuser führen. Warum hast du mich nicht angerufen? Ich kenne einen Laden in Fulham, da führen sie diese modisch aufgepeppten Klamotten für den Jagdurlaub. Ich hätte einen Rabatt für dich rausholen können.«

»Ich glaube wirklich nicht, dass meine Kleider das Problem waren.«

Am Nebentisch saß ein schönes junges Paar, das in eine Seekarte vertieft war. Aus Gesprächsfetzen entnahm Candy, dass die beiden einen Wintertörn zu den Malediven planten.

»Grässlich«, bemerkte Gemma, als Candy ihr erzählte, wo das Gespräch stattgefunden hatte.

»Das Haus war total normal, aber Aquila war ziemlich ungewöhnlich.«

»Kurz geschorene Haare und Plastiksandalen? Nach Moder riechend?«

Candy lachte. »Groß, statuenhaft, lange schwarze Haare. Alles schwarz. Schwarze Kleider, schwarze Augen. Und Tätowierungen auf der Schulter. Oh, und sie ist Heidin.«

Gemmas Augen wurden groß, und Candy registrierte notgedrungen, dass sie verquollener aussahen als bei ihrem letzten Treffen.

»Aquila ist ihre Geistführerin«, erklärte sie weiter, »das heißt, sie ist eine Heilige Frau der Sioux, die in Kanada ermordet wurde. Davor war sie eine irische Hexe. Sie hat ein Leben als Verfolgte geführt.«

»Klingt, als sei sie übergeschnappt.«

»Ich fand sie eigentlich sympathisch. Sie wirkte so aufrichtig und ... ich weiß nicht ... rein.«

»Und warum hat sie sich nicht für dich begeistert? Falsches Tierkreiszeichen?«

Candy lächelte. »Es begann alles ganz vernünftig. Sie hat mich gefragt, warum ich erst so spät mit dem Studium angefangen habe.«

»Hast du ihr von Roger erzählt?«

Candys Lächeln erlosch. Roger – Captain Roger Yuill – war der Mann, mit dem sie bis drei Wochen vor der geplanten Hochzeit zusammengewesen war. Die perfekte Partie für sie, hatten ihre Freundinnen geseufzt – gut aussehend, finanziell unabhängig, Erbe einer großen Farm etwa dreißig Kilometer von Candys eigenem, weich gepolsterten Heim entfernt.

»Natürlich nicht«, erwiderte sie. »Das war nicht relevant. Wir sprachen über mein Studium.«

»Du bist gerade so durchgekommen, nehme ich an.«

»Ja.« Candy zögerte. »Also ehrlich gesagt, ich habe mit Bestnote abgeschlossen.«

Gemmas Augen weiteten sich. »Donnerwetter! Ich hatte ja keine Ahnung, dass du *so* klug bist.« Sie klang beunruhigt.

»Oh, ich habe eben geschuftet – von morgens bis abends in der Bibliothek gehockt. Absolut kein gesellschaftliches Leben.«

»Keine Männer?«

»Die anderen Studenten kamen direkt von der Schule. Der Altersunterschied schien phänomenal.«

»Mmm. Ich habe letztes Jahr einen Siebzehnjährigen gebumst. Gott, er war reizend – so groß für sein Alter.« Gemmas Tonfall wurde schmeichelnd. »Candy, *einen* musst du gehabt haben – irgendeinen behaarten Schotten.«

»Da war niemand, der in Frage gekommen wäre. Wie dem auch sei«, sie wechselte das Thema, »es ging daneben, als Aquila mich fragte, warum ich mich an Wildguard gewandt habe. Ich wusste so gut wie nichts über diese Gruppe, verstehst du.«

»Wie hast du diese Klippe umschifft?«

»Gar nicht. Ich musste es zugeben.«

Gemma hörte auf zu kauen. »Candy, das war dumm. Um heutzutage einen Job zu ergattern musst du dich blitzschnell auf alles einstellen können.«

»Das hätte auch nichts genützt, denn dann machte Aquila einen Persönlichkeitstest mit mir.«

»Mann! Was hat sie dich denn gefragt?«

»Ach, so Sachen wie, welcher Einfluss ist der wichtigste in meinem Leben? Ob ich mich vor Bazillen fürchte. Ob ich für die Haltung von Haustieren bin. Ganz schön sonderbares Zeug.«

»Und wie hast du abgeschnitten?«

»Scheinbar bin ich ein sehr ausgeglichener Mensch, nur ist es wohl so, dass sich das Zentrum meiner Ausgeglichenheit am falschen Platz befindet«

»Vermutlich hast du ihr erzählt, dass du Hunde hast und an der Fuchsjagd teilnimmst.«

»Wirklich komisch«, kicherte Candy, die sich langsam zu amüsieren begann, »aber stimmt tatsächlich.«

»Da hast du es; du bist nicht vermittelbar. Du musst heiraten.«

»Endgültig aus war es, als sie erfuhr, dass ich keine Vegetarierin bin. Fleisch ist Mord, nach Aquilas Ansicht. Sie hat mir grauenhafte Schlachthausszenen geschildert und anschaulich beschrieben, wie verängstigt die Tiere ihrem Tod entgegengehen, sodass ihr Adrenalinspiegel dramatisch ansteigt und das Fleisch mit dem Beigeschmack der Angst vergiftet wird. Grundsätzlich ist es so, dass du, wenn du Fleisch isst, Negatives zu dir nimmst.«

Gemma schielte auf ihren Teller mit Schweinefleisch und Algen. »Candy, ich hoffe, es war ein Superjob.«

»Es war kein richtiger Job – nur ein dreiwöchiger Trip nach Borneo. Wildguard will einen Sektor des Regenwaldes überwachen, der von einem Wasserkraftwerk bedroht wird. An meinen zoologischen Kenntnissen waren sie nicht interessiert. Sie brauchten nur eine Köchin und ein Mädchen für alles.«

»Du hattest verdammtes Glück, dass du davongekommen bist. Stell dir vor, du hängst da im Urwald rum mit dieser Frau, die ständig auf dir herumhackt.«

Candys Aufmerksamkeit wurde von dem Karten lesenden Paar abgelenkt. »Ja, aber Borneo hätte mir schon riesig gefallen.«

Gemma zündete einen Stumpen an. »Wie geht's jetzt weiter?«

»Mit Jobsuche.«

»Erinnerst du dich noch an Nathalie? Ihr Vater hat ein Apartmenthaus in Chelsea gekauft und sie sucht jemanden, der ihr bei der Renovierung hilft.«

»Ich habe nicht die Absicht Raumausstatterin zu werden. Ich möchte mit Tieren arbeiten.«

»Wie wär's mit Pferden? Du warst doch eine leidenschaftliche Pferdenärrin.«

»Mit wilden Tieren, Gemma.«

Gemma zog an der Zigarre. »Mm. Irgendeine Chance, dass du und Roger ...?«

»Absolut nicht.« Candy wollte nicht über dieses Thema sprechen.

»Er ist immer noch total verrückt nach dir, weißt du. Vor ein paar Wochen traf ich ihn auf einer Party und er hat von nichts anderem gesprochen.«

»Er verschwendet nur seine Zeit.«

Gemma blies demonstrativ Rauch aus. »Sex nicht gut?«

»Verschieden.«

»Na, das ist doch schon was.«

»Verschieden zwischen ihm und mir, nicht im Sinne von mal so, mal so.«

Angelegentlich betrachtete Gemma das vordere Ende ihres Stumpens. »Erinnerst du dich noch an den Abend, an dem du die Verlobung gelöst hast? Wir waren alle auf so einem öden Ball und du hast Roger beiseite genommen um ihm die schlechte Nachricht beizubringen.« Leere senkte sich wie ein Schutzschild über Candys Erinnerung. Sie nickte nur.

»Na ja«, Gemma lachte schuldbewusst, »aus Gründen, die näher zu erläutern zu anstößig wäre, suchten ein Freund und ich dringend ein wenig Ungestörtheit und wir folgten euch die Treppe hinauf. Leider war das erste Schlafzimmer, in das wir hineinschauten, bereits besetzt.«

Einen Augenblick lang konnte Candy die Erinnerung verdrängen, doch dann kehrte die grässliche Szene zurück – Yuill, der auf ihr stieß und stöhnte, die sich öffnende Tür, ein erstauntes Keuchen, gefolgt von Gekicher und gedämpftem Lachen, das zunehmend leiser wurde, als die Betreffenden sich über den Korridor entfernten.

»Guck nicht so wütend, Candy. Ich fand es unheimlich süß von dir, dass du den Schlag, den du ihm verpasst hast, auf diese Weise abgemildert hast.«

Zitternd beugte sich Candy vor. Die Kraft ihrer Gefühle fegte das Lächeln von Gemmas Gesicht. »Ich hatte keine Wahl, du Idiot. Er hat mich vergewaltigt.«

Gemma starrte sie verständnislos an. »Roger? Dich? Großer Gott, Candy.« Automatisch griff ihre Hand nach ihrem Drink.

»Jetzt weißt du, warum ich nichts mehr mit ihm zu tun haben will.«

Langsam straffte Gemma den Rücken. Verwirrt drehte sie sich um und hob die Hand um einen Kellner herbeizuwinken. »Mein Gott«, murmelte sie. »Jetzt ist meine letzte Illusion im Eimer. Ich dachte, solche Dinge passieren nur Nutten wie mir.« Plötzlich hatte sie es eilig, kramte hektisch in ihrer Tasche herum, verlangte sofort die Rechnung und drängte dem Kellner hastig ihre Kreditkarte auf. »Trotzdem«, verkündete sie fröhlich, »du kannst dich nicht für immer auf dem Land vergraben. Du musst nach London kommen. Ein paar Herzen brechen.«

»Mein Vater …«, hob Candy an, brach aber ab, denn Gemma

stieß ein warnendes Glucksen aus. Candy blickte hinter sich, ihr Körper erstarrte. Sie funkelte Gemma an.

»Auf Ehre und Gewissen«, zischte Gemma. »Ich hatte keine Ahnung.«

»Du ziehst am besten Leine«, fuhr Candy sie an, dann wandte sie sich mit einem perfekten Lächeln um. »Roger, was für eine Überraschung.«

»Candy, wie schön dich zu sehen. Hallo, Gemma.«

Yuill war in Begleitung von sechs Bekannten, darunter einer großen blonden Frau, die mit offener Feindseligkeit auf Candy herabblickte. Yuill stellte sie nicht vor und die Clique ging weiter zu ihrem Tisch.

»Oh Mann«, sprudelte Gemma hervor und stand sprungbereit auf. »Ich habe versprochen Gavin anzurufen, weil ich klären muss, ob wir seine Räume für Modeaufnahmen benutzen können.«

Sie eilte davon und Yuill setzte sich auf ihren frei gewordenen Platz. »Schöner denn je«, sagte er.

»Du siehst auch sehr gut aus, Roger.«

Das war ziemlich übertrieben. Yuill sah zwar immer noch gut aus, aber sein Gesicht war aufgedunsen und zeigte Ansätze von Hängebacken, dunkle Schatten von zu wenig Schlaf betonten die beginnende Formlosigkeit seiner Züge noch. Er schien ein wenig angetrunken.

»Ich dachte, du bist nie in die Stadt«, machte er Konversation.

»Ich hatte ein Vorstellungsgespräch.«

»Erfolg gehabt?«

»Nein. Ich habe es völlig verpatzt.«

»Wie geht's dem General?«

»Oh, prächtig. Er hat jetzt eine Jagd und macht einen Riesenaufstand mit seinen Fasanen.«

»Bitte grüße ihn von mir. Und auch deinen Bruder natürlich. Du weißt sicher, dass ich aus dem Militärdienst ausgeschieden bin.«

»Ja, ich war überrascht.«

»Soldat sein ist heutzutage reichlich stumpfsinnig. Dir fällt nichts Besseres ein, also gehst du zur Armee um zu schießen und erschossen zu werden. Der einzige Ort, wo man heute noch einen draufmachen und was rausholen kann, ist die City, also bin ich dahin. Ich habe mir gesagt, ich könnte genauso gut reich werden.«

»Roger, du *bist* reich.«

»Reich an Grundbesitz. Das ist nicht das Gleiche.«

Candy fing einen hasserfüllten Blick der Blonden auf. »Roger, deine Freunde warten.«

»Candy, kannst du mir verzeihen?«

Sie wandte den Blick ab, ihr Mund verengte sich zu einem festen Strich. »Ja.«

»Ich war so ein verdammter Narr. Ich weiß nicht, was über mich gekommen ist.«

»Ich möchte lieber nicht darüber sprechen.«

»Aber etwas muss ich dich fragen. Hättest du mich geheiratet, wenn deine Mutter nicht gestorben wäre?«

Candys Antwort kam unsicher: »Vermutlich.«

»Und glaubst du, wir wären miteinander glücklich geworden?«

Candy sah ihm in die Augen. »Ich hätte es zumindest versucht. Ich weiß nicht, ob das gereicht hätte.«

Yuill ließ lächelnd den Blick schweifen, als amüsiere er sich über die anderen Gäste. »Einen anderen gefunden?«

Candy hörte die vor Empörung lauter werdende Stimme der Blonden. »Nein, aber …«

»Ich auch nicht. Wenn überhaupt möglich, sind meine Gefühle für dich noch stärker geworden als früher.«

Nun blieb ihr nichts anderes übrig als offen und direkt zu sein. »Aber *ich* habe mich verändert, Roger. Vor vier Jahren waren Ehe und Kinder das Höchste, was ich mir vorstellen konnte. Ich hoffe immer noch, dass ich irgendwann eine Familie habe, aber ich möchte auch einen Beruf – eine Karriere. Ich will was anfangen mit meinem Leben.«

»Ich würde dich nicht daran hindern. Ich könnte dir sogar helfen.«

»Ich habe gerade mein Studium abgeschlossen. Ich möchte

im Ausland arbeiten. Bei dem Vorstellungsgespräch, das ich heute in den Sand gesetzt habe, ging es um einen Job in Borneo.«

Hinter ihr erklang Tumult und die blonde Frau stolzierte, eingehüllt in Zorneswolken, an ihr vorbei zur Tür. Yuill schien ihren Abgang nicht einmal zu bemerken.

»Candy, können wir irgendwohin gehen, wo wir uns unterhalten können? Ich verspreche dir, ich werde in keinster Weise aus der Rolle fallen.«

»Tut mir Leid, Roger. Ich wohne bei meiner Tante und ich habe mich bis jetzt kaum um sie gekümmert.«

Yuills Lächeln wirkte verzerrt. »Diese Frau ist eine Hexe. Ich glaube, sie hat gegen mich intrigiert.«

»Gar nichts hat sie«, widersprach Candy. »Das hast du alles ganz allein besorgt.« Als sie aufstand um zu gehen, legte Yuill seine Hand auf ihre. Sie machte keinen Versuch sie wegzuziehen; sie starrte auf ihn hinunter, schweigend, bis er zu ihr aufsah.

»Du verstehst nicht, stimmt's? An diesem Abend ...was du getan hast ... wenn ich gekonnt hätte, ich hätte dich umgebracht.«

Candy ging schnell, sie versuchte die Erinnerung hinter sich zu lassen. Ihr Atem blies Wölkchen in die Herbstluft. Sie hatte die Erinnerung an Roger in den hintersten Winkel ihres Bewusstseins verbannt und ihr Wiedersehen mit ihm war wie die Begegnung mit einem Fremden. Bei der Vorstellung, sie könnte jetzt seine Frau sein, schauderte sie und sie warf unwillkürlich einen Blick über die Schulter.

Vergewaltigt von dem Mann, dem sie den Rest ihres Lebens hatte anvertrauen wollen, von dem Mann, mit dem sie sich eine ähnlich glückliche Ehe wie die ihrer Eltern erträumt hatte. Wie wenig Menschenkenntnis sie doch hatte, dachte sie und Zorn flammte in ihr auf. Gemma hatte Recht: Niemand würde eine so dumme kleine Närrin wie sie einstellen.

Es war nach elf, als sie die Tür zur Wohnung ihrer Tante aufschloss. Im Wohnzimmer brannte noch Licht. Müde nach dem langen Tag und dem emotionalen Aufruhr versuchte Candy unbemerkt an der Tür vorbeizuschleichen.

»Bist du das, Liebes?«

Candy holte tief Luft und brachte ein Lächeln zustande.

Peggy saß in einem Lehnstuhl, fast eingemauert von Büchern aus der Londoner Bibliothek. Sie war alt, wacklig und so pfiffig wie ein Wiesel.

»Schönen Abend verbracht, Candy?«

»Sehr schön, ja.«

»Du siehst ein bisschen blass aus.«

Sie zögerte. »Ich bin in Roger hineingelaufen.«

»Oh ja? Wie geht es ihm?«

»Er hat zugenommen und beschlossen reich zu werden.«

»Fang nie wieder was mit verflossenen Liebhabern an. Zumindest nicht, bevor du festgestellt hast, dass die neuen alle noch schlimmer sind. Doch dann ist es zum Glück zu spät!«

»Ich habe nicht die Absicht noch mal mit ihm anzufangen.«

»Freut mich sehr, das zu hören. Heirate nie einen Mann in Uniform.«

»Er ist aus der Armee ausgeschieden.«

»Sie werden nie erwachsen, weißt du. Sie führen ein so behütetes Leben – andauernd stehen Leute für sie bei Fuß, jede Minute ihres Tages ist verplant. Alt gewordene Schuljungs, dein Vater eingeschlosssen. Tja, meine Liebe, Adrian ist ein reizender Mann, aber absolut unverbesserlich. Deine arme Mutter ...«

Candy ballte die Fäuste. Sie liebte Peggy zärtlich, aber sie konnte manchmal ein richtiges Biest sein.

Candy bemühte sich um ein strahlendes Lächeln. »Der Tag war ganz schön anstrengend. Ich glaube, ich gehe jetzt zu Bett.« Sie beugte sich vor, die Lippen zum Kuss gespitzt.

Peggy hob ihr die Wange entgegen. »Oh, diese Amerikanerin hat angerufen – Aquila. Du sollst sie zurückrufen.«

»Was, jetzt?«

»Am Vormittag. Jetzt meditiert sie.« Tante Peggy lächelte angesichts von Candys Überraschung. »Ein interessantes Mädchen. Wir haben uns sehr gut unterhalten.«

Vorsichtig machte Candy einen Schritt rückwärts und tastete nach einem Sessel. »Worüber?«

»Über alles mögliche, über Hexen – sie nennt sie weise Frauen –, über Paganismus. Sie erklärte mir, Heiden seien keine Satanisten; Paganismus stamme vielmehr vom französischen *pays* ab. Ist das nicht interessant? Wir sprachen über Ganzheitsmedizin und sie empfahl mir es wegen meiner Arthritis mal mit Myrtenöl zu versuchen.« Peggy runzelte die Stirn. »Glaubst du, bei Harrods gibt's das?«

In Candys Kopf ging alles durcheinander. »Ich denke schon.« Sie legte die Hände flach auf die Knie. »Peggy, hat Aquila dir gesagt, warum ich sie zurückrufen soll?«

»Wegen der Stellung, um die du dich beworben hast.«

»Und?«

»Sie hat mich gefragt, ob du dafür geeignet seist. Ich sagte ihr, du seist in der Tat sehr geeignet.«

Candy umklammerte ihre Knie. »Was hat sie dann gesagt?«

»Sie hatte Bedenken, du könntest vielleicht das Visum nicht mehr rechtzeitig bekommen. Ich sagte ihr, mein Patensohn arbeite im Außenministerium und könne eventuell die Räder etwas schmieren.« Peggy lächelte liebevoll. »Na, wohin soll's denn eigentlich gehen?«

»Nach Borneo«, antwortete Candy matt.

»Da ist es schön, Liebes, du wirst sehen. Gerald war im Krieg dort und bildete Kopfjäger aus, die gegen die Japaner kämpfen sollten. Reizende Leute, sagte er. Absolut entzückende kleine Menschen. Vorausgesetzt natürlich, sie mögen dich.«

# 3

Als Treffpunkt hatte Wildguard Pontianaka an Borneos Westküste bestimmt, aber nach zwei Zwischenlandungen kam Candy erst spät am Abend in Jakarta an und erfuhr, dass der Weiterflug annulliert worden war und das nächste Flugzeug nicht vor Tagesanbruch starten würde. Benommen von der Müdigkeit nach der anstrengenden Reise sammelte sie ihre Gepäckstücke zusammen. Dabei bemerkte sie einen jungen Mann, der in ihre Richtung lächelte. Sie sah sich um, aber es gab niemand außer ihr in seiner Blickrichtung. Er kam auf sie zu, sein breites Lächeln sollte einladende und vertrauliche Wärme ausstrahlen. Ein Amerikaner.

»Wildguard?«

»Ja«, antwortete sie und streckte ihm freundlich reserviert die Hand entgegen. »Candida Woodville. Alle sagen Candy zu mir. Guten Tag. Wie geht's?«

»Jay Boucher«, stellte er sich vor, »und mir geht's prima.« Er betrachtete sie mit einem leicht fragenden Gesichtsausdruck. »Ich bin der Journalist, der die Story schreibt.«

»Oh«, machte sie. Sie hatte keine Ahnung, von welcher Story er sprach.

»Du sprichst Indonesisch?«

»Das war Malaiisch. Ich habe einige Zeit in Sarawak und Brunei verbracht.«

»Ich bin zum ersten Mal in den Tropen«, gestand Boucher. Sein Blick wanderte umher. »Sieht so aus, als säßen wir für eine Nacht hier fest. Was hältst du davon, wenn wir in die Stadt fahren, uns ein Hotel suchen und zusammen essen gehen?«

Candy war es nicht gewohnt, unverzüglich und bereitwillig

auf Vorschläge von Fremden einzugehen, aber was er sagte, klang wirklich vernünftig, und er sah nicht gefährlich aus. Auf dem Weg zum Taxistand musterte sie ihn genauer. Modisch geschnittener Leinenanzug, blaues Baumwollhemd und todschicke Krawatte. Weiches braunes Haar, ziemlich geckenhaft geschnitten. Kluge Augen von klarem Tundragrau, leicht schräg nach oben geschnitten und deshalb ungewöhnlich. Schlank, etwas über mittelgroß, aber nicht groß verglichen mit den Männern in ihrem Leben. Nicht ihr Typ. Zu sehr von sich eingenommen.

Jakarta ähnelte einem Dampfbad mit enorm schlechter Luft, voll gestopft mit Menschen und tosendem Verkehr. Auf Candy machten die Polizisten an den Kreuzungen den Eindruck, als stünden sie kurz vor dem Nervenzusammenbruch oder einem Amoklauf.

»Eine Stadt nach meinem Geschmack«, meinte Boucher und sog anerkennend die Luft ein. »Spürst du die Energie? Ha, wenn man sich vorstellt hier Bürgermeister zu sein.«

»Bist du Autor für Umweltthemen?«

Er grinste entwaffnend. »Für zeitgenössische kulturelle Auswüchse. Meine Worte sind vergänglich. Und du?«

»Ich bin Zoologin«, antwortete sie ohne zu überlegen und bereute es sofort.

»Wie lange bist du schon bei Wildguard?«

»Eigentlich überhaupt nicht. Ich habe sie vor ungefähr drei Monaten auf gut Glück angeschrieben.«

»Dann ist das also deine erste Kampagne?«

»Ja. Bisher kenne ich nur Aquila Corrigan.«

Boucher nickte beunruhigend langsam und viel sagend.

»Du siehst mich so sonderbar an.«

»Tut mir Leid, du bist nur nicht unbedingt das, was ich erwartet habe.«

»Und was war das?«

»Oh, ich weiß nicht – eine das einfache Leben propagierende Alternative mit selig verdrehten Augen.«

In Candys Kopf schrillten die Alarmglocken. »Sieht so das typische Wildguard-Mitglied aus?«

Wieder ließ Boucher sein Lächeln aufblitzen. »Verdammt, wenn ich das wüsste. Du bist bisher mein erstes diesbezügliches Objekt und du bist so normal, dass es schon fast wieder enttäuschend ist.«

Candys Blick war von einer Schärfe, die eine Muschel auf fünfzig Schritt hätte öffnen können. »Vielen Dank.«

Er war immun dagegen. »Hoffen wir, wenigstens Leo wird seinem Image gerecht.«

»Was soll das heißen?«

»Hat dir Aquila nichts gesagt?«

»Mir was gesagt?«, verlangte Candy zu wissen, die sich langsam gründlich angeödet fühlte.

»Über Jaegers Vergangenheit bei den Hell's Angels. Der Typ hat ein kilometerlanges Vorstrafenregister – Bedrohung mit einer tödlichen Waffe, Erregung öffentlichen Ärgernisses wegen unsittlichem Entblößen, unzählige Verkehrsübertretungen.«

Candy starrte wie blind auf die Straße. »Wie interessant«, sagte sie geistesabwesend.

»Ich vermute, er hat sich gebessert. Er hat es immerhin fertig gebracht, dass Dexter Smith seine Brieftasche öffnet und ordentlich hineingreift. Leo und seine Kumpels waren für die Sicherheit bei Dexters Konzerten zuständig. Als Leo zum Grünen konvertierte, marschierte er hinter die Bühne und legte Dexter die Daumenschrauben an.« Boucher zögerte, dann räusperte er sich. »Das mit Dexter Smith weißt du?«

Candy bedachte ihn mit einem kalten Blick. »Ich lebe nicht hinter dem Mond.«

»Ich meine, du weißt, dass er auf diese Expedition mitkommt.« Bouchers unausstehliches Lächeln wich einer besorgten Miene. »Aus diesem Grund bin ich hier. Dexter ist der Köder. Hat man dir nicht ... Ah, verstehe, man hat nicht. Ich ... äh ... vermute, sie wollten nicht, dass was durchsickert für den Fall, dass dadurch unerwünschte Personen angelockt werden könnten.«

Candy starrte auf einen überfüllten Bus und hätte sich am liebsten vor seine Räder geworfen. »Wer kommt sonst noch mit?«, fragte sie dumpf.

»Der übliche Haufen psychopathischer Ideologen«, erwiderte er fröhlich, dann bemerkte er ihren Gesichtsausdruck. »War nur ein Scherz«, murmelte er hastig.

Candy nahm eine kalte Dusche. Anschließend ging sie in die Eingangshalle, wo sie sich in Erwartung neuer Demütigungen mit großem Widerstreben Boucher anschloss und mit ihm hinaus in die Nacht trat.

Sie aßen in einem *warung*, einem Imbissstand an der Ecke einer Hauptverkehrsstraße. Der trübe Nachthimmel, der die Farbe verfaulter Schalentiere hatte, war durchzogen von Stromleitungen und stinkenden Abgasschwaden. Verkehrslärm ertönte von der einen, plärrende Popmusik von der anderen Seite. Inmitten dieses Infernos ruhte der *warung* wie eine Oase vorsintflutlicher Ruhe. Nachtfalter flogen gegen die Kerosinlampen, unter denen würdevolle Männer mit ausdruckslosen ledrigen Gesichtern saßen und nach Nelken duftende Zigaretten rauchten.

»Auf welchem Gebiet hast du dich als Zoologin spezialisiert?«, erkundigte sich Boucher.

»Ethologie – das Verhalten der Tiere. Katzen interessieren mich besonders. Letztes Jahr war ich in Nepal und half bei der Bewertung der Tigerpopulation.«

Boucher inspizierte eine Platte mit würzigen Klößen. »Und du hoffst dieses Interesse auf dieser Reise weiter vertiefen zu können?«

Candy bemühte sich mit ruhiger Stimme zu sprechen. »Ich fürchte, ich habe einen falschen Eindruck vermittelt. Wildguard hat mich nicht als Zoologin engagiert. Aquila hat mich ganz allgemein als Assistentin eingestellt.«

»Du sagtest, du seist schon einmal in Borneo gewesen.«

»Während der Schulferien. Mein Vater war hier stationiert – beim Militär.«

»Und was hast du gemacht, bevor du bei Wildguard angeheuert hast?«

»Ich habe erst vor vier Monaten mein Diplom gemacht«, gestand Candy. Sie fragte sich, ob sie als Zweiundzwanzigjährige durchgehen würde, schalt sich aber gleich darauf wegen ihrer Feigheit. »Ich habe erst spät angefangen zu studieren.«

»Und davor?«

»Du meinst beruflich?«

Boucher nickte.

Candy wandte den Blick ab. Ihre Augen verharrten auf der Szene einer Auseinandersetzung zwischen einem Fußgänger und einem Fahrradtaxi. »Ich hatte nie das, was du einen richtigen Beruf nennen würdest. Ich war Aupairmädchen in der Schweiz; ich habe Pferde in Neuseeland abgerichtet; und ich habe in einer Kunstgalerie gearbeitet. Das war's.«

Boucher hatte aufgehört zu essen. Er schien in Gedanken versunken.

Candys Gesicht wurde glühend heiß. »Du hältst mich für unglaublich naiv, stimmt's?«

Boucher grinste. »Schon okay. Ich passe auf dich auf.«

Ihre Hotelzimmer lagen nebeneinander und bevor sie sich trennten, fragte Candy Boucher, ob er ein Exemplar seines Buches bei sich habe. Er hatte und er fühlte sich durch ihr Interesse geschmeichelt.

Die Artikel hatten nichts mit dem Journalismus gemein, den Candy kannte. Die Titelgeschichte handelte von einem Lehrer aus Michigan und seiner Frau, die behaupteten, sie hätten ein außerirdisches Wesen gepflegt und nach seinem Tode in ihrer Garage seziert. Als sie den Artikel halb durchgelesen hatte, hatte Candy genug von diesem Unsinn und blätterte aufs Geratewohl ein paar andere Kapitel durch.

Sie legte das Buch weg und starrte zur Decke hinauf. Nebenan klapperte Boucher auf einer Schreibmaschine. Je länger sie hier lag, desto überzeugter wurde sie, dass er über sie schrieb. Sie begann sogar schon selbst den Text zu formulieren.

Entschlossen schlüpfte sie in einen Baumwollmorgenrock und ging auf den Flur. Sie hob die Hand, verlor den Mut und riss sich zusammen. Endlich klopfte sie. Boucher, immer noch vollständig angekleidet, öffnete die Tür.

»Habe ich dich gestört?«

Sie sah die Schreibmaschine auf dem Bett. »Nicht gerade das neueste Modell.«

Boucher verzog das Gesicht. »Ein altgedienter Auslandskorrespondent hat sie mir geschenkt. Ich habe sie aus Sentimentalität mitgenommen.« Er warf einen kläglichen Blick auf sein Buch. »Nicht dein Ding, was.«

»Diese Geschichten. Hast du sie erfunden?«

Boucher war verblüfft. »Nein, sie sind wahr. Ist alles passiert.«

»Wussten die Personen, dass du vorhattest über sie zu schreiben?«

»Die meisten. Alle vielleicht nicht.«

»Schreibst du über mich?«

»Wie kommst du darauf?«

Candy spürte, dass sie rot wurde. »Die Fragen, die du mir gestellt hast, die Art, wie du mich ansiehst.«

»Es gibt andere Gründe, warum ein Mann dich ansehen möchte.«

Candys Röte breitete sich aus und sie konnte nichts dagegen tun. »Ich meine es ernst.«

»Ich auch,« bestätigte Boucher. Er kratzte sich am Kopf. »Sieh mal, wir sind beide hier um unseren Job zu erledigen. Meiner besteht darin, über dieses Unternehmen zu schreiben. Du bist Teil dieser Expedition und damit logischerweise ein Teil meiner Arbeit.«

»Dann kann also jedes Wort, das ich sage, in deinem Artikel wieder auftauchen?«

Boucher lächelte gönnerhaft. »Was denn, zum Beispiel?«

»Wie dumm von Candy Woodville nach Borneo zu reisen ohne irgendetwas über ihre Mitreisenden zu wissen?«

»Käme mir nie in den Sinn.«

»Behandeln Sie mich nicht so herablassend, Mr Boucher.«

Boucher seufzte. »Auch auf das Risiko hin deinem Selbstwertgefühl schweren Schaden zufügen zu müssen, muss ich dir klar sagen, dass du nicht im Mittelpunkt meiner Story stehst. Dexter Smith und die Wildguard-Aktivisten sind die Hauptakteure.«

Verzweifelt klammerte sie sich an diese Aussage. »Aber du gibst mir nicht dein Wort darauf?«

»Dass ich dich nicht erwähne? Nein. Man weiß nie. Vielleicht entpuppst du dich noch als der Star der Show.«

»In dem Fall ist es wohl das Beste, wenn wir nicht mehr miteinander reden.«

Boucher massierte seinen Nacken und lachte kurz auf. »Candy, du nimmst ...«

»Gute Nacht.« Sie drückte ihm das Buch in die Hand und stürmte zurück in ihr Zimmer.

Als sie im Bett lag, kam sie sich ziemlich albern vor. Sie hörte das Quietschen von Bouchers Schreibmaschine und ein paar Sekunden später das schwache *Pling* zusammengeknüllten Papiers, das in den Papierkorb geworfen wird. Schuldbewusst lächelnd drehte sie sich zur Seite und schlief ein.

Ein Gecko spreizte sich von der Wand ab und sauste blitzschnell hinter einen Spiegel, als Candy aus dem Bett hüpfte. Sie hämmerte gegen die Wand. »Aufstehen! Die haben vergessen uns zu wecken.«

Sie lief in die Dusche, drehte die Hähne auf, zog ihren Morgenmantel aus, rannte fluchend zurück ins Schlafzimmer und schlug noch einmal gegen die Wand.

»Aufwachen! Wir verpassen das Flugzeug.«

Keine Reaktion.

Sie zog ihren Morgenmantel über, rannte hinaus auf den Flur und genau in Bouchers Arme. Einen Moment lang hatten sie vollen Körperkontakt, sie in ihrem dünnen Fähnchen, er vollständig geschniegelt und gebügelt, nach Aftershave duftend und den Mund zu seinem breitesten Lächeln verzogen.

»Mm«, machte er.

Candy wich zurück. »Was soll denn das? Warum hast du mich nicht geweckt?«

»Vor einer halben Stunde habe ich geklopft, aber es hat sich nichts gerührt. Ich dachte, du könntest noch ein bisschen Schlaf gebrauchen, deshalb sagte ich dem Hotelpagen, er brauche dich nicht zu wecken, ich würde das übernehmen.«

»Ich kann verdammt noch mal selbst entscheiden, wer mich wecken soll.«

Er hob abwehrend die Hände und trat zurück. »He, tut mir Leid.«

Sie brummelte etwas Unverständliches. »Ruf ein Taxi.«

»Schon erledigt. Ich habe auch schon Kaffee und Saft bestellt.« Er sah an ihr vorbei in ihr Zimmer. »Geh jetzt unter die Dusche.«

Während sich Candy einseifte, war sie wütend auf sich selbst. Sie kam nie zu spät, sie verschlief niemals und jetzt hatte ausgerechnet Boucher sie zu einer trägen, inkompetenten Frau mit allem, was dazugehört, abgestempelt. Noch zorniger wurde sie bei der Erkenntnis, dass ihr Geplänkel draußen durchaus nicht frei von sexuellen Empfindungen gewesen war.

»Kaffee«, rief er. »Soll ich ihn reinbringen?«

»Stell ihn hin, danke.«

Als sie ihre Haare mit einem Handtuch trockenrubbelnd aus dem Badezimmer kam, stand er immer noch da, die Kanne bereit zum Eingießen, und zeigte sein großspuriges Lächeln. »Java«, sagte er. »Wie nimmst du ihn?«

»Allein.«

»Schon gut. Ich gucke in die andere Richtung.«

»Nein, tust du nicht. Wir treffen uns in zehn Minuten unten.«

Mit leicht verschleiertem Blick verzog er sich.

Während sie ihr Haar trockenrieb, wurde ihr bewusst, was für einen verklemmten und kleinkarierten Eindruck sie auf ihn machen musste, aber es war ihr egal. Sie hatte keine Lust, dass sich irgendein verdammter amerikanischer Journalist Notizen machte, während sie sich anzog. Sie warf ihre Kleider über – Unterwäsche, Baumwollhemd, Hosen, Riemchensandalen. Sie steckte ihr Haar mit einem Kamm zusammen, spülte mit dem Kaffee eine Malariatablette hinunter und verließ fluchtartig ihr Zimmer.

Im Taxi sah Boucher aus wie ein begossener Pudel. Geschieht ihm recht, dachte Candy. Es war noch dunkel, als sie am Flughafen ankamen, aber die Stadt pulsierte bereits; beim Start ging die Sonne auf und mit ihrem Licht hoben sich Candys Lebensgeister, als sie über die smaragdgrünen Hügel und silbernen

Reisfelder schwebten. Verzaubert vom Anblick des tropischen Reichtums vergaß Candy ihren Reisegefährten.

»Du hast also wirklich vor dich an dein Schweigegelübde zu halten?«

Candy war sich teilweise bewusst, dass sie ihr Schmollen übertrieb. »Soweit es dich betrifft, ja.«

»Junge, Junge, bist du *kompliziert*«, stöhnte Boucher. Er schloss die Augen und lehnte sich zurück. »Hör mal, mir ist inzwischen klar, dass wir nicht gerade einen glänzenden Start hatten, aber ich sehe kein Hindernis, warum wir nicht Freunde sein könnten.«

»Sagte die Spinne zur Fliege.«

Boucher betrachtete sie mit einer Miene, die an offene Belustigung grenzte. »Du hast schon schlechte Erfahrungen mit Journalisten gemacht, habe ich Recht?«

»Mein Vater. Ich weiß, wie die Presse entstellt und erfindet.«

Bouchers Stirn legte sich in Falten. »Welchen Rang hat er?«

»General.«

Boucher betrachtete sie lange. »Das passt«, sagte er schließlich und wandte den Blick ab. Seine Augen waren kieselhart. »Mach, was du willst. Das bist du ja anscheinend gewohnt.«

Candys Zehen begannen sich nach dieser Brüskierung gerade erst zu entspannen, da kristallisierte sich bereits die Küste von Kalimantan aus dem Dunst heraus und bei diesem Anblick bekam sie erneut ein flaues Gefühl im Magen. Boucher hatte Recht; es war nicht seine Schuld, dass sie ihre Hausaufgaben nicht gemacht hatte.

Pontianaka bot sich ihren Blicken dar – eine graue, triste Ansammlung inmitten von Monsungrün.

»Ich habe eine aus dem Urwald herausgehackte Landebahn erwartet«, wunderte sich Boucher.

Candy betrachtete ihn verstohlen aus den Augenwinkeln und überlegte, ob jetzt der richtige Moment sei um Waffenstillstand zu schließen. Aber der Moment verstrich ungenutzt, sie befanden sich bereits auf dem Landeanflug und kämpften sich durch Turbulenzen hinunter. Als sie aus dem Flugzeug stieg, hüllte sie die Hitze ein wie ein glühend heißer Breiumschlag.

»Ich frage mich, wie's jetzt weitergeht«, meinte sie, nachdem sie durch den Zoll waren.

»Duschen, schlafen und umziehen. Suchen wir ein Taxi.«

»Nicht nötig.« Candy hatte einen Chinesen entdeckt, der ein Wildguard-Schild hochhielt. »Man erwartet uns.«

Auf ihr Winken hin eilte er herbei und klopfte auf seine Uhr. »Schnell«, befahl er, »folgen Sie mir. Lassen Sie Ihr Gepäck da. Es wird in Ihr Hotel gebracht.«

»Moment mal«, protestierte Boucher. »Wohin sollen wir denn jetzt schon wieder?«

»Beeilung, bitte. Ihre Freunde starten gleich.«

Candy trabte hinter dem Chinesen her und warf im Laufen einen Blick zurück. Boucher hatte sich nicht von der Stelle gerührt. »Worauf wartest du? Wir kriegen sie noch, wenn du nicht hier herumtrödelst.«

Boucher stöhnte. »Wir sind eben erst gelandet. Ich bin zwei Tage in der Luft gewesen. Ich will nicht schon wieder in ein anderes Flugzeug steigen.«

Gut, dachte Candy und war froh ihn loszuwerden. »Ich sage den anderen, du fühlst dich nicht wohl.« Sie hängte sich den Rucksack über die Schulter. »Bis heute Abend.«

Fast hätte sie es geschafft.

»Warte.«

Verdammt, dachte sie.

»Was muss ich denn mitnehmen?«

»Oh, keine Umstände, komm einfach so, wie du bist.«

# 4

Leise fluchend hastete Boucher in Candys Kielwasser hinter ihrem Führer her und hinaus auf die Rollbahn. Seine Laune hatte einen ernsthaften Dämpfer erhalten – die ständige Umsteigerei nervte ihn und von Candy behandelt zu werden, als habe er eine ansteckende Krankheit, verdarb ihm vollends die Stimmung. Er zwängte sich in einen Suzuki-Pick-up, Hüfte an Hüfte und Knie an Knie mit Candy und wischte sich den Schweiß von der Stirn. »Anscheinend haben sie ein Privatflugzeug gechartert.«

Candy deutete durch die schmutzverschmierte Windschutzscheibe. »Sieh mal!«

Am anderen Ende der Landebahn flimmerte einem fremdartigen Gastropoden gleich ein riesiger Silberballon in den Hitzewirbeln. Auf der Hülle konnte Boucher über dem Bild des durch üppigen Dschungel schleichenden Tigers von Rousseau das Wildguard-Logo erkennen.

Candy verzog das Gesicht. »Reichlich unpassend. Auf Borneo gibt es gar keine Tiger.«

»Aber schwer umweltmäßig.«

Im schattigen Eingang eines rostigen Hangars trafen sie auf die Gruppe. Zwei knackig uniformierte Piloten hielten anscheinend gerade eine Ansprache und der normalerweise so forsche Boucher wünschte sich, die Begegnung hätte zu einem günstigeren Zeitpunkt stattgefunden. Er war fix und fertig, fühlte sich schlapp und überhaupt nicht cool.

Ein großer Mann löste sich von der Gruppe. »*Selamat datang*«, rief er und breitete die Arme aus wie ein alttestamentarischer Prophet. Er war massig, eine Naturgewalt an sich, mit vollem rotem Bart bis fast hinauf zu den hellblauen, tief hinter einer Brille mit Drahtgestell liegenden Augen. Das, was von seiner Haarpracht noch übrig war, hatte er zu einem Pferdeschwanz gebunden. »Leo Jaeger«, stellte er sich vor und Boucher spürte die Kraft, die in seinem Händedruck lag. »He, Candy, freut mich dich kennen zu lernen, prima, dass du dabei bist. Jay, das ist Aquila Corrigan, meine Lebensgefährtin und der Fels, auf dem Wildguard ruht.«

Boucher wandte sich um und sah in ein Gesicht mit kohlrabenschwarzen, leicht hervortretenden, aufmerksam auf ihn gerichteten Augen und einer markanten Adlernase. Tolles Gesicht, dachte er – wie ein Medici-Porträt. Vom Hals abwärts war der Eindruck allerdings eher der einer militanten Kunststudentin oder vietnamesischen Bäuerin und als Boucher Aquila die Hand schüttelte, bemerkte er auf ihrer Schulter Tätowierungen, die aussahen wie Runensymbole.

»Dexter Smith brauche ich ja nicht vorzustellen.«

Nach Bouchers Erfahrung litten viele Künstler von Dexters Format an Mythomanie und wurden zur Inkarnation ihres eigenen Werbeimages, aber Dexter sang für die kleinen Leute und so, wie er sich präsentierte, nahm man ihm den einfachen Mann fast ab. Aber Boucher wusste die Zeichen zu lesen – die achteckige Sonnenbrille, die das ausdrucksvolle, sensible Gesicht beherrschte, die beuteligen Designerhosen und das übergroße Designerhemd, die dezente, aber zweifelsohne 22-karätige Rolex. Er ließ Dexters Ausstrahlung auf sich wirken und wartete auf den leichten Glanz, den der echte Star, egal was für ein kleines Licht er intellektuell auch sein mochte, ausstrahlte. Da war er.

»Bin froh, dass du es einrichten konntest«, behauptete Dexter Smith mit heiserer, tiefer Stimme, die seine Songs von emotionalen Wunden, zum Scheitern verurteilten Außenseitern und jugendlichen Ängsten in Erinnerung rief.

»Bin froh, dass du an mich gedacht hast«, antwortete Boucher mit aufrichtiger Hochachtung.

»Ich wette, Nadine Wells hast du schon einmal gesehen«, sagte Jaeger.

»Nur in meinen Träumen.« Boucher grinste dämlich und dachte gleich darauf, verdammt, warum habe ich das bloß gesagt?

Weil Nadine tatsächlich das leibhaftige amerikanische Traumgirl war – groß und langbeinig, mit vollen Lippen und großen Augen, schimmernder Haut, mit einem dicken Zopf honigfarbenen Haares, der bis zur Taille ihres kunstvoll drapierten Sarongs hing. Sie war so absolut makellos, dass Candy neben ihr plump und Aquila ausgesprochen düster wirkte.

»Hi, Jay«, seufzte sie. Sie schien ziemlich unwirsch und gelangweilt. »Hi, Candy.«

Als Jaeger weiter zum nächsten Mann in der Reihe schritt, begann sich Boucher zu fragen, ob Wildguard seine Leute ausschließlich nach Prominentenstatus oder gutem Aussehen wählte. Dieser Typ bestand aus annähernd einem Meter neunzig braun gebrannter Muskeln, gekrönt von einem ausgeprägten Kinn, blendend schönen Zähnen und von der Sonne gebleichten blonden Haaren.

»Grüß dich, Kumpel«, trompetete er leutselig. »Du bist also der Journalist. Würde gerne mal bei einem Bier eine Runde mit dir quatschen.«

»Robert Marriot ist unser Berater«, erklärte Jaeger. »Er ist Biologe, Spezialist für wild lebende Tiere und Pflanzen und weltweit einer der führenden Experten für die Ökologie tropischer Regenwälder.«

Bei diesen Worten wurde Boucher klar, dass Marriots Muskeln nicht in der Sporthalle oder im Fitnessstudio antrainiert worden waren. Seine Arme waren von harter Arbeit gestählt, nicht von isometrischem Muskeltraining aufgepumpt, und die Haut um seine eisenfarbenen Augen zeigte eindeutig von der Sonne eingegrabene Fältchen. Zweifellos ein Mann, der sich viel im Freien aufhielt.

»Kent Bartok«, verkündete Jaeger und wandte sich dem nächsten Mann zu. »Kent ist einer unserer freiwilligen Aktivisten.«

Bartoks Gesicht leuchtete in dem sonnigsten Lächeln auf, das Boucher auf dieser Seite von Salt Lake City je untergekommen war. Er hatte blonde Locken, den Körperbau eines Turners und trug Bermudashorts und ein T-Shirt mit einer aufgedruckten Weltkarte und einem Pfeil, der besagte: YOU ARE HERE.

»Disco«, fuhr Jaeger mit der Vorstellung fort und schritt weiter die Reihe ab. »Disco ist unser bisher letzter Konvertit. Wir lernten uns erst gestern Abend in einem Restaurant am Strand kennen. Er reist allein durch Asien und als sich herausstellte, dass er unsere Ideale teilt, schien es selbstverständlich, ihn auf unsere Reise mitzunehmen.«

Der einsame Reisende war so schlank wie ein Duellant, dunkel und gut aussehend und hatte dunkellila Augen. »Ich trage mich mit dem Gedanken ein Buch zu schreiben«, bemerkte er. »He, vielleicht kannst du mir ein paar Tipps geben.«

»Klar.« Boucher fühlte sich überrumpelt und ging bereits weiter zum letzten Mitglied des Wildguard-Teams – einem drahtigen, langhaarigen, vom Typus an den Neanderthaler erinnernden Menschen mit dem pergamentenen, von durchgemachten Nächten gezeichneten Gesicht, das Boucher unweigerlich mit dem Musikgeschäft assoziierte.

»Unser Bild- und Tonmensch Ronnie Trigg – Trigg für seine Freunde. Trigg dreht einen Film über unsere Expedition. Ronnie ist auch Brite, Candy, aber er lebt schon lange in Los Angeles.«

»Freut mich«, sagte Trigg mit unüberhörbarem Cockney-Akzent.

Anschließend stellte Jaeger die Besatzung vor. »Captain Sixt Haimendorf und Josef Fieser. Sie haben uns eben über den heutigen Flug instruiert.«

»Wir gehen mit diesem Ballon in die Luft?«

Jaeger lachte. »Ballon? Heiliger Strohsack, das ist das modernste Luftschiff der Welt.«

»Tatsächlich?« Skeptisch betrachtete Boucher das schwerfällig wirkende Luftfahrzeug. »Was passiert, wenn man mit einer Nadel in das Ding hineinsticht?«

Fieser, der Co-Pilot, trat vor. Er sah aus wie eine gelehrte Bohnenstange, im Gegensatz zu Haimendorf, einem stämmigen, bärtigen Mann, der an einen Operntenor erinnerte.

»Die Hülle besteht aus sechs Schichten Tedlar und Neopren

und wird durch vier Auftriebsschächte mit Edelgas, und zwar nicht entflammbarem Helium, gefüllt. Ferner hat es noch zwei Luftsäcke. Der Druck dieser beiden Säcke lässt sich einstellen um einen optimalen Trimm zu erhalten.«

Boucher nickte, als verstünde er die technischen Details. »Wie wird das Ding gesteuert?«

»Computerunterstützte Faseroptik kontrolliert die Seiten- und Höhenruder. Die Triebwerke können zur Erleichterung von Start, Landung und anderen Manövern um zweihundert Grad gedreht werden.«

»Der neueste Stand der Technik«, fügte Bartok begeistert hinzu. »Porsche-Zwillingstriebwerke, die 400 PS bringen. Reisegeschwindigkeit siebzig Meilen in der Stunde. Maximale Höhe ungefähr zehntausend Fuß. Mein lieber Mann!«

»Wir haben vor, den Landak-Fluss hinaufzufliegen«, erläuterte Jaeger, »und während des Fluges einen Imbiss einzunehmen, damit wir uns ein bisschen kennen lernen. Die ernsthaften Gespräche heben wir uns für heute Abend auf.«

Er musste seine Stimme heben um das Knattern eines Zweitakt-Motorrads zu übertönen, das qualmend über die Rollbahn heranratterte und schlitternd neben ihnen zum Stehen kam. Ein sich wichtig gebärdender Flughafenbediensteter stieg ab, nahm die Piloten beiseite und zeigte auf die Hitzewellen, die von der Teerdecke hochkochten. Die Crew quittierte seine Worte mit sachlichem Nicken. Fieser winkte Jaeger herbei, der über seinen Bart strich, ehe er sich an seine Gruppe wandte.

»Kleine Änderung«, verkündete er. »Laut Wetterbericht braut sich im Osten schlechtes Wetter zusammen. Nichts, was uns am Fliegen hindern könnte, aber wir haben beschlossen den Flugplan zu ändern. In den nächsten Tagen bekommt ihr noch jede Menge Urwald zu sehen, deshalb fliegen wir anstatt ins Landesinnere an der Küste entlang und sehen uns ein paar der Küste vorgelagerte Inseln an. He, vielleicht bekommen wir sogar ein paar Wale zu Gesicht.«

»Bist du sicher, dass nichts passieren kann?«, verlangte Nadine zu wissen. Sie hatte eine typische New Yorker Aussprache – Sandpapier auf Samt.

»Der Sturm wird nicht vor Einbruch der Dunkelheit hier sein, und da sind wir längst im Hotel.«

»Nur so aus Neugier«, mischte sich Boucher ein, »mit welchem Wetter wird das Luftschiff fertig?«

Fieser zögerte. »Bei einem Wind von über sechzig Kilometer fliegen wir nicht.«

»Bei einem Sturm habt ihr also Startverbot.«

Jaeger zeigte eine Spur von Ungeduld. »Jetzt im Augenblick reicht der Wind nicht einmal aus um eine Feder wegzupusten und laut Vorhersage soll es bis Sonnenuntergang so bleiben. Aber wenn irgendjemand von euch kneifen will, braucht er es nur zu sagen. Wie sieht's aus, Nadine?«

Nadine schob die Unterlippe vor. »Ich habe keine Lust alleine in dem miesen Hotel herumzusitzen.«

Aus der Entfernung sah die Passagiergondel winzig aus – ein sich an eine riesige Brustwarze anklammernder Sukkubus. Aus der Nähe hatte sie immerhin die Größe eines kleinen Stadtbusses. Ein wohliger kalter Luftzug umspülte Boucher, als er an Bord ging. Er schaute durch die Trennwand in das Cockpit und fasste beim Anblick der Instrumente, die einem NASA Space Shuttle zur Ehre gereicht hätten, wieder etwas Mut.

Er entschied sich für den hintersten Sitz auf Höhe der Triebwerke, verstaute Hut und Kamera, hielt aber das Bandgerät und sein Notizbuch griffbereit. Candy ging als Letzte an Bord und hielt Ausschau nach einem anderen Platz, aber bis auf den freien Sitz neben ihm waren alle besetzt.

»Keine Fluchtmöglichkeit.« Boucher stand auf. »Nimm den Fensterplatz.«

»Danke. Aber der hier ist prima.«

»Mir macht es wirklich nichts aus, ich bin nicht wegen der Aussicht hergekommen.«

Gedrosselt hörten sich die luftgekühlten Triebwerke an, als ob Nägel in einer Dose herumhüpften. Das Geräusch stabilisierte sich, die Drehzahl wurde zur Verstärkung des Rückstoßes erhöht, dann bewegte sich das Luftschiff ein paar Meter, bevor es ohne irgendwelche Turbulenzen startete. Langsam versank die Stadt und Boucher sah zum ersten Mal den Regenwald – einen welligen Baldachin, der sich mit faszinierender Monotonie bis zum Horizont erstreckte. Nach und nach wich das wogende Grün einem glatten Blau. Das Luftschiff drehte nach Süden hin zum Meer. Als sie ihren endgültigen Kurs erreicht hatten, beschloss Boucher sich an die Arbeit zu begeben. Eigentlich hatte er mit Dexter Smith anfangen wollen, aber als er aufstand, winkte ihn Jaeger zu sich heran.

Aquila, die neben Jaeger saß, machte keine Anstalten sich von ihrem Sitz zu erheben und so war Boucher gezwungen sich in den Flur zu kauern.

»Hattest du Zeit das Informationsmaterial zu lesen, das wir dir geschickt haben?«

»Sicher, aber bevor wir über die Ziele der Organisation sprechen, hätte ich gerne gewusst ...«

»... wie ich den Sprung vom Hell's Angel zum Naturschützer geschafft habe.« Jaeger lachte glucksend in sich hinein. »Du lieber Gott, das ist gar kein so großer Sprung – zumindest nicht nach Ansicht des letzten Richters, vor dem ich stand. Er sagte damals zu mir, in seinen Augen seien die Angels ein Haufen wilder Tiere.«

Boucher warf einen Blick auf Aquila. Sie schien völlig abwesend zu sein.

Jaeger verlagerte sein beträchtliches Gewicht. »Vor ein paar Jahren hatte ich Ärger in San José. Mein Anwalt riet mir einen Urlaub in einem anderen Staat einzulegen, deshalb packte ich meinen Schlafsack auf die Harley und fuhr Richtung Idaho.

Eines Tages hatte ich mich auf eine Nebenstraße am Snake River verirrt. Dort ist Ranchland, überall an den Zäunen hingen Warnschilder, auf denen stand, jeder Unbefugte, der das Land betritt, wird zuerst erschossen und anschließend strafrechtlich verfolgt. Ich kam an eine Kreuzung und da stand ein Pfosten, an dem man einen Hund aufgehängt hatte. Er sah aus wie ein großer deutscher Schäferhund. Aber es war kein Hund. Es war ein Wolf, und um seinen Hals baumelte ein Schild mit der Aufschrift: ›Behaltet euer Geschmeiß in der Stadt‹.«

Jaegers Miene wurde nachdenklich. »Ich hatte noch nie zuvor einen Wolf gesehen, Jay, aber als ich dieses Tier da hängen sah, ergriff ein seltsames Gefühl von mir Besitz, so, als hätte man mich tief im Innersten verletzt, so tief drin, dass ich gar nicht gewusst hatte, dass dort noch etwas existiert. Ich schnitt den Wolf ab und begrub ihn unter Steinen. Mehr konnte ich nicht für ihn tun. Dann fuhr ich in die nächste Stadt.

Eine Stadt am Arsch der Welt – ein paar Häuser, ein Laden, eine Tankstelle und eine Bar. Vor der Bar parkten ein paar Pickups mit Gewehren hinten drin. Die Typen in der Bar waren Cowboys mit verzierten Stiefeln und Stetsons. Ich erzählte ihnen von dem Wolf und sie musterten mich auf diese fiese hinterwäldlerische Art und einer sagte: ›Hast du irgendein Problem damit?‹

›Tja, Jungs‹, sagte ich zu ihnen, ›ich bringe mehr Gefühl auf für einen Wolf als für einen Haufen Bauernlackel, die jede Menge Steuergelder kassieren, damit sie Futter anbauen können, das sowieso kein Schwein braucht.‹«

»Das war eine Provokation«, merkte Boucher an.

Jaeger lachte dröhnend. »Es hat immerhin gereicht um sechs von denen so zu provozieren, dass sie, mit Billardstöcken und Flaschen und was sonst noch grade so zur Hand war, über mich herfielen. Um einen langen Kampf kurz zu machen, ich wachte in einem Graben auf, die Hälfte meiner Rippen im Eimer, ein Arm gebrochen und weiß der Henker, was noch alles. Zum Sheriff zu gehen kam nicht infrage, nicht einmal, wenn ich ein notorischer Anzeigenerstatter gewesen wäre, also schleppte ich mich auf die Harley, die die Idioten mir freundlicherweise gelassen hatten, und fuhr in ein Krankenhaus hinten in Twin Falls.«

Jaeger schien einen Augenblick zu grübeln. »Als ich da im Bett lag, malte ich mir aus, wie es wäre, mit meinen Leuten dorthin zurückzugehen und Cowboy-City aufzumischen. Aber ich wusste natürlich, dass wir nicht mehr zurück über die Staatsgrenze gekommen wären. Am Tag meiner Entlassung aus dem Krankenhaus ging ich durch die Stadt und überlegte, wie ich mich rächen könnte. Ich kam an einem paganen Restaurant mit Buchhandlung vorbei, und im Schaufenster hing ein Plakat, auf dem ein vergifteter Wolf abgebildet war.«

»Verzeihung«, unterbrach ihn Boucher, »sagtest du ›pagan‹ oder ›vegan‹?«

»Ernährungsmäßig gesprochen, gibt's da praktisch keinen Unterschied. Also, ich ging hinein und kam mit der Frau ins Gespräch, die den Laden führt. Ich erzählte ihr von dem Wolf, und sie sagte, die Rancher würden die Tiere von Flugzeugen aus abknallen und Strychninköder auslegen. Und der Schlimmste der ganzen Bande, sagte die Frau, sei der Rancher, dem das Land gehört, auf dem ich den Wolf gefunden habe. Ich fragte die Frau, was denn dagegen unternommen werde. Man könne nichts dagegen unternehmen, sagte sie. Die Rancher hätten das Gesetz auf ihrer Seite und die Naturschützer könnten nur dasitzen und die Hände ringen.«

Jaegers blaue Augen leuchteten auf. »›Ich bin keiner, der die Hände ringt‹, sagte ich zu ihr.

Sie nahm mich auf. Meine Genesung machte nur langsam Fortschritte und sie erklärte mir, das läge daran, dass ich mich falsch ernähre, meinen Körper mit Giften und freien Radikalen vollstopfe. Sie belegte mich mit einem Heilspruch und innerhalb einer Woche war ich wieder auf der Straße, aber auf einer anderen Straße als der, auf der ich vorher gereist bin.«

Boucher schielte wieder zu Aquila hinüber.

»Sechs Wochen später war ich so weit um dem Rancher einen Besuch abzustatten. Er lebte allein und an jenem Abend war er auf irgendeinem Rinderzüchter-Tamtam in Boise. Ich fuhr zu seinem Haus und ließ mich rein.«

Jaeger lachte. »Das war vielleicht eine Bude! Das ganze Haus voller Jagdtrophäen – ausgestopfte Bären, Dickhornschafe, Elche, Wildschweine, Bisons, Eisbären, Elefanten, Yaks, Sambars. Man hätte meinen können, der Kerl führe einen Kreuzzug, als fühle er sich dazu ausersehen, jede Kreatur auf dem Planeten auszurotten, ausgenommen Rinder.«

Jaegers Augen blickten in die Ferne, als erlebte er den Moment noch einmal. »Ungefähr um Mitternacht marschierte er herein. Ich schnappte ihn mir.«

Boucher spürte, wie Jaegers große Hände ihn packten.

»›Mister‹, sage ich, ›der alte Wolfi ist wieder da um es dir heimzuzahlen.‹« Jaeger starrte Boucher in die Augen und stieß ein klagendes Geheul aus.

In der Erinnerung wurde sein Blick weich. »Hat sicher lange gedauert, bis dieser Rancher wieder auf Safari ging.« Jaeger entließ Boucher aus seinem harten Griff. »Und so, Jay, bin ich zu einem Tier- und Naturschützer geworden.«

Boucher räusperte sich.

Blinzelnd stand Jaeger auf. »Wenn du mich jetzt entschuldigst, ich habe etwas mit Dexter zu besprechen. Wenn du noch etwas wissen willst, frage Aquila. Sie ist die eigentliche Inspiration hinter Wildguard.«

»Ich vermute, du bist die Frau mit dem paganen Restaurant?«

Aquila bestätigte das mit einem kaum merklichen Kopfnicken.

Boucher entschied, diesen interessanten Nebenaspekt für später aufzuheben. »Ich habe das Informationsmaterial von Wildguard gelesen und muss gestehen, einiges an eurer Ideologie finde ich ziemlich zivilisationsfeindlich. Zum Beispiel vergleicht ihr Menschen mit Maden, die sich an einem Leichnam weiden. Ihr fordert einen massiven Bevölkerungsrückgang, die Zerstörung der Städte, die Rückkehr zur vorindustriellen Landwirtschaft.«

»Das ist keine Rhetorik«, erklärte Aquila. »In den letzten fünfzig Jahren ist die Weltbevölkerung schneller gewachsen als je zuvor. Wird nichts dagegen unternommen, kann sie sich innerhalb der nächsten dreißig Jahre noch einmal verdoppeln. Und dann wird es keine Wälder mehr geben, keine freie Natur, ausgenommen Wüste, kein frisches Wasser, keine großen Tiere, höchstens genetisch erzeugte Hybriden.«

Sie stieß die Sätze knapp und gleichmütig, ohne jede Leidenschaft hervor.

»Und welche Lösung sieht Wildguard?«

»Die Welt der Natur zurückgeben und unsere Nische darin neu definieren. Die Menschen müssen lernen und begreifen, dass sie nichts Besonderes sind, nicht die von Gott Auserwählten, nicht die Krone der Schöpfung.«

»Dann musst du deine Wähler davon überzeugen, dass Gürteltiere die gleichen Rechte haben wie Menschen.«

»Das ist die Wurzel des Problems. Der Individualismus ist der Fluch der westlichen Gesellschaft. ›Ich bin‹ steht gleichbedeutend mit ›ich bedeute‹, also gleichbedeutend mit sechs Milliarden Persönlichkeitskulten. Diese Ego-Krankheit lässt es zu, dass Wale ausgerottet werden dürfen, damit ein paar Japaner und Norweger Profit machen. Die korrumpierte christliche Ethik ermuntert Wissenschaftler dazu, gesunde Schimpansen zu quälen, damit ein paar neue Medikamente hergestellt werden können, die vielleicht unheilbar Kranken und Senilen das Leben um ein paar Monate verlängern.«

»Plädierst du für Euthanasie, für den Tod von Behinderten und Kranken – ein massenhaftes Aussondern minderwertigen Lebens?«

»Ich glaube nicht, dass menschliches Leben auf Kosten eines anderen Individuums, sei es Mensch oder Tier, erkauft werden darf. Ich ließe es nie zu, dass *mein* Leben gerettet wird, wenn das bedeuten würde, dass dafür ein anderes lebendiges Wesen geopfert werden muss.«

»Nicht einmal eine Ratte?«

»Das ist die typische billige journalistische Effekthascherei. Aber ja – nicht einmal eine Ratte.«

Boucher fragte sich, wie weit hinunter in der Evolutionsgeschichte Aquilas Altruismus reichen würde. »Du sprichst von gleichen Rechten für Mensch und Tier, aber wenn man dem, was man hört, Glauben schenken darf, wendet Wildguard zur Erreichung dieser Ziele Gewalt gegen Menschen an. Ich spreche von den Waldarbeitern, die durch eure Methoden verletzt worden sind.«

»Da Tiere eine unterdrückte Minderheit sind, die sich nicht selbst schützen kann, haben Menschen das legitime Recht sie zu verteidigen. Diese Holzindustriellen sind vor den Konsequenzen der von ihnen betriebenen Ausbeutung gewarnt worden und haben trotzdem den Profit über alles gestellt.«

Aquilas geduldiger, herablassender Tonfall sagte Boucher, dass sie gegen alles gewappnet war, dass er keinen schwachen

Punkt entdecken würde. »Auf welchen Stand sollte die Bevölkerung deiner Meinung nach reduziert werden?«

»Auf nicht mehr als fünfhundert Millionen.«

»Hart für die anderen fünfeinhalb Milliarden. Wie willst du uns dazu bringen, auf unser Leben zu verzichten, oder verlässt du dich in dieser Hinsicht auf Krieg, Krankheit und Hungersnot?«

»Ich glaube an eine universale Bewusstseinsänderung wie sie sich vor zweitausend Jahren vollzogen hat. Sie ist bereits im Gange. Für mich ist das Jahr 2000 das Jahr null – eine Chance zum Neuanfang.«

»Die Geschichte spricht gegen dich, Aquila. Die Menschen werden nicht freiwillig ihre Existenz aufgeben.«

»Geschichte ist nur Gewohnheit, sie untermauert die überkommene Wahrnehmung der Realität und macht uns blind für neue Alternativen. Geschichte schließt die Türen.«

»Du bist ein Fan von William Blake.«

»Ich suche Weisheit in vielen Dingen.«

»Nur nicht in der Wissenschaft.«

»Ich glaube an Mysterium, nicht an Meisterung, an ein organisches, nicht an ein mechanisches Universum.« Aquilas Stimme wurde zunehmend lebendiger. »Frag dich doch mal selbst, Jay. Willst du in einer Welt leben, in der es nur noch Stehplätze gibt, in einer Welt ohne Vogelgesang, in der die Umwelt nur noch ein Nebenprodukt der Industrie ist? Denk darüber nach.«

»Das muss ich nicht«, erwiderte Boucher. »Das klingt ganz nach Humboldt Park, der Gegend, in der ich aufgewachsen bin.«

Als Boucher seine vom Hocken verkrampften Beine streckte, strahlte ihn Kent Bartok, der Aktivist mit dem Lockenkopf, mit seinem unwiderstehlichen Lächeln an.

»Arbeitest du ausschließlich für Wildguard?«

»Nein, ich bin Lehrer bei einem Gruppenprojekt und Kulturprogramm für straffällig gewordene Jugendliche. Wildguard ist eine richtig aufregende Abwechslung für mich.«

»Könnte ich wetten.«

Auf Bartoks Schoß lag eine Bibel, auf Discos Oberschenkeln ein aufgeschlagenes Magazin mit dem Foto einer aufreizenden Platinblonden in einer nietenbesetzten, über ihren Brüsten offen stehenden Lederjacke. Träge grinsend hob er den Blick. »Ich führe Kent in Versuchung, hinweg vom Pfade der Tugend.«

Trotz Discos zur Schau getragener Verbindlichkeit erlosch Bouchers Lächeln. Als er die billigen, modischen Klamotten und die Nylonsporttasche musterte, fragte sich Boucher, wie sich dieser Typ ernsthaft als ökologisch gesinnter Globetrotter hatte ausgeben können. Aber morgen war er verschwunden und ein bisschen Freundlichkeit kostete nichts.

»Woher kommst du, Disco? Wie bist du in einem Kaff wie Pontianaka gelandet?«

»Das ist ein Abenteuer aus dem richtigen Leben. Eines Tages erzähle ich es dir.«

»Vermutlich ist dazu nur noch heute Gelegenheit.«

»Hat Leo es dir nicht gesagt? Er hat mich für die ganze Reise eingeladen. Er und ich sind sozusagen vom gleichen Schlag.«

Boucher schaute auf das Softporno-Magazin hinunter. »Noch ein Streiter für die biotische Gemeinschaft.«

»Klar, ich liebe Tiere.«

»Vor was für einer Arbeit bist du auf der Flucht?«

»Auf der Flucht?«

»Du weißt schon – Arbeit, von neun bis fünf.«

Disco warf ihm unter langen Wimpern hervor einen finsteren Blick zu. »Du stellst eine Menge dämlicher Fragen, Jay.«

»Das ist das, womit *ich* meinen Lebensunterhalt verdiene«, sagte Boucher barsch. Er schwieg einen Moment. »Jetzt bist du dran.«

»Hundert Dollar, dass du nie draufkommst.«

Boucher fragte sich, warum er eigentlich seine Zeit mit diesem Mann verschwendete. »Keine Wette, Disco. *So* interessant bist du nicht.«

Discos Miene erstarrte, doch gleich darauf verzog er das Gesicht zu einem breiten Grinsen. »Sag mal, ein Schriftsteller muss doch eine eigene Ansicht vertreten – einen Standpunkt. Richtig?«

Boucher zuckte die Achseln. »Soll helfen.«

»Also, wie stehst du zu Wildguard?«

»Gar nicht. Noch nicht.«

Disco wiegte zweifelnd den Kopf. »Scheint mir, Leo geht ein verdammt großes Risiko ein. Woher weiß er, dass du auf ihrer Seite stehst?«

»Falls er sich Gedanken wegen schlechter Publicity macht, hätte er mich nicht engagieren dürfen.«

Disco beugte sich über den Flur. »He, Leo, am besten du liest dir Jays Artikel durch, bevor er ihn veröffentlichen darf.«

Boucher merkte, wie die Wut in ihm hochkochte. Er legte eine Hand auf Discos Schulter. »Du sagst mir nicht, in welchem Geschäft du tätig bist, also halte dich verdammt noch mal aus meinem heraus.«

Disco hob die Hände. »Scheiße, jetzt bist du sauer auf mich. Tut mir Leid, Mann.«

Boucher nickte.

Als er sich umwandte, hielt Disco ihn am Ärmel fest und bedachte ihn mit einem abschätzenden Blick.

»Diese Engländerin«, flüsterte er. »Läuft da was zwischen euch?«

»Candy? Was geht dich das an?«

»Herrgott noch mal, werd nicht schon wieder sauer. Ich wollte nur den Spielstand wissen.«

Boucher beherrschte sich mühsam. »Ich habe sie erst gestern kennen gelernt.«

»Himmel, ich habe ein Auge auf sie geworfen, seit ich sie vor einer Stunde zum ersten Mal gesehen habe. Ich frage mich, ob sie so süß schmeckt wie sie sich anhört.«

Boucher atmete tief durch und befreite sich von Discos Hand. »Ich glaube kaum, dass du ihr Typ bist.«

»Gegensätze ziehen sich an«, erwiderte Disco und blätterte zum nächsten Foto weiter.

Mit Wut im Bauch ging Boucher zu Dexter Smith. Sie schüttelten sich noch einmal die Hände.

»Delta hat mir dein Album geschickt. Es ist wirklich gut. Die Instrumentierung bei manchen Nummern. Was hast du genommen?«

»Ein Gamelan Orchester. Wir haben die Begleitung teilweise auf Bali aufgenommen.«

»Bali war herrlich«, sagte Nadine.

Ihre reizvolle Ausstrahlung milderte den schalen Geschmack ein wenig, der Boucher nach dem Intermezzo mit Disco geblieben war. »Bist du dabei, weil du mit deinem Namen für die Wildguard Kampagne einstehst?«

»Logisch«, antwortete sie. »Mein Terminplan ließ mir eine Woche Pause und Borneo klang nach einem hübschen Ferienziel. Ich bleibe nur fünf Tage, dann fliege ich nach Mailand. Für die Galliano-Kollektion.« Nadine schien nervös. Sie wandte sich an Dexter Smith. »Glaubst du, ich kann rauchen?«

Dexter verzog das Gesicht. »Ich glaube kaum, dass das hier angebracht ist.«

»Dexter, Schätzchen, wer bezahlt denn diesen ganzen Zirkus?« Sie hob den Kopf. »Irgendjemand was dagegen, wenn ich rauche?«

»Ja«, kam Aquilas Antwort so prompt, als hätte sie von dem Moment, an dem sie an Bord gegangen war, nur auf diese Frage gewartet.

»Das Ding wird schon nicht explodieren, wenn ich mir eine anstecke.«

Jaeger stand auf. »Tut mir Leid, Nadine, aber Nein heißt Nein.«

Nadine stopfte die Zigaretten wieder in ihre Tasche. »Sie ist dermaßen *fanatisch*«, zischte sie. »Kein Tabak, kein Salz, keine Milch, kein Alkohol, kein Kaffee.«

»Scheint ihr nicht zu schaden«, meinte Boucher.

»Weißt du, warum nicht? Weil sie pure Scheiße frisst.«

Boucher entschied, er habe erst einmal genug Material, und ging wieder zu seinem Platz. Candy unterhielt sich mit Marriot, dem australischen Muskelprotz, und zeigte sich beträchtlich animierter als in Bouchers Gesellschaft. Auf seiner Seite war das Meer so leer, dass der bloße Anblick ihn zum Gähnen brachte.

Er lehnte sich zurück und schloss die Augen. Mit ein bisschen Glück war der Auftrag in einer Woche abgeschlossen. Vielleicht konnte er mit Nadine zurückfliegen und noch ein paar Tage in Europa bleiben. Ein schöner Gedanke.

# 5

Boucher erwachte noch leicht schlaftrunken und fühlte sich etwas unbehaglich und reichlich verwirrt. Sein rechter Arm kribbelte. Er massierte ihn, bis er wieder durchblutet war, und hob das Handgelenk. Drei Uhr vorbei. Er hatte fast zwei Stunden geschlafen. Er gähnte. »Sind wir jetzt endlich bei dieser Insel?«

»So weit sind wir gar nicht gekommen«, antwortete Candy. »Ein Triebwerk lief heiß. Der Pilot hat es abgestellt. Wir haben umgedreht.«

Ruckartig fuhr Boucher in seinem Sitz hoch. Blinzelnd starrte er auf das Steuerbordtriebwerk, dessen Propellerflügel reglos in der Luft standen. »Was soll das heißen? Es abgestellt?«

»Eine reine Vorsichtsmaßnahme. Das Luftschiff kann problemlos mit einem Triebwerk fliegen.«

Prüfend ließ er den Blick durch die Kabine schweifen. Alle saßen ruhig auf ihren Plätzen, alles war normal. Forschend betrachtete er Candy – die Stirn nicht gerunzelt, der Blick ruhig, der Mund entspannt. Panik schien also nicht angebracht. »Wie weit sind wir noch von Pontianaka entfernt?«

»Nicht ganz zwei Stunden.« Candy griff unter ihren Sitz. »Ich habe dir etwas zu essen aufgehoben.«

Boucher nahm eine Flasche Mineralwasser und eine Pappschachtel entgegen, in der aufgehäuft auf einem Blatt mit Kräutern durchsetzte Reisbällchen lagen. »Sieht so aus, als sei Aquila für die Bordverpflegung verantwortlich«, bemerkte er und probierte den Reis. Er hinterließ keinerlei Eindruck auf seinen Geschmacksknospen. »Eine Hexenmahlzeit. Erwärmt auf dem lodernden Feuer der Selbstgerechtigkeit und serviert mit einem großzügigen Schlag höchster moralischer Überzeugung.«

Candys strenger Blick sagte Boucher, dass er sich erneut einen Minuspunkt eingehandelt hatte. Er seufzte. »Erzähl mir bloß nicht, dass du Aquilas Vision von einer neuen Weltordnung teilst, in der Fledermäusen und Eidechsen die gleichen verfassungsmäßigen Rechte eingeräumt werden wie den Menschen.«

Sie streckte die Nase in die Luft.

Boucher lachte, weil er sich seinen Verdruss nicht anmerken lassen wollte. »Immer noch Funkstille, was? Keine Sorge, Candy, bei der fantastischen Besetzung, mit der ich es hier zu tun habe, kannst du froh sein, wenn du in einer Fußnote erwähnt wirst.«

Endlich sah sie ihn an. »Ich bin hier auf Kosten von Wildguard. Es entspricht nicht meiner Gewohnheit, Leute herabzusetzen, deren Geld ich angenommen habe.«

»Ich werde dich daran erinnern, wenn sie dich gegen eine Meute Knüppel schwingender Bauarbeiter der Dritten Welt schicken.«

»Oh ja.« Candy errötete leicht. »Das würde dir so passen, nicht wahr?«

»Schreiben beinhaltet stets ein Element der Grausamkeit«, pflichtete ihr Boucher bei und trank durstig. Dann verschränkte er die Hände hinter dem Kopf und lehnte sich zurück. »Aber so weit kommt es nicht. Dieses ganze Projekt ist nichts weiter als eine sündteure Fotosession für Dexters neues Album, ich bin lediglich der Verfasser der Bildunterschriften.«

Candys Röte vertiefte sich. »Entschuldigung.« Sie stand auf und streckte sich nach dem Gepäckfach.

Müßig registrierte Boucher die straffe Wölbung ihrer Hüften, dann wanderte sein Blick weiter hinauf. Unwillkürlich blinzelte er beim Anblick ihrer Brüste, die sich fest und straff durch den dünnen Stoff ihres Hemdes abzeichneten. Sie ließ sich auf den Sitz zurückplumpsen und begann zu lesen. Der oberste Knopf ihres Hemdes stand offen. Boucher wandte die Augen ab, aber der Anblick der sanften Wölbung und ihr Duft wirkten unwiderstehlich. Discos anzügliche Bemerkungen hatten ihre Wirkung auf ihn nicht verfehlt und seine Begierde geweckt, nicht mehr als ein tierischer Reflex, aber er schien sich Candy mitzuteilen. Obwohl sie zum Horizont starrte, als gebe es dort etwas ungeheuer Interessantes zu sehen, schloss sie den Knopf.

Keine Chance, dachte Boucher. Nicht, dass er in Bezug auf sie irgendwelche sexuellen Absichten gehegt hätte. Ein Abenteuer für eine Nacht war nicht sein Stil und Lydia, im Bett und außerhalb, war mehr als genug für jeden Mann. Trotzdem erinnerte er sich mit einem angenehmen Gefühl an die Geschmeidigkeit von Candys Körper, die er registriert hatte, als sie am Morgen mit ihm zusammengestoßen war. Er fragte sich, wie sie wohl war, wenn sie ihre englische Reserviertheit abgestreift hatte – abgestreift, nicht gerade gewählt ausgedrückt, aber ...

»Ich bitte einen Augenblick um Aufmerksamkeit. Vielen Dank.«

Candy legte ihr Buch weg.

Fieser schien erst zu zögern, doch dann ließ er einen raschen Wortschwall los. »Wir haben eine Sturmwarnung über Funk erhalten. Der Sturm nähert sich schneller als erwartet. Darum haben wir entschieden alternativ in Belitung zu landen.«

Die Anspannung machte sich in einem lauten Fragengewirr Luft. Boucher konnte seine eigene Stimme aus dem Durcheinander heraushören. »Wo zum Teufel ist Belitung?«

»Es ist eine große Insel mit einem Flughafen, 180 Kilometer südwestlich.«

»Du lieber Himmel, Mann, das ist auf halbem Weg nach Sumatra. Borneo kann nicht weiter als eine Stunde entfernt sein. Warum sehen wir nicht zu, dass wir so schnell wie möglich die Küste erreichen?«

»Dort gibt es keine Landemöglichkeit, außer in Pontianaka.«

»Okay«, rief Jaeger und erstickte mit einer Handbewegung einen erneuten Tumult im Keim. »Okay.« Er holte tief Luft. »Wie lange wird es dauern, bis wir diese Insel erreichen?«

»Wenn wir unsere momentane Geschwindigkeit beibehalten, vier Stunden.«

»Das heißt, wir landen nach Einbruch der Dunkelheit.«

»Wir haben Radar und Nachtfluginstrumente.«

Disco erhob sich. Seine Haltung wirkte aggressiv. Nach einem Blick, mit dem er sich vergewisserte Rückhalt von den anderen Passagieren zu haben, wandte er sich an Fieser. »Du sagtest, das Luftschiff sei pannensicher, und jetzt ist eines der Triebwerke im Arsch. Du sagtest, der Sturm befände sich auf der anderen Seite von Borneo, und jetzt sagst du, er befände sich bereits am Horizont. Du sagtest, vor Einbruch der Dunkelheit seien wir zurück, und jetzt befinden wir uns auf Kurs in die entgegengesetzte Richtung zu einer Insel, von der keiner von uns je etwas gehört hat. Was, verdammt noch mal, geht noch alles schief?«

»Wir werden abstürzen«, stieß Nadine mit einem Anflug von Hysterie in der Stimme hervor.

Jaeger hob die Hände um einen allgemeinen Aufruhr erst gar nicht entstehen zu lassen, aber bevor er sprechen konnte, rief Trigg: »Quatsch, uns zerreißt's. Wozu hätten wir sonst diesen verflucht großen Luftsack.«

Sogar Fieser lächelte. »Okay«, sagte er, »es hat Unfälle gegeben, aber ich glaube, damit ist jetzt Schluss.«

»Ihm ist nicht wohl in seiner Haut«, bemerkte Boucher und beobachtete, wie sich Fieser wieder ins Cockpit verzog.

»Armer Josef.«

»Candy, wenn wir so weit sind, dass wir mit der Crew Mitleid haben müssen, dann *ist* es wahrhaftig an der Zeit, Angst zu bekommen.«

Sie beachtete ihn nicht weiter, sondern wandte ihre Aufmerksamkeit wieder ihrem Buch zu.

Der Himmel blieb klar und die weitere Fahrt verlief glatt. Boucher war in gereizter Stimmung, er wusste nicht, ob er Angst oder Langeweile empfinden sollte. »Was liest du?«

Candy zeigte ihm den Titel: *Über die Seltenheit wilder Großtiere*.

»Gut?«

»Vermutlich nicht dein Ding.«

»Mag sein, aber falls wir immer noch in der Luft herumschwirren, wenn du damit durch bist, leihst du es mir dann?«

»Ich habe noch einen Führer über die Vogelwelt Südost-Afrikas. Wenn du den willst.«

»Ich nehme alles.«

Boucher blätterte durch Farbtafeln, auf denen Schlangenhalsvögel, kleine Loris und Honigsauger abgebildet waren. Er hatte keine Kleider zum Wechseln dabei, kein Gepäck, nicht einmal einen Rasierapparat oder eine Zahnbürste. Während er sich über diese Banalitäten ärgerte, lag ihm die Angst wie ein Stein im Magen.

Fieser meldete sich über die Sprechanlage und verkündete, ihre geschätzte Ankunftszeit am Flughafen Tanjungpandan sei 19 Uhr 50.

Jetzt war es zehn nach fünf und die Sonne sank schnell. Boucher blickte aus dem Fenster. Hoch oben am Himmel waren Zirruswolken aufgezogen.

»Sind das Sturmwolken?«, fragte er Candy.

»Ja.«

»Bitte legt die Sicherheitsgurte an«, meldete sich Josef wieder. »Es könnte ein paar Turbulenzen geben.«

Die milchigen Streifen hatten sich ausgebreitet und sie waren immer noch zwei Stunden von der Insel entfernt. Der Sturm holt uns ein, dachte Boucher. Ein gähnender Abgrund öffnete sich in seinem Innern. Er fröstelte und schwitzte gleichzeitig, seine Kehle war wie zugeschnürt, sein Mund trocken. Auch Candy hatte Angst, doch er merkte es nur daran, dass sie ihre Augen unverwandt auf das Buch gerichtet hielt, ohne eine einzige Seite umzublättern.

Eine halbe Stunde verstrich in Angst und Ungewissheit. Die Sonne begann mit dem verlassen unter ihnen liegenden Meer zu verschmelzen. Vor ihnen leuchtete der Himmel Krickentenblau, alles sah sehr friedlich aus. Boucher presste sein Gesicht an das Fenster und blickte nach hinten.

»Großer Gott«, flüsterte er.

Hinter ihnen türmte sich über schwarzem Grund eine ungeheure purpurne Masse auf. Blitze zuckten zwischen Gewitterwolken, und Lichtwellen erzitterten in unregelmäßig auftretenden Kettenreaktionen. Über das Brummen der Maschinen hinweg hörte Boucher ein gedämpftes Grollen. Fasziniert und entsetzt zugleich beobachtete er, wie vor seinen Augen ein riesiger

Wolkenpilz explodierte. Der Sturm, genährt von der mit Feuchtigkeit übersättigten Luft, baute sich immer noch auf und nahm jede Sekunde an Gewalt zu.

Bouchers Augen trafen Candys Blick, in dem er sein eigenes Entsetzen widergespiegelt sah. Er lockerte seine Krawatte. »Ich würde sagen, wir sitzen in der Scheiße.«

»Gott segne uns und behüte uns: er lasse sein Antlitz leuchten über uns und sei uns gnädig ...«

Es war Bartok, der mit ruhiger Stimme betete. Das letzte pastellfarbene Abendrot war im Westen verglüht und während sich der Sturm mit den dunklen Nachtwolken vereinte, kündeten aufblitzende Lichterketten und gewaltige Donnerschläge von seiner zunehmenden Heftigkeit. Bouchers Schläfen pochten. Seine Nackenmuskeln brannten von der Anstrengung ständig den Hals zu recken und nach hinten zu verdrehen.

Er sah nach vorn, zog den Sicherheitsgurt stramm und ließ sich gegen die Rückenlehne fallen. Candy saß neben ihm wie ein zum Abheben angeschnallter Astronaut, ihre Lippen bewegten sich in stummem Flehen.

Das Sperrfeuer näherte sich unaufhaltsam. Es blitzte und donnerte pausenlos. Ein Blitz versengte Bouchers Augen und der Innenraum der Gondel erglühte in violettem Licht.

»Heiliger Strohsack!«

Plötzlich begann das Luftschiff heftig zu schlingern. Boucher stellte die Rückenlehne senkrecht. Ein Knistern erklang, es hörte sich an, als kratze etwas an der Hülle und begehre Einlass. Er sah Regen über das Fenster laufen – von unten nach oben.

»He!«

Er keuchte, doch sein Keuchen wurde vom schrillen Aufschrei eines anderen Passagiers erstickt. Dann konnte er keinen Laut mehr von sich geben, er fiel – hinunter und immer weiter hinunter, bis er glaubte, das Luftschiff sei ganz unten angelangt. Es wurde mit einer Gewalt, die ihm die Luft aus dem Körper trieb, hinabgeschleudert. Der nächste Donnerschlag schien direkt in seinem Schädel zu explodieren. Sie befanden sich im Zentrum des Infernos, nur durch eine synthetische Hülle von einem gewaltigen Sog getrennt, der mehr Energie besaß als hundert Nuklearsprengköpfe. Entsetzt stellte er sich vor, wie sich die Gondel losriss und Hals über Kopf wie eine Samenkapsel nach unten trudelte.

Explodierendes Feuer tauchte die Kabine in gleißendes Licht, zuckende Röhrenblitze ließen die Passagiere in Panik erstarren – die Hälse verdreht, die Augen angstvoll zugekniffen oder vor Entsetzen weit aufgerissen und glasig.

»Bitte«, stöhnte eine Stimme. »Oh bitte.«

Ein weiterer Blitzstrahl durchzuckte das Chaos, pure Elektrizität umhüllte die Maschine mit blauen Flammen und tanzte knisternd am Fensterrahmen. Boucher war erst schwerelos, dann plötzlich bleischwer, sein Gewicht hatte sich durch die Schwerkraft verdoppelt. Er wurde wie eine Gliederpuppe gegen Candy geschleudert und hörte sie unter dem Aufprall ächzen. Einen Moment später wurden sie beide in die andere Richtung geworfen. Er stöhnte und ihm wurde übel.

Schlingern und Fallen, Schleudern und Stoßen. Er saß in einer Achterbahn zur Hölle, seine Sinne wirbelten durcheinander und wurden zu einer breiigen Masse, verloren sich im chaotischen Durcheinander. Das Letzte, was er sah, bevor er bewusstlos wurde, war das Bild eines kleinen Jungen auf einem Volksfestkarussell, der lachend und kreischend abspringen wollte.

# 6

Unheimliche Stille umgab sie, die Fahrt verlief so ruhig, dass Candy nicht sagen konnte, ob sie sich überhaupt vorwärts bewegten. Draußen und drinnen herrschte die gleiche pechschwarze Dunkelheit, Himmel und Meer verschmolzen unsichtbar. Sie rieb ihre Arme und ihre Hände rubbelten über Gänsehaut.

Jemand stöhnte. Ein anderer lachte. Jedenfalls hörte es sich wie Lachen an.

»Irgendjemand verletzt?«, erkundigte sich Jaeger. »Dexter?«

»Ich glaube. Ich meine, nein. Ich bin nicht verletzt.«

»Nadine?« Schweigen folgte. »Nadine?«

»Ihr ist ganz schön schlecht geworden.«

Dämmrige Notbeleuchtung flackerte auf. Im schwachen Licht konnte Candy nicht erkennen, ob Boucher bewusstlos war.

»Jay?«, flüsterte sie.

»Ich lebe noch«, murmelte er. »Warum ist es so kalt?«

»Der Strom ist ausgefallen«, antwortete Candy. »Beide Triebwerke sind hinüber.«

Nadine drehte sich zu ihr um, ihre Augen wirkten riesig in dem trüben Licht. »Was heißt das?«

Dexter lachte leise. »Das heißt, dass mein nächster Wagen kein Porsche sein wird.«

»Das heißt, wir können nicht steuern«, meldete sich Marriot zu Wort. »Wir sind wie der Wind. Wohin er bläst, werden wir geblasen.«

»Und wohin? Wo sind wir denn jetzt?«

Jaeger schob sich von seinem Sitz hoch. »Das werde ich gleich feststellen.«

»Betrachtet es mal von der positiven Seite«, sagte Boucher. »Wäre das ein Flugzeug gewesen, wären wir bereits tot.«

»Hätten wir in einem Flugzeug gesessen, wären wir gar nicht erst in den Schlamassel reingeraten.«

»Wir leben«, sagte Bartok, »und dafür schulden wir jemandem ein Gebet.«

Fiesers schlaksige Gestalt trat gebeugt durch die Kabinentür. Im unheimlichen Schimmer des Dämmerlichts bemerkte Candy, dass er Schweißflecken auf dem Hemd und auf der Wange eine bläulich verfärbte Prellung hatte. Halt suchend klammerte er sich an einen Sitz. »Beide Triebwerke arbeiten nicht mehr. Vermutlich habt ihr bereits bemerkt, dass es nicht mehr so warm ist. Das liegt daran, dass Captain Haimendorf auf maximale Höhe gegangen ist, auf fast dreitausend Meter. Unsere Lage ist stabil.«

»Was ist denn mit der Insel?«, erkundigte sich Disco.

Fieser hob in einer Geste der Resignation die Hand. »Sie liegt hinter uns. Wir treiben mit achtzehn Kilometern südöstlich. Unsere Position ist nicht ganz zweihundert Kilometer östlich von Sumatra.«

»Gibt es Hilfe auf diesem Kurs?«, verlangte Boucher zu wissen.

Fieser zögerte. »Der Sturm hat das Funkgerät beschädigt. Wir konnten es noch nicht reparieren. Es war ein schwerer Sturm, müsst ihr wissen.«

»Willst du damit sagen, niemand hat auch nur eine Vorstellung davon, wo wir uns befinden?«

»Bitte.« Fieser hob wieder die Hand. Er ließ sie sinken. »Die indonesische Luftwaffe hat unsere letzte Position. Sie werden dem Sturm folgen und uns finden.«

»Sie werden annehmen, dass wir abgestürzt sind.«

Fieser versuchte zu lächeln. »Aber wir sind nicht abgestürzt. Wenn wir den momentanen Kurs und die Geschwindigkeit beibehalten, befinden wir uns bei Tagesanbruch über Land.«

»Die Frage ist nur«, sinnierte Jaeger, »halten wir so lange durch?«

»Selbstverständlich. Die Auftriebssäcke sind gefüllt. Ihr

könnt eure Schwimmwesten ablegen. Warum versucht ihr nicht zu schlafen? Ihr hattet einen anstrengenden Tag mit viel Aufregung.« Fieser stieß ein merkwürdig anmutendes Blöken aus. »Mit zu viel Aufregung, fürchte ich.«

Totenstille senkte sich über die Gondel. Jaeger erhob sich. »Räumen wir auf hier drin.«

Die nächste halbe Stunde half Candy beim Verstauen von Gepäck und Aufwischen von Erbrochenem. Allen war furchtbar schlecht geworden. Nadine versprühte Luftverbesserer. In den Gepäckfächern lagen Decken. Candy hüllte sich in eine Decke ein, nahm ihr Buch wieder zur Hand und versuchte die Schrift zu entziffern. Ihre Reisegefährten unterhielten sich leise.

Boucher bewegte den Kopf hin und her. »Warum *sind* wilde Großtiere selten?«

»Das hängt mit dem zweiten Hauptsatz der Thermodynamik zusammen.«

»Ist das der, nach dem alles, was oben ist, irgendwann wieder runterkommt?«

Candy antwortete nicht. Während des Sturmes hatte sie ein Dutzend Mal geglaubt, ihr letztes Stündlein habe geschlagen, und nun sah es wieder so aus.

Kurz nach Mitternacht tauchte Fieser wieder auf. Er verhielt sich gefasster, kontrollierter.

»Funktioniert das Funkgerät wieder?«

»Es geht um etwas anderes.«

»Lass mich raten«, brummte Marriot. »Ein Loch, das sich langsam aber sicher bemerkbar macht.«

Fieser lächelte nicht. »Kein Loch, nein. Aber ein lenkbares Luftschiff ist kein gewöhnlicher Ballon. Es benötigt zweifachen Auftrieb: statischen und dynamischen. Der dynamische Auftrieb entsteht durch unsere Geschwindigkeit in Relation zur Luft. Da unsere Eigengeschwindigkeit gleich null ist, haben wir keinen dynamischen Auftrieb.«

»Wir sinken.«

»Langsam, nicht viel – lediglich fünfhundert Meter seit meinem letzten Bericht. Kein Grund also sich Sorgen zu machen.

Aber wir haben Treibstoff abgelassen und jetzt muss ich euch bitten auf jegliches überflüssige Gepäck zu verzichten.«

»Was für Gepäck?«, fragte Trigg. Er stand auf. »Sieh mal, Kumpel, das hier hätte ein Trip um die Bucht werden sollen. Wir haben nichts dabei außer den Kleidern, die wir auf dem Leib tragen.«

»Tu, was er verlangt«, befahl Jaeger. »Fang mit der Ausrüstung an.«

»Ich schmeiß doch nicht eine Videoausrüstung im Wert von dreißig Riesen aus dem Fenster.«

»Tu es, Trigg. Behalte den Camcorder.«

Die Metallkoffer rutschten zur Tür der Gondel, wo Fieser stand, der sich mit einem Gurt gesichert hatte. »Bitte bleibt auf euren Plätzen«, befahl er. Er schob die Tür auf.

Candy erwartete einen Sog, einen eisigen Luftstrom, aber abgesehen von einer leichten Steigerung der Kälte war nichts zu merken. In Dunkelheit und Stille sitzend fiel es schwer, zu glauben, dass sich hinter der schwarzen Luke ein gähnender Abgrund auftat.

Sie wühlte in ihrem Rucksack: Wäsche zum Wechseln, Pass, Geld, Schminkzeug, die wichtigsten Medikamente, Karten. Das Einzige, was sie opfern konnte, waren ihre beiden Bücher und die Kamera. Sie reichte die Sachen nach vorn.

Boucher hatte sich nicht gerührt. Candy bedachte ihn mit einem spöttischen Blick.

»Nichts zu verzollen.«

»Was ist mit deiner Kamera?«

»Die zählt zur unentbehrlichen Ausrüstung. Bis die Zähne des Hais zuschnappen, arbeite ich an einem Auftrag.«

»Dein Auftrag lautet, zu schreiben«, erinnerte sie ihn. »Trigg ist unser Kameramann.«

»Wenn ich meine Kamera über Bord werfe, macht das nicht einen Millimeter Höhenunterschied.«

Ihr Blick bohrte sich in seinen und sie streckte die Hand aus.

Seufzend händigte er ihr die Kamera aus. »Verdammt noch mal. Nie wird eines meiner Fotos so, wie ich es mir erhofft habe.«

Als Candy erwachte, ruhte ihr Kopf auf Bouchers Schulter. Er lächelte sie an – ein zärtliches Lächeln, das sie unvorbereitet erwischte.

»Du hast geschlafen wie ein Baby. Du bist ganz schön cool.«

»Cool ist untertrieben, mir ist eiskalt.« Sie mühte sich in aufrechte Sitzposition. Prüfend betrachtete sie ihr Spiegelbild im Fenster und richtete ihre Haare. Als sie sich umwandte, sah sie, dass Boucher eine Seite seines Notizbuches voll geschrieben hatte.

»Ein Brief an meine Freundin«, erklärte er. »Sie heißt Lydia und spielt Cello beim Chicago Symphony Orchestra. Es war ihr Cello, in das ich mich zuerst verliebt habe.« Bouchers Mund wurde zu einem schmalen Strich. »Falls ich es nicht schaffe und du schaffst es, würdest du ihr dann ausrichten, es tue mir Leid, und sie bitten das nächste Mal, wenn sie Elgars Cellokonzert spielt, an mich zu denken?«

Candy öffnete den Mund um etwas Ermutigendes zu sagen, aber bei der Vorstellung von einer Lydia, die ein Requiem spielt, blieben ihr die Worte im Hals stecken. »Ja, natürlich.«

»Wie steht's mit dir? Gibt es irgendjemand in deinem Leben?«

»Nur meine Familie.«

Voller Schmerz wurde ihr bewusst, was ihr Verlust für ihren Vater bedeuten würde. Der Tod ihrer Mutter hatte seine Seele tief verletzt, aber das, was geblieben war, hatte er in Gefühle für sie investiert und sie wusste, wenn man ihm auch das noch nähme, wäre er innerlich tot.

Sie lachte, aber es klang mehr nach einem kläglichen Miauen. »Mein Vater behauptete immer, ich sei prädestiniert für Unfälle.«

Jaeger tauchte mit grauem Gesicht aus dem Cockpit auf. »Wir sind jetzt auf unter achtzehnhundert Meter und sind immer noch Stunden von Land entfernt. Es besteht die Möglichkeit, dass wir im Bach landen. Aber wir haben ein Floß, das mehr als groß genug ist um uns alle aufzunehmen und Lebensmittel und Wasser für eine Woche. Reg dich nicht auf, Nadine. Wir haben nach wie vor alle Chancen.« Schwer ließ er sich auf den Sitz fallen.

In Candys Adern begann Adrenalin zu pochen. »Es stimmt wirklich, findest du nicht?«, sagte sie an Boucher gewandt. »Das Warten ist das Schlimmste.«

»Tod in Zeitlupe«, murmelte er, dann straffte er sich. »Ich habe da eine Idee.« Er hob die Stimme. »Spielen wir das Ballonspiel.«

Verständnislos blickte Candy ihn an. Die anderen begriffen ebenfalls nicht.

»Ihr wisst schon – jeder erläutert, aufgrund welcher Eigenschaften er seiner Meinung nach einen Platz in einem wegen zu viel Gewichts sinkenden Ballon beanspruchen kann.«

»Das ist doch krank«, brauste Nadine auf und funkelte wütend zu Jaeger hinüber.

»Vielleicht nicht«, meinte dieser zögernd. »Ich habe mir die Karte angesehen. Sieht so aus, als kämen wir mitten an der Küste von Sumatra runter. Dort gibt's weit und breit nichts als Wildnis. Es könnte also eine Weile dauern, bis die Kavallerie auftaucht. Die meisten von uns kennen sich kaum einen Tag. Es scheint plausibel, sich anzuhören, was jeder dazu zu sagen hat.«

»Wie wär's, wenn du anfängst?«, schlug Boucher vor.

»Ich glaube, meine Rechtfertigung kommt von euch selbst.« Jaeger sah jedem einzelnen Passagier ins Gesicht. »Ich bin der Leiter dieser Expedition und diese Verantwortung lastet nicht zu schwer auf meinen Schultern. Diejenigen unter euch, die schon früher mit mir unterwegs gewesen sind, können bestätigen, dass ich mich um meine Leute kümmere.«

Beipflichtendes Gemurmel von Bartok.

Boucher kritzelte etwas in sein Notizbuch. »Wie steht's mit dir, Aquila?«

»Opfert man ein Individuum, opfert man alle. Kein Leben muss seine Existenz rechtfertigen. Darum sind wir hier. Das ist die Philosophie von Wildguard.«

Marriot rutschte auf seinem Sitz herum. »Worum es uns hier geht, Aquila, sind praktische Fähigkeiten zum Überleben.«

»Ich bin eine Frau. Frauen sind die geborenen Überlebenden.«

»Aquila ist der stärkste Mensch, den ich kenne«, behauptete Jaeger. »Sie hat genug Kraft für uns alle.«

»Dexter?«

»He.« Jaeger war alarmiert. »Wow! Überlegt mal, was in der Öffentlichkeit los wäre, wenn die Leute erführen, wir hätten Dexter Smith aus dem Ballon geworfen.«

»Okay, Dexter, du brauchst nicht zu springen.«

»Ich will mich nicht hinter einem Image verstecken«, erklärte Dexter. »Wir sitzen alle in einem Boot.« Er holte tief Luft. »Ich kann nicht behaupten große Erfahrung mit Katastrophen zu haben. Das kann keiner von uns. Aber ich bin gesund und kräftig und ich ... Ich werde tun, was immer notwendig ist.«

»Gilt dasselbe für dich, Nadine?«

»Ich spiele dieses widerwärtige Spiel nicht mit.«

»Es ist kein Spiel«, widersprach Aquila. »Wir müssen wissen, dass wir uns aufeinander verlassen können. Wir müssen wissen, wie wir einander helfen können.«

Nadine bedachte sie mit einem gehässigen Blick. »Trotz meiner widerlichen Essgewohnheiten wiege ich meiner Schätzung nach mindestens zwanzig Pfund weniger als du, Aquila. Falls du also Ballast abwerfen möchtest, würde ich an deiner Stelle nicht so in die Ferne schweifen.«

»Schluss damit«, befahl Jaeger. Er nickte Bartok zu. »Für Kent verbürge ich mich. Er ist in jeder Krisensituation ein zuverlässiger Mann.«

»Trigg?«, fragte Boucher.

Der Kameramann schien zu schlafen. »Wo immer wir landen, ihr wollt sicher einen guten Wechselkurs für eure Dollars. Also weckt mich, wenn wir angekommen sind.«

Allgemeines Gelächter. Doch es verebbte rasch und sie warteten auf Marriot.

»Vor ein paar Jahren habe ich eine Studie über Kleinsäugetiere in der Simpson-Wüste gemacht. Und zwar in dem Jahr, als es die heftigen Regenfälle gab. Als das Hochwasser kam, hingen mein Kumpel und ich drei Wochen lang auf einer Düne fest und wir hatten nur Rationen für drei Tage. Wir aßen Eidechsen und Larven und kamen wohlgenährter zurück, als wir vor unserem Aufbruch gewesen sind. Ich sage euch, Sumatra bietet bessere Fressalien als der Busch, aber ihr braucht einen, der das

Zeug findet – einen, der weiß, was ihr gefahrlos essen könnt und was euch umbringt.«

Beeindruckte Stille folgte. Candy wusste, dass die Reihe nun an sie kam. Ihre Stimme zitterte nur leicht. »Ich bin in Erster Hilfe ausgebildet. Ich kann mit einem Kompass umgehen. Ich kann kochen. Es macht mir nichts aus, Anordnungen zu befolgen. Ich gebe nicht leicht auf.«

»Candy kommt aus einer Soldatenfamilie«, fügte Boucher unaufgefordert hinzu.

Marriot wandte sich an ihn. »Jay, von dir habe ich bis jetzt noch nichts gehört, was darauf schließen ließe, dass du dein Ticket verdienst.«

»Ich habe überhaupt keine Waldläufer-Fähigkeiten«, gab Boucher zu. »Ich war nie bei den Pfadfindern und nie in einem Zeltlager in der Wildnis. Ich könnte mich in einem Stadtpark verirren und verhungern. Im Unterschied zu Candy bin ich auch nicht gut im Anordnungen befolgen.«

»Warum also sollten wir nicht dich rauswerfen?«

»Weil jemand mit der Story zurückkommen muss.«

»So siehst du das?«, fragte Marriot. »Eine Story soll für dich sprechen?«

»Was steht denn jetzt auf der Titelseite? ›Wachsende Angst um vermisstes Luftschiff. Rock-Superstar möglicherweise bei Luftschiffabsturz ums Leben gekommen‹. Ihr seid schon Nachrichten. Und ihr werdet noch sensationellere Nachrichten sein, wenn ihr gefunden werdet. Ich habe vor da mitzumischen. Diese Exklusivstory trägt meinen Namen.«

»Das klingt, als befändest du dich an Bord eines anderen Luftschiffes.«

»Klar. Vergesst, dass ich existiere.« Selbstzufrieden lehnte sich Boucher zurück. Ein paar Sekunden verstrichen. »Damit bleibt unser einsamer Reisender«, sagte er. »Zeit zur Demaskierung, Disco.«

»Ich kann auf mich selbst aufpassen.«

»Wir möchten wissen, was du für *uns* tun kannst.«

Disco sah aus, als habe man ihn in die Enge getrieben, und er tat Candy Leid. »Ach, lasst ihn in Ruhe.«

»Nein«, widersprach Boucher, »alle anderen haben was dazu gesagt. Komm schon, Disco, nicht so schüchtern. Es ist uns egal, wie du deinen Lebensunterhalt verdienst.«

»Mit allem Möglichem«, nuschelte Disco.

»Mit was zum Beispiel?« Boucher grinste Candy an.

»Zum Beispiel mit Filmen.«

»Wirklich?«

Disco drehte sich um. »Du glaubst mir nicht?«

»Wenn du dich vielleicht ein bisschen deutlicher ausdrücken könntest.«

Disco schien etwas sagen zu wollen, doch dann ließ er sich zurück in seinen Sitz fallen. »Du kannst mich mal.«

»Schön«, sagte Boucher nach einer angespannten Pause. »Ich glaube, damit haben wir unser Übergepäck.«

In dem Moment, in dem er diese Worte aussprach, wusste Candy, dass es Ärger geben würde. Sie warf Boucher einen wütenden Blick zu. »Idiot.«

Disco stand auf und ging, die Blicke aller auf sich gerichtet, den Gang entlang. Bei Boucher blieb er stehen und beugte sich über ihn. »Du hältst dich für wichtiger als mich, Jay? Du glaubst, du bist cleverer? Glaubst du das?«

»Alles, was ich wissen wollte, ist, was du machst.«

Disco schlug Boucher das Notizbuch aus der Hand. »Damit du mich darin verewigen kannst.«

Den Blick unverwandt auf Disco gerichtet bückte sich Boucher und hob sein Notizbuch auf. »Beruhige dich, Mann.«

Disco ging in die Hocke, sodass er sich mit Boucher auf gleicher Augenhöhe befand. »Du willst mich nicht dabeihaben? Schön, versuch mich rauszuschmeißen. Wir werden ja sehen, wer mehr draufhat.«

»Schon gut, Disco.« Sacht berührte Candy ihn am Arm. »Es reicht.«

Disco richtete sich auf und deutete mit zitterndem Finger auf Boucher. »Niemand macht mich runter, Jay. Niemand.« Unter allgemeinem Schweigen kehrte er zu seinem Platz zurück.

Boucher lachte unsicher. »Sieht so aus, als hätte ich eine empfindliche Stelle berührt.«

»Da sprichst du von etwas, was *dir* vollkommen abgeht«, schnappte Candy. Teilweise rührte ihr Zorn daher, dass sie gerade zu dem Schluss gelangt war, Boucher sei netter, als es ihr auf den ersten Blick hin erschienen war. Nun verfestigte sie ihre ursprüngliche Einschätzung: Er war ein selbstgefälliger, arroganter, ekelhafter … *Amerikaner*.

Ein paar Minuten später erhob sich Dexter halb von seinem Sitz. »Es wird hell.«

Alle starrten hinaus zum aufsteigenden orangefarbenen Licht.

»Zumindest ist das Wetter ruhig.«

»Macht euch nichts vor. Fünfzehn Knoten – das hat Josef gesagt.«

Mit Anbruch des Tages verlagerte sich die Anspannung auf eine andere Ebene.

»Ich werde den Piloten verklagen«, stieß Nadine hervor. »Ich werde die Luftfahrt-Gesellschaft verklagen. Ich werde …«

»Seht mal! Das Meer!«

Candy starrte hinunter. Der dunkelblaue Ozean erstreckte sich in endlos langen Wellenreihen.

»Gott, das ist verdammt nah.«

»Ziemlich rau, das auch noch.«

»Macht halblang«, sagte Jaeger. »Ist das nicht Land da drüben?«

Weit hinten konnte Candy einen graugrünen Fleck erkennen.

»Halleluja!«

Mit jeder Sekunde wurde die Welt heller. Die Hülle des Luftschiffes erstrahlte rosarot in der Sonne und schien ein- und auszuatmen.

»Komm schon, Schätzchen«, drängte Disco. »Du schaffst es. Mach schon!«

Nun, da Rettung in Sicht war, konnte sich Candy rein rechnerisch mit ihrer Angst konfrontieren. Sumatra, schätzte sie, war an die fünfzig Kilometer entfernt und ihre Höhe musste inzwischen unter tausend Meter liegen. Wenn sie nur drei Meter Höhe auf hundert Meter verlören, bedeutete das, dass sie pro Kilometer dreißig Meter sänken, und das bedeutete …

Fieser erschien in der Tür. »Wir nähern uns der Küste von Sumatra.«

»Wo in Sumatra?«

»Gibt's da Flughäfen?«

»Nein, es gibt keinen Flughafen.«

»Und wie soll es vor sich gehen? Auf ein Feld runter?«

»Ja. Genau. Auf ein Feld.«

Einige Minuten lang gab sich Candy der Illusion hin, das Luftschiff ginge langsam hinunter und lande, beobachtet von staunenden Bauern in Batikkleidung, auf einem Reisfeld. Sie ertappte sich dabei, dass sie sich ausmalte, wie sie ihre Erlebnisse den Freunden und der Familie zu Hause schilderte, und ihre Stimmung schlug von Angst in Enttäuschung um. Ihre abenteuerliche Reise war zu Ende, bevor sie überhaupt angefangen hatte.

Inzwischen war die Küste deutlicher zu erkennen – ein Dach aus üppigem Grün, gesäumt von Brandung. Angestrengt hielt Candy Ausschau nach Einzelheiten und entdeckte eine vorgelagerte Insel, die von Wasser in sechs herrlichen Blau- und Grüntönen umgeben war. Sie sah aus wie der in Erfüllung gegangene Traum einer tropischen Insel.

»Da unten gibt es gar keine Felder«, vermeldete Marriot. »Das ist Dschungel vom Feinsten.«

Fieser tauchte wieder auf. Erneut hatte sich etwas in seinem Verhalten verändert. »Haben alle ihre Schwimmwesten angelegt?«

»Klar«, antwortete Jaeger. »Aber wozu brauchen wir Schwimmwesten?«

»Bitte. Ihr seht doch selbst. An der Küste befindet sich weit und breit kein Landeplatz. Dort ist Wald, Sumpf.«

»Wie viel Platz braucht ihr denn, verdammt noch mal? Du sagtest, ein Feld.«

»So einfach ist das nicht. Wir brauchen Platz zum Anflug. Wir wissen nicht, wie lange wir noch oben bleiben müssten, bis wir auf eine geeignete Stelle stoßen. Es ist zu riskant. Die See ist viel sicherer.«

Nadine sprang auf. »Ich gehe nicht da runter. Das könnt ihr mit mir nicht machen.«

»Bitte. Bitte. Der Captain landet im Wasser in Küstennähe. Wir werden nicht so schnell sein. Jetzt entschuldigt mich. Ich muss ihm helfen.«

Boucher zerrte an seiner Krawatte, obwohl er sie bereits gelockert hatte.

Jaeger baute sich im Gang auf und sah die anderen an. »Die Zeit ist knapp, antwortet also schnell. Können alle schwimmen?«

Nadine schüttelte heftig den Kopf.

»Gar nicht?«

»Kaum.«

Boucher lachte kurz auf. »Und bei all der Badeanzugwerbung dachte ich, sie muss eine wahre Wassernixe sein.«

Candy verpasste ihm einen Fußtritt. Er sah sie mit einem »Was-habe-ich-denn-getan?«-Blick an.

»Robert, du kümmerst dich um Nadine. Sonst noch jemand ein schlechter Schwimmer? Wie steht's mit dir, Candy?«

Candy konnte schwimmen, das war nicht der Punkt. Sie hatte keine Angst vor Höhen, aggressiven Hunden oder unberechenbaren Pferden, sie hatte keine Phobie bis auf eine – eine tief sitzende Angst vor dem Ertrinken. Als sie drei Jahre alt war, war sie in Malaysia in einen verwahrlosten Swimmingpool gefallen – einen Tümpel mit dicker grüner Suppe. Es hatte einige Minuten gedauert, bis ihre *amah* sie gefunden hatte, und da war sie bereits bewusstlos gewesen.

»Ich schaffe es, danke.«

»Okay, wir steigen paarweise aus. Nadine und Robert, ihr seid die Ersten. Dexter, du gehst mit mir. Dann kommen Aquila und Trigg, anschließend Kent und Disco. Jay und Candy steigen als Letzte aus. Versucht zusammenzubleiben.« Er klatschte in die Hände. »Behaltet einander im Auge.«

»Keine Vorrechte für Frauen und Journalisten?«

Candy hatte genug von Bouchers Späßchen. »Würde es dir schrecklich viel ausmachen?«

»Was denn?«

»Deine Bemerkungen für dich zu behalten. Sie sind weder hilfreich noch komisch.«

Marriot stand auf. »Nehmt mit, was ihr könnt – Medikamente, Hautschutzmittel, solche Dinge. Da unten gibt es keine Geschäfte oder Krankenhäuser. Achtet auch auf eure Pässe.«

»Oh mein Gott«, stammelte Nadine. »Seht euch das Meer an. Die Wellen sind *riesig*!«

Candy presste ihren Rucksack an sich. Das Luftschiff war nun so tief, dass sie das, was auf sie zukam, abschätzen konnte. Die See rollte in sich träge türmenden Brechern heran. Nahe am Ufer lief die Brandung quer in stürmischen Wellen. Zwei vorgelagerte Riffs schienen die Insel von der See abzuschneiden. Sie starrte auf das Weiße ihrer Knöchel.

»Wir kommen genau auf die Insel zu.«

»Gibt's da Haie?«, wollte Disco wissen. »Ich hasse Haie.«

»Keine Haie«, gab Jaeger zur Antwort.

»Doch, da gibt es Haie«, widersprach Marriot, »aber sie rechnen nicht mit uns.«

Candy fühlte sich benommen, ihr war flau im Magen. Sie öffnete den Mund um Luft zu holen und gegen ihren Willen kam ein leiser Laut über ihre Lippen. Boucher berührte ihren Arm.

»Ja?«, fuhr sie ihn.

»Wir landen bald«, sagte Marriot in einem Tonfall, der eine schlichte Tatsache vermeldete.

»Der Pilot weiß, was er tut.«

»Dieses Luftschiff treibt, wohin es will. In Landnähe sind Wind und Druck bestimmt anders. Er hat keine Möglichkeit das auszugleichen.«

»Wenn wir auf das Riff aufschlagen, sind wir Mus.«

»Steig, du Idiot!«, schrie Nadine. »Steig doch!«

»Er tut, was er kann.«

»Bitte geh rauf. Oh Hilfe!«

Candy erhaschte einen Blick auf den Sog tief unten in einem Wellental. Sie senkte den Kopf.

»Umklammert die Knie«, rief Jaeger. »Bereitet euch vor!«

Den Kopf nach unten gepresst, hörte Candy durch die Hülle des Luftschiffes das gierige Brüllen der stürmischen Brandung. Gischt streifte die Unterseite der Gondel, und sie spürte deren Widerstand.

»Lebwohl und Amen«, sagte Boucher.

»Oh Gooott!«, kreischte Nadine.

Die nächste Welle erwischte sie, aber der Auftrieb des Luftsackes zog sie wieder nach oben. Candy hob den Kopf und sah, wie sich vor ihnen ein blauer Brecher aufbaute, dessen Kamm sich über Augenhöhe befand. Mit angehaltenem Atem wartete sie auf den Aufschlag. Die Gondel glitt über die Gischt und einen Moment lang dachte Candy, sie würden frei über das Riff sausen. Da erreichte sie die nächste Welle, der Horizont drehte sich, ihr Denkvermögen setzte aus. Ihr Kopf schlug gegen etwas und sie nahm vage das Bersten der Fenster wahr.

Ein weiterer Zusammenprall stieß sie nach vorn. Wasser umwogte sie. Es gab keine Atempause zwischen Aufprall und Sinken, es blieb keine Zeit zum Nachdenken. Blind tastete sie nach dem Öffnungsmechanismus des Sicherheitsgurts. Die Langsamkeit ihrer Bewegungen entmutigte sie, alles schien in Zeitlupe abzulaufen. Boucher rappelte sich bereits hoch. Er wandte sich um und packte sie am Arm.

»Wir sind auf dem Riff!«

»Wir überschlagen uns. Nichts wie raus!«

Candy sah, dass sich Jaeger zur Tür schleppte wie ein Mann, der in der falschen Richtung eine Rolltreppe hochsteigt. Erst da wurde ihr bewusst, dass sie auf dem Kamm des Riffs festsaßen. Irgendetwas krachte, die Gondel kippte und Candy stürzte zur Seite.

»Raus!«, brüllte Jaeger und zerrte Nadine hoch. »Raus!«

Erneut neigte sich die Gondel und warf Candy auf einen inzwischen verlassenen Sitz. Dexter Smith und Aquila sprangen hinaus. Candy hatte ihren Rucksack fallen lassen.

»Lass ihn liegen!«

Boucher, den Arm nach Candy ausgestreckt, war bereits an der Tür und schob sich hinter Bartok. Sie torkelte auf ihn zu. Trigg sprang, Disco und Bartok folgten. Boucher drehte sich um und Candy sah ihm an, dass er hin- und hergerissen war, dass er schwankte, ob er ihr helfen oder sich retten sollte. »Die nächste kommt!«, schrie er. »Spring!«

Er verschwand. Candy erreichte die Tür und sah einen Moment lang die Welle, die kurz vor dem Brechen in der Schwebe war. Boucher kämpfte sich durch den Schaum, blickte zu ihr zurück und öffnete unhörbar den Mund. Sie suchte nach einem Halt. Die Welle stürzte sich auf das Luftschiff herab, gleichzeitig hob sich die Gondel und schoss vorwärts. Wasser schlug über ihrem Kopf zusammen. Sie spürte, wie sie rückwärts ging, weg von der Tür. Alle Geräusche waren erstickt, und sie wusste, dass die Gondel untergehen und sie sterben würde. Sie hatte die Luft bereits verbraucht, bevor sie überhaupt zu kämpfen begonnen hatte.

Ihr Mund öffnete sich und sie schluckte Luft. Sie befand sich immer noch in der Gondel. Durch ein Fenster sah sie unter Wasser den Rest einer Triebwerksaufhängung und dahinter das Riff. Sie war im Heck, wieder an ihrem alten Platz, in einer Luftblase. Etwas Festes, doch zugleich Nachgiebiges prallte gegen sie. Ein Mann tauchte neben ihr auf.

Es war der Pilot, bewusstlos oder tot.

Ein Luftschwall stieg auf. Die Gondel lag immer noch nicht fest. Sie war noch nicht auf Grund. Candy tauchte und sah die Tür. Sie konnte sie unmöglich erreichen, solange sie die Schwimmweste trug. Mit aller Kraft kämpfte sie darum, sie auszuziehen, doch der Körper des Piloten schien sie bewusst daran hindern zu wollen. Selbst wenn er noch lebte, sie konnte nichts für ihn tun. Trümmerteile behinderten sie – Getränkekartons, Kleidung, Kissen. Als sie die Schwimmweste endlich heruntерhatte, trudelte die Gondel wieder. Candy versuchte zu tauchen, kam aber nur einen halben Meter weit. Sie paddelte rückwärts. Jede Sekunde konnte sich die Luftblase füllen. Verzweifelt hämmerte sie mit der Faust gegen das Fenster, aber es hielt. Ihr Hemd war halb heruntergerissen. Sie riss es sich vollends vom Leib, dann zwang sie sich tief Luft zu holen. Sie wusste, einen zweiten Versuch hatte sie nicht. Als sie noch Kinder waren, hatten sie und ihr Bruder darum gewetteifert, wer am längsten die Luft anhalten kann. Sie hatte es über eine Minute geschafft.

Noch einmal füllte sie ihre Lunge, dann stützte sie die Füße gegen das Schott im Heck und stieß sich kraftvoll ab. Sie begann zu zählen. Eins ... und ... zwei. Ihre Hände ertasteten die

Rückenlehne eines Sitzes, und sie zog sich vor zum nächsten Haltepunkt. Fünf Sekunden. Ihr Blick wanderte zur Tür. Sitz für Sitz arbeitete sie sich nach vorn. Fast hatte sie es geschafft und sie hatte erst zwölf Sekunden verbraucht. Sie tastete nach der Öffnung, doch diese schien wegzugleiten. Fünfzehn Sekunden. Sie versuchte es noch einmal und verfehlte sie wieder. Panik ergriff sie, sie hörte auf zu zählen. Strampelnd startete sie einen neuen Versuch. Ihre allerletzte Chance. Dieses Mal krallten sich ihre Finger um den Türrahmen, das gab ihr die nötige Hebelwirkung.

Sie war draußen und glitt durch ein Gewirr von Aufhängeseilen nach oben. Das Licht wurde nicht heller. Luftblasen entwichen ihrem Mund.

Halb brach sie durch die Wasseroberfläche, wurde aber sofort wieder hinuntergedrückt. Sie schluckte mehr Wasser als Luft. Sie war unter der zerrissenen Hülle hochgekommen. Blind schlug sie um sich. Etwas schlang sich um ihr Bein – eines der gerissenen Seile. Sie konnte sich befreien, wurde aber gleich darauf von etwas anderem gepackt. Sie trat nach dem Hindernis und spürte einen Körper. Eine Hand ergriff ihr Handgelenk. Nur schemenhaft nahm sie ein verzerrtes Gesicht wahr, doch sie besaß noch genügend Geistesgegenwart um sich nicht zu wehren.

Sie drang durch das Wasser hindurch in blendend helles Licht ein. Kurz bevor alles vor ihren Augen verschwamm, sah sie noch die geschrumpfte Hülle und klammerte sich Halt suchend daran fest. Sie krallte sich an ihre seltsame Gummiinsel, ihr Atem ging rasselnd und ein dunkelroter Schleier senkte sich über ihre Augen. Als ihr Blick wieder klar wurde, sah sie einen glitzernden Strand mit einem grünen Fries vor einem so gewaltig hohen Himmel, dass sie sein Ende nicht sehen konnte. Ihr Retter klammerte sich neben ihr fest. Die Haare klebten auf seiner Stirn, sodass sie ihn nicht gleich erkannte. Es war Boucher. Sonst konnte sie niemanden entdecken.

»Los jetzt«, befahl Boucher

»Einen Moment noch«, keuchte sie.

»Candy, du blutest.«

Sie fasste mit der Hand an ihr Gesicht, die Hand verfärbte sich rot. »Es ist nur meine Nase.«

»Ich dachte an die Haie.«

Sie nickte, rührte sich aber nicht von der Stelle. Ihre Ohren fühlten sich komisch an, alle Geräusche klangen gedämpft.

»Es sind nur knapp hundert Meter. Lass dich einfach treiben. Ich bin neben dir.«

Sie ließ los, Boucher schwamm neben ihr auf der Seite. Das Wasser war warm und klar wie Gin. Inzwischen konnte sie am Strand mehrere Personen erkennen. Dexter stand mit ausgestreckten Armen im seichten Wasser. Es schien ewig zu dauern, bis sie ihn erreichte. Sie achtete nicht auf seinen hilfreich dargebotenen Arm, sondern taumelte an ihm vorbei und fiel der Länge nach in den Sand. Entkräftet würgte sie.

Sie blieb liegen, bis aus dem Summen in ihren Ohren schließlich Stimmen wurden.

»Ich habe meine Brille verloren. Scheiße! Hat jemand meine Brille gesehen? Verdammt!«

»Josef ist verletzt. Ich glaube, sein Bein ist gebrochen.«

»Hat jemand den Piloten gesehen?«

»Seht mal, da ist das Rettungsfloß. Es hängt am Riff.«

Candy nahm die Stimmen, die Wärme des Sandes und die Sonnenstrahlen auf ihrem Rücken in sich auf. Die Erkenntnis, dass sie lebte, drang langsam in sie ein. Am Leben! Sie öffnete die Augen und war sich jedes Sandkorns bewusst. Sie öffnete den Mund um zu lachen und merkte, dass sie weinte. Boucher stand über ihr.

»Danke, Jay.«

»Gern geschehen. Bist du okay?«

Sie nickte. Sie fühlte sich benebelt, alles schien durcheinander zu gehen.

Er bedachte sie mit seinem schiefen Lächeln. »Sehr schön. Denn meine Kenntnisse in Mund-zu-Mund-Beatmung sind ein bisschen eingerostet.« Er beschattete die Augen und lachte. »Nadine, du bist bestimmt schon einmal hier gewesen.«

Nadine warf ihm einen Blick zu, der hätte töten können.

Boucher breitete die Arme aus. »Der Sand so weiß, das Meer

so blau, die Bäume so grün, so grün-oh. Wahrlich ein wahres Juwel von einer Szenerie für eine Parfümwerbung. Ich wette, die Filmcrew hockt gerade auf ein Bier in der Strandbar.«

Mit höchster Anstrengung gelang es Candy, sich aufzusetzen. Blut lief ihr über die Brust und erst jetzt merkte sie, dass sich ihr Büstenhalter gelöst hatte und um ihrer Taille baumelte. Mit steifen Fingern bedeckte sie sich. Ihr Magen schmerzte. Ihr Gesicht schmerzte. Alles schmerzte. Aquila saß neben ihr, die Arme um die Knie geschlungen, und starrte aufs Meer hinaus. Ihr Blick schien auf etwas Bestimmtes fixiert, aber Candy konnte nur treibende Wrackteile und die hässliche Blase der ruinierten Luftschiffhülle erkennen.

»Der Pilot ist noch drin«, sagte sie. »Er ist tot.« Die Erinnerung an das Eingeschlossensein in der Gondel schnürte ihr die Kehle zu.

Aquila schloss sie in die Arme. »Wir haben so großes Glück«, schluchzte sie. »Wir haben *so* großes Glück.«

# Teil 2

# 7

*1. Tag*

Boucher saß im Sand und sinnierte voller Verwunderung. In ein paar wenigen sich überstürzenden Minuten waren sie vom Ende des zwanzigsten Jahrhunderts buchstäblich in die Urzeit katapultiert worden, an einen absolut unberührten Ort, den exotische Gerüche würzten und die fremdartigsten Laute erfüllten. Und trotzdem schien alles vertraut. Wohin er auch schaute, überall erblickte er die satten Farben, die er von der Kinoleinwand kannte. Die zwitschernden Vogelstimmen und das Zirpen der Insekten erklangen in der Reinheit eines High-Fidelity-Soundtracks. Den Eindruck, dass es sie an den Drehort eines Kinofilmes verschlagen hatte, verstärkte noch, dass Trigg das Häuflein Schiffbrüchiger mit seinem Camcorder filmte.

Boucher stellte fest, dass seine Sinne selektiv arbeiteten. Es schien, als befände sich zwischen ihm und den anderen Überlebenden eine dünne Glasscheibe. In einer Art Trance beobachtete er Aquila, Candy und Jaeger, die um Fieser knieten. Aquila und Candy waren von der Taille aufwärts fast nackt, Aquilas Tunika stand offen, Candy trug nur einen Büstenhalter – ein Teil mit sehr viel mehr Spitze, als er bei ihr erwartet hätte. Auch Jaeger trug kein Hemd; sein Oberkörper war auf Brust und Rücken von einem beängstigend dichten Pelz orangeroter Haare bedeckt. Neben ihnen standen durchnässt Disco und Bartok. Disco schien Schmerzen zu haben und hielt stützend seinen linken Arm. Am Strand klammerten sich Nadine und Dexter aneinander wie zwei Kinder im finsteren Wald.

Boucher machte Bestandsaufnahme von seinem eigenen Zustand. Er trug immer noch Sakko, Hemd und Krawatte. Selbst seine Loafers hatte er noch an den Füßen. Er war der am besten angezogene Überlebende auf dieser Insel. Ein Lachen stieg ihm in die Kehle. Der Schock. Verständlich. Er versuchte wieder Herr über seine fünf Sinne zu werden.

Vom Luftschiff aus hatte er sich ein Bild von der Insel gemacht. So weit er sich erinnern konnte, war sie klein, vielleicht anderthalb Kilometer lang und nicht ganz halb so breit, dicht bewaldet und geformt wie ein verlängertes Komma, der breite Kopf am weitesten zur Seeseite hin gedreht, das Schwänzchen durch einen schmalen Kanal vom Festland getrennt. Im Süden zog sich die Mangrovenküste in einer dunkelgrünen Kurve zu einer mindestens fünfzehn Kilometer entfernten Landzunge. Der Strand, an dem er saß, bestand aus weißen Korallenkörnchen, die Lagune schimmerte türkisblau. Wo Korallen die Oberfläche berührten, war sie mit schillerndem Smaragdgrün bewachsen, und nahe dem Riff verdunkelte sie sich zu Saphirblau. Ein schönerer Ort, um ausgesetzt zu werden, ließ sich schwer vorstellen.

Fieser schrie vor Schmerz und Jaeger sagte etwas, aber obwohl er nur ein paar Meter weg war, dämpfte die Entfernung seine Stimme. Boucher schüttelte den Kopf und versuchte aufzustehen. Sterne tanzten vor seinen Augen.

»Hoppla.«

Auf wackligen Beinen gesellte er sich zu der um Fieser versammelten Gruppe.

Bei dem Anblick, der sich ihm bot, zuckte er zurück. Der Kopilot lag mit schmerzverzerrtem Gesicht ausgestreckt im Sand, sein rechter Oberschenkel krümmte sich in einem scheußlichen Winkel. Jaeger hielt Fiesers Kopf umfasst und Marriot stützte ihn unten am Rücken, während sich Candy bemühte die Oberschenkel freizulegen. Flüchtig sah Boucher unnatürlich verformtes Fleisch, und er verspürte ein unangenehmes Ziehen in der Leistengegend.

»Sieht böse aus«, hörte er Candy murmeln. »Der Oberschenkel ist mehrfach gebrochen, das untere Ende ist fast durch das Fleisch gedrungen. Wir können diesen Bruch auf keinen Fall einrichten. Er muss operiert werden.«

»Legen wir ihn in den Schatten.«

»Nicht ohne eine Trage.«
»Dazu ist keine Zeit.«
»Dann eine Schiene.«
»Später«, erklärte Marriot bestimmt. Sein Blick fiel auf Boucher. »Steh nicht untätig da rum. Nimm ihn an einem Arm.«
Als sie Fieser hochhoben, schrie er schrill und durchdringend und schrie und schrie weiter und jeder Schrei ging Boucher durch Mark und Bein. Er half Fieser hinzulegen und wich dann gleich, sich auf die Unterlippe beißend, zurück. Der Kopilot war nicht mehr bei vollem Bewusstsein. »Das wird schon wieder, du wirst sehen«, sagte Boucher hilflos zu ihm.
»Ein Schiff! Da draußen ist ein Schiff!«
Unten am Ufer gestikulierte Dexter aufgeregt. Kilometerweit die Küste hinauf entdeckte Boucher eine winzige Silhouette, die aussah, als sei sie an den Horizont geheftet. Er vergaß Fieser und lief zum Strand hinunter.
»Sieht aus wie ein Kriegsschiff.«
»Glaubst du, die suchen uns?«
»Schon möglich. Wie machen wir sie auf uns aufmerksam?«
»Ein Feuer«, schrie Nadine. »Wir müssen ein Feuer anzünden.« Sie lief, den durchnässten Stoff ihres Sarongs geschürzt, in Richtung Wald. Niemand folgte ihr.
»Nadine«, rief Boucher, »es fährt in die falsche Richtung. Uns bleibt nicht genug Zeit.«
»Auf dem Floß sind Leuchtkugeln«, teilte Bartok mit.
Boucher schaute zu dem schräg am Riffkamm hängenden, rechteckigen gelben Gebilde hinüber.
»Zu spät.«
Sie beobachteten, wie das Schiff verschwand. Als es nur noch als winziger Punkt erkennbar war, wandte sich Jaeger an Disco. »Was macht deine Schulter?«
Disco verdrehte die Augen. »Keine Ahnung. Ausgerenkt, vermutlich.«
Vorsichtig bewegte Jaeger das Schultergelenk und Disco zischte vor Schmerz durch die Zähne. »Yeah, total herausgesprungen.« Er sah sich in der Runde um. Ohne seine Brille leuchtete sein Gesicht rosig und nackt aus seiner starken Be-

haarung. »Robert, nimm ihn um die Brust und den gesunden Arm. Und halte ihn gut fest.« Als Marriot Disco bis zur Unbeweglichkeit fixiert hatte, ergriff Jaeger den verletzten Arm seines Patienten an Handgelenk und Ellenbogen. Er spreizte die Beine um festen Stand zu haben und nahm eine Haltung ein, als beteilige er sich an einem Wurfwettbewerb. »Disco, ich habe das schon einmal gemacht und ...«

»Es tut verflucht weh.« Disco biss die Zähne zusammen und starrte zum Himmel hinauf. »Mach schon«, stieß er hervor.

Jaeger machte eine heftige Armbewegung nach unten und Boucher hörte das Knirschen von Sehnen. Disco entfuhr lediglich ein Keuchen. Als Boucher die Augen wieder öffnete, straffte Disco bereits munter seine Schulter. Er blies die Backen auf, stampfte auf den Boden und pfiff. Er sah Boucher zwar bleich, aber höhnisch grinsend an. »Sonst noch jemand, der verarztet werden muss?«, erkundigte sich Jaeger.

»Wir sollten das Floß bergen, bevor es die Flut wegreißt«, sagte Marriot. »Ich brauche Hilfe, allein bekomme ich es nicht herunter. Jay, du bist ein ganz guter Schwimmer.«

Nachdem er der See einmal tapfer die Stirn geboten hatte, war Boucher eigentlich der Ansicht, er habe genug Heldentum in diesem Element bewiesen. Und er wollte das gerade kundtun, als er aus Marriots Miene den Eindruck gewann, dass noch etwas anderes dahinter stecken musste.

»Bestätige mir, dass da keine Haie herumschwimmen.«

»In der Lagune gibt es nur kleine, die beißen nicht, solange du dich nicht allzu dämlich anstellst, nach ihnen greifst oder so. Die großen – Tigerhaie und Hammerhaie – leben auf der anderen Seite in der tieferen Zone. Möglich, dass es auf dem Boden der Lagune Stachelrochen gibt, behalte also die Schuhe an, wenn du empfindlich bist.«

»Es ist weg«, jammerte Nadine. »Das Schiff ist weg.« Sie brach in Tränen aus. Aquila legte die Arme um sie.

Boucher hörte immer noch ihr Schluchzen, als er in die Lagune hineinwatete.

»He«, rief Disco hinter ihnen her, »wenn ihr eine blaue Sporttasche seht, das ist meine.«

»Und rührt die Sachen auf dem Boot nicht an«, setzte Jaeger hinzu, während Marriot bereits unangestrengt davonkraulte.

Boucher verlegte sich aufs Brustschwimmen und folgte ihm. Nahe der Absturzstelle schwebte der vom geborstenen Tank des Luftschiffes ausströmende Gestank nach Treibstoff über dem Wasser. Das Floß war mindestens viereinhalb Meter lang und ungefähr zweieinhalb Meter breit. Eine der Luftkammern war kaputt und der Boden war an der Stelle, mit der es am Riff hing, quer aufgerissen.

»Bleib im Wasser«, ordnete Marriot an. »Ich versuche es von oben herunterzuheben. Und pass auf. Diese Korallen schneiden bis auf die Knochen und Riffwunden verheilen schlecht.«

Boucher trat Wasser, während Marriot sich den Weg zum Riff hinaufbahnte. Als er das Floß hochhievte, hielt sich Boucher fest und versetzte dem Boot einen Tritt, aber es rührte sich kaum von der Stelle. Er trat noch einmal danach und schrammte sich dabei den Knöchel an einem Korallenast. Einen Augenblick später durchzuckte ihn ein Schmerz, zuerst messerscharf, dann dumpfer werdend. Ein rotes Rinnsal lief über seinen Fuß.

»Ich sagte, ziehen«, schrie Marriot.

»Ich habe mich geschnitten.«

»Es sind nicht die Haie, um die du dir Sorgen machen musst. Diesmal – bis drei.«

Boucher suchte neuen Halt. Er warf einen Blick über die Schulter und erwartete fast, ein Dutzend sichelförmiger Flossen durch das Wasser auf sich zukommen zu sehen.

»Eins, zwei und … ziehen!«

Mit angespannten Nackenmuskeln katapultierte sich Boucher nach hinten und versuchte das Gewicht des Floßes zu halten. Es kam mit einem Schwung ins Gleiten und drückte ihn unter Wasser. Prustend griff er nach der Ruderbank und zog sich zappelnd daran hoch an Bord. Gleich darauf neigte sich das Floß unter Marriots Gewicht zur Seite. Es krängte stark, eine Seite tauchte fast unter und Wasser überflutete den aufgerissenen Boden. »Was wolltest du damit sagen – es seien nicht die Haie, um die ich mir Sorgen machen müsste?«

»Vergiss es, Jay. Sehen wir nach, was in den Stauräumen ist.«

»Jaeger sagte, wir sollen das Zeug nicht anrühren.«

Marriot beachtete ihn nicht. »Trinkwasser – hundert Liter. Überlebensrationen. Ein großer Sack Reis. Decken, Kocher, Messer, ein *parang* ...«, er schwang eine Machete, »... Angelgerät – gut – Streichhölzer, Taschenlampe, Leuchtpistole und Patronen, Moskitonetze, Kompass, Pfeife ... Ha, da sind sogar Karten. Die Deutschen verstehen es, einen anständigen Picknickkorb zu packen.« Mit einem wehmütigen Lächeln blickte Marriot auf. »Leider haben sie das Funkgerät vergessen.«

»Ist das schlimm?«, fragte Boucher. Er registrierte Marriots geduldiges Lächeln. »Okay – dumme Frage.«

Marriot zog das Messer über seinen Handballen und ließ es anschließend in seine Tasche gleiten.

Boucher zögerte. »Traust du Jaeger nicht?«

»Trauen ist nicht das richtige Wort. Vertrauen trifft es besser. Er ist zäh und clever, aber er ist hier nicht in seinem Element.«

»Warum stellst du dich nicht als Führer zur Verfügung? Ich schätze, die Mehrheit wäre froh, wenn du die Verantwortung übernehmen würdest.«

»Du hast doch gehört, was er im Luftschiff gesagt hat. Er hat nicht die Absicht darüber abstimmen zu lassen.«

»Ja, aber ...«

»Hör mal, Jay, Führerschaft hat nichts mit Kompetenz oder praktischen Fähigkeiten zu tun. Wenn das so wäre, hätten wir keine Scheißkerle als Politiker. Es geht um die Dominanz über die Gruppe – den Willen und die Fähigkeit zur Machtausübung. Jaeger besitzt große Dominanz. Ich nicht. Wenn dich das unglücklich macht, stell du dich gegen ihn.«

»Ich bin nur Beobachter.«

»Und ich nur angeheuerter Mitarbeiter.«

Boucher war verstimmt. »Du bist ein richtiger Wissenschaftler. Warum machst du bei dieser Sache mit?«

»Ich liebe den Regenwald, Jay. Bei jedem Trip werde ich bei lebendigem Leibe aufgefressen, bekomme Malaria und fühle mich am Ende wie Scheiße. Und jedes Mal kann ich es kaum erwarten, bis ich wieder im Dschungel bin. Aber Expeditionen sind teuer. Als Wildguard mir eine mit Vollpension anbot, war ich sofort dabei.«

Boucher musterte das ferne Ufer. »Jaeger fuchtelt da hinten herum, anscheinend sollen wir zurückkommen.«

»Entspann dich. Könnte sein, du erlebst gerade deine letzten friedlichen Minuten.«

»Was passiert, wenn er Mist baut?«

»So weit wird's nicht kommen. Wir sind erst ein paar Stunden hier und haben schon ein Schiff gesichtet. Wenn wir in der Nähe einer Schifffahrtsroute sind, stehen die Chancen ausgezeichnet, dass wir innerhalb von ein paar Tagen gerettet werden.« Marriot griff nach einem Ruder. »Wir sammeln noch ein paar Trümmer ein.«

Das mit Wasser voll gelaufene Floß zu rudern war Plackerei, trotzdem pendelte sich Bouchers Laune auf heiter ein. Er hatte seine Sache besser gemacht, als er von sich hatte erwarten können. Es war keine Übertreibung zu behaupten, er habe Candy vermutlich das Leben gerettet. Alle hatten sich wacker gehalten. Nicht einmal Nadine hatte komplett versagt. Ein Funke von Solidarität flammte in ihm auf.

Nahe der Absturzstelle schwamm verstreutes Treibgut auf dem Wasser. Sie fischten eine Thermosflasche, eine Riemchensandale und eine Plastikflasche heraus.

»Bergen wir was von der Hülle, bevor sie versinkt«, schlug Marriot vor. »Das ist ideales Material für Unterstände.«

Mühsam schnitt und hackte er an der Hülle herum, während Boucher versuchte das Boot so ruhig wie möglich zu halten. Die steife Brise, die sie hierher geblasen hatte, hatte sich gelegt, es herrschte drückende Hitze. Salz verkrustete Bouchers Haut und er spürte, dass sein Gesicht anfing zu brennen. Er war am Verdursten und Verhungern. Aquilas wenig gehaltvolle Reisklößchen waren die einzige Nahrung, die er in den letzten vierundzwanzig Stunden zu sich genommen hatte.

»Warte mal«, sagte Marriot.

Als die Oberfläche der See wieder glatt geworden war, sah Boucher die Gondel so klar vor sich, dass er glaubte sie berühren zu können.

»Ungefähr dreieinhalb bis vier Meter tief«, schätzte Marriot.

Sie war mit der Nase leicht nach unten zum Stillstand gekommen und neigte sich nach Backbord, der hintere Bereich ruhte auf der Riffwand. Boucher konnte erkennen, an welcher Stelle die Kabine beim Aufprall zerschmettert worden war. Fische, die ihr eigenes Licht zu erzeugen schienen, umschwärmten massenhaft das Wrack, ganz so, als sei es immer schon fester Bestandteil des Meeres gewesen. Ein Exemplar mit einem tiefroten Körper und dem Kopf eines feisten Kardinals glitt durch ein zerbrochenes Fenster und schwebte über einer weißen runden Scheibe.

»Ich kann den Piloten sehen«, rief Boucher.

»Zu riskant.« Damit hatte Marriot die unausgesprochene Frage beantwortet. »Die Aale und Krabben werden sich seiner annehmen. Sobald es Nacht wird, wimmelt und wuselt es nur so auf dem Riff.« Das Bild der Gondel verschwamm, als er den Stoff einzuholen begann. »Wir haben so viel, wie wir auf einer Fahrt mitnehmen können.«

Auf dem Rückweg zeigte Marriot sein unbeschwertes Lächeln. »Tja, Jay, jetzt hast du deine Story, aber ich an deiner Stelle würde etwas Zurückhaltung üben. Menschen, die unter Stress stehen, schätzen es gar nicht, beobachtet zu werden, besonders nicht, wenn sie wissen, dass sie das später schwarz auf weiß nachlesen können. Das gilt übrigens auch für mich.«

»Mach du dir keine Sorgen. Ich habe dir die Heldenrolle zugeteilt.«

Marriot lachte. »Und wie stehen die anderen dann da?«

Boucher dachte ernsthaft darüber nach. »Ich glaube, was Jaeger angeht, irrst du dich; ohne Aquila ist er nur ein hirnloser Bär. Sie ist das – wie nennt ihr Biologen das? – das Alpha-Weibchen. Die einzige andere Person, die mich noch interessiert, ist Candy. Sie bewahrt einen kühlen Kopf und behält unter Druck die Nerven, alte koloniale Schule. Sie hätte eine großartige imperialistische Memsahib abgegeben – du weißt schon, die Diener um sich geschart, wenn die Eingeborenen mit Messern zwischen den Zähnen über die Mauer klettern.«

»So, wie ihr beide euch aneinander gekuschelt habt, scheint ihr euch recht nahe zu stehen.«

»Gegensätze, vom Wind des Zufalls zusammengetrieben. Seit wir uns kennen, hat sie andauernd versucht mich loszuwerden.«

»Du magst sie trotzdem, oder?«

»Ja«, antwortete Boucher zu seiner eigenen Überraschung. »Ja, ich mag sie.« Er lachte. »Aber ich glaube, wir liegen nicht auf der gleichen emotionalen Wellenlänge. Ehrlich gesagt, habe ich den Eindruck, du bist eher ihr Typ.«

»Keine Ferienflirts für mich. Ich habe Frau und Kind zu Hause in Melbourne. Hab jung geheiratet.« Marriot schien noch etwas sagen zu wollen, wechselte aber doch lieber das Thema. »Wie weit sind wir in der Hackordnung gekommen? Glaubst du, unser Pärchen aus dem Showgeschäft hält zusammen?«

»Dexter wird es versuchen. Nadine zeigt unter Druck einen erfrischenden Mangel an Takt, aber ich habe den Verdacht, sie ist zäher, als sie aussieht. Was Trigg angeht, weiß ich nicht, was ich von ihm halten soll. Bartok ist ein eifriger Jünger. Und Disco ... nun ...« Boucher verstummte, seiner Ansicht nach war der einsame Reisende das Haar in der Suppe, er wusste aber nicht genau, warum. »Ich glaube, ohne ihn wären wir besser dran.«

»Das haben wir gemerkt. Warum hast du ihn gereizt?«

»Ich wollte wissen, wer er ist. Ich kaufe ihm diesen Öko-Freak Globetrotter-Scheiß so wenig ab wie seine Behauptung, er sei Schauspieler. Hat er dir irgendetwas über seine Herkunft gesagt?«

»Er sagte, er sei im Osten gelandet, weil er ein paar Abenteuer erleben wollte.« Marriot lachte in sich hinein. »Sieht so aus, als hätte er mehr bekommen, als er sich gewünscht hat.«

»Da bin ich mir nicht sicher. Er verhält sich, als erwärme er sich langsam für die Situation, und das finde ich merkwürdig, denn auf mich macht er den Eindruck einer schlimmeren Stadtratte als ich.« Boucher zögerte. »Außerdem gefällt mir seine Einstellung Candy gegenüber nicht.«

Marriot betrachtete ihn nachdenklich. »Ich rieche einen Hauch Testosteron.«

»Was?«

»Gib's doch zu, Jay, Disco bringt dich doch nur deshalb auf

die Palme, weil ihr beide ein Auge auf Candy geworfen habt.«

Boucher spürte, dass er rot wurde. »Verdammt noch mal, ich habe nicht vor mich in einen Kampf um eine Frau zu stürzen.«

Marriot lächelte nicht. »Gut, denn wenn wir hier länger als ein paar Tage festsitzen, können sich primitive Instinkte regen.«

Jaeger musterte sie mit dem misstrauischen Blick des Kurzsichtigen, als sie am Ufer anlangten. Sein Gesicht war in der Hitze bereits tomatenrot angelaufen. »Was habt ihr Typen eigentlich da draußen getrieben?«, verlangte er zu wissen, als er das Schlauchboot ans Ufer zog.

»Ballonstoff für Zelte geschnitten. Wir brauchen allerdings noch mehr. Wir können das Material auch für Hängematten, Kleidung, sogar für Schuhe verwenden. Die Sachen vom Floß haben wir vollständig mitgebracht. Es ist ordentlich beladen.«

»Man könnte denken, sie hätten mit einem Absturz gerechnet«, fügte Boucher hinzu, als Jaeger den Inhalt der Staufächer inspizierte.

»Habt ihr irgendwas genommen?«

Marriot zeigte ihm das Messer. »Ich trage im Busch immer eines. Ohne fühle ich mich nackt.«

Jaegers Augen wurden hart. »Das nächste Mal fragst du vorher.« Er griff in ein Staufach. Den Parang mit der langen Klinge in der Hand wiegend, wandte er sich an Boucher. »Wie steht's mit dir? Hast du dich selbst bedient, als wir nicht hingeguckt haben?«

Boucher sprach mit gleichmütiger Stimme. »Nein. Aber ein Notizbuch ist drin. Wenn es dir nichts ausmacht, nehme ich es. Ich habe bei dem Absturz alles verloren.«

»Außer deiner Story«, warf Disco lächelnd ein. Immer noch lächelnd erhob er sich vom Sand. »Dexter Smith und Nadine Wells auf tropischer Insel gestrandet. Das ist die *Riesenstory*.«

Boucher spürte das Gift unter der freundlichen Oberfläche und wusste, Disco hatte die Konfrontation im Luftschiff keineswegs vergessen. Er fabrizierte eine Parodie seines eigenen Lächelns. »Du willst auf eigene Rechnung was schreiben? Nur zu.«

Jaeger riss das Notizbuch hinten am Rücken auseinander und warf Boucher eine Hälfte zu. »Dass mir aber nicht noch jemand mit Selbstbedienung kommt.«

»Ist ein Antiseptikum dabei?«, erkundigte sich Nadine. »Ich habe mir in den Zeh geschnitten.«

»Wen interessiert schon dein Zeh?«, platzte Candy heraus. »Josefs Bein ist zerschmettert.«

»Was braucht er?«, fragte Jaeger. »Da ist eine ganze Apotheke.«

»Antibiotika und Schmerzmittel – je stärker, desto besser. Morphium, falls das da ist.«

»Kein Morphium.«

»Später spreche ich einen Heilspruch für ihn«, kündigte Aquila an.

Candy suchte die Medikamente heraus und eilte zurück zu Fieser.

»Verbrauch sie nicht alle«, rief Disco ihr nach. »Andere Leute müssen vielleicht auch noch verarztet werden, bevor wir hier wieder wegkommen.«

Boucher hatte den beunruhigenden Eindruck, Disco habe ihn damit gemeint. Halt dich zurück, sagte er sich, dann legt sich sein Groll ganz schnell.

Dexter fuhr sich mit dem Handrücken über den Mund. »Wir sind furchtbar durstig, Leo.«

Dexters schmeichelnder Tonfall machte Boucher schlagartig klar, dass sich die soziale Rangordnung drastisch umgekehrt hatte. Da war einer der größten Namen aus dem Rock-Pantheon und bettelte einen Typ um etwas zu trinken an, der, zurück in der Zivilisation, mit viel Glück vielleicht einen Job in einer Autowaschanlage bekäme.

Wie Almosen teilte Jaeger jedem etwa einen guten Viertelliter Wasser und einen Keks zu, dann schloss er die Staufächer. »Niemand rührt die Sachen ohne meine Erlaubnis an. Okay, jetzt zeigt jeder seine persönliche Habe vor.«

Boucher stieß ein sarkastisches Lachen aus.

Auch Candy und Disco hatten nichts vorzuweisen, aber den meisten anderen war es gelungen, ein paar Sachen zu retten.

Nadine besaß am meisten. Sie hatte nicht nur Kleider zum Wechseln und genug Malariatabletten, Insektenschutzmittel und Wasserreiniger, um eine Kompanie zu versorgen, sondern außerdem eine Stange Marlboro Lights, die das Wasserbad überstanden hatte, sowie ein Nessessär mit Kosmetika und Toilettenartikeln. Bartok hatte seine Bibel nicht losgelassen. Aquila war im Besitz einer Ausgabe der gesammelten Werke von William Blake.

»Sämtliche Medikamente kommen in den Topf für die Allgemeinheit«, bestimmte Jaeger.

Nadine wurde aufsässig. »Das finde ich nicht richtig.«

Jaeger sah ihr direkt ins Gesicht. »Du möchtest alles für dich behalten? Dann sieh zu, wie du allein zurechtkommst.«

Wütend schüttete sie ihre Apotheke in den Sand.

»Wir müssen ein Lager einrichten«, meinte Marriot.

Jaeger blinzelte in die Sonne. »Zuerst erkunden wir diese Insel. Ich nehme Disco und Aquila mit. Wir gehen quer drüber, dann sehen wir, ob wir uns an der Küstenlinie entlang vorarbeiten können. Candy, du bleibst bei Josef. Jay und Kent, ihr sammelt Holz. Dexter und Trigg, ihr holt so viel Ballonstoff, wie ihr könnt. Nadine, du suchst einen Platz, wo wir schlafen können.«

Nadine musterte skeptisch den Waldrand. »Da drin gibt es wilde Tiere und Schlangen. Und Viren. AIDS kommt aus den Tropen, und auch diese Krankheit, die einem die inneren Organe wegfrisst.«

»Vielleicht sollte lieber ich ...«, setzte Dexter an, verstummte aber unter Jaegers kurzsichtig starrem Blick.

»Ihr tut, was ich sage. Los jetzt.«

»Ich hätte gern Candy dabei«, meldete sich Marriot. »Abgesehen von mir ist sie die Einzige mit Buscherfahrung.«

Jaeger seufzte unter dem Gewicht all dieser Extrawünsche. »Jay«, sagte er, »dann behalte du Josef im Auge.«

Nicht gerade glücklich über seine Rolle als Krankenschwester, schlenderte Jay zu Candy hinüber. »Was muss ich machen?«

»Du kannst nicht viel tun. Sprich mit ihm. Beruhige ihn.«

Ein feiner Schweißfilm bedeckte die Schwellung ihrer Brüste.

Boucher bemerkte die zarten Aushöhlungen in ihren Schultern und die feuchten Locken in ihrem Nacken. Das Gefühl, das er dabei empfand, war zwar sexuellen Ursprungs, erweiterte sich aber zu einer Anrührung von Zärtlichkeit.

»Vorhin dachte ich, es sei aus mit dir. Ich bin wirklich froh, dass du es geschafft hast, Candy.«

So etwas wie Stille erfüllte ihre Augen.

»Sind wir jetzt Kumpel? Sprechen wir miteinander?«

Candy strich sich eine Strähne aus der Stirn und lächelte. »Nach allem, was du für mich getan hast, wäre es mehr als ungehobelt von mir, jetzt Nein zu sagen.«

»He«, rief Disco. »Beeilung.«

Boucher blickte zu ihm hinüber und seine Miene verfinsterte sich. »Candy?«

»Ja?«

»Pass auf dich auf.«

Sie runzelte die Stirn und ging zu den anderen hinüber. Als sie fort waren, ließ sich Boucher neben Fieser nieder. Fiesers Augen waren Höhlen der Qual in einem Gesicht von der Farbe stumpfen Zinns.

»Kann ich irgendetwas tun?«

Fieser stöhnte. »Ich konnte Sixt nicht herausholen.«

Boucher sah kurz das Gesicht am Fenster wieder vor sich. »Du hast getan, was du konntest.«

Fiesers Augen füllten sich mit Tränen. »Meine Frau erwartet an Weihnachten ein Baby.«

»He«, sagte Boucher, »bis dahin sind wir längst wieder daheim. Hast du das Schiff gesehen, das vorhin vorbeigekommen ist? Ich wette, es hat nach uns gesucht.«

»Nein.«

»Bestimmt.« Boucher rieb Fiesers Hände. »Ganz bestimmt.«

Fieser schüttelte den Kopf, sein Atem ging rasch. »Ich habe euch nicht die Wahrheit gesagt. Meine letzte Funkmeldung. Bei Belitung. Wir waren dicht über dem Wasser. Nicht mehr als fünfhundert Meter. Ich gab durch, wir würden eine Notlandung versuchen. Hier wird man uns nicht suchen.«

Boucher richtete sich auf, sein Blick glitt über das Meer. Als er sich die tausende Quadratkilometer vorstellte, über die sich der Ozean erstreckte, überlief es ihn eiskalt. Mit Mühe brachte er ein Lächeln zustande. »Sie werden überall suchen, Josef. Jetzt haben wir ja die Leuchtpistolen. Spätestens morgen fangen sie an, das garantiere ich.«

Fieser schloss die Augen. »Deine Freunde sind wütend auf mich, ja? Sie glauben, es sei meine Schuld.«

»Niemand gibt dir die Schuld«, log Boucher. Auch er ärgerte sich maßlos über die fatalen Fehleinschätzungen der Crew. Er fasste einen Entschluss. »Josef, es besteht keine Notwendigkeit, den anderen von diesem Funkspruch zu erzählen. Nadine rastet jetzt schon fast aus.«

»Sie ist sehr schön. Die Frauen sind alle sehr schön.« Fieser seufzte und sah nach oben, als erblicke er am Himmel eine unerreichbare Vision.

Boucher drückte seine Hand. »Versuch jetzt zu schlafen. Ich bin da, wenn du irgendetwas brauchst.«

Er setzte sich und starrte auf seinen Notizblock. Die leere Seite blendete ihn und seine Hand zitterte leicht. Er warf einen schuldbewussten Blick auf Fieser, aber der Pilot war zu sehr in Schmerz versunken um seine Erregung zu bemerken. Boucher unterdrückte einen tiefen Atemzug. Disco hatte Recht. Das war eine Riesenstory. Er saß auf dem Knüller seines Lebens.

Aber um die Story schreiben zu können musste er überleben. Er konzentrierte sich. Um zu überleben musste er seine fünf Sinne beisammenhalten und durfte sich nicht in irgendwelche Animositäten verwickeln lassen. Marriots Rat war nur vernünftig. Er würde Zurückhaltung üben und sich unauffällig im Hintergrund halten. Er würde unsichtbarer Zuschauer sein. Und wenn das bedeutete sein Interesse an Candy aufgeben zu müssen, war es dieses Opfer wert.

# 8

*1. Tag*

Im Regenwald wurde die Luft zunehmend modrig, das Licht verblasste zu einem wässrigen Grün. Auf allen Seiten drängten sich riesige Bäume, manche schwer auf andere gestützt, ihre Stämme erhoben sich gerade und astlos mindestens zwanzig Meter hoch, bevor sie sich im grünen Dach vereinigten. Auf jedem Hauptast und jeder Stammbiegung wucherten Schmarotzerpflanzen – ein wirrer Filz aus Kriech- und Kletterpflanzen und kränklich blassen Blüten. Zwischen den ledrigen Blättern, die den Waldboden bedeckten, schossen riesenhafte Farne und Palmen hervor. Das Licht fiel in dünnen Streifen durch den grünen Baldachin und Insekten flogen wie im Scheinwerferlicht einer Bühne schwirrend ihre Runden. Ihr Surren, Summen und Brummen erfüllte die Luft wie übereinander geschichtete Harmonien.

Candys Blick fiel auf Aquila, die mit leicht geöffnetem Mund und dem ehrfüchtigen Ausdruck eines Pilgers, der die gewölbte Kuppel einer Kathedrale betrachtet, nach oben starrte. Ein Feuchtigkeitsfilm überzog ihr Gesicht. Alle hatten die gleiche ehrfurchtsvolle Miene. Candy war sich jedes Atemzugs bewusst, den sie machte.

Aus weiter Ferne war der Ruf eines Hornvogels zu hören, ein Ton von zunehmender Intensität, der in einem gackernden, hysterischen Gelächter endete.

Discos Blick wanderte langsam umher. »Vielleicht sagst du uns mal, worauf wir aufpassen müssen.«

Marriot schien völlig entspannt. »Angst in etwas Bösartiges hineinzulaufen?«

Disco lachte nervös. »Ja, schon.«

»Brauchst du nicht zu haben. Ich war drei Monate in Sarawak und das Schlimmste, was mir passiert ist, war der Biss eines Hundertfüßers. Tat zwar verdammt weh, war aber nicht lebensgefährlich.«

»Wie sieht's mit Schlangen aus?«

»Neun von zehn Arten sind harmlos. In Acht nehmen musst du dich lediglich vor Kobras, Vipern und Kraits.«

»Großartig. Wie sieht denn eine Krait aus?«

»Klein, mit gelben und schwarzen Bändern. Die Tierchen schnappen zu, wenn du ihnen die Chance dazu lässt. Aber ein paar Dinge gibt es, denen kannst du nicht ausweichen. Ein paar befinden sich im Moment direkt vor deiner Nase.«

Candy senkte den Blick und sah zwei Blutegel, die sich mit erschreckender Munterkeit über den Kompost aus Blättern schlängelten. Disco vollführte einen schnellen Tanzschritt. »Scheiße.«

»Es sind die kleinen Dinge, die töten können«, erläuterte Marriot, »Blutegel, Moskitos, Dornen, Ameisen. Im Dschungel eitern kleine Bisse und Kratzer schnell.«

»Irgendwelche großen Raubtiere?«, fragte Jaeger.

»An Land nicht, nein.«

Candy runzelte die Stirn. »Auf Sumatra gibt es Tiger.«

Discos Mund verzog sich zu einem Lächeln. Anzüglich ließ er seinen Blick über ihre Brüste gleiten. »Danke, Schätzchen, aber unser Experte war gefragt.«

Candy wurde rot vor Zorn. Sie war sich sicher, dass er nicht gewagt hätte so mit ihr zu sprechen, wenn sie korrekt bekleidet wäre. Dann sah sie Aquilas klaffende Tunika und die blasse Haut dazwischen. Obwohl Aquila halb nackt war, verhielt sich Disco ihr gegenüber untadelig, komischerweise fast respektvoll. Wenn überhaupt, steigerte die Nacktheit noch Aquilas Autorität. Candy entschied, es müsse daran liegen, dass Aquila sich völlig unbefangen und natürlich verhielt, und war halb versucht den zarten BH auszuziehen, der anscheinend nur die Aufmerksamkeit auf das lenkte, was er eigentlich verhüllen sollte.

»Candy hat Recht«, bestätigte Marriot. »Aber hier werden wir keinem Tiger begegnen. Hier gibt es für sie nicht genug zu fressen.«

»Das Festland ist nur ein paar hundert Meter entfernt«, wandte Candy ein, »und Tiger können schwimmen.«

»Nur wenn sie einen guten Grund dafür haben«, behauptete Marriot. »Also, Tiger kannst du hier vergessen.«

Candy senkte die Augen um ihre Verärgerung zu verbergen. Aus ihren Unterhaltungen mit Marriot wusste sie, dass sich seine wissenschaftliche Arbeit auf Australien, Neuguinea und Borneo beschränkte. So sehr sie seine Erfahrung respektierte, hatte sie doch den Verdacht mehr über Großkatzen zu wissen als er.

»Also, was ist auf dieser Insel am gefährlichsten?« Disco ließ nicht locker.

»Wir«, sagte Candy bissig. »Und nenn mich nicht ›Schätzchen‹.«

Marriot lächelte. »Und am verwundbarsten.«

Dieses Mal sah Disco sie ohne Spott an. Er nickte und dachte über den Widerspruch nach.

»Wie sieht's mit frischem Wasser aus?«, wollte Jaeger wissen.

»Auf dieser Insel wird es wohl kaum eine ständig sprudelnde Quelle geben. Auf dem Boot haben wir einen Liter Wasser pro Tag für jeden für eine Woche. Das reicht nicht, deshalb besteht eine unserer ersten Aufgaben darin, aus Ballonstoff einen Sammeltank anzufertigen. Bis es regnet …« Marriot trat an einen Baum, der von kalbfleischfarbenen, röhrenförmigen Pflanzen bewachsen war. »Bromelien.« Er brach eine ab, drehte sie um und eine trübe Flüssigkeit lief heraus. »Insektensuppe, aber wir haben ja Tabletten zum Sterilisieren.«

»Wie steht's mit Nahrung?«

»Dürfte kein Problem sein. Das Riff wimmelt von Fischen. Es gibt Krabben und vermutlich Schildkröten. Im Wald gibt es Kleinkantschile und Affen, vielleicht auch wilde Schweine.«

»Wir essen kein Fleisch«, bemerkte Aquila spitz.

»Das ist eine Sache des Lebensstils. In der jetzigen Situation kannst du nicht heikel sein.«

»Wir essen kein Fleisch«, bekräftigte Jaeger.

»Keiner von euch?«

»Keiner von uns.«

Candy, bestürzt über diese falsche Behauptung, war nahe daran, zu widersprechen, aber sie biss sich auf die Zunge. Es kam entscheidend auf die Gruppendisziplin an und da möglicherweise schon in ein paar Stunden Rettung kommen konnte, war die Ernährung wohl kaum ein Thema.

Marriot wollte es nicht auf sich beruhen lassen. »Bist du Vegetarierer, Disco?«

»Ich? Ich esse, was mir unterkommt.«

»Wir essen kein Fleisch«, wiederholte Jaeger, »und wir töten keine Tiere.«

Marriot reagierte beherrscht. »Okay, aber wenn ihr richtig hungrig seid, sieht es wahrscheinlich anders aus.«

Aquila schaute sich im üppig wuchernden Grün um. »Es muss doch jede Menge essbarer Pflanzen geben.«

»Oben in den Baumkronen gibt es Früchte, Nüsse und Honig, aber um da hinzukommen müsstest du Flügel haben. Lass dich nicht von all dem Überfluss täuschen. Das meiste ist bestenfalls ungenießbar, im schlimmsten Falle giftig. Wenn du Glück hast, finden wir ein paar wilde Feigen und vielleicht Stinkfrüchte. Hast du schon einmal die Frucht des Zibetbaumes probiert? Das schmeckt, als würdest du Nektar durch einen schweißgetränkten Socken schlürfen. Selbst wenn das deinem Geschmack entsprechen sollte, hält dich das nicht bei Kräften.«

»Wir werden sehen.«

»Hoffen wir, dass nicht«, sagte Marriot mit Entschiedenheit.

Stürme hatten Schneisen in den Wald gerissen und an diesen Stellen wucherte schöpferisches Chaos, jede Menge Bäume wetteiferten mit ihren Nachbarn darum, wer zuerst zum Licht gelangt. Umgestürzte Harthölzer, moosbedeckt und mit sprießenden Orchideen, versperrten den Kundschaftern wie riesige Sauriergerippe den Weg. Lianen, so dick wie das Handgelenk eines Mannes, hingen in fantastisch anmutenden Gebilden herab.

Der Wald unterwarf sie, er verschluckte ihre Stimmen, sodass Candy nur Wortfetzen aufschnappen konnte. Jaeger stolperte nach den Kletterpflanzen schlagend vor ihr her und sie merkte, dass er ohne Brille so gut wie blind war. Aquila folgte hinter Marriot und betrachtete gelegentlich eine bestimmte Pflanze oder ein Insekt genauer, wobei sie stets aufgeregte Ausrufe ausstieß. Sie erweckte den Eindruck einer total begeisterten Konsumentin, die sich kostenlos in einem gigantischen Supermarkt bedienen durfte. Disco bewegte sich mit geschmeidiger Vorsicht und sah sich beständig nach allen Seiten um.

Unzählige Schmetterlinge in außerordentlicher Artenvielfalt und in allen Farben begleiteten sie. Einige schwebten wie Stückchen aus Seide, die in einem Luftwirbel gefangen sind, hinter ihnen her; andere folgten ihnen in wildem Zickzackkurs, als müssten sie gegen eine Strömung kämpfen; und einige flogen zielstrebig wic Vögel auf direktem Weg. Aquila streckte ihre Hand aus und innerhalb von Sekunden war sie mit Schwalbenschwänzen geschmückt.

Irgendwo auf halber Strecke hielt Marriot plötzlich inne. Sehr, sehr langsam drehte er sich um, deutete nach oben und ging in die Hocke. Alle folgten seinem Beispiel, starrten hinauf in das Blätterdach und versuchten in dem undurchdringlichen Gewirr Wirklichkeit und Illusion auseinander zu halten.

Hätte sich der Gibbon nicht bewegt, hätte Candy ihn nicht gesehen. Fast zwanzig Meter über ihrem Kopf lief er aufrecht über einen Ast, hielt inne, blickte zu ihnen herab, ließ sich fallen, griff lässig mit einer pelzigen Hand nach einem Ast, schwang sich herab und rannte, mehrmals Rad schlagend, mit unglaublicher Geschwindigkeit und fantastischer Anmut davon. Candy blieb das Bild einer dunklen kleinen Gliederpuppe mit hellen Augenbrauen vor Augen.

Aquila quietschte vor Entzücken und klammerte sich an Jaeger. »Hast du das gesehen? Er hat uns direkt angeguckt. Er hatte überhaupt keine Angst.«

Wirklich, dachte Candy, angesichts solch offen gezeigter Begeisterung konnte man keinen Groll empfinden.

Die nächste überraschende Entdeckung machte Candy. Als sie über einen umgestürzten Baum stieg, hätte sie fast mit der Hand in die Spur gegriffen.

»Robert.«

Marriot bückte sich und pfiff leise. »In fünf Jahren bin ich nicht ein einziges Mal darüber gestolpert und dann nach einer halben Stunde auf diesem winzigen Fleckchen Erde – bingo!« Er hob den Kopf. »Mein Gott, das könnte ein reiches Habitat sein. Ich hätte direkt Lust hier eine richtige Erhebung zu machen.«

»Was habt ihr denn entdeckt?«, fragte Disco.

»Leopardenexkremente.«

»Leopardenscheiße?« Disco erstarrte. »Von Leoparden hast du nichts gesagt.«

»Es handelt sich um eine kleine, auf Bäumen lebende Art«, antwortete Candy, die stolz war ihr Wissen unter Beweis stellen zu können. »Sie ernähren sich von Vögeln und Affen. Es sind sehr schöne, seltene Tiere.«

»Vielleicht kann Trigg einen filmen«, meinte Aquila.

»Sie sind sehr scheu«, sagte Candy zu ihr. »Der hier wird kaum noch lange bleiben, wenn wir uns hier in der Gegend aufhalten.«

Aquila schaute zum Blattwerk hinauf. »Geh nicht weg«, rief sie leise. »Wir tun dir nichts.«

Marriot fing Candys Blick auf und er lächelte sie an. Das hob ihre Moral ungemein. »Wir gehen besser weiter«, erklärte er. »Schließlich müssen wir noch ein Lager aufschlagen.«

Es dauerte fast eine Stunde, bis sie die Insel durchquert hatten. Das letzte Stück war das schwierigste. Um die dem Festland zugewandte Küste zu erreichen, musste Jaeger mit dem Parang einen Weg in den Wald hauen. Sie drängten sich in der schmalen Schneise zusammen und waren zutiefst ernüchtert von dem Anblick, der sich ihnen bot.

Auf dieser Seite der Insel färbte ein ungesundes Braun die Lagune, die Wasseroberfläche war so dickflüssig und reglos wie Glyzerin. Über dem Wasser auf der anderen Seite erstreckten sich die Mangroven in unendlicher Monotonie, so weit Candy sehen konnte. Sie waren ungefähr dreihundert Meter entfernt, aber selbst auf diese Entfernung konnte sie den von ihnen ausgehenden Gestank riechen. Die Hitze war erdrückend.

»Glaubst du, da drin lebt jemand?«, fragte Aquila mit gedämpfter Stimme.

»In den Mangroven lebt niemand. Ich weiß nicht, wie weit hinein sie reichen, aber wenn wir uns da befinden, wo ich glaube, ist das ganze Gebiet ein einziger großer Sumpf.« Marriot schlug auf den nächsten Stamm. »Ebenholz. Kämen Menschen auf diese Insel, hätten sie diese Bäume längst gerodet. Aber über die See kommen sie nicht heran und von der Landseite her ist kein Durchkommen durch die Mangroven. Ich würde sagen, wir sind die ersten Menschen seit Jahren, wenn nicht Jahrzehnten, die ihren Fuß auf dieses Land setzen.«

»Vielleicht seit Anbeginn der Zeit.« Aquila stieß einen sehnsuchtsvollen Seufzer aus. »Es ist so schön, so friedlich. So muss es im Garten Eden gewesen sein.«

Candy rührte dieser Gefühlsausbruch, aber im gleichen Moment nahm sie aus dem Augenwinkel eine Bewegung an ihrem Arm wahr. Sie drehte den Kopf und entdeckte einen Blutegel, der blind nach ihr tastete. Sie schlug ihn weg.

Marriot betrachtete prüfend durch das grelle Licht hindurch das andere Ufer. »Wonach hältst du Ausschau?«, fragte sie ihn.

»Nach Krokodilen.«

Disco starrte ihn völlig entgeistert an. »Ich dachte, Krokodile leben in …«

»Afrika? Es gibt über zwanzig Arten und der große Vater aller Krokodile, *Crocodylus porosus*, das Salzwasserkrokodil, lebt in diesen Gewässern.«

»Groß, hast du gesagt?«

»Es wird bis zu neun Meter lang. Auf den Philippinen hat man ein Krokodil erlegt, das so groß war, dass vierzig Männer es an Land ziehen mussten, und als sie es aufschnitten, entdeckten sie ein Pferd – in sieben Teilen. Das ist schon eine Weile her. Das größte, das ich gefangen habe, war fünf Meter lang.«

»Du hast sie gefangen!«

»Um Sender anzubringen, damit man ihre Wanderungen verfolgen kann.« Marriot lachte. »Das war eine Heidenarbeit, das kann ich euch sagen. Es gab nur einzige Möglichkeit sie ruhig zu stellen, nämlich, ihnen Alkohol durch die Kehle zu jagen.

Sobald sie hinüber waren, schraubten wir mit Solarenergie funktionierende Plaketten an ihre Schädeldecken.«

Aquila schüttelte sich. »Wie grausam.«

»Um ein Krokodil zu verletzten, braucht es mehr als eine zwei, drei Zentimeter starke Schraube. Wir entschieden uns für diese Methode, weil so die Sonne die Plaketten auflädt, während sich die Krokodile im Wasser aalen. Einige der Viecher haben wir zwanzig Kilometer vom Meer entfernt und fünfzig Kilometer flussaufwärts aufgestöbert. Ich habe drei Krokodile im stehenden Seitenarm eines Flusses entdeckt, an einer Stelle, wo man höchstens einen Goldfisch erwartet hätte.« Er blickte über die sumpfige Lagune. »Ja, sie tauchen an den komischsten Orten auf.«

»Und es sind Menschenfresser?«

»Das meinen sie nicht persönlich. Es gibt kein Tier auf der Welt, das nicht fressen wird, wenn es die Chance dazu bekommt. Im Territory haben Krokodile mehr Menschen getötet als die Haie – meist Fischer der Aborigines, aber auch ein paar Touristen, die mal vom Boot kurz ins Wasser springen oder durch einen Bach waten. Der schlimmste Angriff von Krokodilen ereignete sich vor fünfundzwanzig Jahren. Damals kenterte eine Flussfähre und die Krokodile schnappten sich vierzig der Passagiere.«

»Das ist in Australien passiert?«

»In Sulawesi – der nächsten Insel östlich von Borneo.«

Auch Candy überlief ein unbehagliches Prickeln. Sie verbarg es hinter einem Lachen. »Willst du uns Angst einjagen?«

»Sie brüten an der Mangrovenküste – an geschützten Stellen, wo keine Räuber an ihre Eier und ihre Jungen herankommen und wo es reichlich Nahrung gibt.« Marriot nickte zu der dumpf-brütenden Wand über dem Wasser hinüber. »Es gibt keinen gemütlicheren Kindergarten als das da drüben.«

»Wann *ist* denn Brutzeit?«

»Hängt von der Regenzeit ab.« Marriot schaute zum Himmel hinauf. »Fängt bald an. Wenn ihr schwimmen wollt, dann am besten auf der anderen Seite der Insel im klaren Wasser.«

»Was passiert, wenn man von einem geschnappt wird?«

»Ich glaube, nach der gängigen Theorie soll man ihm ins Auge stechen.«

»Du machst Witze.«

»Hast du eine bessere Idee?«

»Wenn wir ihr Gebiet respektieren«, erklärte Aquila, »werden sie uns nicht belästigen.«

»Dein Respekt kümmert sie einen Dreck«, antwortete Marriot.

# 9

*1. Tag*

Bald nachdem der Kundschaftertrupp ins Lager zurückgekehrt war, verdunkelte sich der Himmel und alle Lebewesen im Wald verstummten. Ein paar Augenblicke herrschte atemlose Stille, dann schienen alle Bäume auf einmal aufzuseufzen und dicke Wassergeschosse klatschten herab. In Sekundenschnelle hatten sich die herabstürzenden Wassermassen zu einem solch dichten Vorhang geschlossen, dass Boucher die fünfzig Meter entfernte Lagune nicht mehr erkennen konnte. Er wartete den Wolkenbruch unter einer Plane aus Luftschifftuch ab und starrte mit leerem Blick auf das Meer. Er hatte einen kurzen Ausflug in den Wald unternommen und empfand ihn als Labyrinth, das bei ihm Klaustrophobie auslöste. Sein Sakko ähnelte bereits einer Schimmelkultur. Marriot hatte ihnen eindringlich eingeschärft die empfindlichen Körperstellen sauber und trocken zu halten, aber Boucher besaß keine Kleider zum Wechseln oder andere Hilfsmittel zur Körperpflege. *Tristes tropiques*, dachte er verzagt.

Eine Stunde später klarte der Himmel auf. Es war, als habe jemand einen Vorhang aufgezogen, und die Überlebenden tauchten durchnässt aus ihren behelfsmäßigen Unterständen auf. Ein paar Minuten lang war die Luft wunderbar kühl und klar. Wasser tropfte durch das Blätterdach. Jedes einzelne Blatt war von flüssigen Kristallen benetzt. Ein Vogel sang. Eine Reihe schrill ansteigender Schreie ging Boucher durch Mark und Bein. Ein Kreischen folgte, gleich darauf bellende Laute. Gerade als Boucher dachte, es sei vorbei, ließ ihm ein letzter Schrei das Blut in den Adern erstarren.

»Siamangs«, erklärte Marriot. »Schwarze Gibbons. Sie markieren ihr Revier. Wir kümmern uns besser um unseres, bevor die Sonne untergeht.«

Während er Marriot beim Bau von Schlafstellen zuschaute, wurde Boucher klar, wie froh sie sein konnten ihn mit seinen Kenntnissen dabeizuhaben. Zuerst fällte der Australier ein Dutzend junger Bäume, deren Stämme er auf verschiedene Längen zurechtstutzte. Er schnitt vier senkrechte, ungefähr sechzig Zentimeter lange Pfosten, an die er mit Rattanstreifen Seiten- und Endstangen band. An diesem Rahmen befestigte er anschließend Querverbindungen und polsterte ihn mit Palmwedeln, die die Frauen gesammelt hatten. Auf jeder Seite rammte er Äste in den Boden, die er oben zusammenzog, sodass sie Streben für ein Stoffdach abgaben. Nach zwei Stunden Arbeit hatte er erst drei dieser Zeltbetten fertig. Auf eines wurde Fieser gelegt, Nadine bekam ebenfalls eines und Jaeger bestand darauf, dass Candy das dritte nahm.

»Wir anderen müssen heute Nacht im Sand schlafen.«

Candy stellte ihr Bett neben das von Fieser. Die anderen taten sich je nach Sympathie paarweise zusammen. Boucher blieb ausgeschlossen und befand sich am weitesten entfernt von dem Feuer, das Jaeger und Disco angezündet hatten.

»He, Jungs«, rief Bartok vom Strand her, »seht euch das an.«

Vor dem kühler werdenden Himmel konnte Boucher eine seltsame Erscheinung erkennen, die an schwarze Rauchkringel erinnerte. Als sie sich wie eine Spirale auf sie zubewegte, lösten sich einzelne Stränge und verschwanden im Wald. Mit einem trockenen Rascheln und Kreischen zog das flatternde Band über ihre Köpfe hinweg.

»Flederhunde«, sagte Marriot. »Sie leben in den Mangroven. Und bevor du fragst, Nadine, es sind keine Vampire.«

»Mir egal«, murrte sie verdrossen. »Ich hasse Fledermäuse, was sie auch fressen mögen.«

Die Nacht brach rasch herein. Der Himmel, noch kurz zuvor blauer Satin, verwandelte sich innerhalb von Minuten in schwarzen Samt. Frösche rülpsten und piepsten und quakten, als würden sämtliche elektronischen Registrierkassen eines Kaufhauses gleichzeitig losgehen. Im Süden sah Boucher die

Mangrovenküste bedeckt mit pulsierendem Licht. Leuchtkäfer.

Er drehte sich um und die Welt schrumpfte auf den winzigen Umkreis des Lagerfeuers. Schattenhaft kauerte Aquila wie eine Zauberin neben den züngelnden Flammen und rührte Reis in einem Kochgeschirr aus Zinn. Nadine auf der anderen Feuerseite massierte griesgrämig Hautcreme in ihren Hals. Jaeger und die anderen Männer hatten sich ein paar Meter zurückgezogen und studierten im Licht der Taschenlampe die Karten. Candy kümmerte sich um Fieser. Boucher war froh einfach nur dazusitzen, sich seinen Gedanken hinzugeben und die Ereignisse des Tages Revue passieren zu lassen.

Nadines Feuerzeug flammte auf und erhellte ihr Gesicht.

»Das solltest du nicht«, ertönte Aquilas Stimme.

Nadine nahm einen weiteren Zug. »Ich sehe hier keine Rauchen-verboten-Schilder.«

»Diese Insel ist ein spiritueller Ort. Er ist noch nicht kontaminiert. Es ist ein Sakrileg, ihn zu vergiften.«

Nadine blies überbetrieben betont den Rauch aus. »Erklärst du die Insel zur Nichtraucherzone?«

»Ich glaube, wir sollten den Geist der Insel respektieren.«

»Den Geist der …!« Nadine stocherte wie wild im Feuer. »Und was ist das? Warum bist du nicht dagegen? Oder ist dir nur der Rauch ein Gräuel, der mir Genuss verschafft?«

Auqila gab sich versöhnlich. »Ich bin sicher, du würdest gerne aufhören, du hattest nur nie einen richtigen Anlass dazu. Jetzt hast du einen ganz klaren Ansatzpunkt, jetzt ist die Gelegenheit diese Angewohnheit aufzugeben.«

»Oh ja.« Nadine nickte heftig. »Oh ja. Ich habe verstanden. Du bist genauso wie diese Schleimer, die einen zum Essen einladen, und wenn man sie um Salz bittet, lächeln sie einander an, als hätten sie es mit einem unmündigen Kind zu tun. Wir nehmen kein Salz, sagen sie; das ist nicht gut. Aber es genügt ihnen nicht, dass sie das Geheimnis des ewigen Lebens für sich entdeckt haben. Sie müssen es einem aufdrängen, denn wenn sie gute Menschen sind, weil sie kein Salz essen, dann werden sie natürlich noch bessere Menschen, wenn sie andere Leute dazu zwingen, ebenfalls kein Salz zu essen.«

Aquilas Tonfall änderte sich, ihre Stimme klang nicht mehr besänftigend. »Ich kann es einfach nicht leiden, wenn Leute um mich herum rauchen.«

Nadine beugte sich vor, ihre Augen funkelten gehässig. »Wir sitzen auf dieser verlassenen Insel fest, es gibt keine Sanitäranlagen oder sonstige Errungenschaften der Zivilisation, ein Mann ist tot und ein anderer schwer verletzt und das Einzige, was dich in deiner Weltanschauung stört, ist, dass ich eine Zigarette qualme.« Plötzlich wurde sie richtig aufgedreht. »Jay, hast du das von dem Pärchen in der U-Bahn gehört, das mitten im Hauptverkehr Sex hatte? Und ich meine *Sex*. Auf jede nur denkbare Art und Weise – von hinten, von vorne, an den Haltegriffen hängend … Und weißt du was?« Nadine zog an ihrer Zigarette, bis der Filter glühte. »Niemand hat sich auch nur mit einem Wort beschwert. Beschwert haben sie sich erst, als sie sich hinterher eine ansteckten.«

»Jay.« Aquila forderte mit scharfer Stimme Unterstützung.

»Mich stört es wirklich nicht.«

Bevor Aquila sich von dieser Antwort erholen konnte, gesellten sich Jaeger und die anderen zu ihnen und der Streit war erst einmal auf Eis gelegt.

»Wir glauben, wir wissen, wo wir uns ungefähr befinden«, berichtete Jaeger. »Und zwar an der Südostküste Sumatras, nicht weit vom Äquator. Es ist eine abgelegene Ecke – keine Städte auf Hunderte von Kilometern und fast nur Sumpf dazwischen.«

»Irgendjemand muss doch in diesem Wald leben.«

»Vielleicht ein paar Steinzeitmenschen«, meinte Marriot, »aber um sie zu finden müssten wir uns durch die Mangroven schlagen und auf so ein Risiko bin ich nicht vorbereitet. Leo und ich sind einer Meinung. Wir halten es für das Beste, wenn wir uns nicht vom Fleck rühren. Wenn es sein muss, können wir wochenlang hier herumhängen.«

Nadine drückte ihre Zigarette aus. »Ich will nicht wochenlang hier bleiben. Es ist schmutzig und schaurig.«

»Das wirst du auch nicht müssen«, versprach Jaeger. »Du und Dexter, ihr seid VIPs, die Indonesier werden Himmel und Hölle in Bewegung setzen um euch zu finden. Sie wissen, welchen

Weg der Sturm genommen hat und wo wir ungefähr heruntergekommen sind.«

»Ich habe nach Flugzeugen Ausschau gehalten«, warf Dexter ein. »Ich habe nicht ein einziges gesehen. Ich meine, wenn sie ungefähr wüssten, wo wir uns befinden, müsste ich inzwischen ein paar Aktivitäten bemerkt haben.«

Der gleiche Gedanke hatte Boucher umgetrieben. Er öffnete den Mund um zu sprechen.

»Hast du was auf dem Herzen, Jay?«

Boucher stellte sich Nadines Reaktion vor, wenn er ihnen von Fiesers Eingeständnis erzählen würde, und zog es vor, den Mund zu halten. »Es ist ein großes Gebiet«, nuschelte er. »Es kann ein, zwei Tage dauern, bis sie endlich hier sind.«

»Aber wie lange werden sie suchen?«, fragte Dexter. »Mit jedem Tag, der verstreicht, wächst ihre Überzeugung, dass wir tot sind. Und was dann?«

»Dann warten wir eben auf ein vorbeifahrendes Schiff.«

Aquila hob träumerisch den Kopf. »Ich könnte für immer hier bleiben«, murmelte sie. »Unser eigener Miniaturregenwald, ein kleiner Mikrokosmos im reichsten Habitat der Erde. Es gibt so vieles zu entdecken, so vieles zu lernen.« Sie runzelte die Stirn. »Ich glaube, es war uns vorherbestimmt, auf die Insel zu kommen. Ich glaube, diese Insel will uns etwas lehren, uns eine Botschaft vermitteln, die wir weitertragen sollen.«

»Für den Piloten und für Fieser war es eine verdammt harte Lektion«, warf Marriot ein.

»Ich weiß«, sagte Jaeger rasch. Er überlegte einen Moment. »Trotzdem, Aquila hat Recht. Wir können eine positive Erfahrung daraus machen. Morgen oder übermorgen werden wir abgeholt, aber bis dahin haben wir die Chance die Philosophie von Wildguard in die Realität umzusetzen – zu zeigen, dass wir in Einklang mit der Natur leben können.«

Marriot rutschte unbehaglich hin und her. »Bleib auf dem Teppich. Das ist vielleicht gut und schön für ein Survival-Wochenende in Kalifornien, aber hier sind wir in der Wildnis.«

Sogar im Dunkeln sah Boucher, dass Aquilas Gesicht vor Erregung glühte.

»Ich weiß, ich idealisiere unsere Lage. Ich meine, mir ist klar, dass wir in gewisser Weise Voyeure sind, dass wir nicht völlig in der Natur aufgehen können, aber näher kommt keiner von uns je an dieses Ideal heran. Trigg, funktioniert dein Camcorder noch? Hast du Batterien?«

Boucher schüttelte es innerlich vor Lachen. Aquila hatte nicht den geringsten Sinn für Ironie. Sie war absolut, die perfekte Verkörperung eines hehren Prinzips. Er fragte sich, wie er ihr in seinem Artikel Gerechtigkeit widerfahren lassen könnte.

»Jawohl. Mindestens noch für eine Stunde.«

Aquila klatschte in die Hände. »Machen wir doch ein Video-Tagebuch.«

»Glänzende Idee«, stimmte Jaeger zu. »Tolles Promotion-Material, Dexter. Auch für dich, Nadine.«

»Ich lasse mich in diesem Zustand nicht filmen. Seht euch doch mal meine Haare an, um Gottes willen. Sie sind *total* verfilzt. Es dauert Wochen, bis ich mich wieder vor eine Kamera traue.«

»Du wirst sagenhaft sein«, versprach Jaeger. »Du wirst einen neuen Look kreieren.«

»Szene eins, die erste«, krähte Disco. »Wie sieht der Terminplan für morgen aus?«

»Oberste Priorität hat das Setzen einer Signalflagge«, antwortete Jaeger. »Dafür eignet sich die Nordspitze am besten. Dort steht ein großer Baum für sich allein. Wenn von da oben eine Flagge weht, sieht das jedes Schiff im Umkreis von Meilen.«

»Wenn du den Baum meinst, an den ich denke«, entgegnete Marriot, »handelt es sich um ein dreißig Meter hohes Exemplar. Da kommt niemand ohne Seile und Steigeisen hinauf.«

»Hast du das gehört?«, wandte sich Jaeger an Bartok.

»Genau betrachtet ist es leicht.«

»Leicht?«

Jaeger lachte. »Du hast gesagt, die einzige Möglichkeit in die Baumkronen hinaufzukommen sei zu fliegen. Morgen wirst du erleben, dass ein Mensch fast imstande ist zu fliegen.« Er zwinkerte. »Wart's nur ab.«

»Was ist mit der Flagge?«

»Zeig sie ihnen, Dexter.«

Stolz entrollte Dexter ein großes Stück des Luftschifftuches und da, im Schein des Feuers, fletschte Rousseaus Tiger die Zähne. Alle lachten und klatschten.

»War Dexters Idee«, sagte Jaeger. »Ihr habt alle großartige Arbeit geleistet.« Er quetschte Dexter und Bartok mit seinem bärenstarken Griff die Hände und schien zu Tränen gerührt. »Ich bin stolz mit euch zusammen sein zu dürfen.«

»Ich glaube, der Reis ist bereits gar«, verkündete Aquila.

Das war er keineswegs, aber alle waren zu ausgehungert, als das es sie gekümmert hätte. Sogar die Kekse mit der Konsistenz von Faserplatten aus der Überlebensration wurden gierig verschlungen, ausgenommen von Aquila, die behauptete, sie enthielten tierische Produkte und industrielle Gifte, die dem physischen und spirituellen Wohlbefinden Schaden zufügten.

»Was müssen wir morgen noch alles erledigen?«, fragte Boucher an Marriot gewandt.

»Brems dich«, fuhr Disco ihn an. »Leo bestimmt, was zu tun ist.«

Boucher biss die Zähne zusammen. Jede Einmischung von Disco hatte auf ihn denselben Effekt wie das Kratzen von Fingernägeln über eine Schiefertafel.

»Ich bin nicht zu stolz um einen Rat anzunehmen.« Jaeger schluckte hörbar. »Leg los, Robert.«

»Die Schlafstellen fertig machen. Noch mehr Tuch holen und alles, was da draußen rumschwimmt, bergen. Holz sammeln. Und wenn das erledigt ist, schlage ich vor, wir gehen fischen.«

Jaegers Stimmung verdüsterte sich schlagartig. »Ich habe es dir bereits gesagt. Keine Fische. Keine Jagd.«

»Wir brauchen nicht zu jagen«, fügte Aquila hinzu. »Wir haben Vorräte für mindestens eine Woche.«

Marriot stocherte im Feuer. »Dir ist anscheinend nicht bewusst, wie froh wir sein können, dass wir mit gefüllten Bäuchen hier sitzen. Wäre dieses Floß ein bisschen härter aufgeschlagen, hätten wir nichts zu beißen, nichts um darin zu kochen, keine

Medikamente. Gar nichts! Und ich garantiere dir, dann würdest du anders reden.«

»Aber wir *sind* am Leben«, entgegnete Aquila. »Und wir haben zu essen.«

»Wir müssen an die Zukunft denken. Denk eine Woche voraus. Dann sind die Rationen aufgebraucht.«

»In einer Woche sind wir zu Hause.«

»Möglich, aber mein Leben würde ich nicht darauf verwetten.«

»Robert«, sprach Aquila ruhig und ernst, »lieber verhungere ich als ein Leben zu nehmen.«

»Das ist dein gutes Recht.« Marriots Stimme bebte leicht. »Aber ich bin als beratender Biologe mitgekommen, nicht als Mitglied einer vegetarischen Sekte.«

Aquila schüttelte den Kopf. »Wenn du dich einer Wildguard-Expedition anschließt, musst du dich an ihre Regeln halten.«

»Glaubst du, hier draußen stellst du die Regeln auf?«, rief Marriot und sprang auf. Seine Hand fuhr hinauf in die von Lärm erfüllte Nacht. »Hörst du das? Millionen Geschöpfe gehen ohne deine Erlaubnis ihren Geschäften nach. Alles, was sie vierundzwanzig Stunden am Tag beschäftigt, ist die Sorge sich etwas zu fressen zu verschaffen und nicht gefressen zu werden.« Langsam setzte sich Marriot wieder hin. »Schlage meinen Rat in den Wind, wenn du willst, aber erzähl mir nicht, was ich zu essen habe und was nicht.«

»Noch jemand dieser Meinung?«, fragte Jaeger mit gefährlich ruhiger Stimme.

»Ja«, antwortete Trigg, »ich.«

Boucher entschied den Mund zu halten.

»He.« Disco grinste ihn an. »Für einen Typ, der wie du andauernd die Klappe aufreißt, bist du jetzt auffallend still.«

Aus seiner Zuschauerrolle gerissen, zuckte Boucher die Achseln. Er hielt seinen Keks hoch, der in Skandinavien hergestellt worden war und dessen Verfallsdatum im nächsten Jahrhundert lag. »Jetzt weiß ich, warum Norwegen nicht unter die großen Kochnationen eingereiht wird.« Er lachte und versuchte jede Andeutung einer abweichenden Meinung herunterzuspielen.

»Verdammt, ich glaube, wir wären schön blöd, wenn wir einen Urwaldexperten anheuern und dann nicht auf das hören, was er zu sagen hat.«

Einen Moment lang dachte er, er und Trigg seien Marriots einzige Gefolgsleute, doch dann meldete sich Candy zu Wort. »Mit der Natur zu leben«, sagte sie, »bedeutet auch sich von der Natur zu ernähren.«

Ihr Argument brachte die festgefahrene Diskussion wieder in Gang. »Seht mal«, warb Marriot um Verständnis. »In der Lagune gibt es Tausende von Fischen. In den Mangroven gibt es Krabben und Schlammspringer. Wie viele wir auch fangen, wir verändern das ökologische Gleichgewicht nicht um einen Millimeter.«

»Es geht ums Prinzip«, ließ sich Aquila vernehmen.

»Scheißprinzip«, schnauzte Marriot. »Auf dieser Insel sind *wir* die bedrohte Spezies.«

Jaeger senkte den Kopf, er fällte sein Urteil. Als er schließlich sprach, war sein Tonfall trügerisch sanft. »Okay, du kannst so viele Fische fangen, wie du für den Eigenbedarf brauchst. Mehr nicht.«

»Leo,« protestierte Aquila, »wenn du in diesem Punkt nachgibst, wird das weiß Gott wo enden.«

»Das stimmt«, pflichtete Disco ihr bei. »Du bist der Boss, Mann, und das musst du klarstellen.«

Boucher hatte an seinem aufsteigenden Ärger schwer zu schlucken. Vor zwei Tagen hatte Disco noch nicht einmal gewusst, dass Wildguard existierte, und jetzt gebärdete er sich wie Jaegers treuester Adjutant.

»Das hier ist kein Machtkampf«, erklärte Marriot. »Wir versuchen, zu einer Übereinstimmung in der Überlebensstrategie zu gelangen.«

Jaeger hob eine Hand und brachte ihn damit zum Verstummen, er brachte alle zum Verstummen. Eine längere Pause verlieh seiner kommenden Erklärung noch mehr Gewicht. »Das ist mein letztes Zugeständnis. Du kannst Fische fangen. Alles andere – Vögel, Affen und Gott weiß was sonst noch … wird in Ruhe gelassen. *Alles*. Wenn wir von hier weggehen, wird alles unverändert sein, nichts zerstört. Wir sind eine radikale Umweltschutzgruppe, unser Leben gilt dem Schutz der Natur. Wildguard. Denkt darüber nach, was dieser Name bedeutet. Dann stellt euch vor, was aus unserem Image wird, wenn die Welt erfährt, dass wir eines der letzten unberührten Refugien des Regenwalds zerstört haben.«

Boucher hätte diese Ansprache liebend gerne auf Band aufgezeichnet. Er wagte nicht, sein Notizbuch zur Hand zu nehmen. Er musste sich eine Menge einprägen und im Kopf behalten.

»Noch eins«, fügte Jaeger hinzu, die Worte dehnend, damit nur ja niemand auf die Idee kommen konnte, er würde einem plötzlichen Einfall nachgeben. »Disco hat Recht. Es ist nur Platz für einen Führer und wenn einer von euch damit Probleme hat, macht er am besten jetzt den Mund auf.«

Keiner sagte etwas.

»Okay, dann bleibt es dabei. Wir leben nach den Regeln der Hell's Angels. Guck nicht so verdutzt, Candy. Sie sind anständiger und klarer als die in Washington oder London aufgestellten Gesetze. Nach den Regeln der Hell's Angels zu leben heißt, jeder hat Mitspracherecht, jeder erhält den gleichen Anteil, jeder erhält den gleichen Schutz. Aber es funktioniert auch andersherum. Jeder, der einen anderen aus- oder benutzt, jeder, der beim Stehlen erwischt wird, jeder, der Natur zerstört, wird bestraft.«

Boucher warf einen Blick auf Disco und stellte fest, dass die Augen des Globetrotters ebenfalls auf ihn gerichtet waren, als seien sie beide durch eine unterschwellige gemeinsame Strömung miteinander verbunden. Disco blinzelte ihn an, als hätten sie eine geheime Absprache über ein noch nicht näher definiertes Vorhaben, und Bouchers Mund wurde trocken. Er musste endlich akzeptieren, dass dieser Mann nicht daran dachte, den Streit zu begraben, und es ihm unbedingt heimzahlen wollte. Mist, dachte Boucher.

»Bei jeder Meinungsverschiedenheit«, fuhr Jaeger fort, »liegt die letzte Entscheidung bei mir. Und damit ich weiß, dass wir uns auch alle verstanden haben, wird mir jeder Einzelne von euch seine Zustimmung geben.«

Der Grad der Begeisterung Jaeger als obersten Richter anzuerkennen war unterschiedlich. Doch nach und nach gab jeder sein Einverständnis. Marriot und Candy waren als Letzte an der Reihe.

Nun gab es nichts weiter zu tun als zu schlafen, obwohl es erst kurz nach neun war. Boucher wurde bewusst, dass in absehbarer Zukunft lange Tage und noch längere Nächte seinen Lebensrhythmus bestimmen würden.

»Kent, wie wär's, wenn du uns aus der Bibel vorliest?«, schlug Jaeger vor.

Bartok öffnete seine Bibel und begann an der passenden und richtigen Stelle.

»Am Anfang schuf Gott Himmel und Erde. Und die Erde war wüst und leer und es war finster auf der Tiefe ...«

Während Boucher der Schöpfungsgeschichte lauschte, begriff er, von welch überragender Bedeutung ein göttlicher Plan für die Pioniere der Zivilisation gewesen sein musste.

»... Und Gott schuf große Walfische und allerlei Getier, das da lebt und webt, davon das Wasser sich erregte, ein jegliches nach seiner Art, und allerlei gefiedertes Gevögel, ein jegliches nach seiner Art. Und Gott sah, dass es gut war ...«

»Großer Gott!«

Aus den Tiefen des Dschungels drang plötzlich ein gequältes Quietschen und Stöhnen. Knallende Geräusche peitschten durch die Luft, scharf wie Pistolenschüsse, ein schreckliches Reißen folgte, zuerst langsam, dann schneller werdend und sich zu einem ohrenbetäubenden Dröhnen steigernd. Der Boden erzitterte unter einem widerhallenden Krachen.

Unwillkürlich sprang Boucher auf die Beine, sein Mund war trocken und er merkte, dass er zitterte.

Disco stieß ein kurzes Lachen aus. »Ich glaube, wer immer Herr dieses Orts ist, er schätzt keine Konkurrenz.«

»Tu es nicht«, flüsterte Aquila, deren Augen glühten.

Einige Sekunden der Stille verstrichen. »Wir Männer stellen wohl besser eine Wache auf«, sagte Jaeger. »Jeder übernimmt drei Stunden, jede Nacht abwechselnd. Ich übernehme die erste Wache, bis Mitternacht. Disco, du kommst nach mir, und Jay, du übernimmst die letzte Schicht. Von drei bis zur Dämmerung.«

Bevor er sich hinlegte, wanderte Boucher den Strand entlang um sich zu erleichtern. Der Radau der Frösche war zu einem rhythmischen Pochen geworden. Die Lagune lag ruhig und glänzend da. Als er in die Ferne sah, seufzte Boucher laut auf und sein Seufzer dehnte sich ins Nichts aus.

Gerade als er umkehren wollte, stutzte er. Er musste zweimal hinsehen und blinzeln, um sicher zu sein, dass das, was er sah, nicht ein Reflex vom Schein des Feuers war.

»He«, rief er leise, »da draußen brennt irgendein Licht.«

Die anderen scharten sich im Dunkeln um ihn. »Was meinst du?«, fragte Dexter Smith. »Ob das eine Stadt ist?«

»Unmöglich. Es ist draußen auf dem Meer.«

»Das ist die Gasflamme einer Bohranlage«, stellte Marriot fest. »An dieser Küste gibt es überall Öl.«

»Wie weit weg sind die deiner Meinung nach?«

»Hinter dem Horizont – dreißig Kilometer mindestens. Zu weit, sie sehen kein Feuer.«

»Aber vielleicht eine Leuchtkugel«, meinte Dexter. »Bestimmt haben sie einen Helikopter.«

Aller Augen waren in der Dunkelheit auf Jaeger gerichtet. »Nicht heute Nacht. Wir sind nicht darauf vorbereitet. Morgen ziehen wir die Flagge hoch und schichten ein Feuer auf.«

Der Lichtschein in der Ferne ließ Boucher seine Angst vergessen, die Indonesier könnten die Suche abgebrochen haben. Das Licht untermauerte ihre Hoffnung auf baldige Rettung. Sogar Nadines Lebensgeister erwachten wieder.

»Ich bin so *froh*«, seufzte sie. »Vielleicht schaffe ich es noch rechtzeitig nach Mailand.«

Nach einer Weile schlenderten sie zum Feuer zurück. Boucher blieb noch am Strand und dachte über das Licht aus der Zivilisation nach. Jetzt, da er wusste, dass sich Rettung direkt hinter dem Horizont befand, machte er sich Sorgen, sie könne zu früh kommen, noch bevor seine Story komplett war. Eine Woche wäre prima, dachte er. Lange genug, damit sich die Personen mit prallem Leben füllen und die Handlung Gestalt annimmt, aber nicht so lange, dass es in Elend ausarten könnte. Und natürlich, fiel ihm mit einiger Verspätung ein, musste Josef unbedingt im Krankenhaus behandelt werden. Ja, eine Woche wäre ideal, entschied er und kehrte zurück in den kleinen Kreis des Lagerfeuers.

## 10

*2. Tag*

Zwischen Schlaf und Wachsein schwebend lauschte Candy dem Orchester der Tropen, das nacheinander die Instrumente stimmte. Zuerst kam die kreischende Ouvertüre der Zikaden, dann die klagenden Holzblasinstrumente der Gibbons und schließlich setzten die lauten Blechbläser der Hornvögel ein.

Steif von den Prellungen, die sie sich gestern beim Absturz zugezogen hatte, kroch sie aus ihrem Zeltbett. Im schwachen Licht, das der Dämmerung voranging, betrachtete sie nachdenklich die Silhouetten ihrer schlafenden Schicksalsgenossen. Jaeger und Aquila lagen nebeneinander ausgestreckt, sein behaarter Arm war um ihre Taille geschlungen. In Wahrheit, dachte Candy, ist er gar kein Brutalo. Im Grunde tat er ihr ein bisschen Leid; er hatte das Paradies gefunden, aber ohne seine Brille blieb es für ihn nur ein Schemen.

Candys Blick fiel auf Aquila und sie wusste nicht, was sie denken sollte. Was sollte man von jemandem halten, der Stunden nach einem Absturz, bei dem ein Mann zu Tode gekommen war, in einen Zustand religiöser Ekstase verfiel – von einer Frau, die die Natur vergötterte, aber so wenig von ihr wusste, dass sie einen Hornvogel nicht von einem Löffelreiher unterscheiden konnte? Und, dachte Candy ein wenig säuerlich, Aquilas Mitgefühl für stumme Geschöpfe ließ nicht viel übrig für die Menschen. Sie hatte ihr Wort gehalten und einen Heilspruch für den armen Fieser gesprochen, aber damit – der Meinung schien sie zu sein – hatte sie ihre Pflicht erfüllt. Nicht ein einziges Mal hatte sie angeboten sich um ihn zu kümmern.

Candy sah zu Marriot hinüber. Sie war mit maskulinen, befehlsgewohnten Männern aufgewachsen und sah deshalb in

Marriot ganz selbstverständlich den Führer, aber abgesehen von der ziemlich schlecht vorbereiteten Konfrontation gestern Abend schien er nur zögernd Autorität geltend zu machen.

Seltsamerweise schien er Freundschaft mit Trigg geschlossen zu haben, der Candy ein wenig unberechenbar erschien.

Ihr Blick wanderte zu Nadines Schlafstelle. Gleichzeitig amüsiert und wütend sah sie hinüber. Nadine war absolut unausstehlich – selbstsüchtig, anspruchsvoll, gemein. Und trotzdem, Candy mochte sie – sie mochte ihre sarkastische, großstädtische Kodderschnauze und bewunderte sie fast dafür, dass sie sich hartnäckig weigerte auch nur irgendetwas an ihrer jetzigen Situation positiv zu finden. Wie auch immer, sie war schön und Schönheit sprach den Betreffenden von Verantwortung frei. Das Gleiche galt wohl für Ruhm, vermutete sie und dachte an Dexter Smith, der wenig Mumm in den Knochen hatte. Tag und Nacht trug er seine dunkle Brille, als versuchte er sich hinter Anonymität vor der erwarteten Invasion kreischender Fans zu schützen.

Ihr Blick fiel auf Bartoks Lockenkopf. Er sah recht gut aus mit seinem gesunden starken Körper, aber seine ebenfalls starken religiösen Überzeugungen wirkten ein bisschen ernüchternd. Candy hielt es mit der anglikanischen Tradition der Mäßigkeit in allen Dingen, einschließlich der Hingabe an Gott.

Disco sah sie nicht, aber sie wusste, er war wach. Er war vor Morgengrauen aufgestanden und leise in der Dunkelheit verschwunden, aber schon nach wenigen Minuten zurückgekehrt. Disco versetzte sie in Unruhe und sie wusste, der Grund dafür war Sex. Andauernd sah er sie an und verfolgte sie mit seinem zweideutigen Lächeln. Anfangs hatte sie sein Lächeln erwidert, weil sie nett sein wollte, aber nach einer Weile fand sie seine Aufdringlichkeit nervend und hatte ihm gegenüber ein Verhalten aus Arroganz und Gleichgültigkeit an den Tag gelegt. Es hatte überhaupt nichts gefruchtet; er lächelte unbeeindruckt weiter, als wüsste er um ein Geheimnis, das sich ihr zu gegebener Zeit erschließen würde.

Die Baumkronen schwebten geistergleich im Dunst, der von der Insel aufstieg. Der Himmel im Osten wurde hell.

Boucher kam den Strand entlang. In seinem verschmutzten Sakko und der ramponierten Krawatte sah er aus wie ein spät heimkehrender Nachtschwärmer, der unterwegs überfallen worden war und nun ein tapferes Gesicht aufsetzte. Candy lächelte, sie war froh ihn zu sehen. Gleich darauf fühlte sie sich ein wenig schuldig. Er hatte ihr das Leben gerettet, aber seit dem Absturz hatte sie kaum ein Wort mit ihm gewechselt – ehrlich gesagt war sie ihm aus dem Weg gegangen. Warum bloß?, fragte sie sich erstaunt. Ihre lächerlichen Streitereien in Jakarta schienen eine Ewigkeit zurückzuliegen. Sie beobachtete ihn, wie er sich an die Überreste des gestrigen Feuers setzte und die Hände über die ausgeglühten Kohlen streckte. War er entspannt, verlor sich einiges von seinem vorlauten, zynischen Gehabe und er wirkte verletzlicher. Als sie sich einige ihrer spitzen Bemerkungen ihm gegenüber ins Gedächtnis rief, wurde ihr die Diskrepanz bewusst zwischen der Art, wie sie mit ihm sprach, und den Gefühlen, die sie tatsächlich für ihn hegte. Sicher, er hatte eine Freundin, sogar eine recht beeindruckende, wie es sich anhörte, aber das war kein Grund, dass sie nicht hätten Freunde sein können.

»Irgendwas gesehen, Jay?«

»Negativ.«

Disco stützte sich auf einen Ellenbogen und grinste Candy an. »Wie soll er denn was sehen, wenn er pennt?«

Boucher richtete sich langsam auf. »Wer sagt, ich hätte gepennt?«

Disco lachte. »Ich bin von hinten direkt an dich rangeschlichen und du hast nichts gemerkt.« Er ließ sich zurücksinken. »Ein Glück, dass es auf dieser Insel keine gefährlichen Tiere gibt.«

Candys Blick wanderte blitzschnell vom einen zum anderen. Sie sah Discos boshaftes Grinsen, dann den Abscheu auf Bouchers Gesicht.

»Es könnte natürlich sein«, sagte Disco an sie gewandt, »dass unser Schreiberling gar nicht so bald von hier weg möchte.«

Boucher erhob sich halb. »Glaubst du ernsthaft, ich will länger als nötig auf diesem Atoll herumhocken?«

»Nur so lange, wie es sein muss.«

Beunruhigt von dem bei diesem Geplänkel herrschenden feindseligen Unterton, war Candy drauf und dran ihnen zu sagen, sie sollten mit dem Quatsch aufhören, als sie Fieser wimmern hörte und alles andere verdrängte. Sie ging zu ihm. Ein halbes Dutzend Mal hatte sie in der Nacht nach ihm gesehen, aber jetzt, im hellen Tageslicht, zögerte sie – nicht so sehr aus Zimperlichkeit, sondern weil sie es kaum ertrug, so wenig zur Linderung seiner Schmerzen tun zu können.

Wenigstens war er noch bei Bewusstsein. Er brachte sogar ein schwaches Lächeln zustande.

»Sehen wir mal, wie es uns heute geht«, sagte sie, automatisch in den Jargon einer Krankenschwester verfallend.

Es war schlimmer, als sie befürchtet hatte. Sein rechter Oberschenkel hatte vom Knie bis zur Hüfte die Farbe rohen Fleisches angenommen und war grotesk angeschwollen. Er musste innere Blutungen haben, aber sie wusste nicht, ob wichtige Blutgefäße betroffen waren. Eine Infektion war die größte Gefahr. Sie fühlte seine Stirn. Heiß und feucht. Sie maß seine Temperatur. Mehr als zwei Grad über normal – ein bisschen höher als gestern, aber noch nicht gefährlich hoch, wenn auch Besorgnis erregend. Sie gab ihm Wasser und Antibiotika. Aber was er wirklich gebraucht hätte, war eine ordentliche Dosis intravenös verabreichtes Penicillin.

Er sah sie aus glänzenden Augen an. »Ich glaube, ich verliere mein Bein.«

Die gleiche furchtbare Möglichkeit war ihr gerade durch den Sinn gegangen. »Aber nein.«

Sein Blick wandte sich dem Meer zu, seine Augen trübten sich. »Heute muss Hilfe kommen.«

Jaeger setzte sich auf und kratzte sich wie ein aus dem Winterschlaf erwachender Bär. »He, sieht so aus, als wird es schön heute.«

Nach dem Frühstück ging Candy mit Aquila und Nadine baden. Eine kleine Bucht hinter einer spitz zulaufenden Sandbank ungefähr zweihundert Meter vom Lager entfernt den

Strand hinauf war zum Bereich der Frauen erklärt worden. Die Sonne strahlte bereits mit voller Stärke.

Aquila zog sich nackt aus – ihr »Himmelskleid« an, wie sie es nannte. Sie hatte große Brüste und ihr Körper war so weiß wie eine Altarkerze. Mit wippenden Brüsten lief sie ausgelassen ins Wasser. Candy, die sich nicht über ihre angelsächsischen Hemmungen hinwegsetzen konnte, legte lediglich den Büstenhalter ab, ließ aber das Höschen an. Nadine zeigte sich sehr reserviert, wie es sich für eine Frau geziemt, die für einen Laufstegauftritt 20000 Dollar kassierte. Sie schwenkte königinnengleich die Hüften unter ihrem Sarong, tänzelte anmutig in die Lagune und entkleidete sich erst, als sie bis zur Taille im Wasser stand.

Verschwitzt von der Hitze der Nacht tauchte Candy unter. Sie schwamm im kühlen, flirrenden Wasser, an Korallenästen vorbei und über Miniaturdünen hinweg. Fische, so bunt wie Husaren, flitzten aufgeregt um sie herum. Sie kam wieder nach oben in die Sonne, ließ sich auf dem Rücken treiben und gab sich elementarsten Empfindungen hin – der Sonne, die auf ihre geschlossenen Augenlider brannte, dem Wasser, das ihren Körper wiegte. Sie wusste, zehn Minuten, nachdem sie das Wasser verlassen hatte, würde ihr die sengende Hitze schon wieder zusetzen. Jetzt jedoch fühlte sie sich von kühlem Satin eingehüllt.

Sie hörte jemanden im Wasser plantschen und öffnete die Augen. Aquila watete mit schaukelnden Brüsten auf sie zu. Candy stellte sich hin und Aquila trat sehr nahe an sie heran, sie standen fast Brustwarzen an Brustwarzen. Vorsichtig, als greife sie nach etwas Zerbrechlichem, streckte Aquila die Hand aus.

»Candy, wo hast du diese *Haut* her? Sie ist makellos.«

Unter Aquilas Berührung erbebte Candy. Sie war verwirrt und entsetzlich verlegen. »Ich habe sie geerbt.«

»Wer sich so ernährt wie du, dürfte nicht so einen Teint haben. Das ist unfair. Sieh nur, Nadine.«

Nadine begutachtete Candys Körper mit professioneller Distanz. »Hmm. Nach einer Woche in diesem verdammten Klima sieht sie nicht mehr so taufrisch aus.«

Zu Candys Enttäuschung – aber das hätte sie niemals zugegeben – bot Nadine nicht an ihren Vorrat an Bodylotions und Cremes mit den anderen zu teilen.

»Oh-oh«, lachte Nadine. »Die Höhlenmenschen sind unterwegs.«

Oben am Strand scharten sich die Männer zusammen, ein zerlumpter und scheckiger Haufen, angeführt von Jaeger, der der Altsteinzeit entsprungen schien.

»Kommt ihr mit zur Zeremonie des Flaggenhissens?«, rief er ihnen zu.

»Trigg, nimm sofort die Kamera weg!«, kreischte Nadine und verschränkte die Arme vor der Brust.

Candy verteidigte ihre Sittsamkeit auf die gleiche Weise, aber Aquila stapfte nackt und unbeeindruckt aus dem Wasser, jedes Beben und Wackeln wurde von Trigg gefilmt. Die meisten der Männer reagierten mit gekünstelter Gelassenheit, aber der arme Bartok errötete zutiefst und drehte sich rasch um um die Ausbuchtung in seinen Bermudashorts zu verbergen.

»Dämliches Miststück«, zischte Nadine.

»Sie denkt sich nichts dabei.«

»Und ob sie sich was denkt. Sie stellt nicht ihren fetten Arsch zur Schau, sondern ihre Macht. Sie meint, seht mich an, Jungs. Wie würde euch das gefallen? Aber sie weiß, keiner von denen wird es wagen, sie anzufassen, solange dieser Neanderthaler um sie herumschwirrt. Oder vielleicht hofft sie, einer von denen lässt sich dazu hinreissen, um sie zu kämpfen. Ich sage dir, sie ist *primitiv*.«

»Ich bin sicher, sie ...«

Nadine legte ihre schmale Hand auf Candys Arm. »Schätzchen, von Körpersprache verstehe ich was. Das ist mein Job.«

Ziemlich durcheinander betrachtete Candy die Männer am Strand. Auf diese Entfernung wirkten sie nicht wie Individuen. Es war lediglich eine Ansammlung halb nackter Männer. Und sie war die einzige Frau auf der Insel, die nicht in festen Händen war. Im gleichen Moment durchzuckte sie der Gedanke, dass die Nachricht von ihrem spurlosen Verschwinden inzwischen England erreicht haben musste. Ihre Familie würde außer sich sein. Das durch das Bad entstandene Wohlgefühl schwand schlagartig.

Als sich die Männer ein Stück entfernt hatten, zog sie sich an und machte Anstalten ins Lager zurückzukehren. Es ärgerte sie, dass die Männer Fieser einfach allein zurückgelassen hatten.

»Willst du dir denn nicht die Flaggenshow ansehen?«, erkundigte sich Nadine.

»Es ist besser, wenn ich zurückgehe.«

»Ich übernehm das.«

»Bist du sicher?«

»Herzchen, ich suche mir ein hübsches Schattenplätzchen ohne Krabbeltierchen und da setze ich mich hin und warte, bis ein Schiff mich mitnimmt.«

Insgeheim froh davongekommen zu sein eilte Candy hinter der Flaggenparade her und holte sie an der Nordspitze ein. Hier hatten Stürme den Wald ausgedünnt. Aus dem Gestrüpp erhob sich ein einzeln stehender Riese, dessen Krone sich in über dreißig Meter Höhe befand. Zwar hatten Kletterpflanzen den Stamm in den Würgegriff genommen, aber in Candys Augen sah er unbezwingbar aus.

»Ich hoffe, du weißt, was du tust«, mahnte Marriot Bartok.

Bartok nickte und knetete seine Hände wie ein Ringer, der sich auf den Kampf mit einem übermächtigen Gegner vorbereitet. Heute trug er ein T-Shirt, auf dem ein in biblischem Licht badender Bergsteiger abgebildet war, mit dem Spruch: Näher mein Gott.

»Kent ist Freikletterer«, erklärte Disco. »Seine Vorstellung von Erholung besteht darin, eine über dreihundert Meter hohe Felswand ohne jede Sicherung und Hilfsmittel hinaufzuklettern.«

»Felsklettern ist eine Sache«, wandte Marriot ein. »Aber dieser Baum ist halb tot und zwischen diesen Ranken können sich jede Menge unangenehmer Lebewesen verbergen.«

»Ich passe auf.«

Als Bartok zu klettern begann, verwandelte sich Candys Besorgnis in schiere Ehrfurcht. Arme und Beine in fließend ineinander gleitenden Bewegungen koordiniert, glitt er den Stamm hinauf, als hätte dieser Stufen. Bald sah sie ihn durch die Höhe perspektivisch verkürzt und ihr Genick schmerzte vom Hinaufgucken. Sie trat ein wenig zurück. Bartok wirkte winzig klein. Der Baum war noch höher, als sie gedacht hatte.

An der Stelle, an der sich der Stamm gabelte, verharrte Bartok und inspizierte die Äste. Nachdem er einen passenden Ast gewählt hatte, rutschte er darauf nach vorn und entrollte die Flagge. Mithilfe von Stricken, die sie vom Floß geholt hatten, befestigte er sie an den oberen Ecken. In der Brise erwachte der Tiger zum Leben. Candy fiel in die Hochrufe ein.

»Wildguard lebt«, jubelte Aquila. »Die Flagge weht.«

»Wir müssen unsere Insel taufen«, rief Jaeger.

»Ökotopia?«, schlug Boucher vor. Candy fand die Ironie insgeheim übertrieben.

»Zu steif.«

»Wie wär's mit Grünland?«

Aquila klatschte in die Hände. »Prima. Perfekt.«

»He Kent, siehst du die Bohranlage?«

Von oben erklang Bartoks Stimme. »Nein.«

»Siehst du überhaupt irgendwas?«

Forschend blickte Bartok in alle Himmelsrichtungen. »Überall Einsamkeit. Der Wald scheint sich endlos zu erstrecken. Echt Furcht einflößend.«

»Okay, komm jetzt runter.«

Rauf oder runter, das machte für Bartok keinen Unterschied. Er legte einen flotten Abstieg hin und sprang die letzten zweieinhalb, drei Meter ab. Sein Körper fing die Wucht des Aufpralls wie eine Feder auf. Scheu, aber zufrieden schaute er sich um, er war kaum außer Atem.

Marriot schüttelte ihm die Hand. »Kannst du da oben eine Art Ausguck bauen? Von dort aus könnten wir drei- oder viermal so weit sehen.«

»Kein Problem.«

## 11

*2. Tag*

Müde nach der unruhigen Nacht und einem Morgen voller Hausarbeit und Krankenschwesterpflichten gönnte sich Candy ein Nachmittagsnickerchen. Sie erwachte noch leicht dösend und blickte in Bouchers Gesicht, das auf sie herablächelte. Sie fühlte sich etwas bedrängt, setzte sich auf und schaute sich um. Nadine hatte sich getreu ihren Worten im tiefen Schatten niedergelassen und flocht einen Sonnenhut aus Palmwedeln. Unten am Strand lud Marriot etwas in das Schlauchboot.

»Wo sind die anderen alle?«, fragte Candy.

»Die scheuen Waldmenschen ausspionieren. Wir gehen fischen. Wär schön, wenn du mitkämst.«

Sie fuhr sich mit dem Handrücken über die Stirn. »Ich kann Josef nicht allein lassen.«

Boucher drehte sich um. »Nadine, würde es dir etwas ausmachen, dich um Josef zu kümmern?«

Träge hob Nadine die Hand. »Quatsch. Geht fischen.«

Es war das erste Mal, dass Candy mit Boucher allein war, und als sie neben ihm herging, kam sie sich linkisch vor. Sie war nicht sicher, ob sie aus Befangenheit schwiegen oder weil sie sich nichts zu sagen hatten. Doch kaum hatten sie das Boot vom Ufer abgestoßen, legte sich ihre Zurückhaltung. Sie fühlte sich munter und abenteuerlustig. Aufgescheucht vom Schatten des Bootes schwebte ein kleiner Rochen über den Meeresboden und wirbelte träge aufsteigende Sandspiralen auf.

»Ich bin froh, dass du gestern Abend hart geblieben bist«, sagte Boucher zu Marriot.

»Ging nicht anders.«

Candy verteidigte Aquila. »Auch wenn ihr nicht mit ihren

Ansichten übereinstimmt, ihr müsst wenigstens versuchen sie zu respektieren.«

»Das Leben ist zu komplex für Absolutheiten«, tönte Boucher. »Ich habe nie verstanden, warum man verschrobenen Doktrinen Anerkennung zollen soll, nur weil irgendjemand sie voll schluckt. Und übrigens, für Leute wie Aquila ist Respekt eine absolut einseitige Sache.«

»Und woran glaubst *du*?«

»Ich bin libertärer Humanist. Ich gehe für meine Überzeugungen auf den Scheiterhaufen.«

»Ha-ha.«

»Ich respektiere dein Recht über mich zu lachen, ja, ich würde zur Verteidigung dieses Rechts in den Tod gehen.«

»Sei ernst«, befahl Candy. »Zumindest verhält sich Aquila ihren Überzeugungen gemäß. Für die meisten Menschen bedeutet Umweltschutz lediglich im Supermarkt Bio-Produkte zu kaufen.«

»Aber lässt sich ihre Überzeugung aufrechterhalten? Wenn die Nahrung knapp wird, wird sie merken, dass sie mit ihrem moralischen Anspruch nicht hoch über allen anderen thront, sondern in einer Ecke klebt.«

»So weit wird es nicht kommen«, entgegnete Candy.

Die Flut bedeckte den Kamm des Riffs. Auf der Leeseite befestigte Marriot an einem kleinen Haken Reis als Köder und warf ihn in einen clownfarbig bunten Fischschwarm. Innerhalb von Sekunden zappelte ein Fischchen an der Leine.

Boucher machte ein zweifelndes Gesicht. »Damit kommen vier Leute nicht weit.«

»Mit kleinen Fischen fängt man große«, erwiderte Marriot. Er nahm einen größeren Dreifachhaken und spießte den Fisch auf einen der Widerhaken.

»Ich bin froh, dass Aquila das nicht sieht«, meinte Candy. Nicht einmal hier draußen konnte sie sich ihrer allgegenwärtigen Kontrolle entziehen.

Die Flut hatte eine Fahrrinne durch das Riff geschaffen. Hier war der Kamm ungefähr fünfzehn Meter breit – ein herrliches Fleckchen, wie ein mit gelben, rosa und roten Büscheln und

Farnwedeln bepflanzter Meeres-Garten. Auf der zur See hin liegenden Seite senkte sich das Riff steil über Höhlen, Vorsprünge und Versteinerungsansammlungen, die sich falteten wie Gehirnwindungen. Fische in außerordentlicher Zahl und Vielfalt bewohnten diese Zone und strahlten streifige Lichtreflexe, auffunkelnde Blitze und Leuchtpunkte aus. Ein Schwarm schlängelte sich durch die Korallen, blinkende Lichter gingen aus und an wie eine Neonreklame. Candy wurde schwindlig, als sie in die indigoblaue Tiefe spähte.

Marriot ankerte über nah an die Wasseroberfläche reichenden Korallenbauten und hob aufmunternd die Angelrute. »Wie wär's?«

»Okay.« Boucher war unsicher. Ungeschickt bewegte er den Köder an die Stelle, die Marriot ihm zeigte. Der Fisch zuckte ruckartig hin und her.

»Jay«, sagte Candy, »warum bestehst du eigentlich darauf, diese alberne Krawatte zu tragen?«

Boucher fummelte an dem schmutzigen Seidenfetzen herum. »Der zählt zu den Insignien meines Gewerbes. Ich bin immer noch ...«

Die Leine straffte sich und Wasser schnalzte von ihr weg. »Ich hab einen«, brüllte er. »Ich hab einen. Was mach ich jetzt?«

»Halt die Leine stramm«, schrie Candy von seiner Aufregung angesteckt. »Lass ihn nicht unter das Boot.«

Die Rute erzitterte und bog sich durch. Boucher rief übermütig: »Herrschet über die Fische im Meer und über alles Getier, das auf Erden kriecht.«

Rot wirbelte der Fisch unter ihnen im Wasser. Mit Marriots Hilfe brachte Boucher das wild zappelnde Tier an die Wasseroberfläche. Marriot holte es ins Boot und zertrümmerte ihm den Schädel. Der Fisch schlug ein paar Mal langsam hin und her, ein Schleier legte sich über seine Augen und seine lebhaften Farben verblassten zu Schlacke.

»Eine Korallenforelle. Eine wahre Schönheit. Vielleicht erwischen wir noch eine.«

»Eine reicht.« Candy hatte eigentlich nicht so zimperlich klingen wollen. »Bei der Hitze vergammeln sie nur.«

»Wir können sie räuchern.«

»Bitte, treibt Leo und Aquila nicht zu weit.«

Marriots Aufregung verebbte. Er zuckte die Achseln. »Okay, da, wo die herkommt, gibt's noch jede Menge Nachschub.«

Vor Triumph hochrot im Gesicht betrachtete Boucher seinen Fang. »Wunderschön«, sagte er strahlend. »Kann man ihn essen?«

»Das beste Fresschen im Riff«, bestätigte Marriot grinsend. »Aufregender Sport, ha?«

»Verdammt, das kann man wohl sagen.«

»Wenn ihr alleine fischen geht, esst nichts, bevor ich es mir nicht angesehen habe. Viele Fische im Riff sind giftig. Am schlimmsten ist der Kugelfisch. Sein Fleisch ist prima, aber das Blut und die Organe enthalten ein tödliches Nervengift. Behandelt jeden Fisch mit Vorsicht. Manche haben giftige Widerhaken. Und geht nie barfuß über das Riff. Wenn ihr auf eine Kegelschnecke oder einen Steinfisch tretet, überlebt ihr mit etwas Glück vielleicht, aber ihr leidet solche Schmerzen, dass ihr euch wünscht, ihr wärt tot.«

Boucher zuckte zusammen. »Gibt's hier in der Gegend irgendetwas Harmloses?«

»Geht auf Nummer sicher; geht davon aus, dass nichts harmlos ist.«

Auf dem Rückweg überließ Candy das Rudern den Männern und ließ ihre Hand müßig ins Wasser hängen. Die Hitze machte sie träge. Boucher hatte sein Hemd ausgezogen und ohne es zu wollen bemerkte sie, dass sein Körper sportlicher war, als sie vermutet hatte. Nicht, dass sie jemals auch nur eine Sekunde darüber nachgedacht hätte, sagte sie sich und musterte verstohlen das feine Muskelspiel seine Arme und die ineinander spielenden Muskelstränge seines Oberkörpers. Ein Strom von Wärme durchflutete sie. Rasch wandte sie ihre Aufmerksamkeit der langsam vorbeigleitenden Unterwasserlandschaft zu. Etwas Grünes blitzte auf und lenkte ihren Blick auf sich. Sie fuhr hoch. »Mein Rucksack!«

Marriot spähte in die Tiefe. »Dürfte nicht allzu schwierig sein.«

»Gestattet.« Boucher zog bereits die Shorts aus.

Gegen ihren Willen riskierte Candy einen Blick.

Es platschte und spritzte und Boucher war über Bord. Mit scherenartigen Beinbewegungen schwamm er nach unten. Seine Hand schloss sich um den Rucksack und er glitt herauf, quecksilbrige Blasen im Haar. Grinsend schoss er durch das Wasser und drückte ihr den Rucksack in die Hand. Voller Freude presste sie den Beutel an sich.

»Jay, du hast ja keine Ahnung, was das für mich bedeutet.« Sie zog ein Hemd heraus. »Guckt in die andere Richtung.« Sie öffnete den Büstenhalter, stopfte ihn in den Rucksack und zog das nasse Hemd an. »Ihr dürft euch umdrehen«, sagte sie.

Boucher musterte sie langsam mit einer Miene, die an Schmerz erinnerte, aber so maßlos übertrieben war, dass sie nicht ernst zu nehmen war. »Ehrbar? Candy, ich konnte weniger sehen, als du deinen BH anhattest.«

Das Blut schoss Candy ins Gesicht. Ihr Hemd war so durchsichtig wie Plastikfolie und klebte auf der Haut, es enthüllte ihre Brüste völlig und zeichnete ihre Brustwarzen nach. Sie zog den Stoff von ihrem Körper und setzte das tapferste Gesicht auf, das sie zustande brachte. »Es überrascht mich, dass dir das nach Aquilas Auftritt überhaupt auffällt.«

»Ah, bei Aquila gibt es nur alles oder nichts. Bei dir bleibt immer noch ein bisschen, das die Fantasie anregt.«

Sie versuchte ihre Verwirrung nicht zu zeigen und begann in ihrem Beutel zu wühlen. Es war alles da – Shorts, Reserveunterwäsche, Handtuch, Sonnencreme, Medikamente, Seife, Zahnbürste –, unbezahlbare Schätze.

»Frauen sind wirklich erstaunlich«, meinte Marriot. »Sie sind immer auf das Schlimmste vorbereitet.«

»Das liegt daran, dass wir auf vorausschauendes Denken programmiert sind«, erwiderte Candy. Sie bemerkte Bouchers wehmütige Miene. »Du hast gar nichts, stimmt's?«

Er zuckte die Achseln. »Keine Umstände, komm so, wie du bist, hast du gesagt; und siehe da, ich bin gekommen.«

»Tut mir Leid, Jay. Sieh mal, du kannst dir nehmen, was immer du brauchst.«

»Klar, Kumpel.« Marriot nickte. »Dasselbe gilt für mich.«

»Ich bin euch beiden wirklich zu Dank verpflichtet.« Boucher wandte den Blick ab. Er befand sich in nachdenklicher Stimmung. »Von Natur aus sind Menschen gut, stimmt's nicht?«

»So gut, wie sie sein müssen, und so schlecht, wie es gut für sie ist.« Marriot deutete mit dem Kinn auf Candy. »Falken und Tauben, stimmt's?«

Sie lächelte angesichts von Bouchers Verwirrung. »Eine Hypothese aus der Verhaltensforschung.«

»Tatsächlich? Klär mich auf.«

Candy konzentrierte sich. »Angenommen du hast eine Population, die sich verhält wie Tauben, das heißt, sie vollzieht die Konkurrenz beim Nahrungserwerb oder der Fortpflanzung mithilfe ritualisierten Verhaltens anstatt mit Kampf.«

Boucher warf sich in die Pose eines Bodybuilders. »Wie ist das?«

»Dazu müsste ich erst die Konkurrenz beurteilen.« Hastig sprach Candy weiter. »Gut, jetzt stell dir vor, eine der Tauben beginnt sich wie ein Falke zu verhalten. Die Taube mit dem Falkenverhalten würde immer siegen, weil die anderen Tauben sich ihr kampflos fügen würden. Dieser Falke bekäme die begehrtesten Weibchen, sodass sich die Falkengene vermehren würden, das heißt, ein paar Generationen später wäre jedes Individuum ein Falke. Jetzt wäre aggressives Verhalten kein Vorteil mehr, denn die Möglichkeit von Sieg oder Niederlage wäre gleich groß und selbst bei einem Sieg bestünde die Gefahr verletzt zu werden. Die bessere Strategie wäre also jetzt das Verhalten einer Taube.«

»Du hast die Belohnung vergessen«, ergänzte Marriot. »Je größer der Vorteil, der durch einen Sieg errungen wird, umso lohnender ist der Kampf. Nimm Seeelefanten, die um einen Harem konkurrieren. Auf den Sieger warten jede Menge Paarungen, also lohnt sich aggressives Kämpfen, selbst wenn mit Sicherheit Verletzungen die Folge sind und sogar auf das Risiko hin dabei zu sterben.«

»Das ist eine Strategie zur Erhaltung des Gleichgewichts«,

setzte Candy rasch hinzu um das Bild von Harems und Paarungen zum Verschwinden zu bringen.

»Wie sieht denn unsere Gleichgewichtsstrategie aus?«, fragte Boucher. »Sind wir Falken oder Tauben?«

»Der ideale Kompromiss besteht darin, Vergeltung zu üben«, antwortete Marriot. »Im Falle eines Konflikts spiele die Taube, eskaliert er aber zu Gewalt, reagiere wie ein Falke.«

»Wir sind weder das eine noch das andere«, verwahrte sich Candy. »Wir sind rationale menschliche Wesen.«

»Ausgenommen, wenn Sex mit im Spiel ist.«

Bouchers Augen suchten ausdrücklich Candys Gesicht und als sich ihre Blicke trafen, geriet sie ein wenig in Konflikt. Nur einen Moment lang, aber einen Moment zu lang, konnte sie die Augen nicht abwenden.

»Schon gut, ihr zwei«, brummte Marriot. »Wenn ihr euch trennen könnt, würde ich mir gerne die Mangroven ein bisschen genauer ansehen.«

Sofort war Boucher ernüchtert. Auch Candy war nicht gerade begeistert über die Aussicht eine Fahrt in die innere Lagune zu unternehmen. Sie öffnete den Mund um zu sagen, Josef brauche sie, aber Boucher kam ihr zuvor.

»Wenn es Candy nicht graut, graut mir auch nicht.«

Verdammt, dachte Candy.

Unangenehm schwüle Hitze hüllte sie ein, als sie das südliche Ende der Insel umrundeten. Langsam trübte sich das Wasser, der Boden wurde schlammiger und unklarer und schließlich wühlte jeder Ruderschlag Wolken stinkenden Morasts auf. Diese Seite war vor der vom Meer her wehenden Brise abgeschirmt und die Luft war entsprechend stickig. Sie ruderten etwa fünfzig Meter in den Sumpf hinein. Aus der Nähe betrachtet, war er noch abstoßender, als Candy erwartet hatte – ein Labyrinth aus ekelhaft riechendem Grau und Grün, jeder Kanal in einer schlammigen Brühe voller Wurzeln endend. Winkerkrabben mit einer riesenhaften Schere winkten ihnen aus ihren Gängen zu. Stieläugige Wesen, die aussahen wie eine Kreuzung aus Frosch und Fisch, liefen über die Schlammflächen.

»Schlammspringer«, erläuterte Marriot. »Amphibische Fische. Auf dieser Stufe hat das Leben angefangen.«

Ein braunweißer Fischadler startete mit einem unheimlichen Schrei von einem toten Baum und flog mit schwerem Flügelschlag die Küste hinunter. Segler schnappten im Gleitflug nach den massenhaft über dem Wasser schwirrenden Insekten. Kleine, aber widerliche Fliegen gruben sich in Candys Haare, in ihre Augen, in ihre Nasenlöcher.

Marriots Augen suchten die Ränder des Sumpfes ab.

»Wonach genau gucken wir denn?«, erkundigte sich Boucher.

»Nach Kroko-Nestern.«

»Ist das klug?«

»Kein allzu großer Kroko-Freund?«

Boucher schüttelte sich und bekundete keinerlei Sympathie. »Ich finde sie eklig.«

»Es sind unglaubliche Geschöpfe, Jay – eines der Wunder der Natur. Die Leute lassen sich von *Tyrannosaurus Rex* beeindrucken, aber Salzwasserkrokodile sind nicht viel kleiner und genauso wild. Und sie haben etwas, was den Dinosauriern fehlt.«

»Ein einnehmendes Wesen?«

»Eine Siegernatur. Sie sind so alt wie nur irgendwas in Jurassic Park, aber was auch T-Rex und die anderen umgebracht hat, es zeigte keine Wirkung bei den Krokodilen. Manche Leute meinen, das läge daran, dass die Spezies im Jurazeitalter winzig klein war und sich nur zu ihrer endgültigen Größe entwickelt hat, weil Konkurrenten eliminiert worden sind. Aber es gab auch kleine Dinosaurier und sie haben nicht überlebt.«

Candy merkte, dass sie den halb unter Wasser liegenden Wurzeln und Ästen besondere Aufmerksamkeit widmete – allem, was sich möglicherweise in die Schnauze oder die Augenpartie eines Krokodiles verwandeln könnte. In diesem unergründlichen Wasser konnte eines der Ungeheuer ein paar Meter entfernt auf der Lauer liegen, ohne gesehen zu werden.

»Wie jagen sie?«, fragte sie. Ihre Stimme klang ungewohnt hoch. »Ich meine, wie machen sie ihre Beute ausfindig?«

»Mit guter Nachtsicht, einem hoch entwickelten Geruchssinn und exzellentem Gehör. Während der Brutzeit verteidigen sie ihr Revier mit Macht und sehr aggressiv. Von Männchen ist bekannt, dass sie Motorboote angegriffen haben. Anscheinend erinnert sie das Geräusch eines Außenbordmotors an das Gebrüll eines Rivalen.«

Verstohlen zog Candy ihre Füße etwas weg vom Riss im Rumpf und klammerte sich fester an die Ruderbank. Die Zerbrechlichkeit des Rettungsfloßes war ihr nur zu bewusst. »Wir sollten vielleicht besser umkehren, bevor dieser Fisch anfängt zu stinken.«

Aber Boucher war total verbohrt. »Was für Ungeheuer leben denn noch hier im Sumpf, von denen du mir noch nichts erzählt hast?«

Marriot sog die Luft durch die Zähne. »Jay, ich glaube nicht, dass du das wissen willst.«

»Was wissen? Los, sag schon.«

Marriot seufzte. »Okay, halt Ausschau nach riesigen Fleisch fressenden Krabben.«

Als Boucher einen prüfenden Blick über die Schulter warf, zwinkerte Marriot Candy zu. »Da war dieser alte Buschmann oben in Queensland, der fing Riesenkrabben, packte sie in Säcke und verkaufte sie in Cairns. Die Dinger schmecken verdammt gut. Eines Tages fing er ein wahres Prachtexemplar, drei Meter von Schere zu Schere, steckte es in seinen Sack und machte sich auf den Weg in die Stadt. Als er nicht auftauchte, suchte man nach ihm. Man fand ihn auf dem Fahrersitz seines Wagens mit durchtrenntem Rückenmark.« Marriot bewegte die Finger wie eine Schere. »Schnipp.«

Boucher fiel der Unterkiefer herab. Er klappte den Mund zu. »Bring mich sofort zurück.«

»Er macht nur Spaß, Jay. So ein Tier gibt es nicht.«

Bouchers Augen flitzten von einem zum anderen. »Spaß?« Er lachte gackernd. »Das nennst du Spaß?«

»Entschuldige, Kumpel.« Marriot schwieg einen Augenblick. »Ernsthaft, Jay, wir wissen nichts über die Hälfte der Tiere, die im Regenwald leben. In den Museen der ganzen Welt gibt es Exemplare, die noch niemand klassifizieren konnte.«

»Er spricht von Kleinlebewesen«, setzte Candy hinzu, bevor bei Boucher sämtliche Alarmglocken schrillen konnten. »Insekten und anderen wirbellosen Tieren.«

Marriot nickte. »Aber der Regenwald kann immer noch ein paar Überraschungen bereithalten. Vor noch nicht einmal zehn Jahren hat man in Vietnam eine neue Hirschart entdeckt und im Vergleich zu diesem Fleckchen Erde hier ist Vietnam ein Stadtpark.«

»Wie steht's mit Affenmenschen?«, fragte Boucher nur halb scherzhaft.

Marriot grinste. »Setz Jaeger hier aus und die Wissenschaftler kratzen sich am Kopf.«

In diesem Moment kreischte ein Affenchor in den Mangroven auf der Landseite etwas weiter südlich. Candys Blick suchte das Ufer ab. »Etwas hat sie in furchtbare Angst versetzt.«

»Vielleicht hat ein Adler einen geschnappt«, meinte Marriot. Er ließ noch einmal den Blick schweifen, dann griff er nach dem Ruder. »Jay, es wird dich freuen zu hören, dass es hier keine Kroko-Nester gibt.«

»Schön«, erwiderte Boucher. »Und jetzt machen wir verdammt noch mal, dass wir hier rauskommen.«

Candy ruderte so kraftvoll wie die Männer und fühlte sich erst sicher, als das Wasser unter ihnen blau wurde.

Als sie im Lager anlangten, fand sie eine völlig aufgelöste Nadine vor, die von Dexter getröstet wurde. Einen schrecklichen Moment lang fürchtete sie, Fiesers Zustand müsse zumindest kritisch oder noch schlimmer geworden sein, aber keiner der anderen schien außer Fassung, und sie vergewisserte sich rasch, dass der Zustand des Piloten nach wie vor stabil war.

»Nadine hat sich erschrocken«, erklärte Trigg gleichgültig. »Sie behauptet irgendeine Bestie gesehen zu haben.«
Nachdem sie Fieser seine Medikamente gegeben hatte, gesellte sich Candy zu Nadine. Sie war immer noch durcheinander und ihr Gesicht mit Tränen verschmiert. Dexter hob den Kopf.

»Sie war allein. Da unten.« Er zeigte zur Südspitze der Insel. »Sie sah irgendein Tier auf der anderen Seite der Lagune.«

»Was für ein Tier?«

»Es befand sich im Schatten, deshalb konnte sie es nicht richtig erkennen, aber sie sagte, es rannte schnell an den Mangroven entlang, tauchte in einen Bach und schwamm landeinwärts.«

»Vermutlich ein Otter.«

Dexter schüttelte den Kopf. »Es war groß – größer als ein Mensch.«

Candy wechselte einen raschen Blick mit Marriot.

»Klingt, als hätte sie gesehen, was uns entgangen ist.«

»Krokodile«, warf Boucher ein. »Gott sei Dank sind wir nicht in eines hineingelaufen.«

»Krokodile sind wahrlich trickreich, wenn sie nicht gesehen werden wollen«, sagte Marriot.

»Es war kein Krokodil«, stieß Nadine hervor. »Ich weiß, wie ein Scheißkrokodil aussieht. Dieses Tier hat sich viel zu schnell bewegt und seine Beine waren länger.«

»Auf kurzen Strecken ist ein Krokodil schneller als ein Mensch.«

Candy kniete nieder. »Nadine, weißt du noch, um welche Zeit ungefähr du dieses Tier gesehen hast?«

Nadine schnüffelte und wischte sich die Nase. »Ungefähr um halb fünf. Ich hatte gerade auf die Uhr gesehen, weil ich nicht zu spät zurück sein wollte.«

»Tja«, bemerkte Boucher, »um diese Zeit waren wir in den Mangroven und haben nichts gesehen, was größer als eine Krabbe gewesen wäre.«

Candy sah ihn aus großen Augen an. »Ungefähr um diese Zeit hörten wir den Tumult in den Bäumen.«

»Der kam von tief aus den Mangroven«, erinnerte Marriot sie. »Nein, ich wette, es war ein Krododil.«

»Robert, es gibt noch mehr Tiere unter dem Himmel als Krokodile.«

Er grinste sie an. »Träumst du immer noch von Tigern, eh? Tja, das lässt sich leicht überprüfen. Es ist noch hell genug, wir könnten einen Blick auf die Spuren werfen. Nadine, kannst du sagen, wo genau es war?«

Der Tag schwand rasch und Candy war nicht besonders erpicht darauf, in der Dämmerung der Fährte eines Tieres nachzuspüren. Nicht weil ihr das besonders unangenehm gewesen wäre, aber sie hatte die letzten drei Tage kaum mehr als zwei Stunden hintereinander geschlafen und war todmüde.

»Verschieben wir's auf morgen«, sagte sie.

»Dann hat die Flut die Spuren weggespült.«

»Zum Teufel.« Boucher gähnte. »Mir reicht's für heute an Natur. Was immer Nadine gesehen hat, tangiert uns hier nicht. Die Gegend auf der anderen Seite ist ganz anders als die hier.«

Candy merkte, dass Nadine Beruhigung brauchte. »Jay hat Recht«, sagte sie deshalb zu ihr. »Auf der Insel sind wir vollkommen sicher.«

Die Fischer, denen sich Trigg angeschlossen hatte, entzündeten ihr eigenes Feuer, sie kochten und aßen für sich. Die Korallenforelle, eingewickelt in Blätter und über Holzkohle aus Treibholz gegart, schmeckte vorzüglich – sie war es wert, Aquilas böse Blicke auf sich zu nehmen.

Noch bevor die anderen ihre Mahlzeit beendet hatten, warf Nadine das Blatt, das ihr als Teller gedient hatte, zu Boden und starrte Jaeger direkt ins Gesicht.

»Wann schießen wir eine Leuchtkugel ab?«

»Wie viele haben wir denn?«, fragte Aquila.

»Acht. Zwei müssen wir jeweils abfeuern – eine, damit man uns bemerkt, und die zweite, damit der, der die erste bemerkt hat, die Position bestimmen kann.«

»Das heißt, wir haben vier Chancen. Meiner Meinung nach sollten wir warten, bis es einen triftigen Grund gibt – ein näher kommendes Schiff zum Beispiel oder ein Flugzeug.«

»Der Meinung bin ich auch«, sagte Jaeger schließlich. »Vergesst nicht, es ist erst zwei Tage her.«

»Aber du hast es versprochen.« Nadine kämpfte mit den Tränen. Sie bemerkte, dass Jaeger zur Seite blickte. »Halt du dich da raus«, fuhr sie Aquila an. »Für dich ist das nichts anderes als die Möglichkeit endlich die Erdmutter spielen zu können, aber Dexter und ich müssen arbeiten, wir haben Termine, die wir einhalten müssen.« Sie erhob sich. Hoch aufgerichtet stand sie im Schein des Feuers und stampfte mit dem Fuß. »Nach dem, was ich heute gesehen habe, will ich nur noch weg hier. Sofort!«

»Nadine, sicher, du versäumst ein paar Termine. Aber was ist das schon verglichen mit einer im Leben einzigartigen Erfahrung?«

»An Hitze und Insektenstichen zu krepieren ist verdammt noch mal nicht das, was ich mir vom Leben erwarte.«

»Wenn du versuchen würdest deine städtischen Fixierungen abzulegen, könntest du dich hier wohl fühlen.«

Nadines Augen spritzten Gift. »Vergiss nicht, wer das alles bezahlt. Ohne Dexters Geld würdest du immer noch Hexenkekse und Kräutertees in Twin Falls verkaufen.«

»Reg dich ab«, sagte Dexter, aber auch er sah Jaeger starr an. »Stimmt, es war eine Erfahrung, nur zu wahr, aber Nadine ist für ein hartes Leben nicht geschaffen und um ehrlich zu sein, ich auch nicht.«

»Warten wir noch eine Nacht.«

»Wo sind die Flugzeuge, die du versprochen hast?«, verlangte Dexter zu wissen. »Seit gestern Morgen haben wir kein Schiff mehr gesehen. Ich sage dir, die haben die Suche abgebrochen.«

»Sei nicht albern«, widersprach Jaeger.

Candy bemerkte den unsicheren Zug um Bouchers Mund. »Was ist, Jay?«

Er lächelte schuldbewusst. »Ich glaube, dass die Bohranlagen nicht so weit entfernt sind, mildert die schlechte Nachricht etwas.« Er zögerte einen Moment. »Unsere Piloten dachten, wir würden abstürzen. So jedenfalls lautete ihr letzter Funkspruch. Dexter hat recht: Der Such- und Rettungstrupp hat uns vermutlich abgeschrieben.«

Candy schloss sich dem kollektiven Seufzen an.

»Warum hast du uns das nicht früher gesagt?«, fragte Jaeger.

»Ich wollte keine unnötige Unruhe auslösen …«

»Unnötig?«, explodierte Dexter.

»Er hat kein Interesse daran, dass wir hier wegkommen«, mischte sich Disco ein. »Er hat eine interessante Story, auf die will er nicht verzichten.«

»Verdammt«, schrie Boucher und erhob sich halb. »Mir reicht's mit deinen Unterstellungen. Du lässt dich einladen und tischst den Leuten irgendein Märchen auf, dass du ...«

»Setz dich«, befahl Jaeger.

Langsam gehorchte Boucher. Aller Augen waren auf ihn gerichtet, alle blickten feindselig. Candy, die ebenfalls zornig auf ihn war, spürte die wie trockener Zunder knisternde Wut und sie erstickte sie im Keim, bevor ein Funke Feuer schlagen konnte. »Noch eine Nacht kann für Josef eine zu viel sein. Ich fürchte, er bekommt den Brand. Er könnte das Bein verlieren. Je schneller er ins Krankenhaus kommt, umso bessere Chancen hat er.«

Jaeger senkte den Blick. »Um neun Uhr«, sagte er leise. »Bereitet das Feuer vor.«

Candy ignorierte Bouchers verstohlenen dankbaren Blick. Sie erinnerte sich an seine leichthin geäußerte Bemerkung über die Grausamkeit beim Schreiben und entschied, an Discos Anschuldigung könne durchaus etwas dran sein. Gleichzeitig dachte sie daran, wie liebevoll Boucher zu ihr gesprochen hatte, und an den Moment in der Lagune, als sie seinen Blick erwidert hatte. Erneut stürmten widersprüchliche Gefühle auf sie ein.

Zur verabredeten Zeit schloss sie sich den anderen am Strand an. Hinter ihnen prasselte das Leuchtfeuer. Als es aufloderte, hob Jaeger die Leuchtpistole und feuerte. Hoch über ihren Köpfen bildete sich eine glühende Medusa.

Bald darauf kehrte die Dunkelheit zurück und alle beobachteten den Horizont. Am Riff erklang ein lautes Platschen. Candy sah die Fische in der Lagune, deren leuchtende Körper wie Komentenschweife durch das Wasser zogen.

»Wenn es jemand gesehen hätte«, sagte sie schließlich, »hätte er als Antwort darauf inzwischen ein Licht abgefeuert.«

Stumm kehrten sie ans Feuer zurück. Eine Stunde später, als das große Feuer am Ausgehen war, feuerte Jaeger eine zweite Leuchtkugel ab. Wieder kam keine Antwort und niemand hatte eine erwartet. Das Leuchtfeuer erstarb in einem Funkenregen. Nadine blieb allein am Strand zurück. Als Candy und Dexter zu ihr gingen um sie zu holen, starrte sie in die Dunkelheit, das

Gesicht rußverschmiert, die Hände in die Taille gestemmt.

»Sie sehen uns nicht«, sagte sie. »Niemand sieht uns.«

Sanft ergriff Candy ihren Arm. »Komm jetzt weg hier. Morgen sieht alles anders aus.«

Als sie sich dem Feuer näherten, hörte sie Bartoks Stimme, der aus der Genesis las.

»Und Gott der Herr nahm den Menschen und setzte ihn in den Garten Eden, dass er ihn baute und bewahrte. Und Gott der Herr gebot dem Menschen und sprach: ›Du sollst essen von allerlei Bäumen im Garten; aber von dem Baum der Erkenntnis des Guten und Bösen sollst du nicht essen; denn welches Tages du davon issest, wirst du des Todes sterben.‹«

Blinzelnd vor Müdigkeit zog Candy die Möglichkeit in Betracht auf ewig hier bleiben zu müssen.

# 12

*4. Tag*

Es waren die kleinen Dinge, die Candy vermisste – der Mangel an Privatsphäre, Waschgelegenheiten, anständigen sanitären Einrichtungen. Abgesehen von diesen Unbequemlichkeiten und ihrer ständigen Sorge um Fieser war das Leben erstaunlich einfach. Der Strand war barmherzigerweise frei von Moskitos; die Lagune bot Erleichterung von der kräftezehrenden Hitze; und es gab immer Fisch zu essen. Aber trotz dieser Annehmlichkeiten war sich Candy der Instabilität ihrer Situation bewusst. Nur Aquila und Jaeger befanden sich noch auf dem Öko-Trip. Die Begeisterung der anderen über die neue Erfahrung einer elementaren Lebensweise hatte rasch nachgelassen.

Die Spannungen traten am vierten Tag zutage, als Aquila das Mittagessen zubereitete.

»Da war jemand am Reis«, verkündete sie.

Alle erhoben sich langsam. »Ich bin sicher, du irrst dich«, sagte Candy.

»Ich habe ausgerechnet, dass die Portionen für zehn Tage reichen. Wir sind heute den vierten Tag hier und es ist weniger als ein Drittel übrig.«

Als sich Candy vergewisserte, dass wirklich nur noch so wenig da war, war sie alarmiert. Bei dieser Menge reichte ihr Hauptnahrungsmittel nur noch für ein paar Tage.

Marriot schlenderte herbei. Er griff in den Sack, ließ die Körner durch die Finger rieseln und schürzte die Lippen. »Hast du den Reis wieder sorgsam im Staufach verwahrt, wie ich es dir gesagt habe?«

»Selbstverständlich.«

Marriot streckte ihr die flache Hand hin. »Und was ist das?«

Aquila wich seinem Blick aus. »Ich weiß nicht.«

»Tierexkremente, Aquila. Nagetiere. Du musst den Sack im Freien gelassen oder vergessen haben das Staufach richtig zuzumachen.«

»Du Idiotin«, fauchte Nadine, ihr Gesicht verzog sich hässlich. »Wir werden verhungern.«

Aquila ging auf sie los. »Du hast vielleicht Nerven. Heute Morgen hast du die Hälfte des frischen Wassers verbraucht um deine dämlichen Haare zu waschen. Sprich du mir nicht von Verschwendung.«

Dexter Smith schaltete sich ein. »Nur weil wir auf einer gottverlassenen Insel rumhängen, müssen wir nicht aussehen wie Barbaren. Nadine soll nächsten Monat einen Werbefilm für ein Haarspray drehen.«

»Ich bin es Leid, dauernd von Nadines Terminen zu hören, ihren abgebrochenen Fingernägeln und ihrem Sonnenbrand.«

»Hört auf«, schrie Candy, »alle.« Sie schluckte und war selbst erschrocken über ihren leidenschaftlichen Ausbruch.

In diesem Augenblick tauchte Jaeger mit einer Arm voll Holz auf. Auch wenn er schlecht sah, Katastrophen entgingen ihm nicht. Er ließ seine Last fallen. »Was ist los?«

»Der Reis geht schneller zur Neige, als wir gerechnet haben«, erklärte Candy, den Blick starr auf Marriot gerichtet. »Wir müssen den Gürtel ein bisschen enger schnallen.«

In grimmigem Schweigen inspizierte Jaeger die noch verbliebenen Vorräte.

»Keine Sorge«, sagte Marriot. »Der Fisch geht nie aus.«

Zum ersten Mal verlor Aquila die Fassung. »Wie oft muss ich es dir noch sagen? Ich bin Vegetarierin. Mein Körper verweigert die Aufnahme von Fleisch. Allein der Gedanke daran macht mich krank.«

»Dann fang mit Maden an«, stieß Marriot hervor. »Arbeite dich auf der phylogenetischen Skala nach oben. Hör da auf, wo dein Gewissen es dir befiehlt.«

Schwer atmend packte Jaeger Marriot am Hemd. »Klugscheißer«, knurrte er wütend.

»Ich versuche etwas Vernunft zu wecken. Diese Insel stellt

einfach nicht die Bestandteile für eine spezielle Ernährungsweise zur Verfügung. Um Himmels willen, Leo, die Hälfte der *Blumen* im Regenwald sind Fleischfresser!«

»Wer sagt uns, dass du den Reis nicht genommen hast?«, warf Disco ein.

Perplex wandte sich Candy um. Marriot, noch immer in Jaegers Griff, war sprachlos.

Disco zuckte die Achseln. »Vielleicht wolltest du damit etwas Bestimmtes bezwecken – zum Beispiel Aquila und die anderen dazu zwingen, gegen ihr Gewissen zu handeln.«

Du Scheißkerl, dachte Candy, und erinnerte sich daran, wie Disco Boucher verhöhnt, wie er die Spannungen um Marriots oder Jaegers Führungsposition geschürt hatte. Er war wie ein scharfer Stachelstock, er stach immer in die verletzlichste Stelle.

Marriot fand seine Sprache wieder. »Das nimmst du am besten zurück.«

Disco lachte. »Du lieber Gott, war doch nur ein Scherz. Ich will nur zeigen, dass es auch andersherum funktioniert, wenn man Leuten die Schuld in die Schuhe schieben will.«

Marriots Augen wurden schmal. »Jay sagte, du hättest ein wahres Talent dafür, Schwierigkeiten zu machen. Und so langsam begreife ich, warum er dieser Meinung ist.«

»Das hat er zu dir gesagt?« Disco drehte sich mit inszenierter Langsamkeit nach Boucher um, der draußen auf der Lagune angelte.

Mit der Munterkeit eines Kindermädchens, das einen Schlusspunkt hinter eine Zankerei im Kinderzimmer zu setzen versucht, mischte sich Candy ein. »Suchen wir doch essbare Pflanzen. Es muss Früchte geben, schließlich verschwinden die Flughunde jede Nacht im Wald. Robert, wenn du Recht hast, müssten wir eigentlich Feigen finden.«

Immer noch Auge in Auge mit Jaeger nickte Marriot. »Okay, aber erwartet keine Wunder.«

Jaeger ließ ihn los, Marriot trat einen Schritt zurück und rieb sich die Brust. Candy atmete durch.

»Bildet Paare«, befahl Jaeger. »Auf die Weise schaffen wir ein größeres Gebiet.«

Zu zweien marschierten sie los, nur Candy und Disco blieben am Strand zurück. Bartok, der normalerweise mit Disco ein Team bildete, sammlte Material für seinen Ausguck.

»Scheint so, als wäre ich dir zugeteilt«, sagte Disco.

Candy schüttelte den Kopf. »Ich kann Josef nicht allein lassen.«

Disco ging zu Fieser hinüber. »Josef, Candy und ich suchen nach Essbarem. Das ist im Moment das Wichtigste.«

»Das Wichtigste ist, dass er endlich richtig behandelt wird.«

»Wenn wir hier herumsitzen, bringt ihn das nicht einen Schritt näher an ein Krankenhaus. Komm schon, Candy, allein finde ich nichts Essbares. Ich weiß nicht, wonach ich suchen soll.«

Candy blickte zu Boucher hinaus, der im Floß weit draußen auf der Lagune schaukelte, und Wut wallte in ihr auf. Seit dem Tag in der Lagune wartete sie darauf, dass er den nächsten Schritt tat, damit sie ihm hätte sagen können, dass sie ihn zwar gern hatte – und das war mehr, als er verdiente –, dass es aber nicht weitergehen dürfe. Und nun befand sie sich in der äußerst unangenehmen Situation, dass sie sich eine Antwort auf ein Angebot zurechtgelegt hatte, das ihr gar nicht gemacht worden war und angesichts von Bouchers Gleichgültigkeit anscheinend auch nie gemacht werden würde. Vielleicht revanchierte er sich für ihre spröde Unnahbarkeit. Vielleicht, dachte sie mit wachsender Entrüstung, war er sogar derart von seinem Charme überzeugt, dass er darauf wartete, dass *sie* sich ihm in die Arme warf. Gut, gelobte sie sich in Erinnerung an seinen selbstgefälligen Blick an jenem Morgen, als sie in seinen Armen gelandet *war*, wenn das so war, konnte er warten, bis er schwarz wurde.

Disco harrte geduldig ihrer Entscheidung.

Scheiße, dachte sie zornig. »Gut, aber in einer Stunde muss ich zurück sein.« Sie marschierte los.

»Nicht da lang«, rief Disco. »Da sind Leo und Aquila hin. Hat wenig Sinn in der gleichen Gegend zu suchen.«

Jedes Mal, wenn Candy den Regenwald betrat, erwartete sie, er käme ihr inzwischen vertraut vor, und jedes Mal war sie aufs

Neue irritiert, weil er in allen Richtungen gleich aussah. Doch die Monotonie war eine Illusion; nahezu jeder Baum unterschied sich von seinem Nachbarn, Dutzende verschiedener Arten wuchsen auf einem halben Hektar Land. Nach einer halben Stunde konnte Candy nicht mehr klar sehen, so anstrengend war es, vor dem unerbittlich grünen Tarnkleid Ausschau nach Früchten zu halten.

Es ist hoffnungslos, dachte sie. Ihr unverwüstlicher Optimismus verließ sie. Alles war hoffnungslos. Josef musste wahrscheinlich sterben, falls nicht in den nächsten zwei, drei Tagen Rettung kam.

»Machen wir Rast und orientieren uns.« Sie ließ sich an einem Baumstamm zu Boden gleiten.

Ein paar Meter entfernt stand Disco im Schatten und betrachtete sie voller Anteilnahme. »Die arme Candy hat den Moralischen.«

Sie nickte, ihr Mund wurde schmal. »Meine Familie hat mich inzwischen wahrscheinlich aufgegeben. Sie werden glauben, ich sei tot.«

Disco lachte laut. »Das wird echt lustig, wenn du wieder auftauchst.«

Candy fand sein Lachen reichlich unangebracht. »Deinetwegen wird sich wohl auch jemand ein paar schlaflose Nächte machen.«

»Auf mich wartet kein Mensch.« Disco grinste. »Niemand weiß, dass ich an Bord dieses Luftschiffes war.«

»Irgendjemand wird doch auf ein Lebenszeichen von dir warten.«

»Ich habe keine Bindungen.«

Die Befriedigung, die ihm seine Ungebundenheit zu verschaffen schien, berührte Candy unangenehm. »Pontianaka ist nicht gerade ein Touristenmekka. Was hat dich ausgerechnet dorthin verschlagen?«

»Hat Jay dich beauftragt mich auszuhorchen?«

»Ach, um Gottes willen, es hat mich nur interessiert.«

Discos Gesicht war im Schatten kaum zu erkennen. »Ich war dort mit einem Mädchen verabredet.«

Das klang beruhigend. »Ach ja? Wie heißt sie denn?«

»Spielt doch keine Rolle. Sie ist nie erschienen.«

»Wie ärgerlich.«

Disco lachte und trat näher, sodass Candy in deutlich sehen konnte. »Ich bin sehr froh, dass sie sich nicht blicken ließ. Du bist viel hübscher.«

Candy sank das Herz. Von Disco angemacht zu werden, war das Letzte, wonach sie sich sehnte. »Wir sollten uns beeilen.« Sie machte Anstalten aufzustehen.

Disco streckte ihr die Hand hin, und sie fühlte sich genötigt seine Hilfe anzunehmen. Er ließ ihre Hand nicht los, als sie auf den Beinen stand.

Sie sah auf ihre Uhr und lächelte. »Die Zeit ist fast um.«

»Josef wird's überstehen«, entgegnete Disco. Langsam streckte er eine Hand nach ihren Brüsten aus. Candy war dermaßen überrumpelt, dass sie keinen Versuch machte, ihn abzuwehren.

Einen Zentimeter vor ihren Brüsten verharrte seine Hand. »Wirklich niedliche kleine Dinger. Haben sie einen Namen?«

»Mach dich nicht lächerlich.«

»Ich habe gleich passende Namen für sie. Warte mal, wie wär's mit ...?«

Candys Verstand setzte endlich wieder ein. »Nein, verdammt noch mal, das wirst du nicht«, fuhr sie ihn an und schlug seine Hand weg.

»Ach, komm schon, Herzchen.«

»Ich meine, was ich sage.« Candy zwang sich zur Ruhe. »Hör sofort auf damit.«

Disco machte einen geknickten Eindruck.

»Ich muss jetzt wirklich zurück«, erklärte Candy und schob sich an ihm vorbei. »Jay macht sich bestimmt Sorgen, wenn niemand am Strand ist.«

»Er behält dich im Auge, was?«

»Ja«, bestätigte Candy, »allerdings.«

Unmutig scharrte Disco im abgefallenen Laub. »Lässt du dich von ihm bumsen?«

»Was?«

Disco hob den Blick. »Lässt du dich von ihm bumsen?«

Candy legte ihre ganze Verachtung in ihre Antwort. »Das geht dich einen Dreck an.«

Disco war nicht beeindruckt, er zuckte kaum zusammen. »Sinnlos drum herumzureden. Ich will wissen, wo ich stehe.«

Candy schob ihn weg. »Mir im Weg. Entschuldige.«

»Candy, einem so süßen Ding wie dir würde ich nie wehtun.«

Sie lachte und ging weiter, ohne die geringste Ahnung, wohin. Als sie das Rascheln des Buschwerks hinter sich hörte, überlief sie eine Gänsehaut. Sie war weit weg vom Strand und ein Schrei war hier im Wald nicht weit zu hören. Sie hielt Ausschau nach einer Waffe, einem Stock – irgendetwas.

»He, du hast doch mitgekriegt, wie schnell die Stimmung umschlagen kann. Es sind böse Worte gefallen, früher oder später werden Taten folgen. Sobald die Vorräte ausgegangen sind, muss jeder sehen, wo er bleibt. Halt dich an mich, dann wird dir keiner was tun. Das garantiere ich dir.«

Sie drehte sich um und sah ihn mit echter Neugier an. Im grünen Dämmerlicht war er nur als schemenhafte Silhouette erkennbar. »Wo kommst du her, Disco?«

»Seattle, Denver, San Francisco. Ich komme viel herum.«

»Alles Städte.« Candy deutete auf das endlose Grün, das sie umschloss, und lachte.

Er zuckte die Achseln. »Auch nur ein Dschungel.« Er näherte sich ihr. »Ich habe das Überlebenstraining, das ich brauche, absolviert.«

Candy schien es sinnlos, davonzulaufen, sie entschied sich zu behaupten. Sprich weiter, dachte sie. »Du hast gesagt, du seist Schauspieler.«

Discos Miene wurde ausdruckslos. »Ich habe ein paar Stunts gemacht.«

»Klingt toll. Für Filme?«

Finster starrrte Disco auf eine Fliege, die sich auf seinen Arm gesetzt hatte. »He, Herzchen, du bist genauso schlimm wie Boucher. Andauernd stellst du Fragen.« Seine Hand bewegte sich blitzschnell. Angewidert wischte er sich die Finger sauber. »Und *meine* hast du immer noch nicht beantwortet.«

Blitzschnell ging Candy die sich ihr bietenden Alternativen

durch. Sie musste einen Weg finden sich Disco nicht zum Feind zu machen ohne ihn zugleich zu ermutigen. »Jay und ich sind Freunde. Er hat mich vor dem Ertrinken gerettet.«

»Jay interessiert ausschließlich sein eigenes Leben. Er will nur seinen Arsch retten, damit er seinen Namen bald in Riesenlettern lesen kann.«

»Er hat Wichtigeres im Kopf.«

»Glaub das bloß nicht. Er schreibt über mich. Er schreibt über dich. Er schreibt über jeden.« Ein Ausdruck von Gerissenheit huschte über Discos Gesicht. »Darum sage ich ihm nicht, wer ich bin. Das macht ihn stocksauer.«

»Er tut nur seine Arbeit.«

»Und wenn er von dieser Insel runterkommt, macht sie ihn reich.« Disco wirkte gekränkt. »Ich finde das nicht richtig – vom Leid anderer Menschen zu profitieren.«

»Du würdest in seiner Situation das Gleiche machen.«

»Aber ich bin nicht in seiner Situation. Ich habe ihn gebeten mir ein paar Stunden Unterricht im Schreiben zu geben und er hat mich angesehen, als sei er in was reingetreten. Du hast gehört, wie er sich im Luftschiff über mich lustig gemacht hat.« Discos Hand schwebte über einer anderen Fliege. »Seiner Ansicht nach bin ich ein *Nichts*!«

Candy zuckte zusammen. »Vergiss nicht, was Leo gesagt hat. Dass wir einander respektieren müssen. Wenn du so weitermachst, muss ich mit ihm reden.«

Es klang furchtbar albern, aber Disco machte keine höhnische Bemerkung. Vielmehr drehte er sich um und starrte wie in Trance in den Wald. »So muss es in den Zeiten vor Verfassungen und Menschenrechten und dem ganzen Scheiß gewesen sein. Wir sind ein Stamm und Leo ist unser Häuptling und ich bin so was wie sein Krieger. Ich beschütze ihn und zum Dank dafür gewährt er mir alles, worum ich ihn bitte. Nimm an, ich will dich. Wenn er ja sagt, musst du dich fügen, weil auch du Teil des Stammes bist. Und das, was der Häuptling sagt, ist Gesetz.«

»Disco, ich weiß zwar nicht, welche Comics du liest, aber wir leben im zwanzigsten Jahrhundert. Ich bin niemandes Eigentum, über das nach Belieben verfügt werden kann.«

»Ich werde dich gut behandeln, Candy. Ich passe auf alles, was mir gehört, gut auf.«

Candy verlor die Geduld – und ließ damit auch die Vorsicht außer Acht. »Ich gehöre dir nicht. Ich bin mit Jay zusammen. Also – jetzt zufrieden?«

Discos Mund verzerrte sich. »Sieht so aus, als kriegt dieser Mann alles, was er will.«

»Wirst du mich *jetzt* in Ruhe lassen?«

Traurig schüttelte Disco den Kopf. »Um manche Dinge, die ein Mann will, muss er kämpfen.«

Candy richtete sich zu voller Größe auf. »Dann musst du auch gegen mich kämpfen.«

Sein Gesicht entspannte sich zu einem Lächeln. »Du hast einen starken Willen und einen hübschen Arsch. Das gefällt mir.«

Ein pelziges Gefühl machte Candys Kehle eng. »Und wenn du der letzte lebende Mensch auf dieser Insel wärst, Disco, lieber würde ich mich den Krokodilen zum Fraß vorwerfen.«

Mit so viel Fassung, wie sie aufzubringen vermochte, wandte sie sich zum Gehen.

Discos Stimme verfolgte sie. »Vertrau mir, Candy. Wenn die Kacke am Dampfen ist und du jemanden brauchst, der zu dir hält, dann ist das ganz sicher nicht dieser Schreiberling.«

Candy bebte innerlich, als Boucher mit seinem Fang anlegte. Jay, spielte sie in Gedanken das ihr bevorstehende Gespräch durch, ich hoffe, es macht dir nichts aus, aber Disco hat mich belästigt und um ihn loszuwerden, sagte ich ihm, wir seien ein Liebespaar. Seltsamerweise war sie wirklich zornig, dass er nicht da gewesen war um sie zu beschützen. Auch wenn sie seine Körpersprache missverstanden haben sollte, er war schließlich ihr bester Freund auf der Insel – und ein Freund hatte da zu sein, wenn man ihn brauchte. Und sie brauchte jemanden, das wusste sie, wenn sie an Discos Warnung über ein mögliches Auseinanderfallen der Gruppe dachte. Sie war keine Ich-komme-gut-allein-zurecht Feministin; ein Teil ihrer Stärke beruhte darauf, dass sie sich ihr Leben lang auf einen starken, ritterlichen Mann hatte verlassen können.

Boucher war völlig von seiner Begegnung mit einem Hai in Anspruch genommen, sodass er nicht merkte, in welchem Zustand sie sich befand. »Er kam direkt ans Boot ran«, erzählte er ihr aufgeregt. »Kein großes Exemplar, aber ein Hai ist schließlich ein Hai. Ich glaube, morgen halte ich mich lieber fern vom tiefen Wasser.«

»Sehr klug.« Candy hielt den Kopf gesenkt.

Boucher blickte sich um. »Wo ist der Rest des Haufens?«

»Auf der Suche nach Essbarem. Irgendwelches Viehzeug hat sich über den Reis hergemacht. Unsere Ration reicht nur noch für ein paar Tage.«

Tief aufseufzend ließ sich Boucher neben sie fallen. »Sieht so aus, als sei der Spaß vorbei.«

»Es war nie ein Spaß, Jay.«

Boucher bemerkte die Schärfe in ihrer Stimme. »Was genau ist passiert?«

»Marriot gab Aquila die Schuld. Er sagte etwas Provozierendes und er und Jaeger haben sich fast geprügelt.«

»Verdammt, da wäre ich gerne dabei gewesen.«

Candy schielte ihn von der Seite an. »Disco hat Recht. Dich interesssiert nur deine Story.«

Boucher zog einen Mundwinkel hoch. »Er hat sich an dich rangemacht, was? Dir eingeredet, ich sei der Einzige, der hinterher besser dasteht als vorher.«

»Stimmt doch.«

»Und er lässt keine Gelegenheit aus alle daran zu erinnern.«

»Verabscheust du ihn deshalb so sehr?«

Boucher zuckte die Achseln. »Ein Hund begegnet einem anderen Hund und beide wedeln mit dem Schwanz. Sie kommen prima miteinander aus. Der gleiche Hund begegnet einem anderen Hund, und die Nackenhaare sträuben sich und Zähne werden gefletscht. Sie wissen gar nichts voneinander. Sie haben nicht über Unterschiede philosophiert. Es ist einfach Instinkt.«

Candy malte ein Dreieck in den Sand. »Ich war mit ihm im Wald.«

Boucher sah sie scharf an. »Hat er was von sich erzählt?«

»Nicht direkt. Er hat behauptet, er sei Stuntman gewesen.«

Boucher lachte.

»Er glaubt, du verachtest ihn.«

»Ich glaube, er hat Dreck am Stecken. Warum sonst sollte er aus seiner Vergangenheit ein Geheimnis machen?«

»Weil er sich damit interessanter macht, als er ist.«

Boucher stand auf um Wasser zu holen und Candy ertappte sich dabei, dass sie ihn mit Disco verglich. Körperlich waren sie sich ebenbürtig, und sie hatte den Verdacht, dass Boucher innerlich härter war, als sich aus seinem reservierten Verhalten schließen ließ. »Hast du Angst vor ihm?«

Boucher trank. »Wir haben keinen Grund aufeinander loszugehen.«

Candy suchte nach einem Anfang. »Und wenn es zur Konkurrenz um lebenswichtige Dinge käme?«

»Wenn es hieße, jeder gegen jeden, würde ich Disco ernst nehmen. Aber das wird nicht passieren. Wir haben zu essen, eine Unterkunft und ...«

»Das ist nicht das Einzige, was knapp ist.«

Bouchers Augen wurden schmal.

»An dem Tag, als wir die Insel erkundeten«, fuhr Candy fort, »hast du zu mir gesagt, ich solle auf mich aufpassen. Du meintest, ich solle mich vor Disco in Acht nehmen, stimmt's? Er muss etwas über mich gesagt haben.«

Boucher warf ihr einen blitzschnellen Blick von der Seite zu, wandte aber sofort wieder die Augen ab. »Wollte er mit dir schlafen?«

»Ärgert dich das?«

Boucher presste die Kiefer aufeinander.

»Siehst du.« Candy sprach mit ruhiger Stimme weiter. »Die Sache zwischen dir und Disco geht tiefer.« Sie zögerte, dann ergriff sie Bouchers Hand. »Die zwischen uns auch.«

Boucher kratzte sich am Kopf. »Candy, du arbeitest so schwer, dass ich glaube, das Letzte, was du im Kopf hast, ist ... naja, ich sagte mir, die Umstände sprechen dagegen.«

»Und wenn das nicht der Fall wäre?«

Er wirkte in die Enge getrieben. »Candy ...«

»Disco hat mich gefragt, ob ich mich von dir bumsen lasse.«

Boucher blinzelte erst, dann lachte er auf. »Tja, ich vermute, den Zahn hast du ihm gezogen.«

Candy gab keine Antwort.

Verwirrt beugte sich Boucher näher zu ihr.

Candy wandte die Augen ab. »Disco hat mir ein Angebot gemacht. Er versprach für meinen Schutz zu sorgen, vorausgesetzt ich lasse ihn ... lasse ihn ... vorausgesetzt ich werde seine Frau.« Candy schluckte. »Ich sagte ihm, ich hätte bereits ein solches Arrangement.«

Boucher musste das erst verarbeiten. »Du hast ihm gesagt, dass ich mit dir schlafe?«

»Das willst du doch, oder?«

»Was hat Disco gesagt?«

»Als ich ihn abgewiesen habe?«

»Als du ihm das von mir gesagt hast.«

Candy schwirrte der Kopf, als sie merkte, dass es anders lief, als sie es sich vorgestellt hatte. Sie blickte hinter Boucher – durch ihn hindurch. »Es spielt keine Rolle.«

Boucher nahm mit festem Griff ihre Hand. »Was hat er gesagt?«

Candy versuchte erfolglos ihm ihre Hand zu entziehen, dann ließ sie sie erschlaffen. »Er sagte, ein Mann muss um manche Dinge, die er haben will, kämpfen.«

Boucher ließ ihre Hand los und lächelte sparsam. »Falken und Tauben, was? Kein Lohn ohne Risiko.«

Candys Gesicht brannte, sie starrte aufs Meer hinaus. Sie wusste, die Demütigung, die sie jetzt erlitt, war nichts im Vergleich zu dem, was später noch kommen würde. Heftig atmete sie aus. »Scheint als hätte ich einen furchtbaren Fehler gemacht.«

Boucher sah sie gequält an. »Candy, was immer ich für dich empfinde, ich werde unter solchen Voraussetzungen keine Beziehung anfangen.«

Candy lächelte strahlend. »Verstehe.«

»Nein, tust du nicht. Disco versucht über dich an mich ranzukommen. Für ihn ist das alles nur ein Spiel und er hat dich so weit gebracht, dass du nach seinen Regeln spielst.«

Unvermittelt stand sie auf. »An *dich* ranzukommen?«, schrie sie. »Hinter *mir* ist er her.«

»Sag es Leo«, meinte Boucher und erhob sich ebenfalls. »Oder noch besser, sag es Aquila. Sie werden dem ein Ende machen.«

Candys Erniedrigung machte sich in rasender Wut Luft. »Disco hat Recht. Du hast kein Rückgrat und denkst nur an dich. Du bist der erbärmlichste Typ, der mir je untergekommen ist.«

Wortlos, ohne eine Miene zu verziehen, ging Boucher weg. Aber noch während sie hinter ihm her schimpfte, wusste Candy, dass sich der Großteil ihres Zorns gegen sie selbst richtete. Sie hatte sich wie ein schwaches, dummes Ding aufgeführt, war voller Angst und Schrecken den Weg des geringsten Widerstands gegangen. Schwer atmend blickte sie den Strand entlang. Boucher war verschwunden, sie war allein. Gut so und so bleibt es auch, schwor sie sich. Von jetzt an würde sie ihre Kämpfe selbst ausfechten.

# 13

*5. Tag*

Am nächsten Morgen bezog sich der Himmel und ein scharfer Wind blies seewärts. Er sprühte schäumende Gischt gegen das Riff, an Fischen war nicht zu denken.

Unter dem Vorwand Feuerholz zu sammeln ging Boucher in den Wald. Er wollte allein sein; er brauchte Abstand um nachzudenken. Das Angebot war simpel. Candy wollte seinen Schutz. Als Gegenleistung hatte sie sich ihm angeboten. Und er hatte sie zurückgewiesen – ein nicht nur höchst ungalantes Verhalten, sondern auch eine Verleugnung seiner Gefühle.

Er wollte sie. Er wusste nicht, wann er Feuer gefangen hatte, aber Feuer gefangen hatte er. Er dachte an den Abend in Jakarta, an dem sie in sein Zimmer gekommen war. Er hatte an jenem Abend über sie geschrieben – irgendeinen Mist über dornige englische Rosen. Er erinnerte sich, wie sie ihm am nächsten Morgen in die Arme gelaufen war, wie sie nach dem Sturm an seiner Schulter geschlafen hatte und an den Moment in der Lagune, in dem sich ihre Blicke getroffen hatten.

Ein halbes Dutzend Mal seit dem Absturz hatte er sich darauf vorbereitet, ihr eine Liebeserklärung zu machen, der Mund war ihm dabei trocken geworden, aber jedes Mal hatte er sich in Erinnerung gerufen, warum er hier war, und daraufhin dicht gemacht.

Außerdem hatte er, wenn er ehrlich war, eine Abfuhr befürchtet. Die Kränkung durch ihre ätzenden, herabsetzenden Bemerkungen nagte immer noch an ihm. Sie war Engländerin und sie passte nicht genau in irgendeine ihm geläufige kulturelle Schablone. Er wusste nie genau, wo er bei ihr dran war.

Und jetzt war über diese kultivierten Lippen, aus diesem

Klasse-Mund, der eindeutigste Antrag gekommen, den man ihm höchstwahrscheinlich in seinem ganzen Leben machen würde.

Womit er wieder am Ausgangspunkt seiner Überlegungen angelangt war. Sie hatte sich ihm angeboten und er hatte feige gepasst. Er hatte noch nicht einmal einen guten Grund dafür angegeben. Er hätte sie zum Beispiel daran erinnern können, dass zu Hause eine Frau auf ihn wartete. Aber in seinem Herzen wusste er, dass Lydia nicht das richtige Gegenmittel war. Hier und jetzt schien Lydia ein Wesen auf einem anderen Planeten zu sein.

Es hätte nicht einmal Sex sein müssen. Candy brauchte einen Verbündeten. Das war alles.

»Arghhh«, brüllte er. Er schämte sich. Er wurde von Scham aufgefressen.

Außerdem hatte er sich verirrt. Er war einfach drauflosgelaufen und hatte keine Ahnung, wo er sich befand. Durch die Baumwipfel fuhr der Wind, das von hoch oben kommende Brausen klang gedämpft und auf dem Waldboden rührte sich kein Blättchen. Er glaubte eine menschliche Stimme zu hören, aber viele Bewohner des Dschungels fabrizierten täuschend ähnliche Laute. Es hörte sich an wie eine Beschwörung. Er fühlte sich davon angezogen.

Der Singsang hörte auf. Er schob eine Lianenflechte zur Seite und sah Aquila, die auf einer Lichtung stand, die Arme erhoben und das Gesicht mit der entrückten Versunkenheit eines Menschen, der sich einer Vision hingibt, nach oben gerichtet. Sie hatte Verbindung mit ihrem Geist des Waldes aufgenommen. Boucher blickte hinauf und versuchte sich vorzustellen, was sie sah oder hörte. Für ihn war der Urwald ein Geheimnis, das er nicht zu ergründen wünschte – ein Ort der Fäulnis, des ständigen Spektakels und ziellosen Gewimmels. Die fahlen, hoch über seinem Kopf aufragenden Baumstämme erdrückten ihn, machten ihn klein. Jedes Mal, wenn er den Dschungel verließ, war ihm, als könne er endlich wieder frei atmen.

Da oben war nichts. Nur der Wind in den Wipfeln. Er überließ den Wind und Aquila sich selbst.

Auf dem Rückweg stolperte er über eine Wurzel und verlor einen Schuh. Taumelnd versuchte er sich abzufangen und trat auf etwas. Es stach. Ein unerträglicher Schmerz drang in seinen Fuß. Er sank zu Boden und umklammerte seinen Knöchel, Bilder von Grubenottern und großen Hundertfüßern schossen ihm durch den Kopf.

Ein Ding, das Ähnlichkeit mit einem großen, glänzenden Käfer hatte, hatte einen an einen Marlpfriem erinnernden Dorn in die empfindliche Fußsohle gebohrt. Er zog ihn heraus und zuckte vor Schmerz zusammen. Ein einzelner Blutstropfen quoll aus der Wunde. Er untersuchte das undefinierbare Ding. Eine Samenkapsel, vermutete er, denn er wusste lediglich, dass es sich um irgendeine fremdartige Form von Leben handelte. Die Wunde sah harmlos aus, schmerzte aber entsetzlich. Sein Verstand spulte die Bilder rückwärts bis zu Marriots Warnung vor winzigen Schrammen, die mit Amputationen endeten.

Seinen verletzten Fuß schonend humpelte er zurück ins Lager. Candy saß über ein Stück Stoff gebeugt und nähte. Sie sah müde und abgespannt aus und schien nicht in der Stimmung bedürftige Seelen zu trösten. Er riss sich zusammen. Seine Kehle war wie zugeschnürt.

»Ich bin auf das hier getreten«, sagte er heiser.

Wortlos nahm Candy die Samenkapsel, betrachtete sie kurz und warf sie weg. »Setz dich«, befahl sie. Ohne eine Miene zu verziehen kniete sie nieder und griff nach seinem Fuß.

Als er ihren Griff fühlte und ihren gleichgültig gesenkten Nacken betrachtete, erwachten in Boucher erotische Regungen. Wider alle Vernunft.

»Wo genau?«, fragte sie.

Er deutete auf den Einstich. »Sieht nicht nach viel aus, aber das Ding drang tief ein und mein Fuß pocht wie verrückt.«

»Ich geb dir ein Antiseptikum.«

Während sie nach dem Medikament suchte, unternahm er einen Versuch zur Entspannung der Atmosphäre. »Ich habe Aquila gesehen. Sie hat zu den Bäumen gesprochen.«

Candy nahm das kommentarlos hin.

Das war nicht gut. Er durfte es nicht so schwären lassen. »Hör mal, wegen gestern.«

»Ich schulde dir eine Entschuldigung«, kam prompt ihre Antwort. »Ich habe dich in eine unmögliche Lage gebracht.«

»Nein, nein«, protestierte er, obwohl »unmöglich« genau das richtige Wort war. »In jeder anderen ... Sieh mal, es ist nur nicht ganz so einfach.«

Ihre Stimme war tonlos. »Es ist ganz einfach. Du bist Journalist und du musst um jeden Preis Distanz wahren.«

Das war das Argument, mit dem er sich vor sich selbst gerechtfertigt hatte, aber obgleich Candy es ohne spöttischen Unterton gesagt hatte, klang es irgendwie verkehrt.

»Sieh mal, Disco wird nichts probieren.«

»Warum hast du mich dann vor dieser Möglichkeit gewarnt?«

Krampfhaft suchte Boucher nach einer Antwort.

»Angenommen, er vergewaltigt mich.« Candys Worte trafen ihn wie ein Messerstich. »Schildert du das dann objektiv?« Sie drehte die Messerklinge. »Gehe ich recht in der Annahme, dass du mich anschließend interviewen möchtest? Ich nehme doch an, dass du beide Seiten interviewen wirst.«

Boucher entzog ihr seinen Fuß. »Gut, ich fechte es mit ihm aus.«

»Nein, das wirst du nicht«, schrie Candy so laut, dass Marriot hochschreckte. »Ich habe gestern genug Demütigungen eingesteckt, mehr kann ich nicht ertragen. Ich komme mit Disco auf meine Weise klar.« Sie stand auf und gab ihm zu verstehen, dass sie die Unterhaltung als beendet betrachtete. »Halt den Fuß sauber.«

Boucher wusste nicht, was er sagen oder denken sollte. »Bekomme ich kein Antibiotikum?«

»Wegen dem winzig kleinen Stich?«

Boucher wurde rot. »Robert sagt, man kann nicht vorsichtig genug sein.«

Candys Lächeln triefte vor Verachtung. »Dann kann dir ja gar nichts passieren, oder?«

Trotz Marriots Warnung ging Boucher fischen. Therapie durch

Strafe war angesagt, eine mit hohem Risiko behaftete Ersatzhandlung.

Die See hatte sich beruhigt, aber die Wellen gingen immer noch gefährlich hoch. Das Schlauchboot war bestenfalls schwerfällig zu handhaben und etliche Male hatte die ablandige Strömung gedroht es gegen das Riff zu schleudern, ehe Boucher es endlich geschafft hatte, den Anker zu setzen. Wellen donnerten gegen den Rumpf und die sonst so klare Lagune war trübe. Die Stimmung der See entsprach der seinen.

Fische in endloser silberner Prozession schwärmten unter ihm im Wasser. Plötzlich, in einem perfekt abgestimmten reflexhaften Verhalten schoss der Schwarm blitzschnell zur Wasseroberfläche und mit wild zappelnden Bewegungen wieder hinunter. So viel wusste Boucher, dass nur ein Räuber eine solche Panik ausgelöst haben konnte. Angestrengt spähte er in die Tiefe. Er sah nichts, aber eben das war Furcht erregend. Weit und breit kein Lebewesen, alle waren verschwunden. Er ließ sich Zeit, bis er den Köder ins Wasser warf.

Bei dem Gedanken an Disco drehte sich ihm vor Wut fast der Magen um, aber er wusste, auch Angst war mit im Spiel. Dieses Gefühl begleitete ihn, seit er Discos Augen gesehen hatte, als er ihn beim Rettungsbootspiel beleidigt hatte. Nachdem die Schranken der Zivilisation verschwunden waren und Candy zwischen ihnen stand, war ihm klar, dass es nur noch eine Frage der Zeit war, bis Disco die entscheidende Kraftprobe herbeiführen würde.

Boucher wog seine Chancen ab. Kraft und Fitness waren nicht entscheidend; der Wille und die Bereitschaft körperliche Verletzungen zuzufügen waren ausschlaggebend. Er war mit Jungen wie Disco aufgewachsen und hatte sie darum beneidet, dass sie das Denken nicht vor das Handeln gestellt hatten – umgehende Befriedigung. Für Disco war Gewalt an sich eine lohnende Sache und bedeutete kaum ein Risiko, während die Gleichung auf ihn bezogen genau umgekehrt lautete. Disco war ein Falke, er war eine Taube. Das war die Wahrheit.

Boucher ertappte sich bei Überlegungen, wie er Disco besänftigen könnte.

Vergiss es, entschied er. Wenn du dich selbst als Opfer betrachtest, wirst du zum Opfer – dein eigenes Opfer. Er musste den Wilden in sich zum Vorschein bringen.

Er straffte sich, als sich die Leine bewegte, und entspannte sich, als sie erschlaffte, gleich darauf fuhr er hoch, denn sie straffte sich erneut. Er befolgte Marriots Rat und zählte bis drei, bevor er anzog. Er stieß auf solch energischen Widerstand, dass er zuerst dachte, der Haken habe sich in einem Fels verfangen.

Plötzlich wurde ihm fast die Rute aus den Händen gerissen. »Brr!« Was immer da am anderen Ende hing, war groß, sehr viel größer als die Korallenforelle. Gewaltig. Er konnte es nicht ruhig halten. Er konnte den Widerstand nicht brechen. Er lehnte sich zurück und stützte sich kräftig mit den Füßen ab. Es war ein Gefühl, als säße er auf einem motorisierten Bierfass und versuchte auf die Bremse zu treten.

Sein Angelgerät war primitiv – nur eine Rute mit einer am Ende angeknüpften neun Meter langen Leine. Marriot hatte garantiert, die Leine sei stark genug um mit nahezu jedem Fisch fertig zu werden, auf den er treffen könnte. Boucher stemmte sich mit seinem vollen Gewicht dagegen. Die andere Seite gab ein wenig nach und er hoffte inständig keine Muräne an der Angel zu haben. Marriot hatte ihn eindringlich vor den grässlichen Verletzungen gewarnt, die sie mit ihren Zähne zufügen konnte.

Erneut zog er die Angel an und sah ein bronzefarbenes Glitzern, einen kräftigen Körper, einen breiten Schwanz. Ein Barsch, das verhieß ein ausgezeichnetes Mahl, aber Gott allein wusste, wie er ihn ohne ein Hilfsmittel zum Aufwinden der Angelschnur einholen sollte.

Wasser spritzte über ihn hinweg. Alarmiert bemerkte er, dass der Anker trieb und er sich bereits gefährlich dicht am Riff befand. Sein rechter Arm schmerzte und seine linke Hand, mit der er das Ende der Rute umklammerte, war vollkommen gefühllos. Gib auf, sagte er sich. Höchstens noch eine Minute und er liefe auf, das Boot wäre hin und er gleich mit. Ihm blieb nur eine einzige Chance, nämlich die Leine ans Schlauchboot zu binden und zu versuchen den Fisch ins offene Wasser zu schleppen.

Zuerst musste allerdings die Leine ein bisschen Spiel bekommen. Ächzend zog er sie hoch, einmal, zweimal – noch einmal. Einen Moment lang konnte er den Fisch deutlich erkennen, glotzäugig, die Unterlippe vorgeschoben, als schmolle er oder sei niedergeschlagen.

Patt. Nichts ging mehr. Der Barsch musste sich in einer Höhle verkeilt haben. Boucher senkte die Rute, ließ mit der rechten Hand los, formte aus der überschüssigen Leine eine Schlinge und wickelte sie einmal um eine Ruderdolle. Einen Moment später unternahm der Fisch einen erneuten Ausfallversuch und die Leine rutschte sengend heiß über Bouchers Handfläche. Eine Sekunde früher und es hätte ihm die Hand abgeschnürt.

Alle Vorsicht beiseite werfend senkte er die Rute und machte schnell noch ein paar Buchten in die Leine, die er wieder fixierte. Dann griff er nach den Riemen und ruderte, so kräftig er konnte. Die Leine schrappte. Er brachte etwa fünfzehn Meter zwischen sich und das Korallenriff. Knieend klammerte er sich mit den Händen an den Rumpf und starrte in das Wasser. Da war er, mit jedem Wellenschlag des Meeres wechselte er die Farbe. Er musste die Leine mit der Hand einholen.

Seine Hand blutete an dem Schnitt, den die Leine gerissen hatte. Er nahm die Krawatte ab und wickelte sie um die Hand. Mit der bandagierten Hand konnte er die Leine festhalten. Sie war so straff wie Draht.

Was nun?

Ein grauer Torpedo, im Herumschießen weiß werdend, krachte in den Barsch. Boucher schrak vor Zahnreihen und vor Augen wie Grafitscheiben zurück. Heftig mit dem Kopf schüttelnd riss der Hai am Fleisch. Gewebeteile trübten das Wasser. Das Schlauchboot neigte sich heftig und Boucher kippte halb über Bord. Schwach hörte er ein durchdringendes *Peng*. Das Schlauchboot richtete sich wieder auf und er fiel auf den Rücken.

Eine Ewigkeit blieb er ausgestreckt auf dem Boden des Bootes liegen ohne einen Muskel zu rühren. Er tastete nach der Leine. Sie war schlaff. So macht man das, stellte er fest, und dachte an Disco.

Am Strand erwartete ihn ein besorgter Marriot. »Ich dachte, du bist erledigt. Womit hast du dich denn da draußen herumgeschlagen?«

Boucher entschied sich für Lässigkeit. »Ich hatte einen Riesenbarsch am Haken. Ein Hai hat ihn mir weggeschnappt. Ich schätze derselbe, dem ich gestern begegnet bin. So langsam scheint er mit meinem Terminplan vertraut zu sein.«

»Konntest du ihn deutlich sehen?«

»Kiefer wie Schaufeln. Die Augen wurden weiß, als er den Fisch schnappte.«

»Ein Tigerhai.« Marriot schüttelte bedenklich den Kopf. »Versuch das nicht noch mal.« Er ergriff Boucher am Arm. »Du siehst aus, als könntest du einen Schluck vertragen.«

Boucher bemerkte ein rautenförmig zugeschnittenes Stück Luftschiffstoff und ein paar biegsame Zweige in Marriots Hand.

»Was hast du damit vor?«

»Einen Drachen bauen.«

»Einen Signaldrachen?«

»Ich zeig's dir heute Abend. Was ist mit deinem Fuß passiert?«

»Bin auf eine Samenkapsel getreten.«

»Hat Candy dir ein Antibiotikum gegeben?«

»Sie hat gesagt, es sei nicht notwendig.«

»Sag ihr, ich halte es sehr wohl für notwendig.«

»Um ehrlich zu sein, Robert, dazu hab ich nicht den Nerv.«

»Ich habe mitgekriegt, dass ihr beide eine offene Aussprache hattet. Sie bestraft dich.«

»Candy ist nicht so kleinlich.«

»Für Frauen ist nichts zu geringfügig, sie lassen nichts durchgehen – jedenfalls nicht, wenn das Herz dabei ist.«

»Wir haben keine Beziehung. Das ist das Problem.« Boucher war äußerst elend zumute. »Sie hat sich mir regelrecht angeboten, Robert, aber ich kann das nicht.«

»Was hält dich ab?«

»Ich kann mir emotionale Verstrickungen nicht leisten.«

Marriot schüttelte angewidert den Kopf.

# 14

*5. Tag*

»Bereit zum Testflug?«, fragte Marriot.

Benommen vom Nachmittagsschlaf und erschöpft vom Kampf mit dem Fisch befand sich Boucher nicht in Stimmung für weitere Unternehmungen. Sein Fuß schmerzte stärker denn je und die Einstichstelle fühlte sich geschwollen an. Seine rechte Hand, die von der Angelleine versengt worden war, war ein weiterer Grund zur Sorge. »Ich glaube, ich verzichte.«

»Jay, du findest es bestimmt interessant. Wenn du natürlich lieber mit Candy ein bisschen allein sein willst, verschwinde ich und lass dich in Ruhe.«

Alle anderen waren zu einer weiteren Suche nach Früchten verschwunden. Als er sich die frostige Atmosphäre vorstellte, die zwischen ihm und Candy herrschte, wenn sie alleine waren, beschloss Boucher sich lieber Marriot anzuschließen. Sie wanderten den Strand entlang. Der Himmel hatte sich aufgehellt und nur noch eine sanfte Brise wehte. Das war die schönste Zeit des Tages, die einzige, in der sich Bouchers Körper mit dem Klima in Einklang befand.

»Sag mir, was du vorhast.«

»Fischen.«

Boucher blieb wie angewurzelt stehen und verschränkte die Arme vor der Brust. »Ich denke nicht daran, mich heute noch einmal mit der Lagune anzulegen.«

»Keine Sorge, Jay. Es geht um Trockenfischen nach Sulawesi-Art. Ich verspreche dir, du bekommst nicht einmal nasse Füße.«

Sie schritten die Insel der Länge nach ab. Hinter der Nordspitze blieb Marriot stehen, legte den Drachen hin und rollte die Angelleine aus.

»Ich kapiere«, sagte Boucher. »Du lässt den Drachen über der Lagune fliegen. Hübsche Idee, aber ob es funktioniert?«

»Keine Ahnung«, erwiderte Marriot. »Das ist ein Prototyp.« Im oberen Drittel der Leine band er an einem halben Dutzend Stellen kurze Leitschnüre fest.

Diese Anordnung erstaunte Boucher. »Hinter was für Fischen sind wir denn her?«

»Fledermausfische«, antwortete Marriot und befestigte Köder an den Haken. Als er damit fertig war, ging er rückwärts und spulte die Leine ab. »Halte den Drachen in den Wind.«

Die ersten drei Startversuche schlugen fehl. »Zurück ans Zeichenbrett«, monierte Boucher.

»Es muss funktionieren«, beharrte Marriot. »Als ich in Arnhem-Land im Norden Australiens gearbeitet habe, habe ich diese Methode schon einmal angewendet.«

»Ich dachte, du hast gesagt ... He!«

Der Drachen wiegte sich im Wind und glitt hinauf zum Himmel

»Toll.« Boucher beobachtete das Hüpfen und Springen des Drachens. »Aber sofern du nicht die Absicht hast Fliegende Fische zu fangen besteht da eine grundsätzliche ...« Er brach ab, warf einen Blick nach Norden und Jaeger kam ihm in den Sinn. »Oh nein. Das dann doch nicht. Robert, das ist gar keine gute Idee. Das ist sogar eine sehr schlechte Idee. Hol den Drachen runter.« Er griff nach der Leine.

Marriot wich zur Seite aus. »Die Vorräte sind fast verbraucht.«

»Wir haben uns damit einverstanden erklärt uns an die Regeln zu halten.«

»Die Regeln lassen sich nicht mit der Realität vereinbaren. Du hättest dich heute am Riff fast umgebracht. Was ist, wenn es morgen immer noch stürmt?«

»Robert, wenn Jaeger dahinterkommt, macht er Mus aus dir.«

»Rettet die wild lebenden Tiere, bringt einen Biologen um.«

»Ich weiß, es ist verrückt, aber pass dich an. Es ist ihre Expedition.«

»Die Expedition war im Moment des Absturzes zu Ende. Jetzt geht es ums Überleben, schlicht und ergreifend.«

»Teilweise hängt das Überleben davon ab, dass wir miteinander auskommen.«

»Es ist nicht durchgedrungen, was? Wir haben in fünf Tagen kein einziges Schiff oder Flugzeug gesehen.«

»Es ist nur eine Frage der Zeit.«

»Du selbst hast es gesagt. Sie haben uns schon am ersten Tag als tot abgeschrieben.«

Marriots sachliche Analyse traf Boucher wie eine eiskalte Dusche. Er schlenderte zu einem Baum, lehnte sich gegen den Stamm und ließ sich daran zu Boden gleiten. Verdrossen und ohne besonderes Interesse schaute er zum rosafarbenen Himmel hinauf.

Wie auf Kommando verdunkelte sich der Himmel und die dunkle Wolke bewegte sich schlängelnd auf dem gleichen Weg wie an den Abenden zuvor auf sie zu. Boucher hörte die Hochfrequenzschreie und das Rauschen der Flügel, und schon waren die Flughunde über ihm, ein wirbelnder schwarzer Blizzard, so dicht, dass er einzelne Tiere nicht unterscheiden konnte.

Plötzlich holperte der Drachen. Ein Flughund stand in der Luft. Der Drachen mit seiner flatternden Last bewegte sich im Zickzackkurs Richtung Erde. Ein zweiter Flughund spießte sich auf und der Drachen beschleunigte sein Abwärtstempo. Marriot rannte zu seiner Beute. Als Boucher bei ihm anlangte, hatte er den Tieren bereits das Genick gebrochen. Mit ihren pelzigen Gesichtern und den großen Ohren sahen sie wie diabolische Plüschtiere aus.

»Vielleicht haben sie Tollwut.«

»Sie schmecken besser, als sie aussehen.«

Marriot öffnete ihre Bäuche und nahm die Eingeweide heraus. Geschickt häutete Marriot die Flughunde. Nackt sahen sie aus wie Babys.

»Das ist wirklich sehr widerlich. Aquila hat Recht. Wenn die Leute sehen würden, was alles passiert, bis sie ihr Fleisch auf dem Teller haben, würden die meisten nie wieder einen Hamburger auch nur ansehen.«

»Gib ihr noch eine Woche und ich garantiere dir, sie steht Schlange für einen Nachschlag.«

»Willst du wetten?«

Im Schutz der Dunkelheit kehrten sie ins Lager zurück. Boucher registrierte erleichtert, dass die Wildguard-Leitung in guter Stimmung war.

»Wir haben einen Baum voller Feigen entdeckt«, erklärte Aquila stolz.

»Fantastisch.« Boucher versteckte seine Nervosität hinter einer Maske der *Bonhomie*.

»Iss nicht zu viel davon«, warnte Marriot. »Wenn Feigen mit im Spiel sind, ist der Mensch nichts weiter als zeitweiliger Handlungsreisender in Sachen Samenverbreitung.«

Trigg hatte das Feuer für die Fleischesser angezündet. Marriot machte Anstalten die Flughunde am Stück aufzuspießen.

Boucher warf einen verstohlenen Blick über die Schulter. »Um Petri willen, Robert, zerschneid sie, damit sie nicht so verdammt nach Säugetier aussehen.«

Er atmete erst freier, als sie in Einzelstücke zerlegt waren und das Fleisch zu grillen begann. Der Gedanke an Embryos verflüchtigte sich in würzigen Rauchschwaden. Er war sehr hungrig; er war so hungrig wie ein Jäger.

Candy gesellte sich zu ihnen. »Riecht wunderbar.« Sie beugte sich vor um das Aroma besser aufnehmen zu können. Ihr Körper wurde starr, langsam richtete sie sich auf.

»Ihr Idioten«, stieß sie hervor. »Ihr seid doch komplette Idioten.«

»Sprich leiser«, nuschelte Boucher.

Zu spät. Jemand bewegte sich hinter ihm. Er krümmte den Rücken. Er bereitete sich auf das Schlimmste vor.

»Was zum Teufel ist das?«, fragte Disco schnüffelnd. »He Leo, nimm mal eine Nase voll.«

Schemenhaft tauchte Jaeger aus der Dunkelheit auf. Ohne seine Brille konnte er kaum etwas unterscheiden. Angestrengt wie ein kurzsichtiger Steinzeitprofessor stierte er auf das Fleisch.

»Das sind Flughunde«, erklärte Marriot ihm. »Genauer gesagt Flugfüchse.«

Boucher presste die Hände gegen die Schläfen, als litte er plötzlich unter stechenden Kopfschmerzen. Disco grinste. Jaeger blinzelte sehr langsam.

»Wie hast du sie gefangen?«

Marriot brachte seinen Drachen zum Vorschein. »Mit einer Luftangel. Genial, was.«

»Ja«, sagte Jaeger. Er trat die Flughunde in den Sand. Er trat noch einmal zu und Holzkohlen spritzten in alle Richtungen.

»He.« Rasch fegte Marriot Funken von seinen Kleidern.

Jaeger entfernte sich, blieb aber am Rand des Feuerscheins stehen. »Komm her, Marriot. Du auch, Jay.«

Bouchers Herz hämmerte gegen die Rippen. Er verspürte den Drang zu gähnen.

»Jay hat nicht das Geringste damit zu tun. Ich habe ihm gesagt, wir würden angeln.«

»Ach, wirklich.« Disco schien richtiggehend glücklich.

»Er wollte sie gerade essen, oder etwa nicht?«, fügte Aquila hinzu. Sie schien Qualen zu leiden. »Diese armen Geschöpfe. Es ist so barbarisch.«

»Ich will mich nicht schlagen«, erklärte Boucher.

»Ich will mich nicht schlagen«, äffte Disco ihn im Falsett nach. Er brachte sein Gesicht dicht vor das von Boucher. »Du Blödmann. Leo hat dir keine Partyeinladung geschickt.«

»Gibt keine andere Möglichkeit, das zu regeln.« Jaegers Stimme klang eindeutig. »Ihr wart einverstanden mit den Regeln. Ich habe euch gebührend gewarnt.«

Marriot warf sein Messer zu Boden und stand mitten in dieser Bewegung auf. Mit langen Schritten ging er auf Jaeger zu. »Hör mal ...«

Jaeger verpasste ihm einen Faustschlag – nicht fest –, nur einen schnellen Hieb vor die Brust, der Marriot rückwärts torkeln ließ. Instinktiv hob dieser die Fäuste und umkreiste Jaeger tänzelnd. »Hör mal, Leo, es kann sein, dass wir nicht gerettet werden, bevor die Vorräte verbraucht sind. Wir müssen auf jede verfügbare Ressource zurückgreifen.«

Jaeger pirschte sich ohne Hast an ihn heran.

Marriot war ein wenig größer als der Wildguard-Führer. Er war jünger, fitter, athletischer und er musste gewusst haben, dass Jaegers Bestrafung nicht in einer leichten Züchtigung bestehen würde. Aber Boucher wusste, Marriot hatte nicht die geringste Chance. Und er wusste ebenso, dass auch er nicht den Hauch einer Chance haben würde, wenn die Reihe an ihn kam.

»Hört auf damit«, flehte Candy. »Sagt ihm, er soll aufhören.«

»Bring ihm bei, was es heißt, Schmerzen zu leiden«, schrie Aquila.

Marriot nahm die Deckung herunter, wich aber nicht zurück. »Leo, von jetzt an müssen wir essen, was immer wir kriegen können.«

Mit verblüffender Schnelligkeit für einen so massigen Mann ging Jaeger los. Marriot steckte einen Schlag ein und kippte vornüber. Jaeger warf sich auf ihn. Er holte mit der Faust aus und trieb sie Marriot mit Macht ins Gesicht.

Candy rannte herbei und packte Jaeger. Jaeger hielt weiter Marriots Kehle umklammert und streckte Candy mit einer Hand zu Boden. Boucher spürte, dass sein Ellenbogen festgehalten wurde. Er drehte sich um und sah Disco ins Gesicht, der ihn mit der Miene eines Schrottplatzhundes angrinste. Schlagartig verwandelte sich Bouchers Angst in Wut. Er holte aus und traf Disco voll aufs Kinn. Mehr überrascht als erschrocken fiel Disco zu Boden. Einen Moment blieb er auf beide Ellenbogen gestützt liegen und schüttelte feixend den Kopf.

»Sieht so aus, als sei ich dir auf den Schwanz getreten.« Ohne Hast rappelte er sich auf und Boucher wusste, dass er bereits verloren hatte. Hätte er seinen eigenen Rat befolgt, wäre er jetzt, solange die Initiative noch bei ihm lag, mit äußerster Gewalt vorgegangen. Aber ihm fehlte der dazu notwendige Killerinstinkt.

»Candy hat den Reis!«, schrie Aquila.

Die Augen unverwandt auf Disco gerichtet hörte Boucher Schritte, die über den Sand liefen, und gleich darauf das Platschen von Wasser.

»Leo, lass ihn los, oder ich werfe den Reis ins Meer.«

»Gib ihn her«, kreischte Aquila.

»Leo, wenn du Robert nicht sofort loslässt, schwöre ich, schütte ich den Reis weg. Dann könnt ihr eure hehren Prinzipien essen.«

»Ich bring dich um«, keifte Aquila.

»Ihr seid Tiere. Der ganze Haufen. Jawohl, das seid ihr – Tiere!«

»Tu, was sie sagt«, schrie Nadine. »Wen interessieren schon ein paar verfluchte Fledermäuse?«

Schlagartig wurde es still. Einen Moment lang schien alles in der Schwebe. Dann sah Boucher aus den Augenwinkeln, wie Jaeger aufstand. Marriot stöhnte. Discos Drohhaltung lockerte sich.

»Ich bin froh, dass du das getan hast«, sagte er zu Boucher.

In Bouchers Blut loderte immer noch Kampfeslust. »Nicht so froh wie ich. Das war für Candy. Fass sie an und ich bringe dich um.«

»Abgemacht.«

Trigg half Marriot ans Feuer zurück. Seine Nase war gebrochen, sein Mund voller Blut, sodass er aussah wie ein schwarzes Loch. Er fiel wie ein Sack zu Boden. Candy begann ihn zu säubern.

Jaeger schlurfte in den Feuerschein, seine Brust hob und senkte sich schwer. Er schien völlig fertig. Er schnappte nach Luft. »Gegen Aquilas Rat habe ich einen Kompromiss geschlossen. Fangt Fische, habe ich gesagt, aber Aquila hatte Recht. Ihr konntet es nicht dabei belassen.« Wieder schnappte er nach Luft und wandte sich an Marriot. »Ich gebe dir eine letzte Chance.«

»Ich bin fertig mit Wildguard«, murmelte Marriot.

Langsam, zögernd, straffte Jaeger den Rücken. »Okay, geh deiner Wege, aber komm mir dabei bloß nicht in die Quere.«

Boucher kam ein Bibelvers, den Bartok gestern Abend vorgelesen hatte, in den Sinn. »Unstet und flüchtig muss ich sein auf Erden. So wird mir's gehen, dass mich totschlage, wer mich findet.«

»Leo«, ließ sich Dexter vernehmen, »das geht zu weit. Du überreagierst, Mann.«

Jaeger beachtete ihn nicht. »Ihr anderen müsst euch entscheiden. Entweder ihr geht mit Marriot oder ihr bleibt bei Wildguard. Dies ist eine Wildguard-Expedition, deshalb behalten wir die Lebensmittel, ebenso alle Medikamente und Werkzeuge.«

»Was wird aus Josef?«, verlangte Candy zu wissen. »Ihr seid ständig damit beschäftigt, Tiere zu retten, aber keiner von euch kümmert sich auch nur einen Deut um Josef.«

»Candy, ich glaube, damit hast du klargestellt, wo du stehst.«

»Und wir anderen?«, schrie Trigg. »Was passiert, wenn wir krank werden?«

»Hört sich so an, als hättest du dein Kreuz ebenfalls hinter Marriots Namen gemacht. Noch jemand?«

»Ich bleibe bei dir«, erklärte Disco.

»Ich auch«, setzte Bartok hinzu.

Ein Haus mit zwei verfeindeten Parteien, dachte Boucher mit einem Prickeln ahnungsvoller Furcht und Erregung. Jetzt sind wir so weit.

»Ich halte das wirklich nicht für eine gute Idee«, sagte Dexter.

»Kein Mensch hat dich nach deiner Meinung gefragt.«

Dexters Augen suchten Nadines Blick, aber Boucher wusste, die Entscheidung war bereits gefallen. Das berühmte Paar war gewohnt seine Angelegenheiten in fremde Hände zu legen und Jaeger hatte demonstriert, wer die Macht hatte.

»Wir bleiben bei dir, Leo, aber es gefällt mir nicht, was hier vorgeht.«

»Damit bleibst du, Jay.«

Boucher hatte sich abgekühlt. »Dexter hat Recht, Leo. Du machst eine ohnehin schon schlimme Situation noch schlimmer.«

»Ja oder nein, Jay. Einen Mittelweg gibt es nicht mehr.«

Boucher fühlte sich wie ein Dissident. Eine innere Stimme sagte ihm, er solle bei den Wildguard-Leuten bleiben, denn sie waren die eigentliche Story. »Ich schließe mich keiner Seite an, der Disco angehört.«

»Das war's also«, sagte Jaeger. »Meine Leute holen ihre Sachen. Wir verlegen die Basis. Wir errichten unser Lager bei der Flagge.«

Seine Gefolgsleute begannen ihre Sachen einzusammeln.
»Was passiert mit dem Boot?«
»Es gehört uns«, erklärte Aquila.
»Das Boot nehmt ihr nicht«, widersprach Marriot.
»Wir holen es morgen«, verkündete Disco.
Marriot kämpfte sich hoch. »Wenn ihr das Boot nehmt, herrscht Krieg. Ohne Lebensmittel oder die Mittel uns welche beschaffen zu können, haben wir nichts mehr zu verlieren. Und wenn es zu echten Kämpfen kommt ...«, er machte eine Handbewegung zum Urwald hinüber, »... dann nicht mit Fäusten am Strand.«
Einen Moment lang dachte Boucher, Marriots Ultimatum würde Jaeger zu neuen Gewalttätigkeiten hinreißen. Sie befanden sich an der Schwelle zu einem neuen Jahrtausend und sie benahmen sich wie bei einer Neuauflage von 20.000 v. Chr.
»Über das Boot entscheide ich später.« Jaeger musterte die Angehörigen seines Stammes. »Alle bereit?« Er hob Marriots Drachen auf und führte den Exodus in die Dunkelheit an. Eine Minute später erschallte seine Stimme. »Marriot, Boucher, Trigg – kommt her.«
»Leck mich«, brummte Trigg.
»Macht schon«, befahl Marriot. Er deutete mit dem Kinn auf Boucher.
Die beiden gingen am Strand entlang und trafen Jaeger und seinen Stamm beim Badebereich der Frauen. Jaeger streckte die Hand aus. »Nadine, gib mir einen Lippenstift.«
Sie reichte ihn ihm und er nahm den Drachen und skizzierte darauf mit groben Strichen einen Tigerkopf. Diesen Fetisch rammte er in den Sand.
»Hier beginnt Wildguard-Territorium. Auf diesem Gebiet jagt ihr nicht. Ihr betretet es nicht ohne meine Erlaubnis. Unbefugte wissen, was sie erwartet.«

»Was ist so verdammt lustig?«, wollte Trigg wissen, als er mit Boucher zurück ins Lager marschierte.
»Die Ironie. Wir haben zwei Stämme: die Ökos und die Jäger. Die Ökos essen Gras und sind kriegerisch; die Jäger essen

Fleisch und sind Pazifisten. Bartok hat uns gestern Abend einen Präzedenzfall aus der Bibel genannt. Es war Kain, der Ackerbauer, der Abel, den Schäfer, umgebracht hat.«

»Also, darüber kann ich nicht lachen. Diese Zurück-zur-Natur-Irren haben den Streit vom Zaun gebrochen und sie haben alle Sachen behalten.«

»Soll bei einer Scheidung vorkommen.«

Aber im Lager verging Boucher das Lachen, als ihm bewusst wurde, was sie eingebüßt hatten. Fast das gesamte Kochgeschirr war fort, der Parang, die Taschenlampe, die Leuchtpistole. Die Jäger waren, was ihre Werkzeugkultur anging, um dreitausend Jahre zurückgeworfen worden.

Candy saß an Fiesers Lager. Marriot, die Nase mit zerrupfter Leinwand umwickelt, saß am Feuer und schnitzte eine Speerspitze. Boucher berichtete ihm von dem Gebietsanspruch der Ökos und beäugte dabei unbehaglich die Waffe.

»Gehen wir morgen auf die Jagd?«

»Sofern wir nicht eine Ladung Manna kriegen.«

»Und was steht auf der Speisekarte?«

»Flughund auf Sand.«

»Ich meinte morgen.«

»Was wir kriegen. Die Schonzeit ist vorbei.«

Boucher setzte sich auf seinen Platz am Feuer. »Unsere Chancen stehen immer noch besser als die der Ökos, oder? Nach der Strategie des Gleichgewichts.« Ganz so ängstlich hatte er sich eigentlich nicht anhören wollen.

»Es sei denn, wir verlieren das Boot.« Marriot schälte einen Holzspan von der Speerspitze. »Und das werde ich nicht zulassen.«

Trigg blickte gen Norden. »Ich frage mich, was sie tun, wenn ihnen der Proviant ausgeht.«

Durch Marriots zerschlagene Nase blubberte ein Lachen. »Dexter, Nadine und Disco werden hier auftauchen, sobald ihnen der Magen knurrt.«

Boucher schüttelte den Kopf. »Aber Leo nicht. Und ganz gewiss nicht Aquila.«

»Glaubst du wirklich, sie hungert sich zu Tode?«

»Für Aquila ist das Essen von Tieren gleichbedeutend mit Kannibalismus.«

»Wir wären nicht die Ersten in unserer Situation, die einander aufessen. Wer weiß, wozu wir fähig sind? Hunger ist der stärkste Gebieter.«

»Ich glaube wirklich, Aquila und Leo halten bis zum Ende durch. Fanatiker haben in einer ausweglosen Situation etwas Selbstzerstörerisches an sich.«

»Solange sie nicht versuchen uns mitzunehmen.« Marriot stieß die Speerspitze in die glühenden Holzkohlen. »Essen ist fertig.«

»Ich hole Candy«, sagte Boucher.

Sie versuchte gerade Fieser ein wenig Wasser einzuflößen. Der Pilot sah aus wie ein Leichnam, seine Augen in dem eingefallenen Gesicht waren nur noch leere Teiche.

»Schlimm?«, fragte Boucher.

»Schlimmer. Die Antibiotika werden mit der Infektion nicht fertig. Sie gerät außer Kontrolle.« Candys Schultern sanken mutlos herab. Obwohl ihre Haare ihr Gesicht verbargen, wusste Boucher, dass sie kurz vor dem Zusammenbruch stand. Er wollte die Last mit ihr teilen. Er wollte sie in die Arme nehmen.

»Josef sagte, im Luftschiff seien noch mehr Medikamente«, seufzte sie. »Im Cockpit.«

»Wir werden tun, was wir können.«

Müde strich sich Candy eine Haarsträhne aus dem Gesicht. »Ja, ich danke dir.«

Diese Geste der Erschöpfung brach Bouchers Rest an emotionalem Widerstand. Mit einem Mal wusste er, was er für sie empfand, war Liebe.

Sie runzelte die Stirn. »Was ist, Jay?«

Er erlangte wieder die Kontrolle über sich und erinnerte sich an den Grund seines Hierseins. »Essen ist fertig.«

»Ich habe keinen Hunger.« Mit einem schwachen Lächeln blickte sie auf seine Krawatte. »Ich dachte, du wärst nicht dafür geschaffen, Partei zu ergreifen.«

»Ich hatte keine Wahl.« Boucher zögerte. »Ich habe Disco niedergeschlagen. Das war das Ende meiner Neutralität.«

»Er hat es wirklich auf dich abgesehen. Du musst vorsichtig sein.«

»Zu spät.«

Sie hob das Gesicht und lächelte leicht. »Wie geht's deinem Fuß?«

Er betrachtete ihn. »Oh, okay. Gut. Falscher Alarm.«

»Gut.«

»Ja.«

Ein qualvolles Schweigen folgte. Candys Gesichtsausdruck verriet deutlich, dass sie erwartete, er würde noch etwas sagen. Als er weiter schwieg, wandte sie den Blick ab. »Also dann, gute Nacht, Jay.«

Boucher kam sich vor wie ein emotionaler Volltrottel – als sei er wieder siebzehn. »Ja, schlaf gut.«

Ein paar Meter weiter blieb er stehen und drehte sich um. Er öffnete den Mund, räusperte sich, dann schüttelte er den Kopf und kehrte ans Feuer zurück.

Sie mampften wie Kobolde, nagten gegrillte Flughunde, spuckten die Knochen aus und bissen knirschend auf Sand.

»Komisch«, meinte Trigg, »mir fehlt Kents Bibellesung richtig.«

Boucher schnippte einen Knochen weg. »Du verpasst nicht allzu viel. Wir kommen zum Stammbaum – zu Adams Nachfolgern. Dieses ganze Zeug von Seth zeugte Noah und der zeugte Ham. Ich sagte zu Kent, die Israeliten stammten von den Sumerern ab. Er antwortete, das sei Blasphemie. Er glaubt, Gott persönlich habe jedes Wort auf Tafeln eingraviert.«

Marriot wischte sich die fettigen Hände ab. »Auch wenn du nicht an Ihn glaubst, solltest du besser anfangen zu beten.«

»Wenn es einen Gott gibt, sitzt er nicht auf diesem Fleckchen Fliegenschiss herum. Er hat sich dahin begeben, wo was los ist.«

Trigg sah auf das Meer hinaus. »Ich kann nicht glauben, dass sie nicht mehr nach uns suchen.«

»Der westliche Wahn. Hunderttausend Chinesen sterben bei einem Erdbeben, und wir zucken nicht mit der Wimper. Aber wenn einer von uns in der Klemme steckt, erwarten wir, dass sich die Welt auf den Kopf stellt um uns zu helfen. Aquila hat Recht: Jedes Individuum bildet sich ein, es sei das Nonplusultra der Evolution, das A und O.«

»Aquila ist da auch keine Ausnahme«, merkte Trigg an.

»Vielleicht nicht.«

Marriot streckte die Arme und gähnte. »Ich bin bettreif.« Er stand auf und verschwand mit Trigg im Gefolge.

Boucher richtete sich für die Nacht ein. Er hörte die murmelnden Stimmen der Gefährten. Nach einer Weile hörte das Gemurmel auf und andere Laute erklangen, durchsetzt von Intervallen hörbar angestrengter Stille. Boucher gelangte zu dem Schluss, dass der Biologe und der Kameramann Sex hatten. Und wenn schon. Sex war so ungefähr alles, was ihnen geblieben war – das und ein hohles Lachen.

# 15

*6. Tag*

Fiesers Zustand verschlechterte sich im Verlauf der Nacht weiter. Sein Blutdruck war sehr niedrig und sein Puls ging schwächer. Er war sich Candys Gegenwart nicht mehr bewusst und die wenigen Worte, die er stammelte, waren auf Deutsch. Besorgnis erregend war, dass er nicht mehr an Schmerzen zu leiden schien. Unten am Strand erteilte Marriot Unterricht im Speerwerfen. Candy registrierte, wie mitgenommen ihre Gefährten aussahen – Marriot, sein Gesicht nur noch zwei dunkle Augen und ein Gazeflicken, Boucher ohne Hemd, aber immer noch mit Krawatte und Sakko mit halb abgerissenem Ärmel, Trigg mit seinem Camcorder herumhopsend.

»Du bist recht gut in Form«, hörte sie Marriot zu Boucher sagen. »Zeig mal, wie weit du den Speer werfen kannst.«

Boucher wog die Waffe in der Hand. Bevor er Anlauf nahm, vergewisserte er sich, dass Candy ihm zusah. Männer sind wirklich bedauernswerte Geschöpfe, dachte sie, ewig dieses Machogehabe und dieses Bedürfnis nach Anerkennung. Er nahm ein paar Schritte Anlauf, riss den Arm mit dem Speer nach hinten und schleuderte die Waffe mit einem lauten Grunzen. Nicht einmal dreißig Meter weiter kam der Speer mit dem Ende zuerst auf dem Boden auf. Boucher verzichtete auf einen Blick in Candys Richtung .

»Sieh her.« Marriot hielt den Speer in einer Hand und ein Stück Schnur in der anderen. »Zuerst nehmen wir die Schnur, legen das geknotete Ende in die Kerbe, nehmen sie einmal um den Schaft, ziehen, sodass das lose Ende in der Wurfhand liegt. Und dann ...« Marriot machte ein paar federnde Schritte und bog den Arm zurück.

Der Speer flog an die sechzig Meter.

»He, lass mich mal versuchen.«

Candy beschloss dem Unterricht ein Ende zu setzen. Die Männer verstummten, als sie sich zu ihnen gesellte. »Sehr eindrucksvoll«, bemerkte sie, »aber völlig ungeeignet für die Jagd im Urwald.«

»Wer sagt denn, dass der für Tiere gedacht ist?«

»Jetzt reicht's mit diesem dummen Gerede. Es wird keine Kämpfe mehr geben.« Sie wartete, bis sie die Augen niederschlugen, erst dann wandte sie sich an Boucher. »Hast du den beiden von den Medikamenten im Luftschiff erzählt?«

Marriot trat vor. »Es ist zu riskant, Candy. Das Cockpit ist zermalmt, überall sind Kabel. Wenn einer von uns da drin hängen bleibt, haben wir zwei Tote.«

»Josef ist noch nicht tot, aber er wird es bald sein, wenn wir nichts unternehmen.«

Marriot stocherte mit einem Fuß im Sand. »Ich meinte nicht Josef. Ich dachte an Sixt – den Piloten.«

Candy hatte den Gedanken an das Gesicht, das neben ihr im Luftschiff aufgetaucht war, verdrängt. Ernüchtert wandte sie sich ab. »Ich will natürlich nicht, dass ihr euer Leben aufs Spiel setzt.«

»Ich sehe mir das Luftschiff später an«, rief Boucher ihr nach.

»Jay, es ist besser, du bleibst da und bewachst das Lager«, mahnte Marriot. »Du musst verhindern, dass die Ökos das Boot klauen.«

»Ich werde sie kaum davon abhalten können.«

»Erinnere Leo deutlich an die Konsequenzen. Er ist nicht dumm.«

»Doch, ist er.«

Ihre Stimmen verklangen. Candy setzte sich wieder neben Fieser, zog die Knie an und umschlang sie mit den Armen. Sie starrte auf das Meer und dachte, welch falsches Bild sie von sich selbst gehabt hatte. Sie hatte sich für tapfer und unerschütterlich gehalten, aber kaum fehlte ihr die Sicherheit, die sie wie ein schützender Kokon eingehüllt hatte, entpuppte sie sich als totale Niete.

Sand knirschte unter Schritten. Sie wusste, es war Boucher. Sollte er irgendeine schlaue Bemerkung machen, würde sie ihn schlagen.

»Das Leben wird siegen.«

»Hau ab.«

Er zögerte. »Halte durch, Candy, Du bist stark wie ein Fels.«

Sie gab ein leises Knurren von sich. Amerikaner mit ihrem Weihnachtsmann-Gerede in Sachen positives Denken. Du musst nur wollen! Du schaffst es! Yeah!

»Was habe ich denn jetzt wieder gesagt?«

»Übernimm du«, fuhr sie ihn an. »Ich gehe schwimmen.«

Auf dem Weg zum Badebereich blieb sie kurz an Jaegers Grenzmarkierung stehen und lächelte säuerlich – der König des Dschungels als Karikatur seiner selbst, wie von einem Kind gekritzelt. Der Badebereich der Frauen befand sich hinter der Grenze, aber der Strand lag völlig verlassen da. Sie ging etwa fünfzig Meter hinter das Warnschild, wandte sich zum Waldrand und entkleidete sich. Sie hüllte sich in ihr Handtuch, lief den Strand hinunter und warf sich in die Lagune, als gäbe sie sich einem Liebhaber hin.

Während sie auf dem Rücken paddelte, fasste sie den Entschluss selbst zum Wrack zu tauchen, wenn keiner der Männer den Mut dazu aufbrachte.

Der Strand war immer noch leer, als sie aus dem Wasser ging. Sie trocknete sich ab und machte trübselig Bestandsaufnahme von ihrem Körper. Nadine hatte Recht behalten. Sechs Tage im tropischen Klima hatten ihren Tribut gefordert. Ihre Beine waren von Insektenstichen übersät und die Innenseiten ihrer Schenkel verunzierten Flecken eines Hitzeausschlags. Verbrennungen, die sie sich an Kletterpflanzen zugezogen hatte, hatten hässliche Striemen auf ihren Unterarmen hinterlassen. Ihr Schritt juckte. Sie trug etwas Körperpuder auf und griff nach ihren Kleidern.

Mitten in der Bewegung verharrte ihre Hand. Irgendein Geräusch hatte sie aufgeschreckt. Den Wald aufmerksam im Auge behaltend, nahm sie ihr Handtuch und bedeckte sich.

Hoch oben in den belaubten Emporen sang ein Vogel munter eine Melodie, aber ihr Unterbewusstsein hatte ein anderes Geräusch wahrgenommen. Schmetterlinge pendelten friedlich von einer Urwaldnektarstation zur anderen. Sie lauschte angespannt der nur von beiläufigen Geräuschen unterbrochenen Stille.

»Wer ist da?«, rief sie leise.

Insekten brummten ärgerlich in den Lichtstrahlen.

Sie gab sich Mühe ihrer Stimme größere Festigkeit zu verleihen. »Ich weiß, dass jemand da ist.«

Unter lautem Rascheln flog ein Vogel durch die Zweige davon.

Sie presste das Handtuch an ihren Körper. »Bist du das, Disco?«

Bartok trat aus dem Wald.

Das Gefühl der Erleichterung verwandelte sich umgehend in Ärger. »Was, zum Teufel, treibst du da?«

»Och«, antwortete er sie verstohlen anstarrend, »wir streifen nur so herum.«

»Dann verschwinde und streif gefälligst woanders herum.«

»Candy, das ist unser Gebiet. Du bist widerrechtlich eingedrungen.«

»Blödmann.«

Bartok schoss das Blut ins Gesicht. »Es steht dir nicht zu, so zu reden, Candy. Du weißt genau, Wildguards Land ist tabu für euch.«

»Natürlich weiß sie das«, erklang Discos Stimme hinter ihr, »und sie ist sich auch über die Konsequenzen im Klaren.«

Candy überlief ein eiskaltes Frösteln bis zu den Fußsohlen hinunter. »Ich gehe, wohin ich will«, stieß sie hervor ohne sich umzudrehen.

»Weißt du was, Kent? Ich schätze, sie ist hierher gekommen um mich zu suchen. Hast du gehört, wie sie meinen Namen gerufen hat?« Seine Stimme schraubte sich eine Oktave höher. »Disco, bist du das, Disco? Sie scheint in Stimmung zu sein. Kapierst du?«

Auf Bartoks Gesicht sah Candy gleichermaßen Erregung und

Scham. Sie versuchte das Zittern ihrer Hände zu unterdrücken und hob ihre Kleider auf. »Ich wollte nur schwimmen. Ich schwimme jeden Morgen hier.«

»Wir hatten auch vor nackt zu baden. Bleib doch. Kein Grund, dass wir Männer den ganzen Spaß allein haben sollten.« Candy hörte das Öffnen eines Reißverschlusses. »Hu – nackt und bloß. Wie Adam und Eva.«

Bartok trat von einem Bein aufs andere, als stünde er auf glühenden Kohlen. »Disco, du hast gesagt, wir würden nur einfach ... du weißt schon, gucken.«

»Und ich sehe, was Gucken bei dir bewirkt, und ich bin schwer beeindruckt. Ich wette Candy auch.«

Noch immer sah sie ihn nicht an. »Kent, nie im Leben hätte ich ein derartiges Benehmen von dir erwartet.«

»Er ist ein Mann, oder vielleicht nicht? Aus Fleisch und Blut und schwer in Versuchung geführt. Seid fruchtbar und mehret euch, heißt es im Buch der Bücher.«

Bartok verzog das Gesicht. »Ich mag solches Gerede nicht, Disco.«

Candy setzte auf seine Skrupel. »Kent, von Disco habe ich nichts anderes erwartet, aber du zumindest kannst doch richtig von falsch unterscheiden.«

»In den alten Zeiten«, ließ sich Disco vernehmen, »nahm sich der Stamm, der den Feind besiegt hat, dessen Frauen. Das steht sogar in der Bibel. Kent, ich sage dir, nach dem Gesetz des Krieges gehört Candy uns.«

Bartok kicherte verunsichert. »Du machst Spaß, stimmt's?«

Discos Hand schloss sich um Candys nackte Schulter. »Wie der Häuptling sagte: Auf dieser Insel stellen wir die Gesetze auf. Das hier ist unser Gebiet, und Candy ist widerrechtlich eingedrungen. Sie gehört uns.«

Candy schielte auf Discos Finger, die sich in ihre nackte Haut gruben, gleich darauf suchte sie Bartoks Blick. »Ihr riskiert großen Ärger. Alle beide.«

»Hier gilt das Gesetz des Dschungels«, tönte Disco, »und der Größe nach zu schließen würde ich sagen, Kent hat Dschungelfieber.«

In Candys Stimme erklang der erste Anflug von Panik. »Kent, wir sind bald wieder in der zivilisierten Welt. Wenn ich dich anzeige, endest du in einem indonesischen Gefängnis.«

»Dazu braucht's Zeugen«, meinte Disco lässig. »Und ich sehe hier keine Zeugen. Wir können tun, was uns beliebt.«

Candy entwand sich seinem Griff, aber er hielt ihr Handtuch fest, und sie konnte sich nicht losreißen ohne sich völlig zu entblößen.

»Aber, aber«, höhnte er, »entfache nicht schon wieder Kents Leidenschaft.«

Sie trat nach ihm. »Hältst du das immer noch für einen Spaß?«, rief sie Bartok zu.

Beunruhigt trat dieser einen Schritt näher. »Lass sie los, Disco. Davon hast du nichts gesagt.«

»Hau ab, wenn du willst. Ich und Candy haben etwas miteinander zu besprechen.«

»Bleib hier«, bat Candy Bartok.

»Hörst du auf mich?«, rief Disco. »Oder auf eine von denen, die den ganzen Ärger angefangen haben?«

»Ich weiß nicht«, murmelte Bartok.

»Ich schwöre dir, ich möchte nur unter vier Augen mit ihr reden.« Disco schlug einen besänftigenden Tonfall an.

Bartok konnte Candy nicht in die Augen sehen. »Ich gehe nur ein kleines Stück weg.«

Blitzartig erwog Candy, welche Möglichkeiten ihr blieben. Sie musste weglaufen, aber im Wald kam sie ohne Kleider nicht weit und im offenen Gelände holte Disco sie ein.

»Wie du siehst«, schnarrte Disco und beobachtete Bartoks Abgang, »er tut, was man ihm sagt. Er respektiert mich.«

Candy riss sich los, aber er packte sie gleich wieder an der Schulter, bohrte seine Finger in ihr Fleisch und erwischte einen Nerv. Sie erschlaffte. Aus ihrer Stimme klang mürrische Resignation. »Sag schon, was du zu sagen hast.«

»Nicht hier. Im Wald.«

Candy drehte den Kopf und sah ihm voll ins Gesicht. »Hast du das damit gemeint, als du sagtest, du würdest auf mich aufpassen?«

»Ich habe dir ein Geschäft angeboten, aber du wolltest ja nicht hören.« Disco zuckte wie unter einem inneren Schmerz zusammen. »Das ist der Ärger mit den Leuten. Sie hören nie zu.«

Candys Beine begannen zu zittern. »Ich höre zu.«

»Zu spät, Candy. Du hast mich gedemütigt und wie ich schon zu Jay sagte, so etwas vergesse ich nie.«

»Du bist verrückt«, rief sie. »Verrückt und niederträchtig.«

Discos Augen schienen sich in ihre Höhlen zurückzuziehen und Candy wusste, sie musste blitzschnell handeln.

Sie warf ihm ihre Kleider ins Gesicht und als seine Hände im Reflex an seinen Kopf griffen, rannte sie los. Auf halbem Weg zum Strand verlor sie das Handtuch und Disco stieß einen Jubelschrei aus. Sie lief in die Lagune, kämpfte sich durch das seichte Wasser und schwamm direkt auf das Riff zu. Sie war keine sehr kraftvolle Schwimmerin, aber Disco schlug sich nicht viel besser. Sie hoffte, sie käme weit genug um Bouchers Aufmerksamkeit auf sich zu lenken.

Am Ende der sandigen Landzunge kam die Biegung der Bucht in Sicht. Niemand war zu sehen. Der Rhythmus ihrer Bewegungen wurde unregelmäßig. In ihrer rechten Wade drohte ein Krampf. Sie hörte Disco hinter sich im Wasser, aber plötzlich wurde sein Geplatsche von Bartoks Geschrei übertönt.

»Candy! Disco! He, Disco.«

Sie warf einen Blick zurück. Disco schwamm unverdrossen weiter. Bartok rannte am Strand hin und her. Sie keuchte so laut, dass sie ihn nicht richtig verstehen konnte.

»... da draußen.«

Disco schluckte einen Schwall Wasser und spuckte es spritzend aus. »Was ist denn?«

»Hab was gesehen.«

»Was denn?«

»Einen Schatten unter Wasser.«

»War wohl dein Gewissen, Mann.«

»Es ist mein Ernst, Disco.«

Candy nahm sich nicht die Zeit um Bartoks Behauptung oder seine eventuellen Motive einer Überprüfung zu unterziehen. Sie schwamm sofort auf dem kürzesten Weg zurück. Disco, der Wasser trat, versperrte ihr den Weg. Er griff nach ihr, verfehlte aber sein Ziel und sie spürte plötzlich seine Finger in ihrem Mund. Mit aller Kraft biss sie zu. Sein Gesicht verzerrte sich vor Schmerz und er ging unter, kam aber gleich prustend wieder hoch. »Miststück«, keuchte er und umklammerte ihr Handgelenk. Sie stieß mit den Fingern nach seinem Gesicht und endlich tat sie, was sie schon früher hätte tun sollen, sie schrie aus Leibeskräften.

Ihr Schreien schien Bartok an den Rand des Wahnsinns zu treiben. »Ich schwöre es, Disco! Schwöre es bei Gott!«

Disco hielt sie mit einer Hand fest und reckte den Hals. Candy nutzte die Gelegenheit und riss sich mit einem Ruck los und obwohl er sofort wieder nach ihr griff, verfehlte er sie. Rasch schwamm sie auf das Ufer zu.

Bartok stand im Wasser. »Disco, komm jetzt raus.«

Disco schrie etwas Unverständliches.

Candy bekam Boden unter die Füße und hastete an Bartok vorbei. Er machte keinen Versuch sie aufzuhalten.

»Lauf weiter«, drängte er, aber er starrte hinaus auf die See, als sei es ihm mit seiner Warnung vor einer Gefahr im Wasser tödlich ernst. Sie schaute zurück. Disco war immer noch gut zwanzig Meter draußen.

»Wenn ein Hai ihn schnappt, bitte mich nicht um Hilfe.« So schnell es ging, stolperte sie den Strand hinauf und sammelte ihre Kleider zusammen.

Bartok watete weiter ins Wasser. »Mach schon, Mann.«

Halt suchend griff Disco nach ihm und beide gerieten ins Taumeln. Hals über Kopf stürmten sie an Land, als habe das Wasser plötzlich seinen Siedepunkt erreicht. Disco stolperte und drehte sich heftig atmend um. Sein Blick suchte die Lagune ab. Er spuckte aus und lachte atemlos. »Da draußen ist nicht ein einziger verdammter Hai.«

»Ich habe nichts von einem Hai gesagt, aber da war etwas. Was echt Großes.«

Disco spuckte noch einmal aus. »Ein Fischschwarm.« Er betrachtete seine verletzte Hand und verzog das Gesicht.

Inzwischen hatte Candy ihre Shorts angezogen. »Warum gehst du nicht wieder ins Wasser und siehst nach?«

Disco grinste böse. »Leck mich, Candy. Das war das letzte Mal, dass du mir entwischt bist. Von jetzt an gilt die Regel der Hell's Angels, und die besagt, Frauen sind Freiwild für jeden Mann, der Eier hat.«

»Ah ja? Also der Hai da draußen hat jedenfalls *deinen* Schwanz ganz schnell zum Schrumpeln gebracht.«

Sie schleppte sich zum Lager zurück. Mal stolperte sie nur, mal rannte sie ein kleines Stück, abwechselnd lachend und weinend. Ihre Hochstimmung darüber, noch einmal davongekommen zu sein, verwandelte sich in Wut auf sich selbst, weil sie sich durch eigene Schuld in diese Situation gebracht hatte. Ihre Wut war wie eine Eiterbeule, die nicht aufbrechen wollte. Einmal war schon schlimm genug, aber zweimal, da konnte man sich nur noch an den Kopf fassen!

Wie aus dem Nichts tauchte Boucher vor ihr auf. Er rannte und schien außer sich zu sein. Oh Gott! Er musste etwas mitgekriegt haben. Sie konnte ihm nichts sagen. Sie *durfte* nicht.

»Candy, es geht um Josef. Ich bin kein Arzt, aber ...«

Sie vergaß alles andere und lief zu Fieser. Er war nicht bei Bewusstsein und seine Atemzüge kamen einmal stoßweise, dann wieder setzten sie aus.

Candy legte ihren Handrücken auf seine Stirn. »In diesem Zustand ist er seit gestern Abend.«

»Das ist es nicht.« Boucher wirkte sehr betroffen. Er brachte den nächsten Satz fast nicht über die Lippen. »Candy, es ist der Geruch.«

Bestürzt sah sie ihn an. In seinen Augen erblickte sie Entsetzen, vermischt mit Ekel. Sie riss sich zusammen und senkte den Kopf. Eine Schwade Fäulnisgeruch stieg ihr in die Nase – wie eine Verbindung des Mangrovengestanks mit dem ungesunden Duft von Urwaldblüten, die sich in der Abenddämmerung öffneten um ihre nächtlichen Opfer anzulocken.

Sie gab sich Mühe nicht zurückzuschrecken. Mit der Spitze einer Nadel stach sie in Fiesers Oberschenkel. Er zuckte nicht.

Sie schwankte. »Du hast Recht«, sagte sie dumpf. »Er hat den Brand.«

»Drei, vier Tage«, meinte Marriot. »In jedem Fall ist das Bein nicht mehr zu retten. Wäre es unterhalb des Knies, könnten wir wenigstens eine Amputation in Erwägung ziehen.«

»Aber es ist nicht unterhalb des Knies!«

»Candy, wir sind alle erregt.« Marriot verstummte. Er schien ganz ruhig. »Okay, gehen wir unsere Möglichkeiten durch. Wir können hier sitzen und warten, bis Rettung kommt. Irgendwann wird sie eintreffen, aber ich gehe jede Wette ein, dann ist es für Josef zu spät.«

Candy verlor die Beherrschung. »Ich werde nicht länger warten, Robert. Ich nicht!«

»Beruhige dich.«

»Wir müssen Hilfe holfen.«

Boucher kritzelte mit einem Stock im Boden herum. »Wie sollen wir das anstellen?«

»Das Boot nehmen und versuchen ein Fischerdorf oder die Bohranlage zu erreichen. Wir müssen alle aufs Boot – Josef eingeschlossen.«

»Die Ökos lassen uns nie mit dem Boot weg.«

»Wir fragen sie nicht.«

Boucher hörte mit seiner Krakelei auf. »Candy, das Schlauchboot ist praktisch ein Wrack. Die nächste Bohranlage ist vermutlich zwei Tage entfernt und wenn wir einen Seegang erwischen wie gestern, gehen wir unter. Das heißt fünf Tote.«

»Jay hat Recht«, pflichtete ihm Marriot bei. »Um diese Jahreszeit gibt es Zyklone. Das Wetter ist unberechenbar.«

»Dann gehen wir landeinwärts. In ein paar Kilometern Entfernung müssen Menschen leben.«

Boucher hob den Kopf. »Soweit wir wissen, lebt in einer Entfernung von einem einwöchigen Fußmarsch keine Menschenseele. Es wäre reines Glücksspiel, Candy. Wenn du dich in den Mangroven verirrst, findet man nicht mal mehr deine Gebeine.«

»Es ist zu gefährlich«, unterstützte ihn Trigg. »Da ist kein Durchkommen. Vergiss es.«

»Was gibt es denn noch für Möglichkeiten?« Candy war am Rande der Verzweiflung.

»Keine. Wir warten ab und lassen den lieben Gott einen guten Mann sein.«

Candy sprang auf. »Dann geh ich eben alleine, wenn sich sonst keiner traut.«

»Setz dich«, befahl Marriot. Er überlegte eine Weile. »Vielleicht *ist* es an der Zeit, ein Risiko einzugehen. Noch sind wir alle bei Kräften und gesund, aber früher oder später wird einer von uns einen Unfall haben oder krank werden. Den Ökos gehen in ein bis zwei Tagen die Vorräte aus. Wenn wir versuchen wollen aus eigener Kraft hier wegzukommen, wird es tatsächlich Zeit.«

Candy schöpfte Hoffnung. »Gehst du? Gehst du durch die Mangroven?«

Marriot antwortete nicht gleich. »Allein auf keinen Fall.«

»Ich komme mit.«

»Nein, eine Frau schafft das nicht. Trigg würde auch nicht durchhalten.« Marriot wandte sich an Boucher. »Traust du dich?«

Boucher wand sich. »Ich möchte Candy nicht zurücklassen. Gott weiß, was alles ...«

Candy fiel ihm ins Wort. »Das heißt, es sprechen gute Gründe dafür, dass ich gehe.«

»Ich nehme dich nicht mit, das ist mein letztes Wort.«

Candy blieb nur noch ein Argument, und sie brachte es voller Leidenschaft vor. »Heute Morgen hat Disco versucht mich zu vergewaltigen. Halt den Mund«, fuhr sie Boucher an, als er sie unterbrechen wollte. »Ich kann nicht hier bleiben. Ich will nicht.«

Die anderen mussten diese Neuigkeit erst einmal verdauen.

Schwerfällig stand Marriot auf. »Ohne Ausrüstung ist es ein hoffnungsloses Unterfangen. Ich muss vor Jaeger zu Kreuze kriechen.«

»Und wo bleibe ich bei der ganzen Sache?«, beschwerte sich Trigg. »Wir haben uns nur deinetwegen aufgeteilt.«

»Du wirst schon zurechtkommen.«

Nachdem Marriot gegangen war, zog sich Boucher allein zurück. Als er wiederkam, sah er verhärmt aus.

»Oh, lass dieses Märtyrergehabe«, herrschte Candy ihn an.

»Ich weiß, warum du es mir nicht gesagt hast. Ich mache dir keine Vorwürfe, ich möchte dir nur sagen, dass es mir sehr Leid tut.«

»Wir waren uns einig, dass du nicht für mich verantwortlich bist.«

Boucher wurde blass vor Entschlossenheit. »Jetzt bin ich es. Verlass dich darauf.«

»Selbst wenn ich könnte, ich würde meine Meinung nicht ändern.«

»Traust du mir nicht zu mit Disco fertig zu werden?«

»Ich glaube, das wird niemand. Er hat sogar Kent in seine schmutzigen Fantasien mit hineingezogen.« Als Candy sah, wie verletzt Boucher war, seufzte sie innerlich über die Dünnhäutigkeit der Männer. »Es ist nichts passiert. Ich war unglaublich dumm. Ich habe ihr Gebiet betreten.«

»Hat er dich ... verletzt?«

Candy kicherte. »*Ich* habe ihn verletzt. Ich habe ihm in die Hand gebissen.«

»Das kannst du nicht einfach mit einem Lachen abtun. Der Kerl ist eine Wanze. Man sollte ihn zertreten.« Boucher verstummte jäh, als hätten diese Worte an einen unerwarteten Nerv gerührt. Vor Wut zitterten seine Muskeln unter der Haut.

»Darum muss ich weg. Ich bin nur eine Belastung, eine Provokation.«

»Für mich nicht. Du bist jetzt das Wichtigste für mich.« Boucher entdeckte Marriot, der sich mit hängenden Schultern näherte, und schüttelte inständig den Kopf. »Bitte, Candy, hör nicht auf dein Gefühl, hör auf deinen Verstand.«

»Du auch.« Candy streckte tröstend die Hand aus. »Jay, wenn ich weg bin, wird das Leben hier sehr viel einfacher.«

Marriot ließ sich zwischen sie sinken und erweckte nicht den Eindruck, als sei seine Mission von Erfolg gekrönt gewesen. »Ich habe versucht Leo so weit zu bringen, dass er mir jemanden von seiner Truppe mitgibt.«

»Und?«

»Er sagte, sie bräuchten Bartok, damit er Früchte von den Bäumen holt und den Ausguck fertig baut. Disco beschied mich mit einem glatten ›Nein‹. Er sagte, er sei doch nicht blöd, er würde doch nicht sein Leben wegwerfen für den Typen, der in erster Linie dafür verantwortlich sei, dass wir hier herumsitzen.« Marriot war gereizt. »Teilweise musste ich ihm innerlich Recht geben.«

Candy hatte das Gefühl, als werde ihr eine schwere Last von den Schultern genommen. »Dann bin ich also dabei.«

Unter Marriots düsterem Blick verging ihr das Lächeln. »Mach dir keine Illusionen. Du hast völlig falsche Vorstellungen vom Mangrovensumpf. Das ist weder Land noch Wasser. Das ist ein mit Scheiße gefüllter Pfuhl.«

»Ich schaffe es.«

Marriot schien durch sie hindurchzusehen, dann festigte sich sein Blick. Er zog einen Kompass und eine Pfeife hervor. »Sonst würden wir uns nur im Kreis bewegen. Leo wollte die Sachen erst nicht herausrücken; es ist ein Kredit ohne jede Sicherheit, er geht nicht davon aus, dass er jemals zurückgezahlt wird. Den Parang hat er mir nicht gegeben.«

»Was brauchen wir noch?«

»Etwas zu essen, jede Menge Wasser, Salztabletten und sämtliche Erste-Hilfe-Sachen, die hier entbehrlich sind. Kannst du aus Ballontuch so was wie Gamaschen und Überschuhe anfertigen?«

Candy nickte nachdrücklich.

»Bei Niedrigwasser brechen wir auf.« Marriot erhob sich. »Du kannst die Reise jederzeit stornieren.«

# Teil 3

# 16

*7. Tag*

Da Ebbe war, sah Candy die Sonne nur als kleine hochrote Scheibe, die inmitten der feuchten Dünste glomm, in denen der den Gezeiten unterworfene Wald brütete. Die Atmosphäre in dem Boot, das sie über die innere Lagune brachte, war ähnlich drückend, nur der düstere Rhythmus der Ruder unterbrach das Schweigen. Durch den Dunst erschienen Candy die drohend aufragenden Silhouetten der Bäume wie leibhaftige Boten ihrer bösen Vorahnungen. An manchen Stellen zogen sich die salzhaltigen Sümpfe an der Küste Sumatras bis fast zehn Kilometer ins Landesinnere. Nach Marriots Meinung konnten sie von Glück sagen, wenn sie anderthalb Kilometer pro Tag zurücklegten. Sie hatten lediglich Proviant für drei Tage dabei.

»Jetzt rechts«, murmelte Marriot. »Da ist ein schmaler Wasserlauf.«

Sie fuhren hinein und Candy beschlich das ungute Gefühl in ein heißes, feuchtes Maul zu tauchen. Es stank durchdringend nach Reptilien. Die Bäume, an denen sie vorbeiglitten, erhoben sich dunkel und schlank aus wie Spinnenbeine gebogenen Stützwurzeln. Winkerkrabben huschten über die grauen Schlammflächen und winkten drohend mit ihren Scheren. Auf einem geborstenen Ast, der sich über eine Gabelung des Kanals erstreckte, spreizte ein Kormoran seine Flügel. Sie erinnerten an ein schiefes schwarzes Kreuz.

»Wohin jetzt?«

»Nach links.«

Eine Richtung war so gut wie die andere. Die Mangrovenküste bestand aus einem labyrinthischen Archipel kleiner Inseln, die durch unzählige widerlich stinkende Wasserwege voneinander getrennt waren. Schon war die Lagune außer Sicht und Candys einziger Anhaltspunkt war die Sonne, die sich aufblitzend in den Zweigen brach.

Hinter der nächsten Biegung lief das Boot sanft auf Grund. Marriot erkundete den Boden. Schweiß rann ihm über den Nacken. Candy wehrte mit der Hand einen bösartigen Schwarm Moskitos ab. Die Hitze lastete drückend schwer und in ihren selbst genähten Gamaschen hatte sie das Gefühl gebraten zu werden.

»Was nun?«

»Wir sind da. Hier steigen wir aus.«

Der Anblick, der sich ihnen bot, ließ sie verstummen.

»Da könnt ihr nicht rein«, murmelte Trigg. »Das ist ein Friedhof.«

Marriot sah Candy an. »Es liegt bei dir.«

Angesichts der sich zu allen Seiten ausbreitenden entsetzlichen Monotonie fehlte Candy jegliche Motivation um sich von der Stelle zu bewegen.

»Das Stück hier ist das schlimmste. Weiter landeinwärts wird es besser.«

»Woher, zum Teufel, willst du das wissen?«, schrie Trigg. »Das ist es nicht wert – nicht für einen sterbenden Mann.«

»Zwischen sterbend und tot besteht ein großer Unterschied. Es liegt an uns, ob er von Bedeutung ist.«

»Mist. Pfadfinderinnen-Scheiß.«

»Stell dir vor, es wäre dein Bein.« Candy beendete die Diskussion, indem sie aus dem Boot auf eine Wurzel stieg. Sie hatte einen unsicheren Stand und presste unsicher die Lippen aufeinander. Marriot trat neben sie. Ein letztes Mal überprüften sie ihre Ausrüstung – Proviant, Wasser, Wasserreiniger, Medikamente, Moskitonetze, Kompass, Pfeife.

»Candy.«

Boucher hatte kaum ein Wort gesprochen. Jetzt kletterte er aus dem Boot und watete ungeachtet eventuell am Boden auf Lauer liegender Lebewesen zu ihr herüber. Von so vielen eigenen Zweifeln bestürmt vermutete sie, er unternehme einen letzten Versuch um sie zu einem Sinneswandel zu bewegen, und sie war sich nicht sicher, ob sie auf ihrem Vorhaben beharren würde.

Mit ernstem Gesicht stand er vor ihr und legte beide Hände auf ihre Schultern. »Viel Glück«, murmelte er. Sanft küsste er sie auf den Mund. »Du nimmst ein Stück meines Herzens mit.«

Sie erfasste seine Worte gar nicht richtig. Vielleicht war sie nur erleichtert, dass er nicht versuchte ihr den Mut zu nehmen, als sie ihn umarmte – eine feste, schnelle Umarmung.

»Pass gut auf dich auf und kümmere dich um Josef.«

»Wir folgen der Sonne«, sagte Marriot und beobachtete, wie sich die Kompassnadel einpendelte. »Das Einfachste ist das Beste.«

»Wie erfahren wir, was mit euch los ist?«, fragte Trigg.

»Gar nicht, bevor ihr nicht gerettet seid.« Marriot zögerte. »Wenn ihr nach sechs Tagen nichts von uns gehört habt, könnt ihr das Schlimmste vermuten. Behaltet die Mangroven im Auge, aber sucht nicht nach uns. Bleibt schön da sitzen, wo ihr seid, dann könnt ihr davon ausgehen, ewig durchzuhalten.«

Die Beiläufigkeit, mit der Marriot davon sprach, dass sie möglicherweise in den Tod gingen, verursachte Candy eine Gänsehaut. Sie hatte ihm dieses riskante Unternehmen aufgezwungen und wenn sie dabei starben, war es allein ihre Schuld.

Er lächelte sie an. »Fertig?«

Ihre Knie wurden weich. »Ja.«

»Wir sehen uns in Jakarta.« Mit diesen Worten verabschiedete er sich von Boucher und Trigg. »Glaub mir, Jay.«

Candy folgte ihm und benutzte die Wurzelverdickungen als Trittsteine. Zwischen den Hauptwurzeln verliefen seitliche Wurzelstränge, die, an das Rückgrat eines Dinosauriers erinnernd, in Abständen die Wasseroberfläche durchbrachen. Sie versuchte den Eindruck zu erwecken, als käme sie leicht voran, aber ihren Schritten fehlte die Länge und sie war noch keine zehn Meter weit gekommen, da rutschte sie aus. Sie versank bis zum Schritt in stinkendem Morast und keuchte unwillkürlich, einmal wegen der Demütigung, aber auch aus Ekel. Schweißgebadet und heftig atmend machte sie einen Sprung nach vorn zum nächsten jungen Baum.

Trigg filmte ihren verpfuschten Abgang. Neben ihm stand ein erschrockener Boucher, eine Hand halb erhoben. Candy verbat sich jeden Gedanken an die beiden und konzentrierte sich ausschließlich auf den nächsten Schritt, den nächsten festen Stand für den Fuß, den nächsten Halt.

Als sie zurückblickte, waren die beiden verschwunden.

Schlangen stellten die größte Gefahr dar, sie tauchten überall auf, im Wasser wie auf festem Boden. Einmal sahen sie fünf ineinander verschlungene Wasserschlangen, Kopf an Kopf in jadegrünem Schaum, als vollzögen sie ein geheimnisvolles Ritual. Bösartiger und auf lange Sicht sogar tödlicher waren jedoch die Blutegel und Moskitos, die halb im Schlamm vergrabenen rasiermesserscharfen Muscheln und die über fast jeden Baum marschierenden Ameisenkolonnen.

Es war unmöglich, beim Gehen einen Rhythmus zu finden. Jeder einzelne Schritt musste überlegt sein. Manche Wurzeln hatten kleine, bleistiftspitze Ableger; dann wieder kamen Stümpfe, die an unterhalb des Knies abgetrennte Beine gemahnten, an denen man sich leicht Knöchelverletzungen zuziehen konnte. Ohne die Gamaschen und die Überschuhe wären Candys Füße und Beine schnell in Fetzen geschnitten worden.

Am schlimmsten waren der klebrige Schlamm und die erstickende Hitze. Die Luft lastete so feucht und schwer auf ihr wie der Schweiß auf ihrem Körper.

Gelegentlich hörten sie über ihren Köpfen eine Horde Affen wie fliehende Randalierer herumtoben. Auf einer schwankenden Insel scheuchten sie schlafende Flughunde auf, die mit ihren im fahlen Licht halb transparent aussehenden Hautflügeln raschelten. Alles in dieser Unterwelt schien unter einem ungünstigen Stern zu stehen.

Am Nachmittag machte Marriot halt. Sie kauten Fisch, der bereits schleimig geworden war. Als Candy trank, stellte sie fest, dass ihre Wasserflasche halb leer war. Marriot sah sie auf eine Art und Weise an, die einen Rest weiblicher Eitelkeit in ihr weckte.

»Ich muss schrecklich aussehen.«

Seine Miene blieb ausdruckslos. »Zieh deine Gamaschen aus.«

Candy wusste, was er vorhatte, und gehorchte. Ein halbes Dutzend Blutegel hing an ihren Knöcheln. Marriot riss sie ohne viel Federlesens ab und einer, prall gefüllt mit ihrem Blut, zerplatzte hochrot aufspritzend.

»Igitt», sagte sie matt.

Er sah sie an. »Noch ist es nicht zu spät. Noch können wir vor Einbruch der Dunkelheit wieder zurück sein.«

In Candys Erinnerung hatte sich die Insel bereits in ein Paradies mit klarer Luft und sauberem Wasser verwandelt. Selbst Disco war nur noch ein unbedeutender Störfaktor verglichen mit dem, was ihr eventuell noch bevorstand – und was sie bereits erdulden musste. Aber der gemeine Fäulnisgestank der Mangroven erinnerte sie daran, dass Disco nicht der Grund ihres Hierseins war.

»Es bleibt sich gleich, ob wir weitergehen oder zurückgehen.«

»Bald sind wir so weit, dass es keine Rückkehr mehr gibt.«

»Versuchen wir es noch bis zum Abend. Wenn wir dann nicht festes trockenes Land erreicht haben, geben wir auf.«

Er nickte kurz und sie gingen weiter.

Kaum hatten sie ihren mühseligen Weg fortgesetzt, trübte sich das Licht. Donner grollte und Regen hämmerte auf die Blätter. Candy hob dem Wolkenbruch das Gesicht entgegen und ließ sich von den herabstürzenden Fluten den Schmutz abwaschen. Sie füllte ihre Flasche mit Wasser, das an den Blättern herabschoss.

Den ganzen Nachmittag über brachen Regengüsse über sie herein. Das Gehen wurde nicht leichter, der Untergrund nicht fester. Im Gegenteil, mit Einsetzen der Flut wurden die Kanäle tiefer. Die Hitze setzte ihr fürchterlich zu. Ihr Mund stand offen und sie setzte die Füße zunehmend unbedachter. Schnitte und Kratzer mehrten sich. Schwankend stand sie auf einer unter Wasser liegenden Wurzel und griff Halt suchend nach einem jungen Baum. Zu spät sah sie die über die Rinde wimmelnden Ameisen und ehe sie die Hand zurückziehen konnte, hatten drei von vieren zugebissen. Wie rot glühende Nadeln bohrten sich ihre Kiefer in ihre Haut.

Sie begann zurückzubleiben und obgleich sich Marriot nicht beklagte, spürte sie, dass ihn die Sinnlosigkeit ihrer Mission mit Zorn erfüllte. Mit Sicherheit erreichten sie heute kein besiedeltes Land und selbst wenn sie morgen auf ein Dorf stießen, vergingen weitere zwei oder drei Tage, bis sie in eine Stadt kämen und Hilfe mobilisieren könnten. Dann wäre Fieser tot. Es war nur eine Flucht; bei ihm zu bleiben, mitzuerleben, wie sein Leben erlosch, das wäre wahrhaft ein Zeichen von Mut gewesen.

Sie stolperte fast in Marriot hinein. Er stand am Ufer eines großen Tümpels. Auf der anderen Seite schien der Wald dichter und höher und die Bäume waren mit Girlanden aus Kletterpflanzen geschmückt und mit weich wuchernden Auswüchsen besetzt.

»Das Licht lässt nach«, sagte er. »Wir sollten uns nach einem Schlafplatz umsehen.«

Sie nickte nur, sie war zu erschöpft um zu sprechen.

»Du wartest hier. Du bist kaputt.«

»Sollen wir nicht lieber zusammenbleiben? Es wird bald dunkel.«

»Gib mir fünfzehn Minuten. Wenn ich bis dahin nichts Geeignetes gefunden habe, komme ich zurück.« Marriot steckte die Pfeife in den Mund und blies einen einzelnen Ton. »Ein Pfeifton jede Minute bedeutet, dass ich noch weitergehe. Zwei bedeuten, das ich etwas gefunden habe und du nachkommen sollst. Ich pfeife dann alle paar Sekunden, bis du bei mir bist. Drei bedeuten, dass ich in Schwierigkeiten geraten bin.«

Sie nickte wie ein Roboter. »Einer, ich bleibe, wo ich bin. Zwei, ich folge dir. Drei ...« Sie hob den Kopf. »Was soll ich machen, wenn du dreimal pfeifst?«

»Bleibt dir überlassen. Vermutlich heißt es, dass ich irgendwo im Sumpf feststecke.«

Mit einem jämmerlichen Gefühl beobachtete sie, wie er durch den Tümpel watete. Auf der anderen Seite angelangt, drehte er sich um.

»Tut mir Leid, Robert. Ich habe alles vermasselt.«

»Wir haben es probiert.«

Der Wald verschluckte ihn.

Candy sah auf ihre Uhr und markierte die Position des Sekundenzeigers. Der erste Pfiff erklang beruhigend laut, der zweite, zwar gut hörbar, war deutlich weniger durchdringend und als der dritte noch gedämpfter ertönte, begann sich Candy Sorgen zu machen, Marriot könne in den vereinbarten fünfzehn Minuten bereits außer Hörweite sein.

Träge tropfte Wasser von den Blättern. Nicht ein Vogel sang. Sämtliche Bewegungen hatten sich auf das Vorwärtsschleichen des Sekundenzeigers reduziert. Er passierte ihre Markierung zweimal, erst dann erklang der nächste Pfeifton. Sie versuchte ruhig zu bleiben. Robert würde kaum auf die Sekunde genau pfeifen.

Er hatte sie auf einem höchst unwirtlichen Fleckchen Erde zurückgelassen. Der Tümpel roch nach Fieber und die an den glitschigen Wänden wuchernden Triebe ließen sie an die Speisekammer eines Riesen denken. Während sie wartete, bewegten sich ihre Augen unaufhörlich. Sie stellte sich vor, wie sich Blutegel auf ihr niederließen und sich an ihrem Körper gütlich taten.

Das nächste Signal ertönte lauter und erweckte den Anschein, als käme Marriot zurück, aber das nächste schien aus einer anderen Richtung zu kommen. Candy vermutete, die Bäume verursachten akustische Täuschungen. Sie betete um einen doppelten Pfiff.

Sie verfolgte die Minuten nicht mehr. Es machte keinen Unterschied und jede Sekunde über der vereinbarten Zeit steigerte nur ihre Angst. Düsternis stieg aus dem Sumpf empor und sie wusste, Marriot musste sich beeilen, wenn er noch vor Dunkelheit zurücksein wollte. Sie überlegte, ob sie rufen sollte, aber selbst wenn er sie hörte, brächte ihn das nur durcheinander. Wahrscheinlich vermutete er dann, sie stecke in Schwierigkeiten. Sie musste die Nerven behalten.

War das die Pfeife gewesen oder ein Vogelruf?

Im Regenwald hatte jedes Lebewesen seine Form der Kommunikation den düsteren und sämtliche Laute dämpfenden Bedingungen angepasst. Darum prunkten die Vögel mit leuchtenden Farben, darum schrien die Gibbons so durchdringend. Von Bedeutung war nicht nur die Lautstärke; ihre Alarmschreie hatten eine niedrige Frequenz, weil diese zehnmal so weit trug wie Gekreisch in hoher Frequenz. Vielleicht blies Robert sich die Lunge aus dem Leib, ohne dass sein Pfiff sie erreichte.

Angesichts der Beschwerlichkeiten beim Gehen war er vermutlich kaum weiter als ein paar hundert Meter gekommen. Sie versuchte sich in seine Lage zu versetzen und stellte sich vor, wie er gegen Hindernisse ankämpfte. Er musste wissen, dass sie Angst hatte, und würde alles in seinen Kräften Stehende tun, damit es ein Ende hatte.

Warum pfiff er nicht?

Candy stand auf, ihre Nerven waren zum Zerreißen gespannt. Schwer kämpfte sie gegen den Impuls an ihn zu suchen. Warte hier, hatte er gesagt. Wenn sie nach ihm suchte, verlor sie leicht den Kontakt zu ihm und war das einmal passiert … Sie mahlte mit den Zähnen und verursachte zu ignorieren, dass sie auf der anderen Seite des Tümpels nichts mehr deutlich erkennen konnte.

Von weit her erklang der Ton der Pfeife. Er ging immer noch weiter. Aufgebracht hockte sie sich hin. Das noch verbliebene Licht hing hoch oben in den Baumwipfeln. Er musste wissen, dass es hoffnungslos war. Er hätte sie mitnehmen sollen. Er hatte kein Recht sie allein zu lassen. Er hatte schlechtes Urteilsvermögen bewiesen.

Während sie sich in ihre Vorwürfe hineinsteigerte, hörte sie ein schwaches *Piep*. Sie erhob sich. Der Ton kam noch einmal und diesmal gab es keinen Zweifel. Es war ein Doppelpfiff, fast unmittelbar hintereinander.

»Ich komme!«, schrie sie, und die Spannung löste sich. Rasch bahnte sie sich den Weg durch das Wasser, denn sie musste bei ihm sein, bevor es stockdunkel war. Die Pfeife erklang wiederholt, manchmal war ihr Ton schwächer, manchmal lauter, aber immer handelte es sich um einen Doppelpfiff aus der gleichen Richtung. Der Rhythmus klang drängend, aufgeregt, als überträfe der Lagerplatz, den Marriot entdeckt hatte, all seine Erwartungen. In ihrer Vorstellung war sie bereits dort und kauerte an einem Feuer und scherzte über ihre fürchterliche Angst.

Wieder der Doppelpfiff, alles konstant. Sie lief gegen die Dunkelheit an, aber inzwischen war sie nicht mehr weit von ihm entfernt, höchstens noch ein paar Minuten. Ein Ast hielt sie fest. Sie schlug ihn weg. »Ich komme!«, keuchte sie.

Oben in den Bäumen brach ein Höllenlärm aus. Candy erstarrte und stand wie angewurzelt im Morast. Der wütende Tumult verebbte, flammte aber sogleich wieder auf. Nachdem sich der größte Radau gelegt hatte, kam es noch lange zu sporadischen Warnschreien. Schließlich legte sich lähmende Stille über den Wald. Candy starrte in die Dunkelheit und tastete sich zum nächsten Baum.

Der letzte Ton, den sie gehört hatte, war ein einfacher Pfiff gewesen, aber das zweite Signal musste in dem Höllenlärm untergegangen sein.

Inzwischen war es zu dunkel, als dass sie ihre Uhr hätte ablesen können. Sie konnte noch nicht einmal mehr ihre Füße erkennen. Nur das dunkle Flechtwerk über ihr war noch schemenhaft sichtbar.

»Robert!«, rief sie. »Robert, ich bin hier drüben!«

Sie wagte kaum zu atmen und versuchte aus dem monotonen Froschchor ein menschliches Geräusch herauszuhören. Seit dem Aufruhr in den Bäumen konnten lediglich ein paar Minuten vergangen sein, vielleicht hatte sie ein Pfeifsignal verpasst. Sie begann laut zu zählen: »Eins und zwei und drei ...« Ihre Stimme wurde langsamer und langsamer. Sie versuchte den Moment der Wahrheit hinauszuschieben. »... achtundfünfzig, neunundfünfzig, sechzig, einundsechzig, zweiund...«

Candy biss sich auf den Finger. Sie wartete. Sie wartete und wartete.

»Zum Teufel mit dir«, schluchzte sie.

Sie ging weiter, stolperte und fiel der Länge nach zu Boden. In Panik rappelte sie sich wieder auf und klammerte sich keuchend an einen Baum. Sie brauchte nicht in Panik zu geraten. Er war ganz in der Nähe. Er musste in der Nähe sein. Sie holte tief Luft.

»Roberrrt!«

Von irgendwo, nicht weit entfernt, erklang ein schwaches *Platsch*. Candy gewann den Eindruck, etwas Schweres, Geschmeidiges bewege sich, ebenso im Wasser wie auf dem Land zu Hause. Eine Gänsehaut überlief sie.

»Robert.« Sie sprach sehr leise. »Bist du das, Robert?«

Sie wartete und zuckte bei jedem kleinsten Geräusch zusammen. Eine innere Stimme befahl ihr sich völlig ruhig zu verhalten und nicht zu bewegen, aber das Schweigen ließ sich nicht ignorieren. Wenn sie ihm nicht den Kampf ansagte, würde es sie verschlingen.

»Robert«, rief sie mit scharfer Stimme, »wo, zum Teufel, steckst du?«

Das Schweigen überwältigte sie. Sie wimmerte. Es war ihr egal, ob sie einen geeigneten Platz für ein Nachtlager bekam. Sie wollte nur noch menschliche Gesellschaft.

»Bitte pfeif doch«, flüsterte sie. »Pfeif, dann komme ich.« Die Worte wiederholten sich wie von selbst und verloren sich schließlich.

Sie rief nicht mehr.

Marriot musste etwas zugestoßen sein. Es musste ihn erwischt haben.

So ruhig, wie es ihr möglich war, kletterte sie auf den Wurzelstock des nächsten Baumes und zog, so gut es ging, die Beine an. Wieder und wieder hörte sie das Platschen von vorhin. Wenn es ein Krokodil gewesen war, hatte sie keinerlei Möglichkeit sich zu verteidigen. Das Tier würde wissen, wo sie war. Es konnte sich ihr eben in diesem Moment nähern um sie zu töten, unmerklich näher und näher kommen und sie genau beobachten, wie sie hilflos dasaß, blind gegen seine Anwesenheit, bis ... Bei der Vorstellung, wie es zu seinem letzten Sprung auf sie ansetzte, verkrampfte sich Candys ganzer Körper.

Die Todesangst vor dem Wesen, das sich möglicherweise gerade an sie heranpirschte, wich dem dumpfen Bewusstwerden ihrer ausweglosen Situation. Zahllose Stiche und Kratzer pochten. Ihr Magen zog sich zusammen und in ihrem Bauch rumorte es. Ihre Schläfen hämmerten. Sie hatte das Gefühl, Fiebererreger überschwemmten ihren Körper. Sie schüttete einen Tablettencocktail in sich hinein und versuchte ein bisschen Fisch hinunterzuwürgen. Während sie kaute, stiegen ihr Tränen des Selbstmitleids in die Augen. Hätte sie doch auf Boucher gehört. Hätte sie ihre Kräfte doch realistisch eingeschätzt. Sie begann hemmungslos zu weinen, ihre Leiden waren ihr fast ein Trost, aber irgendwann wehrte sie sich gegen die Hoffnungslosigkeit und rieb sich energisch die Augen.

»Reiß dich zusammen.«

Fast zwölf Stunden Dunkelheit waren zu überstehen und an Schlaf war nicht zu denken. Das Morgen schwebte drohend über ihr und sie versuchte es zu verdrängen. Sie wusste, es war reine Energieverschwendung, darüber zu grübeln, wie viel innere Kraft ihr nach diesem Tag noch geblieben war.

Sie starrte in die Dunkelheit und dachte an Zuhause, sie sah sich an einem Herbstabend den Weg vom Hügelkamm herunterreiten auf den warmen Schein der Lampen zu. Die Hunde bellten, eine Tür öffnete sich und Licht flutete heraus. Sie stellte sich vor, wie sie ein heißes Bad nahm, eine gemütliche Mahlzeit aß und dann ins weiche Bett schlüpfte.

Bouchers Abschiedsworte kamen ihr in den Sinn. Sie hatte sie nicht ernst genommen. Jay liebte sie nicht wirklich und sie liebte ihn gewiss nicht. Sie war sich nicht sicher, was sie für ihn empfand, aber sie war überzeugt, sollten sie einander in ihrem normalen, alltäglichen Leben je wieder begegnen, wären sie einander fremd. Und trotzdem dachte sie immer wieder an seine Worte und an seinen letzten Blick. Auf seltsame Weise erhellte diese Erinnerung die Dunkelheit. Nicht dass pechschwarze Nacht geherrscht hätte. Das gespenstische Phosphoreszieren des Vermoderungsprozesses glimmte überall und stets lag die Spur von Leben in der Luft – das gleichgültige Schaben und Zischen, das Knacken und Rülpsen des sich selbst erneuernden Waldes. Zusammengekauert zwischen den Wurzeln sah Candy sich selbst, das am schlechtesten angepasste Lebewesen – ein verletzliches, blindes, überflüssiges Wesen inmitten einer Schöpfung, die nicht von Menschenhand geschaffen worden und vielleicht auch nicht Gottes Werk war.

# 17

*7. Tag*

Bis fast gegen Mittag schmorten Boucher und Trigg am Rand der Mangroven, dann gelangten sie zu der Überzeugung, Candy und Marriot müssten durchgekommen sein, und ruderten zurück zur Insel. Die vor der Sonne lastende Dunstglocke hatte sich verzogen und das metallische Licht kündigte Regen an.

Beide Männer befanden sich in äußerst gereizter Stimmung. Trigg war immer noch verärgert darüber, dass, wie er es nannte, Marriot sie im Stich gelassen hatte. Boucher wiederum machte sich verzweifelte Sorgen um Candy und bereute bitter, dass er sie hatte gehen lassen. Bereits jetzt schien die Insel leer ohne sie, alles kam ihm trübe und fade vor. Story hin oder her, es reichte. Mit dem Material, das er bereits hatte, konnte er sicher eine zeitbezogene Parabel ausarbeiten.

Als sie die Südspitze umrundeten, entdeckte er auf dem Sand einen kleinen Hügel, der am Morgen noch nicht dagewesen war.

»Ruder mal da rüber.«

»Was ist das denn?«

»Sieht aus wie eine Schildkröte.«

Sie folgten dem mühselig durch den Sand gepflügten Pfad den Strand hinauf. Bei ihrem Herannahen zog das Tier den Kopf ein. Sein marmorierter grüner Rückenschild hatte einen Durchmesser von annähernd sechzig Zentimetern. Boucher berührte sie mit der Zehenspitze. Auf seinen Angeltouren hatte er bereits kleinere Schildkröten gesehen; unter Wasser schienen sie zu fliegen.

»Ist die essbar?«, erkundigte sich Trigg.

»Es gibt nur einen Weg das festzustellen.«

»Sie umbringen?«

Nach Marriots und Candys Weggang war die Rolle des Führers automatisch Boucher zugefallen. Es war eine Rolle, die er nicht gerne spielte.

»Ja.«

»Und wie?«

Gute Frage. Der Hornpanzer ließ sich mit keinem ihrer Werkzeuge knacken. Guillotinieren wäre vermutlich die schnellste Tötungsart, aber den Parang hatte Jaeger.

Vorsichtig streckte die Schildkröte den Kopf heraus und spähte umher. Sie sah sehr alt und widerstandsfähig aus. Als sich Boucher bewegte, zog sie blitzschnell den Kopf wieder ein.

Er musste sie totschlagen. Suchend blickte er sich nach Treibgut um. Auf der Insel gab es keine Steine und seiner Schätzung nach waren die Ruder zu leicht für einen tödlichen Schlag. Schildkröten, vermutete er, waren extrem zäh.

»Hol den Anker.«

»Ach, lass sie doch, Mann.«

»Wir haben nichts anderes zu essen. Hol den Anker.«

Trigg wurde störrisch. »Ich will nicht.«

Nachdenklich betrachtete Boucher den Gefährten. Was hatte Candy von Darwin erzählt? Irgendetwas von Veränderlichkeit, die einem dem Konkurrenzkampf ausgesetzten Individuum zum Vorteil gereicht und damit seiner Arterhaltung dient. Wie auch immer, Trigg mochte sich dem urbanen Leben perfekt angepasst haben, aber hier draußen war die Cleverness der Straße kaum von Nutzen für das Überleben.

Er beschloss das Thema für diesmal auf sich beruhen zu lassen und machte auf dem Absatz kehrt. Er war nun einmal auf Gedeih und Verderb mit diesem Mann zusammen.

Als er zurückkehrte, hatte sich die Schildkröte weiter den Strand hinaufgeschleppt.

»Gehen wir doch lieber fischen.«

»Aus dem Weg.«

Boucher stemmte den Anker. Abgesehen von den Fischen, die er in den letzten paar Tagen gefangen hatte, hatte er noch nie etwas Größeres als eine Fliege getötet. Die Schildkröte schob die Nase heraus und richtete ihre kleinen Augen auf ihn.

Mit einer Gewalt, die ihm fast die Handgelenke herausriss, ließ er den Anker herabsausen. Ächzend vor Anstrengung schlug er noch einmal zu. Der Kopf der Schildkröte wich zurück, dann fiel er, Blut quoll aus der abscheulichen Wunde. Ihre Paddel bewegten sich halbkreisförmig auf und ab und bewegten sich immer noch, als die Muskelspannung gewichen war, und verharrten schließlich stotternd wie ein abgelaufenes Aufziehspielzeug.

»Das war verdammt brutal, Mann.«

Blass geworden stand Boucher auf. Ihm war übel. »Friss oder stirb.«

Zurück im Lager wappnete sich Boucher für seine nächste Übelkeit erregende Pflicht. Schwer hing der Gestank von Fiesers verwesendem Fleisch in der dämpfigen Luft. Boucher hielt sich die Nase zu und atmete nur durch den Mund. Er steckte den Kopf in Fiesers Zeltbett und erwartete fast ihn tot vor sich liegen zu sehen.

Aber er war bei Bewusstsein, seine rot geränderten Augen sahen ihn an.

»Josef, verstehst du mich?«

Fieser stieß einen gurgelnden Seufzer aus.

»Candy und Robert sind Hilfe holen gegangen. Es ist bald vorbei.«

Fieser schien etwas vor sich zu sehen, was ihn erstaunte. Seine Hände streckten sich aus, als wollten sie danach greifen, und Boucher schrak zurück. Die nach ihm greifenden Hände fielen kraftlos herab.

In Bouchers Kehle bildete sich ein Kloß. Er nahm eine Hand Fiesers in die seine und wartete, bis dieser wieder in die Bewusstlosigkeit hinüberdämmerte.

»Verzeih mir, Josef. Ich bin auch nur ein Mensch.«

Als er wieder zu Trigg ging, folgte ihm der Kameramann mit den Blicken. Boucher schüttelte einmal rasch den Kopf, sagte aber kein Wort. Daraufhin widmete sich Trigg wieder der Reinigung seines Camcorders. Boucher schaute zu, er konnte vor

Entsetzen kaum einen klaren Gedanken fassen.

»Funktioniert das Ding immer noch?«

»Klar.« Trigg pustete Sand aus der empfindlichen Mechanik.

»Was hast du bisher aufgenommen?«

»Unsere Ankunft am Strand nach dem Absturz, die Frauen beim Baden, Kent, wie er auf den Baum klettert. Alles Mögliche. Guck's dir an.«

Boucher blickte durch den Sucher und sah im Playback Candy und Marriot im Sumpf verschwinden. Die Bilder schwankten nicht, sie waren professionell gedreht.

»Was meinst du?«, erkundigte sich Trigg.

»Sehr gut verkäuflich.«

»Unbezahlbar. Ich habe ein paar Großaufnahmen von den Titten und Hintern von Nadine und Aquila.«

Nachdenklich sah Boucher Trigg an. Bisher war ihm noch gar nicht in den Sinn gekommen, dass er einen Konkurrenten aus dem Medienbereich hatte.

Mit dem Kopf deutete Trigg auf die Schildkröte. »Besser, du unternimmst etwas, bevor sie hinübergeht. Riecht ohnehin schon schauderhaft genug hier.«

Bouchers Lächeln war lediglich ein nervöses Muskelzucken.

Das Ausnehmen der Schildkröte war widerlich und die Arbeit wurde noch grausiger, als Boucher entdeckte, dass es sich um ein weibliches Tier handelte, das mit Eiern vollgestopft war – Dutzenden Kugeln wie weiche Tischtennisbälle. Da war dieses Tier möglicherweise Tausende von Meilen zu seinem Brutplatz geschwommen und er hatte ihm den Schädel eingeschlagen.

»He«, rief Trigg, »wir bekommen Besuch.«

Durch den Hitzedunst tauchten unten am Strand Disco und Jaeger auf. Bouchers Haut prickelte. Das könnte die Konfrontation sein. Lässig stand er auf.

»Werfen wir einen Blick in das Wrack. Vielleicht können wir die Medikamente holen.«

Trigg schaute zum graublauen Himmel hinauf. »Es wird bald regnen.«

»Ein paar Regentropfen bringen uns nicht um.«

Trigg schüttelte den Kopf. »Ich bin kein Taucher.«

»Du brauchst nichts weiter zu tun, als das Boot ruhig zu halten.«

»Ich denke nicht daran.«

Nur mit Mühe zügelte Boucher sein Temperament. »Sieh mal, ich schaffe es nicht allein.«

Triggs Blick irrte umher. »Zeitverschwendung. Josef ist sowieso reif für die Schlachtbank.«

Mit größter Anstrengung gelang es Boucher, sich zurückzuhalten und ihm nicht an die Gurgel zu springen. »Nicht, wenn Robert und Candy durchkommen.«

Triggs Kiefer begannen zu mahlen. »Das war mies. Er hatte kein Recht uns allein zu lassen. Ich habe meinen Kopf für ihn hingehalten. Wir alle. Und wofür? Damit er uns einen Tag später hängen lässt.«

»Ich nehme das als ›Nein‹.«

Trigg sah ihn aus schmalen Augen an. »Dir geht es doch gar nicht um die Medikamente. Hör mal, Mann. Es ist mir egal, was du mit Disco hast, das ist allein dein Problem. Okay?« Er schaute zu den Besuchern hinüber und schien zu einer befriedigenden Entscheidung zu gelangen. »Ich bleibe hier. Mal sehen, was sie wollen.«

Kochend vor Wut stürmte Boucher den Strand hinunter, schob das Boot ins Wasser und schwang sich hinein. Seine Wut war umso größer und ohnmächtiger, weil Trigg Recht hatte. Als er Disco seinen Namen rufen hörte, knurrte er nur.

Bis er draußen am Wrack angelangt war, hatte er sich etwas beruhigt. Die Lagune war glatt wie ein Mühlteich, ihre durchscheinende Transparenz wirkte unheilvoll in dem metallischen Licht. Seit Boucher das letzte Mal einen Blick auf das Wrack geworfen hatte, war die Gondel noch weitergerutscht. Die Tür zum Cockpit stand weit offen, aber die Leiche des Piloten sah er nicht und er nahm an, sie müsse inzwischen bis auf die Knochen abgenagt worden sein. Er schob das Bild beiseite und überlegte, wie er am besten in die Kabine gelangen könnte.

Disco gestikulierte zornig am Strand. Boucher schaute zum drohend dunklen Himmel hinauf. Ihm blieb nicht viel Zeit.

Sein erster Versuch schlug fehl. Er hatte bereits beim Tauchen zu viel Energie verbraucht, sodass ihm die Luft für den Einstieg fehlte. Es war trotzdem kein völlig vergeblicher Versuch. Er war nahe genug herangekommen um die Kabinenschränke deutlich sehen zu können. Sie wurden nur mit einem einfachen Druckmechanismus geschlossen.

Er tauchte auf in düsteres Licht. Das Unwetter hatte sich zusammengezogen, jeden Moment konnten sich alle Schleusen des Himmels öffnen. Er brauchte Gewicht, Ballast, der ihn hinunterzog. Ein Sandsack wäre ideal, aber am Strand lungerten immer noch Disco und Jaeger herum.

Boucher hievte sich an Bord und holte das Ankerseil ein, bis er auf Widerstand stieß. Er wand noch ein Stück Seil auf und zurrte es um eine der Ruderdollen. Anschließend zog er den Anker hoch und legte das Seil in Schlaufen übereinander. Er brachte das Schlauchboot genau über die Kabinentür, ließ den Anker über Bord hängen, setzte sich auf den Bootsrand und schob die Füße zwischen die Ankerzacken. Mit einer ruckartigen Hüftbewegung ließ er sich hinab.

Der Abstieg hätte nicht besser ablaufen können. Der Anker brachte ihn in freiem Fall bis vor die Kabinentür. Ohne Hast griff er nach dem Rahmen. Der erste Schrank befand sich in Reichweite. Er ließ sich problemlos auf Druck öffnen und vor Boucher lag der grüne Plastikkasten mit dem roten Kreuz.

Er hatte noch reichlich Luft und beschloss den nächsten Schrank zu inspizieren. Fische, die wie goldene Medaillons aussahen, umschwärmten ihn. Er beugte sich vor, öffnete die Schranktür, griff hinein und bekam in der hintersten Ecke etwas zu fassen. Tastend holte er einen schimmernden Metallgegenstand heraus. Er wusste sofort, worum es sich handelte, stieß aber beim Herausnehmen so ungeschickt an, dass der Gegenstand erst hinter ihn und dann über den Pilotensitz segelte. Im Umdrehen sah er, wie er im Zeitlupentempo niedersank, am Instrumentenbrett abprallte und in Schlickwölkchen ausgerechnet im hintersten Winkel des zerschmetterten Luftschiffbugs verschwand. Er sah ihn in den dunklen Tiefen funkeln, prägte sich die Lage ein und schwamm hinauf.

Ein gedämpftes Zischen drang an seine Ohren und als er

durch das Wasser brach, empfing ihn ohrenbetäubendes Getöse. Während er unter Wasser gewesen war, hatte das Unwetter eingesetzt und peitschte die See zu hohen Schaumkronen, sodass er kaum nach Luft schnappen konnte. Direkt über ihm explodierte ein Donnerschlag. Der Strand war nicht mehr zu sehen. Boucher warf den Rotkreuzkasten in das Schlauchboot und vergrub das Gesicht am Bootsrand. Blitze zuckten. Gewaltige Regentropfen peitschten auf ihn ein. Aber Boucher war sich dessen kaum bewusst. Er sah nur noch die Pistole vor sich.

Eine Pistole!

Der Regen ließ nach und hörte schließlich schlagartig auf, als hätte ihn jemand ausgeknipst. Unheimliche Lichtwirbel teilten die Luft und ließen die Insel langsam wieder Gestalt annehmen. Das Lager war verlassen. Boucher blickte nach Norden und sah drei Gestalten auf dem Weg zum Lager der Ökos.

»Den wären wir los.«

Aber seine Tapferkeit war nur gespielt. Alles war auf den Kopf gestellt worden. Er hätte mitten in den Geschehnissen stehen sollen und nun war er von allem, was passierte, völlig abgeschnitten. Candy hatte ihn aus der gewohnten Bahn geworfen und jetzt war auch sie fort. Er war ganz auf sich allein gestellt, hatte seine Liebe verloren und die Story spielte sich anderswo ab. Er hatte es in jeder Hinsicht versaut.

Die Lippen fest aufeinander gepresst, starrte er landeinwärts hinter dem abziehenden Gewitter her. Donner erklang und hinter den Wolken zuckten Blitze auf wie defekte Neonschilder. Als er sich vorstellte, dass sich Candy in dieser feucht brütenden Unendlichkeit befand, schauderte ihn. Er hätte es nie über sich gebracht, da hineinzugehen. Wenn sie es schaffte, war sie die Heldin und es war ihre Story. Sie hatte es verdient.

Er konzentrierte sich wieder auf die Pistole. Sie hätte an keinem ungünstigeren Ort verschwinden können. Um an sie heranzukommen musste er über die Pilotensessel, in den Fußraum hinunter und sich auf engstem Raum bewegen ohne mit dem zerfetzten Schott in Berührung zu kommen. Erst nach diesem schwierigen Manöver konnte er wieder hinaus. Er war nicht sicher, ob er lange genug die Luft anhalten konnte.

Draußen auf dem Meer braute sich bereits ein neues Unwetter zusammen. Bouchers Wache vor den Mangroven und die damit verbundenen Strapazen hatten ihm zugesetzt. Er überlegte, ob er die Pistole erst am nächsten Tag holen sollte, aber dann hatten womöglich die Ökos das Boot wieder in ihren Besitz gebracht. Er konnte die Waffe genauso gut gleich holen. Er traf seine Vorbereitungen.

Als er schließlich tauchte, war er den Weg in Gedanken so oft durchgegangen, dass er keine Sekunde zu überlegen brauchte. Aber dieses Mal brachte der Anker ihn nicht punktgenau hinunter und er musste kostbaren Sauerstoff vergeuden, bis er endlich durch die Tür war. In der Kabine knickte er in der Taille ein und stieß sich nach unten. Es war ein Gefühl, als würde er Gymnastikübungen in einem Kleinwagen vollführen. Düsteres Licht herrschte, Klaustrophobie plagte ihn. Trotzdem hatte er es beinahe geschafft. Die Waffe befand sich in seinem Blickfeld, fast schon in Reichweite. Er streckte die rechte Hand aus.

Ein paar Zentimeter von seiner Hand entfernt entdeckte er die Muräne.

Die Muräne lag reglos unter dem Sitz. Nur ihr Kopf war zu sehen, das Maul mit dem vorstehenden Unterkiefer stand halb offen und enthüllte nach hinten gebogene Zahnreihen. Boucher war wie gelähmt, er wollte fliehen, konnte sich aber nicht bewegen. Es war ein wahr gewordener Albtraum, eine Kreatur, wie er sie sich schlimmer nicht hätte vorstellen können. Er starrte auf den körperlosen Kopf, in die ausdruckslosen, bösartigen Augen und hatte das Gefühl dem ältesten, bösesten Tyrannen des Universums gegenüberzustehen.

Seine Atemluft war fast verbraucht, seine Lunge prall wie eine Trommel. Er bekam zu viel Auftrieb und konnte unmöglich reglos verharren, er musste zumindest mit der Hand fächern. Und in diesem Moment, davon war er überzeugt, würde die Muräne zuschlagen. Ihre Augen schienen leer, aber er wusste, sie beobachtete ihn – er wusste, sie würde nur im Rausch des Beutemachens die Lider bewegen.

Langsam griffen seine Finger in den Spalt. Bei der ersten Berührung rutschte die Pistole weg. Mit einem leisen Blubbern entwich Luft aus seiner Lunge. Die Muräne lag regungslos da. Den Blick auf ihre starren, alles-sehenden Augen gerichtet, straffte sich Boucher erneut und spürte den Kolben. So verstohlen wie nur möglich schloss sich seine Hand um die Waffe. Der Druck in seiner Brust wurde unerträglich. Er packte die Pistole und im gleichen Moment, aus der gleichen heftigen Bewegung heraus, drehte er sich herum und glaubte aus den Augenwinkeln die Muräne vorschießen zu sehen. Eine Sekunde später spürte er ein heftiges Reißen an seinem linken Bein. Aus seinem Mund explodierten Blasen. Er kam frei. Die Augen traten ihm fast aus den Höhlen, seine Hände bewegten sich wie Windmühlenflügel und er strampelte wie wahnsinnig zur Tür.

Er sah nur den bunten Fleck oben an der Wasseroberfläche, zu dem er hinaufwollte – eine leuchtende Luke. Er stieß den Kopf durch das Wasser und rang verzweifelt nach Luft. Mit den Ellenbogen versuchte er sich an Bord zu stemmen, rutschte aber zurück. Als er hinunterblickte, sah er, dass Blut das Wasser trübte. Entsetzliche Angst wallte in ihm auf und verlieh ihm die notwendige Kraft sich an Bord zu ziehen.

Er ließ sich auf den Boden des Bootes fallen und merkte, dass seine Hand immer noch die Pistole umklammerte. Die Waffe zielte auf seinen Bauch. Mit der Pistole in der Hand setzte er sich auf und schloss eine Hand wie eine improvisierte Aderpresse um sein Knie. Ein Schmerz, so gewaltig wie vorher das Reißen an seiner Wade, durchflutete ihn. Er stöhnte durch zusammengebissene Zähne. Muränenwunden eitern immer, hatte Marriot gesagt. Ihre Kiefer waren wahre Leichenhäuser und enthielten auch Gifte der giftigen Fische, die sie fraßen.

Lass es bluten, sagte er sich. Die Wunde soll sich selbst reinigen. Er saß einfach da und das Blut vermischte sich mit dem über seine Füße schwappenden Wasser. Seine Angst ließ nach. Die Wunde schien sauber und zeigte keine Zahnspuren. Nach einer Weile entschied er, er müsse sich an einem Stück geborstenen Metalls gerissen haben. Erleichterung durchströmte ihn wie eine Droge. Gleich darauf wurde ihm fürchterlich schlecht.

Benommen kauerte er sich zusammen und fühlte die Sonne auf seinem Nacken und das kaum wahrnehmbare Schaukeln des Bootes. Unendlich müde öffnete er die Augen und sah die Waffe an. Zum Glück war er nicht an den Abzug gekommen und hatte sich nicht selbst ein Loch in den Leib gepustet. Er versuchte seine zitternden Hände unter Kontrolle zu bekommen, legte die Waffe vorsichtig neben sich auf den Sitz und wandte sich dem Arzneikasten zu. Seine Hände waren so unsicher, dass es ihm erst nach mehreren Anläufen gelang, ihn aufzumachen. Als das Licht darauf fiel, funkelte ihn ein abgeteiltes Fach mit Mini-Spritzen an. Er nahm eine heraus. Morphium. Er legte sie zurück und suchte nach einem Antiseptikum.

Nachdem er die klaffende Wunde sorgfältig damit behandelt hatte, wartete er, bis die Blutung nachließ, und verband dann die Wunde.

Inzwischen atmete er gleichmäßiger. Die Waffe lag neben ihm, vernickelt und größer, als er gedacht hatte. Seine Hand schob sich vorsichtig näher heran, als handele es sich um eine tickende Bombe, und verharrte schließlich. Er wusste, die Pistole änderte die Situation zu seinen Gunsten, aber er wusste zudem – wenn ihm auch noch nicht ganz klar war, wie und warum –, dass sich dadurch nicht nur seine Chancen, sondern auch der Einsatz erhöhte.

Einen Moment lang überlegte er, ob er sie über Bord werfen sollte. Er war aus Prinzip gegen Waffen; er hatte noch nie eine in der Hand gehalten. Aber als er jetzt ihr Gewicht in seiner Hand wog, beruhigte es ihn. Die Pistole vermittelte ihm ein Gefühl der Ausgeglichenheit.

Der Strand lag inzwischen verlassen da, die Insel wirkte unbewohnt. Er ruderte ans Ufer und schielte unterwegs oft zu der Pistole hin.

Trigg hatte ihm eine Notiz auf seine Schlafstatt gelegt.

Das war mies. Wir beide allein, dass geht nicht gut. Leo sagt, er nimmt dich wieder auf, wenn du schwörst dich an die Regeln zu halten. P.S. - Sie wollen das Boot und alles, was du vom Wrack geholt hast.

Boucher lachte rau auf und hob die Waffe. Dabei identifizierte er das Gefühl, das ihm ihr Besitz verlieh. Es erinnerte ihn an die rauschhafte Ruhe, die ihn bei den sehr seltenen Gelegenheiten ergriff, wenn er ein perfektes Pokerblatt hatte.

Er überwand sich und trat an Fiesers Bett. Der Pilot war wieder ohne Bewusstsein; kaum merkliche, unregelmäßige Pulsschläge pochten unter dem maskenhaft starren Gesicht. Im Arzneikasten befanden sich weitere Antibiotika, aber Boucher wusste, es war zu spät. Er nahm eine der Morphiumampullen. Zumindest konnte er Josef Frieden verschaffen. Er griff nach dem abgemagerten Arm des Piloten und suchte nach einer Vene. Er hatte noch nie eine Waffe abgefeuert und er hatte noch nie eine Spritze gesetzt, weder sich noch anderen. In seiner Umgebung hatte es stets Drogen und Waffen gegeben, aber er war zu kontrolliert, zu sehr auf sich bedacht um sich auf das eine oder andere einzulassen.

Er gelangte zu dem Schluss, es spiele weiter keine Rolle, wenn er Mist baute, und entschied sich für eine Ader, die er für eine Vene hielt, führte die Nadel ein und drückte. Die Ampulle leerte sich. Eine Minute später hörten die Zuckungen unter Fiesers Haut auf. Boucher überlegte, ob er ihm ewigen Frieden geben sollte. Vielleicht. Möglich, dass es so weit kam.

Todmüde und überreizt sammelte Boucher Material zum Feuermachen, anschließend kümmerte er sich gleich wieder um die Pistole. Nach einer Woche unter Wasser konnten sich einzelne Teile festgefressen haben, sicher brauchte sie eine Überholung. Zuerst überzeugte er sich, dass sie gesichert war. Er drehte die Pistole in den Händen und kam dahinter, wie man das Magazin herausnahm. Sie hatte Rost angesetzt und Sandteilchen hatten sich im Innern abgelagert. Er spülte sie mit Regenwasser ab und reinigte die zugänglichen Teile mit einem Stoffstreifen, den er von seinem Sakko abgerissen hatte. Anschließend ölte er sie mit etwas Sonnenschutzmittel, das ihm Candy dagelassen hatte. Er summte bei der Arbeit.

Der Großteil des Rostes war oberflächlich, entschied er nach einer näheren Betrachtung. Er steckte die Pistole in seine Jackentasche und machte probehalber ein paar Schritte, als würde er ein Paar neue Schuhe anprobieren. Das Gewicht der

Waffe zog sein Sakko nach unten. Überhaupt schien sie sehr auffällig zu sein. Er konnte sie keinesfalls mit sich herumschleppen. Er nahm sich vor sie morgen im Wald zu verstecken, an einer Stelle, wo er jederzeit leicht an sie herankam. Bis dahin musste er sie in seiner Nähe behalten. Er wickelte die Waffe in ein Stück Luftschiffstoff und verstaute sie unter seinem Bett.

Ein paar Minuten später zog er sie wieder hervor, entnahm eine Kugel, schob das Magazin wieder hinein und versteckte die Waffe erneut.

Während er die Kugel in der Hand wog, erinnerte sich Boucher an Marriots Worte über Falken und Tauben. Die beiden waren nicht die einzigen Spieler im Dschungel. Es gab auch Betrüger – als Tauben verkleidete Falken und umgekehrt. Der Regenwald und das Riff steckten voller Schwindler – Bluffer, Falschspieler und Schauspieler. Die harmlose Mangrovenschlange kleidete sich wie die tödliche Krait. Fast jeder räuberische Korallenfisch hatte einen harmlosen Doppelgänger. Das Täuschungsmanöver perfektioniert hatte ein Insekt, das das Muster einer Wespe angenommen hatte und sein Leben Kopf an Kopf mit dem Partner verbrachte, sodass ein Räuber, aus welcher Richtung er sich auch näherte, scheinbar immer mit einem stechenden Leib konfrontiert wurde.

Dunkelheit senkte sich herab. Boucher steckte die Kugel in die Jackentasche und blickte gen Norden, wo der schwache Schein eines Feuers aufgeflammt war. Eine mit einer Kanone bewaffnete Taube, dieser Bluff war einfach unschlagbar.

# 18

*8. Tag*

Zusammengekauert in der Dunkelheit überkam Candy allmählich ein tierhaftes Empfinden. Die Angst blieb, harrte aber in einiger Entfernung. Ihre Augen schweiften nicht mehr ständig auf der Suche nach mit Zähnen bewaffneten Geschöpfen umher, die sich auf den glitschigen nächtlichen Pfaden an sie heranschlichen. Sie ertrug die Moskitoplage und löschte jeden Gedanken an Blutegel aus. Sie ignorierte den Regen, der sie durchnässte, und die Kälte, die ihr in die Knochen drang. Sie musste eingedöst sein, denn unvermutet brach die Dämmerung herein. Zermürbt und fröstelnd blickte sie in den morgendlichen Dunst und fühlte sich bereits geschlagen, noch ehe der Tag begonnen hatte.

Das Nächste, was sie mitbekam, war Sonnenlicht, dass sich über den Wald ergoss. Stöhnend massierte sie ihre Gliedmaßen, bis wieder Leben durch sie hindurchströmte, und zog Gamaschen und Hose herunter. Bei dem Anblick, der sich ihr bot, stöhnte sie. Die Blutegel waren da gewesen und hatten von den Knöcheln bis hinauf zu den Oberschenkeln ihre Male hinterlassen. Insgesamt befand sie sich in einem erbarmungswürdigen Zustand. Ihr Gesicht war von Moskitostichen veschwollen, ein Auge halb geschlossen. Übelkeit rebellierte wie stummer Protest in ihrer Magengrube.

Ein feuerroter Vogel, erzürnt über ihre Anwesenheit, huschte über ihr auf einem Stamm entlang. Als sie ihn bei seinem aufgeregten Gehabe beobachtete und die Verschwendung all dieser knopfäugigen Energie bestaunte, gab sich Candy einen Ruck und befreite sich aus dem moralischen Sumpf, der sie zu verschlingen drohte. Sie war am Leben und nur darauf kam es.

Vielleicht war Marriot nicht tot. Im Sumpf breitete sich Pessimismus aus wie Moder, man stellte sich leicht das Schlimmste vor; aber sie konnten aus vielerlei Gründen den Kontakt zueinander verloren haben.

Vielleicht hatte Marriot die Pfeife verloren oder entschieden, der von ihm zuerst gewählte Platz sei doch nicht so gut, war dann zu weit weggegangen und konnte in der Dunkelheit nicht mehr zurück und ... Immerhin hatte sie nicht gehört, dass er das Signal für Gefahr gepfiffen hätte.

Sie sah auf die Uhr und erschrak. Viel zu viel Zeit war bereits ungenutzt verstrichen. Diese Erkenntnis brachte sie rasch auf Trab. Vielleicht hatte Marriot nach ihr gerufen; möglich, dass er zum Tümpel zurückgegangen war. Sie stolperte in die Richtung, aus der sie die letzten Pfeiftöne gehört hatte. Bald wurde der Untergrund elastischer und als sie Marriots Fußspuren entdeckte, wusste sie, sie war auf dem richtigen Weg. Also kein Krokodil, dachte sie, und fragte sich, ob das die Sache besser oder schlimmer machte.

Die Blätter vor ihr begannen eine hellere Farbe anzunehmen, wechselten von olivgrün zu smaragd. Vorsichtig pirschte sie sich an eine große Lichtung heran. Als sich ihre Augen an das grelle Licht gewöhnt hatten, sah sie die Stümpfe roh umgehackter Bäume. Darum also hatte Marriot einen so aufgeregten Eindruck gemacht. Auch ihr Herz begann zu rasen.

Die Andeutung eines Pfades führte durch das Unterholz. Am Ende der Spur tauchte etwas auf, das aus dem willkürlichen Raster des Dschungels herausfiel. Sie schlich näher und stieß auf die Überreste einer Rattanhütte.

Ihr Erstaunen wich Besorgnis. Wenn Marriot auf Waldbewohner gestoßen war, wäre er auf keinen Fall mit ihnen weggegangen und hätte sie allein zurückgelassen – zumindest nicht freiwillig. Und wenn ihn Eingeborene gefangen genommen hätten, hätten sie auch nach ihr gesucht. Vielleicht hatten sie das auch. Vielleicht hatten Menschen das leise Platschen verursacht, das sie gehört hatte.

Sie verwarf diesen Gedanken. Die Hütte war verrottet und überwachsen. Außer Marriot war seit Wochen, vermutlich seit

Monaten, niemand hier gewesen. Und wenn er das Lager entdeckt hatte, hätte er es nicht verlassen. Außerdem hätte er nicht aufgehört zu pfeifen. Candys Besorgnis wuchs.

Sie warf einen verstohlenen Blick über die Schulter, kniete nieder und lugte in die zerfallene Hütte. Zwischen den wuchernden Unkrautranken blitzte etwas auf. Wachsam, auf Schlangen achtend griff sie in die Pflanzen und zog einen billigen Kassettenrekorder hervor. Automatisch drückte sie auf die Taste und die Klappe öffnete sich langsam ein Stück weit. Es befand sich immer noch eine Kassette darin, aber das Etikett hatte der Schimmel vernichtet. Ein Käfer lief über ihre Hand und erschrocken ließ sie das Gerät fallen.

Nach einem weiteren vorsichtigen Blick nach hinten setzte sie ihre Erkundung fort und entdeckte eine Pfanne und eine Gummisandale. Sie schluckte und überlegte, was diese Funde zu bedeuten hatten. Das Lager mussten Jäger oder Honigsammler eingerichtet haben – Menschen, die nur am Rande Kontakt mit der Zivilisation hatten. Arme Leute. Leute, die solch wertvollen Besitztümer nicht einfach zurückgelassen hätten. Es sei denn, sie hatten fliehen müssen, waren von einer Krankheit heimgesucht worden oder ...

Candy wirbelte herum. Da lag Marriots Hut, so offen, dass sie sich einen Herzschlag lang einbildete, jemand müsse ihn eben vor die Hütte geworfen haben, während sie ihm den Rücken gekehrt hatte. Ihr Blick wanderte über die grüne Wand, die die Lichtung einschloss. Sie wurde das Gefühl nicht los beobachtet zu werden. Die Bäume im Auge behaltend kniete sie nieder und senkte langsam den Blick auf den Boden. Aus dieser Perspektive sah sie Marriots Fußabdrücke. Dicht daneben befand sich ein anderer undeutlicher Abdruck, größer als ihre Handfläche.

Sie stand auf, rührte sich aber nicht von der Stelle. Schmerzhaft war sie sich der lastenden Stille und ihres hämmernden Herzen bewusst. Schweißtropfen liefen ihr in die Augen, aber sie blinzelte nicht. Winzige Insekten tanzten in einem Sonnenstrahl. In der Ferne flötete ein Vogel. Die wenigen Geräusche machten die Stille noch intensiver. Candy wappnete sich gegen eine unsichtbare Bedrohung und beobachtete erneut den Rand der Lichtung. Sie war von Bäumen eingekerkert.

Behutsam einen Fuß vor den anderen setzend begann sie sich zu bewegen. Sie ließ sich von ihrem Instinkt leiten. Ihr Blick glitt über den Boden. Aufmerksam suchte sie nach Spuren und seien sie noch so vage. Ein Vogel flog über sie hinweg und sie fuhr erschrocken zusammen. Sie entdeckte keine Fußabdrücke, keinerlei Anzeichen, dass Marriot diesen Weg gegangen war, nur eine kaum wahrnehmbare Veränderung, als sei etwas über den Boden geschleift worden.

Die Schleifspur führte auf eine dichte Wand aus Farnen und jungen Bäumen zu. Candys Blut pochte in ihren Adern, während sie sich heranpirschte. Zehn Meter davor stockte sie, alle Sinne angespannt. Sie hörte nur das Summen der Fliegen – ein träges, übersättigtes Geräusch. Ihr Mund wurde trocken und sie spähte angestrengt durch das trügerische Wechselspiel von Schatten und Licht.

Ein Tiger.

Das Bild des Tigers, das sie seit Betreten der Insel im Kopf hatte, sprang sie aus dem Dickicht an. Nur ein Tiger konnte Marriot getötet und verschleppt haben.

Er hatte ihn sicher nicht weit getragen. Möglich, dass er sie genau in diesem Moment beobachtete. Möglich, dass sie genau in seine starren Augen blickte.

Unverwandt den Blick auf das Dickicht gerichtet, wich Candy zurück. Sie starrte immer noch auf die gleiche Stelle, als sie bereits zu weit entfernt war um etwas erkennen zu können. Sie passierte die Hütte und ging weiter. Fast hatte sie die Lichtung hinter sich gelassen, als ihr der Kompass einfiel.

Der Kompass! Ohne ihn war sie verloren.

Die furchtbare Gewissheit, dass der Tiger wohlgenährt war und ein paar Tage lang nicht jagen musste, gab ihr die Kraft zurückzugehen. Vorausgesetzt sie lief nicht blind in ihn hinein, hatte er keinen Grund anzugreifen. Sie suchte die Umgebung der Hütte ab und arbeitete sich unter Aufbietung ihrer ganzen Willenskraft weiter vor in Richtung Dickicht. Marriot hatte den Kompass an einer Schnur um den Hals getragen. Er würde ihn immer noch tragen – das heißt, das, was von ihm übrig geblieben war.

Zentimeter für Zentimeter näherte sie sich. Das fast gemütliche Summen warnte erneut vor drohender Gefahr. Sie ging noch einen Schritt weiter, das Summen verstärkte sich zornig. Ihre Beine zitterten. Angst schüttelte sie wie ein Malariaanfall. Sie konnte es nicht. Sie konnte nicht da hineingehen.

Sie bekämpfte den Drang einfach davonzurennen und zog sich langsam zur Hütte zurück. Als sich ihre Nerven beruhigt hatten, sah sie sich vor eine einfache Entscheidung gestellt – weitergehen oder zurückgehen. Ohne den Kompass war sie in jedem Fall auf ihr Glück angewiesen. Entweder sie fand den richtigen Weg oder sie verfehlte ihn. Wer immer dieses Lager angelegt hatte, musste aus einem nicht allzu weit entfernten Dorf gekommen sein, möglicherweise nur einen Tagesmarsch entfernt. Der Sumpf schien hier zu enden. Wenn sie weiterging, stieß sie eventuell auf einen Pfad.

Ihr Blick fiel auf den Kassettenrekorder. Wem er auch gehört hatte, dieser Jemand musste Verwandte haben, die nach ihm gesucht hatten, als er nicht zurückgekommen war. Es mussten Eingeborene sein, die den Urwald kannten, kundige Fährtenleser, und trotzdem hatten sie das Lager nicht gefunden.

Weitergehen schied also aus; die Mangroven waren der einzige ihr offen stehende Weg. Sie musste nicht exakt in die richtige Richtung gehen. Vorausgesetzt sie wich nur geringfügig ab, musste sie zwangsläufig in Sichtweite der Insel an die Küste gelangen.

Blinzelnd schaute sie zur Sonne. Sie stand fast senkrecht über ihr und ihr weiterer Weg war nicht klar erkennbar. Sie steckte einen Zweig in die Erde und wartete auf das Wandern des Schattens. Als sie sich über die Richtung sicher war, ließ sie alles hinter sich zurück. Alles, was sie tun musste, war drei Bäume in einer Reihe anzuvisieren und das so lange zu wiederholen, bis sie die Küste erreichte.

Sie warf einen letzten Blick in die Runde. Jahre konnten vergehen, ehe wieder jemand seinen Fuß auf dieses Fleckchen Erde setzte, und dann hätte der Wald bereits wieder alles überwuchert und jedes Anzeichen menschlichen Lebens ausgelöscht. Sie drehte Marriots Hut in den Händen und versuchte sich seine letzte Ruhestätte auf ewig einzuprägen.

»Lebwohl, Robert.«

Schon wenige Minuten nach ihrem Aufbruch geriet Candys Selbstvertrauen ins Wanken. Ein falscher Schritt, eine falsche Wendung, mehr war nicht nötig um die Richtung zu verlieren und es gab keine Landmarken, die ihr auf den richtigen Weg zurückhelfen könnten. In der Wüste sah man wenigstens den Horizont, auf den man zugehen, und den Himmel, an dem man sich orientieren konnte. Hier gab es Wände statt Horizont und das Licht sickerte diffus durch die Baumkronen ohne seinen Ursprung zu offenbaren.

Beständig hielt sie Ausschau nach Anhaltspunkten und von Zeit zu Zeit hielt sie inne und versuchte die Geräusche des Dschungels zu entschlüsseln.

Seit ihrer Kindheit waren Tiger ihre Lieblingsraubtiere. Zum ersten Mal hatte sie auf einer Waldstraße in Malaysia einen wilden Tiger gesehen. Gemächlich war er vor dem Landrover hergeschlendert, sein Schwanz schlug lässig hin und her, seine Schultern bewegten sich so geschmeidig, als liefen sie über geölte Kugellager. Als der Fahrer hupte, hatte sich das Tier umgedreht und das Maul zu einem unhörbaren Knurren geöffnet. Sicher im Auto sitzend hatte die dreizehnjährige Candy bei diesem Anblick eine prickelnde, fast sexuelle Erregung empfunden.

Saugender Schlamm hielt ihre Füße fest und sie wäre fast vornübergefallen. Sie begann nachlässig zu werden. Entschlossen verbannte sie sämtliche Tiger aus ihrem Kopf und konzentrierte sich auf das, worauf es ankam.

Ihrer Schätzung nach musste sie bereits ein paar Stunden gegangen sein, aber als sie stehen blieb und auf die Uhr sah, war sie gerade vierzig Minuten unterwegs. Obwohl ihr Magen immer noch rebellierte, zwang sie sich etwas zu essen. Kaum hatte sie ein paar Bissen hinuntergewürgt, befielen sie heftige Krämpfe. Sie krümmte sich und eine Welle der Übelkeit überschwemmte sie. Sie griff nach einem Ast und klammerte sich daran, bis die Welle vorüber war. Anschließend überfiel sie ein unnatürlich heftiger Schweißausbruch und sie fühlte sich unendlich schwach. Nur Minuten später verwandelten sich ihre Innereien in pure Flüssigkeit, und ihr blieb kaum Zeit sich hinzuhocken, bevor es aus ihr herausbrach. Wolken von Fliegen stürzten sich auf ihre Exkremente, als hätte die Evolutionsgeschichte sie nur auf diesen Moment vorbereitet.

Zu erschöpft um Abscheu zu empfinden zog Candy sich hoch und schüttete zitternd Pillen in ihre Kehle. Austrocknung war die größte Gefahr, deshalb trank sie so viel, wie ihr Magen ihrem Gefühl nach gerade noch verkraften konnte. Sie wollte sehen, wie viel Zeit sie verloren hatte.

Nichts. Keine Uhr. Sie versuchte den Zusammenbruch zu ignorieren. Die Uhrzeit hatte hier keine Bedeutung. Sie sah zu dem durch die Blätter einsickernden Licht empor und schätzte, noch zwei Stunden Tageslicht zu haben.

Stirnrunzelnd versuchte sie sich zu orientieren. Fremd, dachte sie, und blinzelte in die andere Richtung. Prüfend schaute sie sich nach allen Seiten um, ihr Herz begann zu hämmern. Sie fuhr herum und suchte wie wahnsinnig nach irgendeinem Anhaltspunkt. Sie drehte sich vor und zurück, hin und her. Entsetzt griff sie sich an die Kehle. Sie hatte keine Ahnung, wohin sie sich wenden sollte.

»Jetzt bist du im Arsch.«

Der Versuch ihre Spuren zurückzuverfolgen brachte sie nicht weiter. Der Sumpf hatte ihre Schritte spurlos verschluckt und sie war nur noch verwirrter als zuvor. Sie lehnte den Kopf an einen Baum und versuchte klar zu denken. Ihr Hirn war träge. Die Bäume standen reglos da, kein Blättchen bewegte sich. Die Zeit schien stillzustehen.

»Du kannst nicht den ganzen Tag hier herumsitzen.«

Trotzdem war sie wie gelähmt. Ihre Gedanken begannen zu wandern. Als sie einen traurigen Schrei hörte, bildete sie sich ein, sie kenne ihn von der Insel. Er wurde deutlicher und sie schaute hinauf und sah den Vogel. Sie hatte den sehnsuchtsvollen Ruf des Fischadlers gehört, der die innere Lagune kontrollierte. Sie schüttelte den Kopf um die Benommenheit zu vertreiben und verfolgte seinen Flug.

Als der Vogel außer Sicht geriet, orientierte sie sich an seiner Flugrichtung, machte aber keine Anstalten weiterzugehen. Der Adler könnte landeinwärts zurückgekehrt oder ein Zugvogel sein. Sie stand vor ihrer letzten Entscheidung, ihrer letzten Chance und sie hatte Angst sich festzulegen.

Ein Seufzer entwich ihr. »Ach, es ist doch egal.«

Ihre Beine trugen sie voran. Seelisch wie körperlich am Ende kam sie kaum vorwärts. Manchmal schaffte sie gerade ein paar Meter, bevor ihr die Luft ausging. Sie hatte furchtbare Angst irgendein bösartiger Instinkt könne sie zurück zur Lichtung führen. Sie stürzte und es kümmerte sie nicht, wo sie hinfiel. Eine ihrer Gamaschen war ruiniert und sie brachte nicht die Energie auf, sie auszuziehen oder wenigstens zu befestigen. Wieder fiel sie hin, kämpfte sich erneut auf die Beine und stand nur da, den Blick nach oben gerichtet ohne etwas zu sehen.

»Na, Candy, was machen wir jetzt?«

Sie schwankte, fühlte sich krank und schwach und lachte erstaunt über ihre Schwäche.

»Na Candy«, hörte sie sich noch einmal sagen, »was machen wir jetzt?«

Apathie ergriff von ihr Besitz. Sie würde nie hier herauskommen. Sie würde im Kreis herumirren, bis sie nicht mehr konnte. Keiner ihrer Gefährten würde nach ihr suchen. An jedem Tag, den sie in den Mangroven war, würden sie sich ihrer Rettung einen Tag näher fühlen, bis zum fünften Tag, dann setzten die Zweifel ein. Dann wäre sie tot. Josef auch. Und der Pilot, dessen Namen ihr nie einfallen wollte. Sixt, ja, das war der Name. Sixt hieß er und hatte zwei Töchter unter zehn Jahren und einen Sohn von dreizehn. Josefs Frau erwartete Weihnachten ihr erstes Kind. Wenn es ein Mädchen würde, wollten sie es Lotte nennen; für einen Jungennamen hatten sie sich noch nicht entschieden, entweder Martin oder Klaus. Josef hätte lieber einen Klaus, aber sie zog Martin vor, nach ihrem Großvater.

Mit einem Ruck kam Candy wieder zur Besinnung. »Reiß dich zusammen«, sagte sie laut. »Noch bist du nicht tot.«

Es blieb ihr nur noch ungefähr eine Stunde Tageslicht und so lange konnte sie bestimmt noch gehen. Selbst wenn sie eine weitere Nacht im Sumpf verbringen musste, bedeutete das nicht das Ende der Welt. Sie trank den letzten Schluck aus ihrer Flasche. Von jetzt an musste sie mit gereinigtem Sumpfwasser vorlieb nehmen.

»Auf, Candy. Auf ein Neues.«

Sie versuchte es, sie versuchte es wirklich, aber alle Bemühungen waren vergeblich. Sie konnte nur noch verschwommen sehen, sodass sie das Gefühl hatte in einem unruhigen giftig grünen See Wasser zu treten. Ihr Gesicht glühte und ihr Kopf fühlte sich an, als würde er platzen. Sie hatte einen Hitzschlag und Schlimmeres. Sie hatte aufgehört zu schwitzen.

Es mangelte nicht an Wasser, aber alles war giftig. In der ersten Pfütze schob sie den oben schwimmenden Schaum beiseite, tauchte ihre Flasche hinein und gab entsprechend dosiert Chlortabletten dazu. Zwanzig Minuten hätte sie warten müssen, aber ihr fehlte die Zeit. Das Licht wurde schwächer. Sie nahm einen Schluck und spuckte das Wasser sofort wieder aus. Angewidert versuchte sie sich den Geschmack aus dem Mund zu wischen. Scheußlich. Nicht nur brackig, sondern brennend salzig. Untrinkbar.

Verzweiflung erfasste sie. Es war zu spät um eine Quelle zu suchen und ohne Wasser würde sie die Nacht kaum überstehen. Ihre Lippen bebten. Endgültig besiegt begann sie zu weinen – ein krampfartiges Schluchzen, das aus ihr herausbrach wie die Stottergeräusche aus einem Auto, dem das Benzin ausging.

Fatalismus löste den Weinkrampf ab. »Gut«, murmelte sie. »Gut, gut.«

Sie begann das Wasser auszuschütten, hielt plötzlich inne und zog angestrengt eine Augenbraue hoch. Sie starrte die Flasche an. Ihre Kehle pulsierte. Sie nahm noch einen Schluck und diesmal spuckte sie ihn nicht aus.

Meerwasser! Derart salziges Wasser musste bedeuten, dass sie in der Nähe der Lagune war. Aber in welcher Richtung lag sie? Sie sah sich um. Sie hatte den Eindruck, als sei das Licht an einer Stelle ein klein wenig anders als sonst überall. Sie entschied sich für diese Richtung und ging mit ausgestrecken Armen los, als würde sie blinde Kuh spielen. Als eine sanfte Brise zu ihr heranwehte, blinzelte sie, ging noch einen Schritt weiter und gelangte zu einer Lücke zwischen den Bäumen. Sie torkelte hinaus und streckte eine Hand aus um den Schwindel erregend hohen Himmel abzuwehren. Zwischen den Bäumen erstreckte sich in einer geraden Linie der tropische Horizont.

Keine Insel war zu sehen, aber sie konnte nicht weit weg sein. Wahrscheinlich versteckte sie sich hinter den Mangroven, die sich zu beiden Seiten entlangzogen. Das Wasser zwischen den Mangrovenarmen wurde tiefer und reichte ihr manchmal bis zur Taille. Mit dem Mut der Verzweiflung stapfte sie weiter.

Irgendwann erreichte sie die Spitze der Mangroven und sah die Insel, nicht weiter als anderthalb Kilometer entfernt die Küste hinauf. Wie schön sie aussah, wie heiter und rein, die höchsten Bäume wie Sonnenschirme, die von den letzten Sonnenstrahlen angestrahlt wurden. Aber ein noch schönerer Anblick war das Schlauchboot, das wie eine Ringelblume aufglühte.

Es war vielleicht vier-, fünfhundert Meter entfernt und kam zurück. Sie fuchtelte mit den Armen und schrie, aber ihre Stimme war heiser und brach. Hektisch begann sie zu winken. Sie sah, dass der Ruderer die Ruder sinken ließ. Hoffnung durchflutete sie. Es war Jay, daran zweifelte sie nicht. Eine Woge der Dankbarkeit erfasste sie. Er war gekommen um sie zu suchen. Er hatte sie nicht vergessen. Wieder winkte sie und sah, dass er weiterruderte. Ja!

Mit erhobenem Arm wartete sie, dass das Boot in ihre Richtung drehte. Sie wartete, langsam sank ihr Arm herab. Das Boot fuhr genau auf die Insel zu. Jay hatte sie nicht gesehen. Mit gleichmäßigen Schlägen zog das Boot davon. In stummer Qual beobachtete sie, wie es immer kleiner wurde und schließlich die Spitze der Insel umrundete.

Es war verschwunden.

Ungeheure Enttäuschung schnürte ihr die Kehle zu. Tränen stiegen ihr in die Augen. So nah, so herzzerreißend nah. Hätte sie doch nicht so viel Zeit verschwendet. Wäre sie nur zehn

Minuten früher hier gewesen. Hätte sie nur ein bisschen Glück gehabt.

Sie stand bis über die Taille in fauligem Wasser, umgeben von Gezeitenzonen, die von winzigen Lebewesen wimmelten. Die nächsten Bäume waren ungefähr vierzig Meter weit weg und kaum mehr als im Wasser lebendes Gestrüpp, aber sie hatte keine andere Wahl. Schon lag die Insel im Dunkeln.

An Körper und Geist gebrochen watete sie zu einem Mangroveninselchen. Als sie auf einen erhöhten Platz geklettert war, vereinigten sich Himmel und Meer zu einem verschwommenen grausilbernen Dunst. Die Brise legte sich fast völlig und Dunkelheit erfüllte den Horizont. Der Tag ging zu Ende und die Insel hob sich als klare Kontur vor einem sternenübersäten Himmel ab. Candy verschwendete keine Energie um zu schreien. Selbst tagsüber kamen die anderen höchst selten in die innere Lagune, bei Nacht niemals. Wenn Jay morgen nicht zurückkam, musste sie ungeachtet der Gefahr durch Krokodile hinüberschwimmen.

Ihr Inselchen bot nicht genug Platz, dass sie sich hätte hinsetzen können, nicht einmal um sich hinzuhocken. In aufrechter Stellung sank sie in sich zusammen und klammerte sich fest. Der Halbmond schob sich über den Wald und ließ tausende Krabbenaugenpaare aufleuchten. Candy hörte das Kratzen ihrer Scheren. Am Wasserrand kreischte und zappelte ein größeres Tier. Sein Todeskampf dauerte lange. Candys Haut prickelte. Sie presste den Mund in die Ellenbogenbeuge und starrte in den Abgrund ihrer Fantasie, in dem, glühend wie heiße Kohle, der Tiger lauerte.

# 19

*8. Tag*

Die Einsamkeit setzte Boucher schwer zu. Allein zu sein entsprach weder seinem Stil noch seiner Gewohnheit. Während er aß, war er sich darüber im Klaren, welch primitiven Eindruck er erwecken musste – halbgares Schildkrötenfleisch zwischen beiden Händen, wild mahlende Kiefer, vor sich hin starrend wie ein Affe. Hin und wieder hielt er mitten im Kauen inne und drehte sich wie magisch angezogen um. Mond und Sterne leuchteten und zeichneten den Wald als scharfe Silhouette vor dunklem Untergrund. In den Bäumen herrschte unruhiges Gewisper. Gelegentlich tastete seine Hand nach der Pistole.

Den ganzen Tag über war er unruhig gewesen, denn er hatte einen Überfall der Ökos erwartet. Aber sie hatten ihn in Ruhe gelassen, und er konnte sich nicht vorstellen, dass Jaeger bei Nacht angreifen würde, obwohl, Disco ... Dass Candy fort war, hatte nichts geändert. Es war nicht vorbei zwischen Disco und ihm. Wieder sah er zum Wald hinüber. Er erinnerte sich, wie Disco damit geprahlt hatte, er habe sich unbemerkt an ihn herangeschlichen, als er beim Wacheschieben eingeschlafen war. Das war eine Warnung gewesen, eine Ankündigung von Gewalt, die ihm damals Angst eingejagt hatte und ihm inzwischen noch mehr Angst einjagte. Der Mann war nicht normal, er war zu allem fähig.

Zu allem?

Boucher rührte sich nicht und wartete auf die Stimme der Vernunft, damit sie seine Ängste ad absurdum führte, aber sie stellte sich nicht ein. Hier herrschte nicht die Vernunft; hier konnte sich das Undenkbare jederzeit ereignen. Es wäre auf dieser Insel kein Problem, mit einem Mord davonzukommen. Disco könnte ihn im Schlaf ermorden und seine Leiche in den Wald schaffen. Wer könnte schon mit Gewissheit sagen, was passiert wäre? Vermutlich würden die anderen nicht einmal seine Leiche finden.

Seine Kopfhaut kribbelte, und Boucher legte seine Mahlzeit beiseite, nahm die Pistole und setzte sich auf einen Platz, von dem aus er den Wald stets im Auge behalten und sehen konnte, ob sich von dort jemand näherte. Er konnte nicht so weitermachen, das wusste er. Nur Angst und Trägheit waren nicht auszuhalten. Niemand, mit dem man reden konnte, kein Licht zum Lesen oder Schreiben. Tote Zeit. Unendlich sehnsuchtsvoll blickte er zum anderen Ende der Insel, wo die Ökos ein Feuer aufgeschichtet hatten, das so mächtig aufloderte, dass es wohl für eine Zeremonie bestimmt war. Sie hatten am Baumausguck gearbeitet und schienen jetzt zu feiern. Schatten bewegten sich schwankend um das Feuer und ein Geräusch, das wie Trommeln klang, ließ die Luft erzittern.

Gelangweilt und ruhelos lungerte Boucher am Strand herum und schaute zu dem schwach schimmernden roten Licht der Bohranlage hinaus. Gleich hinter dem Horizont saßen Leute vor dem Fernsehapparat, nahmen eine Dusche, spielten Billard. Boucher hob sein Gesicht den Sternen entgegen. Sie funkelten so dicht, dass Teile des Himmels weiß waren, und trotzdem waren sie Lichtjahre voneinander entfernt.

In Gedanken klimperte Boucher ein paar Bluestakte.

Abgesehen von der Isolation und der Anspannung aufgrund der ständigen Bedrohung ging ihm auch noch sein Story verloren. Er hatte sich selbst aus dem Text gestrichen. Es gab keine andere Möglichkeit, als mit den Ökos Frieden zu schließen. Die Pflicht verlangte es und auch der gesunde Menschenverstand. Es war besser, wenn er Disco im Auge behalten konnte, anstatt permanent darüber nachzudenken, wann und wo er zuschlagen würde. Ja, bei den anderen wäre er sicherer, aber zu Kreuze kriechen würde er nicht. Sein Stolz verlangte, dass er noch eine weitere Nacht als Ausgestoßener verbrachte.

Wieder erregte irgendein seltsames, undefinierbares Geräusch aus dem Dschungel seine Aufmerksamkeit. »Mach dir nicht in die Hose«, ermahnte er sich, »auf der Insel wimmelt es nur so von sonderbarem Zeug.«

Der Mond hatte den Strand in eine breite silberne Straße verwandelt. Einem Impuls gehorchend schlenderte Boucher zur Südspitze. Mondlicht überflutete das schimmernde Wasser und die Lightshow der Leuchtkäfer war in vollem Gange. Aufmerksam musterte Boucher den schwarzen Fries der Mangrovenküste und glaubte nicht einen Moment daran, dass Marriot und Candy noch dort sein könnten. Zweimal war er heute in die innere Lagune gerudert, das letzte Mal kurz vor Sonnenuntergang, und erst zurückgefahren, als das Wasser zwischen den Bäumen bereits dunkel zu werden begann.

Er rief, nicht aus einer bestimmten Absicht heraus, die Lautstärke seiner Stimme war eher darauf abgestimmt, den Frieden nicht zu stören, als Aufmerksamkeit auf sich zu lenken.

Sekunden später kam ein Echo zurück. Merkwürdig, dachte er. Er hatte geglaubt, der Sumpf würde Geräusche aufsaugen wie ein Schwamm. Er versuchte es noch einmal und wieder kam seine Stimme zurück. Als sein nächster Ruf im Nichts verklang, war er erleichtert. Nur um sicherzugehen rief er noch zweimal.

Langsam ließ seine innere Spannung nach. Da war niemand.

Zurück im Lager gab er Fieser noch eine Morphiumspritze. Er ärgerte sich, weil er bei ihm ausharren musste, obwohl nichts mehr zu retten war. Als er später auf seinem Bett lag, überließ er sich bittersüßen Erinnerungen. Er hatte gedacht, wenn Candy nicht mehr da wäre, ließe seine Schwärmerei bald nach, aber die Erinnerung an sie hatte sich tief eingegraben – an ihr lebhaftes Lächeln, ihren geschmeidigen Gang. Er erinnerte sich an jede Kleinigkeit – an die Wölbung ihres Bauches, an ihre Angewohnheit, die Haare am Hinterkopf hochzuschieben und ihren Nacken zu entblößen, wenn sie müde war.

Der Schlaf wollte sich nicht einstellen. Das Echo zerrte an seinen Nerven. Zuerst war es zurückgekommen, dann nicht mehr. Vielleicht hatte ein Affe ihn nachgemacht, dachte er und drehte den Kopf, als aus dem Lager der Ökos eine Welle von Gelächter heranbrandete. Er legte sich zurück und versuchte sich vorzustellen, wo Candy gerade sein mochte.

Scheiße!

Boucher stand entschlossen auf, bevor er realisiert hatte, dass die einzige Möglichkeit sich Seelenfrieden zu verschaffen darin bestand, die Küste entlangzurudern. Noch nie hatte er sich bei Nacht in die Lagune hinausgewagt und bei der Vorstellung, da draußen allein zu sein, bekam er Zustände. Er musste an den Styx denken, an einen Weg ohne Rückkehr.

Und er war der Fährmann, der Candy übergesetzt hatte.

Er kletterte ins Boot und stieß sich ab. Das Wasser schimmerte wie Asphalt. Während er dicht an der Küste entlangruderte, sah er die starr blickende Muräne vor sich, geduldig wie das Grab. Irgendwie erinnerte ihn die Muräne an Disco – als sei Disco ihm *vorbestimmt*, immer schon dagewesen, nur darauf wartend, dass sich ihre Wege kreuzten.

Bouchers Haut begann zu kribbeln, doch nur, weil er inzwischen die Insel hinter sich gelassen hatte und das Gleiten über die Lagune ein Gefühl in ihm auslöste, als würde er über die glatte Haut eines Tieres streichen. Es herrschte Ebbe und die Schlammbänke lagen matt glänzend im Mondlicht. Er umfuhr sie in großem Bogen und ruderte so leise er konnte.

Fast verlor er die Nerven, als er zurückblickte und die Insel hinter sich verschwinden sah. Er holte die Ruder ein und wartete, bis sich seine Sinne auf die Umgebung eingestellt hatten. Kleine Tiere huschten über die Flachwasserstellen. Er räusperte sich.

»Jemand da draußen?«

Es machte *plopp*. Sein Kopf fuhr herum und sein Herzschlag beschleunigte sich.

»Hallo?«

Das Wasser gluckste an den Wurzeln.

»He!«, schrie er und kam sich unglaublich albern vor.

Als ein Antwortruf erklang, erschütterte ihn das dermaßen, dass ihm fast ein Ruder über Bord gefallen wäre. Eindeutig eine menschliche Stimme. Weiter die Küste hinunter, aber zu schwach um sie zu identifizieren. Die unterschiedlichsten Gefühle stürmten auf ihn ein – Schock, Begeisterung, Enttäuschung, Erleichterung, Furcht.

Die Antwort auf seinen nächsten Ruf kam so schwach, dass er sie gerade noch wahrnehmen konnte, und als er noch einmal rief, folgte Schweigen. Er begann wieder zu rudern. Schlammbänke schoben sich dicht an das Boot heran, teilten sich und vereinten sich wieder. Er starrte in die Gänge zwischen den Mangroven. Da drin war es so dunkel wie in der Hölle.

Er geriet in Schlamm und musste in tieferes Wasser zurück.

»Ich muss außen herum«, rief er. »Wo bist du?«

Er hörte ein Wispern, das von überallher kommen konnte. Seine Augen versuchten das Schattenspiel des Blättergewirrs zu durchdringen, das uralte silberhaarige Gestalten heraufzubeschwören schien.

»Du musst mir schon sagen, wo du bist.«

Da antwortete eine Stimme recht deutlich: »Ich bin hier drüben.«

Er starrte angestrengt in die Richtung, aus der die Stimme kam, und erkannte schemenhaft ein Gesicht, das vor dem Schatten eines Mangrovengestrüpps wie ein Papierlampion aussah. Sein Herz machte einen Sprung.

»Candy? Candy, bist du das?«

»Hallo, Jay«, flüsterte sie.

Unbändige Freude erfüllte ihn. Er stieß ein zittriges Lachen aus. »Herrje, Candy, was, zum Teufel, treibst du da?«

»Ich fürchte, ich stecke fest.«

Er holte die Ruder ein und ließ das Boot hörbar gegen einen Baum prallen.

»Candy, ich kann nicht näher heran. Kannst du mich erreichen?«

Er interpretierte ihr Schluchzen als *nein*. Sie gab noch ein Geräusch von sich, das er nicht identifizieren konnte. Es war ihm unheimlich.

»Okay, ich komme zu dir.«

Er schwang die Beine über den Bootsrand und ihm stockte der Atem, als er tief im Schlick versank. Um nicht das Gleichgewicht zu verlieren tastete er sich mit ausgestreckten Armen über Wurzeln und jede Menge übles Zeug. Jeder Schritt wirbelte den Gestank fauliger Eier auf. Sein Mund stand starr offen vor Anspannung, denn jeden Moment erwartete er den Stoß eines Zitteraals oder den Stich eines Stachelrochens. Er dachte an die Bazillen, die in die frische Wunde in seinem Fuß eindrangen.

Das ominöse Geräusch, das Candy machte, entpuppte sich als Zähneklappern. Sie klebte an einem Baum wie ein an den Großmast gebundener Matrose und er sah sofort, dass sie in ernsthaften Schwierigkeiten steckte. Sie war über und über mit Schlamm bedeckt und zuerst dachte er, sie sähe deshalb so unförmig aus, aber bei näherer Betrachtung bemerkte er, dass ihr Gesicht verschwollen und ein Auge gänzlich verschwunden war.

»Großer Gott«, stieß er hervor, »was zum ...?« Er brach ab und spähte hinter sie. »Wo ist Marriot?«

»Tot«, flüsterte sie.

Er war wie betäubt. Marriot war Dschungelexperte. Er konnte nicht tot sein.

»Aber ...«

Sie krächzte, es schien eine Bitte um Wasser zu sein. Verstört fiel ihm ein, dass er kein Wasser mitgenommen hatte. Er hob die Arme. »Es ist nicht weit. Schaffst du es bis zum Boot?«

Ohne Hilfe kam sie nicht von den Wurzeln herunter. Er musste sie fast tragen, als sie sich zum Boot quälten. Der Krach, den sie dabei vollführten, musste sich anhören wie die Laute eines gepeinigten Tieres und bei der Geschwindigkeit, mit der sie vorankamen, konnte jedes Krokodil in einer Entfernung von ein paar Hundert Metern sie erwischen, bevor sie am Boot angelangt waren. Er warf Candy wie einen Sack ins Boot und zog das Schlauchboot frei. Er hüpfte hinein und begann mit aller Kraft zu rudern.

Candy versuchte zu sprechen. Boucher glaubte Josefs Namen aufgeschnappt zu haben.

»Er klammert sich an das Leben. Ich habe die Medikamente vom Luftschiff geholt, aber es ändert sich nichts. Und Trigg ist übergelaufen. Jetzt gibt es nur noch uns beide.« Seine Stimme brach. Er war kurz davor, in Tränen auszubrechen. »Gott, Candy, ich bin so froh, dass du wieder da bist.«

Ihr Kopf sank schlaff herab und Boucher wurde starr vor Angst.

»Stirb mir bloß nicht«, flehte er.

Sie sah aus, als klopfe sie an die Tür zum Totenreich. Es musste etwas Ernstes sein – ein Schlangenbiss oder Dschungelfieber. Er blickte über die Schulter und endlich sah er die Insel. Er ruderte so kraftvoll, dass ihm die Arme in den Gelenkpfannen brannten.

Er fuhr auf den Strand und zerrte sie aus dem Boot. Sie versuchte zu gehen, aber ihre Füße schlurften nur über den Sand und als er sie zu ihrem Schlafplatz gebracht hatte, gaben die Beine unter ihr nach. Sie rollte sich zu einer Kugel zusammen, ihr Körper wand sich in Krämpfen. Boucher befühlte ihre Stirn und zischte durch die Zähne.

Er rannte los und holte Wasser, umfasste ihren Kopf mit den Händen und hielt ihr das Gefäß an den Mund. Das meiste lief vorbei, aber aus ihren qualvollen Schluckbewegungen schloss er, dass sie ein wenig zu sich genommen hatte. Als sie genug hatte, drehte sie den Kopf weg.

»Kalt«, sagte sie.

Das Feuer war fast ausgegangen. Boucher riss etliche Seiten aus seinem Notizbuch, drehte sie zu einer Fackel zusammen und steckte sie in Brand. Er legte Treibholz nach, riss weitere Seiten heraus, tauchte die Fackel in das Feuer und hob sie vor Candys Gesicht.

Er biss sich auf die Lippen. Ihr Gesicht war aufgedunsen wie eine überreife Frucht, ein Auge war nur noch ein Schlitz, das andere vollkommen geschlossen. Ein Stich befand sich neben dem anderen. Die Fackel versengte ihm die Finger. Er entzündete eine weitere und ließ das Licht über ihren Körper gleiten. Sie hatte eine ihrer Gamaschen verloren. Er schob den Aufschlag ihrer Hose hoch und schlug die Hand vor den Mund. Ihr Bein, alles, was er sehen konnte und noch mehr, schien mit Wunden von brennenden Zigaretten übersät.

»Oh verdammt«, stöhnte er.

Sie gab nicht zu erkennen, dass sie ihn verstanden hatte.

Er schluckte. »Candy, ich muss dich waschen.«

Während das Wasser heiß wurde, wühlte er ungeschickt im Arzneikasten. Als er endlich alles beisammen hatte, griff er nach ihrer Gürtelschnalle. Bei seiner Berührung stöhnte sie auf und ihre Finger suchten zitternd seine Hand.

»Verdammt noch mal, jetzt ist nicht die Zeit für Schamgefühl.«

Er zog sie nackt aus, Stück für Stück. Zuerst spülte er sie mit Meerwasser ab. Als er so viel Schmutz wie möglich entfernt hatte, wusch er sie mit Seife und frischem Wasser und widmete dem Intimbereich klinische Aufmerksamkeit. Nachdem er sie, so gut er konnte, abgetrocknet hatte, trug er auf jeden Stich und jeden Kratzer, den er entdecken konnte, ein Antiseptikum auf. Es waren Dutzende – Hunderte. Anschließend bestäubte er sie von Kopf bis Fuß mit Sulfonamidpuder und verbrauchte fast den ganzen Behälter. Es reichte nicht, er wusste es. Sie hatte nicht nur äußere Wunden, der ganze Organismus war zusammengebrochen. Er stopfte ihr Medikamente in den Hals – Antihistamin, Penicillin, Salz, Aspirin.

Dann wartete er, die Fingerknöchel an den Mund gepresst. Er wagte nicht die Augen von ihr abzuwenden, denn er fürchtete, sie könnte tot sein, wenn er einen Augenblick später wieder hinsah. Die Nacht zog sich hin. Sternschnuppen verglühten.

»Jay?«

Er sprang auf, ihre Augen waren geschlossen. Er griff nach ihrem Handgelenk und kniff vor Erleichterung die Augen zusammen, als er ihren Puls spürte. Er ging schnell, aber kräftig, und ihr Atem, obwohl ebenfalls schnell, schien regelmäßig. Wieder maß er ihre Temperatur. Immer noch himmelhoch. Er legte ein feuchtes Tuch auf ihre Stirn.

Die nächsten zwei Stunden wachte er über sie und betupfte ständig ihre Stirn. Ihm brach das Herz, als er sie so liegen sah. Er hätte sie nicht gehen lassen dürfen. Wenn er ihr wirklich so sehr zugetan war, hätte er sich Disco vorgenommen. Wut und Abscheu vor sich selbst wuchsen in ihm wie ein Tumor.

Etliche Zeit später merkte er, dass sich Candys eines Auge geöffnet hatte. Vorsichtig beugte er sich über sie.

»Bist du wach?«

»Mies«, sagte sie mit belegter Stimme. »Durst. Nicht gut.«

Als er ihr Wasser reichte, versuchte sie sich aufzusetzen. Er bettete ihre Schultern in seinen Arm. Nachdem sie getrunken hatte, ließ sie sich zurückfallen und legte den Kopf auf die Seite. »Muss furchtbar aussehen.«

Diese Worte machten Boucher Mut. »Kannst du sprechen?«

Eine Weile herrschte Schweigen. Sie schien wieder das Bewusstsein verloren zu haben. Schließlich seufzte sie. »Hol alle her.«

Sofort war er alarmiert. »Candy, du bist sehr krank. Ich lasse dich nicht allein.«

»Wenn ich sterbe«, brachte sie heraus, »sollen sie wissen, was passiert ist.«

»Du stirbst nicht, verdammt noch mal. Das lasse ich nicht zu.«

Sie stieß ihn schwach an. »Ich weiß, dass ich nicht sterbe«, sagte sie nüchtern, »und deshalb hau ab.«

Die Ökos feierten immer noch, aber falls Boucher ein bacchantisches Fest erwartet hatte, wurde er enttäuscht. Aquila war zwar nackt und Jaeger so gut wie, aber ihr Tanz war ruhig, liturgisch. Aquila flatterte in Trance und ihr Partner schlurfte daher wie ein Tanzbär, der seine Schritte nicht richtig gelernt hat. Den Rhythmus lieferte Bartok, der eine provisorische Trommel schlug, und Dexter sang. Auf allen lag der Glanz religiöser Inbrunst. Nadine saß unbeweglich daneben, rauchte eine Zigarette und ging ein Papier durch, als handele es sich um eine Liste für die Wäscherei. Disco lehnte an einem Baum. In seinen Augen spiegelte sich der Feuerschein.

Der Herr des Tanzes, dachte Boucher.

Als er hinzutrat, wich Aquila zurück und bewegte sich auf Jaeger zu, der sie hinter sich zog und vor lauter Imponiergehabe größer und breiter zu werden schien.

»Es ist nur Jay«, sagte Dexter und stand auf.

Jaeger stierte kurzsichtig. »Kann sein, du kriegst was ab, wenn du dich so anschleichst.«

»Fühlst du dich einsam?«, krähte Disco.

Boucher machte es kurz. »Candy ist zurück. Marriot hat es nicht geschafft.«

Sie sahen einander an. Trigg sprach als Erster, seine Stimme kiekste vor Ungläubigkeit. »Tot? Willst du behaupten, er ist tot?«

»Ich weiß nicht, wie es passiert ist. Candy ist in sehr schlechter Verfassung.«

Dicht aneinander gedrängt marschierten sie los, jeder stieß gegen jeden wie bei einem Viehtrieb. Boucher führte die Herde an. Er hörte sie murmeln, aber niemand äußerte laut eine Meinung. Als sie an Fiesers Krankenbett vorbeikamen, wichen alle in einem kleinen Schlenker aus und Nadine hielt sich verstohlen die Nase zu.

Candy ging es wieder schlechter. Die Gesichter, die auf sie herabstarrten, schienen sie zu verwirren und zu ängstigen. Die Ökos atmeten tief durch und schüttelten voller Mitleid die Köpfe. Disco hielt sich etwas abseits. Aquila kniete neben Candy nieder und ergriff ihre Hand.

»Oh, du Ärmste«, schluchzte sie. »Was ist denn bloß mit dir passiert? Wo ist Robert?«

Candy stieß die Worte zwischen mühsamen Atemzügen hervor. »Wurde dunkel. Ging voraus. Pfiff zweimal – heißt, hat Platz gefunden. Versucht zu ihm zu gehen. Schreckliches Geräusch. Dann nichts mehr.«

»Was für ein schreckliches Geräusch?«, fragte Jaeger sanft.

»Gibbons, Vögel. Alle große Angst.«

»Was hast du gemacht?«

»Zu dunkel. Im Sumpf geblieben. Lager gefunden. Eine Hütte. Robert war da.« Candy begann an ihrem Rucksack zu nesteln. »Hut.«

Boucher, den Candys unzusammenhängendes Gestammel beunruhigte, fischte Marriots Buschhut heraus.

Jaeger zog die Augenbrauen zusammen. »In einem Lager, sagst du?«

»Leer.« Candy lachte grundlos auf. »Kassettenrekorder. Mit Band. Und eine Bratpfanne. Gummisandale – nicht von Robert.«

Boucher konnte Candys Äußerungen nicht folgen. Seine Besorgnis wuchs zunehmend.

»Ein Kassettenrekorder?« Triggs Stimme klang hoffnungsvoll. »Marriot muss von Einheimischen aufgenommen worden sein.«

Candy drehte den Kopf hin und her.

Jaeger beugte sich näher zu ihr. »Candy, willst du damit sagen, sie haben ihn umgebracht?«

»Niemand da. Nur wir.«

Jaeger wippte auf den Fersen und starrte die Angehörigen seines Stammes verständnislos an. »Wer lebt überhaupt in diesem Dschungel?«

Disco zuckte die Achseln. »Vielleicht Kopfjäger.«

»Kopfjäger?«, kreischte Nadine. »Heutzutage, in diesem Jahrhundert? Kopfjäger mit Kassettenrekordern?«

Candy bewegte unwillig den Kopf von einer Seite zur anderen. »Keine Menschen. Lager ewig verlassen.«

Trigg brach die Stille. »Und woher weißt du, dass Robert tot ist?«

»Tier. Spur gesehen. Verwischt. Muss Tiger gewesen sein.«

Als Boucher die zweifelnden Gesichter sah, die auf Candy herabstarrten, mischte er sich ein. »Okay, wie ihr seht, ist Candy noch nicht so weit, dass sie Fragen beantworten kann. Lassen wir es für heute Nacht genug sein.«

Aber Trigg war weniger feinfühlig. »Wenn du die Spur nicht eindeutig identifizieren konntest, woher willst du dann wissen, dass es ein gottverdammter Tiger war?«

»Im Wald. Hat ihn weggeschleppt.«

»Hast du seine Leiche gesehen?«

»Zu viel Angst. Gefürchtet.«

»Du hast weder den Tiger noch die Leiche gesehen?«

Candy krümmte sich. »Fliegen.«

Jaeger wandte sich um. Er zog eine Augenbraue hoch. Disco fällte sein Urteil. »Ohne Leiche wissen wir nicht mit letzter Sicherheit, ob Marriot tot ist. Vielleicht hat er sich im Sumpf verirrt.«

»Hätte Hut nicht weggeworfen.« Candys Stimme klang tonlos. »Hätte mich nicht allein gelassen.«

»Das reicht.« Boucher schob sich zwischen Candy und die

Ökos. »Ihr könnt nicht erwarten, dass sie sich jetzt an alle Einzelheiten erinnert. Die Erinnerung kommt bestimmt zurück.«

Trigg ging ein paar Schritte und starrte zum Wald hinüber. »Robert ist immer noch da drin.« Seine Stimme bebte. »Wir müssen einen Suchtrupp losschicken. Ich melde mich freiwillig.«

Boucher, der an seiner Sorge um Candy fast erstickte, verschaffte sich in einem Wutanfall Luft. *»Du?* Ausgerechnet. Du hast dich doch schon nach einem halben Tag abgesetzt. Robert hätte auf der anderen Seite der Lagune in Schwierigkeiten stecken können. Und *du*? Wo warst du eigentlich?« Bouchers Wut richtete sich gegen alle. »Wo wart ihr *alle* eigentlich?«

Trigg wich zurück. Nur Disco hielt Bouchers Blick stand.

»Ich habe es kommen sehen«, entgegnete er. »Ich sagte zu Robert, er solle nicht gehen.«

»Ich auch«, fügte Jaeger hinzu. »Ihr habt alle gehört, wie ich zu ihm gesagt habe, es bestünde keine Notwendigkeit dazu und das Risiko sei viel zu hoch.« Er fuhr herum und blinzelte verblüfft. »Was ist so lustig?«

Bei Candys Gelächter erstarrte Boucher das Blut in den Adern. Ihr Lachen verstummte. Alle sahen sie erwartungsvoll an, aber sie sprach kein Wort.

Disco trat vor. »Wenn sie Recht hat, was das Dorf angeht, muss dort ein Pfad sein. Ein Weg hinein, ein Weg hinaus.« Er brachte sein Gesicht dicht vor Candys. »Bist du sicher mit dem Dorf?«

»Lager.«

»Ja, Lager, Dorf, was auch immer. Glaubst du, du würdest es wieder finden?«

Candy zuckte zurück. »Gehe nicht.«

»Lass sie in Ruhe«, schnauzte Boucher und zerrte Disco weg.

Disco stieß ihn beiseite und sprach mit fester Stimme weiter. »Wir könnten dort ein Basislager einrichten und systematisch suchen. Vielleicht stoßen wir auf einen Pfad oder auf ein Dorf.«

Candy kämpfte, aber die Worte wollten nicht über ihre Lippen. »Du kannst nicht ... keine Ahnung. Du kannst nicht ...« Ihre Stimme brach.

Keiner achtete auf sie. »Es ist noch nicht aller Tage Abend«, meinte Jaeger. »Wir wissen jetzt, dass innerhalb von ein paar Kilometern Menschen leben. Menschen mit Kassettenrekordern.«

Candys schwache zittrige Stimme veranlasste erneut alle sich ihr zuzuwenden. »Alle tot«, murmelte sie.

»Alle? Wer ist tot?«

»Hat Robert umgebracht. Auch Leute im Lager umgebracht.«

# 20

*9. Tag*

Badend in bernsteingelbem Dunst ging Candy zwischen fahlen phallischen Gehölzen hindurch, die sich aus dem Wasser erhoben. Alles funkelte – die glänzenden Blätter, die filigranen Spinnennetze, die Fliegen. Sie hörte Robert aufschreien. Eine der Fliegen kam auf sie zu. Das Pünktchen wurde größer und größer und zu einem gierenden Tiger – einem räudigen Tier mit kahlen Stellen im Fell und dem Gesicht eines bösartigen Kindes mit nadelspitzen Zähnen.

Das Entsetzen riss sie aus der Bewusstlosigkeit, aber das Wachsein schien nur eine Erweiterung des Deliriums. Fast erstickend in heißem Schmutz schaute sie vom tiefen Grund eines Brunnens nach oben.

»Jay!«, schrie sie. »Jay!«

Im Dunkeln ragte eine Gestalt auf. Hände griffen nach ihren wild um sich schlagenden Armen.

»Es ist gut, Candy. Alles ist gut. Nur ein Traum, ein böser Fiebertraum.« Er hielt sie fest und gurrte beruhigend.

»Ich dachte, du wärst fort«, schluchzte sie.

»Ich? Zum Teufel, nein. Ich sitze direkt neben dir.«

Ihre Sinne schienen wegzugleiten. Sie konnte sie nicht ordnen. »Ich kann mich an nichts erinnern. Wie lange bin ich hier?«

»Erst ein paar Stunden. Ruh dich jetzt aus. Ich lasse dich nicht allein.«

Etwas Kühles wurde auf ihre Stirn gelegt. »Wie spät ist es?«

Bouchers Arm bewegte sich. »Fast fünf. Es wird bald hell.«

Candy schien alles sehr dunkel. Alles konnte sich da draußen in der Dunkelheit herumtreiben. Nicht einmal Bouchers Nähe vermittelte ihr genügend Sicherheit. »Können wir ein Feuer machen?«

»Natürlich.« Eine Pause folgte. »Dann muss ich aber ein bisschen Holz sammeln. Dauert nicht lang.«

»Nein!«, schrie sie, als er ihre Hand losließ. »Bleib da. Bleib da, ich will dich spüren.« Mit beiden Händen griff sie nach ihm.

Er legte den Arm um sie. »Ich bin ja da. Nichts und niemand wird dir etwas tun.«

Sie sank zurück und fasste sich an die Stirn. »Ich kriege nichts zusammen.«

»Du bist ziemlich krank. Du brauchst Ruhe.«

Er verstummte, und das Schweigen wuchs, bis es unmittelbar Gestalt anzunehmen schien.

»Josef, ist er …?«

»Nein. Er hat Morphium bekommen. Ich habe es vom Luftschiff geholt.«

»Das war mutig.«

»So habe ich es in dem Moment eigentlich nicht empfunden.«

»Jetzt hast du mir zum zweiten Mal das Leben gerettet.«

»Ah, verdammt. Morgen wärst du aus der Lagune gekommen wie eine Meerjungfrau.«

»Tolle Meerjungfrau.«

Er drückte ihre Schulter. »Jetzt halt endlich den Mund, Candy.«

Später spürte sie, dass er schlief. Sie hörte seine regelmäßigen Atemzüge, wusste aber nicht mit hundertprozentiger Sicherheit, dass es Boucher war. Vielleicht hatte sich in der Dunkelheit jemand anderer an sie herangeschlichen.

»Jay?«

Er fuhr hoch und machte ein schmatzendes Geräusch. »Ha?«

»Du musst nicht da draußen sitzen. Hier drin ist Platz für uns beide.«

»Es geht prima so.«

»Ich fürchte mich.«

Er kroch zu ihr in ihr Zeltbett und bemühte sich ungeschickt eine halbwegs gemütliche Lage einzunehmen. Sie schmiegte sich eng an ihn und roch Seife und sauberen Körpergeruch.

»Wie ist es dir ergangen?«, fragte sie gedämpft, denn sie hatte ihr Gesicht an seine Brust gedrückt.

»Mies.« Er lachte heiser. »Ich habe bereits Selbstgespräche geführt.«

»Ich hatte solche Angst.« Mit weit aufgerissenen Augen lag sie an ihn geschmiegt. »Solche Angst.«

Bald nach Sonnenaufgang wichen die Fieberschleier und Candy sank in tiefen Schlaf. Sie erwachte und war irritiert über den Himmel, der ihr violett erschien. Sie bewegte den Kopf und die Welt wurde Blau. Da wusste sie, sie hatte das Schlimmste überstanden.

Sie beobachtete Boucher, der ihre Temperatur maß, und sah, wie abgespannt er war. Er hatte den zerfetzten Ärmel seines Sakkos vollends abgerissen, trug aber nach wie vor seinen albernen Schlips.

»Letzte Nacht«, sagte Candy, »habe ich da fantasiert?«

»Du warst ein bisschen gesprächig, ja. Wie steht's heute mit der Erinnerung?«

Sie versuchte nachzudenken. »Ich weiß, dass du mich gerettet hast, und dann ...« Sie schüttelte den Kopf. »Nichts, bis ich in der Nacht aufgewacht bin und ...« Sie legte die Hand auf den Mund. »Oh Gott, es tut mir Leid. Die Nacht muss schrecklich ungemütlich gewesen sein.«

»Jedenfalls verflucht heiß. Du hast geglüht.« Er schaute auf die Skala des Thermometers und zog eine Augenbraue hoch. »Erstaunlich. Nur ein Grad über normal. Du bist anscheinend nicht umzubringen.«

»Mein Vater sagt, ich hätte eine Konstitution wie ein Pferd.« Candy runzelte die Stirn. »Ich weiß nicht, warum die Leute das sagen. Die meisten Pferde, die ich gekannt habe, wurden beim geringsten Anlass krank.«

»Magst du was essen? Ich habe ein bisschen Schildkrötensuppe.«

Sofort stellte sich wieder Übelkeit ein und mit ihr auch der faulige Geruch, der bis in ihre Träume vorgedrungen war. »Josef ...«, begann sie.

Boucher schüttelte warnend den Kopf. »Nicht mehr lange.«

Große Traurigkeit senkte sich auf Candy. »Ich bringe allen nur Unglück.«

Am Abend kehrte das Fieber zurück und sie machte einige weitere qualvolle Stunden durch. Am Morgen war ihre Temperatur wieder gesunken und am Nachmittag fühlte sie sich wohl genug um aufzustehen und sich zu waschen. Das Gehen fiel ihr schwer, sie musste es erst wieder lernen.

Auf halbem Weg zurück ins Lager kam ihr ein entsetzlicher Gedanke und sie blieb wie angewurzelt stehen. Boucher, der sah, dass sie nicht weiterkam, eilte zu ihr. Prüfend sah er ihr in die Augen.

»Was ist, wenn ich mich getäuscht habe?«, flüsterte sie und starrte den Strand entlang. »Was ist, wenn er gar nicht tot ist?«

Sacht ergriff Boucher ihren Arm. »Komm schon.«

Aber sie starrte wie gebannt zur Südspitze der Insel. »Würde es dir etwas ausmachen, mit mir dahinzugehen?«

»Disco und Trigg waren ein paar Mal auf der anderen Seite. Es ist drei Tage her, Candy. Robert kommt nicht zurück.«

»Ich möchte nachsehen«, sagte Candy mit schwacher Stimme. »Würdest du mich begleiten?«

Widerstrebend nickte er.

Auf dem Weg bat er sie alles noch einmal zu erzählen. Während sie sprach, entging ihr nicht, dass er Zweifel hatte, denn er schien gelegentlich zu zögern, bevor er reagierte, und nickte meist nur stumm. Sie war nach wie vor absolut davon überzeugt, dass sich alles so abgespielt hatte, wie sie es schilderte, aber zur Bestätigung musste sie die Mangroven sehen.

Ihr Anblick verschlug ihr die Sprache. Als sie die endlosen, unüberwindlichen Mauern sah, packte sie Entsetzen. Wie hatte sie so tollkühn sein und sich einbilden können, sie könne da durchgehen? Die Erkenntnis – ihre Schuld –, dass Marriot den Preis für ihre Unbesonnenheit hatte zahlen müssen, traf sie wie ein Schlag.

Ihr Blick glitt über die schattigen Buchten. Sie sah topasfarbene Augen vor sich, die sie beobachteten, und konnte ein Zittern nicht unterdrücken.

Boucher, der einen Schritt hinter ihr stand wie jemand, der einer Trauernden moralische Unterstützung bietet, legte ihr die Hände auf die Schultern.

»Es ist nichts«, sagte sie. »Mir war nur kurz unheimlich.«

»Ich weiß. Die Fantasie feiert hier Überstunden.«

Sie streifte ihn mit einem schnellen Blick. »Du glaubst mir nicht, stimmt's? Keiner von euch. Du glaubst, Robert und ich wurden getrennt und ich geriet in Panik und habe den Tiger nur als Ausrede erfunden.«

»He.« Boucher drehte sie zu sich um. »Eines weiß ich mit Sicherheit. Du bist nicht der Typ, der davonläuft. Wenn du sagst, da war ein Tiger, genügt mir das.«

Candy starrte auf die Wand der Mangroven und dachte an das, was sie im Sumpf gesehen oder so gut wie gesehen oder gespürt hatte. »Er war mir sehr nah, Jay. Er hat mich beobachtet.«

»Warum hat er dich nicht getötet?«

»Er war nicht hungrig.«

Boucher blies die Backen auf und atmete langsam aus. »Erzähl mir mehr über Tiger.«

Candy betrachtete ihn prüfend um festzustellen, ob er sich über sie lustig machte. Anscheinend nicht. »Es sind die größten Landraubtiere. Abgesehen von uns natürlich. Wir haben ihre Population auf weniger als zehntausend dezimiert. Auf Sumatra gibt es vermutlich nicht einmal mehr fünfhundert.«

»Riesenpech für Marriot, dass er auf einen gestoßen ist.«

»Da, wo wir waren, ist ideales Tigergebiet. Sie haben riesige Reviere.«

»Ich habe erst einmal einen in einem Zoo gesehen. Seine schiere Größe hat mich am meisten beeindruckt.«

»Sie werden bis zu fünfhundert Pfund schwer und bis zu drei Meter lang von der Schnauze bis zum Schwanz. Die Art, die auf Sumatra lebt, ist kleiner, aber klein heißt nicht niedlich. Ein Leopard ist nur halb so groß und es gab einen, der 120 Menschen getötet hat, bevor er erlegt worden ist.«

»Was macht sie zu Menschenfressern?«

»Normalerweise gehen sie Menschen aus dem Weg, aber wenn sie ihre angeborene Furcht verloren haben, ist niemand mehr sicher vor ihnen. Menschen sind eine leichte Beute.«

»Eine leichte Beute«, wiederholte Boucher. Er spielte mit der Zunge in der Wange und blickte über die Lagune. »Sie können schwimmen, oder?«

»Ja, aber der hier wird nicht durch den Sumpf kommen. Hier gibt es keine geeignete Beute.«

Er lächelte abwesend. »Jetzt schon.«

Candy wollte nicht weiter darüber nachdenken und wandte den Blick nach Süden. Sie versuchte die Stelle zu entdecken, an der Boucher sie gefunden hatte.

»Ich habe dich bei Sonnenuntergang gesehen, als du zur Insel gerudert bist. Wieso bist du noch einmal zurückgekommen?«

»Vermutlich, weil ich dich rufen hörte.«

Erstaunt schüttelte Candy den Kopf. »Ich habe nicht gerufen. Ich konnte gar nicht. Nicht mehr nach Einbruch der Dunkelheit.«

»Dann hat mich wohl eine höhere Macht geführt.«

»Ich dachte, du glaubst nicht an göttliche Eingebungen.«

»Selbst wenn, dürfte ich mich nicht darauf verlassen, weil ich meinen Mitgliedsbeitrag nicht bezahlt habe.« Er lächelte sie an. »Ich dachte allerdings auch an eine andere Macht.«

In seinen leuchtenden Augen sah sie, welche Macht er meinte, und sie schmiegte sich an ihn. Es war ein gutes Gefühl. »Wie kann ich das je wieder gutmachen, Jay?«

»Es reicht, dass du wieder da bist.«

In der Geborgenheit seiner Arme überließ sich Candy dem Gefühl eigener Wertlosigkeit. »Ich verdiene es nicht. Eigentlich hätte ich getötet werden müssen.«

»Aber, aber«, murmelte er und streichelte ihren Nacken.

Aneinander gelehnt standen sie da, bis die Dämmerung anbrach und die Gibbons ihre Reviere zu markieren begannen. Als die Schatten über das Wasser vorrückten, löste sich Candy aus Bouchers Armen. Sie wollte nicht hier draußen in die Dunkelheit geraten.

Auf dem Rückweg schwieg Boucher und sie merkte, dass er sich in Gedanken mit etwas anderem als mit ihr beschäftigte. »Was bedrückt dich?«

Er zögerte. »Ich habe über unsere Situation nachgedacht – du und ich und Josef. Ich muss Fische fangen, damit wir etwas zu essen haben, aber ich lasse dich nicht gern allein und beide zusammen können wir nicht vom Lager weg. Wir sind zu exponiert. Ich überlasse die Entscheidung dir, Candy, aber ich finde, wir sollten in den sauren Apfel beißen und uns wieder den anderen anschließen.«

Candy wusste, er machte sich Sorgen wegen seiner Story. »Natürlich«, sagte sie ohne zu zögern. »Die letzten paar Tage, als du dich um zwei Invaliden kümmern musstest, haben dich fertig gemacht.«

Boucher blieb stehen und zwang sie ihm in die Augen zu sehen. »Du brauchst dir wegen Disco keine Sorgen zu machen.« Seine Miene war so feierlich, als spräche er einen Eid. »Du hast mein Wort.«

Sie nickte nur. »Wir gehen zu den anderen zurück«, erklärte sie nach einer Weile. »Aber nicht gleich.«

Sie wussten beide, was sie meinte. Sie würden zurückgehen, wenn Josef gestorben war.

*11. Tag*

Am dritten Morgen nach ihrer Rettung erwachte Candy mit Heißhunger. Ihre Temperatur war normal und ihre Verfassung insgesamt gut. Der Tag war herrlich, die Luft klar und nicht so feucht wie gewöhnlich. Sie nahm ein kurzes Bad in der Lagune und hielt sich dabei im Kinderbereich dicht am Ufer. Träge auf dem Rücken paddelnd sah sie zu Boucher hinüber, der sich wie ein Bademeister am Strand postiert hatte und ängstlich die Umgebung kontrollierte.

»Niemand geht auf mich los«, rief sie. »Wenn du auf mich aufpassen willst, warum kommst du dann nicht rein?«

Er streifte die Kleider ab und rannte jauchzend ins Wasser, bis es ihm die Beine wegriss und er der Länge nach hineinfiel.

Sie alberten herum wie die Kinder, bespritzten einander und spielten Fangen. Und schließlich wateten sie weiter hinaus und erkundeten ein »Bommie«, wie Marriot diese Erscheinung genannt hatte – einen Korallenauswuchs, flach wie eine Tischplatte, auf der junge Fische friedlich zwischen wogenden farnähnlichen Wedeln herumhuschten.

Boucher deutete auf eine fast von Pflanzen bedeckte Versteinerung. »Siehst du das?«

Als Candy die Hand ausstreckte, riss Boucher sie zurück. »Nein!«, brüllte er. Aufgeregt fuhr er sich mit dem Unterarm über das Gesicht. »Das ist ein Steinfisch. Marriot sagte, das sei das Tödlichste überhaupt auf dem Riff. Ein Stich von diesen Stacheln und du stirbst in geistiger Umnachtung.«

Jetzt bemerkte Candy, dass das plumpe Ding lebendig war – ein warziger, braun gesprenkelter Fisch mit einer Reihe zackig aufragender Rückenstacheln.

Sie drehte sich um und hingerissen von der Schönheit der Insel vergaß sie augenblicklich alle tödlichen Gefahren. Von hier aus waren alle Elemente deutlich zu erkennen – die leuchtend blauen Acrylbänder, das üppige Grün unter blendend weißen Wolkentürmen.

»Das ist die Insel, die sich jeder erträumt.«

»Es ist unsere.«

Sie wandten sich einander im gleichen Moment zu und streckten im gleichen Moment die Arme nacheinander aus. Sie küssten sich.

Hand in Hand gingen sie zum Lager zurück. Die Luft duftete. Candy trug eine orangerote Blüte im Haar, die Boucher ihr überreicht hatte.

Sie senkte den Blick und lächelte. »Es ist so kitschig.«

Er grinste. »Toll, was?«

Plötzlich wurde Candy von Traurigkeit ergriffen. Sie dachte an die Jugend, an die Zeit voller Hoffnungen, als jede Chance eine Chance zur Veränderung der Welt gewesen war. Sie lag erst ein paar Jahre zurück und war bereits unwiederbringlich vorbei. Sie wusste, das Gefühl in ihrem Herzen würde nicht andauern. Es durfte nicht. Sie durfte es nicht zulassen. In der wirklichen

Welt konnten sie und Jay niemals zusammen sein und in die wirkliche Welt mussten sie zurück. Abgesehen von allem anderen war da diese Cellistin. Sie wollte ihn, aber sie würde nicht einem kurzen Begehren nachgeben.

Mit dem feinen Gespür des Verliebten für emotionale Nuancen merkte Boucher, dass etwas nicht stimmte. Er blieb stehen.

Sie drückte seine Hand. »Es ist nur momentan. Ich will nicht, dass du ...«

Er verschloss ihre Lippen mit den seinen. Als er sich von ihr löste, wusste sie nicht mehr, was sie hatte sagen wollen.

»Irgendwas von einer momentanen Situation«, erinnerte er sie.

Candy nahm seine Hand und schwang sie energisch. »Machen wir das Beste daraus.«

Bevor sie sich auf ihr Lager zurückzog, betupfte Candy die strategisch wichtigen Stellen mit Parfüm. Boucher hatte sein Bett direkt neben ihres gestellt und hatte sich bereits hingelegt. Im Dunkeln spürte sie, dass er sie beobachtete. Als sie sich hinlegte, kam seine Hand herüber und legte sich auf ihren Ellenbogen. Sie hatte das Gefühl wie auf Kohlen zu sitzen und sorgte sich, weil sie keine Verhütungsmittel hatten, aber er machte keinerlei weitere Anstalten, zog sich weder zurück noch näherte er sich weiter. Nach einer Weile gelangte sie zu dem Schluss, sie müsse die Initiative ergreifen, und rückte näher. Seine Arme umschlangen sie.

»Das ist schon besser.«

Trotzdem machte er nicht weiter. Ihre Leidenschaft war geweckt, und sie fragte sich, was nicht stimmte. Sie strich mit den Fingerspitzen über seinen Bauch nach unten und war erleichtert, als sie den positiven Beweis seines Begehrens spürte.

»Achte nicht darauf«, murmelte er.

»Schwer zu ignorieren.«

»Ich will nichts forcieren. Du bist immer noch Rekonvaleszentin.«

Federleicht glitten ihre Lippen über sein Ohr. »Welcher Trieb ist biologisch gesehen der stärkste?«

»Fernsehen, kaltes Bier trinken, einen siebenundsechziger Mustang fahren ...«

Sie zwickte ihn.

»Aua«, schrie er. »Sex.«

»Nein«, berichtigte sie. »Essen.« Sie führte seine Hand. »Aber wir haben bereits gegessen.«

Ein paar Minuten später schob sie ihn atemlos weg. »Jay«, stieß sie hervor, »würde es dir etwas ausmachen, wenn du deinen Schlips abnimmst? Es kommt mir vor, als würde ich von einem Kellner gebumst.«

»Ich bumse dich nicht, ich liebe dich.«

»Das ist mir egal. Es kitzelt trotzdem.«

Sie kam nicht. Sie kam selten. Aber es war fast so weit und sie dachte, das nächste Mal ... Das nächste Mal schien eine ausgemachte Sache. Sie legte ihren Kopf auf seine Brust. »Ich wusste, dass es mit uns so enden würde.«

»Warum hast du mich dann so lange leiden lassen?«

»Das Vorrecht der Frauen.«

»Natürlich. Was bin ich dumm.«

Mit offenen Augen starrte sie in der Dunkelheit. »Ich danke dir, Jay. Für alles.«

»War mir ein Vergnügen.«

Immer noch erregt küsste Candy ihn. »Nicht nur deines. Ganz und gar nicht nur deines.«

# 21

*12. Tag*

»Fremde!«, rief Bartok von seinem Ausguck im Baumwipfel.

Boucher beschattete seine Augen gegen die Sonne. »Ach, um Himmels willen, Kent, werd endlich erwachsen.«

»Leo sagte, ich soll ihn warnen, wenn sich jemand nähert.«

»Sehen wir aus wie Fremde?«, erkundigte sich Candy.

»Ich wusste nicht, wie ich euch sonst nennen soll.«

»Wie wär's mit Candy und Jay?«

»Sie schaffen sich ihre eigene Welt«, brummte Boucher. »Als Nächstes geben sie Parolen aus und Rangabzeichen, das ganze Mysterienprogramm.«

Die Bauarbeiten hatten Fortschritte gemacht. Eine Art Hütte war errichtet worden und heraus traten Jaeger und Aquila. Jaeger hatte sich sämtlicher Überreste seiner zivilisierten Kleidung entledigt und trug nur einen Lendenschurz. Er sah aus wie ein Westgote mit schlimmem Sonnenbrand. Aquila hatte auch nicht mehr an; aber ihre Nacktheit schien natürlich, priesterlich. Sie war dünner geworden, ihre Augen wirkten riesig in dem blassen Gesicht. Disco und die anderen liefen aus verschiedenen Richtungen herbei und blieben an einer unsichtbaren Linie stehen. Candy verstärkte ihren Griff um Bouchers Arm.

»Verliere bloß nicht die Beherrschung.«

»Manches muss gesagt werden.«

An diesem Morgen sahen die Ökos reichlich mitgenommen aus, alle waren blass und ihre Augen blickten trübe. Selbst Disco schien nicht ganz auf der Höhe.

»Schau, schau«, war alles, was er sagte.

Boucher wandte sich an Jaeger. »Wenn Josef gestorben ist, möchten wir gerne zurückkommen.«

Disco lachte.

Jaeger schob sein Gesicht dicht an Bouchers Kopf und guckte so konzentriert, als würde er durch eine Lupe starren. »Warum?«

»Wir sind aufeinander angewiesen. Wir sitzen alle im gleichen Boot.«

Mit einem richterlichen Nicken zog Jaeger den Kopf zurück. »Ihr kennt die Bedingungen für eine Rückkehr.«

»Ich habe selbst zwei zu stellen«, verkündete Boucher.

Disco feixte. »Das steht dir nicht zu.«

Jaeger hob die Hand. »Bevor wir darauf zurückkommen, will ich wissen, was ihr aus dem Luftschiff geholt habt.«

»Noch einen Arzneikasten. Er gehört der Gemeinschaft. Es ist Morphium darin und Antibiotika.«

»Ist auch Lomotil dabei oder so was?«, fragte Nadine mit zittriger Stimme. Sie hatte ihr wunderschönes Haar abgeschnitten und ihr Teint war fleckig. Eine Entzündung verunstaltete einen ihrer Mundwinkel und auf ihrer Oberlippe glänzten Schweißperlen.

»Ich bring dir etwas«, versprach Candy.

»Jetzt deine Bedingungen.« Jaeger sah Boucher an.

»Erstens, wir fangen weiter Fische.«

»Wir haben Früchte und Beeren gefunden«, warf Aquila ein. »Es gibt also keinen Grund Fische zu töten.«

»Doch«, widersprach Nadine. »Diese Beeren, die wir gegessen haben, waren giftig. Von jetzt an essen Dexter und ich Fisch, den gleichen wie Candy«, betonte Nadine den Tränen nahe. »Vor drei Tagen lag sie praktisch im Sterben und seht sie euch jetzt an. Sie *blüht*.«

»Und das Zweite?«, fragte Jaeger.

»Disco hat versucht Candy zu vergewaltigen. Du bist der Führer dieser Gruppe. Ich möchte, dass du dafür sorgst, dass er sich von ihr fernhält.«

Disco stieß ein erstauntes Lachen aus.

Jaeger rieb sich mit dem Handrücken die Nase. »Hast du etwas dazu zu sagen, Disco?«

»Natürlich«, antworte dieser seelenruhig. »Was das angeht, also ich und Kent hatten ganz harmlos ein bisschen Spaß. Wir haben nackt gebadet und liefen in Candy hinein, die sich auf unserem Gebiet aufgehalten hat. Naja, wir haben deshalb kein Theater gemacht. Wir haben sie sogar aufgefordert sich uns anzuschließen. Das hat sie anscheinend falsch aufgefasst.« Disco hob eine Hand, als bekenne er sich schuldig. »Okay, vielleicht war es zu viel für sie, aber, zum Teufel, wir sind hier im Garten Eden und da kann ein Mann nackt herumlaufen, wenn er möchte.«

»Das ist Bockmist«, fuhr Boucher auf. Er wandte sich an Bartok. »Du warst dabei. Erzähle, was passiert ist. Sag die Wahrheit.«

Bartok wich allen Blicken aus. »Wie Disco sagte, wir haben einfach Blödsinn gemacht und Candy hat unsere Absichten missverstanden.«

»Lügner«, fauchte Candy.

»Immer mit der Ruhe«, beschwichtigte Jaeger sie.

»Candy ist Engländerin«, setzte Disco selbstgefällig hinzu. »Deshalb ist ihr Heißblütigkeit wahrscheinlich fremd.« Eindringlich appellierte er an die anderen. »Wenn ich das mit ihr gemacht hätte, was sie behauptet, glaubt ihr, dann würden die uns anflehen, dass sie zurückkommen dürfen?« Ermutigt durch das zustimmende Nicken der anderen bedachte Disco Boucher mit einem kalten Blick. »Ich glaube, wir sind diejenigen, die sich Sorgen machen sollten.«

»Und warum das?«, fragte Jaeger.

»Fragt euch selbst, warum er zurückkommen will. Ich werde es euch sagen. Damit er über uns schreiben kann. Er spielt Gott und trägt alles in sein goldenes Buch ein. Und ich weiß, was er der Welt verkünden wird. Zuallererst wird er mich als Vergewaltiger verleumden.« Disco deutete auf Bartok. »Kent, dich wird er als gottesfürchtigen Heuchler darstellen. Leo und Aquila – euch wird er als ein Paar von Verrückten bezeichnen, die sich mehr um Fledermäuse als um Menschen sorgen. Trigg, du wirst als Tunte und Feigling hingestellt. Dexter, über dich wird er schreiben, dein größter Live-Auftritt sei eine regelrechte Enttäuschung gewesen. Nadine ...« Disco verstummte und überließ es seinem Publikum, sich Nadines Minuspunkte selbst aufzuzählen. »Er spielt Gott, das sage ich euch.«

Seine Tirade hatte Boucher aus der Fassung gebracht. »Und was stellst du dar?«

Disco breitete die Arme aus. »Ich bin der Geist der Vernunft, Mann.«

Boucher befreite sich aus Candys Griff. »Du bist ein verfluchter Psychopath.«

»Habt ihr das gehört?« Discos Stimme triefte vor Befriedigung. »Habt ihr das gehört? Es gibt nichts, was Jay nicht in den Dreck zieht. So wird er es mit euch allen machen.«

»Wenn du mich verleumdest«, drohte Nadine, »klage ich dir die Seele aus dem Leib.«

»Das wäre wirklich eine Gemeinheit«, pflichtete Dexter ihr bei. »Es sind ein paar schlimme Dinge vorgefallen und ich will nicht, dass die nach außen getragen werden.«

»Keine Chance was dagegen zu tun.« Disco winkte ab. »Jay setzt den Ruf von euch allen aufs Spiel.«

Aus der Intensität ihres Schweigens konnte Boucher ermessen, welch giftige Saat Disco in ihren Köpfen gesät hatte.

Jaeger streckte die Hand aus. »Zeig her, was du geschrieben hast.«

Boucher trug sein Notizbuch in der Tasche, in der er auch die Kugel hatte. Er reichte es Jaeger.

Jaeger sah zu schlecht, er konnte es nicht selbst lesen und gab das Buch weiter an Aquila. Sie öffnete es, zuckte die Achseln und reichte es Disco. Der blätterte die Seiten durch und hob konsterniert den Kopf. »Da steht nichts.«

Boucher nahm ihm das Buch aus der Hand und steckte es wieder in seine Tasche. Einen Moment lang geriet Disco ins Schleudern, aber gleich darauf grinste er, nickte und tippte sich an den Kopf. Das war eine Anerkennung, eine Herausforderung. Spiel ohne Limit. Und da wusste Boucher, nur einer von ihnen beiden würde die Insel verlassen. Er wusste es mit der gleichen Gewissheit, mit der Candy den Tiger gespürt hatte – ein elektrisches Prickeln auf der Haut, das bis in sein Innerstes strahlte und die Erkenntnis einbrannte.

»Ihr könnt wiederkommen«, entschied Jaeger. »Ihr kennt die Regeln. Ihr wisst, was mit denen passiert, die sich nicht daran halten.«

»Wir machen keinen Ärger«, versprach Boucher und dachte an die Pistole.

Auf dem Rückweg schwieg er.

»Du hast ganz miese Laune«, bemerkte Candy.

Boucher hatte gerade einer leisen Stimme in seinem Kopf gelauscht, die Ungeheuerliches sagte. Töte ihn, sagte sie. Töte ihn, bevor er dich tötet.

An diesem Abend schlug Candy vor, sie sollten »Welche Platten nimmst du auf eine verlassene Insel mit« spielen. Sie war erstaunt, als Boucher gestand noch nie von diesem Spiel gehört zu haben.

»Du kannst zehn Platten mitnehmen«, erläuterte sie, »und bei jeder Platte, für die du dich entscheidest, musst du sagen, warum sie dir etwas bedeutet. Es geht also um die Vorliebe für eine Musik in Verbindung mit der eigenen Biografie.«

Begeistert ging Boucher auf das Spiel ein. Er erfuhr einiges aus Candys Leben und stellte fest, wie unterschiedlich ihre Herkunft und ihr Lebensstil waren. Es störte ihn nicht. Aber Candys musikalischer Geschmack war eine Enttäuschung. Einfach furchtbar.

»Vivaldis *Vier Jahreszeiten*«, protestierte er. »Nein, nein, das darf nicht wahr sein. Das erlaube ich nicht.«

»Mir gefällt es«, beharrte sie und ihr Mund bildete eine entschiedene Linie. »Ich weiß, es ist klischeehaft, aber es beschwört perfekt eine ländliche Gegend herauf. Meine Gegend. Nicht Illinois oder wo immer du leben magst.«

»Es beschwört fettarmen Brotaufstrich herauf und Fotokopierer und Hygieneartikel. Es ist *die* Allzweck-Werbemusik par excellence. Sieh mal, selbst wenn du total darauf stehst, darfst du es nicht zugeben. Das ist, als wärst du in einer Feinschmeckersendung und würdest großartig kundtun, dass du am liebsten Erdnussbutter und Marmeladebrote isst.«

Ein Anflug von Kälte zeigte sich in ihren Augen. »Warum soll ich es nicht zugeben, wenn es stimmt? Übrigens«, sie ging zum Gegenangriff über, »woher soll ich wissen, dass deine Auswahl kein Kitsch ist? Ich habe noch nie von diesen Leuten gehört. Ich meine, Billie Cage. Was ist das für ein Typ?«

»*Sie*. Das ist eine Sie. Eine Jazz-Rock-Gitarristin. Totaler *Zeitgeist*.«

»Summe mal was.«

Boucher hatte eine recht reine, melodische Stimme.

»Ha«, sagte Candy schnippisch. »Dann doch lieber Vivaldi.« Sie streckte die Nase in die Luft. »Die Wahrheit lautet, wir haben absolut nichts gemeinsam.«

»Ich weiß«, jammerte er in gespielter Verzweiflung und fasste ihr an die Brust. »Es ist tragisch.«

Sie schob seine Hand weg. »Wir sind noch nicht fertig. Du hast dich immer noch nicht entschieden, welchen reinen Luxusgegenstand du mitnimmst.«

»Ich darf nehmen, was ich will?«

»Vorausgesetzt, es hat keinerlei praktischen Wert.«

Seine Hand glitt zu ihrer samtenen Feuchtigkeit. »Ich habe es«, verkündete er. »Was ist mit dir?«

Sie unterdrückte ein Stöhnen. »Ich kann nicht denken.«

Boucher war überrascht von ihrer Sinnlichkeit – entzückt, aber überrascht. Er hatte gedacht, sie brauche ein langes Vorspiel.

»Siehst du«, sagte er hinterher, »zwei Herzen, die schlagen wie eines.«

Sie betrachtete ihn aus halb geschlossenen Augen. »Kein Wunder, dass du immer so selbstzufrieden bist.«

»Hast du dich jetzt für deinen Luxusgegenstand entschieden?«

»Kein Bügelbrett.«

Aber Boucher achtete nicht auf das, was sie sagte. Irgendein misstönendes Geräusch hatte sich eingeschlichen. Er stützte sich auf einen Ellenbogen. »Ich dachte, ich hätte etwas gehört.«

Candys Stimme klang träge. »Ich nicht.«

»Eine Art Scharren.«

»Zweige, die aneinander reiben.«

»Es ist kein Wind.« Boucher lauschte kurz. »Das muss Josef gewesen sein.« Er wollte aufstehen, aber Candy hielt ihn zurück.

»Ich bin dran«, erinnerte sie ihn gähnend.

Nachdem sie hinausgekrabbelt war, schloss Boucher die Augen und dankte für all die Wohltaten, die ihm widerfahren waren.

»Jay.«

Irgendetwas in ihrer Stimme zerstörte seine angenehmen Gedanken. »Ist er … tot?«

»Fort.«

Bouchers Seufzer entsprang halb der Trauer, halb der Erleichterung – Trauer, dass ein weiteres Leben verloren war, Erleichterung, dass nicht nur Josefs Leiden ein Ende hatte. »Ich helfe dir.«

»Ich meine, er ist *weg*!« Unvermittelt tauchte Candys Gesicht aus der Dunkelheit auf. »Der Tiger muss ihn geholt haben.«

## 22

*13. Tag*

Sie schmiegten sich eng aneinander und sprachen lediglich in unzusammenhängendem Flüstern. Bei jedem von außen kommenden Geräusch verstummten sie.

»Wir können uns nicht die ganze Nacht hier verkriechen«, brummte Boucher.

»Genau das müssen wir. Im Dunkeln finden wir seine Leiche nie, und wenn, treffen wir auch auf den Tiger.«

»Bist du sicher, dass der ihn geholt hat?«

Candy zischte durch die Zähne. »Wie oft soll ich dir noch …?«

»Schon gut, schon gut.«

Sie reagierten gegenseitig ihre Angst aneinander ab. Erst vor einer Stunde, dachte Candy, waren sie einander so nah gewesen, miteinander eins, und hatten nicht einmal gemerkt, dass der Tiger Fieser verschleppt hatte. Es schien ihr wie eine Strafe für ihre sinnliche Begierde.

Sie versuchte festen Halt zu finden, aber sie schien in einem inneren Morast zu versinken. Ihr Verstand verweigerte jegliche Konzentration. »Ich weiß nicht, was wir tun sollen. Ich weiß es einfach nicht.«

»Der Tiger wird weiter töten – meinst du das?«

»Er hat keinen Grund aufzuhören.«

Boucher schlug mit der Faust auf den Boden. »Das ist ein Albtraum.«

Ihm zuliebe versuchte Candy ihre Verzweiflung herunterzuspielen. »Bei Tag sieht längst nicht mehr alles so hoffnungslos aus.«

Nach kurzem Schweigen lachte er spöttisch auf. »Zumindest hast du Recht behalten.«

Candy hatte plötzlich das Gefühl, als würde sie in einem Fahrstuhl abwärts sausen. »Die anderen werden sagen, ich hätte den Tiger hergeführt. Sie werden mir die Schuld geben.«

Boucher widersprach nicht, sondern ergriff ihren Arm. »Auf dieser Insel fehlt die Autorität, es gibt keinen Zusammenhalt. Jetzt, da die Gefahr durch den Tiger besteht, werden wir wohl bald Zeugen einschneidender Persönlichkeitsveränderungen werden. Nun kann alles sehr schnell ausarten. Du und ich, wir müssen zusammenhalten, wir können keinem sonst trauen.« Er beugte sich über sie. »Ich bringe uns sicher hier raus, Candy. Sag, dass du mir vertraust.«

Flüchtig streichelte sie seine Wange. »Ich vertraue dir.«

Es schien ewig zu dauern bis zur Dämmerung. Kaum begann Candy einmal einzudösen, schreckte eine Bewegung von Boucher sie wieder auf. Sie zerrten gegenseitig an ihren Nerven. Als die Musik der Zikaden einsetzte, war Candy fix und fertig. Das schwach schimmernde Meer wurde heller und seine Schwärze verlor sich im Grau des Himmels. Und dann färbte sich endlich das Rückgrat der Welt silbern und die Sonne stieg blutrot und riesig herauf.

Als sie halb über den Horizont gekommen war, krochen sie aus ihren Betten, rieben sich die Arme und schnitten grundlos Grimassen. Sie verhielten sich, als schämten sie sich einander in die Augen zu sehen. Candy inspizierte Fiesers Bett. Es lieferte keine Hinweise und der Sand daneben war zu fein, als dass sich anhaltende Spuren hätten eingraben können.

»Er kann nichts gespürt haben«, meinte Boucher.

Candy ging den Strand hinauf. Oben an den Bäumen blieb sie stehen.

»Geh nicht da rein.«

Fleischige Blätter nickten in der leichten Brise. Hinter ihr erklang der sanfte Wellenschlag der Brandung. Sie nickte. »Wahrscheinlich ist es das Beste, wenn wir zuerst die anderen warnen.«

Sie gingen ganz unten am Wasser am Strand entlang, in größtmöglichem Abstand zum Wald, den sie beständig im Auge behielten. Auf halbem Weg zum Lager der Ökos kam ihnen eine Gestalt entgegen, die im flirrenden Dunst der Hitze nicht gleich zu erkennen war. Candy hielt schützend die Hand über die Augen. Es war Aquila.

»Sag du es ihr. Ich warte so lange hier.«

Während Boucher die Nachricht überbrachte, beobachtete Candy unentwegt den Wald. Alles sah frisch und rein aus, voll neuen Lebens. Schmetterlinge tanzten in den Lichtstrahlen und ein Vogel sang so sorglos, dass Candys Brust eng wurde und sie kaum die Tränen zurückhalten konnte. So schön, so vergänglich.

Aquila trat neben sie. »Bist du dir sicher?«

»Ich bin mir sicher.«

Aquila hob den Kopf, als sähe sie etwas in der Ferne verschwinden. »Ich hole die anderen.«

Minuten später tauchte Jaeger mit dem Parang in der Hand auf. Disco folgte ihm mit einem Speer. Nadine und Dexter tauchten als Letzte auf und hielten sich etwas zurück, aber als die anderen unbeirrt weitergingen, eilten sie ihnen nach. Niemand sprach ein Wort, auch nicht, als sie sich alle um Fiesers Totenbett versammelten. Disco trat grundlos gegen das Bettgestell. Mit finsteren Blicken starrten sie zum Wald, als sei er in der Nacht ein Stück näher gekommen.

»Da drin.« Candy deutete auf eine kleine Lichtung.

»Schwärmt aus«, befahl Jaeger, »aber entfernt euch nicht zu weit voneinander.«

Der Geruch führte sie zu der Leiche, die nicht einmal hundert Meter vom Lager entfernt hinter einer Palmengruppe lag. Der bereits in Fäulnis übergegangene Zustand war offenbar für den Magen des Tigers zu viel gewesen. Er hatte nur einen Arm gefressen, und den nicht mal ganz. Was von Fiesers Bein übrig geblieben war, war zu einer eitrigen Masse aufgebrochen, hatte jede Form verloren und keine Ähnlichkeit mehr mit menschlichen Überresten.

Candy presste zum Schutz vor dem Gestank die Hände vor die Nase und ging in die Knie. Galle kam ihr hoch. Mühsam unterdrückte sie den Brechreiz und drehte Fiesers Kopf. Unten am Schädel befanden sich tiefe Punkturen. Sie schätzte ihre

Tiefe und den Abstand zwischen den einzelnen Abdrücken. Auf einer Schulter bemerkte sie Krallenspuren.

»Ein Tiger«, sagte sie, »da gibt es keinen Zweifel.«

Die anderen standen herum wie Figuren auf einem mittelalterlichen Bild mit glasigen Augen und vor das Gesicht geschlagenen Händen.

»In gewisser Weise ist es eine Gnade«, meinte Aquila.

Boucher stolperte weg, ihm war fürchterlich schlecht.

Die Fliegen beschäftigten sich bereits emsig mit dem Leichnam.

»Was machen wir damit?«, nuschelte Dexter durch gespreizte Finger hindurch.

»Ihn begraben.« Boucher wischte sich den Mund sauber.

»Lass ihn liegen, Mann«, stieß Trigg hervor. »Solange der Tiger was zu fressen hat, lässt er uns in Ruhe.«

»Du sprichst von Josef«, erinnerte ihn Candy. »Wir beerdigen ihn im Meer. Das war sein Wunsch.«

Zu viert vollzogen sie das Beerdigungsritual – Candy, Boucher, Jaeger und Bartok. Sie ruderten durch die Gezeitenzone bis zum tiefen Wasser, wo sich die Haie aufhielten. Die Zuschauer standen am Strand wie in Stein gehauen. Wald und Meer grenzten sich überdeutlich voneinander ab. Knapp über den Wellen flog ein Schwarm Pelikane in einer Formation, die an eine Zeile aus einem nicht zu entziffernden Text erinnerte.

»Und es wird keinen Tod mehr geben«, sprach Bartok, als Jaeger und Boucher Fiesers Leichnam über Bord kippten, »kein Leid und Kummer und keinen Schmerz.«

»Amen«, sagten die anderen.

Der Leichnam glitt in die Tiefe. Candy sah zum Himmel hinauf und durch ihre Tränen erblickte sie Raubvögel, die das unendliche Blau wie Nadelstiche punktierten. Vermutlich waren sie immer da, aber noch nie hatte sie so hoch hinaufgeblickt.

»Sind wir fertig?«, erkundigte sich Jaeger.

»Wir sind fertig.«

Sie hockten im Kreis und hielten Kriegsrat. Die Stimmung war gereizt wie vor einem Hundekampf und Candy entschied erst zu sprechen, nachdem die anderen sich ausgetobt hatten.

Disco kratzte sich am Kopf und inspizierte anschließend seine Fingernägel. »Ich glaube, du hast den Tiger hergeführt.«

Candy sah Boucher an und dieser erwiderte ihren Blick.

»Vielleicht war es gar kein Tiger«, meinte Nadine, ruhelos ihre Hände knetend. »Wer weiß, was alles in diesem Sumpf lebt?«

»Tiger haben Schneidezähne, die sieben bis acht Zentimeter lang sind.« Boucher hielt den Blick unverwandt auf den Boden gerichtet. »Sie machen Sprünge von gut drei Metern und können einen Ochsen über einen zweieinhalb Meter hohen Palisadenzaun ziehen.« Er sah auf. »Es ist also nicht nötig, dass wir irgendwelche Ungeheuer erfinden.«

»Und was bedeutet das im Klartext?«, fragte Dexter.

»Dass wir alle in Lebensgefahr sind«, jammerte Nadine.

»Tiger suchen sich die Schwachen und Wehrlosen als Beute«, warf Bartok ein. »Schwächer als Josef kann niemand sein. Er ging weder auf Candy noch auf Jay los, obwohl sie nur ein paar Meter weit weg waren.«

»Er hat sich Robert geschnappt«, schrie Trigg. »Und Robert war alles andere als schwach.«

»Wir wissen gar nicht, ob es derselbe Tiger ist«, sagte Jaeger. »Robert ist auf dem Festland verschwunden, etliche Kilometer weit weg.«

»Tiger können schwimmen«, behauptete Nadine. »Ich habe es im Fernsehen gesehen.«

Disco zuckte die Achseln. »Ist doch egal, ob es derselbe ist oder nicht.«

»Okay.« Jaeger ergriff wieder das Wort. »Gehen wir davon aus, dass wir zusammen mit einem Tiger auf dieser Insel leben. So wild ist das auch wieder nicht. Seit Hunderten oder Tausenden von Jahren leben Menschen in Koexistenz mit Tigern.«

»Und ich wette, jede Menge wurden von Tigern gefressen.«

»Du übertreibst maßlos.«

»Was!«

»Überlegt doch. Wenn wir ein bisschen Fleisch da draußen

hingelegt hätten und der Tiger hätte sich das geholt, würden wir nicht so einen Aufstand machen. Es ist zwar schrecklich, so etwas zu sagen, aber letzten Endes war Josef auch nichts anderes. Fleisch.«

»Das zu sagen, *ist* schrecklich.«

»Aber es ist die Wahrheit.«

Boucher wandte sich an Aquila. »Warum so schweigsam?«

Sie hatte noch kein Wort gesprochen, seit sie Fiesers Leiche entdeckt hatten. Im ersten Moment war sie ebenso beunruhigt gewesen wie alle anderen. Jetzt jedoch lag Ruhe in ihren großen onyxfarbenen Augen, die von ihnen her zu leuchten schienen, als sähen sie etwas, das den anderen verborgen blieb.

»Ein Tiger ist auf dieser Insel. Aber nicht Candy hat ihn hergeführt. Er ist unser Geistführer. Wir dürfen uns nicht an ihm vergreifen.«

Selbst Jaeger schien verdutzt.

»Na toll«, rief Nadine. »Ein verdammter übersinnlicher Tiger.«

»Bleib auf dem Teppich«, fuhr Trigg Aquila an.

Sie bewegte ihre Hand vor seinem Gesicht auf und ab. »Die Realität beschränkt sich nicht auf das, was vor deinen Augen passiert.«

Allgemeines Hohngeheul folgte.

»Ob ihr mir glaubt oder nicht, eure Angst wiegt nicht schwerer als das Recht des Tigers auf Leben.«

»Oh Wahnsinn. Er hat das Recht uns zu töten und wir dürfen nichts gegen ihn unternehmen.«

»Er wird uns nicht töten.«

»Willst du's ausprobieren?«, kreischte Nadine und deutete mit einer heftigen Handbewegung zu den Bäumen hinüber. »Dann mach doch einen Spaziergang.«

»Ich habe keine Angst.«

»Wir können ihn nicht erlegen.« Jaegers Augen waren während dieses Wortwechsels wie die eines Feuerwehrmanns, der nach neuen Brandherden sucht, blitzschnell hin und hergegangen.

»Leo hat Recht«, pflichtete ihm Bartok bei. »Wir haben keine Waffen.«

»So habe ich es nicht gemeint.« Jaeger deutete auf die Fahne. »Seht euch das an. Wir sind Wildguard. Der Tiger ist unser Symbol.«

»So fangen Religionen an«, brummte Boucher. »Man spricht etwas heilig und schließlich endet es damit, dass man diesem Heiligtum Opfer darbringt.«

»Stellt euch mal vor, wie wir in den öffentlichen Meinung dastehen würden, wenn wir einen Tiger töten.«

»Wen, zum Teufel, kümmert die öffentliche Meinung?«, rief Trigg. »Drei von uns sind tot. Wie viele sollen denn noch sterben?«

»Er wird nicht mehr töten«, verkündete Aquila feierlich.

»Ach, du bist Expertin, was?«, schrie Nadine.

»Candy ist die Expertin«, entgegnete Boucher, »und am besten hört ihr euch an, was sie zu sagen hat.«

Trigg hieb mit der Faust auf den Boden. »Dieses verfluchte Biest ist nur ihretwegen hier.« Sein Gesicht war hasserfüllt. »Diese Frau bringt Unglück.«

»Halt den Mund«, fauchte Boucher.

Aller Augen waren auf sie gerichtet und Candy spürte, dass ihr die Farbe aus dem Gesicht wich.

»Meiner Überzeugung nach ist es der Tiger, der auch Robert getötet hat. Ich vermute, er hat ebenfalls die Menschen aus diesem Lager umgebracht. Es handelt sich also zweifellos um einen Menschenfresser – ein Geschöpf, das weiß, dass Menschen leichte Beute sind. Es ist vier Tage her, seit er Robert verschleppt hat, und von Josef hat er nicht viel gefressen. Vermutlich hat er Hunger.«

»Bringen wir ihn um. Verdammt, bringen wir ihn einfach um.«

»Dazu haben wir nicht die Mittel.« Candy wies auf den neben Disco liegenden Speer. »Bis du mit dem Ding nahe genug herangekommen bist, bist du schon tot.«

»Vielleicht können wir ihn mit einer Falle schnappen«, schlug Dexter aufgeregt vor. »Wir bauen einen Käfig und locken ihn mit einem Köder hinein.«

»Wir haben keinen Köder.«

Sie gerieten von einer Sackgasse in die andere. Allgemeine Ratlosigkeit breitete sich aus.

»So langsam wird das alles wirklich schlimm«, sagte Dexter schließlich. »Kratzen wir die Kurve. Wir hocken uns ins Floß und suchen uns eine andere Insel. Oder versuchen, ob wir bis zur Bohranlage durchkommen.«

»Ja, brechen wir auf«, drängte Nadine. »Jetzt gleich.«

»Der Tiger wird uns nichts tun«, beharrte Aquila. »Er ist hier um uns zu beschützen.«

»Wer's glaubt, wird selig.«

»Sei doch vernünftig«, bat Candy. »Er ist ein Killer. Ihr habt gesehen, was er mit Josef gemacht hat. Wir sind für ihn ein leichtes Ziel.«

»Ich weiß, du fürchtest dich.« Aquilas Stimme klang nachsichtig. »Das ist nur normal. Im ersten Moment habe ich mich auch gefürchtet.«

Sich vernünftig mit ihr auseinander zu setzen war wie ein Kampf mit Treibsand. Candy wandte sich an Jaeger. »Es heißt, kämpfen oder fliehen. Und da wir ihn nicht erlegen können, liegt unsere einzige Chance in der Flucht.«

Jaeger schien unschlüssig. Aquila ergriff seine Hand.

»Wir gehen nicht.«

Jaeger nickte. »Wir gehen nicht.«

»Macht, was ihr wollt.« Nadine stand auf. »Dexter, hol unsere Sachen.«

»*Keiner* geht«, befahl Jaeger. »Candy und Robert haben es versucht und was dabei herausgekommen ist, wisst ihr.«

»Die Situation hat sich geändert. Jetzt lauert die Gefahr direkt auf unserer Türschwelle. Wir sind nicht mehr sicher in unseren Betten.«

»Keiner geht«, wiederholte Jaeger. »Wir stehen das durch und ihr werdet mir noch dankbar dafür sein.«

»Du kannst uns nicht daran hindern, zu gehen.«

An Jaegers Schläfe schwoll eine Ader. »Stellt mich nicht auf die Probe.«

»Halt uns auf und Wildguard kann meine Unterstützung vergessen.« Dexter nahm mit einem Ruck die Sonnenbrille ab und enthüllte zum ersten Mal, seit Candy ihn kannte, seine Augen. Sie waren von einem durchschnittlichen Grau. »Scheiße! Leben oder Tod, mit meinem Engagement für Wildguard ist jedenfalls Schluss. Das ist keine Umweltgruppe; das ist ein Therapieprogramm für zwei Personen.«

»Jetzt reicht's. Menschen können einen wirklich schwer enttäuschen.« Den Parang in der Hand stand Jaeger auf. »Versucht das Boot zu nehmen und ich hacke es in Stücke.«

»Lass das Boot in Ruhe«, erwiderte Boucher müde. »Damit haben wir sowieso keine Chance. Die Hälfte seines Auftriebs ist im Arsch. Es trägt maximal fünf Personen und selbst dann wird es zur Todesfalle, wenn die See nicht absolut ruhig ist. Die Wahrheit ist«, fuhr Boucher fort, »dass dich die Realität eingeholt hat und du nicht den Mut hast dich ihr zu stellen.«

»Willst du eine Probe von meinem Mut, Jay?«

»Es ist doch nur ein dummes Tier«, meinte Bartok schließlich nach einer längeren Pause. »Wenn wir alle unseren Verstand gebrauchen, müssten wir es eigentlich überlisten können.«

»Fertigen wir Masken aus Luftschiffstoff an«, schlug Candy vor. »Wir setzen sie auf den Hinterkopf, sodass die Gesichter nach hinten blicken.«

Trigg lachte ungläubig. »Und dann rufen wir *Buh*?«

»Tiger greifen nur sehr selten von vorne an, denn selbst Hirsche und Wildschweine haben Waffen, mit denen sie sich verteidigen können. Neun von zehnmal pirschen sich Tiger von hinten heran. Es ist eine bewiesene Tatsache, dass Masken sie abhalten.«

»Tatsächlich?«, fragte Trigg herausfordernd. »Setz eine idiotische Maske auf und halte die Daumen.«

»Bleibt wenn irgend möglich vom Wald fern. Morgen- und Abenddämmerung sind die gefährlichste Zeit.« Candy betrachtete prüfend die Umgebung. »Ferner sollten wir rund um das Lager Masken aufstellen und bei Nacht ein Feuer brennen lassen. Das Wichtigste ist nichts allein zu unternehmen. Und ich meine, wirklich gar nichts – weder waschen noch zur Toilette gehen, überhaupt nichts. Bleibt mindestens paarweise zusammen, aber lieber noch zu mehreren.«

»Wenn wir nicht in den Wald gehen«, merkte Bartok an, »können wir nichts zu essen sammeln und kein Holz holen.«

»Besteht die Möglichkeit, dass mich der Tiger im Boot angreift?«, erkundigte sich Boucher.

»Nicht im offenen Wasser«, antwortete Candy.

»Dann steht eine Menge Fisch auf dem Speiseplan.«

»Ich habe keine Angst davor, in den Wald zu gehen«, stellte Aquila klar.

Jaeger zögerte einen Moment lang – nur einen winzigen Moment. »Ich auch nicht.«

Candy machte noch einen letzten Versuch. »Niemand zweifelt an deinem ehrlichen Engagement, Aquila, aber dieses Mal gehst du zu weit. Der Tiger wird dich umbringen.«

Aquila lächelte sie an. »Nicht, wenn wir ihm nichts tun.«

»Leben und leben lassen«, schnaubte Boucher, »Gesetz des Dschungels im Newage.«

Aquila sah ihn gleichmütig an. »Du kannst über meine Überzeugungen spotten, Jay, aber du wirst niemals sagen können, ich hätte sie verraten.«

Boucher lachte freudlos. »Solange ich lebe, werde ich über alles genau Buch führen – Nachrufe eingeschlossen.«

Sobald die erste Angst ein wenig nachgelassen hatte, wurden sie aktiv. Die drohende Gefahr schweißte sie zusammen. Candy vermutete, derselbe Effekt habe die Entwicklung der Zivilisation ausgelöst und dafür gesorgt, dass sich die Höhlenmenschen im Kampf gegen die überlegene Fauna zusammengeschlossen hatten, zumindest so lange, bis die Natur beherrschbar geworden war und die Menschen begannen in der Umgebung ihres Heims nach Feinden Ausschau zu halten.

Aquila und Jaeger beteiligten sich nicht am Masken basteln, aber Candy spürte, dass Jaeger ernsthaft ins Schwanken geraten war. Als offenbar wurde, dass ihr Traum von einem Leben in völliger Harmonie mit der Natur zerrann, schien sich Aquila noch intensiver darauf einzulassen und dem blinden Jaeger blieb nichts anderes übrig als sich ebenfalls an ihre innere Überzeugung zu klammern.

Candys Maske zierte ein konventionelles, Zähne fletschendes Gesicht. Nadine entpuppte sich als talentierte Karikaturistin. Mithilfe von Eyeliner und Lippenstift hatte sie in kürzester Zeit das erkennbare Porträt eines anderen Supermodels gemalt, einer für ihre Wutanfälle berüchtigten Rivalin.

»Wenn du sie so sehr verabscheust«, meinte Candy, »ziehst du dann mit ihrem Bild Ärger nicht geradezu an?«

»Sie ist so ein dürres, giftiges Miststück, dass sich der Tiger fluchtartig woanders nach einer Mahlzeit umsieht, sobald er auch nur einen Blick auf sie geworfen hat.«

Candy begutachtete Bouchers Gemälde. »Wer soll das sein?«

Er grinste. »Clarence Tusser – Kongressabgeordneter des ultrarechten Flügels mit jeder Menge Anhänger, sogar unter den Wählern, die er am liebsten erschießen, kastrieren oder mit Chemie ruhig stellen lassen würde. Ich weiß nicht, wie er auf Tiger wirkt, aber *mir* jagt dieser Kerl höllische Angst ein.«

Disco hielt seine Maske hoch. Er hatte kein Gesicht gemalt – nur ein Auge.

## 23

*17. Tag*

Das Leben verlief gewissermaßen auf Sparflamme. Sie errichteten eine Gemeinschaftshütte und zogen sich jeden Abend, bevor die Sonne völlig im Wald verschwunden war, darin zurück. Den Eingang verbarrikadierten sie von innen mit Dornengestrüpp und wagten sich nicht mehr hinaus, bevor nicht heller Tag herrschte. Als gleichsam Gefangene der Natur konnten sie sich nicht ohne Begleitung erleichtern und da sich keiner traute weiter als ein paar Meter wegzugehen, war die nächste Umgebung der Hütte bald verschmutzt und roch übel.

Tagsüber ging die Angst um; nachts stürmte sie gnadenlos auf sie ein. Candy und Boucher schliefen Seite an Seite, Geräusche von Verdauungsbeschwerden, knirschende Zähne und gemurmelte Albträume bildeten die nächtliche Begleitmusik. Sexuelles Verlangen war kein Thema. Boucher verhielt sich ausnehmend zurückhaltend und Candy schob das auf die Müdigkeit. Er war fast den ganzen Tag draußen beim Fischen – eine Notwendigkeit angesichts der zusätzlichen Mäuler, die es zu stopfen galt. Manchmal reichte es kaum für alle. Alle waren abgemagert, aber schlimmer als die Gefahr des Verhungerns war die allgemeine Verschlechterung der Gesundheit. Trotz der Medikamente, die Boucher vom Wrack geborgen hatte, gingen die Arzneimittel zur Neige. Auch andere grundlegende Dinge wurden knapp – Streichhölzer, Wasserreiniger, Seife. Ihre Kleider moderten und fielen auseinander.

Jeden Tag, den Candy mit den anderen im Lager hockte und das Gefühl hatte langsam zu verschimmeln, suchten Aquila und Jaeger im Wald nach Nahrung. Und jeden Tag kehrten sie unversehrt mit Früchten und Blättern zurück. Ihre Ernährungsweise schien nicht gesund zu sein. Aquila hatte stark abgenommen, aber je dünner sie wurde, umso größer und leuchtender wurden ihre Augen. Sie erweckte den Eindruck einer zu einer höheren Bewusstseinsebene Auserwählten.

Zweimal dampften in großer Entfernung Schiffe mit qualmenden Schornsteinen vorbei.

An einem stürmischen Nachmittag ließ Jaeger beiläufig die Bemerkung fallen, sie hätten ein Bienennest entdeckt.

»Mhm, was Süßes«, seufzte Nadine. »Das ist genau das, was ich brauche.« Fantasien über Essen nahmen einen beträchtlichen Teil ihrer Gespräche ein.

»Ihr plündert meine Bienen nicht«, fuhr Aquila sie an.

»Isst du nicht mal Honig?«, fragte Candy.

»Natürlich nicht.«

Trigg, der in der Ecke saß, begann unkontrolliert zu lachen. »Robert ist tot. Die Piloten sind tot. Ich zittere dermaßen vor Angst, dass ich nicht mal Pinkeln kann ohne mir ans Bein zu pissen.« Tränen liefen ihm über das Gesicht. »Und du erzählst mir, dass ich keinen Honig essen darf.«

Jaeger schüttelte den Kopf. »Ihr kämt sowieso nicht an das Nest heran. Diesen Baum könnte nicht einmal Kent besteigen.«

»Das ist nicht der entscheidende Punkt«, fuhr Aquila auf.

Eine Bewegung in einer Ecke lenkte aller Augen auf Disco.

»Hört sich so an, als gäbe es nicht viel, was nicht verboten ist. Weggehen ist verboten. Fleisch essen ist verboten. Und jetzt wird sogar noch mehr Rücksicht auf Bienen genommen als auf uns.« Disco blickte unter seinen langen Wimpern hervor. »Willst du uns umbringen, Mann? Ich bin nämlich kein Märtyrer, musst du wissen.«

Es war das erste Mal, dass sich Disco kritisch über die Wildguard-Führung äußerte, und Candy spürte, dass dieser Bruch der Loyalität ein Wendepunkt war. Nach seinen deutlichen Worten stellte sich verdrossenes Schweigen ein.

Jaeger rieb sich den Nasenrücken. »Hör mal, Disco, wir …«

»Nein, Mann, du hörst mir zu. Du und Aquila, ihr mögt diese Insel für den Himmel auf Erden halten, für uns andere ist sie eher das Gegenteil.«

Gehässiges, zustimmendes Gemurmel erhob sich.

Jaeger lenkte ein. »Ein Mann hat ein Recht darauf, zu essen«, wandte er sich fast unterwürfig an Aquila. »Erlauben wir ihnen halt ein bisschen Honig zu holen, wenn sie an das Nest herankommen.«

Als Aquila begriff, wie stark die gegen sie gerichteten Gefühle waren, hob sie mit königlichem Hochmut den Kopf. »Ihr habt diese Insel gar nicht verdient.«

Fragend blickte Disco in die Runde. »Sollen wir es riskieren?«

»Keine Ahnung«, meinte Dexter. »Ich glaube, eher nicht.«

»Josef ist vor drei Tagen geholt worden. Ich schätze, der Tiger ist aufs Festland zurückgegangen.«

»Wenn das mal kein gefährlicher Trugschluss ist«, warnte Candy.

»Leo und Aquila waren jeden Tag draußen und er hat sich nicht ein einziges Mal gezeigt. Wie sieht's aus, Kent? Ein unbezwingbarer Baum. Kannst du einer solchen Herausforderung widerstehen?«

»Wo ist es?«

»Nicht weit«, gab Jaeger zu.

Disco stand auf. »Verdammt noch mal, gucken wir es uns doch wenigstens an. Wir nehmen ein Seil mit.«

Candy war erstaunt. »Mir ist noch nie aufgefallen, dass du so scharf darauf bist, in den Wald zu gehen.«

»Hier drin gehe ich allmählich die Wände hoch. Hätten sich unsere Vorfahren so hasenfüßig verhalten wie wir, hausten wir immer noch in Höhlen. Wir sind neun Mann. Wenn wir zusammenbleiben, traut sich der Tiger nicht an uns heran.«

»Ich bin auch der Meinung, alle oder keiner«, erklärte Candy.

»Auf mich dürft ihr nicht zählen«, winkte Nadine ab.

»Ich bin auch nicht allzu scharf darauf«, brummte Trigg.

»Gut, ihr bleibt da«, bestimmte Disco, »und seht zu, dass ihr möglichst beieinander seid.«

Nach längerem Nachdenken und Abwägen der Sicherheit entschlossen sich Nadine und Trigg doch lieber mitzugehen. Nur Boucher, der angelte, war nicht mit von der Partie.

»Bienen stechen«, erinnerte Candy die anderen.

»Kent kann sich einen Schleier aus einem Moskitonetz machen.« Dexters praktische Ader überraschte alle. »Wir können auch einen Schmutzeimer nehmen und sie ausräuchern.«

»Honig zum Tee«, sagte Candy verträumt in einem Anfall von Realitätsverlust.

In dreißig Meter Höhe pfiff der Wind durch die Lücken in den Wipfeln. Unten drängten sich die Expeditionsteilnehmer zu einer kleinen Gruppe zusammen, keiner wollte der Erste oder der Letzte sein – besonders nicht der Letzte. Angesichts der Aufstellung der selbstsüchtigen Herde drängten sich Candy ein paar Überlegungen auf. Oberflächlich betrachtet erweckte das dichte Zusammendrängen den Eindruck gemeinsamer Verteidigungsbereitschaft – alle für einen und einer für alle. Aus einem anderen Blickwinkel sah es allerdings so aus, dass jeder für sich allein einstand und ein Individuum das andere als Schutzschild benutzte.

Sie waren als Spiegelbilder unterwegs.

Alle marschierten in einer Richtung, aber wegen der Masken schienen ihre Gesichter einander zugewandt. Es war ein bizarrer Anblick. Alle trugen Speere, bis auf Dexter, der einen Bogen dabeihatte. Auch Candy war mit einem Speer bewaffnet; er bot zwar im Ernstfall kaum Schutz, vermittelte aber ein beruhigendes Gefühl. Bartok schleppte ein Seil zusammengerollt über der Schulter.

Der ständige Wind zerrte an ihren Nerven und ihre anfängliche Begeisterung ließ bald stark nach. Aquila und Jaeger gingen tiefer in den Wald, als Candy aufgrund von Jaegers Worten erwartet hatte. Endlich blieben sie stehen.

Den Kopf in den Nacken gelegt, deutete Jaeger nach oben. »Ich hab's euch ja gesagt.«

Hoch und immer höher hinauf erhob sich der schlanke Stamm und schien sich zu verjüngen, bevor er seine Krone ausbreitete. Das Nest sah aus wie ein unter einem der Hauptäste hängender Kamm. Candy strich über den Baumstamm. Er war so glatt wie Vinyl.

»Was sagt die menschliche Fliege?«, fragte Disco.

Bartok kräuselte die Nase. »Leo hat Recht.«

»Was ist mit dem Seil?« Disco ließ nicht locker.

Bartok schüttelte den Kopf. »Ist um etliches zu kurz und ich kann es erst am Ast befestigen, wenn ich oben bin.«

»Verdammt«, fluchte Disco. »Dann haben wir den ganzen Weg umsonst gemacht. Enttäusche mich bloß nicht.«

Nachdenklich betrachtete Candy ein Geflecht aus Kletterpflanzen, das von einem Baum in der Nähe herabhing, dann wanderte ihr Blick auf Dexters Bogen. »Wir könnten das Seil mit Kletterpflanzen verlängern, etwas Angelschnur an ein Ende binden und das Seil über den Ast schießen.«

»Darauf hätte ich gleich kommen können«, meinte Trigg trocken. »Hat irgendjemand Lust zurückzugehen und die Leine zu holen?«

»Ich gehe«, erklärte Candy, »wenn einer von euch mitkommt.«

Alle wandten den Blick ab.

»Ach, vergessen wir's«, sagte Dexter.

»Wartet«, befahl Bartok. Er schien Berechnungen anzustellen. Prüfend strich er über die Rinde, drehte sich um und sah die Kletterpflanzen an, auf die Candy gezeigt hatte. Er zerrte an den dünnsten Ranken, bis sich ein paar lösten.

»Okay«, entschied er schließlich, »alle helfen. Ich brauche mindestens dreißig Meter.«

Ohne genau zu wissen, was er im Sinn hatte, aber froh aktiv werden zu können, zerrte und riss Candy an den Ranken, bis Bartok sagte, es seien genug. Er band die längsten Stücke an beide Enden des Seils, bis sich dessen Länge mehr als verdreifacht hatte. Anschließend flocht er ein halbes Dutzend Stränge zu einer Schlaufe von vierzig bis fünfzig Zentimeter Durchmesser.

»Was hast du vor?«, erkundigte sich Dexter.

»Das wird eine Schlinge.« Bartok lächelte engelsgleich. »Erzählt bloß meinen Kletterkumpels nicht, dass ich technische Hilfsmittel benutzt habe.«

Er schob die kleine Schlaufe über seine Fußknöchel, griff in Schulterhöhe an den Baum, spreizte die Beine, bis die Schlaufe stramm war, und machte einen kleinen Satz. Mithilfe des Drucks durch die Rankenschlinge klebte er wie ein Frosch am Stamm. Bevor er sich darauf verließ, erprobte er die Methode und arbeitete sich anderthalb Meter den Stamm hinauf. Zufrieden mit der Wirkungsweise der Schlinge, sprang er wieder herunter, band ein Ende des Seiles um seine Hüften und begann mit dem Aufstieg. Mit ineinander gleitenden Bewegungen zog er sich hoch, kam in die Hocke und stemmte sich weiter nach oben.

Beim Zuschauen wurde Candy fast übel. Sein Halt war so dürftig, dass sich schon das kleinste Abrutschen verhängnisvoll auswirken musste. Der Geist siegt über den Körper, dachte sie. Vielleicht ging es sogar darüber hinaus, denn niemand, der richtig bei Verstand wäre, setzte sein Leben mit einem derart knapp kalkulierten Risiko aufs Spiel.

Von Zeit zu Zeit warf sie einen Blick über die Schulter. Seit sie das Lager verlassen hatten, war über eine Stunde vergangen. Der Wind in den Wipfeln gemahnte zur Eile.

Nachdem Bartok den Stamm zur Hälfte geschafft hatte, kam er rascher voran und Candy atmete leichter. Er erreichte die zum Nest führende Astgabelung, band ein Ende des Nylonseils mit einem Laufknoten an den Ast, sodass er den Knoten lösen konnte, sobald er wieder am Boden war, und ließ die Ranke herabhängen.

»Warum mit einem Seil abmühen?«, rief Disco hinauf. »Du bist gut ohne klargekommen.«

»Runter ist nicht einfach das Gleiche wie hinauf, nur umgekehrt. Da kommen jeweils ganz andere Kräfte ins Spiel. Außerdem spart es Zeit.«

Eingehüllt in das Moskitonetz bewegte sich Bartok vorsichtig an das Bienennest heran. Candy glaubte zorniges Summen zu hören.

»Stechen sie?«

»Nein«, rief Bartok, »aber bestimmt probieren sie mal zu zwicken.«

Er erreichte den schwankenden Kamm, beugte sich vor und hackte mit dem Parang darauf ein. Große Brocken regneten herab – Wachs, Larven und Honig, alles durcheinander. Die Untenstehenden eilten herbei und sammelten die Beute ein, fast schlugen sie sich darum. Candy tauchte den Finger hinein und leckte. Der Honig war dunkel und schmeckte kräftig und so süß, dass er im Gaumen brannte.

»Es reicht«, schrie Aquila. »Ihr habt das Nest zerstört. Oh, die armen Bienen!«

»Mmmhhh«, schmachtete Nadine mit sirupverklebten Lippen.

Aus der Luft kam etwas herabgesaust und Candy duckte sich instinktiv und hob schützend den Arm. Das Seil fiel auf ihren Rücken. Sie drehte sich um und da stand Disco. Zwar schien es ihr unglaublich, aber sie sah sofort eine Verbindung.

»Das hast du absichtlich getan.«

Entgeistert starrte Disco sie an. »Ich bin nicht einmal drangekommen. Kent muss es falsch festgebunden haben.«

»Du hast daran manipuliert.« Candy ließ sich nicht beirren. »Sonst hätte es sich nicht gelöst.«

»Bist du verrückt?«, schrie Disco. »Warum sollte ich das tun?« Er schaute hinauf. »He, tut mir ehrlich Leid, Mann.«

Bartok blickte herab. Sein Gesicht war so klein, dass Candy seine Züge nur andeutungsweise erkennen konnte.

»Ich habe beide Enden auf der gleichen Seite herunterhängen lassen«, gab er zu. »Das war ziemlich blöd.«

»Wird das irgendwie zum Problem?«, rief Disco. »Kommst du ohne Seil wieder herunter?«

»Wird mir nichts anderes übrig bleiben. Lass mich kurz nachdenken.« Bartoks Stimme klang unbesorgt.

In dem langen Schweigen, das nun folgte, betrachtete Candy Disco abschätzend. Sie hatte nicht gesehen, dass er am Seil gezogen hatte, und er hatte keinen Grund Bartok in Gefahr zu bringen. Trotzdem war sie überzeugt, dass er es getan hatte. Er war wie ein emotional gestörtes Kind, das andere in Schwierigkeiten bringt nur um zu sehen, was dann passiert.

Die anderen hatten nur noch den Tiger im Kopf. Sie drängten sich zusammen, bildeten einen Halbkreis und bewegten sich mit kleinen Schritten um alle Richtungen abzudecken.

»Kennt einer Blakes Tigergedicht?«, fragte Trigg.
»Zum Teil.« Dexter begann zu rezitieren:

»Tiger! Tiger! brennend hell
in den Wäldern der Nacht,
welch unsterbliche Hand oder welch unsterbliches Auge
konnte deine furchtbare Symmetrie bilden?«

Er zuckte die Achseln. »An die anderen Verse erinnere ich mich nicht mehr.«
Aquila sprach weiter.

»In welchen fernen Tiefen oder Himmeln
brannte das Feuer deiner Augen?
Auf welchen Flügeln wagte er sich zu erheben?
Welches war die Hand, die das Feuer zu ergreifen wagte?

Und welche Schulter und welche Kunst
konnte die Sehnen deines Herzens drehen?
Und als dein Herz zu schlagen begann,
welch schreckliche Hand und welch schreckliche Füße?«

Aquila entfernte sich von der Gruppe und sprach die restlichen Strophen in den Wald hinein.
»Hör auf«, schrie Nadine. »Lass das.« Sie kicherte. »Man hat fast den Eindruck, als rufe sie ihn.«
Aquila drehte sich um. Im olivfarbenen Licht sah sie aus wie eine Hexe.

»Tiger! Tiger! brennend hell
in den Wäldern der Nacht,
welch unsterbliche Hand oder welch unsterbliches Auge
wagte deine furchtbare Symmetrie zu bilden?«

Äste ächzten, Palmwedel raschelten.
»Hast du das Problem inzwischen gelöst?«, rief Disco zu Bartok hinauf.

»Ziemlich knifflig das Ganze. Der Baum schwankt stark. Ich bin nicht gewohnt, dass sich der Untergrund bewegt. Macht mich unsicher.«

»Runterkommen ist doch die leichtere Übung.«

Bartok lachte. »Na klar. Ich kann in zwei Sekunden unten sein.« Seine Stimme schien sich zu verlieren.

»Wie steht's mit der Kraft des Gebetes?«

Bartok lachte wieder. »Diesmal nicht, Disco.«

»Tja, irgendwas musst du dir einfallen lassen. Es holt dich nämlich keiner herunter.«

»Okay«, sagte Bartok nach einer Minute, die sich wie eine Stunde zu dehnen schien. Er spuckte in die Hände. »Probieren wir's.«

Candy schlug das Herz bis zum Hals, als seine Beine in der Luft baumelten und nach einer Stütze suchten. Für einen Moment rückte die Angst vor dem Tiger in den Hintergrund. Bartok bewegte sich langsam wie ein alter Mann, aber seine Bewegungen waren sicher und brachten ihn so weit herunter, dass Candy glaubte, er habe das Schlimmste geschafft. Da verharrte er.

Er streckte ein Bein und tastete nach einem Halt. Langsam verlagerte er sein Körpergewicht auf das Bein. Es rutschte ab und Candy entwich ein Keuchen – ein trockener, saugender Laut. Bartoks Nackensehnen strafften sich wie Kabel.

»Er stürzt ab«, murmelte Nadine.

Aber irgendwie gelang es Bartok, sich festzuhalten, und irgendwoher nahm er die Kraft sich in eine sicherere Position hochzuziehen.

»Puh«, sagte er, das Gesicht gegen den Stamm gepresst. »Diesmal wär's fast schief gegangen.«

»Du warst doch schon fast unten«, brüllte Disco.

»Je tiefer ich komme, umso weniger Haltepunkte gibt es.« Bartok blickte herab, sein Gesicht war schweißüberströmt. »Ich muss wieder hinauf.«

Das inzwischen fahl gewordene Licht und der Wind verbreiteten eine unheimliche Stimmung, die alle in ihren Bann zog.

»Es wird spät«, schrie Disco. »Der Tiger denkt bereits ans

Abendessen. Dir da oben kann nichts passieren, aber uns hier unten juckt's bereits mächtig im Rücken.«

»Es hat keinen Sinn. Es geht nicht.«

Candys Blick fiel auf Dexters Bogen. »Einer muss die Angelleine von Jay holen.«

»Er ist draußen am Riff. Es ist dämmrig, bis wir zurück sind.«

»Kent kann doch die Nacht über da oben bleiben«, sagte Disco zu ihr. »Wir holen ihn morgen früh.«

»Du hast ihm diesen Schlamassel eingebrockt«, fuhr Candy ihn an. »Ich dachte, er sei dein Freund. Wie kannst du nur so gefühllos sein?«

»Er sitzt auf dem sichersten Platz der ganzen Insel. Wir sind es, die zusehen müssen, wo wir bleiben.«

»Ich hole die Angelschnur«, erbot sich Aquila.

»Ich begleite dich«, sagte Nadine rasch.

Auch Trigg und Dexter schlossen sich Aquila bereitwillig an. Disco desgleichen.

Candy geriet außer sich. »Was soll denn das? Das alles war schließlich deine Idee.«

»Das soll gar nichts, Schätzchen. Es geht um Leben und Tod.«

»Ihr könnt nicht einfach alle abhauen«, rief Candy und hätte beinahe mit dem Fuß aufgestampft.

»Du hast doch Leo«, ließ sich Trigg vernehmen.

»Na, der ist wirklich eine große Hilfe. Er sieht doch nichts.« Candy packte Dexter am Arm. »Du bleibst da«, zischte sie. »Es wird Zeit, dass du auch mal einen Beitrag leistest.«

»Lass ihn in Ruhe«, kreischte Nadine. »Er gehört zu mir.«

Ein paar Sekunden lang zerrten die beiden Frauen eine der größten Rocklegenden zwischen sich hin und her.

»Zum Teufel.« Dexter befreite sich von Nadines Hand. »Candy hat Recht. Ich habe noch nicht viel geleistet.«

»Verziehen wir uns«, drängte Disco.

Immer noch schäumend vor Wut sah Candy ihnen nach.

»Nimm's Nadine nicht übel«, sagte Dexter. »Es ist nicht leicht für sie.«

Candys Wut verrauchte. »Nein. Aber für dich auch nicht.«

Jetzt, wo sie mit ihm allein war, brachte sie kaum einen Ton heraus. »Ich glaube, es ist das erste Mal, dass ich mit dir gesprochen habe.«

»Ich rede nicht viel.«

»Ich habe eines deiner Konzerte gesehen. Im Fernsehen.« Candy verstummte und sah das Bild von Tausenden von Händen vor sich, die sich in ekstatischer Sehnsucht nach einer winzig kleinen Gestalt im Scheinwerferlicht ausstreckten. »Es war sehr eindrucksvoll.«

»Es ist nur Rock 'n' Roll.«

Das Gespräch erstarb. Candy registrierte die langsam länger werdenden Schatten und schielte zu Jaeger hinüber. Sein Blick war zum Verzweifeln verschwommen, er schien nicht imstande auch nur halbwegs klar zu sehen. Sie schaute Dexter an.

»Ein Blinder reicht. Du kannst doch sicher nichts sehen durch diese dunkle Brille.«

»Darum trage ich sie.«

Candy nahm ihm die Brille von der Nase und sah den wahren Menschen vor sich – ebenso verängstigt wie sie. Sie hob das Handgelenk, weil sie vergessen hatte, dass sie keine Uhr mehr besaß. Die Angst wuchs.

»Wo bleiben sie nur?«, flüsterte sie.

»Zehn Minuten zum Lager, noch einmal zehn Minuten um Jay an Land zu holen. Das dauert alles in allem mindestens eine halbe Stunde.«

Candy schätzte, wie lange es noch hell bleiben würde. Die Zeit wurde in jedem Fall knapp.

»Das war eine blöde Idee«, grummelte Dexter.

Candy war nicht sicher, ob er den Ausflug in den Wald meinte oder die Hartnäckigkeit, mit der sie darauf bestanden hatte, Bartok herunterzuholen.

»Kent, ich hoffe, du hältst Ausschau.«

»Ich bin ganz Auge.«

»Wir binden eine Leine an das Seil und schießen es zu dir hinauf.«

»Hab kapiert.«

Sie lehnten mit dem Rücken am Baumstamm, die Waffen

einsatzbereit. Candy war so nervös, dass sie fast umgefallen wäre, als Dexter versehenlich an ihren Ellenbogen stieß.

»He«, rief Bartok leise. »Ich glaube, da hat sich was bewegt.«

Candys Mund wurde trocken. »Wo? Ich sehe nichts.«

Bartok deutete mit der Hand. »Kommt auf euch zu.«

»Heilige Scheiße!«, quiekte Dexter. »Was machen wir?«

»Auf keinen Fall weglaufen. Alles, nur nicht weglaufen.«

»Ich sehe nichts«, beschwerte sich Jaeger.

Jeder Nerv in Candys Körper war zum Zerreißen gespannt. Sie sah den Tiger bereits vor sich, die Umrisse eines Tigers – Schatten.

Ein Zweig knackte. Sie erstarrte. Blätter raschelten und Aquila stand vor ihnen – eine Erscheinung im grünen Dämmerlicht.

Candy lief auf sie zu. »Gott sei Dank! Wo sind die anderen?«

»Sie hatten Angst, sie könnten in die Dunkelheit geraten.«

»Diese Schweine«, zischte Candy, »diese Schweine.«

Dexter beschäftigte sich bereits mit Seil und Leine.

»Pass auf da oben«, rief Candy zu Bartok hinauf.

»Jawohl, gnädige Frau.«

Fiebernd vor Ungeduld sah Candy zu, wie Dexter ein Ende der Angelschnur an das Seil band und das andere an den Pfeil. Als er endlich fertig war, war Bartok nur noch als schwarzer Fleck vor der noch nicht ganz so schwarzen Nacht erkennbar.

Dexters erster Schuss reichte nicht annähernd hinauf. Sein zweiter ging meilenweit daneben und der Pfeil verfing sich in den Zweigen und musste mit List und Tücke befreit werden. Mit jedem Fehlversuch und dem zeitraubenden Herunterzerren des Pfeiles wurde es dunkler.

»Leo, Aquila, wir verlassen uns auf euch. Passt auf, dass uns nichts von hinten anfällt.«

Bei Dexters drittem Versuch war es bereits so dunkel, dass sie das Ziel des Pfeiles nicht mehr zu erkennen vermochten.

»Vier bis fünf Meter daneben«, meldete Bartok, »zwischen den Blättern unterhalb des Astes, auf dem ich sitze. Da komme ich nicht ran.«

»Das ist mein bester Schuss«, rief Dexter. »Ich sehe kaum noch, wohin ich ziele.«

»Ich versuche es mal.«

Bartok rutschte auf dem Ast entlang. Er hielt inne und beugte sich hinunter. Candy sah, wie er den Arm ausstreckte und unter dem Ast herumtastete.

»Nein.«

»Wir können nicht länger warten.«

»Okay, ein letzter Versuch.«

Er veränderte seine Lage auf dem Ast und schien plötzlich zu fallen. Als Candy den Mund öffnete um zu schreien, endete sein Sturz abrupt. Kopfüber hing er an den Beinen. Entsetzt schob sie sich fast die ganze Faust in den Mund.

Die schemenhafte Gestalt schwang sich hinauf.

»Habe es. Irgendjemand da oben liebt mich immer noch.«

Flott und munter zog Bartok das Seil zu sich herauf. Der Rest war ein Kinderspiel. Nachdem er das Seil gesichert hatte, glitt er aus dem Halbdunkel daran herunter und ließ sich aus einer Höhe fallen, bei der sich ein normaler Mensch die Beine gebrochen hätte. Einen Moment lang blieb er am Boden hocken, grinste sie von unten herauf an und streifte sich tote Bienen aus den Haaren.

»Bange Augenblicke.«

»Tu das nie wieder«, sagte Candy schwach.

»Wo ist Disco hin?«

»Er hatte was Besseres vor.«

»Ich bin euch zu großem Dank verpflichtet, Leute. Zu großem Dank.«

»Können wir jetzt gehen?«, fragte Dexter höflich.

Es war bereits so dunkel, dass sie fast die Hand vor Augen nicht mehr sehen konnten.

»Zusammenbleiben«, befahl Candy und führte die kleine Gruppe an. »Wenn einer zurückbleibt, rufen.«

Die Angst machte ihnen Beine, der Rückweg wurde zur wilden Flucht. Aus dem Dunkel schlugen Ranken auf sie ein. Farnwedel zerrten an ihnen. Es war, als liefen sie durch eine mit Gegenständen voll gepfropfte Höhle.

»Das ist nicht der richtige Weg«, keuchte Dexter.

»Es ist der kürzeste Weg zum Strand. Je früher wir auf offenem Gelände sind, umso sicherer sind wir.« Candy warf einen hastigen Blick nach hinten und sah Jaeger durch den Wald stolpern. »Wo ist Aquila?« Sie blieb stehen, ihr Herz klopfte heftig. »Ich habe ihr gesagt, sie soll sich dicht hinter uns halten.«

»Ihr passiert schon nichts.« Dexter war so ängstlich darauf bedacht, endlich aus dem Wald herauszukommen, dass er noch auf der Stelle stehend fast rannte.

»Oh lieber Gott, warum kann sie nicht hören?«

Jaeger verzog das Gesicht. »Geht weiter. Ich warte auf sie.«

Dexter war schon unterwegs. Candy zögerte nur einen Moment, dann folgte sie ihm. Sie hörte die Brandung. Das Rauschen wurde lauter, die Äste wichen zurück und sie taumelte auf den Strand hinaus. Regen prasselte auf sie herab. Sie hob das Gesicht und breitete die Arme aus um ihn willkommen zu heißen. Boucher hatte das Boot auf den Strand gezogen und eilte zu ihr. Als sie die Erleichterung auf seinem Gesicht bemerkte, ließ sie sich zu Boden fallen. »Oh Jay«, keuchte sie, halb lachend, »sieh uns an.«

Jaeger stolperte aus dem Wald, und Candy blieb das Lachen im Halse stecken. Sie machte einen Schritt auf ihn zu.

»Wo ist sie?«

»Nicht weit.« Er rieb sich mit den Fingerknöcheln die Augen. »Ich konnte nichts sehen.«

Candys Besorgnis verwandelte sich in Ärger. »Dieses dämliche Weibsstück! Was will sie denn beweisen?«

Jaeger sah richtig krank aus. »Ich sollte wohl wieder rein.« Er rührte sich nicht von der Stelle.

Candy auch nicht. Es gab für alles eine Grenze und sie hatte die ihre erreicht.

Jaeger atmete tief durch, wie um sich zu beruhigen. »Ich gehe jetzt.« Er marschierte in den Wald zurück. Seine unbeholfenen Schritte verklangen und Candy hörte nur noch seine Stimme klagend über Wind und Wellengeräusch rufen.

Bartok tanzte in merkwürdigen Verrenkungen herum. »Ich habe Durchfall. Fing oben auf dem Baum an.«

»Zieh Leine.« Candy konzentrierte sich voll und ganz auf den Waldrand.

Die Dunkelheit senkte sich wie ein Vorhang vor ihr herab. Der Wald war zu einer festen, undurchdringlich scheinenden Wand geworden. Ein Stück weiter den Strand hinauf hatten die anderen ein Feuer angezündet und der Wind trieb Glutfetzen über den Sand.

»Wird Zeit, dass wir uns auch verziehen«, meinte Boucher.

Candy schüttelte entschlossen den Kopf. »Wir sollten auf dieses dämliche Weibsstück warten.«

»Jeden Augenblick tritt sie aus den Bäumen hervor wie eine minoische Göttin unter Prozac. Komm schon«, drängte Boucher und ergriff Candys Ellenbogen. »Der passiert schon nichts.«

Candy gab nach und ließ sich von ihm zu den anderen hinführen. »Zu jeder anderen Zeit wäre Aquila Priesterin gewesen.«

»Oder als Hexe verbrannt worden.«

Candy fühlte sich unendlich erschöpft. Es war nicht nur körperliche Müdigkeit; sie war zermürbt von der ständigen Bedrohung. Schutz suchend legte sie die Arme um Boucher und lehnte sich an ihn.

»Jay, bring mich weg von hier. Bring mich nach Hause.«

Er strich ihr übers Haar. »Ich habe darüber nachgedacht. Es dürfte nicht allzu schwierig sein, den Boden des Bootes zu flicken. Vielleicht gelingt es uns, dass es wieder eine bessere Tragfähigkeit bekommt. Wenn wir es schaffen, dass ...«

Ein Schrei durchschnitt die Dunkelheit. Candy taumelte. Ein weiteres Geräusch folgte, gedämpft und nicht näher bestimmbar, gleich darauf Jaegers entsetzte Stimme.

»Aquila! Aquila! Oh nein. Verdammt, nein!«

»Die Leuchtpistole!« Candy gab Boucher einen Stoß in Richtung auf das Feuer und rannte zum Wald. »Die Fackel! Hol die anderen. Alle!«

Sie rannte in den Wald hinein und brach rücksichtlos durch das Gestrüpp, immer Jaegers hysterischen Schreien nach. Er hieb auf ein Dickicht ein, aufblitzend hob und senkte sich der Parang.

»Leo! Ist Aquila da drin?«

»Ich komme nicht an sie heran!«

Auf das Risiko hin, dass ihr der Arm abgehackt wurde, packte Candy seinen Arm. Er war glitschig von Blut.

»Sie lebt«, stieß er mit erstickter Stimme hervor. »Ich habe sie gehört.«

Nur ein paar Meter vor ihnen knurrte der Tiger – ein Laut zwischen Schnurren und Fauchen. Unwillkürlich musste Candy an eine Katze denken, die einen Vogel gefangen hat. Gänsehaut überlief ihre Arme.

»Mach so viel Lärm wie möglich. Lenk ihn ab, bis die anderen da sind.«

Jaeger hieb wieder auf das Dickicht ein. Candy stieß ein unheimliches Geheul aus, das dem primitiven Vokabular einer urzeitlichen Sprache entnommen schien. Lärm ertönte – Kriegsrufe und Trommelschläge. Der Radau näherte sich stetig. Ein gelber Lichtstrahl blitzte zwischen den Ästen auf.

»Hierher!«, schrie Candy. »Bringt die Fackel! Schnell! Schnell!«

Sie riss jemandem das Licht aus der Hand und hielt es in das Dickicht. Der Lichtschein sickerte in ein Labyrinth aus dornigen Zweigen.

Das kehlige Brüllen ging ihr durch Mark und Bein. Es war ein Laut, der das Blut in den Adern gefrieren ließ.

An ihrem Ohr ertönte ein scharfes Knallen und Zischen und der Wald explodierte in gleißendem Licht. Candy schloss die Augen. Auf ihrer Netzhaut war das Bild des Tigers eingebrannt, die Lefzen über stosszahnähnliche Fänge hochgeschoben, eine gewaltige Pfote auf Aquilas Brust.

Um Candy brach Chaos aus.

»Er ist weg«, brüllte Disco. »Ich sage euch, er ist …«

Noch ein Knall, gefolgt von einer weiß glühenden Explosion.

»Du hast sie getroffen! Verdammt noch mal, du hast Aquila getroffen, Mann!«

Durch das Zischen hörte Candy ein fettes Brutzeln und durch den Gestank der chemischen Reaktion roch sie den würzigen Duft gegrillten Fleisches.

Hände packten sie und zerrten sie zurück. Geblendet leistete sie nicht den geringsten Widerstand. Hinter ihren Augenlidern flackerten wie eingebrannt die Bilder im Magnesiumlicht – Aquilas aufgerissene Kehle, ihre freigelegte Luftröhre. Regen schlug in Candys Gesicht, aber sie merkte es nicht. Ein schrecklicher Laut drang über ihre Lippen – ein tiefes Ächzen, *»nghh, nghh«*, wie von einem Tier, das unbeschreiblichen Schmerz zum Ausdruck zu bringen versucht.

# 24

*18. Tag*

Wind und Regen schlugen peitschend auf den Wald ein und die Flammen des Feuers zuckten in alle Richtungen. Sie malten flackernde Bilder auf die Gesichter der Anwesenden und erweckten die Abwehrmasken in den Bäumen zu gespenstischem Leben. Äste schlugen geräuschvoll aneinander. Boucher war kurz vor dem Zähneklappern. Verstohlen betrachtete er die Gefährten. Alle hielten die Köpfe gesenkt, wie Besiegte saßen sie da, wie die Überlebenden einer sechstägigen Schlacht. Candy hatte die Hände vor das Gesicht geschlagen, nur ihre Augen waren zu sehen.

Durch das Heulen des Windes hörte Boucher Jaeger toben.

Beiß in den sauren Apfel, sagte er sich und schloss die Hand fester um die Pistole. Bring's hinter dich, bevor Jaeger zurückkommt. Jaeger hatte durchgedreht, sein Verhalten war unberechenbar geworden.

»Jemand sollte nach ihm sehen«, murmelte Dexter und scharrte unruhig mit den Füßen.

Disco schnaubte. »Bei dem dringst du nicht durch. Der legt dich glatt um.«

»Der Tiger kann über ihn herfallen.«

»Das ist dem scheißegal.«

Nadine sah die anderen an, ihr Gesicht war von Schmutz- und Tränenspuren gezeichnet. »Er hat sie wirklich geliebt, was?«

Es klang weniger gerührt als verängstigt. Jaegers Trauer machte ihnen allen Angst. Er hatte keinem erlaubt Aquilas Leiche anzufassen. Fluchend hatte er sie alle davongejagt.

»Nie hätte ich gedacht, dass es sie trifft«, fuhr Nadine mit zitternder Stimme fort. »Ich habe wirklich geglaubt, sie stünde unter dem Schutz eines besonderen Zaubers.«

Candy zog die Schultern hoch. »Vermutlich hat der Tiger sie seit Tagen beobachtet.«

»Jetzt hat er zweimal getötet und doch nichts gefressen«, ließ sich Disco vernehmen. »Er wird ganz schön sauer sein.«

»Tiger werden nicht sauer«, widersprach Candy hinter ihren Händen hervor.

»Dann eben hungrig. Das ist ein *echt* hungriger Tiger. Wer wird wohl der Letzte sein, den er holt? Das wüsste ich gern.«

Eine weitere Bö schlug auf die Hütte ein. Im Feuer stoben Funken auf und flogen umher.

Unverwandt hielt Candy den Blick auf den Boden gerichtet. »Nach dem zu schließen, wie schmählich du Kent im Stich gelassen hast, würde ich sagen, dass deine Chancen darauf bestens stehen.«

»Du Arschkriecherin. Hättest du auf mich gehört und ihn auf dem Baum gelassen, würde Aquila noch leben.«

Boucher hob die in seinem Schoß liegende Pistole und zielte vage. »Traust du dich das zu wiederholen?«

Discos Augen wurden schmal. »Ich sagte zu Candy, sie sei eine Arschkriecherin, und da ich weiß, wie du und sie …« Discos Stimme verklang wie in einem Abfluss versickerndes Wasser. Langsam versteifte sich sein Körper. Seine Zunge fuhr über die Lippen. »Trügen mich meine Augen?«

»Das ist eine Pistole. Und sie ist auf dich gerichtet.«

Disco wich ein wenig zurück. »Du verdammter Schweinehund, du.«

Aller Augen wandten sich Boucher zu, sogar Candy schielte über ihre Hände.

»Kein Grund mich jetzt so anzusehen.« Bouchers Stimme schwankte. »Ich habe sie im Wrack gefunden und mir gedacht, die Luft ist schon dick genug, auch ohne eine Waffe im Spiel.«

»Du verdammter Schweinehund«, wiederholte Disco und lachte fast bewundernd.

»Das ist beinahe eine Woche her.« Candys Stimme wurde lauter. »Tag für Tag sind wir hier herumgehockt und haben um unser Leben gezittert. Und du hattest die ganze Zeit eine Waffe.«

»Ich hätte sie, wenn nötig, benutzt.«

»Und jetzt ist Aquila tot.« Disco pfiff leise. »Mann, Leo macht Hackfleisch aus dir.«

»Nach Candys Schilderung hätte nichts und niemand Aquila retten können.«

Aber Candy verteidigte Boucher nicht. »Vertrau mir, hast du gesagt. Oh Jay, verstehst du das unter Vertrauen?«

Aus schlechtem Gewissen heraus meinte Boucher sich rechtfertigen zu müssen. »Du weißt genau, was ich damit gemeint habe«, brüllte er.

»Nicht Disco hat Aquila und Josef umgebracht.«

»Die Pistole lag direkt neben mir, als Josef verschleppt worden ist. Und was hat sie genützt?«

»Nicht einmal *mir* hast du es gesagt!«, schrie Candy und wandte sich angewidert ab.

Die anderen starrten ihn aus eiskalten Augen an und Boucher wusste, hätte er nicht die Pistole gehabt, sie hätten ihn gelyncht.

»Weißt du überhaupt, wie man mit dem Ding umgeht?«, fragte Disco.

»Ja«, murmelte Boucher.

»Ich kenne mich nämlich aus mit Waffen.«

»Darauf wette ich.«

»Lass mich mal sehen.«

Boucher hob die Pistole. »Bleib, wo du bist.«

Disco riss die Hände hoch. »He, dreh nicht gleich durch.«

»Bis wir entschieden haben, wie wir weiter vorgehen, behalte ich sie.«

Disco nahm die Hände herunter. »Hast du probiert, ob sie funktioniert?«

»Ich habe sie abgefeuert. Sie funktioniert.«

»Wie viele Schüsse?«

»Noch acht. Es ist eine Neun-Millimeter-Mauser.«

»Bringt die einen Tiger um?«, wollte Dexter wissen.

»Ich bin mir nicht sicher«, antwortete Boucher. »Ich glaube …«

»Kommt darauf an, wie nah du an ihm dran bist«, fiel ihm Disco mit Bestimmtheit ins Wort. »Bei über zehn Metern wird es schwer, ein bewegliches Ziel zu treffen.«

»So nah kommen wir nie an ihn heran.«

»Mit einem Köder könnte es gehen«, erklärte Trigg. »Vielleicht können wir einen Affen erschießen.«

»Mit dem Ding brauchen wir in freier Wildbahn nicht herumzuballern«, stellte Disco klar. »Außerdem sind wir der einzige Köder, der ihn interessiert. Früher oder später kommt er angetrabt und schnüffelt hier herum. Wenn wir Wache schieben und ...«

»Pst!«, zischte Nadine. Ihre Augen leuchteten wie Glühbirnen. »Da ist was an der Tür.«

»Wenn man vom Teufel spricht«, murmelte Disco.

Boucher hörte ein Schnüffeln.

»Jay, tu doch was!«

Zitternd hob Boucher die Pistole. Er glaubte zu sehen, wie sich ein Schatten vom Feuer löste. Dornen kratzten. Sein Finger näherte sich dem Abzug.

»Idiot.« Disco stand auf. »Das ist Leo.«

Jaeger, splitternackt und von Kopf bis Fuß mit Kratzwunden übersät, schwankte herein. Seine Masse schien die Hütte vollständig auszufüllen. Er reagierte nicht im mindesten überrascht, als er eine Waffe auf sich gerichtet sah.

Candy erhob sich halb. »Du bist voller Blut. Setz dich und ...«

»Gib sie mir«, forderte Jaeger mit schwerer Zunge.

Die einzige Möglichkeit im Besitz der Pistole zu bleiben wäre auf ihn zu schießen. Boucher musste sich im Bruchteil einer Sekunde entscheiden. Jaegers massige Gestalt ragte drohend vor ihm auf und als er sich dessen unbezwingbarer Kraft unmittelbar gegenüber sah, gab er die Waffe widerspruchslos her. Unverzüglich wandte sich Jaeger damit wieder zur Tür.

»Jay hat sie vom Wrack geholt und einfach behalten«, rief Disco. »Wie findest du das?«

Jaeger verharrte und schaute auf die silberne Waffe. Mit einer kaum wahrnehmbaren, blitzschnellen Bewegung duckte er sich vor Boucher und stieß ihm die Mündung in die Schläfe. Boucher brachte kein Wort heraus.

»Nein«, schrie Candy. »Jay hat sie nur behalten, weil Disco versucht hat mich zu vergewaltigen und du nichts gegen ihn unternommen hast.«

»Du Lügnerin«, brauste Disco auf.

Jaeger befand sich am Rande des Wahnsinns, es war nur noch eine Gratwanderung.

Candy sprang auf. »Sag ihm die Wahrheit«, schrie sie Bartok an.

Jaegers irre Augen zuckten herum.

Bartok senkte den Kopf. »Es stimmt. Disco wollte sie vergewaltigen. Ich habe gelogen.«

Verächtlich schürzte Disco den Mund. »Du frömmelnder kleiner Wichser. Wenn sie sich nicht losgerissen hätte, wärst du gleich nach mir an die Reihe gekommen.«

Die Waffe bohrte sich immer noch in Bouchers Schädel, aber Jaegers Blick ruhte auf Disco.

»Was ist denn eigentlich los?«, krächzte Disco. »Du selbst hast die Regeln aufgestellt. Die Regeln der Hell's Angels. Willst du behaupten, du hättest nie eine Tussi gefickt, die zu einer anderen Motorrad-Gang gehört hat?«

Ich habe dich gewarnt, sagte die leise Stimme, die sich in Bouchers Kopf eingenistet hatte. Du hättest ihn umbringen sollen, solange du die Gelegenheit dazu hattest.

Urplötzlich war das bohrende Gefühl in seiner Schläfe weg. Jaeger marschierte zum Eingang und spähte hinaus. »Was ihr miteinander treibt, ist mir egal. Mich interessiert nur eines.«

Disco nickte. »Wir sind zu dem Schluss gelangt, dass wir warten müssen, bis der Tiger hier auftaucht. Was meinst du, Candy?«

»Er wird nicht ins Lager kommen. Das hat er nicht nötig. Er braucht nur zu warten, bis wir rauskommen.«

»Wir ködern ihn.«

»Das haben wir alles schon durchdiskutiert«, seufzte Dexter. »Kein Köder und keine Möglichkeit einen Köder herzukriegen.«

Disco überlegte. »Leo«, sagte er schließlich langsam. »Mir kommt da eine Idee und ich hoffe, du kriegst sie nicht in den falschen Hals.«

Jaeger besetzte immer noch den Eingang, als stünde ein Angriff des Tigers unmittelbar bevor. Er grunzte.

Discos Gesicht lag teilweise im Dunkeln. »Was hast du mit Aquila gemacht?«, fragte er.

Nadine schob den Unterkiefer vor. »Oh nein, das ist widerlich!«

»Sie befindet sich vor weiterem Leid in Sicherheit. Ich habe sie eingehüllt und an einen Baum gehängt.«

Boucher sah das Bild vor sich.

»Willst du sie begraben?«, fragte Disco.

»Sie bekommt ein Sioux-Begräbnis.«

»Du willst, dass der Tiger stirbt.« Discos Stimme nahm einen beschwörenden Klang an. »Nimm Aquila als Köder.«

»Das ist widerwärtig«, stieß Candy hervor.

Disco wandte sich an sie. »Würde es funktionieren?«, fragte er herausfordernd. Er wartete auf ihre Antwort. »Ich habe dich gefragt, ob es funktionieren würde?«

Candys Lippen bewegten sich einen Moment lautlos. »Möglich, aber das ist nicht der Punkt.«

»Nicht der Punkt? Und ich dachte, es ginge ausschließlich darum, den Tiger zu töten, bevor er uns tötet.« Disco sah jeden Einzelnen in der Runde an. »Hat jemand eine bessere Idee?«

Nacheinander schlugen alle die Augen nieder.

»Also, wie lautet deine Entscheidung, Häuptling?«

Jaegers Augen waren glasig. Er nickte.

»Und wie sollen wir vorgehen?«, erkundigte sich Trigg.

»Candy?«, fragte Boucher.

Sie streifte ihn nur mit einem schnellen Blick. Nach kurzem Schweigen antwortete sie schließlich. »Hier nicht. Wir müssen den Köder im Wald auslegen. Dem Tiger in freiem Gelände aufzulauern wäre zu gefährlich. Der Freiwillige muss in einer Art Käfig sitzen.«

»Ein Käfig ist eine prima Idee«, pflichtete Disco ihr bei. »Erhebt sich nur die Frage, wer geht hinein?«

»Ich«, verkündete Jaeger, der immer noch wie gebannt in die Nacht hinausstarrte.

Disco kratzte sich am Kopf. »Niemand hat mehr Grund dazu, aber ehrlich gesagt, Leo, du erkennst auf zwanzig Meter keinen Elefanten, geschweige denn, dass du ihn erlegen könntest.«

»Ich werde sehr viel näher dran sein.«

Disco schnitt eine Grimasse. »Wir haben eventuell nur eine einzige Chance.«

»Mehr brauche ich nicht.«

»Nimm wenigstens jemanden mit, der für dich sieht.«

Jaeger antwortete nicht gleich. Schließlich drehte er sich um und deutete mit der Waffe in der Hand auf Boucher. Boucher hatte nichts anderes erwartet. Er wusste, die Entscheidung stand nicht zur Diskussion. Nicht einmal Candy protestierte.

»Einmalige Chance für einen Reporter.« Disco grinste ihn an.

»Wenn du in der Gegend bist, ist man nirgendwo sicherer als in einem Käfig.«

»Wann soll das Ganze über die Bühne gehen?«, erkundigte sich Nadine mit gedämpfter Stimme.

Candy antwortete. »Morgen Abend. Wir brauchen einen Tag um einen sicheren Verschlag zu bauen. Leo und Jay sollten mindestens eine Stunde vor Sonnenuntergang in den Käfig. Der Tiger kommt, wenn überhaupt, wahrscheinlich nicht vor Einbruch der Dunkelheit. Wir haben Halbmond. Ihr müsstet also genügend Licht haben.«

»Wer beschützt uns, solange ihr fort seid?«, wollte Nadine wissen.

Niemand antwortete.

»Alles vorbereitet«, flüsterte Candy.

Boucher fühlte sich missbraucht und war entsprechend muffig. Er setzte sich auf und rieb sich die Augen. Gestern war es stürmisch gewesen, aber heute hatte den ganzen Tag über drückende Schwüle geherrscht, die Luft hatte fast den Sättigungspunkt erreicht. Gegen zwei hatte ein Gewitter die unangenehme Hitze vertrieben und violette Spuren, die an die Farbe gequetschter Fingernägel erinnerten, über die Wolken gezogen.

Er massierte sich die Wangen. »Du weißt genau, warum ich die Pistole behalten habe,«

Candy hielt das Gesicht gesenkt. »Wir haben den Käfig in einer Lichtung aufgestellt, ungefähr zweihundert Meter von hier. Wir haben ihn so stabil wie möglich gemacht.«

Boucher packte sie am Handgelenk und zwang sie ihn anzusehen. »Erinnerst du dich, was du mir über den Konkurrenzkampf erzählt hast? Das Individuum, das sich seiner jeweiligen Umwelt am besten anpasst, überlebt am ehesten. Diese Pistole war unsere Anpassung an die Umwelt.«

»Der Besitz einer Waffe ist keine Anpassung im Sinne der natürlichen Auslese. Außerdem hat Darwin nicht von Menschen gesprochen.«

»Bevor der Tiger aufgetaucht ist, war es nicht die Natur, die mir schwere Kopfschmerzen bereitet hat.«

Candy biss sich auf die Unterlippe und nickte betont. »Leo wartet.«

Beim Gedanken an die ihm bevorstehende Nacht bekam Boucher kaum Luft. »Was habt ihr mit Aquila gemacht?«

Candy zögerte. »Sie ist vorbereitet.«

»Das funktioniert nie.« Boucher erhob sich. »Leo ist blind wie eine Fledermaus. Die Wahrscheinlichkeit, dass er mich anstelle des Tigers erschießt, ist genauso groß.«

Er ging den Strand hinunter. Es war die ruhige Zeit des Tages, die Luftspiegelungen über dem Meer hatten sich aufgelöst und die Sonne neigte sich zwischen rosafarbenen und lavendelblauen Wolkengebilden zum Horizont. Halbnackt und in düsterer Stimmung warteten die anderen auf ihn. Lediglich Disco schien bester Laune und begrüßte ihn mit einem leichten Grinsen. Beim Anblick von Jaeger stockte Bouchers Schritt. Jaeger hatte sich mit Holzkohlenasche und den Resten von Nadines Makeup ein Streifenmuster aufgemalt. Tigerähnlicher als er konnte kein Mensch aussehen.

»So langsam verschwimmt in meinen Augen zunehmend die Grenze zwischen uns und dem, auf das wir Jagd machen«, murmelte Boucher. Er sah auf Candy hinunter. »Dies ist wohl kaum der richtige Moment, aber ich sage es trotzdem. Ich liebe dich.

Meiner Meinung nach sollte ich es dir sagen, solange mir noch die Gelegenheit dazu bleibt.«

Candy rückte seinen Schlips gerade. »Du wirst es überleben. Das liegt in deiner Natur.« Ihr Kuss streifte leicht seine Wange. »Ich warte auf dich.«

Boucher grinste schwach. »Kommt mir vor, als ginge ich ins Büro.«

»Los jetzt, auf geht's«, drängte Jaeger.

Das fahle Licht der in erhabenem Glanz leuchtenden Sterne fiel auf Aquilas nackten Körper – einen bleichen Fleck, ungefähr fünf Meter entfernt. Boucher blickte über die Leiche hinweg und sah auf den Blättern am Rande der Lichtung wächserne Lichtpunkte tanzen. Im Dickicht verlor sich scin Blick in der Fantasie. Seine Beine waren eingeschlafen und er versuchte eine bequemere Position einzunehmen. Als das Kribbeln in den Beinen einsetzte, zuckte er zusammen. Der Käfig maß höchstens einen Meter zwanzig im Quadrat und den meisten Raum nahm Jaeger in Anspruch.

»Ich musste gerade an den Tiger denken, den ich im Zoo gesehen habe«, brummte Boucher. »Er lief ständig hin und her, hin und her. Und jetzt guck dir an, wer hinter Gittern sitzt.«

Sie redeten ohne nachzudenken, einfach um wach zu bleiben.

»Du hast Aquila nie verstanden, stimmt's?«

»Kann sein.«

»Sie wusste so viel. Sie war sehr weise.«

»Sie war ein ganz besonderer Mensch, Leo.« Boucher beobachtete die Lichtung. »Weißt du etwas von ihrer Familie?«

»Ihre Mutter ist mit einem Schauspieler durchgebrannt, als Aquila sieben war. Ihr Vater hat später noch zweimal geheiratet. Er ist Millionär – Präsident einer Firma, die Snacks und Soßen herstellt. Fertigfutter eben. Aber er selbst ist ein richtiger Gourmet. Geht auf Fresstouren in Frankreich und ist Mitglied bei diesen Weingilden – Chevalier de dies und Chevalier de das. Aquila sagt, er sei der unangenehmste Mensch, den sie je gekannt hat.«

»Arme Aquila.«

Die Nacht war heiß und still, in der Ferne flüsterte die Brandung wie eine murmelnde Menschenmenge. Zwischen den Ästen schimmerten zahllose Sterne. Boucher war nicht sicher, hatte aber den starken Verdacht, dass überall kleine Lebewesen herumwuselten, sogar auf Aquilas Leiche. Sie war über einen Tag lang der tropischen Hitze ausgesetzt gewesen und der modrige Geruch des Dschungels und die tierische Ausdünstung Jaegers wurden von einem noch übleren Gestank überlagert.

Jaeger presste sein Gesicht an einen Schlitz in der Gittertür. »Na komm schon, du Schwanzlutscher.«

Boucher gefiel das nicht. »Weißt du, Leo, ich bin sicher, Aquila hätte ihren Tod nicht so persönlich genommen. Rache an einem Tier ist das Letzte, was sie gewollt hätte.«

»Ich tue es für mich.«

»Sie hat ihr Leben dem Schutz der Natur gewidmet. Ihren Körper dazu zu benutzen, einen Tiger nahe genug heranzulocken um ihn erschießen zu können, das widerspricht allem, wofür sie einstand – allem, wofür Wildguard einsteht.«

Jaeger glotzte ihn an. »Er hat sie mir weggenommen.«

»Ha?« Boucher war irritiert und fragte sich, ob er den Faden verloren hatte. »Sprichst du von dem Tiger?«

Jaeger zögerte so lange mit der Antwort, dass Boucher, als er endlich zu sprechen anhob, dachte, es ginge jetzt um etwas anderes.

»Wir haben in den Bergen oberhalb von Goose Creek ein Häuschen gebaut. Aquila wollte dort ein paganes Zentrum einrichten. Wir wollten eine Familie gründen.«

Dieses Geständnis rief bei Boucher ein säuerliches Lächeln hervor. Offenbar war die Welt nicht zu überbevölkert um Aquilas Kindern Platz und Nahrung zu bieten. Aber natürlich wären ihre Kinder Eingeweihte, Erwählte, ökologisch korrekt Gesinnte gewesen. Nur die Gören anderer Leute übervölkerten die Welt. Angesichts von Jaegers angeschlagenem geistigen Zustand behielt Boucher diese Ansicht aber lieber für sich.

»Kinder waren Aquila sehr wichtig. Sie sind wie ein Versprechen für die Zukunft. Das Dumme ist nur ...« Jaeger holte tief

Luft und pumpte sich so breit auf, dass er fast den gesamten Käfig ausfüllte. »Ich habe es bisher keinem Menschen gesagt, aber jetzt spielt es keine Rolle mehr.« Er lachte bitter. »Ich heiße Leo. Der Löwe, stimmt's?«

Die Ironie war Boucher keineswegs entgangen. »Stimmt.«

»Löwen können sechzigmal hintereinander kopulieren. Wusstest du das?«

»Nein, das wusste ich nicht«, antwortete Boucher wahrheitsgemäß und fragte sich, ob Jaeger nun ein anderes Thema angeschnitten hatte.

»Also das habe ich zwar nicht geschafft«, fuhr Jaeger fort, »aber ich kam verdammt nahe heran.«

»Aha?«

Jaeger bedachte ihn mit einem grimmigen Blick. »Leider kann ich keine Kinder zeugen. Ich bin unfruchtbar. Ich weiß es seit drei Monaten.«

Boucher dämmerte es. »Und du hast es Aquila nicht gesagt?«

Traurig schüttelte Jaeger den Kopf. »Ich hatte entsetzliche Angst sie zu verlieren.«

»Irgendwann wäre sie dahintergekommen.«

»Ich glaube, sie wusste es.« Jaeger nickte. Er warf Boucher einen raschen, finsteren Blick zu. »Vor Aquila konnte man nichts verheimlichen.«

»Ich verstehe nicht, was deine Unfruchtbarkeit damit zu tun hat, dass wir den Tiger töten müssen.«

Jaeger wandte sich ab und stierte auf die Lichtung. »Ich weiß, deiner Meinung nach war sie irre.«

»Ich glaube«, antwortete Boucher vorsichtig, »sie lebte in einer Welt außerhalb meiner Erfahrung.«

Aus Jaegers Nicken schloss er, dass ihn diese Grabschrift zufrieden gestellt hatte. »In unserer ersten Nacht auf dieser Insel sagte sie, es gäbe hier einen Geist. Erinnerst du dich? Mir sagte sie, wer dieser Geist ist – ein männlicher Tiger. Das war lange, bevor der Menschenfresser erschien. Sie ging in den Wald um sich mit ihm zu vereinigen. So hat sie es genannt – sich mit ihm vereinigen.«

»Sprichst du von einer sexuellen Vereinigung?«

»Darum hat sie sich töten lassen. Sie ist mit diesem Tiger weggegangen. Sie ist jetzt selbst eine Tigerin.«

Es war mitten in der Nacht und Boucher hatte langsam das Gefühl, als schwebe sein Kopf in einem luftleeren Raum. »Leo, wenn Aquila mit einem Tiger weggehen und von ihm Junge kriegen wollte, warum lassen wir's dann nicht gut sein?«

Jaeger sah ihn ruhig an. »Sie gehört mir, Jay. Er hat sie mir gestohlen und dafür bringe ich ihn um.«

Boucher wünschte, er hätte den Mund gehalten. »Na ja, wenn das wirklich dein unbedinger Wille ist, sollten wir wohl besser still sein.«

Müdigkeit beeinträchtigte seine Konzentrationsfähigkeit. In der reglosen Luft drehte sich ein Blatt an seinem Stiel und Boucher konnte die Augen nicht davon abwenden, obwohl ihm bei diesem Anblick fast die Lider zufielen. Wie unter Hypnose sank ihm der Kopf tiefer und tiefer auf die Brust.

»Da draußen ist was«, flüsterte Jaeger.

Boucher fuhr hoch. Blinzelnd starrte er in die Dunkelheit, alles schien unverändert. Das Blatt drehte sich immer noch. Er hielt den Atem an. Der Mond war in sein Blickfeld gewandert. Sein fahler Schein fiel zitternd durch die grünschwarzen Blätter und badete Aquilas Leiche in einem geisterhaften Licht. Aquilas Blick war nach oben gerichtet und Boucher hatte den unheimlichen Eindruck, als schwebe ihr Leichnam frei in der Luft. Sein Herz hämmerte gegen die Rippen. Ein langer dunkler Schatten glitt auf die Tote zu.

»Ich sehe ihn.«

»Wo?«

Ungeachtet aller Anstrengungen schien Jaeger absolut nichts zu sehen. Halb ärgerlich, halb ängstlich lenkte Boucher Jaegers Hand, die die Waffe hielt, in die ungefähre Zielrichtung. »Schleicht an Aquila heran.«

»Bist du so weit mit dem Licht?«

Boucher nickte. Ihm war fast schlecht vor Aufregung.

Der Schatten glitt näher, geschmeidig robbte der Bauch des Tieres über den Boden. Neben der Leiche verharrte es, hob den Kopf und sog prüfend die Luft ein. Dann beugte es sich vor.

Boucher hörte ein leises Reißen und Aquilas Körper schien zu zucken. Einen Moment später ertönte ein schwaches Knurren. Boucher überlief es eiskalt. Der Schatten richtete sich mit einem Zischen auf, das sich anhörte wie entweichender Dampf, und sah ihn direkt an. In seinen Augen tanzten goldene und grüne Reflexe.

Boucher entzündete die Fackel und im gleichen Augenblick ging mit grässlichem Getöse die Pistole los. Der Schatten vollführte eine Pirouette, sodass es aussah, als würde er sich in sich selbst auflösen, dann erklang ein schnelles, schlurfendes Huschen im Unterholz.

»Habe ich ihn erwischt?« Jaeger sprang auf und brachte fast den Käfig zum Einsturz. »Habe ich ihn erwischt?«

Boucher rang nach Luft. »Es war nicht der Tiger. Es war eine Echse, ein großer Waran.«

Jaeger ließ sich fallen. »Aber er hat geknurrt.«

»Ich sage dir, es war eine Echse.«

Jaeger zitterte. »Vielleicht kommt der Tiger später.«

Bouchers Adrenalinspiegel sank. »Nach dem Krawall lässt sich der Tiger bestimmt nicht mehr blicken. Und selbst wenn, du triffst ihn sowieso nicht.«

Jaeger murmelte etwas Unverständliches und stierte wieder kurzsichtig, aber aufmerksam auf die Lichtung. Die Masse seines Körpers quetschte Boucher in eine Ecke. Er hatte das Gefühl mit einem Mastodon in einer winzigen Kabine eingesperrt zu sein.

Irgendwann schreckte ihn ein Stoß in die Rippen auf und sofort war er hellwach. Blinzelnd wie eine Eule starrte Jaeger auf Aquilas Leiche. Die Konturen ihres Körpers schienen sich verändert zu haben, sie schienen sich direkt vor Bouchers Augen immer noch zu verändern. Die Leiche wirkte kleiner als vorher und eine sirupartige Schwärze hüllte sie ein. Ihm standen die Haare zu Berge.

»Was ist das?«, fragte Jaeger.

»Verdammt, wenn ich das wüsste.«

»Leuchte mal.«

Boucher entzündete die Fackel und etwas Buckliges floh mit

einem zirpenden Laut. Er richtete das Licht auf die Leiche und schloss vor dem sich ihm bietenden Anblick die Augen.

»Siehst du es?«, fragte Jaeger.

»Ameisen«, antwortete Boucher mit schwacher Stimme. »Millionen Ameisen. Überall auf ihr.«

Jaeger schlug ihm die Hand herunter. »Mach das Ding aus.«

»Ob du es siehst oder nicht, sie fressen sie trotzdem. Morgen früh sind nur noch Knochen von ihr übrig.«

»Halt die Klappe.«

»Wir wollen alle, dass der Tiger erlegt wird, aber nicht auf diese Weise. Aquila verdient einen anständigen Abschied. Du hast gesagt, du möchtest sie nach einem Indianerritual bestatten. So, wie's aussieht, bleibt dafür nichts übrig.«

Jaeger begann zu zittern und Boucher merkte, dass er weinte. Er legte ihm den Arm um die Schultern.

»Oh Gott, warum ist sie gegangen?«

»Leo, wir können heute noch weg, gleich nach der Zeremonie. Wir können Stück für Stück an der Küste entlangfahren.«

Jaeger rieb sich mit den Fäusten die Augen. »Das Ritual dauert drei Tage.«

»Drei Tage! Leo, so lange können wir nicht warten.«

Traurig schüttelte Jaeger den Kopf. »Ihr geht. Ich gehe nie fort von hier. Ich möchte nur da sein, wo sie ist.«

Boucher nahm seinen Arm von Jaegers Schultern. »Bleib hier, dann hast du hast es bald geschafft.«

## 25

*19. Tag*

Am nächsten Tag versammelte Boucher die ganze Gruppe, weil er die Seetüchtigkeit des Rettungsfloßes einer Prüfung unterziehen wollte. Jaeger blieb mit der Pistole am Ufer und sammelte Holz für Aquilas Scheiterhaufen. Nacheinander kletterten sie in das Floß. Mit vier Personen an Bord hielt sich das Schlauchboot recht wacker; mit sechs wurde es instabil. Candy ging als Letzte an Bord, und als sie sich vorsichtig niederließ, tauchte die Backbordseite unter Wasser. Sie brachte es nicht übers Herz, Boucher zu sagen, dass es niemals funktionieren würde. Mit rot geränderten Augen und zerzausten Haaren gruppierte Boucher sie immer wieder um und versuchte das Floß durch die Gewichtsverlagerung auszubalancieren.

»Dieser Haufen Scheiße schafft es nie bis zur Bohranlage«, konstatierte Disco.

»Wir halten uns in Küstennähe«, antwortete Boucher.

»Wir müssen trotzdem aufs offene Meer und wir hatten noch nie länger als zwei Tage hintereinander gutes Wetter.«

Frustriert warf Boucher die Arme hoch. »Wir haben keine Alternative. Los kommt, laufen wir zu einer Probefahrt aus.«

Candy blickte auf die grell leuchtende See. Die Dünung ging hoch, die Brecher schlugen dumpf gegen das Riff und ihr Rückstrom verebbte laut saugend in den Korallengrotten.

»Jay, wir sind zu viele. Wenn wir rausfahren, kentern wir.«

Disco löste das Problem, indem er ausstieg. Die anderen folgten ihm und trotteten zur Hütte zurück. Zugleich erbost und hoffnungslos blieb Candy mit Boucher in dem absackenden Rettungsfloß sitzen. Er wirkte reichlich mitgenommen. »Du hast nicht geschlafen. Ruh dich erst einmal ein bisschen aus, dann reparieren wir das Boot und versuchen es in ein, zwei Tagen noch einmal.«

Hasserfüllt starrte er auf die Gruppe am Strand. »Die verdienen gar nicht, dass man sie rettet.«

»Das ist doch nicht dein Ernst«, sagte sie sanft und führte ihn zu dem mutlosen Häufchen am Strand.

»Zurück auf Anfang«, moserte Trigg. »Dank Jay.«

»Jay hat getan, was jeder anständige Mensch getan hätte«, widersprach Candy ohne große Überzeugung.

»Anständig? Was ist denn anständig daran, für eine Leiche acht Menschenleben aufs Spiel zu setzen? Dieser Tiger ist geradewegs auf Aquila zumarschiert. Ein paar Minuten länger und Leo hätte gar nicht vorbeischießen können.«

Candy hatte die Spuren des Tigers entdeckt, nur ein paar Meter vom Käfig entfernt. Die Pistolenschüsse mussten ihn vertrieben haben. Von nun an würde er noch argwöhnischer sein.

Sie kamen einfach nicht weiter.

»Wisst ihr was.« Disco klopfte mit einem Finger an seine Zähne. »Candy hat Recht. Wir sind zu viele.«

Die Doppeldeutigkeit in seinem Tonfall schreckte alle aus ihren Gedanken. Eine Fliege hatte sich auf Discos Augenlid gesetzt. Er beachtete sie nicht.

»Ach ja?«, meinte Nadine sarkastisch. »Tja, wir werden ja von Tag zu Tag weniger.«

Misstrauisch schielte Candy Disco von der Seite an, als könne sie seine Hintergedanken nur erraten, wenn sie ihn nicht direkt ansah. »Willst du damit sagen, ein paar von uns müssen bei Leo bleiben?«

»Meldet sich einer freiwillig?«, fragte Disco strahlend. Er wartete. »Keiner. Dachte ich mir.« Er bemerkte die Fliege und schnippte sie weg. Sie setzte sich auf seinen Hals. Candy beobachtete sie halb fasziniert, halb abgestoßen.

»Und«, sagte Dexter langsam, »woran hast du gedacht?«

»An das Rettungsbootspiel.«

Candy fiel der Unterkiefer herunter, dann klappte sie den Mund wieder zu. Fassungslos starrte sie Boucher an, der ebenso verdutzt schien wie die anderen.

»Aber dieses Mal hat jeder einen wirklich triftigen Grund, dass es nicht ihn selbst trifft, und darum muss jeder die Person benennen, die er am wenigsten gern an Bord haben möchten. Wir anderen stimmen dann darüber ab.«

Candy schnalzte voller Abscheu. »Du bist doch krank.«

»Vielleicht fällt die Wahl ja auf mich. Sehen wir, was dabei herauskommt.« Disco drehte sich rasch um. »He, Leo, wir spielen das Spiel mit dem Rettungsboot. Hast du Lust mitzumachen?«

Jaeger kam angeschlurft und setzte sich wie ein widerspenstiger Mutant. Die Kratzer unter Haaren, Fettschminke und Kohlenasche hatten sich entzündet. Er hatte Candy nicht erlaubt sie zu behandeln.

»Trigg, wie wär's, wenn du anfängst?«

Trigg kicherte. »Das ist doch nicht dein Ernst.«

»Sehen wir, was dabei herauskommt.«

»Hört auf«, schrie Candy. »Merkt ihr denn nicht, was er im Schilde führte? Er spielt kein Spiel. Er wählt ein Opfer aus.«

Trigg öffnete den Mund, schloss ihn aber gleich wieder.

»Fang schon an«, ermunterte ihn Disco. »Kotz dich mal richtig aus.«

Trigg begann mit einem Finger ein kompliziertes Muster in den Sand zu malen. »Na ja», nuschelte er, »Candy hat das Biest hergeführt.«

Boucher warf sich vor und wäre ihm an die Kehle gegangen, wenn Disco nicht dazwischen getreten wäre.

»Immer mit der Ruhe«, sagte er an Boucher gewandt. »Du kommst auch noch an die Reihe.« Er nickte Trigg beruhigend lächelnd zu. »Soll das heißen, deine Wahl fällt auf Candy? Ginge es nach dir ginge, käme sie nicht mit ins Rettungsboot?«

»Ich meine nur …« Trigg verstummte, seine Lippen bewegten sich lautlos. »Ja.«

Candy sah reine Mordlust in Bouchers Augen aufblitzen. Ihr wurde kalt – eiskalt.

»Stimmen wir ab.« Disco grinste wie der Showmaster einer Gameshow.

Niemand außer Boucher wagte Candy in die Augen zu sehen.

Die Adern an ihrem Hals pochten. Ihr Blut strömte schneller. Bestimmt würden sie nicht ... ganz bestimmt nicht ...

Niemand hob die Hand. Erst fühlte sich Candy ungeheuer erleichtert, aber gleich darauf durchflutete sie eine Woge des Abscheus. Sie schaute ihre Gefährten an. Wie weit waren sie bereits in primitive Barbarei zurückgefallen – diese unstet wandernden Augen, die von Ungeziefer befallenen Lumpen, dieser Geruch ansteckender Angst, der von jedem Einzelnen ausging.

»Wer ist als Nächster dran?«, fragte Disco. »Jay, du siehst aus wie ein Mann, der noch eine alte Rechnung offen hat.«

»Ich begleiche sie, wann ich es für richtig halte.«

Discos Augen weiteten sich in gespielter Sorge. »Habt ihr das gehört, Leute? Unser Schreiberling ist nach wie vor bei der Sache, und das ist schade, denn wenn er davonkommt, ist unser aller Ruf im Arsch. Ich sage, für Jay ist kein Platz im Rettungsboot. Alle einverstanden?« Disco blickte sich um. »Irgendeiner einverstanden?« Schmerzlich verzog er das Gesicht. »Nein?« Er seufzte. »Die Zeit wird kommen, da ihr diese Entscheidung bereuen werdet.«

Candy konnte nicht umhin festzustellen, dass er alle in seinen Bann zog. Er hatte sich in die dunklen Bereiche ihrer Seelen geschlichen und Unvorstellbares zum Vorschein gebracht. Es war fast wie eine Verführung, dachte sie, das raffinierte Wecken eines Triebs, und dazu gehörte Geschick und Erfahrung. Und sie selbst war auch nicht dagegen gefeit. Auch in ihren Kopf schlichen sich durch dunkle Kanäle verabscheuungswürdige Gedanken. Warum soll ich sterben? Mein Leben ist mehr wert als das der anderen. Warum nicht Disco? Warum nicht Trigg? Warum nicht ...?

Disco lächelte honigsüß. »Nadine, du siehst aus, als hättest du etwas auf dem Herzen.«

Nadine kaute an ihren Fingernägeln. Sie sah erschreckend aus – die Haut schorfig, die Haare strähnig, das Gesicht so ausgezehrt, dass sich die Schädelknochen unter der Haut abzeichneten.

Sie sprach kaum hörbar. »Was wäre, wenn jemand etwas getan hätte, das unser aller Leben in Gefahr bringt?«

»Was zum Beispiel?«, fragte Disco freundlich.

»Proviant stehlen oder so was in der Art.«

Jaeger zwinkerte heftig, das grelle Licht tat seinen Augen weh. »Die betreffende Person verliert das Anrecht auf unseren Schutz.«

»Ah-ha.« Disco klemmte die Unterlippe zwischen Zeigefinger und Daumen. »Hast du an jemand Bestimmten gedacht?«

Nadine biss auf einen Fingernagel.

»Sag nichts«, bat Candy, die spürte, was Disco im Sinn hatte, wenngleich sie es nicht in Worte hätte kleiden können.

»Den Namen«, sagte er.

Nadine schüttelte den Kopf. »Jeder soll seine Taschen vorzeigen.«

Irgendjemand seufzte erleichtert.

»Ich habe keine Tasche«, antwortete Boucher, gegen seinen Willen in die Farce hineingezogen.

»Alle leeren ihre Taschen.«

Nacheinander packten sie ihre Besitztümer aus und legten sie vor.

»Alle habe ich gesagt, Candy.«

»Ich habe nichts zu tun mit diesem ... mit diesem ...«

»Dann mache ich es für dich.« Disco schnappte sich ihren Rucksack und leerte ihn aus. »Ich wette, du bist erleichtert.« Aufmerksam nahm er den jämmerlichen Krimskrams jedes Einzelnen in Augenschein. »Nadine, ich finde nichts, wofür man einen Menschen verurteilen könnte.«

Nadine biss ein Stück ihres Nagels ab. »Trigg hat den Camcorder-Koffer nicht geleert.«

Trigg stieß ein Lachen aus, das Candy zusammenzucken ließ. »Da ist nichts drin außer Kassetten und Batterien.«

»Dann hast du ja wohl nichts dagegen.« Disco griff nach dem Koffer.

Trigg schoss wilde Blicke um sich. »Ich weiß, was dahinter steckt. Nadine ist sauer auf mich, weil ich sie nackt gefilmt habe.«

»Aber sicher«, erwiderte Disco leichthin. »Und was ist das?«

Auf seiner ausgestreckten Hand lagen zwei Kekse aus der

Überlebensration. »Und wir dachten die ganze Zeit, Ungeziefer gehe an die Sachen.« Wieder griff Disco in den Koffer und beförderte eine Hand voll Tabletten und ein paar Morphiumampullen hervor. »Kein Wunder, dass du immer einen so abgeklärten Eindruck machst.«

Triggs Lippen begannen zu beben. »Ich habe das nicht da reingetan. Ehrlich nicht. Ich schwöre es bei Gott.«

»Du Bastard«, zischte Dexter.

»So. Jetzt müssen wir entscheiden, ob das nur ein Spiel ist oder mehr als ein Spiel.« Discos Stimme riss die anderen aus ihrem Schock.

»Ich habe euch gewarnt«, rief Candy. »Ich habe euch gesagt, ihr sollt nicht auf ihn hören.«

»Stimmen wir ab?«

»Worüber denn?«, fragte Dexter mit gedämpfter Stimme. »Ob eine Straftat vorliegt oder über das Urteil?«

»Über beides«, entschied Jaeger.

Schweigen senkte sich herab.

»Und was geschieht mit ihm, wenn wir ihn für schuldig befinden?«

»Dann muss er hier bleiben«, verkündete Nadine, »und zusehen, wie er mit dem Tiger zurechtkommt.«

Nach einem weiteren Moment der Stille hob Disco die Hand. »Wir hätten trotzdem nicht genügend Platz im Floß. Meiner Meinung nach haben wir einen besseren Verwendungszweck für ihn.«

Nun zogen auch die anderen Discos logische Schlussfolgerung, die Candy bereits zuvor rein gefühlsmäßig geahnt hatte. »Ihr Idioten«, zischte sie.

»Du lieber Himmel«, flüsterte Dexter, »du meinst …«

»Nehmen wir ihn als Köder für den Tiger. Damit haben wir noch einen Schuss frei.«

»Das könnt ihr nicht machen!«, kreischte Trigg. »Das dürft ihr nicht!«

Er fuhr hoch, lief aber nicht weg.

»Ist das Urteil einstimmig?«, fragte Jaeger.

Niemand antwortete. Weder in Nadines noch in Bartoks Gesicht entdeckte Candy auch nur einen Anflug von Gnade. Sie schaute Boucher an, seine Augen waren ausdruckslos. Oh nein, dachte sie, du nicht auch.

»Okay, ich frage alle der Reihe nach«, beschloss Jaeger. »Disco?«

»Dafür.«

»Nadine?«

»Entweder er oder ich. Deshalb bin ich dafür.»

»Nadine«, flehte Candy, »überleg doch, was du sagst.«

»Das hat sie bereits«, winkte Jaeger ab. »Dexter?«

Dexters Gesicht verzog sich in nachdenkliche Falten. »In diesem Fall stimme ich gegen Nadine. Eines Tages werden wir uns vor unserem Gewissen verantworten müssen.«

»Gewissen ist individuell verschieden. Was sagt deines, Kent?«

»Ich enthalte mich der Stimme.«

»Was!«, rief Candy. »Das hier ist doch keine High-School-Debatte.«

Bartok wurde blass vor Entschlossenheit. »Niemand kann mich zwingen abzustimmen.«

»Candy?«

Sie lachte zweimal laut auf. »Ich kann nicht glauben, dass das euer Ernst ist.«

»Er hat mit dem Finger auf dich gezeigt«, erinnerte Disco sie. »Er würde gegen dich stimmen, wenn du unter Anklage stündest.«

»Ich bin nicht er. Ich lebe nicht nach seinen Regeln.«

»Nein«, sagte Jaeger, »aber du warst damit einverstanden, nach meinen zu leben.«

»Nicht mehr. Du bist verrückt.«

»Du kannst ja seine Stelle einnehmen.«

»Niemand wird Köder«, widersprach Candy vehement. »Niemand.«

Jaeger achtete nicht weiter auf sie. »Jay, wie sieht's aus? Schließt du dich Candy an?«

Boucher zögerte, und Candy erstarrte innerlich. Bitte, flehten ihre Augen.

»Wenn ihr das macht«, antwortete er schließlich, »begeht ihr einen Mord.«

»Und du bist Zeuge.« Disco wiegte den Kopf. »Wie ich euch gesagt habe, der Schreiberling ist ein Problem.«

Candy merkte, dass die Abstimmung gegen sie lief. »Ich hätte eine Alternative anzubieten.« Sie sprach einfach drauflos. »Ich, Jay und Trigg bleiben bei Leo. Ihr anderen nehmt das Boot.«

»Will einer von euch mit diesem durchlöcherten Sieb in hohe See stechen?«, fragte Disco.

»Ich steige in gar kein Boot«, sagte Nadine kategorisch.

Die anderen hielten eine Antwort nicht einmal für nötig. Disco hob die Hände. »Gut, Leo, dann kommt es auf dich an.«

»Schuldig.«

»Also unentschieden«, zog Candy Bilanz. »Drei gegen drei.«

»Leos Stimme entscheidet. Damit waren wir alle einverstanden.«

»Wenn ihr das macht«, fuhr Candy auf, »überschreitet ihr eine Grenze, hinter der es kein Zurück mehr gibt.«

»Vier von uns sind bereits über den Jordan«, erinnerte Disco.

Jaeger hob Ruhe gebietend die Hand und wandte sich an Trigg. »Du hast die Wahl. Sieh zu, wie du allein zurechtkommst oder nimm das Urteil an. Wenn du die Nacht überlebst, ist die Sache erledigt.«

»Wie er sich entscheidet, es ist und bleibt ein Todesurteil«, schrie Candy.

»Das Urteil ist gesprochen«, verkündete Leo.

Candy ging zu Trigg. Er stieß sie weg und wandte sich ab.

»Ich finde, wir sollten ihn fesseln«, hörte sie Nadine sagen.

»Wo soll er denn hin?«

»Wir müssen noch bestimmen, wer die Tigerwache übernimmt.« Disco dachte an alles.

Jaeger hob die Pistole. »Ich.«

»Du siehst doch nichts, verdammt noch mal«, protestierte Boucher. »Wenn du Trigg schon umbringst, dann soll sein Tod wenigstens uns anderen etwas bringen.«

»Wo er Recht hat, hat er Recht«, pflichtete ihm Disco bei.

Jaeger blinzelte nachdenklich. »Gut. Du gehst.«

Disco schien überrascht, dass die Wahl auf ihn gefallen war. »Klar. Jemand was dagegen?«

»Ja«, sagte Candy giftig. »*Ich.*«

»Ich bin ein guter Schütze, Candy.«

»Aber wirst du auch schießen? Vielleicht willst du den Tiger ja gar nicht erschießen, weil dir dein Spiel gar so gut gefällt, und morgen sitzen wir wieder in trauter Runde und wählen das nächste Opfer aus.«

Unter seinen Wimpern hervor maß Disco sie mit einem abschätzenden Blick. »Hast du eine Alternative?«

»Mich.«

Disco lachte nur über ihre List. »Nein, nein. Kaum sind wir außer Sicht, schneidest du Trigg los und schaffst ihn in den Käfig.«

»Ich nehme einen von euch mit.«

»Du kannst doch gar nicht schießen.«

»Ich schieße, seit ich vierzehn bin. Ich wette, ich schieße besser als du.«

Disco zog die Augenbrauen hoch. »Leo, entscheide du.«

Jaeger überlegte. »Trigg, es geht um dein Leben. Also hast du das Recht zu wählen.«

»Ich ... nein ... Ich kann nicht ...«

»Disco oder Candy. Ich gebe dir eine halbe Stunde Zeit um dich zu entscheiden.«

Trigg brauchte fünf Minuten. Währenddessen greinte er so jämmerlich, dass selbst Candys Mitleid auf eine harte Probe gestellt wurde. Endlich putzte er sich die Nase und glotzte sie aus stumpfen Augen an.

»Du.«

»Der Zweite im Käfig muss für das Urteil gestimmt haben«, erklärte Disco.

»Ich nehme Kent mit.«

»Kent hat sich enthalten. Außerdem ist er in dich verknallt.«

»Ich nehme Kent mit.«

Betroffen sah Bartok sie an. »Candy, wenn es ...«

»Halt den Mund, du elender kleiner Wurm.«

»Möchtest du mit mir beten?«, erkundigte sich Bartok.

»Nein, danke«, antwortete Candy höflich. »Aber warum fragst du nicht Trigg? Ich bin sicher, er wird sich über deine christliche Nächstenliebe bestimmt sehr freuen.«

Nur vier Meter vom Käfig entfernt hatte man den Sündenbock an einem Bein angebunden. Er hatte sich derart hysterisch benommen, dass Disco ihm mit Gewalt eine Morphiumspritze verpasst hatte. Jetzt verhielt er sich ruhig, schien aber wach zu sein, denn das Weiße in seinen Augen war zu sehen.

»Ich glaube, du bist wütend auf mich«, murmelte Bartok.

Candy konzentrierte sich auf den mondbeschienenen Rand der Lichtung. »Wütend ist das falsche Wort. Aber zumindest von dir hätte ich Gnade erwartet.«

»Menschen fällen ein Urteil. Die Gnade bleibt Gott vorbehalten.«

Candy hatte nur einen verächtlichen Blick für ihn übrig und widmete sich gleich wieder der Überwachung eines Bereichs, in dem Mondlicht und Schatten ein verwirrendes Muster schufen, aus dem sich ein Tiger herauskristallisieren könnte. Ihre Augen durften sich nicht täuschen lassen.

»Kent, was ich dich schon lange fragen wollte. Warum schließt sich ein Mensch, der nach der heiligen Schrift lebt, einer Gruppe heidnischer Naturanbeter an?«

»Genesis 1.29«, antwortete er prompt. »›Und Gott sprach: Sehet da, ich habe euch gegeben allerlei Kraut, das sich besamt, auf der ganzen Erde und allerlei fruchtbare Bäume, die sich besamen, zu eurer Speise.‹« Kent klang ernst. »Verstehst du, Candy, vor dem Sündenfall haben wir kein Fleisch gegessen und keinem Tier ein Leid zugefügt. Unsere Herrschaft war friedlich.«

»Glaubst du wirklich, alles begann im Garten Eden?«

»Ja, das glaube ich und Gottes Versprechen lautet, dass wir eines Tages dahin zurückkehren.«

»Hast du geglaubt, wir hätten hier das Paradies gefunden?«

»Ich ... ich glaubte, diese Insel sei ein geheiligter Ort.«

»Aber das ist vorbei. Du hast von der verbotenen Frucht gekostet. Dir wurden die Augen geöffnet.«

Bartok wand sich. »Es tut mir Leid wegen dem, was am Strand passiert ist. Disco sagte, in Nacktheit läge keine Sünde. Es war also nicht falsch, sie anzusehen.«

»Er hatte mehr vor, als nur ansehen, Kent. Und ich glaube, du auch.«

Bartok antwortete nicht.

»Zuerst hat er Jay ausgegrenzt«, fuhr Candy fort. »Dann hat er dich in Versuchung geführt. Und du siehst ja, was er jetzt getan hat. Ich glaube, du hattest Recht. Dies hier ist der Garten Eden, inklusive Schlange.«

Bartok rutschte unbehaglich hin und her.

Candy gähnte. »Na ja, lass gut sein.« Sie blinzelte und gähnte um ihrem Blut Sauerstoff zuzuführen. »Was sagt denn deine Kirche zur Evolutionstheorie?«

Bartok wurde richtig munter. »Die Evolution ist eine Lüge, das kann ich beweisen.«

»Nicht jetzt.« Candy gähnte noch einmal und rieb sich die Augen. »Wenn es keine Veränderung gibt, keine Evolution, was wird dann aus uns? Wo endet alles?«

»In Vernichtung und Erlösung.«

»Weißt du, wann es so weit ist?«

»Die Berechnungen sind ein bisschen kompliziert, aber in acht Jahren, am vierundzwanzigsten Juni.«

Candy riss die Augen auf. »Herrje, da bleibt uns ja nicht mehr viel Zeit.«

»Genug um uns vorzubereiten.«

Sie runzelte die Stirn. »Kent, gibt's denn nichts zwischen Schöpfung und Offenbarung?«

»Klar doch, Geschichte.«

Die Zeit dehnte sich. Der Wald war vollkommen ruhig.

»Sprich weiter«, ließ sich Candy nach einer langen Pause wieder vernehmen. »Ich döse sonst ein.«

»Du und Jay, habt ihr ... seid ihr ...«

»Ob wir miteinander schlafen?«

»Seid ihr verliebt?« Bartoks Stimme klang gequält. »Liebt ihr einander?«

Das machte Candy munter. »Du meine Güte, ich kenne ihn

erst ein paar Wochen und bald – schon sehr bald, hoffe ich – sind wir hier weg und gehen getrennte Wege.«

»Wenn ich ein Mädchen hätte wie dich, würde ich sie nicht mehr weglassen.«

In der Dunkelheit war er nicht deutlich zu sehen, aber Candy war sich sicher, dass er bis über beide Ohren rot geworden war. Ihr Blick überflog die Lichtung. »Hast du keine Freundin?«

Bartok zögerte. »Doch, sie ist Lehrerin.«

»Hast du mit ihr geschlafen?«

»Wir haben Keuschheit gelobt. Das ist ein Gebot unserer Kirche.«

Candy nickte. »Das hast du Disco erzählt, habe ich Recht?«

Bartoks Schweigen reichte ihr als Antwort.

»Er kennt die schwachen Punkte genau.« Sie streckte sich. »Wenn du zurück bist, Kent, schlage ich vor, du brichst dein Gelübde. Ich wäre nicht überrascht, wenn diese todesverachtende Kletterei nur eine Sublimierung deines Sexualtriebs wäre.«

»Na hör mal, Candy, klettern ist für mich eine religiöse Erfahrung. Es bringt mich Gott näher.«

»Man kann nie wissen. Vielleicht gelingt dir das auch mit Sex.«

»Du nimmst mich auf den Arm.«

»Es ist mein Ernst.«

Bartok schwieg einen Augenblick. »Manchmal weiß ich beim Klettern genau, dass Er mich führt, mich hält. Dann gibt es nichts, was mir nicht gelingt.«

»Und was ist an den anderen Tagen?«

»Oh, da klettere ich genau gleich, aber vielleicht denke ich zweimal nach, ehe ich eine wirklich extreme Route nehme. Gott ist keine Versicherungspolice gegen sämtliche Gefahren.«

»Verdammt«, schimpfte Candy. »Verdammt, so eine Scheiße.«

Religiöse Diskussionen mussten vorerst vertagt werden. Vor dem Mond waren Wolken aufgezogen. Sie hörte nur noch Triggs Winseln, sehen konnte sie ihn nicht mehr.

Bartok regte sich. »Ich mag es nicht, wenn du solche Wörter gebrauchst, Candy.«

»Ich sehe überhaupt nichts mehr«, teilte sie ihm mit. Sie drehte sich im Dunkeln um. »Das bringt nichts. Es hat keinen Sinn, Trigg im Stockfinstern draußen zu lassen.«

»Disco hat zu mir gesagt, dass du so was versuchen würdest. Wenn wir Trigg hereinholen, schickt ihn Leo morgen Nacht wieder hinaus.«

»Du sagst es einfach keinem.«

»Ich würde uns alle nur in Schwierigkeiten bringen, Candy. Ich bin kein guter Lügner.«

»Dann fängst du am besten mal an zu üben für den Fall, dass wir hier wegkommen. Leos so genannte Gesetze werden von keinem Gerichtshof der zivilisierten Welt akzeptiert. Wenn wir Trigg opfern, machen wir uns des Mordes schuldig und wir können uns noch so sehr bemühen alles zu vertuschen, es kommt doch heraus. Glaubst du etwa, du kannst es für dich behalten? Glaubst du, Nadine bleibt bei der Stange? Und vergiss Jay nicht. Er hat nicht die Absicht jemanden zu decken.«

»Du hast Recht.« Bartok war nachdenklich geworden. »Ich vergesse dauernd, dass es da draußen noch eine andere Welt gibt.«

Trigg zeigte keine Spur von Dankbarkeit, als er sicher im Käfig saß. Der erbärmliche Wicht jammerte und fluchte ohne Unterlass, bis Candy die Geduld riss.

»Oh, hör doch mit diesem Getue auf.«

Endlich gab er Ruhe. Aus Bartoks regelmäßigen Atemzügen schloss Candy, dass er eingeschlafen war. Sie fühlte sich völlig verlassen und in ihrer Einsamkeit beschäftigte sie sich mit sich selbst. Was sie in ihrem Innern entdeckte, verstörte sie. Es war ihr immer selbstverständlich erschienen, dass ihre Werte absolut und unabänderlich waren, aber jetzt musste sie feststellen, wie labil diese in Wirklichkeit waren, wie sehr sie von günstigen, stabilen Umständen abhingen. Hätten die Wolken nicht den Mond verdeckt, wäre Trigg immer noch da draußen. Sie hatte sich zwar für ihn eingesetzt, aber als die anderen gegen sie entschieden hatten, hatte sie sich widerspruchslos gefügt. Im Grunde war sie nicht anders als die anderen. Disco war ein Manipulator, aber er kitzelte nur bereits Vorhandenes heraus. Ganz unten befand sich ein böser Bodensatz, der, wenn Disco ihn aufwühlen konnte, ekelhafte, abstoßende Dinge hochbrachte, wie es sie schlimmer im Mangrovensumpf nicht gab.

Sie schüttelte sich angewidert und Bartok erwachte.

»Böse Gedanken«, murmelte sie. Keinerlei Anzeichen deutete darauf hin, dass die Dunkelheit bald weichen würde. »Eine verflucht scheußliche Nacht.«

Aber selbst die längste Nacht musste einmal zu Ende gehen und langsam festigten sich die düsteren Gespenster zu verschwommenen Umrissen von Bäumen, an die sich Nebelranken klammerten. In dem graugrünen diffusen Licht sah es aus, als seien die Bäume in regelmäßigen Abständen und formaler Anordnung gepflanzt – ein totenstilles Arboretum, behängt mit Moosen und geschmückt mit schimmernden Spinnenweben.

»Das war's«, sagte Candy.

Bartok war nicht wohl dabei. »Vielleicht warten wir lieber noch ein paar Minuten. Du hast selbst gesagt, die Dämmerung ist die gefährlichste Zeit.«

»Ich will nicht, dass die anderen hier auftauchen und sehen, dass Trigg im Käfig sitzt.« Candy sprach mit ihm wie mit einem Senilen. Und an Trigg gewandt: »Wir erzählen ihnen, du seist die ganze Nacht draußen gewesen. Wenn du einen Fehler machst, pflocken sie dich wieder an.« Er antwortete nicht. Sein Gesichtsausdruck war kaum noch menschlich.

»Ach, reiß dich zusammen«, fuhr sie ihn an, während sie das Türchen aufhakte.

Draußen dehnte und streckte sie ihre verkrampften Glieder. Trigg stolperte davon. Der Wald erwachte. Ein paar Papageien flatterten durch das Blätterdach und ein Hornvogel begann mit seiner Vorführung. In der Nähe schnatterte ein Affe. Die ersten schwachen Sonnenstrahlen schoben sich in die Lichtung.

Die Blätter über ihr gerieten heftig in Bewegung. Erstaunt schaute Candy hinauf. Sie lächelte. Ein Blätter fressender Affe schimpfte vom Ende des Astes herüber. Er hüpfte auf einen höheren Ast, beugte sich vor und schnatterte grimmig mit gefletschten Zähnen.

Plötzlich erlosch ihr Lächeln. Sie wandte den Kopf in die Richtung, auf die sich das heftige Geschimpfe konzentrierte. Ihr Herz schlug wie rasend.

»Warte«, murmelte sie und legte eine Hand auf Bartoks Arm.

Am Rande der Lichtung war Trigg auf einen umgestürzten Baum gesunken.

»Es ist nur ein Affe«, wisperte Bartok.

»Aber es sind nicht wir, die ihm Angst machen.«

Candys Nasenflügel blähten sich. Aufmerksam suchten ihre Augen die Umgebung ab. Äste und Sonnenlicht schufen ein kaum zu durchschauendes Muster und manchmal blieb ihr fast das Herz stehen, weil sie aus irgendeinem zufällig entstandenen Schattenspiel der Vegetation eine gestreifte Flanke konstruierte. Wachsam glitt ihr Blick über ein paar weiter vorn stehende junge Bäume, wanderte weiter, kehrte zurück und verhielt.

Da sah sie ihn.

Er war so teuflisch gut getarnt, dass sie ihn etliche Sekunden lang angestarrt haben musste, bevor sie ihn wahrnahm. Hätte er nicht mit einem Ohr gezuckt, hätte sie ihn nicht gesehen.

Er war kaum fünfzehn Meter entfernt und hatte sich bereits zum Sprung zusammengekauert. Seine Augen bohrten sich in Trigg, der sich der Gefahr nicht bewusst war. Candy umklammerte mit beiden Händen die Pistole und hob sie langsam.

»Siehst du ihn?«, flüsterte sie.

»Ja«, hauchte Bartok. »Gott sei uns gnädig.«

Aus dem Augenwinkel sah Candy, dass Trigg immer noch den Kopf in die Hände gestützt hatte. Sie musste ihn rufen und schätzte das Risiko ab.

»Trigg«, sagte sie so unbeteiligt wie möglich. »Komm bitte her.«

Trigg stierte auf die Waffe. »Warum?«

»Diskutier nicht. Komm so langsam wie möglich hier herüber.«

Der gebieterische Blick des Tigers schwenkte kurz zu ihr, dann nahm er wieder Trigg ins Visier.

»Du kannst mich mal.«

»Die Waffe ist auf den Tiger gerichtet.«

Unsicher schwankend stand Trigg auf.

»Einen Schritt nach dem anderen. Langsam, jetzt.«

Aber Trigg stand da wie angenagelt.

Candys Mund wurde strohtrocken. Die Schwanzspitze des Tigers hatte rhythmisch, hypnotisch zu peitschen begonnen. Kleine Wellen liefen durch seine Schultermuskeln. Er legte die Ohren flach an den Kopf, seine Pupillen verengten sich zu Strichen. Jeden Moment würde er angreifen.

»Erschieß ihn.« Triggs Stimme klang wie ein unterdrückter Schrei. »Worauf, zum Teufel, wartest du?«

Aber die Entfernung war zu groß – im besten Fall würde die Kugel den Tiger verwunden. Triggs Zähne begannen zu klappern. Seine Augen huschten auf der verzweifelten Suche nach einem Fluchtweg nach links und rechts. Candy merkte, dass er vollends die Nerven verlor. Sie nahm ihr Ziel aufs Korn. Fast stockte ihr der Atem.

»Nein!«, schrie sie.

Im gleichen Moment als Trigg loslief, explodierte der Tiger. Er schoss wie ein goldener Blitz vorwärts und bewegte sich so schnell, dass Candys überhasteter Schuss weit daneben ging. Der Tiger hatte etwa fünfundzwanzig Meter zurückzulegen und er überwand die Distanz mit vier bis fünf Sätzen. Er katapultierte sich auf Trigg, bevor dieser ein paar Meter weit gekommen war. Er sprang ihm voll in den Rücken und Candy hörte Trigg unter dem Aufprall aufstöhnen. Der Körper des Tigers straffte sich über ihm und ein gedämpftes Knacken ertönte.

Schreiend rannte Candy los und versuchte ihn abzulenken. Aber der Tiger packte Trigg an einer Schulter und lief so locker davon, als trage er keinerlei Last. Candy riss die Pistole hoch. Sie wusste, es war ihre letzte Chance. Der Tiger hechtete in ein Dickicht und die zwischen seinen Zähnen baumelnde Marionette verfing sich in einer Astgabel. Er fuhr herum und als er Candy sah, duckte er sich. Sein Schwanz peitschte und er stieß einen Laut aus, der sie erstarren ließ. Er ließ Trigg fallen, riss das Maul weit auf und drohte ihr. Candy stand da wie angewurzelt und starrte in das plüschrote Maul.

»Schieß!«, brüllte Bartok. Sein Schrei wurde vom Aufbrüllen des Tigers abgeschnitten.

Sie feuerte. Sie feuerte noch einmal, als er sprang, und noch einmal, als er auf sie prallte und sie zu Boden warf. Im Fallen entlud sich versehentlich die Waffe. Sie lag mit dem Gesicht nach unten auf dem Boden und versuchte in einer hilflosen Geste ihr Genick zu schützen. Sie rollte zur Seite und fuchtelte mit der Pistole.

Aber da war nichts – nur Bartok, der zu ihr gelaufen kam. Ihr Kopf dröhnte. Sie spuckte Schmutz und Blätter aus und setzte sich benommen auf.

»Bist du verletzt?«

»Ich weiß nicht.« Ihre Stimme klang erschreckend fremd. »Ich glaube nicht.«

Sie drehte sich auf die andere Seite und sah Trigg auf dem Rücken liegen, die Augen starr nach oben gerichtet. Bartok ging hinüber und blickte auf ihn hinunter. Schreckensbleich kam er zurück und ließ sich neben Candy fallen, als hätten seine Beine unter ihm nachgegeben.

»Er hat ihm das Genick gebrochen.«

Aneinander gelehnt saßen sie da, unfähig zu sprechen. Candy hörte Boucher ihren Namen rufen, weitere Schreie folgten. Bartok antwortete. Die anderen eilten herbei und schwärmten über die Lichtung wie Räuber und Gesindel auf feindlichem Gebiet. Boucher lief zu ihr und schloss sie in die Arme. Sie brachte kein Wort heraus.

Disco untersuchte Trigg auf die Schnelle, dann wanderte sein Blick über die leere Lichtung. »Scheiße.«

»Sie hat ihn getroffen«, meldete Bartok. »Mehr als einmal, schätze ich.«

Disco streckte die Hand aus. »Zeig, wie viele Patronen noch drin sind.«

Instinktiv verstärkte Candy ihren Griff.

»Verwundet ist er noch gefährlicher«, sagte Disco zu ihr. »Einer muss hinter ihm her. Du schaffst das nicht in deinem Zustand.«

Sie streckte Boucher die Hand hin und er half ihr auf die Beine. Sie fühlte sich wacklig und krank. »Ich habe auf ihn geschossen.« Endlich hatte sie ihre Stimme wieder gefunden. »Also suche ich ihn.«

»Da ist Blut«, verkündete Dexter, der in die Hocke gegangen war.

Sie nahmen die Spur auf. Alle zusammen folgten sie ihr. An einer Stelle hatte sich der Tiger hingelegt und in dem Abdruck, den er hinterlassen hatte, befand sich Schaum von rosarotem Blut.

»Ein Lungenschuss«, meinte Disco.

Sie hatten ihn bald aufgespürt. Der Tiger hatte sich in dichtes Rattangestrüpp verkrochen. Sie konnten ihn hören – ein gebrochenes, gurgelndes Schnarchen wie von einem Betrunkenen, der seinen Rausch ausschläft.

»Er ertrinkt in seinem eigenen Blut«, sagte Disco.

»Vielleicht können wir ihn ausräuchern.«

»Warten wir. Bleibt weg.«

Nach einer halben Stunde endeten die Geräusche. Aller Augen richteten sich auf Candy. Sie ignorierte die Blicke. Als noch ein paar Minuten vergangen waren, ohne dass ein Laut aus dem Dickicht gedrungen war, wusste sie, es gab nur eine Möglichkeit sich Gewissheit zu verschaffen.

»Ihr bleibt da.«

Ihre Hände waren schweißnass. Ihre Nerven vibrierten. Vorsichtig teilte sie die Zweige, nach jeder Bewegung verharrte sie regungslos. Vor sich sah sie Gold und Schwarz. Sie hob die Waffe. Der Lauf schwankte und sie ließ die Waffe sinken.

»Er ist tot.«

Die anderen drängten herbei und starrten auf das Tier. Sie hatte es dreimal getroffen – in ein Bein, in die Schulter und in die Brust. Der Tiger war im besten Alter, gut genährt, makellos; die Kugelwunden leuchteten auf seinem Fell wie hässliche rote Blüten.

»Er ist wunderschön«, flüsterte Boucher.

»Kleiner, als ich gedacht hatte«, sagte Disco.

Die Weiche des Tieres pulsierte und erschrocken wichen sie zurück.

»Er lebt noch!«

Ein weiterer sachter Krampf lief über das Fell. Noch einer. Candy beugte sich vor und berührte seinen Bauch. Sie sank auf die Knie.

»Es ist eine Tigerin. Eine hochträchtige Tigerin. Ihre Jungen bewegen sich.«

Kindliche Panik verzerrte Jaegers Gesicht. Sein Mund bebte. Seine Augen füllten sich mit Tränen. Er schluchzte herzzerreißend und begann zurückzuweichen. Er drehte sich um, legte die Hände vor die Augen und stürmte durch das Unterholz davon.

»Es gibt schon undankbare Leute«, meinte Disco.

Boucher seufzte. »Er glaubt, du hast Aquila erschossen.«

Disco sah Candy mit aufrichtiger Bewunderung an. »Ich muss mich in Zukunft wohl vor dir in Acht nehmen, du gehst sehr geschickt mit Waffen um.«

Sie drückte Boucher die Pistole in die Hand und ging weg.

# Teil 4

# 26

*21. Tag*

Weil keiner der Überlebenden mit Jaeger und dem, was von Aquila und der Tigerin noch übrig war, zusammen sein wollte, verlegten sie das Lager und errichteten auf die Schnelle ein provisorisches Biwak ein Stück weiter den Strand hinunter. Nach diesem plötzlichen Ausbruch von Aktivität vertrödelten sie die Stunden und erledigten nur die Dinge, die zum Überleben notwendig waren. Jaeger dagegen schuftete unentwegt von morgens bis abends, denn er kümmerte sich um das Feuer, das Aquila und den Tiger in ihr nächstes Leben befördern sollte. Ständig legte er neues Brennmaterial nach. Aus irgendwelchen Gründen, nach denen niemand zu fragen wagte, hatte er dem Tiger den Kopf abgeschlagen und auf einen hohen Pfosten gespießt, den er neben dem Scheiterhaufen unter dem Baum, auf dem sich der Ausguck befand, aufgestellt hatte. Bartok, der die meiste Zeit des Tages mit Bibelstudien in seinem Baumhorst zubrachte, war der einzige Zeuge von Jaegers unberechenbarem Kommen und Gehen und seiner seltsamen Andachtsrituale.

Boucher war außer Jaeger der Einzige, der sich über das unbedingt notwendige Maß hinaus betätigte. Stundenlang arbeitete er am Rettungsfloß um es für eine Ozeanreise tauglich zu machen. Nach zwei Tagen erklärte er es für mehr oder weniger intakt und lud Candy zu einer Testfahrt zum Riff ein. Wortlos nahm sie die Einladung an und saß stumm im Heck, während er ruderte.

»Drei Wochen«, sagte er. »So lange sind wir jetzt hier.«

Sie nickte kaum. Ein Kraftfeld schien sich um sie aufgebaut zu haben. Boucher spürte, dass dahinter eine große Wut tobte. Wann immer er nachts aufwachte, lag sie bis zum Äußersten angespannt und mit weit offenen Augen neben ihm. Er wagte nicht, sie zu berühren, denn er hatte das Gefühl, sobald sie seine harte Hand spürte, würde sie explodieren.

Plötzlich, als habe sie seine Gedanken erraten, sagte sie: »Tut mir Leid, ich war in letzter Zeit nicht sehr entgegenkommend.«

»Ich verstehe schon.«

»Ein Teil von mir ist wie tot.«

Boucher hörte auf zu rudern. Wasser schlug sacht gegen den Rumpf. »Alle Wunden heilen.«

»Tief im Innersten sind wir nichts weiter als Tiere, aber mir war nie klar, wie nah wir diesem inneren Abgrund sind.« Teilnahmslos wandte sie den Blick ab. »Drei Wochen.«

»Candy, es wird Zeit, dass wir hier wegkommen.«

Sie wandte sich ihm zu und versuchte zu lächeln. »Du hast wahre Wunder mit dem Boot vollbracht, aber uns alle trägt es nie.«

»Ich spreche von dir und mir, Candy. Von niemandem sonst.«

»Wir können die anderen nicht im Stich lassen.«

»Wir lassen sie nicht im Stich. Wir holen Hilfe.«

»Sprechen wir heute Abend darüber. Wenn sie einverstanden sind, komme ich mit.«

»Sie sind nie damit einverstanden. Das ist unmöglich. Disco hat ihnen viel zu viel Angst gemacht, indem er ihnen ständig eingeredet hat, was ich alles enthüllen werde. Und je länger wir hier sind, umso stärker schürt er ihre Ängste. Er ist darauf aus, mir etwas anzutun, Candy. Dir übrigens auch.«

Oben im Ausguck winkte Bartok. Die Augen weiter auf Candy gerichtet winkte Boucher zerstreut zurück. »Morgen setzen wir uns ab. Wir sagen, wir gehen fischen.«

Sie beugte sich vor. »Jay«, sagte sie ruhig. »Jay.«

Er wartete, dass sie weitersprach, aber ihre Aufmerksamkeit schien von etwas in Anspruch genommen, das sich hinter ihm befinden musste. Er drehte sich auf seinem Sitz um und ihm fiel die Kinnlade herunter. Nicht weiter als ein paar Meilen vom Ufer entfernt fuhr ein Schoner mit eingeholten Segeln unter Motor von Süden nach Norden.

»Ein Schiff«, murmelte er und traute seinen Augen kaum. Er stieß einen Freudenschrei aus und begann auf das Land zuzurudern. »Ein Schiff!«

Die anderen rannten herbei. Im ersten Moment mussten sie gegen ihre eigene Ungläubigkeit ankämpfen, aber dann brachen sie in einen ungeheuren Freudentaumel aus. Abrupt hörte Dexter auf zu hüpfen.

»Leo! Er hat die Leuchtpistole!«

»Ich gehe!« Boucher lief bereits los. »Und ihr lasst das Feuer auflodern.«

»Oh schnell«, jammerte Nadine.

Als Boucher nach raschem Spurt an der Nordspitze anlangte, raste sein Herz. Bartok hockte immer noch oben im Baum und schwenkte die Tigerflagge.

»Wo ist Leo?«

»Keine Ahnung. Im Wald.«

Boucher wirbelte herum. »Leo, ein Schiff! Wir sind gerettet! Hörst du mich? Ein Schiff.« Vor Anstrengung tanzten Sternchen vor seinen Augen. Er beugte sich vor und verschnaufte. Als er wieder klar sehen konnte, richtete er sich auf und suchte den Waldrand ab. »Leo, wo bist du? Wir brauchen die Leuchtpistole. Ich weiß, dass du mich hörst, Leo. Du kannst ja hier bleiben, aber denk doch an uns andere. Nadine, Candy und Dexter haben doch nicht den Tod verdient wegen dem, was mit Aquila geschehen ist.« Er wartete in der Gewissheit, dass mit jeder Sekunde, die verstrich, das Schiff weitersegelte. Als er über den Strand zurückging, stiegen ihm Tränen der Enttäuschung in die Augen. »Du Arschloch. Bleib doch hier und krepiere, du blödes Arschloch.«

Er hatte Seitenstechen und stolperte nur noch. Wut und Verzweiflung tobten in ihm. Ihre erste echte Chance und dieser Wahnsinnige hatte sie ungenutzt verstreichen lassen.

Der Jubel seiner Gefährten war totaler Verzweiflung gewichen.

»Er hat sich verkrochen«, keuchte Boucher. »Er hat mich gehört, bestimmt. Er muss das Schiff gesehen haben. Er will nicht, dass wir von hier wegkommen.«

Nadine wimmerte. Von dem qualmenden kleinen Feuer begann Rauch aufzusteigen. Nur ein paar Kräusel, zu wenig um Aufmerksamkeit auf sich zu lenken, sofern die Crew nicht explizit nach einem Feuer Ausschau hielt. Und selbst dann sah es nicht nach einem Notsignal aus. Bartok schwenkte immer noch wie wahnsinnig die Flagge.

»Alle schreien«, kommandierte Nadine. »Alle winken.«

Sie juchzten, brüllten und hüpften herum wie die Wilden. Sie tanzten und schrien, bis ihnen die Luft ausging. Dann standen sie atemlos und stumm da, die Fingerknöchel an die Zähne gepresst, und sahen zu, wie das Boot auf gleiche Höhe kam und vorbeizog. Candy nestelte die Pistole aus dem Hosenbund und richtete sie gen Himmel.

»Immer mit der Ruhe«, sagte Disco, der Triggs Camcorder auf den Schoner gerichtet hatte. »Sie haben uns gesehen.«

Nadine begann zu heulen, sonst gab keiner einen Ton von sich. Sie hatten über die Gewissheit gerettet zu werden hinaus durchgehalten, jetzt erhoben sie nicht einmal mehr Anspruch auf Hoffnung. Boucher spürte Candys Arme, die sich um seine Hüften schlangen, und er drückte ihren Kopf an seine Schulter.

Langsam drehte der Schoner bei, bis sein Bug direkt auf sie gerichtet war. Im grellen Licht sah Boucher das flaschengrüne Segeltuch. Er hörte das Tuckern des Motors und sah ein paar Gestalten an Deck. Das Boot ankerte etwa achthundert Meter vor dem Riff und als der Motor erstarb und sich Stille über das Meer senkte, gab es keinen Zweifel mehr an ihrer Rettung. Alle drehten durch. Dexter Smith und Nadine rollten sich im Sand. Bartok, inzwischen von seinem Ausguck herunter, kam angerannt und machte unterwegs einen doppelten Handstandüberschlag. Boucher hätte vor Begeisterung fast Disco auf den Rücken geklopft. Candys Augen strahlten; sie hatte die Zähne in die Unterlippe gebohrt. Auch Boucher überwältigten die Gefühle. »Wir haben es geschafft«, sagte er leise. »Verdammt noch mal, wir haben es geschafft.«

»Sind ungefähr zehn«, meldete Disco. Er musste den maximalen Zoom des Camcorders eingestellt haben. »Fischer, schätze ich.«

Der Hitzedunst verzerrte die Sicht, die Masten des Schoners schienen zu zittern, und der schimmernde Rumpf verschmolz mit der See. Boucher beschattete die Augen.

»Sie lassen ein Boot zu Wasser.«

Das Boot schoss los wie ein Katapult und beschleunigte rasch. Unter dem Bug stob Gischt auf. Es raste klatschend über die Wellen, und das harte, hochtourige Motorengeräusch hallte vom Wald zurück. Bartok jubelte.

»Ein verdammt starkes Beiboot für einen Fischkutter«, murmelte Disco.

Dexter hieb die Faust in die Luft. »Je schneller wir hier weg sind, umso glücklicher bin ich.«

Unverwandt blickte Disco durch den Sucher. »Aha?«, meinte er lakonisch. »Ich bin nicht ganz so glücklich.«

Bouchers Kopf fuhr herum. »Was versuchst du jetzt wieder für eine linke Tour?«

»Frag dich selbst, wozu die ein so starkes Beiboot brauchen.«

»Aus vielerlei Gründen.«

»Ja, und ein paar kann ich mir denken.«

»Zum Teufel ja, vielleicht schmuggeln sie ein bisschen. Was soll's?«

»Vielleicht sind es Piraten. An dieser Küste gibt es Piraten.« Bedeutungsvoll sah Disco die anderen an. »Wusstet ihr das?«

»Vor China, bei den Philippinen. Aber doch nicht hier.«

»Und wo, glaubst du, sind wir hier, verdammt noch mal – vor Neuschottland? Ich sage euch, in diesem Meer gibt es Piraten, und ich spreche nicht von irgendwelchen Heinis mit Augenklappe und Holzbein. Ich spreche von solchen, die Frachtschiffe entführen; sie entern Jachten und werfen die Mannschaft den Haien vor. Man nennt sie Bogeys.«

»Bugis«, berichtigte Candy.

»Bugis, Bogeys, Butzemänner. Piraten eben.«

Nadine ging hoch. »Nach allem, was hier passiert ist, nach allem, was wir getan haben ... nur weil wir einander nicht trauen können ... Also wie kannst du es wagen ...«

Disco reagierte nicht. Sein Argwohn hatte die Freude aller verdorben. Drückendes Schweigen lastete auf ihnen, als das

Boot am ersten Riff anlangte und die Geschwindigkeit drosselte. Es bremste aus voller Fahrt fast sofort auf Schneckentempo herunter. Die Crew suchte nach einer geeigneten Stelle für die Durchfahrt. Boucher konnte fünf Männer unterscheiden, allesamt mit knallbunten, zusammengewürfelten Klamotten bekleidet.

»Ich sage euch, das ist ein Sturmboot«, beharrte Disco. »Das ist ein Boot für einen Sturmangriff.«

Teilweise waren seiner Befürchtungen bei Boucher auf fruchtbaren Boden gefallen. »Siehst du, ob sie bewaffnet sind?«

»Die werden kaum Waffen schwenkend am Strand auflaufen.«

Ein Matrose in einem roten Hemd stand im Bug und fungierte als Lotse. Sie hatten das erste Riff durchfahren und beschleunigten in Richtung auf das zweite.

»Wir können nicht zitternd vor Angst hier herumstehen.« Candy schüttelte den Kopf.

Disco senkte den Camcorder. »Ich schlage vor, wir verziehen uns und verschwinden vom Strand, bis wir wissen mit was für Typen wir es zu tun haben.«

»Das ist doch verrückt«, protestierte Nadine.

Boucher sah Candy an. In ihren Augen spiegelte sich seine eigene Unsicherheit wider. Disco begann sich zurückzuziehen, Boucher und Candy marschierten hinter ihm her, zögernd gefolgt von den anderen einschließlich Nadine. Der Mann im roten Hemd winkte ihnen grüßend zu.

»Die müssen uns für verrückt halten«, murrte Dexter und warf einen Blick über die Schulter.

Sie brachten gut hundert Meter Distanz zwischen sich und das Lager, erst dann blieben sie stehen. Das Boot fuhr in die Lagune ein und kreuzte zum Ufer. Es lief vor dem Lager auf den Strand auf und vier Crewmitglieder sprangen heraus. Einer trug ein Gebilde auf dem Kopf, das aussah wie ein Turban, und erinnerte mit diesem Kopfputz tatsächlich an einen Seeräuber alter Schule. Der fünfte Mann blieb am Ruder und fuhr wieder mindestens zwanzig Meter hinaus. Der Landungstrupp ging vorsichtig ein paar Schritte den Strand hinauf und blieb stehen.

»Seht doch, wie die ausgeschwärmt sind.« Disco blieb skeptisch. »Als machten sie sich auf Ärger gefasst.«

»Kein Scheiß?«, schnappte Nadine. »Ein Häuflein Schiffbrüchiger signalisiert um Hilfe und wenn sie endlich kommt, verziehen sie sich in den Dschungel. Die Fischer da müssen sich wirklich wundern, was wir hier veranstalten. Ich könnte ihnen nicht mal böse sein, wenn sie wieder in ihr Boot steigen und weitersegeln.«

Der Mann im roten Hemd schaute zu dem Mann am Ruder und machte eine Geste der Verständnislosigkeit.

»Nadine hat Recht«, sagte Dexter. »Sie müssen annehmen, *wir* seien diejenigen, die einen Hinterhalt legen.«

Zwei der Männer gingen zum Lager und inspizierten es. Ein anderer untersuchte das Rettungsfloß. Es kam zu einem lautstarken Wortwechsel zwischen diesen beiden Männern und Rothemd, in einer Sprache, die sie nicht identifzieren konnten. Rothemd, offensichtlich der Anführer, versammelte seine Männer wieder um sich. Er rief noch einmal und hielt eine Hand hinter ein Ohr. Selbst aus dieser Entfernung konnte Boucher erkennen, dass er gleichgültig die Achseln zuckte.

»Sie müssen von dem Absturz gehört haben«, meinte er. »Wenn es Fischer sind, werden sie Meldung machen, dass sie uns gesehen haben.«

Dexter fuhr ihn an. »Sofern es sich um schlichte Söhne des Meeres handelt, was kümmert sie es? Ich will dir mal was sagen: Wir werden uns verdammt mies fühlen, wenn sie abziehen.«

Candy straffte sich entschlossen. »Ich werde einen von ihnen bitten zu uns zu kommen.«

»Was die sagen, beeindruckt mich nicht«, sagte Disco verächtlich. »Falls sie üble Absichten hegen, merken wir das frühestens, wenn wir auf ihrem Boot sind, und dann treiben sie uns zusammen wie die Opferlämmer.«

»Hallo«, rief Candy mit ihrer klaren englischen Stimme. *»Selamat.«*

»He«, brüllte Rothemd.

»Wer seid ihr?«, rief Candy. *»Anda tinggal dimana?«*

Boucher schnappte das Wort *ikan* auf.

»Sie behaupten, sie seien Fischer aus einem Ort namens Bangka.«

»Sie werden kaum zugeben, dass sie Sklavenhändler und Leichenfledderer sind.«

»Sag ihm, er soll herkommen«, bestimmte Boucher. »Aber nur er allein.«

»Komm her«, rief Candy und machte ein entsprechendes Zeichen mit den Händen. »*Tidak*«, befahl sie, als sich die vier Männer in Trab setzten. Sie hielt einen Finger hoch. »Einer.«

Rothemd schien zu begreifen. Mit einem Fuchteln seiner Hand bedeutete er seinen Gefährten zurückzublieben. Gehorsam hockten sie sich hin, während er weiterstapfte.

»Wir verstecken besser die Pistole«, sagte Boucher zu Candy. »Gib sie mir.« Er schob sie gerade in die Innentasche seines Sakkos, als Rothemd bei ihnen anlangte.

Keiner von ihnen konnte seine genaue Herkunft feststellen. Er musste irgendwo im riesigen indonesischen Archipel zu Hause sein. Er war ein ziemlich großer Mann in mittleren Jahren, Sonne und Meer hatten tiefe Falten in sein hageres Gesicht gegerbt. Sein Hemd war aus derber Baumwolle, die beuteligen Hosen waren über den nackten Knöcheln abgeschnitten. Er hob die Hände und spreizte die Finger um zu zeigen, dass er nichts zu verbergen hatte, und grinste dabei argwöhnisch. Kein Wunder, dachte Boucher, so wie sie aussahen – halbnackt und heruntergekommen, nur bekleidet mit Wedeln und Blättern aus dem Dschungel und modrigen Resten des Luftschifftuchs.

Rothemd deutete auf Nadine. »Amerikaner?«

»Ja, wir sind Amerikaner«, erklärte sie. »Wir sind hier abgestürzt. Wir sind mit einem …« Mit den Händen versuchte sie ein Luftschiff zu malen. Ihre Stimme brach. »Wir sind seit Wochen hier. Es ist furchtbar gewesen, ganz furchtbar.«

Rothemd nickte. Seine Augen schweiften umher, als suche er nach irgendeinem Hinweis, was auf der Insel passiert sein könnte.

»Er sieht aus wie ein ganz gewöhnlicher Malocher«, entschied Dexter.

»Siehst du seine Halskette? Das ist Gold.«

»Vielleicht sein einziger persönlicher Besitz«, meinte Candy.

Disco schob sich vor. »He Kumpel, sag mal, hat dein Boot Funk? Radio?«

Rothemd runzelte die Stirn. *»Raddio?«* Er wackelte mit einem Finger. *»Tidak raddio.«*

»Kein Funk.«

»Scheißdreck«, schnaubte Disco. »Mindestens zehn Mann sind auf dem Schoner und, wo immer sie herkommen, sie müssen ordentlich Wasser überquert haben bis hierher. Glaubt ihr im Ernst, die rüsten sich mit einem fünfzehntausend-Dollar-Schlauchboot aus und denken nicht an ein beschissenes Funkgerät?«

*»Tidak raddio«*, wiederholte Rothemd mit fester Stimme. Er deutete auf den Schoner und forderte sie mit einer Geste auf ihm zu folgen.

»Frag ihn, wie weit es bis zur nächsten Stadt ist«, drängte Boucher. »Sag ihm, wir möchten, dass er mit der Polizei oder der Armee Kontakt aufnimmt. Sag ihm, er erhält dafür eine Belohnung von uns.«

Es folgten fünf Minuten Aneinandervorbei-Palaverns und linguistischer Verrenkungen.

»Er versteht mich nicht.« Candy gab schließlich auf. »Alles, was ich mitgekriegt habe, ist, dass er heute Abend seine Fische abliefern muss. Und dass es da, wo er wohnt, keinen Funk gibt.«

»Glaubst du ihm?«

»Es gibt keinen Grund, ihm nicht zu glauben.«

»Mir reicht's«, entschied Dexter. »Ich bin weg.«

»Ich auch«, sagte Nadine energisch. »Lebt wohl, zum Teufel.«

»Was können sie uns schlimmstenfalls tun?«, fragte Bartok. »Uns unsere Klamotten stehlen?«

Disco schüttelte den Kopf. »Mein Instinkt sagt mir, dass das ein Dreckskerl ist.« Er richtete den Camcorder auf Rothemds gleichmütiges Gesicht. »Ja, ich habe dich verewigt, Kumpel.«

Sehnsüchtig schaute Boucher zu dem Schoner hinaus. Obwohl mit an Sicherheit grenzender Wahrscheinlichkeit unbegründet und vielleicht sogar aus bestimmten Hintergedanken heraus nur vorgeschoben, war Discos Verdacht ansteckend.

»Ziehen wir Leine«, sagte er trotzdem zu Candy.

In diesem Moment schien Rothemd die Geduld zu verlieren. Er packte Candy am Handgelenk und zerrte sie vorwärts. Reflexhaft streckte Boucher die Hand aus und hielt ihn zurück. Rothemds tief liegende Augen richteten sich auf ihn und einen Moment lang, nur einen winzigen Moment lang, glaubte Boucher einen Funken Bösartigkeit darin aufblitzen zu sehen. »Soll keine Beleidigung sein, Chef, aber bevor wir uns dir anvertrauen, wüssten wir doch gern, was auf deinem Boot geboten ist.«

»Ja, sieh es dir an«, sagte Disco zu Dexter.

Rothemds Verständnislosigkeit wich Gereiztheit, als er merkte, dass sich nur ein Trio entschied ihn zu begleiten. Er begann die Wankelmütigen mit einem Wortschwall zu bombardieren. Schließlich gab er auf und ging weg, warf aber alle paar Meter einen Blick über die Schulter und forderte sie mit lebhaften Gesten auf ihm ebenfalls zu folgen. Boucher schämte sich seiner bösen Vorahnungen. »Nadine hat Recht. Wir sind auf dieser Insel verblödet.«

»Jemand anderer hätte an ihrer Stelle gehen sollen.« Candy schien verunsichert.

Als Rothemd mit dem Trio bei den wartenden Seeleuten anlangte, erhoben sie sich vom Sand. Sie umringten die drei und Boucher sah, wie Arme getätschelt und Hände geschüttelt wurden. Nadine überragte alle um einen Kopf, ausgenommen Rothemd. Dexter blickte grinsend zurück.

»Wenn er anfängt Autogramme zu geben«, nörgelte Boucher, »wird es höchste Zeit, dass wir auch gehen.«

Dexter formte seine Hände zu einem Trichter. »Sie sagen, entweder ihr kommt jetzt oder ihr bleibt hier.«

Boucher beschlich eine ganz bestimmte Furcht. Wenn er hier blieb, kehrten Dexter und Nadine Tage vor ihm in die Zivilisation zurück. Bis er auftauchte, war ihre Story – *seine* Story – bereits um die ganze Welt gegangen.

»Eure letzte Chance«, warnte Dexter. »Sie meinen es ernst.«

Boucher rang sich zu einem Entschluss durch. »Candy, Abmarsch.« Nach kurzem Zögern drehte er sich zu Disco, der immer noch filmte. »Kommst du mit?«

»Nicht, solange ich mir nicht sicher bin.«

Nichts passte Boucher besser in den Kram als Disco auf einer einsamen Insel zurückzulassen. Hand in Hand mit Candy ging er den Strand hinunter. Einer der Männer hielt Dexter am Ellenbogen fest und geleitete ihn ins Wasser. Ein anderer half Nadine. Boucher blieb stehen, als sich Bartok plötzlich von der Gruppe trennte und, gefolgt vom dritten Mann, zum Lager zurücklief. Rothemd starrte ihm hinterher.

»Schon okay«, beruhigte sich Boucher. »Kent hat nur seine Bibel vergessen.«

Dexter war schon beinahe beim Boot angelangt und Nadine befand sich ein paar Meter hinter ihm fast hüfttief im Wasser. Bartok kramte in seinen Besitztümern. Der Steuermann war zum Bug gekommen um Dexter zu helfen. Er sah Boucher und Candy, zog seine bereits ausgestreckte Hand zurück und deutete aufgeregt auf die Nachkömmlinge. Rothemd schrie einen Befehl. Der Steuermann ignorierte Dexters ausgestreckte Hand und griff stattdessen ins Boot.

»Irgendwas ist ...« Candy blieb stocksteif stehen.

Grinsend kam Rothemd auf sie zu. Die Männer bei Dexter und Nadine scharten sich eng um die beiden. Dexter wirkte durcheinander. Der Steuermann bückte sich und bot wieder seine Hand an. Dexter ergriff sie. Es war die linke Hand des Steuermannes. Zuvor hatte er ihm die rechte gereicht, die er jetzt verborgen hielt.

»Dexter.« Boucher versuchte seiner Stimme einen gleichmütigen Klang zu verleihen. »Der Kerl im Boot hat eine Knarre in der anderen Hand.«

Einen Moment lang verharrten alle regungslos, dann überschlugen sich die Ereignisse. Dexter reagierte erstaunlich schnell. Er fuhr zurück und zog den Steuermann ins Wasser. Nadine versuchte sich loszureißen, aber ohne Erfolg. Auf dem Strand stieß Bartok seinen Bewacher zur Seite und begann auf das sich im Flachwasser abspielende Handgemenge zuzulaufen. Auch Rothemd rannte zurück. Dexter war es gelungen, die anderen abzuschütteln, er rannte durch das Wasser zum Strand, verfolgt vom Steuermann, der eine Waffe über dem Kopf hielt.

Gelähmt vor Entsetzen sah Boucher, wie Dexter strauchelte, aber er fing sich wieder und taumelte auf den Strand. Rothemd machte keinen Versuch ihn zu verfolgen, sondern watete ins Meer und beschimpfte lautstark den Steuermann. Dexter drehte sich nach etwaigen Verfolgern um. Boucher konnte seinen stoßweisen Atem hören.

Candy gab Boucher einen Stoß und schrie Bartok zu: »Zurück! Lauf!«

Aus den Augenwinkeln sah Boucher, wie Rothemd dem Steuermann die Waffe entriss. Bartok hatte die Richtung geändert und sprintete nun zu den Bäumen hinauf. Rothemd schwenkte herum und hielt die Waffe in Schulterhöhe. Vierzig Meter von ihm entfernt schlug Dexter einen Haken. Er war immer noch etwa zwanzig Meter von jeglicher Deckung entfernt, als der Schuss fiel. Dexter stürzte auf den Sand. Er kämpfte um sich aufzustützen und wieder auf die Beine zu kommen, aber seine Arme gaben unter ihm nach. Boucher erreichte die Bäume und warf sich der Länge nach zu Boden. Candy ließ sich neben ihn fallen. Heftig atmend robbte er weiter. Dexter hatte das Gesicht in seine Richtung gewandt und selbst auf diese Entfernung konnte Boucher Schock und Schmerz in den verzerrten Zügen erkennen. Bartok und Disco waren verschwunden. Rothemd lief zu Dexter.

Boucher taumelte auf die Beine und riss die Pistole aus seinem Sakko. Kopfschüttelnd zog Candy ihn wieder herunter. Rothemd blieb vor Dexter stehen, blickte über den Strand, zog einen Parang heraus, packte Dexter an den Haaren und hackte ihm mit drei Hieben den Kopf ab. Dexters Körper wurde lang und schien sich zu entspannen. Rothemd schwenkte Dexters Kopf, beugte sich über die Leiche und streifte ihr die Rolex ab. Vom Boot erklangen Nadines erstickte Schreie.

»Oh nein«, murmelte Candy mit schwacher Stimme. »Oh nein. Oh nein.«

»Diese Schweine«, fluchte Boucher. »Diese verdammten Mörderschweine.«

Rothemd wirbelte die Waffe herum, sodass der Lauf nach oben zeigte. Zwei seiner Männer, auch sie inzwischen bewaffnet, hatten Nadine in das Boot gezerrt. Boucher drückte Candy neben sich flach auf den Boden. Ein Kugelhagel prasselte durch die Bäume. Die Schießerei hörte auf und Rothemd ging weg. Er blickte über die Schulter zurück und verhöhnte sie mit einem spöttischen Singsang. Seine Piratenbande lachte. Weitere Waffen wurden ausgegeben.

Candy ergriff Bouchers Arm. Geduckt im Zickzack laufend zogen sie sich weiter zurück und warfen sich neben Disco.

»Haben sie Kent erwischt?«

»Weiß nicht«, antwortete Disco. »Er lief ziemlich schnell.«

»Wir sollten uns ein Beispiel an ihm nehmen.«

»Sie gehen wieder zum Boot zurück.«

»Diese Hurensöhne gehen nirgendwohin. Sie nehmen Nadine ins Verhör – quetschen aus ihr heraus, wie viele wir sind, was wir dabeihaben.«

»Was, glaubst du, werden sie mit ihr machen?«

»Ist nicht so schwer sich das vorzustellen. Was sie hinterher mit ihr machen, keine Ahnung.«

Verzweifelt setzte sich Candy auf. »Wir müssen versuchen sie zu retten.«

»Keine Chance. Die Bogeys würden uns mühelos überwältigen.»

Candy wandte sich an Boucher. »Jay, wir müssen sie zurückholen.«

Bouchers Gedanken rasten. »Erst müssen wir uns in Sicherheit bringen, bevor wir was für Nadine tun können.«

Candy hämmerte mit den Fäusten auf den Boden. Boucher rüttelte sie an der Schulter. »Wir müssen uns verstecken. Wenn sie uns bis Einbruch der Dunkelheit nicht finden, geben sie vielleicht auf.«

»Diese Typen, nie«, erwiderte Disco. »Die machen uns fertig, einen nach dem anderen, egal, wie lange es dauert.«

»Das Festland«, schlug Candy vor. »Verstecken wir uns in den Mangroven, bis sie weg sind.«

»Sie brauchen nichts weiter zu tun als hinter der nächsten Landzunge zu ankern und morgen wiederzukommen. Oder übermorgen, ganz wie es ihnen beliebt.«

Candy sprang auf. »Bei Nacht werden sie die Durchfahrt durch das Riff bestimmt nicht riskieren und bei Tag können sie nicht in die Lagune einfahren ohne von uns gesehen zu werden.«

»Sie haben unseren Proviant und unsere Ausrüstung.« Disco zuckte die Achseln. »Sie hungern uns aus.«

»Drei von den Typen bleiben im Boot«, verkündete Boucher. »Sie kreisen uns ein und schneiden uns den Weg ab.«

Völlig konfus und weinend tauchte Bartok zwischen den Bäumen auf. »Habt ihr gesehen, was sie mit Dexter gemacht haben?«

Disco klopfte auf den Camcorder. »Gesehen? Mann, ich habe die ganze Szene aufgenommen. Die ganze verdammte Scheiße.«

Rothemd und der zweite Pirat, der an Land geblieben war, schienen es nicht eilig zu haben, sie anzugreifen.

»Wir müssen es ihnen nicht unbedingt auch noch leicht machen«, meinte Boucher. »Wir kennen die Insel. Sie nicht. Und wir haben immer noch die Pistole.«

Disco spuckte aus. »Eine Pistole gegen fünf AK-47. Wahrhaftig, sie werden sich vor Angst in die Hosen scheißen.«

»Nicht alle haben Maschinengewehre«, widersprach Candy. »Der Mann, der bei Kent war, hatte eine Schrotflinte.«

»Bist du sicher?«

»Ich weiß doch, wie eine Schrotflinte aussieht.«

Discos Augen wurden schmal. »Wie viele Kugeln hast du noch?«

»Zwei.«

»Zwei?« Disco lachte und verdrehte die Augen.

Boucher fiel ein, dass er seine Jacke mit der herausgenommenen Kugel im Lager gelassen hatte. Er zielte mit der Mauser in die grobe Richtung der Piraten. Disco schlug den Lauf nieder.

»Was, zum Teufel, tust du da?«

»Ihnen eine vor den Latz knallen. Den Schweinen ein bisschen den Spaß am Herumschleichen verderben.«

»Fang an zu ballern und der ganze Haufen geht gemeinsam

gegen uns vor. Solange sie nicht wissen, dass wir eine Kanone haben, glauben sie, sie hätten leichtes Spiel und teilen sich eventuell auf. Dann gelingt es uns vielleicht, einen von ihnen zu schnappen und ihm die Waffe abzunehmen.«

»Scheint mir die einzige Möglichkeit.« Candy nickte.

Rothemd hatte sich immer noch nicht von der Stelle gerührt. Sein Kumpel im gelben Sweatshirt und mit einer grünen Baseballmütze hockte sich hin und zündete sich eine Zigarette an.

Berechnend schielte Disco auf die Pistole. »Okay, gib sie mir.«

Boucher wich rasch zurück. »Candy behält sie. Sie hat auch den Tiger erschossen.«

»Tiere töten und Menschen töten ist nicht das Gleiche.«

»Woher, zum Teufel, willst du das wissen?«

»Woher wohl.«

»Wo ist Leo?«, fragte Candy plötzlich. »Er muss die Schießerei doch gehört haben.«

»Er ist auf sich allein gestellt«, antwortete Disco. »Genau wie wir.« Er streckte die Hand aus. »Gib mir schon die Kanone.« Langsam rückte er näher. »Candy hat mehr Mumm als jede Tussi, die ich kenne, aber das hier ist Männersache.«

Boucher behielt Disco beständig im Auge. »Candy, sag ihm, dass du ohne zu zögern schießen würdest.«

»Wenn mein Leben in Gefahr ist.«

»Wenn? Die haben Dexter den Kopf abgehackt und sie sagt ›wenn‹. Was hast du vor, Candy – willst du vorher eine Gerichtsverhandlung abhalten?«

Blitzschnell griff Disco nach der Pistole, aber Boucher reagierte noch schneller. Er legte an ohne an die Konsequenzen zu denken.

»Zurück, Disco. Ich habe mein Leben für dieses Ding riskiert. Candy hat ihr Leben riskiert um unsere Ärsche zu retten. Wir behalten die Waffe – nicht nur jetzt, sondern für alle Zeiten.«

Auf der anderen Seite der Insel krachten zwei Schüsse. Disco drehte den Kopf.

»Für alle Zeiten? Mir scheint, lange dauern die nicht mehr. Sie haben uns in die Zange genommen.«

Der Pirat mit der Baseballkappe schnippte seine Zigarette weg, stand auf und nahm in aller Ruhe sein Gewehr.

Beunruhigt trat Bartok von einem Bein aufs andere. »Was machen wir denn jetzt? Bleiben wir zusammen?«

»Teilen wir uns paarweise«, schlug Candy vor.

Disco warf einen letzten Blick auf die Pistole. »Wer bei Einbruch der Dunkelheit noch lebt, versucht zum Ausguckbaum zu kommen.« Er bedachte die Bibel in Bartoks Hand mit einem schiefen Lächeln. »Ist das Ding irgendwie von Nutzen gegen Bogeys?«

# 27

*21. Tag*

Während er geduckt durch den Wald hastete, ertappte sich Boucher bei dem Gedanken an ein Versteckspiel, bei dem man sich hundert möglichen Varianten gegenübersieht und für keine entscheiden kann, denn kaum glaubt man das passende Versteck gefunden zu haben, stellen sich nach ein paar Sekunden Zweifel ein. Ist es nicht so, dass die Verfolger fast zwangläufig zuallererst in diesem sicher scheinenden Versteck nachsehen müssen? Schließlich hatte man selbst es ebenfalls sofort bemerkt. Also sucht man ein anderes Versteck. Die Zeit drängt. Man verkriecht sich irgendwo, aber wieder scheint die Stelle nicht ideal. Man rennt erneut los und inzwischen ist die Zeit fast um.

Boucher hatte bereits die Orientierung verloren. Vor einer Minute erst waren sie an einem Baum vorbeigekommen, an dem eine der Tigermasken hing. Im Vorbeilaufen fragte er sich, was die Piraten wohl von den Masken und Aquilas Scheiterhaufen und all den anderen heidnischen Totems halten würden. Aber mit ihrem Waffenarsenal ließen sich die Bogeys wohl kaum von irgendeinem abergläubischen Hokuspokus, den sie eventuell veranstalten könnten, aufhalten. Im Laufen schob er Candy die Pistole zu.

Schwer atmend blieb sie stehen.

»Nimm sie, Candy. Ich habe noch nie eine abgefeuert.«

Sie schaute die Pistole an. »Vielleicht hätten wir sie doch lieber Disco überlassen sollen.«

Zorn wallte in ihm auf. »Candy, denk an Dexter, denk an Nadine. Denk an dich.« Er drückte ihr die Pistole in die Hand. »Bitte. Wir verlassen uns auf dich.«

»Ich tue mein Bestes.« Ihr Blick schweifte über das Gelände. »Hast du irgendwas Bestimmtes im Hinterkopf?«

»In der Nähe der Stelle, wo ich die Leopardenspuren gesehen habe, ist ein Dickicht. Ungefähr fünf Minuten von hier. Wir dürfen keine Fährte hinterlassen. Achte also darauf, wo du hintrittst. Du darfst nichts abbrechen oder abreißen. Ich gehe voraus. Pass auf, was hinter dir los ist.«

Sie führte und er folgte. Bouchers Adrenalinspiegel hatte sich wieder normalisiert und er fühlte sich überraschend ruhig. Sie befanden sich nahe der Südspitze, aber ihr genauer Standort war selbst ihm ein Rätsel, und das beruhigte ihn einigermaßen. In den paar Stunden, die es noch hell war, konnten die Bogeys unmöglich die gesamte Insel durchkämmen.

»Da.« Candy zeigte auf die Stelle, die sie gemeint hatte.

In diesem Bereich des Waldes hatten Stürme klaffende Wunden in den Bestand gerissen, und damit eine wahre Explosion an neuem Wachstum ausgelöst. Junge Bäume schoben sich durch ein undurchdringlich scheinendes Gewirr aus Farnen und Epiphyten. Licht und Schatten bildeten Muster, die vor Bouchers Augen trügerische Bilder entstehen ließen.

»Bist du sicher? Hier sieht es aus wie an Dutzend anderen Stellen, an denen wir bereits vorbeigelaufen sind.«

»Schließe die Augen und zähle bis zwanzig.«

»Was?«

»Zähle bis zwanzig, dann suchst du mich. Und denk daran, nichts zertrampeln.«

Als er die Augen wieder öffnete, war er allein, aber er hatte gehört, wie sich Candy hinter ihm bewegt hatte. Mit größter Vorsicht begann er zu suchen. Sie konnte höchstens ein paar Meter gegangen sein. Nach einer Minute entschied er, sie müsse ihn hereingelegt haben, und er ging suchend im Kreis. Er gelangte wieder an die Stelle, an der sie ihn verlassen hatte, und begann noch einmal von vorn. Aber wohin sein Blick auch fiel, überall hätte sie sich verstecken können. Schräg zwischen den Bäumen entdeckte er einen verrotteten, von einem Rankenvorhang bewachsenen Stamm. Da muss sie stecken, dachte er.

»Peng«, ließ sich Candy hinter ihm vernehmen, »du bist tot.«

»Wow. Es könnte tatsächlich klappen.«

Aber als das Spiel vorbei war und das Warten begann, sank sein Optimismus. Diesen Tag zu überleben bedeutete lediglich ein Hinausschieben des Unausweichlichen. Es führte kein Weg von dieser Insel und sie hatten nichts zu essen oder zu trinken. Er litt bereits an Austrocknung. Ihre einzige Chance bestand darin, die Bogeys umzubringen, aber daran war nicht einmal zu denken.

Das Zusammenspiel von Sonne und Schatten erzeugte vor ihrem Versteck eine Art Tunneleffekt. Boucher starrte auf diese Stelle und sagte sich, dass die Bogeys wohl da entlangkommen würden.

»Was passiert, wenn mehr als einer erscheint?«, flüsterte er.

»Rühr dich nicht und wenn sich einer nähert, sieh ihn auf keinen Fall direkt an.«

»Soll ich so tun, als wäre keiner da?«

»Du weißt doch, wie das ist, wenn man einen Blick auf sich gerichtet fühlt. Man dreht sich um und stellt fest, dass einen der Instinkt nicht getrogen hat.«

»Candy, ich habe mein ganzes Leben in Städten verbracht. Wenn ich darauf geachtet hätte, ob mich jemand anstarrt, wäre ich in der Irrenanstalt gelandet.«

»Städte stumpfen die Sinne ab. Glaub mir, wenn einer von den Kerlen nah herankommt, weißt du, was ich meine.«

Seit sie vom Strand geflohen waren, war eine halbe Stunde vergangen. Die Bogeys schwirrten sicher längst auf der Suche nach ihnen über die Insel. Wieder sah Boucher den Mord an Dexter Smith vor sich und hilflose Wut durchflutete ihn.

»Wie kann jemand bloß so etwas tun?«

»Ja.« Candy schwieg eine Weile. »Ich muss immer an Nadine denken.«

Fassetten aus Sonnenlicht tanzten oben in den Blättern. Boucher betrachtete Candy im Profil. Bei dem Gedanken, dass die Frau, die er liebte, die Frau, die er bedingungslos liebte, bald tot sein könnte, wurde ihm fast schlecht. Er prägte sich die zarte Wölbung ihrer Schläfe ein und dachte dabei an die beiden Kugeln in der Pistole. Er biss die Zähne zusammen. Auf jeden Fall besser, als sie in die Hände der Bogeys fallen zu lassen. Er wagte nicht, diesen Vorschlag zu machen, denn er wusste, Candy würde ihn nicht akzeptieren. Noch nicht.

Das Warten – sogar das Warten darauf, umgebracht zu werden – wurde langweilig. Er verspürte wachsende Ungeduld und wünschte sich fast, die Bogeys würden endlich auftauchen.

»Candy, wenn sie uns heute nicht finden, müssen wir überlegen, wie wir weiter vorgehen.«

»Wir schließen uns den anderen an.«

»Und was dann?«

»Wir schwimmen zum Festland.«

Candys Schilderung ihres Martyriums in den Mangroven hatte den Sumpf in ein Bild gerückt, das dem Albtraum ihrer jetzigen Situation in nichts nachstand. »Die perfekte Zwickmühle.«

Candy straffte sich. Fragend runzelte er die Stirn, sein Herz schlug schneller. Sie deutete mit dem Kinn auf einen Ast knapp vor ihnen, fast über ihren Köpfen. Sie schien nicht ängstlich. Nach einer Minute entdeckte er eine lindgrüne Schlange, die sich über einen Zweig ringelte. Sein Puls verlangsamte sich.

Zäh verstrichen die Minuten. Die Schlange war verschwunden. Etwas stach ihn in den Schenkel. Als er sich kratzen wollte, schlug Candy ihm den Arm herunter.

Ihr Mund war leicht geöffnet, ihr Blick konzentriert. Sein Herz begann zu hämmern, aber er sah nichts, hörte nichts, fühlte nicht das Herannahen eines Menschen und nach einer Weile bettete er den Kopf auf den Unterarm um die Nackenschmerzen zu lindern.

Angenommen sie entkamen den Piraten. Angenommen sie schwammen zum Festland. Angenommen sie kamen gut durch die Mangroven. Angenommen …

Eine kleine, aber spürbare Veränderung in Candys Haltung unterbrach seinen Gedankengang. Er folgte der Richtung ihres Blicks und sah nur grünes Gespinst. Einzelheiten und Entfernung waren unmöglich exakt abzuschätzen. Es war eines jener Suchbilder, bei denen man das im Labyrinth versteckte Objekt nur entdecken konnte, wenn man nicht nur das scheinbar Offensichtliche sah.

Sein Magen verkrampfte sich.

Am anderen Ende des Tunnels stand einer der Bogeys. Nur der Kopf und ein Stück des Oberkörpers des Mannes waren zu sehen. In dem diffusen Licht war nicht zu erkennen, welcher der Piraten es war. Eine gute halbe Minute blieb er reglos stehen, dann teilte er mit einem leisen *fft!* das Blättergewirr und trat in einen Lichtfleck. Es war der Pirat mit der Baseballkappe und dem gelben Sweatshirt, auf dem ein Kobrakopf aufgedruckt war. Der von seiner Kappe geworfene Schatten ließ ihn gesichtslos erscheinen. Er hielt die AK-47 schussbereit, in seinem Gürtel steckte ein Parang. Niemand folgte hinter ihm, aber der Mann vermittelte den unzweifelhaften Eindruck, als könne er sich voll und ganz auf sich allein verlassen. Erneut blieb er stehen. Nur seine Augen bewegten sich unablässig und musterten aufmerksam jeden Halm und jedes Blatt. Einen Moment lang, der Boucher wie eine Ewigkeit erschien, richtete er den Blick genau auf ihr Versteck. Oben in den Zweigen schrie heiser ein Vogel und der Bogey hob den Kopf. Boucher atmete langsam aus.

Die Füße so vorsichtig aufsetzend als bewege er sich über ein Minenfeld, kam der Bogey näher. Jeder Schritt führte ihn geradewegs auf ihr Versteck zu. Es war, als leite ihn eine auf ihre Angstfrequenz justierte Antenne. Boucher erinnerte sich an das, was Candy über direktes Ansehen gesagt hatte, aber er konnte die Augen nicht abwenden. Wie ein von einem Wiesel hypnotisiertes Kaninchen sah er zu, wie sich der Bogey näherte. Jetzt konnte er die Gesichtszüge des Mannes erkennen – schmal mit schütterem Bart, gelbliche Augen, die höchst konzentriert arbeiteten. Insekten umschwirrten seinen Kopf und von Zeit zu Zeit nahm er automatisch eine Hand von der Kalaschnikow um sie zu verscheuchen. Nur das Summen der Insekten durchbrach die Stille. Der Bogey machte keinen Laut. Mit jedem seiner Schritte sank Bouchers Mut.

Im Kampf gegen den Fluchtinstinkt zerquetschte er Waldstreu in seinen geballten Fäusten. Es war eine Prüfung seiner

Willenskraft, nicht nur in Bezug auf sein Durchhaltevermögen, sondern es war darüber hinaus ein Kräftemessen zwischen ihm und dem Bogey. Der Bogey wusste, dass sie da waren, und forderte ihn per Telepathie zur Flucht auf. Boucher versuchte den Spieß umzudrehen, indem er sich mit aller Kraft darauf konzentrierte, den Bogey als Zielscheibe zu betrachten. Vor seinem inneren Auge sah er den Lauf von Candys Pistole auf den Kobrakopf gerichtet.

Sehr langsam sank der Bogey auf ein Knie und inspizierte den Boden. Langsam bewegte sich seine Hand über den Waldboden, als erhalte er allein schon aus der Luft den endgültigen Beweis für ihre Anwesenheit. Vorsichtig berührte er ein Blatt. Ganz langsam hob er den Kopf und schaute direkt zu ihnen herüber. Bouchers endokrine Drüsen arbeiteten auf Hochtouren.

Mit einer geschmeidigen Bewegung erhob sich der Bogey. Boucher registrierte eine Veränderung in der Miene des Mannes. Er ging noch einen Schritt in ihre Richtung, wandte dann den Kopf und blickte den Weg zurück, den er gekommen war. Nun war er im Profil zu sehen. Er legte eine Hand hinter ein Ohr, als versuche er zu lauschen. Nach Bouchers Schätzung war er höchstens zwölf Meter entfernt, aber Candy wartete noch ab. Sie wollte ganz sichergehen. Mein Gott, dachte er, sie hat Nerven wie Drahtseile. Er war mit den seinen fast am Ende und hätte die Pistole längst abgefeuert.

Der Bogey ging tatsächlich zurück – nur ein paar Schritte, aber Boucher hatte den Eindruck, als habe er an einer anderen Stelle etwas wahrgenommen. Angst überdeckte das Gefühl der Erleichterung. Sie hatten keine Wahl, sie mussten ihn töten, und dass er sich etwas von ihnen entfernt hatte, machte ihn nur zu einem schwierigeren Ziel. Noch einen Schritt weiter und es hieße, alles oder nichts.

Da die Aufmerksamkeit des Bogeys auf etwas anderes gerichtet war, wagte Boucher einen Blick auf Candy. Das linke Auge zusammengekniffen visierte sie ihn über die Pistole an.

Der Bogey kehrte ihnen inzwischen komplett den Rücken zu. Eine bessere Chance ergäbe sich nie. Angespannt wappnete sich Boucher für den Schuss. Seine Nerven schrien nach Erlösung.

»Jetzt«, hauchte er.

Candys Profil zeigte volle Konzentration.

»Mach schon.«

Entsetzt merkte Boucher, dass sie mit Ausnahme der Hand, die die Pistole hielt, völlig gelähmt schien. Schweiß strömte über ihr Gesicht. Hastig schielte er zu dem Bogey hinüber.

»Gib mir die Waffe.«

Candy rührte sich nicht. Der Lauf der Pistole zitterte leicht.

Boucher sprach direkt in ihr Ohr. »Gib ... mir ... die ... Pistole.«

Ihre Fingerknöchel ragten weiß hervor und er fürchtete, die Pistole könne jeden Moment losgehen. Ein türkis- und goldfarbener Schmetterling hatte sich auf ihren Arm gesetzt und öffnete und schloss wie in trunkener Ekstase die Flügel. Boucher streckte den Arm aus, als wolle er ihn erschlagen. Bei dieser Bewegung drehte der Pirat sofort den Kopf – ein alarmierendes Zeichen seiner gespannten Aufmerksamkeit. Bouchers Arm erstarrte mitten in der Luft. Er wusste, jede unbedachte Bewegung würde der Mann unweigerlich aus den Augenwinkeln heraus wahrnehmen.

Unendlich vorsichtig, den Bogey nie aus den Augen lassend, tastete sich Boucher millimeterweise an die Waffe heran. Seine Hand berührte Candys Handgelenk und bewegte sich behutsam weiter. Ihre Finger hatten sich fest um die Waffe gekrallt, sie war nicht imstande ihren krampfhaften Griff zu lösen. Er zwang sie ihn anzusehen und endlich schaute sie ihm mit einem gepeinigten, entschuldigenden Blick in das angestrengte Gesicht. Er lächelte – ein kaum merkliches Lächeln. Und plötzlich hatte er die Pistole.

Im gleichen Moment gab Candy einen Laut von sich – den winzigsten Hauch eines erleichterten Ausatmens. Aber der Pirat hörte es. Sein Kopf fuhr herum, blitzschnell hob er das Gewehr und Boucher blieb keine Zeit zu zielen.

Noch im Schießen wusste Boucher, dass er nicht traf, und noch bevor ihm die zweite Detonation das Handgelenk hochriss, fegte ein wahrer Sturmhagel über ihn hinweg. Der Teil seines Gehirns, der noch voll funktionierte, sagte ihm, der Bogey schieße blindlings und die Kugeln hätten ein paar Meter zu weit rechts eingeschlagen. In dem verzweifelten Versuch genügend Zeit zu gewinnen, damit Candy verschwinden könnte, rollte sich Boucher nach links.

Schon hörte er die raschen Schritte des Bogeys und einen Ruf, der in jeder Sprache unmissverständlich *Stopp!* bedeutete. Im Weiterrollen kamen die Beine des Bogeys in sein Blickfeld. Er stand mit weit gespreizten Beinen da um eine bessere Balance zu haben.

»Lass die Pistole fallen«, schrie Candy.

Boucher warf die Waffe weg und fiel auf den Rücken.

Der Bogey stieß ihm das Gewehr in die Brust und schwang es unverzüglich in Richtung auf Candy, die mit erhobenen Händen drei Meter entfernt am Boden hockte. Wieder brüllte er und Candy stolperte herbei. Der Bogey hob die Pistole auf und steckte sie in seinen Hosenbund. Er trat ein wenig zurück, damit er sie beide im Schussfeld hatte. Mit einer eindeutigen Gebärde scheuchte er Boucher hoch. Mit einer zweiten befahl er ihm vorzutreten. Die dritte wies energisch nach unten.

»Du sollst niederknien«, sagte Candy.

»Der kann mich mal.«

»Tu es.«

Boucher sank auf die Knie. Er war wie betäubt.

»Geld«, bot Candy flehend an. »Dollars.«

Boucher blickte in die Mündung des Gewehrs und weiter hinauf in das teilnahmslose Gesicht des Bogeys. Er schloss die Augen.

In das Geräusch des Schusses hinein fiel der Bogey vornüber. Boucher brach unter seinem Gewicht zusammen und wurde seitwärts gedrückt. Er erhaschte einen flüchtigen Blick auf einen Tiger, auf orangerote Haut mit wilden Streifen und auf eine Klinge, die mit Macht von hinten in den Kopf des Bogeys getrieben wurde. Knochen splitterten. Jaeger, die blutige Klinge in der Faust, richtete sich auf, holte aus und hieb noch einmal zu.

Bouchers Beine waren unter den beiden Männern eingeklemmt. Während er versuchte sich freizustrampeln, entdeckte er das Gewehr. Dreißig Zentimeter von der Waffe entfernt öffneten und schlossen sich die Finger des Bogeys. Noch im Tod versuchten sie an das Gewehr heranzukommen. Unter Aufbietung aller Kraftreserven befreite sich Boucher, aber es war Candy, flink wie eine Ratte, die die Waffe an sich riss. Taumelnd drehte sich Boucher um. Jaeger bleckte die Zähne, aber bevor er erneut zustieß, beugte er sich weit nach hinten. Sein Hals bog sich durch und er brüllte. Boucher wich zurück. Sein Mund stand offen vor Entsetzen, er sah fast aus wie Jaeger. Der Schädel des Bogeys war nicht mehr zu erkennen. Jaeger hob wieder seinen Kopf und stieß ein Röhren aus. Seine Brust war mit Blut, Knochenmark und Gehirnmasse bespritzt.

Boucher stolperte in Candy hinein. Sie zerrte ihn hinter sich her. Ohne nachzudenken liefen sie los. Der Dschungel raste wie ein grünes Kaleidoskop an ihnen vorbei. Sie brachen durch das Gestrüpp und gelangten auf eine Lichtung. Boucher zog nach rechts, Candy zerrte ihn nach links.

»Da entlang.«

# 28

*21. Tag*

Entsetzen und Jubel gleichermaßen kämpften in Bouchers Brust. Das Bedürfnis nach Gewalttätigkeit stieg in ihm auf. Bring die Schweine um. Puste sie weg. Blutrünstige Visionen flammten auf wie Leuchtkugeln – Jaegers rot klaffender Mund, die hervorquellenden Augäpfel des Piraten, dessen zuckende Hand.

Candy stolperte und stürzte. Als sie auf dem Boden aufschlug, stöhnte sie. Ein Dorn hatte ihr das Ohr aufgerissen, aber als Boucher die Hand ausstreckte und ihr helfen wollte, wehrte sie ab.

»Hast du das gehört?«

Aber Boucher hörte nur das Pulsieren seines Blutes.

»Da schreit jemand.« Sie schaute zur inneren Lagune hinüber. »Dort ist Nadine.«

Zwar vorsichtig, aber doch zu schnell um unter keinen Umständen gehört zu werden, eilten sie in Richtung auf den zur Landseite hin gelegenen Strand. Vor sich sah Boucher das Wasser aufblitzen. Er robbte ein Stück weiter und beschattete zum Schutz gegen das grelle Licht die Augen.

»Da ist niemand.«

Das offensichtlich leere Schlauchboot trieb auf der Lagune. Die Wasseroberfläche war spiegelglatt. Dreißig Meter vom Boot entfernt schwamm ein Benzinfass. Die Szenerie löste bei Boucher ein Frösteln aus.

Candy dämpfte die Stimme. »Vielleicht liegen sie im Boot.«

»Nein, es ist leer.«

»Es muss vom Ufer abgetrieben sein.«

»So unvorsichtig ist kein Mensch. Außerdem hätten sie es

nicht zurückgelassen. Und warum sollten sie Nadine ans Ufer bringen?«

»Ich weiß nicht. Vielleicht als Geisel. Es muss sie gewesen sein, die ich schreien gehört habe.«

Obwohl er nicht verstand, was vor sich ging, fasste Boucher einen klaren Gedanken. »Candy, dieses Boot ist unsere Rettung.«

»Vielleicht haben sie es extra als Köder dagelassen.«

»Solche Tricks haben sie nicht nötig.«

»Irgendetwas stimmt da nicht.«

»Ich weiß, aber wenn wir im Boot sind, kommt keiner an uns heran.«

»Wir müssten schwimmen. Dabei wären wir perfekte Zielscheiben.«

»Sie müssen die Schüsse gehört haben. Bestimmt sind sie nachsehen gegangen.«

»Das heißt, sie können jederzeit zurückkommen.«

»Deshalb sollten wir uns schleunigst entschließen.« Das Boot war so verlockend nah. »Wir müssen es riskieren.«

»Wir können nicht beide hinausschwimmen. Du hältst mit dem Gewehr Wache.«

»Nein, ich schwimme besser als du.« Boucher reichte ihr die Waffe. »Und diesmal keine Diskussionen. Tu es einfach.«

Candy senkte den Blick. »Ich weiß nicht, was passiert ist. Ich sah nur noch ganz verschwommen, es war …«

»Das Warten. Ich weiß. Und jetzt vergeuden wir wieder Zeit.« Er küsste sie auf die Wange. »Ich liebe dich.«

Er versuchte einen Mittelweg zwischen seinem fast unwiderstehlichen Verlangen nach Tempo und dem Risiko, damit die Bogeys zu alarmieren, zu finden und watete ins Wasser. Dabei kam er sich vor wie eine Figur auf einem Schießstand. Es beruhigte ihn nicht, dass er nur eine Minute bis zum Boot brauchen würde. Wer weiß, wann das Schicksal zuschlägt. Schlamm schloss sich um seine Knöchel, und er machte sich schwimmbereit.

»Jay«, murmelte Candy.

Der Sanftheit ihres Tonfalls nach vermutete er, sie erwidere seine Abschiedsworte, aber sie sah ihn nicht einmal an. Sie starrte über das tranige Wasser.

Er wurde ungeduldig. »Candy, sie können jeden Augenblick hier auftauchen.«

»Ich glaube, ein Krokodil hat sie erwischt. Weißt du noch, was Robert gesagt hat? Über Krokodile, die Boote angreifen?«

Boucher krümmte sich. »Großer Gott, du suchst dir wirklich immer den passendsten Moment aus.«

Inzwischen schien sich das Schlauchboot weiter entfernt zu haben und mit jeder verstreichenden Sekunde schien es weiter hinauszutreiben.

»Scheiße.« Boucher schwamm los. Er entschied sich für Brustschwimmen, weil er dabei am wenigsten Unruhe auslöste und ein maximales Blickfeld hatte. Er rief sich ins Gedächtnis, was Marriot über Krokodile erzählt hatte, und fühlte sich ausgeliefert, als sei er nur ein Stück knochenloses, schrumpfendes Fleisch. Er war sich nicht sicher, ob sie aus dem Verborgenen angriffen, von unter Wasser, oder ob sie an die Oberfläche kamen. Er hatte die Hälfte der Strecke hinter sich gebracht, kämpfte sich weiter voran und das Boot wurde größer und größer. Je näher er herankam umso schwerer fielen ihm gleichmäßige Schwimmstöße. Nur noch fünfzehn Meter vom Boot entfernt warf er einen Blick zurück ans Ufer.

Candy fuchtelte mit den Armen und hüpfte herum wie eine Irre. Entsetzt bäumte er sich im Wasser auf und schaute sich suchend um. Er hatte keine Ahnung, ob sie etwas gesehen hatte, ob sie ihn antrieb sich zu beeilen oder schnellstens zurückzukommen. Da machte ihr Arm eine verzweifelte, unmissverständliche Gebärde. Zurück! Sofort! Er holte tief Luft, tauchte den Kopf ins Wasser und pflügte Richtung Ufer. Er sah erst auf, als er Luft holen musste. Candy tobte immer noch am plötzlich weit entfernt scheinenden Ufer herum. Als er das nächste Mal Luft holte, war sie verschwunden.

Er zog durch das seichte Wasser und warf sich an Land. Als er sich aufrappelte, entdeckte er Candy, die hinter einem Baum kauerte und ihm ein Zeichen gab still zu sein. Er ließ sich neben sie fallen und schnappte japsend nach Luft.

»Reiß dich zusammen«, zischte sie. »Ich habe Stimmen gehört.«

Sie warteten und sahen dabei einander in die Augen. Candy hatte einen Finger auf die Lippen gelegt und bedachte ihn seines hechelnden Geschnaufes wegen mit Blicken der Verzweiflung. Eine Pfeife ertönte und er unterdrückte mühsam ein lautes Keuchen. Die Pfiffe wiederholten sich mehrere Male, dann folgte das Rascheln von Gestrüpp. Jemand musste ganz in ihrer Nähe sein. Bouchers Atem nahm wieder einen einigermaßen normalen Rhythmus an. Er schaute zur Lagune und zuckte zusammen. Aufgewühlter Schlamm trieb an der Wasseroberfläche und weit vom Ufer entfernt breiteten sich kräuselnde Wellen aus – perfekte Halbkreise, die sich über das Wasser bewegten und in deren exaktem Mittelpunkt er und Candy sich befanden. Er nahm ihr das Gewehr aus der Hand.

Die kräuselnden Wellen erstarben, aber das hieß nicht, dass die Bogeys sie nicht bemerkt hatten. Boucher prüfte die Waffe.

»Wie stellt man die auf Automatik?«

»Schon erledigt.«

Boucher hörte ein gedämpftes Klatschen. Sekunden später erschien inmitten des Grüns ein roter Fleck. Boucher veränderte seine Lage um besser sehen zu können. Rothemd stand in der Lagune und suchte die Umgebung ab. Boucher zielte. Kein sicherer Schuss.

Ein weiterer Bogey, der mit dem Turban, kam teilweise in Sicht. Jetzt fehlte noch einer. Boucher wusste, er musste alle drei erschießen. Er hatte keine Skrupel. Mit einem Finger deutete er in Richtung Wald und hob zwei weitere Finger um anzuzeigen, dass sie es mit drei Bogeys zu tun hatten. Candy nickte.

Rothemd und Turban hatten zu diskutieren begonnen. Inzwischen hatte die unsichtbare Strömung das Boot noch weiter abgetrieben.

»Sie wissen, was vorgefallen ist«, flüsterte Candy. »Sie sind nicht allzu begierig darauf, da rauszugehen.«

Schließlich wagte Turban den entscheidenden Schritt. Er verhielt sich fast übervorsichtig. So lange es ging, hielt er das Gewehr vor seinem Körper, dann hob er es über den Kopf, damit es nicht mit dem Wasser in Berührung kam, und schwamm unbeholfen auf der Seite. Rothemd war nun ebenfalls in die Lagune gewatet und stand, das Gewehr im Anschlag, hüfttief im Wasser. Er achtete nicht darauf, was in seinem Rücken vorging, und bekräftigte damit Bouchers Verdacht, Nummer drei müsse am Ufer stehen und Rückendeckung geben.

Er tippte Candy auf die Schulter. »Sie holen das Boot. Ich muss näher heran. Ich warte, bis alle drei an Bord sind.«

»Ich komme mit.«

Sie schlichen durch den Wald. An einer Stelle verlor Boucher die Lagune aus den Augen. Als sie wieder in Sicht kam, stemmte sich Turban gerade an Bord des Schlauchboots. Er schien schrecklich nervös und betrachte aufmerksam die Umgebung, bevor er den Motor anließ. Unterwegs barg er das Benzinfass und rollte es mit Mühe über den Bootsrand. Ständig den Kopf nach allen Seiten drehend, damit ihm nichts entging, fuhr er zu Rothemd.

Im Schutz des Motorlärms machten Boucher und Candy zehn Meter Boden gut. Falls sie sich noch näher heranwagten, riskierten sie in Nummer drei hineinzulaufen. Boucher sah Rothemd ins Boot steigen. Turban befand sich im Heck und war von Ästen verdeckt. Selbst aus dieser Entfernung musste Boucher sehr schnell sein, wenn er alle erwischen wollte. In dem Moment, in dem Nummer drei zustieg, musste er vorstürmen um eine bessere Schussposition zu haben.

Rothemd stand aufrecht und hielt sich an einem Ast fest, damit das Boot nicht abgetrieben wurde. Durch die Auspuffgase roch Boucher Zigarettenrauch.

»Komm schon«, betete er.

Rothemd fing an sich nach hinten zu bewegen und das Schlauchboot fuhr los. Boucher hätte nicht einmal beschwören können, dass sich Nummer drei nicht an Bord befand. Fluchend bahnte er sich den Weg zum Ufer.

Höchstens dreißig Meter von ihm entfernt kam das Schlauchboot vollständig in Sicht. Nur zwei Bogeys waren an Bord. Boucher hob das Gewehr und visierte Rothemd an. Er konnte ihn nicht verfehlen.

»Nicht jetzt«, flüsterte Candy. »Vielleicht warten sie draußen auf den dritten Mann.«

»Und wenn er sich nicht blicken lässt?«

»Gebrauch deinen gesunden Menschenverstand.«

»Verdammt.« Boucher hielt das Gewehr weiter in Anschlag, und Rothemd begann aus seinem Blickfeld zu verschwinden. Er zog eine imaginäre Linie quer über die Lagune. Sobald das Boot diese Grenze überfuhr, würde er feuern.

In der Nähe der Stelle, an der er das Boot zuvor geholt hatte, stellte Turban den Motor ab. Erneut senkte sich Stille über die Lagune. Die Bogeys warteten auf Nummer drei.

Immer noch hielt Boucher das Gewehr in Anschlag und seine Arme begannen zu schmerzen. Im Gegenlicht tanzten Sonnenstrahlen auf dem Wasser und die Bogeys verschwammen zu unruhig schwankenden Silhouetten. Er blinzelte gegen den Schweiß, der ihm in die Augen lief. Wenn er so weitermachte, würde es ihm ergehen wie Cand, und er wäre nicht mehr in der Lage zu schießen. Er senkte das Gewehr und atmete tief aus. Wie vom Blitz getroffen fuhr er herum.

»Fast hätte ich dich erschossen«, zischte er. »Wie hast du uns gefunden?«

Disco ließ die Arme sinken. »Ihr seid drei Meter an der Stelle vorbeigerannt, an der Kent und ich uns verkrochen hatten. Wir hörten Schüsse – *pop-pop*, dann eine Salve aus einer Halbautomatik, einen weiteren Schuss und schauriges Geheul. Wir dachten, ihr seid tot.« Beim Anblick des Gewehrs leuchteten seine Augen auf. »Lieber Himmel, Mann, ich habe dich unterschätzt.«

»Das war Leo. Er hat einen von ihnen angesprungen und Mus aus seinem Gehirn gemacht. Er war es, den ihr habt brüllen hören.«

Disco pfiff hochachtungsvoll. »Den guten alten Leo sollte man nicht verärgern.« Er beschattete die Augen und starrte auf die Lagune hinaus. »Was, zum Teufel, treiben die da? Wo ist Nadine?«

»Wir glauben, dass sie und der Bogey, der sie bewacht hat, von Krokodilen angegriffen worden sind.«

Discos Mund formte ein o. Seine Augen wanderten zwischen Boucher und dem Boot hin und her. »Du verscheißerst mich.«

»Als wir hier ankamen, trieb das Boot etwa fünfzig Meter weit draußen. Es war leer. Diese beiden da kamen zurück und knallte ziemlich durch.«

»Ein Krokodil.« Disco lachte kurz auf. »Wow, war wahrscheinlich nicht sehr spaßig für Nadine.«

Rothemd begann zu rufen.

»Sie können kaum erwarten, bis sie endlich abhauen können«, sagte Boucher, »aber einer ist noch auf der Insel.«

Disco musterte das Boot. »Ja, sieht nicht so aus, als seien sie noch länger in Stimmung.« Er boxte Boucher in den Arm. »Wir haben es geschafft, Mann. Wir haben es geschafft.« Mit größter Hochachtung beäugte er die AK-47. »Ist das Ding geladen?«

»Darauf kannst du einen lassen.«

»Du wartest, bis Nummer drei auftaucht, stimmt's?«

»Wir müssen sie alle erwischen.«

Vom Wald her drang ein schwacher Ruf. Rothemd schrie zurück.

Boucher hob wieder das Gewehr. »Jetzt kann's jede Minute losgehen.«

Das Schlauchboot fuhr los. Hektisch sah Candy Boucher an. »Anscheinend holen sie ihn auf der anderen Seite ab. Das schaffen wir nie rechtzeitig.«

»Schnapp sie dir«, befahl Disco.

Noch während Boucher eine günstigere Schussposition einnahm, durchzuckte ihn plötzlich ein Gedanke. Er wollte die Piraten töten, aber wenn keiner dieser Leute zum Schoner zurückkehrte, würde die dort verbliebene Crew einen Suchtrupp losschicken – vielleicht nicht gleich, aber früher oder später. Sie könnten auf der Insel nicht mehr ruhig schlafen, denn ständig schwebte die Bedrohung durch einen weiteren Trupp bewaffneter Männer über ihnen. Diese Gefahr war gebannt, wenn die Crew erfuhr, was auf diesen paar Quadratmetern Insel passiert war – besser gesagt, wenn die Piraten abzögen und lediglich vage Vermutungen anstellen könnten, warum zwei von ihnen umgekommen waren. Waren sie von einem Tiger erwischt worden oder von einem Meeresungeheuer – jedenfalls von etwas Unerklärlichem, Entsetzlichem, das mit jeder Erzählung noch furchterregender werden würde.

»Worauf, zum Teufel, wartest du?«

»Wir sollten sie abziehen lassen. Wenn sie den anderen schildern, was ihnen auf dieser Insel widerfahren ist, wagt es keiner dieser Burschen mehr – *nie* mehr –, seinen Fuß auf diesen Boden zu setzen.«

Discos Stimme klang wuterstickt. »Der Mann, der Dexter abgeschlachtet hat, macht sich aus dem Staub und du spielst hier den Diplomaten. Und noch was, du Idiot. Wir brauchen das Schlauchboot.«

Inzwischen war das Boot fast an ihnen vorbei.

»Leg ihn um, Jay.«

Disco entriss Boucher das Gewehr und drückte ihm den Camcorder in die Hand. »Nimm den Zoom. Ich will wissen, was diese Bogeys für Gesichter machen.« Geschickt stellte er auf Einzelschuss und visierte sein Ziel an. »Oh Mann.« Er drückte zweimal ab.

Durch den Sucher sah Boucher, wie Rothemd sich der Länge nach ins Boot warf.

»Daneben«, verkündete Candy.

Vom Boot aus, das nun beschleunigte und dessen Heck sich blitzschnell ins Wasser grub, wurde das Feuer erwidert. Disco feuerte eine Salve ab. »Wenn sie es schaffen, Boucher, dann schwöre ich dir, ich werde …«

Ein dumpfes *Wumm* übertönte seine Drohung. Das Schlauchboot explodierte in einem orangeroten Feuerball, der sich in einer schwarzen Rauchsäule in die Luft erhob. Tuchfetzen und Trümmer verteilten sich zischend über das Wasser. In den Mangroven setzte ein Chor aus Gekreisch und Geschrei ein.

»Was habe ich jetzt gemacht?«, wunderte sich Disco.

»Du hast den Benzintank getroffen.«

Disco stieß einen Jubelschrei aus, der jäh abriss. Missmutig verzog er das Gesicht. »Verdammt, das war unser Transportfahrzeug.«

Immer noch flackerte ein Flammenkreis an der Stelle, wo das Schlauchboot gewesen war. Rauch hing in der Luft.

»Da schwimmt einer.«

Boucher hätte nicht sagen können, wer es war. Der Mann im Wasser war rußgeschwärzt und praktisch bewegungsunfähig. Disco schoss und meterweit neben dem Mann spritzte Wasser auf.

»Ich hätte sie sauber erwischt, wenn du dich nicht so dämlich angestellt hättest.«

»Er überlebt nicht«, sagte Boucher.

Disco visierte erneut an, entspannte sich aber. »Ja, sparen wir Munition. Sollen die Krokos mit ihm Schluss machen.« Er wiegte das Gewehr, als sei es ein Baby. »Glaub bloß nicht, dass du die wiederkriegst.«

Stumm beobachteten sie den Mann im Wasser. Alle erwarteten das gleiche Schauspiel – ölig aufwirbelndes Wasser, einen schuppigen Schwanz, einen Saurierkopf. Aber kein Krokodil zeigte sich. Die Bewegungen des Piraten wurden zunehmend schwächer und verzweifelter. Seine Arme hoben sich wie die einer kaputten Marionette und sanken wieder herab. Ein paar Sekunden lang trieb er noch auf dem Wasser, dann verschwand er.

»Hast du das auf dem Film? Lass mich sehen.« Disco drückte das Auge an den Sucher. »Mist«, schimpfte er, »die Batterie ist leer. Ich habe mich schon auf das Replay gefreut. He, bist du sicher, dass du gefilmt hast, wie ich das Boot in die Luft gejagt habe?«

»Wen interessiert das? Einer der Piraten ist immer noch auf der Insel.«

Disco tätschelte das Gewehr und grinste. »Damit sind wir ihm ebenbürtig.«

Der nach der Explosion aufgestiegene Rauch hatte sich zu schmutzigem Nebel verdünnt. Die Luft stank nach verbranntem Benzin, Plastik und anderen, undefinierbaren Dingen.

»Wir sollten Kent suchen«, meinte Candy. Ihr Ohr hatte stark geblutet und blutete immer noch ein wenig. Über ihre Wange zogen sich getrocknete Blutspuren.

Sie begaben sich auf den Rückweg. Disco, frohgemut und

heiter, nahm unterwegs immer wieder imaginäre Ziele aufs Korn, Boucher und Candy trotteten hinter ihm her wie seine Gefangenen. Im Wald ertönte ein qualvolles Geheul.

Disco lächelte fröhlich. »Klingt so, als hätte Leo gerade Nummer fünf den Rest gegeben. Mann, ist er nicht unbezahlbar?«

# 29

*21. Tag*

Als sie die Seeseite erreichten, hatte der Schoner den Anker gelichtet und fuhr auf das Meer hinaus. Er befand sich außer Reichweite von Disco, der, drohend das Gewehr schwingend und lautes Kriegsgeschrei ausstoßend, am Strand entlangrannte. Dexters Leiche lag unverändert an der Stelle, an der er ermordet worden war, und ein Geier, der erste, den Candy am Boden sah, hockte über ihm. Sie verscheuchte ihn, aber er flog nur zum nächsten Baum und ließ sich auf einem Zweig nieder, der unter seinem Gewicht nachgab und auf und ab wippte wie ein Priester beim Kniefall.

Candy eilte zum Lager. Es schien unberührt. Es war nichts da gewesen, was zu stehlen gelohnt hätte. Auch das Rettungsfloß war nicht zerstört worden. Candy entdeckte einen Behälter mit Wasser und trank gierig. Rosig tropfte die Flüssigkeit von ihrem Kinn. Den gekrümmten Rücken dem Gemetzel zugewandt saß Boucher trübsinnig unten am Wasser.

Disco kam zurück. Seine aufgesetzte Großspurigkeit war vorbei, seine Stimme besaß eine neue Autorität. »Ruf Kent«, befahl er.

Nach zehnminütigem Rufen trat Bartok vorsichtig und mit weit aufgerissenen Augen zwischen den Bäumen hervor. Disco, der gerade das Gewehr reinigte, hob den Blick.

»Während du dein Lockenköpfchen schön unten gehalten hast, haben Leo und ich aufgeräumt.« Er streckte vier Finger in die Luft. »Nummer eins hat Leo mit bloßen Händen erledigt. Nummer zwei wurde von einem Krokodil gefressen. Und ich habe drei und vier ins Jenseits befördert. Wir haben Leo wieder brüllen hören, vielleicht hat er den Letzten geschnappt.«

Candy registrierte, dass Disco ihren und Bouchers Beitrag geflissentlich überging. »Nadine ist auch tot.«

»Ja.« Disco schob das Magazin in die Waffe. »Verdammt hart.«

Candy wurde wütend. »Ist das alles, was du zu sagen hast?«

»Nein.« Discos Augen waren eiskalt. »Hätte Boucher mehr Mumm gehabt, befänden wir uns jetzt auf halbem Weg nach Jakarta. Er hätte das Schlauchboot holen können, aber er hat Schiss gekriegt.«

Bartoks Blicke gingen in dem hasserfüllten Hin und Her von einem zu anderen. Er schaute zum Schoner hinaus. »Glaubst du, die greifen noch einmal an?«

Disco schnaubte. »Würdest *du* an ihrer Stelle das machen?« Ausdruckslos sah er Candy an. »*Du* vielleicht?«

Sie schüttelte den Kopf.

»Diese Bogeys lassen sich nicht mehr blicken. Wenn sie in das Loch zurückkriechen, aus dem sie gekommen sind, werden wir zur Legende der Südsee.« Discos Augen funkelten. »Himmel, ich hätte weiß Gott was dafür gegeben, dieses Krokodil zu sehen. Mann, das muss riesig gewesen sein.«

Wie ein alter Mann kam Boucher den Strand herauf und stellte sich hinter ihn. »Du solltest dich bei Jaeger nach dem letzten Piraten erkundigen.«

»Das machst du.« Disco drehte sich nicht einmal um.

»Ich bin unbewaffnet.«

»Was ist mit der Pistole passiert?«

»Ich habe sie verloren.«

Disco stand auf. »Komm her.«

»Ich habe sie nicht. Außerdem ist sie leer.«

»Komm her.«

Ohne eine Miene zu verziehen, ließ sich Boucher von Disco filzen. Auffordernd sah Disco Candy an. »Jetzt du.«

Sie fügte sich in das Unvermeidliche. Aus den Augenwinkeln sah sie die Anspannung in Bouchers Augen. Discos Hand verweilte auf ihrer Brust.

»Wo hast du sie verloren?«

»Nimm deine Finger weg.« Boucher konnte sich kaum beherrschen.

Disco schloss seine Hand fester um Candys Brust.

»Kann überall gewesen sein«, antwortete Boucher. »Ich hab sie weggeworfen, als ich die Kalaschnikow erbeutet hatte.«

Ohne Candy loszulassen hob Disco das Gewehr. »Lügner.«

»Der Pirat hat sie an sich genommen«, gab Candy zu. »Vermutlich hat Leo sie jetzt.«

Disco bohrte die Zunge in die Wange und ließ sie rollen. Endlich nahm er seine Hände von Candy. »Okay, aber von jetzt an macht ihr, was ich sage. Und zwar *ohne* Widerrede. Das war die ganze Zeit das Problem. Keine Führung.« Voller Widerwillen betrachtete er Dexters Leiche. »Mach das hier sauber«, schnauzte er Boucher an. »Kent, du kommst mit mir.«

»Wir haben keinerlei Schutz«, erinnerte ihn Boucher.

»Dann merkst du jetzt, wie das ist.« Disco machte auf dem Absatz kehrt.

Candy musste sich zwingen aufzustehen und Dexters Leiche anzusehen.

»Was sollen wir mit ihm machen?«, fragte Boucher.

Fast hätte sie vorgeschlagen den Leichnam in den Wald zu schleppen und den Aasfressern zu überlassen. Die Anstandsregeln der Zivilisation schienen nicht mehr wichtig. Sie hatten ihre Bedeutung für sie verloren.

»Beerdigen wir ihn draußen am Riff.«

Während sie Dexter in Stoff einhüllten, der noch vom Luftschifftuch übrig war, setzte der Schoner Segel und nahm Fahrt auf. Unten am Strand schüttelte Disco drohend das Gewehr. Sein Schatten fiel lang auf den Sand.

»Er hätte bei ihnen anheuern sollen«, brummte Boucher.

Candy beobachtete, wie der Schoner Kurs nahm. Als sein Rumpf kleiner wurde, stürzte sie in abgrundtiefe Verzweiflung.

Sie warteten, bis das Schiff vollständig außer Sicht war, bevor sie zum Riff ruderten. Die Beerdigungszeremonie fiel kurz aus. Sie vergossen beide keine Träne, obwohl sie nichts gegen Dexter gehabt hatten.

»Die Welt wird um ihn trauern«, meinte Boucher.

Draußen auf der Lagune ließen sie die Ruder sinken und betrachteten nachdenklich die Insel. Beide wussten, das

Schlimmste stand ihnen erst bevor. Endlich sprach Boucher das aus, was Candy am meisten Kopfzerbrechen machte.

»Jetzt ist Disco nicht mehr aufzuhalten. Wir haben das Boot. Wir müssen nicht zurück.«

»Kent ist noch da. Außerdem haben wir nichts vorbereitet. Wir brauchen mehr Wasser und die Leuchtpistole von Leo. Frühestens morgen Abend, vorher können wir nicht weg.«

»Disco ist in Feierlaune. Du weißt, was ihm im Zusammenhang mit dir im Kopf herumspukt.«

»Ich schlafe heute Nacht im Wald.«

»Dort könnte ein bewaffneter Pirat umherstreifen.«

»Ich verziehe mich, sobald es dunkel ist. Kein Mensch wird mich finden.«

»Ich komme mit.«

»Du bleibst. Gib Disco keinen Vorwand um über dich herzufallen.«

»Du kannst ihm nicht ewig aus dem Weg gehen.«

»Nur für eine Nacht. Mehr brauche ich nicht.«

»Candy, er wird dich vergewaltigen.«

Sie lächelte müde. »Hier ist Schlimmeres passiert.«

»Lieber Himmel, Candy, quält dich der Gedanke nicht?«

»Von Disco gevögelt zu werden? Ich sage dir, was mich quält. Dexter und Nadine und Trigg und Robert und Josef und Aquila und – habe ich jemanden vergessen? Oh ja, den Piloten, dessen Name mir nie einfällt. Das quält mich. Von Disco gebumst zu werden scheint dagegen fast normal.«

Boucher wandte den Kopf ab, als hätte er von irgendwoher eine Stimme gehört. Unverwandt starrte er in diese Richtung. »Ich muss ihn umbringen.«

Candy reagierte keineswegs schockiert. »Und wie willst du das anstellen?«

Boucher griff nach seiner Jacke. »Falls die Pistole noch bei dem Piraten ist, würdest du sie für mich holen?«

»Sie ist leer.«

»Nein, eine Kugel ist noch da.«

»Bist du sicher?«

»Allerdings.«

Als Kent und Disco kurz vor Sonnenuntergang zurückkamen, war Candy vorbereitet. Sie hatte Wasser und Proviant bei einem Baum fünfzig Meter vom Lager entfernt versteckt.

Disco, das Gewehr an die Brust gedrückt, ließ sich in den Sand fallen und schloss die Augen. »Haltet euch besser fern von Leo. Er ist in einem sehr heiklen Gemütszustand.«

»Hat er den anderen Piraten umgebracht?«

»Man wird nicht recht schlau aus ihm, aber ich vermute, nein.«

»Fantastisch«, höhnte Boucher. »Was hältst du jetzt von meinem Vorschlag die Jungs abziehen zu lassen?«

Disco öffnete die Augen einen Spaltbreit. »He, Kent, du hast doch die Bogeys gut gesehen. Nach wem suchen wir?«

Zum ersten Mal seit Candy ihn kannte, reagierte Bartok mürrisch. »Woher soll ich das wissen?«

»Okay, zählen wir ab. Der Steuermann ist tot, auch das Schwein im roten Hemd und die Mutter mit dem Kopfputz. Jay, von welchem Bogey stammt das Gewehr?«

»Von dem, der mit dem Anführer zusammen war – dem Kerl mit der Baseballkappe und dem gelben Sweatshirt.«

»Erleichtert das die Sache, Kent? Los, denk nach.«

»Dann muss es der sein, der bei mir gewesen ist. Er trug Bluejeans. War fast noch ein Kind. Sprach ein bisschen Englisch – ihr wisst schon – ›hallo, Amerika, Amerika gut‹. Er machte keinen sehr hartgesottenen Eindruck.«

Disco setzte sich auf. »Candy, hast du nicht gesagt, der hätte eine Schrotflinte gehabt?«

»Ja.«

»Tja, wenn er keinen hartgesottenen Eindruck gemacht hat, als er mit einer ganzen Armee unterwegs gewesen ist, dann wird er inzwischen noch um Etliches weicher geworden sein. Würde mich nicht überraschen, wenn er sich entschlossen hätte nach Singapur zu schwimmen.«

Boucher ließ Sand durch die Finger rieseln. »Und mich würde es nicht überraschen, wenn er uns gerade jetzt beobachten und die Dunkelheit abwarten würde um uns die Kehlen aufzuschlitzen.«

»Wir stellen eine Wache auf und morgen begeben wir uns auf Menschenjagd.«

»Du jagst ihn«, stellte Boucher klar. Er wirkte sehr mitgenommen, seine Augen hatten nicht mehr Glanz als die eines Affen.

Disco schien bester Laune. »Weißt du, Jay, je länger ich mit dir zusammen bin, umso besser begreife ich, was mit Amerika schief gegangen ist.«

Boucher lachte lauthals.

Disco richtete sich im Sand auf. »Du hältst das für komisch, du Arschloch? Candy da, sie ist losmarschiert um Hilfe zu holen und sie hat den Tiger erschossen. Kent riskiert beim Klettern jedes Mal Kopf und Kragen. Leo hat einen Mann mit bloßen Händen umgebracht. Aber du, du hast die einmalige Chance ein Schlauchboot zu kapern und dein verdammtes Marshmallow-Gewissen versaut alles.« Er stützte sich auf einen Ellenbogen. Das Gewehr lehnte an seinem Oberschenkel. »Wir kriegen diesen Bogey, so oder so, und du, Jay, du gehst voran.«

»Im Wald hat er alle Vorteile auf seiner Seite«, erklärte Candy. »Ich glaube nicht, dass er uns angreift, wenn wir ihn in Ruhe lassen. Er ist geschockt und hat Angst und er weiß, er kann nicht weg.«

»Verzweifelt ist er außerdem«, betonte Disco. »Und wir wissen, was Verzweiflung aus einem Menschen machen kann. He, wo willst du hin?«

»Ihn rufen.«

»Komm zurück. «

»Er kennt die Küste. Er weiß, wo die nächste Stadt ist. Er kann uns helfen.«

Disco überlegte. »Bring ihn her, aber was er auch sagt, er hat sein Leben verwirkt.«

Die Nacht hatte im Wald die Sperrstunde eingeläutet, alles stand still und starr. Candy tauchte hinter die Mauer des Waldes.

»Hallo!«, rief sie. »Zeig dich. Wir tun dir nichts. Wir brauchen deine Hilfe.«

Disco lachte entzückt.

Candy ging tiefer in den Wald hinein. Geheimnisvolles Dunkel lag vor ihr. Sie blickte zurück und konnte das Trio am Strand nur noch mit Mühe erkennen. Disco hielt etwas hoch.

»Jay, wie viel zahlen die Leute für ein Video, auf dem man sieht, wie Dexter der Kopf abgeschlagen wird?«

Von Boucher sah sie nur noch funkelnde Augen. »Keine Ahnung.«

»Wie viel zahlen sie dir für die Dexter-Smith-Story?«

»Achttausend Dollar.«

»Mehr nicht? Verdammt, wenn ein Bild so viel Wert ist wie tausend Worte, muss das, was ich hier habe, eine Million wert sein.«

»Was du zu verkaufen gedenkst, gehört dir nicht. Es ist Triggs Kamera und sein Video. Er hat den größten Teil des Filmes gedreht. Das Urheberrecht ist sehr komplex, Disco. Meiner Meinung nach gehört der Film Triggs Erben oder der Wildguard-Stiftung.«

Disco stand auf. Einen Augenblick lang dachte Candy, er werde gewalttätig. Aber er verschwand in der Dunkelheit und sie hörte ein leises Platschen im Wasser. Ein paar Sekunden später erschien er wieder.

»Wer sagt, ich hätte die Aufnahmen mit Triggs Apparat gemacht? Wer sagt, dass das sein Film ist?«

Da wusste Candy, Disco würde nicht bei einer Vergewaltigung Halt machen. Da wurde ihr bewusst, dass er die Absicht hatte als Einziger diese Insel zu verlassen.

»Die Zeit ist um«, rief er. »Komm raus. Es ist nicht sicher da drin.«

Mit ausgestreckten Händen tastete sie sich tiefer in die Dunkelheit hinein.

»Ich sagte, beweg deinen Arsch. Was glaubst du, was du da abziehen kannst? Du kannst dich nicht vor mir verkriechen.«

## 30

*22. Tag*

Kaum war die Sonne aus dem morgendlichen Dunst aufgestiegen, erfüllte dampfende Hitze den Wald. Candy ging der Pirat nicht aus dem Kopf und sie bewegte sich entsprechend vorsichtig. Bei jedem Vogelschrei und jedem raschelnd fallenden Blatt zuckte sie zusammen.

Dabei befürchtete sie sich völlig unnötig in Gefahr zu begeben. Bevor sie sich in jener Nacht auf die Lauer legte um den Tiger zu erschießen, hatte sie die Kugeln in der Pistole gezählt. Sieben. Sie war so gut wie sicher, dass sie fünf abgefeuert hatte, und die restlichen zwei hatte Jay verschossen.

Aber er hatte jeden Zweifel kategorisch ausgeschlossen. Allerdings, hatte er gesagt. Doch auf die Erinnerung war kein Verlass; die Frage war nur, wer sich irrte.

Ein anhaltendes Summen – *sss-sss* – kündigte die letzte Ruhestätte des toten Piraten an. Sein Kopf sah aus wie ein schillernder grüner Helm. Als sie sich näherte, erhoben sich die Fliegen einzeln oder gruppenweise und brummten trunken um sie herum. Sie schlich heran und sah Ameisen über die Leiche marschieren, hin und her. Ihre Kolonnen zogen sich in das Unterholz, so weit ihr Blick reichte. Sie kämpfte gegen die Übelkeit und wuchtete die Leiche auf die Seite. In einer schwirrenden dunklen Wolke stiegen die Fliegen von dem verschleimten Schädel auf. Candy sah die silberne Automatik funkeln, hob sie auf und rannte wild um sich schlagend los.

Als sie den scheußlichen Ort hinter sich gelassen hatte, überprüfte sie das Magazin. Ihre letzte Hoffnung brach in sich zusammen und für einen Moment war ihr Kopf so leer wie das Magazin.

Verzweiflung befiel sie. »Oh, Jay«, stöhnte sie. »Du Idiot.«

Was blieb ihnen jetzt noch für eine Chance? Boucher hatte gesagt, die Pistole sei ihre überlebensnotwendige Anpassung an die Umwelt. Ohne die Pistole besaßen sie keinerlei Waffen, weder offensive noch defensive, keine Überlebenshilfen außer ihrem Verstand. Sie dachte nach. Verstand sollte man nicht gering schätzen. Die Menschen hatten dank ihres Verstandes triumphiert – dank ihrer anpassungsfähigen Intelligenz, die unendliche Verhaltensvarianten erlaubt. Flexibles Verhalten hieß der Schlüssel zum Überleben. Ein Tiger verhielt sich stets wie ein Tiger, eine Maus war immer eine Maus, aber kein Naturgesetz besagte, Candy müsse sich stets wie Candy verhalten.

Ein Zweig knackte hinter ihr. Die Muskeln in ihrem Kreuz zogen sich zusammen. Ein paar Sekunden blieb sie in der Erwartung einer Ladung Schrotkugeln stocksteif stehen. Als nichts geschah, hob sie als Zeichen der Kapitulation langsam beide Hände und drehte sich um.

In dem grünen Rund ein Gesicht erkennen zu wollen ließ sich mit der Suche nach einer kleinen fehlerhaften Stelle im endlosen Reigen einer wild gemusterten Tapete vergleichen.

»*Selamat*«, rief sie. »Hallo.«

Vögel zwitscherten.

»Du hast sicher Hunger und Durst«, sagte sie. »Willst du Wasser?« Sie legte ihre Flasche hin. »Da, nimm sie.« Sie wartete. »Sieh mal«, fuhr sie fort, »wir wollen dir nichts tun. Geh uns aus dem Weg, dann gehen wir dir aus dem Weg. Abgemacht?«

Der Wald schwieg.

»Ich gehe jetzt.« Sie ließ die Pistole in den Hosenbund gleiten. »Wenn du mich erschießt, legen dich meine Freunde um.«

Sie wartete noch ein paar Sekunden.

»Jetzt gehe ich wirklich. Auf Wiedersehen. *Selamat tinggal.*«

Während sie sich langsam zurückzog, hatte sie das Gefühl drei Meter breit zu sein und nur aus Glas zu bestehen. Zehn Meter hatte sie geschafft, zwanzig, und immer noch kein Schuss. Sie drehte sich um, aber da war nur das übliche grüne Durcheinander. Auf dem Absatz kehrtmachend floh sie und blieb erst stehen, als sie den Waldrand erreicht hatte.

Heißer Zorn auf Boucher wallte in ihr auf. Wie hatte er sich so täuschen können? Sie schaute die Pistole an und verspürte fast den Wunsch, sie achtlos wegzuwerfen. Trotzdem versteckte sie die Waffe in einem Farngestrüpp. Anschließend rührte sie sich nicht von der Stelle, denn die Aussicht sich wieder in Discos Hände zu begeben war alles andere als verlockend. Eine Schlange, das war er. Eine Giftschlange.

Wie von selbst wanderte ihr Blick zur Lagune. Ein Gedankenblitz durchzuckte sie. Für jedes Gift gab es ein Gegengift, jedes Geschöpf hatte einen tödlichen Schwachpunkt – sogar eine Schlange. Und diesen Punkt musste sie finden. Nach einem letzten Blick auf die Lagune ging sie um ihr Schicksal auf sich zu nehmen.

Sie sah Disco schon von weitem. Seine Silhouette bewegte sich zitternd in der flimmernden Hitze – einen Moment schien sie vierschrötig, gleich darauf grotesk verlängert. Als sich sein Gesicht deutlich herauskristallisierte, blieb sie stehen. Seine Miene zeigte keine Regung, aber das Gewehr zielte auf ihren Bauch. Boucher und Disco blieben sitzen. Boucher hatte eine nässende Wunde auf einem Backenknochen und als sie ihm in die Augen sah, musste sie an ein Tier im Käfig denken.

Sie wich Discos Blick nicht aus. »Würde es dir etwas ausmachen, dieses Ding woanders hinzurichten?«

»Wo ist die Pistole?«

»Meinst du die Automatik?« Sie hatte sich eigentlich geschickter anstellen wollen, aber Discos direkte Frage überrumpelte sie und versetzte sie in Panik.

Blitzschnell packte er sie, riss sie herum, umschlang mit einem Arm ihren Hals und tastete sie grob am ganzen Körper ab.

»Wo hast du sie versteckt?«

»Ich habe sie nirgendwo versteckt. Entweder hat Leo sie oder sie ist noch bei dem Piraten.«

»Leo hat sie nicht. So viel weiß ich.«

»Dann ist sie bei dem Piraten.«

»Genau das macht mir Sorgen.«

»Dann geh doch und hol sie. Was stehst du noch hier herum und palaverst?«

Er schlug zu und sie sah den Schlag nicht kommen. Der Schock tat nicht weniger weh als der Schmerz. Kein Mensch hatte sie je geschlagen. Niemand.

Discos Augen verengten sich zu Schlitzen. Er richtete das Gewehr auf Boucher. »Zeig mir, wo die Pistole ist, oder ich schieße Jay auf der Stelle über den Haufen.«

Nur zu, hätte sie fast zu ihm gesagt. Schließlich hatte der Idiot sie wegen diesem nutzlosen Stück Metall zweimal fast umgebracht.

»Du kannst sie gerne haben«, antwortete sie. »Das verdammte Ding ist ohnehin leer.«

»Das kann nicht sein.« Reichlich belämmert stand Boucher vom Sand auf.

»Du kannst nicht einmal richtig zählen.«

Angesichts von Bouchers Niederlage verzog sich Discos Gesicht zu einem Grinsen. »Zeig sie mir, Schätzchen.«

Wortlos drehte sich Candy um und marschierte zu der Stelle zurück, wo sie die Automatik versteckt hatte.

»Da.« Sie deutete auf den dichten Farn. Mit verschränkten Armen stand sie da und durchbohrte Boucher mit ihren Blicken.

Disco hob die Pistole auf und richtete sie auf ihren Kopf. »Leer, sagst du.«

»Drück schon ab.«

»Nein!«, schrie Boucher.

Disco betätigte den Abzug.

»Eine Frau, ein Wort«, sagte er, »im Unterschied zu dir, Schreiberling.« Halb herablassend, halb angewidert sah er Boucher an. »Erinnere mich daran, dass ich mich nie auf dich verlasse.« Er schüttelte den Kopf. »Aber leer oder nicht, das ändert nichts an den Tatsachen. Du wolltest mir ans Leder.« Er blies die Backen auf. »Und was macht ein Mann in so einem Fall?«

Candy sagte das Erste, was ihr in den Sinn kam.

»Ich habe im Wald den Piraten getroffen.«

»Ihn getroffen? Zum Teufel, das hört sich an, als hättet ihr euch die Hände geschüttelt.«

»Ich war ihm auf Gedeih und Verderb ausgeliefert. Er hätte mich erschießen können.«

»Warum hat er's nicht?«

»Er weiß, dass das einer Kriegserklärung gleichgekommen wäre.«

Disco nickte. »Und er hat nur eine Schrotflinte.«

»Leo hatte nur einen Parang«, erinnerte ihn Boucher.

»Lasst uns von hier verschwinden«, flehte Bartok.

»Auch dieser Meinung?«, fragte Disco Boucher.

»Ich an deiner Stelle würde abhauen, solange ich noch am Drücker bin.«

Disco wog die Argumente ab. »Es zerrt wirklich an den Nerven, wenn man diesen Bogey Tag und Nacht um sich hat.« Er schaute zum Himmel hinauf und überlegte. »Okay«, entschied er schließlich, »wir verziehen uns heute Nacht.«

»Wir haben keinen Proviant für die Fahrt«, wandte Candy ein. »Also muss einer angeln.«

Disco wirkte äußerst unschlüssig. »Mein Problem ist, dass es mir jetzt, wo wir endlich wieder alle beisammen sind, gar nicht gefällt, dass wir uns schon wieder trennen sollen. Ich kann mir nicht helfen, aber ich habe so ein Gefühl, wenn ich Jay jetzt mit dem Boot rausfahren lasse, ist das Letzte, was ich von ihm sehe, sein Rücken, der am Horizont verschwindet.«

»Ich gehe fischen.« Eilig kam Candy Bouchers Einwänden zuvor. Sie sah Disco so fest an, wie sie sich traute. »Du weißt, ich würde Jay nie im Stich lassen.«

»Es gibt immer ein erstes Mal.« Disco betrachtete sie nachdenklich. Schließlich entspannte er sich. »Aber ich glaube, das wird nicht jetzt eintreten.«

Draußen auf der Lagune brannte die Sonne mit voller Kraft. Candy ruderte bis fast zum Riff, dann drehte sie bei und fuhr daran entlang zu einer der Korallenbänke.

Schillernd bunte Fische in Briefmarkengröße tauchten aus der Tiefe auf und tummelten sich zwischen Korallenästen. Sie sah Fische mit Op-Art-Mustern und clownartige Fische, die sie über Seeanemonen hinweg mit dem gewinnenden Lächeln und den kindlichen Augen freundlicher Außerirdischer anblickten. Ein fast sechzig Zentimeter langer Riffhai schwamm vorbei und all die funkelnden Fischchen verschwanden in einem Wimpernschlag. Doch keines dieser Wunder konnte Candys Aufmerksamkeit fesseln. Sie war vollauf beschäftigt mit der Suche nach dem lebendigen Ebenbild einer in ihrem Kopf vor sich hin modernden Vorstellung.

»Wo steckst du?«

Sie überlegte bereits an einer anderen Korallenbank ihr Glück zu versuchen, da entdeckte sie ihre Beute – einen Steinfisch, optisch eine Missgestalt, die kaum Ähnlichkeit mit der üblichen Anatomie eines Fisches aufwies, sodass sie auf den ersten Blick weder Kopf noch Schwanz zu unterscheiden vermochte. Doch dann formte sich das Bild – ein Kopf wie ein finster blickender Wasserspeier, ein warziger, von einer Stachelpalisade geschützter Körper.

»Und wie soll ich dich jetzt da herausholen?«

Sie vergewisserte sich, dass aufgrund der flimmernden Hitze niemand vom Strand aus erkennen konnte, was sie tat, wickelte ein Stück Luftschiffstoff um ihre Hand und tauchte sie vorsichtig ins Wasser. Das Wasser war derart durchscheinend klar, dass sie die Entfernung zu dem Steinfisch unterschätzt hatte und tiefer greifen musste als erwartet. Er rührte sich nicht von der Stelle. Seine Verteidigungstaktik beruhte nicht auf Mobilität. Unendlich langsam näherte sich ihre Hand. Außer dem Flattern seiner Kiemenfäden gab der Fisch kein Lebenszeichen von sich. Ihre Hand verharrte direkt hinter ihm.

Salziger Schweiß brannte in ihren Augen, aber sie konnte ihn jetzt nicht wegwischen. Marriots Warnung war so eindringlich gewesen, dass sie vor Angst die Zähne bleckte. *Mit etwas Glück stirbst du vielleicht nicht an seinem Gift, aber du leidest solche Schmerzen, dass du dir wünschst tot zu sein.* Pack ihn am Schwanz, dachte sie. Wenn er sich allerdings zappelnd zur Wehr setzte, war die Chance, dass er sie stach, groß. Alles oder nichts, dachte sie und betete, der Stoff möge dick genug sein um sie vor seinen Stacheln zu schützen.

Da!

Der plumpe kleine Körper befand sich fest in ihrem Griff. Fast im gleichen Moment zog sie ihn heraus und warf ihn in die am weitesten von ihr entfernte Ecke des Bootes. Er warf sich hin und her, zappelte und sprang, sodass sie die Füße anzog, als säße sie nackt mit einer wütenden Tarantel in einer leeren Badewanne.

Nach und nach ließ sein Kampf nach. Eine Weile schnaufte er noch erbärmlich, dann war er erstickt. Da Candy nicht wusste, ob das Gift im Tod an Wirkung verlor, zog sie unverzüglich die Spritze hervor, die sie dem Medikamentenkoffer entnommen hatte. Wieder umwickelte sie ihre Hand, nahm den Steinfisch und betrachtete prüfend seine dreizehn Stacheln. Auf jeder Seite der Widerhaken befanden sich Kerben und sie folgerte, daraus müsse das Gift unter Druck aus basalen Giftbeuteln austreten. Als sie die Funktionsweise der Giftdrüsen durchschaut zu haben glaubte, legte sie den Fisch auf den Sitz. Sie hielt ihn fest, nahm ein Stückchen Holz und drückte damit vorsichtig auf die Spitze des vordersten Stachels. Sanft verstärkte sie den Druck, bis ein bisschen Flüssigkeit in den Kanälen erschien. Die Zungenspitze zwischen die Zähne geschoben, führte sie die Nadel ein und zog die Spritze auf.

Es kam so gut wie nichts, aber auch weiterer Druck beförderte kein Gift mehr hervor. Nacheinander molk sie die Stacheln und als sie mit allen fertig war, war die Spritze noch nicht einmal zu einem Achtel gefüllt.

*Der Schmerz macht dich wahnsinnig.*

Bevor sie zurück ans Ufer ruderte, ruhte sie sich erschöpft aus. Die Luft war wie in einer Sauna. Sie fühlte sich krank und litt unter Kopfschmerzen und vermutete, ihr stünde ein neuer Fieberanfall bevor.

Das Lager schien in der Schwüle Siesta zu halten. Aber als Candy es erreichte, ruhte sich nur Disco entspannt aus. Boucher und Bartok hingen herum wie Gefangene, deren Herr und Meister noch nicht über ihr weiteres Schicksal entschieden hatte.

»Was hast du gefangen?«, erkundigte sich Disco.

Candy schüttelte den Kopf. »Die Fische beißen nicht. Muss am Wetter liegen.«

»Du warst an der falschen Stelle«, murmelte Boucher.

Candys Stimme nahm einen gereizten Ton an. »Versuch's doch selbst und mach es besser.« Sie deutete mit dem Kopf zum Riff.

»Bald bricht ein Unwetter los«, meinte Bartok. »Vielleicht sollten wir das Ganze verschieben.«

»Auf morgen verschieben und morgen kommt dann wieder was dazwischen und man verschiebt es wieder auf morgen. Diese Insel erzeugt Gefängnismentalität.«

»Wir brauchen gute Sicht, sonst schaffen wir es nicht bis zur Bohranlage.« Boucher sprach an Disco gewandt, aber seine Augen versuchten Candy etwas mitzuteilen.

»Ein Sturm reinigt die Luft«, bemerkte Disco. Nach kurzem Grübeln hob er ruckartig das Kinn und deutete damit auf Boucher. »Los, fang ein paar Fische. Und denk an Candy.«

Boucher bedachte sie mit einem nachdenklichen Blick, bevor er zum Boot ging. Während sie ihm nachsah, fragte sie sich, ob er ihre Bemerkung von vorhin als Aufforderung verstanden hatte ins Blaue davonzufahren.

Disco wartete, bis Boucher nur noch ein in der Hitze zitternder Schemen war.

»Sieht so aus, als sei heute unser letzter gemeinsamer Tag«, sagte er. »Auf dieser Insel.« Sein Blick wanderte umher, als präge er sich die Szenerie für sein Ferienalbum ein. »Das alles wird mir fehlen. Besonders diese Hitze, bei der einem Mann ganz von selbst heiß wird.« Mit einem anzüglichen, auf Candy gerichteten Lächeln blies er die Wangen auf. »Endlich allein.«

Sie wusste, was nun kam, und verkrampfte bis in ihr Innerstes. »Disco, bitte.«

»Zieh dich aus, Schätzchen.«

»Du weißt, du kommst damit nicht davon.«

»Disco.« Bartok machte Anstalten, aufzustehen.

Wie beiläufig schwenkte Discos Gewehr in seine Richtung, und er ließ sich zurücksinken. »Rühr dich nicht vom Fleck, Kent.« Er schnalzte mit den Fingern zu Candy.

»Warum?«, fragte sie flehend. »Warum so?«

»Die Zeit wird knapp und ich muss noch ein Versprechen einlösen.«

Langsam zog Candy sich aus. »Es überrascht mich, dass du Jay nicht dabeihaben willst.«

»Ich will mich ganz auf das konzentrieren, was ich tue.«

Als Candy nackt war, stand Disco auf. »Komm her.«

Sie gehorchte wie eine Sklavin dem Befehl eines Tyrannen. Er strich mit der Hand über ihren Körper, vom Hals bis zum Nabel, und sie gab sich Mühe unter seiner Berührung nicht zusammenzuzucken. Mit sanftem Druck legte er seine andere Hand auf ihren Nacken und zwang sie in die Knie. Als sie aufblickte, musste sie an Boucher denken, den der Pirat vor seiner geplanten Hinrichtung hatte niederknien lassen.

»Tu das nicht«, bettelte Bartok. »Du begehst eine schreckliche Sünde.«

»Falls es eine ist, dann eine, die du auch begehen wirst, sobald ich fertig bin.«

»Niemals. Um Himmels willen, habe doch etwas Achtung. Was hat dir Candy denn getan? Sie hat uns das Leben gerettet.«

»Ich achte sie.« Disco öffnete den Reißverschluss seiner Hose. Ruckartig hob er das Gewehr. »Kent, ich habe gesagt, du sollst dich nicht vom Fleck rühren.« Das Gewehr unverwandt auf Bartok gerichtet lächelte er auf Candy herab. »Fang an.«

Candy fühlte sich losgelöst von allem. Gnadenlos losgelöst. Das Ding in ihrem Mund, das Wesen, zu dem es gehörte, bedeuteten nichts. Sie dachte nur an das durch die Stacheln aufsteigende Gift des Steinfisches.

»Ich warne dich«, sagte Bartoks Stimme hinter ihr. »Lass sie in Ruhe.«

»Hörst du, dass Candy sich beschwert? Nein, nein, sie ist ganz scharf darauf. Kent, du bist zu einer Kostprobe eingeladen.«

»Hör auf.«

»Wo liegt dein Problem?«

»Es ist nicht recht. Es ist schlecht.«

»Im Leben eines jeden Menschen kommt einmal die Zeit, wo

er genau das Gegenteil macht von dem, was er für recht hält. Dieser Moment ist unglaublich befreiend. Manche Menschen genießen ihn so sehr, dass sie ihr Leben lang daran festhalten.«

»Du führst mich nicht noch einmal in Versuchung, Disco.«

Disco entsicherte die Waffe. »Was das angeht, verlasse ich mich ganz auf das erste Mal. Die Versuchung kommt danach. Denn wenn ein Mann einmal fällt, hat er für immer seine Unschuld verloren. Wie ich bin, Kent, so wirst du sein.«

Candy hörte hinter sich ein Schurren im Sand.

»Du befindest dich genau an der Grenze«, warnte Disco. »Einen Schritt weiter und ich schieße.«

»Fahr zur Hölle.«

Candy hörte Bartoks letzte verhängnisvolle Bewegung nicht. Sie hörte nur einen einzigen Schuss. Als sie sich umdrehte, stürzte Bartok bereits und sank in sich zusammen, als hätten sich seine Knochen in Brei verwandelt. Er schlug auf dem Boden auf und sie erwartete ihn mit der ihm eigenen elastischen Anmut eines Stehaufmännchens wieder hochschnellen zu sehen. Aber nichts dergleichen geschah. Bartok, der eine senkrechte Klippe an einem Fingernagel hängend und mit einem Gebet auf den Lippen erklettern konnte, war tot, noch bevor er auf dem Boden aufschlug.

Brutal riss Disco ihren Kopf herum. »Ich habe nicht gesagt, dass du aufhören sollst. Mach weiter. Mach weiter. Ja, genau so.«

Candy gehorchte seinem heftigen Drängen. Sie schielte nach oben und sah, dass er die Augen geschlossen und die Lippen zusammengepresst hatte. Behutsam tastete sie hinter sich und zog die Spritze aus ihrem am Boden liegenden Hemd. Mit der Spritze in der Hand verstärkte sie ihren Griff um seinen Oberschenkel.

»Gut«, seufzte er zufrieden.

Gleich darauf stöhnte er auf und sie spürte, dass er bald kommen würde. Sie brachte die Spritze in eine Stellung, aus der sie jederzeit zustechen konnte, und packte seinen Schenkel noch fester. Sein stoßweise gehender Atem kündete das nahe Ende an. Sekunden vor dem Höhepunkt zog sie sich zurück.

»Miststück«, ächzte er und riss ihren Kopf nach vorn.

»Tut mir Leid, ich bin erschrocken. Ich wollte nicht ...«

»Miststück«, krächzte er noch einmal. Aber er war wehrlos, reduziert auf unbewusst ablaufendes, triebhaftes Verhalten, und als sein Erguss einsetzte, stach sie ihm die Nadel unter die Haut und drückte den Kolben durch.

»Aah!«, stöhnte er, rhythmisch seinen Samen verspritzend.

Und dann traf ihn der Schmerz. Er hatte immer noch eine Hand in sie verkrallt, da richtete er sich so urplötzlich auf, als habe ihn eine Kugel getroffen.

Gleich darauf krümmte er sich heftig zusammen.

»Was, zum Teufel, hast du gemacht?«

Erschrocken und verständnislos stierte sie ihn an. »Ich gemacht? Habe ich dir wehgetan?«

»Du hast mich mit etwas gestochen, du Miststück. Oh ... Oh ... Jesus.«

Wie eine Idiotin schüttelte sie den Kopf. »Ich habe nichts ... Was ist denn?«

Das Gift trat in sein zentrales Nervensystem ein und ein Schauer überlief ihn, der eine Nachwirkung des Orgasmus hätte sein können. Erst riss er die Augen weit auf, gleich darauf schloss er sie gepeinigt. »Oh«, stieß er hervor, »oh, oh, oh« – sein Stöhnen verlor sich wie eine Wiederholung seines Orgasmus. »Oh, Himmel!«

»Was ist denn?«, schrie Candy. »Sag es mir.«

»Oh, Jesus, Mann. Ahhhh. Etwas ... oh ... es bringt mich um.«

»Wo? Zeig mir, wo.«

Mit dem Gewehr in der Hand sank er auf den Sand und zog Candy mit sich hinunter.

»Oh Jesus«, stöhnte er. »Oh, verdammt.«

»Dich hat irgendetwas gebissen«, rief sie. »Beweg dich nicht. Ich hole etwas Schmerzstillendes.«

Sie riss sich los und lief zum Erste-Hilfe-Kasten, schüttete den Inhalt aus und griff nach dem Erstbesten, was ihr in die Finger kam. Der Wald war zehn Meter entfernt und immer noch hielt Disco das Gewehr auf sie gerichtet.

Mühsam kämpfte er sich auf einen Ellenbogen hoch. »Komm her«, stieß er zwischen zusammengebissenen Zähnen hervor.

»Ich will dir doch nur helfen«, jammerte sie und eilte zu ihm.

Er hatte die Augen geschlossen, aber als sie bei ihm anlangte, öffnete er sie und durch den Schleier aus Schmerz funkelte sie ein wildes Glühen an.

»Du verdammtes Miststück hast mich vergiftet«, kreischte er und hob das Gewehr.

Sie wich seinem Griff aus, sprang mit einem Satz von ihm weg und warf sich nackt in Richtung der Bäume.

»Mordgeiles Miststück!«

Kugeln peitschten ihr um die Ohren. Sie hechtete nach vorn und kroch weiter wie ein verwundetes wirbelloses Tier. Die Schüsse hörten auf und sie rappelte sich hoch und rannte hinter den nächsten Baum. Sie lauschte, ob er sie verfolgte. Aber sie hörte nur ein ersticktes Winseln. Disco schien zu versuchen sich von den Schmerzen nicht überwältigen zu lassen, aber sie ließen sich nicht mehr unterdrücken und ein Brüllen brach aus ihm heraus. Minutenlang raste er.

Schließlich senkte sich Schweigen herab. Candy rührte keinen Muskel.

Als er sprach, klang seine Stimme matt. »Was hast du getan? Ich spüre mein Bein nicht mehr.«

»Ich habe dir Gift von einem Steinfisch injiziert.«

Den Schmerzen auf Gedeih und Verderb ausgeliefert, begann er zu keuchen. Irgendwann endete das Keuchen und als er sprach, war die Resignation in seiner Stimme unüberhörbar. »Muss ich sterben?«

Sie spuckte aus, wischte sich den Mund und spuckte wieder. »Ich hoffe es.«

Ein grässliches Jammern setzte ein und sie hielt sich die Ohren zu. Solche Schmerzen konnte Disco unmöglich simulieren, aber solange er noch atmete, kostete es sie ungeheure Überwindung, sich ihm zu nähern. Er hatte sich zu einer stöhnenden und ächzenden Kugel zusammengerollt. Plötzlich streckte er sich und sein Körper bog sich, als jage man Stromstöße durch ihn hindurch. Dann lag er still. Das Gewehr befand sich auf

Armeslänge von ihm entfernt. Durch die Bäume erhaschte Candy das Aufblitzen von Gelb. Boucher kam zurück.

»Jay«, rief sie, »bleib weg. Geh nicht an ihn heran.«

Das Schlauchboot verschwand aus ihrem Blickfeld. Disco rührte sich nicht. Candy erwog, blitzschnell zum Gewehr zu rennen und es zu holen, verwarf diesen Gedanken aber rasch wieder. Ruhig ging sie weg.

Das Schlauchboot lag auf dem Strand. Boucher war nirgendwo zu sehen.

»Ich bin hier«, rief sie.

Sie wurde sich ihrer Nacktheit bewusst, riss eine Hand voll Blätter herunter und schrubbte sich damit ab. Sie schrubbte noch, als Boucher erschien und sie mit einem Blick ansah, der sie in Tränen ausbrechen ließ.

»Er hat Kent erschossen. Ihn einfach erschossen. Kent hat nichts getan. Er hat in seinem ganzen Leben noch nicht einmal mit einem Mädchen geschlafen.«

»Okay, okay.« Boucher nahm sie zaghaft in den Arm. »Was hast du mit Disco gemacht?«

Der anklagende Unterton in seiner Stimme brachte Candy nur noch heftiger zum Weinen. »Ich habe ihm Steinfischgift injiziert.«

»Ist er tot?«

Sie hörte auf zu weinen. »Ich weiß nicht.«

»Er sieht aus wie tot.«

»Ich habe Angst, er blufft nur.«

Boucher zog seine Jacke aus und legte sie ihr über die Schultern. Den Anker wie eine Keule in der Hand wiegend, pirschte er sich an Disco heran.

»Sei vorsichtig.«

Boucher schlich so vorsichtig an Disco heran wie Candy an den verwundeten Tiger. Er hielt den Anker bereit zum Schlag, trat mit dem Fuß das Sturmgewehr weg, hob es auf und richtete es auf Discos Kopf.

»Ich glaube, du hast ihn umgebracht. Er hat die Augen offen, scheint aber nicht mehr zu atmen.« Boucher bückte sich, zog die Pistole aus Discos Hosenbund und schob sie in seine

Jackentasche. Er ließ sich auf ein Knie sinken und fühlte Discos Handgelenk. »Puls ist da – noch.« Er hob den Kopf.

Die Hände vor dem Mund kam Candy näher um sich zu überzeugen. Beim Anblick von Discos Gesicht wich sie zurück. Er hatte die Zähne gefletscht und seine Pupillen waren stark erweitert und starrten dunkel zu ihr herauf.

»Mach ein Ende«, flehte sie und drehte den Kopf weg.

Mit abgewandten Augen wartete sie in höchster Anspannung auf den Schuss. Der Moment dehnte sich endlos.

»Bitte«, flehte sie.

»Ich kann nicht. Nicht so.«

Wutentbrannt wirbelte Candy herum. »Du weißt, was er mir angetan hat. Was er mit Kent gemacht hat. Ist dir denn nicht klar, was er mit uns allen vorhatte? Sobald er im Besitz dieser Videokassette war, war er nur noch darauf aus, als Einziger zu überleben.«

»Dazu war er bereits vorher entschlossen«, antwortete Boucher.

»Dann erledige das.«

»Wir sind nicht wie er.«

»Eben darauf zählt er«, schrie Candy und schlug nach Boucher. »Er ist der Falke unter Tauben. Er gewinnt stets, weil er stets zuerst zuschlägt und weil er zuschlägt um zu töten. Jetzt ist unsere einzige Chance.«

Boucher steckte ihre Schläge ein. »Kein kaltblütiger Mord, Candy.«

Sie ließ die Arme sinken. »Gib *mir* die Waffe.«

Boucher wich zurück, entfernte ungeschickt das Magazin, nahm die Kugeln heraus und warf sie in den Wald. Die Waffe am Lauf haltend zerschlug er sie an einem Baum.

Candy lachte auf. »Ich weiß, was dahinter steckt. Du wünscht dir Discos Tod ebenso sehr wie ich, aber wenn du einen deiner Protagonisten umbringst, bist du nicht mehr nur ein Zeuge der Geschehnisse, der die Story schreibt. So viel zu deinem verdammten Gewissen.«

»Ich denke an *dein* Gewissen. Möchtest du mit einem Mord auf dem Gewissen leben?«

»Ich *bin* eine Mörderin«, schrie sie. »Ich habe seinen Tod kaltblütig geplant. Ich habe mich wie eine Hure benommen, damit ich die Gelegenheit bekomme ihn umzubringen.«

Sekundenlang schloss Boucher die Augen. »Warte erst einmal ab, ob er stirbt.«

»Und dann soll ich so tun, als sei er eines natürlichen Todes gestorben?«

»Nur du und ich kennen die Wahrheit.«

»Und wenn er nicht stirbt?«

Die Frage hing in der Luft.

Candy sank in sich zusammen. »Du hast gesagt, du müsstest ihn töten. *Du* hast das gesagt und weil ich dir geglaubt habe, bin ich in den Wald gegangen und habe eine Pistole ohne Munition geholt. Der Pirat hätte mich erschießen können. Disco hätte es fast getan. Wenn es dir nicht ernst damit war, warum hast du dann mein Leben aufs Spiel gesetzt?«

»Es war mein Ernst«, sagte Boucher müde und drehte eine Kugel zwischen Daumen und Zeigefinger.

# 31

*22. Tag*

Den ganzen Nachmittag legte der Sturm an Energie zu, aber als die Nacht hereinbrach, fehlte noch immer der entscheidende Auslöser, der das Inferno entfesselt hätte. Disco, an Händen und Füßen gefesselt, war in eine Art Schwebezustand gesunken. Boucher nahm ihm die Kassetten ab und durchsuchte seine Taschen. Sie waren leer. Er kehrte zu Candy zurück. Sie war gespensterhaft blass und zeigte ihre Gefühle noch weniger als sonst.

»Er hat nichts bei sich, was auf seine Identität schließen ließe«, teilte er ihr mit. »Im Prinzip existiert er nicht. Darauf beruht seine Macht. Er kann sein, wer immer er will.« Boucher deutete Candys Frösteln falsch. »Jetzt kann er uns nichts mehr tun.«

»Darum geht es nicht. Ich brüte ein Fieber aus.« Ein flüchtiges Lächeln huschte über ihr Gesicht. »Nicht unbedingt der passende Zeitpunkt.«

Boucher befühlte ihre heiße Stirn und blickte beunruhigt auf den Lichtschein der Bohranlage, den die Wolken zurückwarfen. Er bezweifelte ohne Candys aktive Mithilfe mit dem Boot in einer Nacht so weit zu kommen, aber er hatte sich auf den Aufbruch eingestellt und die Vorstellung ihn verschieben zu müssen schien ihm unerträglich.

»Wir warten, bis es dir besser geht.«

»Ich glaube, es ist Malaria. Morgen sitzt du vielleicht mit einer Kranken fest. Entweder jetzt oder nie.«

Nach einem Blick in ihre fiebrigen Augen spürte Boucher schwer die auf ihm lastende Verantwortung. Der Gedanke, die Krankheit könne Candy mehr und mehr schwächen, bewog ihn schließlich zu seiner Entscheidung. »Wenn der Himmel um Mitternacht klar ist, riskieren wir es.«

Am Horizont zuckten Blitze, Donner grollte. Disco schmatzte mit den Lippen. Wachsam schaute Boucher ihn an. Ein anhaltendes Trommelgeräusch im Wald lenkte seinen Blick über Bartoks Leiche auf das feuchte Dunkel, das ihm auf ewig in Erinnerung bleiben würde.

»Wir werden über das alles nie hinwegkommen.«

»Mein Vater hat etliches Schreckliche durchgemacht, aber er hat nie darüber gesprochen. Vergessen ist eine Kunst, die Soldaten kultivieren müssen.«

»Ich bin kein Soldat und ich kann mir nicht vorstellen, dass diese Erinnerung nicht belastend sein soll.«

Candy betrachtete ihn aufmerksam. »Du hast nach wie vor die Absicht darüber zu schreiben.«

»Wir können nicht so tun, als sei nichts geschehen. Dexter Smith und Nadine Wells sind ermordet worden. Die Welt muss erfahren, wie und warum. Das ist meine Pflicht.«

»Deine Pflicht?« Candy sprang auf und deutete auf Disco. »Hältst du es für deine Pflicht, aller Welt zu berichten, was er mir angetan hat? Was ich mit ihm gemacht habe?«

»Ich werde dich heraushalten.«

»Lügen, meinst du. Was willst du noch alles vertuschen? Dass wir stillgehalten haben, als man Trigg als Köder für den Tiger angepflockt hat?«

Boucher hatte keine passende Antwort parat.

»Du siehst, du wirst nie die Wahrheit sagen können, warum also die Mühe? Vergiss es.«

»Und dich soll ich wohl auch vergessen?«

Der ungesunde Glanz in Candys Augen erlosch. Sie setzte sich vor Boucher hin und ergriff seine Hand. Mit einem Finger strich sie über seine Handfläche, als folge sie seiner Lebenslinie. Das Unwetter näherte sich vom Meer her. Endlich entlud es sich.

»Ich habe dich gern, Jay. Wirklich. Aber du kannst unmöglich Teil meiner Zukunft sein.«

Zum ersten Mal erkannte Boucher, wie komplex die Zukunft

sein konnte. »Würde es etwas ändern, wenn ich auf das Projekt verzichte?«

Candy öffnete den Mund um zu antworten, aber ein lautes Prasseln schreckte beide hoch. Ein orangefarbener Lichtkreis leuchtete im Norden auf.

»Leo hat das Feuer angezündet«, sagte Candy. »Sag ihm, er soll sich fertig machen.«

»Er kommt nicht mit.«

»Er hat die Leuchtpistole.«

»Ich weiß. Ich habe mich schon gefragt, wie ich an sie herankommen soll.«

»Warte, bis er fertig ist. Dann ist er bestimmt ruhiger.«

Blitze zuckten, Donnerschläge hallten. Eine Windbö erweckte Aquilas Scheiterhaufen stürmisch zum Leben. Candy zitterte wieder unter einem Schüttelfrost.

»Über das Wichtigste haben wir noch nicht gesprochen.« Mit offener Abscheu schaute sie auf Disco. »Wir können ihn nicht so liegen lassen, aber wir können ihn auch nicht mitnehmen.«

Mit diesem Dilemma kämpfte Boucher seit Stunden. »Wenn wir ihn zurücklassen, dann nur tot. Denn sollte er das hier überleben ...« Er ließ den Satz in viel sagendem Schweigen offen.

Auf Candys Miene mischten sich Hoffnung und Angst gleichermaßen. »Heißt das, du hast dich entschlossen ...«

»Nein.« Boucher fiel ihr rasch ins Wort. »Wir müssen ihn mitnehmen.« Er nutzte Candys verblüfftes Schweigen und sprach hastig weiter. »Ein Dutzend Menschen sind hier gestorben, und das heißt jede Menge Erklärungen. Die indonesische Polizei ist nicht gerade als überaus teilnahmsvolle Zuhörerin bekannt. Die Jungs werden über diese Insel herfallen. Sie werden ordentlich Belastungsmaterial finden und wir können nicht alles den Piraten in die Schuhe schieben. Disco hat Kent umgebracht. Dafür muss er büßen.«

»Er hat ihn umgebracht, weil Kent ihn davon abhalten wollte, mich zu vergewaltigen. Ich werde das alles auf keinen Fall noch einmal vor Gericht durchmachen.« Candy sprang auf. Hoch ragte sie vor Discos flach hingestreckter Gestalt auf.

»Wenn du Gerechtigkeit willst, da hast du sie, sie liegt griffbereit vor dir. Disco hat Recht. Hier machen *wir* die Gesetze.«

Boucher hob die Hand, als müsse er seine Augen vor zu grellem Licht schützen. »Candy.«

Mit tödlichem Ernst sah sie ihm ins Gesicht. »Er oder ich. So sieht es aus. Du musst dich entscheiden.«

Inzwischen hatte das Gewitter den Horizont überquert. Blitze gabelten sich und zeichneten ein klares gezacktes Bild an den Himmel. Boucher verspürte ein Engegefühl in der Brust. »Okay.« Er griff nach der Pistole. »Aber ich möchte nicht, dass du dabei bist. Kümmere dich um das Trinkwasser.«

Langsam wich sie zurück. Angestrahlt vom Standbild der sekundenlang starr leuchtenden Blitze drehte sie sich um und lief weg. Boucher ging zu Disco und starrte in dessen trübe, verschleierte Augen hinunter. Inmitten des Tosens des näher kommenden Gewitters fragte er sich, ob Mord das erotische Blutsband schüfe, das ihn und Candy für immer aneinander binden würde. Er ging in die Hocke und setzte Disco die Mündung der Pistole an die Schläfe.

In diesem Moment entlud sich über ihm ein fürchterliches Krachen und erschrocken blickte er auf. Ein weißer Feuerball erleuchtete den Strand. Boucher fuhr herum und im fluoreszierenden Licht erblickte er Candys bleiches Gesicht, ebenso fassungslos wie seines. »Die verdammte Leuchtpistole!«, brüllte er und steckte die Pistole weg. »Komm!«

Eine zweite Phosphorexplosion ließ seinen über den Sand laufenden Schatten erstrahlen. Er schrie, aber der dröhnende Donner und der prasselnde Scheiterhaufen übertönten seine Schreie. Er hatte gar nicht recht darauf geachtet, welch gewaltiges Feuer Jaeger aufgeschichtet hatte, doch nun sah er große Flammenzungen vom Scheiterhaufen aufsteigen, die bis hinauf in die sturmgepeitschten Baumwipfel leckten. Kleinere Feuerbälle waren bereits auf den Baum, auf dem sich der Ausguck befand, übergesprungen und hüpften an den ineinander verflochtenen Ranken hinauf. Tigergestreift im tigergeflammten Licht starrte Jaeger verzückt zur Wildguard-Fahne hinauf, die im Aufwind flatterte.

»Überlass das mir«, schrie Candy und schob Boucher beiseite. »Leo!«

Jaeger fuhr herum und spähte vergeblich durch den permanenten Schleier seiner Kurzsichtigkeit. Er schwenkte die Leuchtpistole, als sei er von einer unsichtbaren Armee umzingelt.

»Ich bin's«, brüllte Candy. »Wir gehen weg von hier. Wir kommen dich abholen.«

»Bleib zurück. Niemand bringt mich von hier weg.«

»Aquila ist gegangen. Sie hat ihren Frieden gefunden.«

»Sie hat mich verlassen. Ich muss sie finden.«

»Du bist krank. Wenn du hier bleibst, stirbst du vielleicht. Und ein bewaffneter Pirat befindet sich auch noch auf der Insel.«

Der Baum mit dem Ausguck stand lodernd in Flammen – eine dreißig Meter hohe, brennende Kerze. Aus dem Stamm entwichen Gase unter dämonischem Gekreisch. Wind fuhr in die Bresche und trieb brennende Trümmer über den Wald. Die Baumwipfel entzündeten sich mit einem laut zischenden *Wuusch*.

»Du dämlicher Scheißkerl», brüllte Boucher. »Du fackelst die ganze Insel ab.«

Candy wich vor dem sengend heißen Luftstrom zurück. Jaeger hob die Arme.

»Tiger, Tiger, brennend hell ...«

»Komm weg hier«, rief Candy. »Dir geht es nicht gut. Du brauchst Hilfe.«

Jaeger, von den lodernden Flammen von hinten angestrahlt, drehte sich um. Feuerbänder fielen zischend zu Boden. Von allen Seiten grollten Donnerwellen heran.

»Du dachtest, Aquila sei verrückt, aber ihre Prophezeiungen sind eingetroffen. Die Menschheit zerstört sich selbst. Die Welt wird im Feuer untergehen.«

»Bleib weg von ihm«, schrie Boucher. »Er hat den Verstand verloren.«

Jaeger schaufelte eine Hand voll Sand zusammen und warf sie in Bouchers Richtung. »Mach dich nur lustig, Jay, mach du dich nur lustig. Du hast Sand gegen den Wind geworfen, aber der Wind bläst ihn zurück.«

»Bleib doch, wo du bist«, brüllte Boucher. »Aber gib uns die verdammte Leuchtpistole.«

»Sei still«, befahl Candy und ging auf Jaeger zu. Sie streckte die Hand aus. »Du brauchst sie nicht, wir schon. Ich will nicht auf dieser Insel sterben.«

Boucher stand hinter ihr und zielte auf Jaeger, obwohl er überzeugt war, ein weit größeres Kaliber als diese Pistole sei nötig um Jaeger in seiner gegenwärtigen Verfassung aufzuhalten.

Jaeger kam Candy bedenklich nahe.

»Tu ihr nichts«, brüllte Boucher. »Ich warne dich.«

Jaeger lächelte traurig. »Aquila hatte dich gern, Candy. Darum hat sie dich engagiert, obwohl du Fleisch gegessen und Tiere gejagt hast. Sie glaubte, wenn man dir eine Chance gibt, würdest du die Dinge mit ihren Augen sehen.«

»Das stimmt, Leo. Aquila ist es zu verdanken, dass ich jetzt alles mit anderen Augen sehe.«

Die Wildguard-Fahne entzündete sich und verbrannte innerhalb von Sekunden zu teerigen Fetzen.

Sanft legte Jaeger die Leuchtpistole in Candys Hände. »So geh. Trage ihre Vision in die Welt.«

Als sie über den Strand zurückstapften, öffnete der Himmel seine Schleusen und Regenmassen stürzten herab. Boucher und Candy suchten Schutz vor dem Wasserbombardement, bis es ebenso plötzlich, wie es begonnen hatte, vorüber war. In seinem Schlepptau setzte auflandiger Wind ein. Sterne funkelten, und der Lichtschein der Bohranlage war wieder zu sehen. Entlang des Riffs zeigte die See schäumend ihre Gefährlichkeit.

»Das wird eine höllisch heikle Navigation, bis wir da durch sind«, meinte Boucher.

Candy konnte nicht verhindern, dass ihre Zähne klapperten. »Wir schaffen es schon.«

»Wie viele Leuchtkugeln haben wir noch?«

»Eine.«

»Oh Mann.«

Boucher versuchte ihre Chancen abzuschätzen, aber es gab zu viele Unwägbarkeiten. Die einzige Konstante war Candys sich zunehmend verschlechternder Gesundheitszustand. Morgen wäre sie vielleicht nicht mehr reisefähig. Die Möglichkeit, dass sie sterben könnte, ließ ihm keine Wahl.

»Überlass die Vorbereitungen mir.«

Er brauchte nicht lange dazu. Zwei Stunden vor Mitternacht war das Schlauchboot so startklar wie möglich. Nur noch eine Angelegenheit war zu regeln. Candy saß in einiger Entfernung von Disco seltsam verloren wirkend am Boden und Boucher entschied sie nicht länger mit seinen Skrupeln zu belasten. Bring es hinter dich.

Mit der Pistole in der Jackentasche ging er zu Disco. Discos Augen waren geschlossen, das machte es gnädigerweise leichter. Boucher musste an den Satz »einen Hund einschläfern« denken. Entschlossen griff er in die Tasche.

»He, Jay, du hast doch nicht etwa vor mich loszuwerden.«

Boucher hüpfte hoch, als wäre plötzlich eine Schlange aus einem Sack hervorgekrochen. Discos Augen glitzerten vor Schmerz. Ein heiseres Flüstern kam noch über seine Lippen, und Boucher fing die Worte »süß« und »Gift« auf. Sprachlos und verzweifelt zog er sich zurück um mit Candy Kriegsrat über einen Mord zu halten.

Er hockte sich hin und verdeckte mit dem Rücken die Sicht auf Disco. »Er hat das Bewusstsein wiedererlangt. Was immer du entscheidest, ich tue es.«

Entschieden verschränkte sie die Arme vor der Brust und wandte den Blick ab. »Bring ihn um.«

Boucher rührte sich nicht, sondern sah sie nur wortlos an.

»Als ich ungefähr elf war«, erzählte sie, »sah ich einen Fuchs, der sich am Hühnerstall herumtrieb. Mein Vater hätte ihn erschossen, aber ich fand ihn wunderschön und ich bettelte und weinte und versprach gewissenhaft darauf zu achten, dass der Stall jeden Abend vor Sonnenuntergang geschlossen wird. Zwei Wochen hielt ich mein Versprechen, aber dann besuchte ich eines Nachmittags eine Freundin und bis ich zurückkam, war der

Fuchs in den Hühnerstall eingedrungen und hatte fünf Küken getötet. Aus irgendeinem Grund hatte er das sechste nicht erwischt, aber ich war so durcheinander, dass ich vergaß die Tür zu schließen, und am nächsten Tag kam der Fuchs wieder und brachte auch noch das letzte um.«

»Disco ist gefesselt, er kann uns nichts tun.«

»Ich habe Fieber und bin deshalb geschwächt und du kannst ihn nicht ständig im Auge behalten. Was passiert, wenn wir schlafen?«

»Er braucht uns mehr als wir ihn.«

»Sobald Rettung in Sicht ist, wird er etwas gegen uns unternehmen.«

Boucher klopfte auf die unter seiner Jacke verborgene Pistole. »Dafür ist die da. Er weiß nicht, dass ich sie habe.«

»Bete, dass er nicht dahinter kommt.«

»Wir haben noch ein bisschen Morphium. Sobald wir in Sichtweite der Bohranlage sind, stellen wir ihn damit ruhig.«

Beunruhigt sah Candy ihn an. »Du verlangst von mir, dass ich auf dem Seil tanze.«

»Es ist deine Entscheidung.«

Sie fuhr sich mit der Hand über die Augen. »Ich bin zu krank um klar zu denken, Jay. Tu, was du für richtig hältst.«

Boucher stand auf und blickte einige Sekunden auf sie herab. »Okay.«

Er ging zu Disco zurück, der ihm mit dem ängstlichen und gleichzeitig mokanten Blick eines Menschen entgegensah, der weiß, dass soeben über sein Schicksal entschieden wurde.

»Wie lautet das Urteil, Jay?«

»Ich bringe dich in die Zivilisation zurück. Ich will, dass du hinter Schloss und Riegel kommst. Steig ins Boot.«

Demonstrativ hob Disco die gefesselten Hände. »Ich kann mich damit nicht bewegen. Meine Beine haben keine Kraft.«

»Dann krieche.«

Boucher gab nur insoweit nach, als er Disco über die Bordwand ins Heck kippte, nachdem alles andere verstaut war. Er legte ab und nahm Kurs auf die weißen Brandungsschaumkronen der offenen See. Obwohl Sterne funkelten, war es dunkler, als er vermutet hatte. Disco am anderen Ende des Bootes war gerade noch als schattenhafter Umriss erkennbar.

»Eine falsche Bewegung, irgendeine Frechheit, und du bist Futter für die Haie.«

Der starke Regen hatte die Flammen gelöscht, aber immer noch glühte Asche auf der Stelle, wo Jaeger das Beerdigungsritual für Aquila abgehalten hatte. Disco starrte hinüber. »Der Letzte macht das Licht aus.«

Boucher sparte sich Konzentration und Kraft für die Fahrt durch das Riff. Durch die Lücke im ersten Riff schlängelten sie sich ohne große Probleme. Vor dem zweiten Riff war die See rauer, die Dünung kam schräg und quer laufende Wirbel und wilde Strudel machten das Wasser tückisch. Candy gab sich einen Ruck und griff nach einem Ruder. Das Schlauchboot bockte im unruhigen Wasser.

»Wenn noch einer hilft, geht es leichter«, bemerkte Disco.

»Candy, behalte die Felsen auf deiner Seite im Auge.«

Der Sog drohte das Boot auf das Korallenriff zu ziehen.

»Geh achtern«, rief Boucher. »Stoß uns ab.«

Boucher ruderte, Candy stakte im Heck und mit vereinten Kräften kämpften sie sich frei. Sie waren durch, das Boot hüpfte auf der kabbeligen Dünung der offenen See. Boucher lachte triumphierend. »Warum haben wir das nicht schon früher gemacht? Die Tür stand doch die ganze Zeit offen.«

In diesem Moment schlug ein Brecher über sie, das Boot lief voll und fast hätte die Kraft der Woge sie auf das Riff geworfen.

»Schnell«, rief er. »Wieder hierher. Rudere.«

Candy erhob sich halb. Gegen den dunklen Himmel sah Boucher nur ihre um Balance ringende Silhouette. Fast hätte sie das Ruder fallen lassen.

»Hier«, schrie Boucher und beugte sich vor. »Nimm meine Hand.«

Immer noch um Gleichgewicht kämpfend streckte Candy die Hand aus, erreichte ihn aber nicht. Als Boucher das Ruder einholte um beide Hände frei zu haben, traf erneut eine Welle das Boot. Einen Moment lang schien Candy sich zu ihm vorzubeugen, im nächsten schwankte sie nach hinten und eine Hand ruderte ziellos in der Luft. Er warf sich nach vorn und bekam ihr Ruder zu fassen. Sekundenlang hielt er ihr volles Gewicht und glaubte, er hätte sie fest im Griff, aber plötzlich entglitt ihm das Ruder und Candy schwebte frei in einem für ihn unerreichbaren Winkel – schwebte, fiel und stürzte mit albtraumhafter Unbarmherzigkeit über Bord.

Er sprang zum Heck. »Candy!«

»Das war ich nicht«, schrie Disco. »Ich schwöre es bei Gott.«

»Candy, nimm das Ruder.«

Aber die Strömung fegte sie zum Riff zurück. Sie schien machtlos dagegen.

»Candy!« Boucher ruderte verzweifelt. »Candy!«

Sie war bereits fast außer Sicht. Er riss seine Jacke herunter und sprang ins Wasser. Als er wieder an die Oberfläche kam, sah er sie nicht mehr. Überall nur Schaum und Dunkel.

»Komm zurück«, brüllte Disco. »Wenn das Ding kentert, ist es aus mit mir.«

Mit Mühe konnte Boucher das Boot gerade noch sehen. Er schwamm darauf zu und zog sich an Bord. Wie ein Verrückter ruderte er zum Riff.

»Du bringst uns um«, jammerte Disco. »Du kannst nichts machen. Sie ist hinüber, Mann. Du ertränkst bloß noch uns beide.«

»Ist mir egal. Ich fahre nicht weg, bevor ich sie nicht gefunden habe.« Eine halbe Stunde lang ruderte Boucher, Candys Namen rufend, an der Korallenwand auf und ab. Etliche Male glaubte er, sie antworten zu hören, aber es war nur grausamer Sirenengesang. Mit letzter Kraft ruderte er aus dem rauen Wasser und ließ die Ruder sinken.

»Wir bleiben hier und fahren beim ersten Tageslicht zurück.«

»Sie hat es nie geschafft. Hier ist Haigebiet und es ist Fütterungszeit.«

»Wir fahren zurück«, schrie Boucher.

»Sie ist tot.«

Die Erkenntnis traf ihn wie ein Schlag. Blind starrte Boucher auf die bewegte Linie der Brandung. »Was habe ich getan? Oh Gott, was habe ich getan?«

»Das Beste, was du konntest, Mann.«

»Ich habe sie verloren.« Boucher schaute zum Himmel hinauf. »Ich habe Candy verloren. Ich habe das Einzige verloren, was zählt.«

»Nein, hast du nicht«, widersprach Disco. Er mühte sich in eine aufrechtere Sitzposition und deutete mit dem Kinn zum Horizont. »Sieh doch, Mann, da ist das Licht der Bohranlage. Wir können bei Dämmerung dort sein und die Leute können einen Helikopter losschicken. Wenn Candy noch lebt, holen sie sie.«

Boucher starrte ihn an und begann zu zittern. Da hatten er und Candy die Grausamkeit der Natur und die Barbarei der Menschen überlebt und nun war sie tot und er saß hier, Wind und Wellen preisgegeben, mit der eigentlichen Ursache seiner Ängste und Schmerzen – mit diesem Bazillus, diesem vollkommen belanglosen Kerl.

Auf und nieder hüpfend tanzte das Boot auf den Wellen.

»Binde mich los, Mann. Allein kommst du hier nicht weg.«

»Ein gelähmter Psychopath bietet seine Hilfe an.«

Disco hämmerte mit den Fäusten auf seinen Oberschenkel. »Nur dieses Bein. Ich kann immer noch die Arme gebrauchen.«

Es hatte so kommen müssen, dachte Boucher. Er und Disco allein auf der unendlichen Tiefe. Er beugte sich vor und nahm ihm die Fesseln von den Handgelenken. Von Angesicht zu Angesicht saßen sie sich gegenüber.

»Danke, Mann.«

Schweigend ruderten sie vom Riff weg. Als sich die Insel kaum noch von der Mangrovenküste abhob, hörte Boucher auf zu rudern. Die Seebrise kühlte seinen schweißüberströmten Körper und er zog seine Jacke an. Er klopfte auf die Tasche und betrachtete Disco mit fast wissenschaftlicher Objektivität. Ein merkwürdiges Gefühl, fast Mitleid, erwachte in ihm. Disco war wie der gierige Affe, der seine Pfote in ein Bonbonglas gesteckt hat, aber nicht genug Verstand besaß die Faust zu strecken, damit er seine Beute herausziehen kann. In Wahrheit war er eine einfältige Seele, nur Hunger und elementare Triebe. Kein höherer Gedanke durfte die Oberhand darüber gewinnen. Das machte ihn so gefährlich.

»Warum siehst du mich so an?«

»Gib sie zurück, Disco.«

»Wovon sprichst du?«

»Von den Videokassetten.«

»Ich habe keine verdammte Kassette. Wie auch?«

»Das Wie interessiert mich nicht«, antwortete Boucher. Er griff in eines der Staufächer.

Als er sich wieder umdrehte, war die Mündung der Leuchtpistole auf seine Brust gerichtet. Disco streckte ihm die Beine entgegen.

»Binde sie los.«

»Du bringst mich sowieso um.«

»Ich bringe dich um, wenn du nicht gehorchst.«

Boucher tat, wie ihm befohlen, und setzte sich wieder auf seinen Platz.

Mit einer Hand visierte Disco ihn an, mit der anderen massierte er sich die Knöchel und Beinmuskeln. Er stöhnte genüsslich.

»Mit deinen Beinen ist gar nichts«, stellte Boucher fest.

Discos Augen funkelten. »Oh, sie tun weh, Jay. Sie tun sogar verdammt weh. Kann sein, ich ende wie Josef.« Er rückte sich bequem zurecht. »Jetzt gibt es nur noch dich und mich, das Rettungsbootspiel in echt.«

»Der Sieger kriegt alles.«

Lachend hielt Disco eine Kassette hoch. »Ja. Noch das allerletzte, kleinste, bisschen Etwas.« Er wollte die Kassette wegstecken.

»Disco, ehe du den Gewinn einsackst, denke daran, ich habe auch noch ein Blatt.«

Mit leicht gerunzelter Stirn beugte sich Disco vor. »Zeig's mir.«

Boucher holte die Pistole hervor. »Straight Flush.«

»Ah, doch nicht dieses blöde Ding. Warum hast du nicht die Kalaschnikow behalten und damit einen echten Vorteil herausgespielt?«

»Disco, wie viele Kugeln sind in dieser Automatik?«

Disco zuckte die Achseln. »Keine.«

»Wie viele ursprünglich?«

»Neun.«

»Und wie viele waren darin, als ich sie dir das erste Mal gezeigt habe?«

»Acht. Eine hattest du abgefeuert um festzustellen, ob sie funktioniert.«

»Das habe ich gesagt, nicht wahr?«

Discos Überheblichkeit bekam einen leichten Dämpfer.

»Ich habe sie herausgenommen, Disco, gleich an dem Tag, an dem ich sie vom Wrack geholt habe, nach deinem ersten Überfall auf Candy. Diese Kugel war mein Talisman – mein Ass im Ärmel. Jetzt ist sie auf dein Herz gerichtet.«

»Bluff.«

»Willst du sehen?«

Disco hob die Leuchtpistole ein bisschen höher. »Leg die Karten auf den Tisch.«

»Du hast das Blatt eines toten Mannes.«

Discos Lachen verriet Unbehagen. »Angenommen, das Ding hat tatsächlich was im Rohr. Dann musst du todsicher treffen, denn wo meine Leuchtkugel hintrifft, brennt sie sich durch bis auf dein Rückgrat.«

»Zeigen.«

»Passe.«

»Ich zähle bis drei«, sagte Boucher. »Eins … zwei …«

Das Klicken des Abzugs der Leuchtpistole setzte einen Schlusspunkt hinter Bouchers Gedanken. Er zog die Leuchtpatrone unter seinem Sitz hervor und wog sie in der Hand.

»Was mich erschreckt, Disco, ist deine billige Denkweise und deine grundlegende Dummheit. Mit deinem IQ würdest du nicht mal das Tempolimit überschreiten.«

»Die Runde geht eindeutig an dich.« Disco reichte ihm die Leuchtpistole.

Boucher legte sie hinter sich. »Jetzt die Kassetten.«

Verbissen lächelnd gehorchte Disco. »Sind wir jetzt quitt?«

»Wir fangen erst an.«

»Verdammt, du hast, was du wolltest. Candy wollte mich umbringen und du hast anscheinend auch nichts anderes im Sinn.

Du kannst einem Mann nicht anlasten, dass er versucht sich zu schützen.«

»Candy ist nicht gestürzt. Du hast sie gestoßen.«

Disco machte eine Gebärde, als trüge er noch Handfesseln. »Du redest dir was ein. Du hattest mich verschnürt wie ein Hühnchen.«

Boucher juckte der Finger am Abzug. »Darum ist sie vom Boot weggeschwommen.«

Disco fuhr sich mit der Zunge über die Lippen und begann hastig zu sprechen. »Mich umzubringen bringt sie auch nicht wieder zurück. Ich weiß, wie verknallt du in sie warst, aber hör mir mal eine Minute zu.«

»Eine Minute kann ich erübrigen.«

»Vielleicht zahlt's sich aus. Nein, hör zu – also, du bist Journalist, richtig, und du hast eine Story. Wegen Dexter eine Megasache, stimmt's?«

»Sprich weiter.«

»Aber wenn Candy lebte, kämst du ganz schön unter Druck. Sie hätte dich ausgebremst. Wer will schon einen geschliffenen Satz, wenn er eine Candy haben kann? Okay, du weißt, wie man Wörter aneinander reiht. Wer weiß das nicht? Aber Candy, sie ist eine Heldin und sie hat Klasse. Was glaubst du, wessen Gesicht die Zeitungsleute lieber haben wollen? Sag mir, wessen Arsch die Talkshowleute auf dem Bildschirm haben wollen.«

»Verstehe. Du hast in meinem Interesse gehandelt.«

»Versteh mich nicht falsch. Ich habe sie nicht gestoßen. Ich sage nur, dass du fein raus bist, wenn Candy tot ist – finanziell gesehen jedenfalls. Ich meine, deshalb bist du doch hergekommen, oder nicht?«

Boucher fummelte an seinem zerrissenen Schlips.

»Aber um abzukassieren musst du erst zur Bohranlage kommen, und das schaffst du nicht allein. Du wirst dich im Kreis bewegen.«

»Schon möglich.«

»Da gibt's keinen Zweifel. Du brauchst mich.«

Blutroter Nebel trieb vor Bouchers Augen. »Du willst also noch eine Runde spielen.«

Discos Augen flitzten von links nach rechts. Er breitete die Hände aus. »Ich glaube, das ist die einzige Möglichkeit.«

»Was gedenkst du zu setzen?«

»Du hast mich ausgenommen, Mann.«

»Ein Spiel um alles oder nichts und du hast nichts mehr in petto.«

Disco überlegte. »Was ist mit meinen hundert Dollar? Erinnere dich, ich habe gewettet, dass du nie herausfindest, wer ich bin.«

»Ich habe die Wette nicht angenommen, Disco. Ich sagte, ich hätte kein Interesse an dir.«

»Aber jetzt hast du Interesse.«

»Du kannst mir erzählen, was du willst, ich glaube dir kein Wort.«

Disco zog das kurz in Betracht, griff auf seinen Rücken und tastete in seinem Hosenbund herum. Seine Hand kam wieder zum Vorschein und hielt einen Pass.

»Der Beweis«, sagte er.

Boucher starrte auf das Dokument. »Wo kommt der so plötzlich her?«

»Denk dir nichts, Jay. Da ist er. Da bin *ich*. Bring beides unter einen Hut.«

Boucher hob den Blick. Er sah von dem Pass in das Gesicht und fühlte sich unendlich erschöpft. »Es spielt keine Rolle mehr. Für mich bist du Disco – nichts anderes. Es ist leichter, einen Mann umzubringen, der keinen richtigen Namen hat, keine Geschichte – keine Verbindung zur menschlichen Rasse. Anonym bist du in mein Leben getreten, anonym entfernst du dich daraus. Wie ich dir im Luftschiff gesagt habe, du bist ein Nichts.«

»Warte! Ich kann dir so was wie einen Schuldschein geben – etwas, was dir wirklich nützen kann.«

Bouchers Finger befand sich am Abzug.

»Ich bin dein Zeuge, Jay. Du willst den Leuten erzählen, was alles passiert ist, aber vielleicht glaubt dir keiner. Verdammt, vielleicht denken sie sogar, du selbst hättest ein paar von den Typen umgelegt.«

Erwartungsvoll, hoffnungsvoll saß Disco im Boot.

Plötzlich sah Boucher nur noch rot vor Wut. »Nein«, sagte er, »du bist am Ende deines Weges angelangt.«

Die Wucht des Schusses schien Disco in einem Salto über das Heck zu katapultieren. Boucher warf sich nach vorn, aber Disco war bereits verschwunden. Boucher schleuderte die Pistole weg und brüllte, als sei Disco irgendwie noch davongekommen. Aber es war nur die Frustration, dass er ihm nicht mehr Schmerz hatte zufügen, härtere Vergeltung hatte üben können. Er starrte auf das dunkle Wasser und stellte sich vor, wie Discos Körper langsam in der Tiefe versank, und als er bereits über jede Vorstellungskraft hinaus war, starrte er immer noch in den unergründlichen Abgrund.

Lange Zeit später blickte er mit leblosen Augen in die trügerische rote Morgendämmerung. Fürwahr ein Spiel um alles oder nichts. Er hatte Candy als Einsatz in einem Spiel gesetzt, bei dem er nur sein Leben gewinnen konnte. Das, dachte er, war ein unerträglicher Preis.

# 32

*23. Tag*

Als der Morgen dämmerte, lag Boucher mit dem Boot nicht einmal fünf Kilometer weit draußen auf See. Die Insel befand sich immer noch in Sicht, eine dünne Rauchsäule von Jaegers Feuer stand gegen den Himmel. Eine Rückkehr zur Insel hatte Boucher nicht einmal erwogen; da Candy tot war, zog er die Leere, die vor ihm lag, dem Vakuum, das hinter ihm lag, vor.

Er ruderte in Etappen. Das Meer erschien ihm wie eine feste blaue Mauer und er stellte sich vor, sobald er oben anlange, könne er auf der anderen Seite die Bohranlage sehen. Unmerklich versank die Küste zu einer zittrigen Linie, die gegen Mittag wieder hochstieg und kopfüber oben am sengenden Himmel schwebte. Von allen Seiten drang Hitze auf ihn ein. Unter einem Fetzen Stoff als Schutz machte Boucher Pause, bis das Licht nicht mehr so grell war. Seine Hände waren wund, er konnte kaum noch die Finger strecken. Er umwickelte die Hände mit Stoff und wartete auf den Leitstern, damit er ihm den Weg durch die Dunkelheit wies. Als er am Nachthimmel auftauchte, ruderte er weiter.

Obwohl er Candy verloren hatte, wollte er leben. Überleben war der stärkste Trieb. Wie der winzigste Tropfen Protoplasma plagte er sich mühsam zum Licht.

Er fragte sich, welche Fehler sie begangen hatten. Vielleicht hätten sie sich mit vereinten Kräften darauf konzentriert, die gefahrvolle Situation zu meistern und an einem Strang gezogen, wenn sie ohne jede Ressourcen abgestürzt wären, aber die Lebensmittel und die anderen Dinge vom Floß zusammen mit dem Gefühl der eigenen Wichtigkeit hatte sie selbstgefällig sein lassen. Sie hatten die Insel als Spielplatz betrachtet, als nette

Abwechslung von der rauen Realität der Welt, die sie kannten, einer Welt, in die sie zurückkehren würden, sobald der Reiz des Neuen verflogen war. Wie hätte er an jenem ersten Tag ahnen können, dass noch nicht einmal einen Monat später alle bis auf ihn tot sein würden.

Er streckte sich und schielte zu den Sternen empor. Candys anklagende Augen blickten auf ihn herab. Und er wusste, sollte er überleben, musste er eine grundsätzlich neue Einstellung sich selbst gegenüber annehmen.

*24. Tag*

Während Boucher schlief, erwachte und wieder schlief, drehte sich die Welt, durch die Schwerkraft in ihrer Umlaufbahn verankert, im vorgegebenen Kreis. Am Morgen war er zu schwach und zu mutlos um auch nur einen Finger zu rühren. Die sengende Sonne zwang ihn schließlich aus seiner Lethargie. Aus geschwollenen Augen starrte er in die ihn auf allen Seiten umgebende Leere. Die Welt bestand nur noch aus zwei Dimensionen, schien ein Spiegel ohne Grenzen, in dessen Mittelpunkt er angenagelt war.

Er hatte kein Ziel, deshalb machte er keinen Versuch zu rudern. Seine einzige Hoffnung war, das Boot könne auf eine Schifffahrtsroute getrieben werden. Er hielt Ausschau und sah zweimal Rauchspuren hinter dem Horizont aufsteigen. Hinter ihm, entlang der inzwischen unsichtbaren Küste, wallten Wolken, die sich niemals vom Horizont hoben.

In der grausamen Hitze der senkrecht stehenden Sonne rollte er sich zusammen und gab sich Erinnerungen hin. Er hörte Stimmen, darunter die von Candy – bitter, sanft, anklagend. Ihre Stimme wurde schließlich so eindringlich, dass er sich aufsetzte und ihren Namen rief. Lange suchte er in der Brechung der Sonnenstrahlen nach ihr und bewegte dabei lautlos die Lippen. Erschöpft legte er sich irgendwann hin wie ein alter Mann.

Am Abend wandte er sein von Blasen bedecktes Gesicht einem herrlichen Anblick entgegen. Wie schmelzendes Gold ergoss sich die Sonne in rosenrote Wolkenbänder. Eine Fliege verdarb das schöne Bild, aber sie verschwand in der Sonne. Sein schwerfälliges Hirn begann zu arbeiten und sagte ihm, es müsse sich um ein Flugzeug handeln. Und endlich drang das abgehackte Geräusch des Motors zu ihm durch.

Ein Hubschrauber.

Er tauchte mitten aus der Sonne auf und flog auf einem Kurs, der ihn mit jeder Sekunde weiter von ihm entfernte. Boucher zögerte, denn es war eigentlich bereits zu spät. Voll quälender Zweifel hob er die Leuchtpistole. Vielleicht käme morgen eine bessere Chance, aber vielleicht läge er bei Tagesanbruch auch tot im Boot.

Die Leuchtmunition zerplatzte am Himmel und verharrte schwebend. Der Hubschrauber behielt seinen Kurs unverändert bei. Boucher hielt den Atem an.

Laut rauschte das Blut in seinen Ohren, aber er hörte trotzdem eine winzige Veränderung im Motorengeräusch und sah, dass der Helikopter von seiner bisherigen Route abwich. Er wurde größer, das Knattern des Rotors lauter. Er kam direkt auf ihn zu. Die tief stehende Sonne färbte seine Unterseite rot und strahlte die Piloten an. Grüßend breitete Boucher die Arme aus. Der Hubschrauber wurde riesig und füllte sein gesamtes Blickfeld aus, als er mit ohrenbetäubendem Gedonner über ihn hinwegdröhnte. Im Umdrehen sah er ihn eine spektakuläre Kurve fliegen und langsam zurückkommen, bis er direkt über ihm schwebte. Der Sturmwind des Rotors peitschte ihm ins Gesicht. Ein Crewmitglied mit Helm und Visier stand breitbeinig in der Tür. Boucher winkte und der Mann hob den Daumen, deutete dann auf sich und machte eine heftige Gebärde nach unten zum Zeichen, dass er kommen würde. Mit einer Drehung sprang er heraus, sank herab wie ein Gott und landete zentimetergenau mitten im Schlauchboot. Sofort schnallte er den Gurt auf. Hinter dem Visier konnte Boucher nicht viel von seinem Gesicht sehen, aber der Mann schien Asiate zu sein. Was immer er sagte, ging im Motorengebrüll unter, aber Boucher nickte zu allem. Der Mann am Seil signalisierte dem Helikopter in Position zu bleiben, schnallte Boucher in den Gurt, ließ die Hände kreisen und hielt sich frei, als sei er in der Luft geboren.

Hände griffen nach Boucher. Sie gehörten einem Asiaten in Pilotenmontur. Hinter ihn hatte sich ein stämmiger weißer Zivilist geschoben, der half ihn hereinzuholen und auf einen Sitz zu legen. Der Mann am Seil schwang sich an Bord, nahm den Helm ab und fletschte die Zähne zu einem Grinsen. Schwach schüttelte Boucher seinem Retter die Hand. Das Hacken der Rotoren wurde leiser, als die Türen zuglitten.

»Ihr Glückstag heute«, sagte der stämmige Mann mit dem näselnden Akzent des Australiers. »Betrachten wir uns den Schaden mal genauer.« Er unterzog Bouchers lebenswichtige Reaktionen einer Überprüfung, zog seine Augenlider hoch und starrte ihm in die Pupillen. Boucher starrte nervös und benommen zugleich zurück. Der Australier zog einen mit Flüssigkeit gefüllten Plastikbeutel mit Röhrchen hervor. »Versuchen Sie ein bisschen von dem Zeug zu sich zu nehmen.«

Das Gebräu schmeckte wie warmes, süßes Meerwasser.

»Können Sie sprechen?«

Bouchers Kehle war so rau wie Hanf und seine Zunge fühlte sich an wie ein Stück zu lange gekochter Leber. Aber was ihn am meisten am Sprechen hinderte, war, dass er wusste, was immer er jetzt sagte, er musste von nun an an dieser Version festhalten. Er begann mit dem Leichtesten.

»Jay Boucher«, krächzte er. »Amerikaner.«

»Pete Cullen«, stellte sich der Australier vor. »Was ist passiert, Jay? Ist Ihr Boot gesunken?«

Vollständige Sätze überstiegen Bouchers momentane Kräfte. »Abgestürzt«, antwortete er. »Wildguard.«

»Was? Sagten Sie Wildguard?«

»Ja.«

Wachsende Überraschung zeigte sich in den Mienen seiner Retter. »Das Luftschiff? Waren Sie an Bord dieses Luftschiffes?«

Boucher nickte. Es war ein merkwürdiges Gefühl, die Ursache so großen Erstaunens zu sein. Aber er würde sich wohl daran gewöhnen müssen.

Cullen rieb sich die Stirn. »Um alles in der Welt, das ist Wochen her. Man ging davon aus, dass alle tot sind. Sie können unmöglich seit damals auf dem Meer getrieben sein.«

»Auf Insel gelandet. Immer noch jemand dort. Müssen zurück.«

»Das geht nicht. Wir sind an der Grenze unserer Reichweite. Wir haben uns schon auf unseren Schutzengel verlassen, als wir Ihretwegen gestoppt haben. Geben Sie mir die Position dieser Insel, dann organisieren wir Hilfe.«

»Dicht vor der Küste. Weiß nicht genau. Kann nicht weit sein.«

»Wie steht's mit ein paar optischen Angaben? Wonach halten wir Ausschau?«

Langsam funktionierte Bouchers Organismus wieder einigermaßen. »Geformt wie ein Tränentropfen, ungefähr anderthalb Kilometer lang, Spuren eines Brandes am Nordende.«

»Wie lange waren Sie auf diesem Floß?«

Boucher musste lange nachdenken. »Zwei Tage und Nächte.«

»Also innerhalb von hundert Kilometern. Wie viele sind zurückgeblieben?«

»Einer, vielleicht zwei.«

»Und die anderen?«

»Tot.«

Cullen warf dem Crewmitglied einen schnellen Blick zu. »Was ist mit dem Popstar, der mit an Bord war?«

»Tot.«

»Großer Gott. Wie?«

Boucher schüttelte den Kopf.

»Gut.« Cullen wandte sich an das Crewmitglied. »Alles mitgekriegt? Rufen Sie Palembang und sagen Sie denen, Sie sollen einen Such- und Rettungstrupp losschicken.«

Boucher blieb allein mit Cullen zurück. »Ich habe Ihnen noch gar nicht gedankt. Ich weiß nicht einmal, wer Sie sind.«

»Ich bin Ingenieur im Ölgeschäft und suche neue Ölquellen. Zum Glück ist dieser Vogel für eine Rettungsaktion ausgerüstet, sonst würden Sie immer noch da unten im Wasser treiben.«

»Wo ist der Sitz Ihrer Firma?«

»In Singapur.«

Das war sehr viel besser als Jakarta oder eine andere indonesische Enklave.

»Sie sehen ziemlich mitgenommen aus, Jay. Wie lange waren Sie auf dieser Insel?«

»Fast vier Wochen.«

Cullen pfiff leise. »Was, zum Teufel, ist vorgefallen?«

Wieder schüttelte Boucher den Kopf.

»Okay, Jay. Ruhen Sie sich aus.« Cullen erhob sich. »Soll ich mit jemand Kontakt aufnehmen – Frau, Familie, Freundin?«

Boucher nannte ihm Lydias Namen, dann fiel ihm noch jemand ein. »Da ist noch eine Frau in Los Angeles, Delta Glenn. Ich habe ihre Nummer nicht, aber sie ist bestimmt nicht schwer herauszubekommen.«

»In jeder Stadt ein Mädchen, was? Ich erledige das.«

Hinter den Fenstern hatte sich Dunkelheit ausgebreitet. Boucher musste unbedingt etwas wegen der Videokassetten unternehmen und jetzt war die einzige Gelegenheit dazu. Er tastete nach den Kassetten.

»Noch etwas. Diese Kassetten. Es ist wichtig, dass Delta sie bekommt.«

Cullen warf einen Blick auf die Kabinentür und setzte sich wieder. »Worum geht's da, Jay?«

»Das sind Videobänder. Ich bin Journalist. Das sind die Aufzeichnungen von der Wildguard-Expedition.«

Cullen schüttelte den Kopf. »Ich weiß nicht. Es gibt mit Sicherheit eine Untersuchung des Absturzes und weiß Gott, was dann noch alles kommt. Sie sind eine Sensation. Diese Bänder könnten als Beweis benötigt werden.«

»Eine Sensation«, wiederholte Boucher. »Ja, das sind sie. Sie sind viel Geld wert. Wenn Sie sie Delta Glenn aushändigen, verspreche ich Ihnen, dass Sie es nicht bereuen werden.«

Unschlüssig drehte Cullen sie in den Händen. »Kann man sie sich zu Hause ansehen?«

»Das Material ist authentisch und drastisch.«

»Ich will Ihnen was sagen. Ich sehe sie mir zuerst an, dann entscheide ich mich.«

Boucher befand sich nicht in einer Position, in der er hätte feilschen können. Cullen starrte ihn unentwegt an, als sei er ein faszinierendes Objekt. Boucher fand das beunruhigend.

»Irgendwas Interessantes passiert, solange ich weg war?«

Cullen schüttelte den Kopf. »War hübsch ruhig, Kumpel. Alles wartet auf das Ende der Welt.«

Boucher erwachte im Krankenhaus. Seine Hände waren bandagiert. Das fiel ihm als Erstes auf. Dann der uniformierte Polizist an der Tür. Sobald der Polizist sah, dass der Patient bei Bewusstsein war, verschwand er und kehrte ein paar Minuten später mit einem eleganten Mann in einem Anzug zurück. Der durchdringende Blick des Mannes verriet bereits seinen Beruf, noch bevor er sich vorgestellt hatte.

»Guten Abend, Mr Boucher. Ich bin Chefinspektor Lee von der Polizei in Singapur. Wie geht es Ihnen heute?«

»Hat man Candy gefunden?«

»Mr Boucher, es tut mir Leid. Heute Nachmittag erhielten wir einen Bericht der indonesischen Rettungsmannschaft, die die Insel durchgekämmt hat. Die Leute sind sicher, dass dort keine lebendige Seele zu finden ist.«

Boucher starrte zur Wand und ballte die Fäuste. »Hat man ihre Leiche gefunden?«

»Ich glaube nicht.«

Boucher ließ den Kopf zurückrollen. »Was wollen Sie damit sagen – Sie glauben nicht?«

Inspektor Lee sah ihn ernst an. »Die Suchmannschaft fand einiges auf dieser Insel.« Abwartend zog er die Augenbrauen hoch, als erwarte er nun von Boucher das Aufstellen einer Inventarliste. Als er diesbezüglich keine Hilfe bekam, zählte er die betreffenden Dinge persönlich auf. »Ein halbautomatisches Gewehr – schwer beschädigt. Nicht abgefeuerte Patronen, die anscheinend zu diesem Gewehr gehören, sowie Patronenhülsen einer anderen Waffe. Wrackteile eines Schlauchbootes.« Er verstummte. Schwer hing das Schweigen in der Luft. »Und menschliche Überreste, Mr Boucher.«

Boucher nickte und ging blitzschnell die Aussagen durch, die er sich in seinen wachen Momenten zurechtgelegt hatte.

Lee zog ein Fax zurate. »Zwei Leichen, beide männlich. Am Strand die Leiche eines jungen blonden Mannes. Erste Anzeichen deuten darauf hin, dass er durch eine einzige Kugel getötet wurde. Die zweite Leiche wurde im Wald entdeckt und war zu stark verwest um an Ort und Stelle Rückschlüsse auf die Todesursache zu gestatten. Aber es scheint, als sei der Kopf mit einem schweren Messer verstümmelt worden.« Lee legte das Fax auf sein Knie. »Sie scheinen nicht überrascht.«

Boucher war bereits zu dem Schluss gelangt keinesfalls sagen zu dürfen, dass Disco Bartok erschossen hatte, weil dieser ihn daran hatte hindern wollen, Candy zu vergewaltigen. Daraus ließe sich mühelos ein Rachemotiv konstruieren. Er musste Candy heraushalten. Er konnte auch nicht gut einen anderen Grund für Discos Mord an Bartok angeben, denn dann würde sich Lee unweigerlich fragen, warum er die Insel zusammen mit Disco im Boot verlassen hatte. Candy hatte Recht gehabt. Die Wahrheit musste reihenweise unter den Tisch fallen.

»Der junge Mann am Strand heißt Kent Bartok. Er wurde von einem Piraten erschossen – einem Indonesier, glaube ich. Der Tote im Wald gehörte zu dieser Piratenbande. Leo Jaeger hat ihn in Notwehr umgebracht. Jaeger war noch auf der Insel, als ich sie verließ. Er ist krank – krank im Kopf.«

Lee beschäftigte sich bereits mit einem anderen Papier. »Jetzt ist er nicht mehr dort.« Er runzelte die Stirn. »Die Rettungsmannschaft fand einen auf einen Pfahl gespießten verbrannten Tigerkopf. Können Sie mir diese merkwürdige Geschichte bitte erläutern? Ich erwarte eine vollständige Erklärung.«

»Inspektor, das erfordert viel Zeit und ich bin noch nicht so weit.«

Lee betrachtete ihn nachdenklich. »Morgen früh komme ich wieder. In Anbetracht Ihrer bisherigen Aussage wird ein Anwalt anwesend sein.«

»Schön, aber mir liegt besonders daran, dass jemand von meiner Botschaft dabei ist.«

»Die amerikanische Botschaft weiß, dass Sie hier sind, und wird ständig auf dem Laufenden gehalten.«

»Bin ich weiterhin von der Außenwelt isoliert?«

»Sie dürfen Besuch von Verwandten bekommen. Sonst darf niemand zu Ihnen.«

»Sind Journalisten da, die mit mir reden wollen?«

»Interviews mit der Presse sind nicht gestattet.«

»Der von Jaeger getötete Pirat gehörte zu der Bande, die Dexter Smith enthauptet hat. Wissen Sie, wer Dexter Smith ist? Vielmehr war.«

Lees Augen wurden schmal. »Enthauptet?«

»Man hat ihm den Kopf abgeschlagen.«

Lee schüttelte sich ein wenig. »Natürlich schreit alles nach mehr Information, Mr Boucher. Aber bevor wir nicht alle Tatsachen einwandfrei eruiert haben, dürfen Sie keine Besucher empfangen.«

»Sie wollen Tatsachen«, erwiderte Boucher, »dann bringen Sie ein freundliches Gesicht mit.«

Am nächsten Morgen kam Inspektor Lee mit dem bereits angekündigten Anwalt, einem amerikanischen Attaché und ein paar Polizeibeamten wieder. Das platte, ausdruckslose Gesicht des Anwalts ließ vermuten, dass ihm kaum etwas Menschliches fremd war. Der Vertreter der Botschaft, ein modisch-sportlicher Typ namens Arnold, begrüßte Boucher mit reservierter Freundlichkeit. Der Anwalt warnte Boucher, dass, obwohl keine Anklage gegen ihn vorliege, alles, was er sage, in späteren Verfahren gegen ihn verwendet werden könne.

Als die Polizeikulis die Geräte verdrahtet hatten um Bouchers Aussage aufzunehmen, legte er los. Er hatte sich seine Aussage sorgfältig überlegt und war der Ansicht, seine Geschichte sei alles in allem wasserdicht. Nichts schien unlogisch, als er den schrecklichen Zerfall der Wildguard-Expedition schilderte. Niemand unterbrach ihn mit einer Zwischenfrage. Er sprach, bis seine Stimme heiser war.

Als er geendet hatte, tastete sich Lee aufs Geradewohl vor. »Der Mann, der mit Ihnen und dem Mädchen die Insel verlassen hat – Disco. Nach Ihrer Aussage wissen Sie nicht, wie er mit vollem Namen heißt.«

»Er wollte ihn nicht sagen. Niemand wusste, wer er war. Die Leute von Wildguard lernten ihn erst einen Abend vor dem Abflug in Pontianaka kennen.«

Lee nickte leicht. »Kent Bartok war ein Freund von Ihnen.«

»Ja. Allerdings kein enger Freund. Er war viel mit Disco zusammen.«

»Ihre anderen Freunde – Dexter Smith, Ronnie Trigg. Sie haben ihre Leichen mit einer angemessenen Zeremonie im Meer versenkt.«

«Ja.«

»Mr Bartok war ein streng gläubiger Mann. Ich finde es äußerst befremdlich, Mr Boucher, dass Sie seine Leiche auf dem Strand liegen ließen. Warum erwiesen Sie ihm nicht den gleichen Respekt wie den anderen?«

»Dazu blieb keine Zeit. Wir hatten Angst, die Piraten könnten jederzeit zurückkommen.«

»Aber die Piraten ermordeten Mr Bartok an dem Tag, bevor Sie die Insel verließen. Sie hatten also jede Menge Zeit. Sie hatten über vierundzwanzig Stunden Zeit. Sie hätten ihn zumindest im Sand begraben und sein Grab markieren können.«

»Ich weiß, es scheint gefühllos, aber wir standen unter Schock. Wir hatten mitansehen müssen, wie drei unserer Freunde brutal ermordet worden sind.«

»Aber der Schock war nicht so groß, dass Sie keine Zeit gefunden hätten, Dexter Smith auf See zu bestatten. Er wurde am gleichen Tag umgebracht wie Mr Bartok. Sie behaupten, der Mann, der sich Disco nannte, sei ein Freund von Mr Bartok gewesen, und trotzdem ließ er seine Leiche auf dem Sand liegen.«

Als Boucher Wasser durch die garantiert wasserdichten Nähte sickern sah, griff er nach der einzigen Schöpfhilfe, die ihm zur Verfügung stand. »Wir verhielten uns nicht rational.«

»War Disco ein Freund von Ihnen, Mr Boucher.«

Manche Lügen konnte er unmöglich verdauen. »Nein.«

»War er ein Freund von Candy?«

»Nein.«

»Warum nicht?«

»Ich traute ihm nicht. Er war ein zweifelhafter Kunde.« Lee wusste mit diesem Ausdruck nichts anzufangen. »Ein unangenehmer Mensch«, erläuterte Boucher. »Vielleicht sogar ein Krimineller.«

»Aus diesem Grund haben Sie also das Gewehr zerstört, mit

dem er auf die Piraten geschossen hat. Sie glaubten, Ihnen drohe Gefahr von ihm.«

Boucher sah, wie der Spalt, durch den das Wasser einsickerte, größer zu werden begann. »Mir gefiel der Gedanke nicht, dass er im Besitz einer Waffe war.«

»Deshalb nahmen Sie ihm das Gewehr ab. Wie sind Sie dabei vorgegangen?«

»Wir nahmen es, während er schlief.«

»Sie und die Engländerin stahlen also einem Mann, den Sie fürchteten, ein Gewehr und kurz darauf verließen Sie mit eben diesem Mann zusammen die Insel in einem Boot.«

»Wir konnten ihn doch nicht einfach dort lassen.«

»Leo Jaeger haben Sie zurückgelassen.«

»Leo wollte unbedingt bleiben. Ich sagte Ihnen bereits, er ist seelisch zusammengebrochen. Nichts und niemand hätte ihn dazu bewegen können, die Insel zu verlassen.«

»Vielleicht gelang es Ihnen, Disco dazu zu bewegen, dass er Sie begleitet, vielleicht war es aber auch umgekehrt.«

»Wir alle drei wollten nichts wie weg, verdammt noch mal endlich weg von da.«

»Aber tragischerweise starben Ihre ... die Engländerin, die Ihre Freundin war, und der Mann, der nicht Ihr Freund war ... bei dem Unfall am Riff.«

»Ich habe alles versucht um Candy zu retten.«

Inspektor Lee sah zum Fenster oder zum Fenster hinaus. »Was ist mit der Pistole geschehen, die Sie vom Luftschiff geholt haben?«

»Sie war leer. Ich habe sie weggeworfen.«

»Wo?«

»Ins Meer.« Boucher bemerkte seinen Fehler sofort. »In die Lagune.«

»Wann?«

»Nachdem ... nachdem die Piraten abgezogen sind.«

»Nachdem Sie das Gewehr zerstört hatten?«

»Ich bin nicht sicher. Ja.«

»Mr Boucher, vier von Ihnen wurden von einem Tiger getötet. Sie sagten, Sie hätten befürchtet, die Piraten könnten zurückkommen. Und trotz all dieser Gefahren, trotz der Tatsache, dass Sie den Verdacht hegten, Disco könne ein Krimineller sein, zerstörten Sie das Gewehr und warfen die Pistole weg.«

»Wie ich Ihnen bereits sagte, die Pistole war leer.«

»Lügen haben Sie mir erzählt. Ich glaube, Sie wussten, dass die Piraten nicht wiederkommen würden. Ich glaube, Sie hatten große Angst vor Disco. Wir haben das Gewehr gefunden, aber nicht die Pistole. Ich glaube, Sie haben sie mit auf das Boot genommen und dann ...« Lee ließ ein nur allzu viel sagendes Schweigen im Raum stehen.

So leck seine Geschichte inzwischen auch war, Boucher wusste, er würde nicht untergehen, es sei denn, er selbst durchlöcherte sie weiter. »So war es nicht.«

Lees Blick verweilte grübelnd auf ihm.

»Wann kann ich gehen?«

»Wie Sie selbst ausgesagt haben, sind schwere Verbrechen begangen worden.«

»Nicht von mir.«

»Diese Verbrechen wurden auf indonesischem Boden verübt. Natürlich haben die Behörden in Sumatra besonderes Interesse an diesem Fall.«

Arnold rutschte auf seinem Stuhl hin und her. »Sie wollen mit Ihnen reden, Jay.«

»Kann man mich dazu zwingen?«

»Die Behörden können gewisse Maßnahmen einleiten.«

»Auslieferung meinen Sie?«

»Kommt darauf an, ob sie Ihnen etwas anhängen können.«

»Wenn die indonesischen Behörden so sehr daran interessiert sind, was in ihrem Hinterhof geschieht, sollten sie ab und zu mal hineinschauen. Wir saßen drei Wochen auf dieser Insel fest, und die einzigen Indonesier, die sich haben blicken lassen, wollten uns ermorden.«

Lee schien sich in Träumereien verloren zu haben. Endlich hob er den Kopf. »Haben Sie den Mann namens Disco umgebracht?«

»Nein.«

Lee lächelte dünn und ging.

Als Arnold das nächste Mal ins Krankenhaus kam, machte er einen unglücklichen Eindruck. »Da ist eine Frau, die Sie unbedingt sprechen will. Sie behauptet, Sie hätten um Ihren Besuch gebeten. Sie ist seit zwei Tagen hier, eine absolute Nervensäge.«

Lydia, dachte Boucher. Ein gähnender Abgrund tat sich in ihm auf und erinnerte ihn daran, welche Kluft sich zwischen ihnen geöffnet hatte. Er konnte sich nicht vorstellen, wie er sie überbrücken sollte.

Doch dann fiel ihm ein, die einzige Besucherin, nach der er verlangt hatte, war Delta Glenn. Cullen musste die Sache in seinem Sinn erledigt haben.

»Lassen Sie sie herein.«

Im Geiste sah er das Bild einer superblonden Dynamikerin Mitte dreißig vor sich. Aber Delta war ein Rotschopf in mittleren Jahren und sah aus wie eine als Geschäftsfrau verkleidete Hausfrau, die farbenblind zu sein schien. Soweit der erste Eindruck. Angesichts ihres temperamtvollen Eintretens, der unverblümten Eröffnung des Gesprächs und der von ihr ausgehenden Energie revidierte sich dieser Eindruck aber rasch, denn es zeigte sich, dass sie tatsächlich mit Superbenzin auf Hochtouren lief.

»Ich habe sie gekriegt«, sagte sie ohne Umschweife, nachdem sie sich kurz miteinander bekannt gemacht und ein paar der üblichen Phrasen über seinen Gesundheitszustand gewechselt hatten. »Sie sind an einem sicheren Ort untergebracht.« Als sie eine Schale mit Obst entdeckte, nahm sie sich unaufgefordert eine Banane. Sie schnaubte, als hätte sie sich die Zunge verbrannt. »Puuhh! Der absolute Horror. Der arme Dexter. Was soll bloß aus der alten Welt noch werden?«

»Das herauszufinden, daran will man mich hindern. Die Polizei redet davon, mich nach Indonesien ausliefern zu lassen.«

»Wir kümmern uns darum. Vergessen Sie das. Warten Sie, bis die Veröffentlichungen Wirkung zeigen. Sie sind bereits in den Schlagzeilen. Erzählen Sie mir die ganze Geschichte.«

Nachdem sie Bouchers Bericht gehört hatte, gab sie nur einen Kommentar ab.

»Warum Sie? Warum haben ausgerechnet Sie überlebt?«

Diese Frage traf ihn wie ein schmerzhafter Stich. »Ich weiß es nicht. Ich würde sagen, weil ich Glück gehabt habe, nur fehlt dabei das Glücksgefühl.«

»Ich frage Sie das, weil Sie diese Frage noch so oft hören werden, bis sie Ihnen zum Hals heraushängen wird. Geben Sie sich ein bisschen Mühe und kommen Sie mit etwas Positiverem rüber.« Delta runzelte die Stirn. »Sind Sie religiös?«

»Nein.«

»Macht nichts.«

Aus Deltas Miene schloss Boucher, das könne noch nicht alles sein.

»Was die Situation wirklich heikel macht, ist die Sache mit Dexter. Ein großer Teil der jungen Generation trauert. Falls es irgendetwas gibt, das aufgedeckt werden und Ihnen schaden könnte, sagen Sie es mir jetzt.«

Boucher schüttelte den Kopf. Er begann langsam zu begreifen, worauf er sich eingelassen hatte.

Delta schob den Mund vor, sodass er aussah wie eine Blütenknospe. »Gut«, meinte sie schließlich und erhob sich. »Zeit für mich zu gehen.«

»Wohin?«

»Einkaufen. Anschließend fliege ich nach Hause und bereite die Vermarktung vor.« Sie zwinkerte. »Ein Haufen Arbeit.«

Inspektor Lee und sein Team kamen noch zweimal vorbei. Jede Vernehmung schloss mit Fragen nach Disco. Wie hatte er sich verhalten, nachdem er die Piraten erschossen hatte? Wie, in allen Einzelheiten, war er aus dem Boot gestürzt? Lee wusste, wann etwas faul war, er roch es und wenn er nicht weiterkam, blieb es für ihn eine offene Wunde, an der er nicht aufhören konnte zu kratzen.

Während einer Vernehmung schickte er die jungen Beamten hinaus. Als sich die Tür hinter ihnen geschlossen hatte, legte er sein Notizbuch weg. »Jetzt können Sie es mir sagen, Mr Boucher. Es sind keine Zeugen dabei, kein Mensch. Sie sind der einzige Überlebende und Sie können vor Gericht nicht gegen sich selbst als Zeuge aussagen.«

»Sie können alles meiner Aussage entnehmen.«

Am vierten Tag von Bouchers Isolation im Krankenhaus öffnete sich schwungvoll die Tür und herein segelte, als blase ihn ein Sturmwind ins Zimmer, der Kongressabgeordnete Clarence Tusser, dessen Gesicht Boucher zur Abschreckung des Tigers auf seine Maske gemalt hatte. Mit silbern glänzender Stirnlocke, den vorstehenden Unterkiefer auf die Brust gedrückt, rauschte er mit weit ausgestreckter rechter Hand auf Boucher zu.

Ein Blitzlicht flammte auf. Boucher spürte, wie seine Hand wie ein Pumpenschwengel auf und ab bewegte wurde.

»Hi, Jay. Überrascht?«

»Wenn ich es mir recht überlege, nein.«

»Ich hatte hier unten etwas zu erledigen. Ich sollte herausfinden, wie diese Asiaten es anstellen, unseren Jungs die Jobs wegzunehmen. Da sah ich Ihr Gesicht im Fernsehen und dachte: Verdammt, den kennst du doch. Das ist doch der Kerl, der versucht hat einen Idioten aus dir zu machen.«

»Und jetzt kommen Sie um sich zu rächen?«

Tusser, den Zeigefinger ausgestreckt wie ein Komiker, der den Einsatz für eine schlagfertige Antwort gibt, wirbelte zu einem Berater herum. Im Umdrehen wurde sein Blick sanfter. Er sah plötzlich aus wie ein Mann, der mitleidsvoll ein kriegsversehrtes Baby betrachtet.

»Ich bin da, um Sie nach Hause zu holen, Jay.«

## 33

*22. Tag*

Um ihr Gleichgewicht ringend, hörte Candy Bouchers entsetzen Aufschrei, aber schon sackten die Beine unter ihr weg und sie fiel ohne jede Chance sich halten zu können, ohne die Zeit selbst einen Schrei ausstoßen zu können. Und im Fallen sah sie Discos vor Anstrengung und Bösartigkeit verzerrtes Gesicht. Im selben Augenblick wusste sie, dass er gewonnen hatte. Sie wusste, selbst wenn sie es ihr gelang, wieder in das Boot zu kommen, war ihr und Bouchers Schicksal besiegelt.

Sie ignorierte Jays verzweifelte Rufe und schwamm direkt auf das Riff zu. Die Flut zog sie wie einen Korken durch die Lücke im Riff. Im ruhigeren Wasser hörte sie Bouchers Stimme nicht mehr. Sie schwamm zum nächsten Riff und fand die Passage, aber eine Welle schleuderte sie gegen die Korallen. Sie achtete nicht auf den Schmerz, sondern kämpfte sich verbissen weiter.

Am Ufer verließen sie ihre Kräfte. Sie kroch den Strand halb hinauf, brach zusammen und übergab sich. Erschöpft wischte sie sich den sauren Geschmack vom Mund, drehte den Oberkörper und untersuchte den Riss in ihrem Bein.

Sie musste sich zwingen aufzustehen und humpelte zu dem verlassenen Lager. Ihr war eiskalt und schlecht und sie legte sich hin. Mit einem Schlag wurde ihr das volle Ausmaß ihrer Misere bewusst. Sie hatte keine Medikamente, nichts zu essen und keine Hilfsmittel um sich etwas zu essen zu beschaffen, kein Wasser, kein Brennmaterial um ein Feuer anzuzünden – nichts. Vom Gipfel der Hoffnung wurde sie in den Abgrund der Verzweiflung gestoßen, weiter hinunter als je zuvor – gefangen in der Vorhölle mit einem Verrückten und einem Piraten.

Sie versuchte sich über ihre weiteren Chancen klar zu werden. Sie überlegte, ob Disco, sollte er sicher irgendwo ankommen, die Insel preisgeben würde. Bestimmt nicht und er könnte damit durchkommen. Niemand wusste von seiner Verbindung zur Wildguard-Expedition, die Erinnerung an den Absturz war inzwischen verblasst und die Passagiere wurden seit Wochen für tot gehalten. Disco könnte einfach behaupten, der einzige Überlebende einer Jachtkatastrophe zu sein.

Dann fielen Candy die Videobänder ein. Wenn Disco sie verkaufen wollte, musste er zugeben in die Tragödie verwickelt zu sein. Das würde schon sein Ego verlangen. Aber auch damit wäre kaum ein Risiko für ihn verbunden. Er ging davon aus, dass sie tot war, und selbst wenn Jaeger gerettet werden sollte, wusste er doch nichts von Discos letzten Verbrechen und war geistig zu sehr zerrüttet um einen glaubwürdigen Zeugen abzugeben. Nein, entschied Candy nach längerer Überlegung, man würde eine Suche einleiten und man würde sie retten. Sie brauchte nur noch ein paar Tage durchzuhalten. Jaeger mochte verrückt sein, aber er würde ihr kein Leid zufügen. Und was den Piraten betraf, ihm musste sie eben aus dem Weg gehen.

Sie klammerte sich an diese mageren Hoffnungen, rollte sich zusammen und versuchte zu schlafen. Aber es ging nicht. Sie war in zu schlechter Verfassung, sie war durchnässt und fror erbärmlich. Ein Feuer, dachte sie. Sie brauchte unbedingt ein Feuer. Von Jaegers Großbrand mussten noch Funkennester übrig geblieben sein. Morgen früh waren sie womöglich erloschen; sie musste jetzt gleich etwas glühende Asche stehlen. Stöhnend vor Anstrengung richtete sie sich auf.

Auf Händen und Knien erstarrte sie.

Direkt vor sich sah sie ein Paar nackter Füße. Sie schaffte es kaum, den Blick zu heben, reckte den Hals und schaute zu einer Gestalt hinauf, deren Kopf hoch oben zwischen den Sternen zu schweben schien.

»Du.«

Der Pirat ging in die Hocke und hob ihren Kopf um ihr in die Augen zu sehen. Sie hatte keine Ahnung, was er für Absichten hegte. Er hielt ihr etwas an den Mund und sie merkte, dass sie Wasser aus ihrer eigenen Wasserflasche schlürfte. Nachdem sie getrunken hatte, ließ sie sich zurückfallen, aber der Pirat schüttelte sie grob und stieß einen warnenden Zischlaut aus. Er deutete den Strand hinauf und gab ihr zu verstehen, sie müsse mit ihm in den Wald.

»Ich kann nicht«, stöhnte sie. »Siehst du das denn nicht?«

Mit einem missbilligenden Schnalzen schob er beide Hände unter ihre Achseln, schlang die Arme um ihre Brust und fuhr dabei grob über ihre Brustwarzen.

»Lass das«, ächzte sie.

Sie fühlte, wie sie hochgehoben wurde, und merkte, dass sie schwankte. In ihrem Kopf drehte sich alles. Mit einer Hand hob der Pirat ihr Kinn und bedeutete ihr, es sei zu gefährlich, am Strand zu bleiben. Willenlos ließ sie sich von ihm wegschleppen, hinein in den Wald, ihre nutzlosen Beine schleiften über Hindernisse.

Tief zwischen den Bäumen blieb er stehen und ließ sie zu Boden sinken. Es herrschte undurchdringliche Dunkelheit, er war nicht mehr zu erkennen. Sie hörte ein schnelles Reiben und roch Rauch. Ein winziger roter Fleck leuchtete und glühte auf, als der Pirat hineinblies. Ein Flämmchen bildete sich. Der Pirat nährte es und als das Feuer in Gang gekommen war, stieß er einen befriedigten Laut aus und legte etwas in die Flamme.

Im Feuerschein sah sie sein kupferfarbenes Gesicht. Er sah sehr jung aus. Nach einiger Zeit nahm er das Päckchen vom Feuer, warf es von einer Hand in die andere um zu demonstrieren, wie heiß es war, und überreichte es ihr mit seltsam anmutender Förmlichkeit. Es war ein Blatt, auf dem ein paar Häppchen lagen. Er bestand darauf, dass sie aß – er ließ kein Nein gelten. Sie schob einen Bissen in den Mund und brachte es über sich, darauf zu beißen. Es knackte und eine ölige Flüssigkeit ergoss sich in ihren Mund. Sie dachte, es müsse eine Made gewesen sein. Der Pirat ließ sie nicht aus den Augen.

»Große Scheiße«, sagte er.

»Große Scheiße«, bestätigte sie und verlor das Bewusstsein.

Als der Morgen dämmerte, betrachtete sie fast noch im Halbschlaf ihren Entführer eingehender. Er *war* jung, vermutlich nicht älter als sechzehn, und hatte das feine ovale Gesicht eines javanischen Prinzen mit einem weichen jugendlichen Flaum auf der Oberlippe. Sacht berührte sie sein Knie und er fuhr erschrocken auf. Sie lächelte ihn an. Unsicher erwiderte er ihr Lächeln.

»Candy«, sagte sie und deutete auf sich.

»Kemal«, antwortete er und berührte ihre Stirn. »Gut?«

»Besser.«

Sie fühlte sich tatsächlich besser – zu fast sechzig Prozent wieder normal, und das war eine wesentliche Verbesserung. Ihr Blick fiel auf Kemals Schrotflinte – einen traurigen, mit Draht und Schnur zusammengeflickten Schießprügel. Der narbige Schaft war reich mit ornamentalen Schnitzereien verziert. Er gab ihr zu verstehen, die Waffe diene zur Verteidigung gegen Jaeger.

»Böse Mann«, sagte er.

»Armer Mann.«

»Böse irre Mann«, präzisierte Kemal gewissenhaft und machte eine Gebärde, die den bösen Blick abwehren sollte.

Candy entdeckte etwas neben seinem Gewehr – eine blaue Nylonsporttasche. Einen Moment lang betrachtete sie verblüfft den in dieser Umgebung merkwürdig fremd anmutenden Gegenstand. Dann fiel ihr schlagartig ein, wo sie diese Tasche schon einmal gesehen hatte. Es war am Flughafen von Pontianaka gewesen, und zwar in Discos Hand. Aufgeregt deutete sie auf die Tasche.

Kemal lachte einfältig.

»Wo hast du sie her?«

Als er endlich begriffen hatte, was sie meinte, wies er vage in Richtung Lagune.

»Darf ich sie mir ansehen?«

»Deine?«

Sie schüttelte den Kopf, streckte aber langsam die Hand danach aus. Zögernd reichte er ihr die Tasche. Sie strich über den glatten Kunststoff und suchte nach Anhängern. Nichts. Sie fühlte, dass etwas Weiches in der Tasche war. Ihr wurde mulmig. Kemal, der ihre Unruhe bemerkte, krauste die Stirn. Sie atmete tief durch und öffnete den Reißverschluss. In der Tasche befanden sich Kleidungsstücke, alle noch feucht vom langen Liegen im Meerwasser. Nacheinander zog Candy die einzelnen Sachen heraus und suchte in jeder Tasche und auf jedem Kragen nach einem Namen.

Kein Stück trug irgendein Etikett. Sämtliche Taschen waren leer. Sie sah Kemal an.

»Hast du etwas herausgenommen?«

Mit energischen Gebärden gab er zu verstehen, er sei völlig unschuldig.

Sie wusste, dass er log. Sie sah es seinen Augen an und auch seine übertrieben vehemente Zeichensprache verriet ihn.

»Gib es mir«, keifte sie. »Was du auch genommen hast, gib es mir.«

Er zog den Kopf ein wie ein geprügelter Hund und fummelte in seiner Hosentasche. Er beförderte eine Brieftasche zum Vorschein.

Candy nahm sie ihm ab und öffnete sie. Ein durchnässtes Geldscheinbündel mit indonesischen Rupien und amerikanischen Dollar steckte auf der einen, ein Stapel Kreditkarten auf der anderen Seite. Wie ein Spieler beim Abheben einer eventuell spielentscheidenden Karte zog Candy eine heraus.

Die Karte war auf Norman Richard Cass ausgestellt. Derselbe Name stand auch auf allen anderen Karten.

Unfähig die Tragweite ihrer Entdeckung gleich zu begreifen starrte Candy auf diesen Namen. Nun wusste sie, wer Disco war; sie hatte ihn seiner Macht beraubt. Kemal schnitt ein verdrossenes Gesicht und sie lächelte ihn beruhigend an. »Hier.« Sie reichte ihm die Brieftasche ohne die Kreditkarten. »Ich habe, was ich brauche.«

Als Kemal begriffen hatte, dass er das Bargeld behalten durfte, wurde er richtig gesprächig. Mithilfe von Zeichensprache schilderte er ihr den Ernst der Lage, rieb mit trübsinniger Miene seinen Bauch, blickte sich um und breitete weit die Arme aus um Leere und Aussichtslosigkeit deutlich zu machen.

Candy nickte und deutete nach oben. Ihre Hand bewegte sich, ein Flugzeug imitierend, um ihm zu verstehen zu geben, dass Rettung aus der Luft kommen könnte. Kemal begriff, schob die Unterlippe vor und schüttelte langsam, aber nachdrücklich den Kopf. Er ratterte mit einem imaginären Maschinengewehr in den Wald und tippte sich mit dem Finger auf die Brust um zu verdeutlichen, wem die Kugeln gelten würden.

»Wo kommst du her?«

Er reagierte ausweichend. Von weither über dem Meer.

»Wie willst du zurück?«

Seine Hand imitierte die Wellenbewegungen eines Bootes. Als Candy ihn verblüfft ansah, lächelte er und gab ihr ein Zeichen ihm zu folgen. Er bewegte sich im Wald vollkommen sicher und so rasch, dass Candy ihm kaum zu folgen vermochte. Er wählte einen düsteren, ihr fremden Weg, aber schließlich merkte sie, dass sie zur inneren Lagune gingen. Nicht weit vom Ufer entfernt bedeutete er ihr in Deckung zu gehen. Er prüfte, ob die Luft rein war, und als er pfiff, folgte sie ihm. Versonnen stand er da und betrachtete die Stämme dreier junger Bäume, die er mit seinem Parang gefällt hatte.

Als Candy die Konstruktion seines Floßes begutachtete, sank ihr das Herz. Die Stämme hatten einen Durchmesser von ungefähr fünfzehn Zentimetern und schienen von einem balsa-ähnlichen Baum zu stammen. Kemal, der ihre verzagte Miene richtig deutete, versuchte sie zu ermutigen. Das Floß sei noch nicht fertig; er brauche noch mehr Stämme.

»Du willst auf einem *Floß* nach Hause fahren?«

Die Vorstellung schien ihn geradezu zu beflügeln. Aufgeregt deutete er auf die Lagune.

»Nein«, sagte Candy, die sich nur mit Grausen an die Mangroven erinnerte, kategorisch. »Nein und nochmals nein.«

Er gab ihr zu verstehen, die Fahrt bringe sie die Küste entlang nach Süden bis zu einem Fluss und auf diesem Fluss erreichten sie nach einiger Zeit eine Stadt.

»Eine Stadt?«

Kemals Zähne blitzten. »Ja, große Stadt. Diskos. Bier.«

»Wie weit? Wie viele Tage?«

Zögernd nahm Kemal seine Finger zu Hilfe. Mit sichtlich fehlender Überzeugung streckte er schließlich drei.

»Mindestens fünf, da könnte ich wetten.«

Er brannte darauf, mit seiner Arbeit weiterzumachen, und wies Candy an aufzupassen, ob sich Jaeger zeigte, während er die Bäume fällte, deren Stämme er für sein Floß noch benötigte. Er postierte sie knapp fünfzig Meter von seinem Arbeitsplatz entfernt. Auf ihrem Wachposten lauschte sie, ob sie das Geräusch eines Flugzeugmotors hörte, und fragte sich, wie Kemal reagieren würde, wenn Hilfe käme.

Einmal tauchte Jaeger auf. Aber Candy warnte Kemal rechtzeitig und sie versteckten sich wie kleine Kinder und beobachteten Jaeger, wie er im Wald verschwand.

»Ich weiß, dass du da bist.«

In dieser Nacht erwachte Candy, weil Kemal sie streichelte und mit eindeutigen Bewegungen gegen ihren Körper stieß. Sie schubste ihn weg, und er gab einen klagenden Laut von sich, der kaum vom Quengeln eines Babys zu unterscheiden war. Ein wenig später tasteten seine Hände sie trotzdem wieder verstohlen ab, hielten sich aber von intimen Zonen fern.

»Ein bisschen Schmusen stört mich nicht«, erklärte ihm Candy, »aber mehr ist nicht, damit musst du leben.«

Am nächsten Morgen war das Fieber erneut gestiegen und sie musste sich zum Aufstehen zwingen. Aufgeben wäre dein Tod, sagte sie sich. Sie durfte sich von der Krankheit nicht unterkriegen lassen.

Wieder schickte Kemal sie auf Wache und machte sich an die Arbeit. Sie fühlte sich schrecklich matt. Zusammengesunken hockte sie an einen Baum gelehnt und versank in eine Art Tagtraum, bis Kemal sie ohne viel Federlesens auf die Beine zerrte, als sei er wütend, weil sie ihre Pflicht vernachlässigt hatte.

»Ich bin krank, okay?«

Aber er machte ihr keine Vorwürfe, er hatte ganz andere Sorgen. Er führte sie am Floß vorbei, das mehr und mehr Gestalt annahm – eine Plattform aus mit Rattan zusammengebundenen Stämmen, ungefähr dreieinhalb Meter lang und einen Meter zwanzig breit. Am Ufer der Lagune blieb er stehen. Noch nie hatte Candy so viele Falken und Geier im Aufwind schweben sehen wie jetzt. Der verkohlte Gestank verbrannter Vegetation stieg ihr in die Nase. Was für ein Chaos hatten sie auf dieser Insel angerichtet. Was für ein schändliches Chaos.

Kemal hatte noch kein Wort gesprochen. Seine Aufmerksamkeit galt ausschließlich einem scheinbar halb versunkenen Baumstamm.

»Oh mein Gott.« Sie wich zurück.

Das Krokodil trieb mit schleppendem Schwanz zwanzig Meter weit draußen. Nur die Nasenlöcher und die Augenwülste lugten aus dem Wasser.

Kemal warf in hohem Bogen einen Ast ins Wasser. In dem Augenblick, in dem er aufschlug, kam Leben in das Krokodil. Mit einem unsichtbaren Schlag des Schwanzes glitt es geräuschlos vor. Eine Welle ging von seiner Schnauze aus, lief an ihm vorbei nach hinten und erstarb, als das Tier sein Tempo drosselte und nicht weiter als vier, fünf Meter vom Ufer entfernt wieder ruhig im Wasser lag. Durch das erbsengrüne Wasser sah Candy die wunderschönen Farbsprenkel und den über seinen Rücken laufenden gepanzerten Schuppenkamm. Das Schwanzende war in der Brühe nur zu erahnen, aber sie schätzte seine Länge auf gute viereinhalb Meter. Eine Membrane glitt über seine messingfarbenen Augen und zog sich wieder zurück.

Candy legte ihre Handgelenke aneinander, imitierte zuschnappende Kiefer und öffnete die Hände anschließend in einer Geste der Resignation.

Kemal schüttelte den Kopf und klopfte auf sein Gewehr, machte dabei aber keinen sehr zuversichtlichen Eindruck.

Mitten am Vormittag des nächsten Tages war die Arbeit an seinem Floß beendet. Er reckte sich und sah Candy mit dem kurzen, aber entschlossenen Nicken an, vor dem sie sich die ganze Zeit schon gefürchtet hatte.

»Ich kann das nicht«, stammelte sie. »Sei mir nicht böse. Du fährst.«

Angesichts ihrer Feigheit prustete er missbilligend und kurz entschlossen packte er sie am Arm. Widerstrebend stemmte sie die Fersen in den Sand, aber ihre Weigerung war nur halbherzig. Seit Discos Verschwinden waren drei Tage vergangen und es hatte nicht das geringste Anzeichen für eine Suchaktion gegeben. Vielleicht ging er auf Nummer sicher und bot die Kassetten erst zum Verkauf an, wenn er wieder in den Vereinigten Staaten war. Sie traute ihm zu irgendeine obskure, ihn nicht belastende Erklärung aus dem Hut zu zaubern, wie die Bänder in seinen Besitz gelangt waren.

Die Lippen fest aufeinander gepresst, starrte Candy zum Wald hinüber. Sie wusste, es gab keinen Weg zurück. An diesem Morgen war ihr Fieber zwar wieder gesunken, aber sie war keineswegs gesund. Wenn sie nicht bald Hilfe bekam, musste sie einsam und verlassen sterben.

Kemal wartete geduldig. Er war zwar jung, aber ein echtes Kind der Wildnis, besaß geschickte Hände und kannte sich im Dschungel und auf dem Meer aus. Er würde eine Fahrt die Küste entlang kaum riskieren, wenn er keine Aussicht auf Erfolg sähe.

»Oh verdammt«, entschied sie schließlich, »was soll's?«

Sie half ihm das Floß ans Ufer zu bringen und ins Wasser zu schieben. Kemal kletterte hinauf und reichte ihr die Hand. Aber bevor sie sie ergriff, musterte Candy aufmerksam die Lagune. Der Tag war wieder glühend heiß, das Wasser glatt wie Seide, aber an manchen Stellen unberechenbar und nicht einzuschätzen, denn nach Insekten schnappende Fische stupsten Kreise, die sich an der Wasseroberfläche ausbreiteten. Candys Augen wanderten von einem möglichen Gefahrenpunkt zum nächsten. Kemal zuckte die Achseln. Das Krokodil konnte überall sein und wo eines war, gab es noch andere.

»Begeben wir uns in den Schoß der Götter«, seufzte Candy und nahm seine Hand.

Elegant stieß er mit dem unteren Ende seines selbst gebastelten Ruders ab. Candy stand wacklig auf dem schwankenden Untergrund und kam sich vor wie ein Kamel in einer Hängematte. Rasch hockte sie sich hin und hielt sich an den Rattanverbindungen fest. Ängstlich wanderte ihr Blick hin und her. Auch Kemals Augen waren unablässig in Bewegung, sein Blick glitt zwischen jedem Ruderschlag wachsam über das Wasser.

Beim *Plopp* eines springenden Fisches zuckten beide vor Schreck zusammen. Sie wechselten ein unsicheres Lächeln. Kemal reichte ihr den Parang.

Bis gestern hatte Candy Krokodile nur im Fernsehen gesehen. Sie erinnerte sich an einen Dokumentarfilm – ein Weißschwanzgnu steckte mit dem Kopf in den Fängen eines Krokodils, das sich bis fast zu seiner halben Körperlänge senkrecht aus dem Wasser gestoßen hatte. Unruhig zog sie die Füße an. Bloß nicht daran denken, sagte sie sich, aber ständig sah sie dieses Bild vor sich.

Ruderschlag um Ruderschlag kamen sie voran. Ein paar grellbunte Schmetterlinge tanzten neben ihnen her. Die Wasseroberfläche reflektierte die Hitze der Sonne wie ein brennender Spiegel. Candy strich die feuchten, klebrigen Haare aus dem Gesicht und blickte zurück um festzustellen, wie weit sie bereits gekommen waren.

»Oh Scheiße«, entfuhr es ihr.

Am Ufer stand Jaeger.

Kemal legte das Ruder weg und nahm das Gewehr.

»Nicht«, schrie Candy, erhob sich halb und schwankte in der Schusslinie.

»Candy, bist du das?«

Sie kämpfte gegen die Versuchung an nicht zu antworten. In der lastenden Stille hörte sie ihre eigenen Atemzüge.

»Was willst du, Leo?«

»Nimm mich mit«, verlangte er fordernd.

Candy sah Kemal an, aber dieser fletschte die Zähne. Sie deutete erst auf Jaeger, dann auf das Floß. Wütend schüttelte Kemal den Kopf und stakte entschlossen weiter.

»Wir müssen ihn mitnehmen«, rief Candy.

Kemal begann in rasendem Tempo zu plappern, versetzte das Floß in Schaukelbewegungen und deutete damit an, was passieren würde, falls Jaeger an Bord kletterte. Candy musste einsehen, dass er Recht hatte. Das Floß würde Jaegers Gewicht niemals tragen.

Da stand er, splitternackt, mit hängenden Schultern und starrte wie ein Wilder auf die Schwelle zu einer Zukunft, in der es keinen Platz für ihn gab. So konnte sie ihn nicht zurücklassen.

»Bring mich zurück.«

In einer Hand hielt Kemal das Gewehr, mit der anderen stakte er weiter.

»Ich sagte, bring mich zurück.«

Kemal achtete gar nicht auf sie. Candy schätzte die Entfernung zum Ufer auf ungefähr sechzig Meter. Sie schwankte zwischen Unentschlossenheit und Angst. Die Angst siegte.

»Leo, es ist kein Platz. Das Floß ist nicht groß genug. Hilfe ist unterwegs. Halte durch.«

Unter gewaltigem Platschen watete er ins Wasser.

»Um Gottes willen, geh raus! Da sind Krokodile!«

Möglich, dass Jaeger sie nicht verstanden hatte, aber auch falls er sie verstanden haben sollte, bezweifelte sie, dass er ihren Worten Beachtung geschenkt hätte. Er warf sich nach vorn und begann mit so unbeholfenen Bewegungen zu schwimmen, dass seine steif ausgestreckten Armen das Wasser zu Schaum quirlten. Kemal hatte die Flinte weggelegt, das Ruder umgedreht und paddelte jetzt mit aller Kraft.

Trotz Jaegers schlechter Technik zeigte sich bald, dass er aufholte. Wenn er diese Geschwindigkeit beibehielt, musste er sie mitten in der Lagune einholen. Candy stellte sich das Spektakel vor, wenn er das Floß zu entern versuchte. Sie sah sie bereits alle vom Floß stürzen und ein Krokodilgeschwader auf sie zukommen. Sie kniete sich hin und paddelte mit beiden Händen.

Alle drei Meter machte Jaeger einen Meter gut. Candy warf einen Blick über die Schulter und stöhnte heiser. Er war nur noch knapp dreißig Meter hinter ihnen und knüppelte mit nicht nachlassender Kraft auf das Wasser ein.

»Hol dich der Teufel«, keuchte sie und verdoppelte ihre Anstrengungen.

Kemal rief etwas und lenkte ihre Aufmerksamkeit auf den Parang. Er nahm eine Hand vom Ruder und machte eine Bewegung, als würde er mit dem Messer zustechen.

Jaeger hatte sich nun so weit genähert, dass Candy seinen keuchenden Atem hören konnte.

»Bleib weg«, schrie sie.

Er kam näher.

Sie griff nach dem Parang und wischte sich mit der anderen Hand den Schweiß aus den Augen. »Ich warne dich, Leo.«

Er sah und hörte nichts. Für ihn gab es nur das Floß.

Vor Panik wurde ihre Stimme schrill und hoch. »Leo, es ist mein Ernst. Du kannst nicht …«

Ihre letzte Warnung blieb ihr im Halse stecken. Ihre Augen weiteten sich. Sie musste erst schlucken, bevor sie die Sprache wieder fand.

»Kemal.«

Er hörte sie nicht gleich.

»Kemal, ein Krokodil.«

Da sah auch er das Tier und hörte auf zu paddeln. Rasch griff er nach dem Gewehr. Das Krokodil schwamm von hinten an Jaeger heran, der es unmöglich bemerkt haben konnte. Er hatte keine Chance das Floß zu erreichen, bevor es bei ihm war.

Entsetzt wandte sich Candy an Kemal. »Tu doch was!«

Sie legte die Hände wie einen Trichter an den Mund. »Leo«, schrie sie, »Leo, hinter dir ist ein Krokodil. Ein Krokodil!«

Er verlangsamte sein Tempo nicht.

Sie konnten nichts tun. In hilflosem Entsetzen sah sie die Spitze der v-förmig nach hinten verlaufenden Wellen bereits dicht hinter Jaeger.

Auf den letzten Metern schien das Krokodil Kräfte zu sammeln und für das allerletzte Stück katapultierte es sich nach vorn. Seine Kiefer öffneten sich und schlossen sich mit einem grausigen Geräusch um Jaegers Oberschenkel. Hinter dem Biss steckte eine solche Wucht, dass es Jaeger wie ein Gummitier in der Badewanne durch das Wasser schob. Als sich das Krokodil um die eigene Achse drehte, überschlug er sich seitlich und wurde hinuntergezogen. Einen Moment später schoss er wieder herauf, wurde hoch aus dem Wasser gestoßen und flog kreischend durch die Luft. Wild fuchtelnd schlugen seine Arme nach dem Kopf des Krokodils, doch wieder wurde er hinabgezogen wie ein Entchen von einem Hecht. Irgendwie gelang es ihm, sich zu befreien. Seine Arme schlugen wie Dreschflegel und er kam ein kurzes Stück weit, doch das Tier schnappte wieder nach ihm. Eine blutgetränkte Fontäne schoss empor. Der Schwanz des Krokodils peitschte im Wasser und in der aufspritzenden Gischt funkelte ein Regenbogen. Das Tier drehte sich noch einmal und Jaeger verschwand im aufgewühlten Wasser.

Noch zweimal brach er durch das Wasser herauf und als er zum vierten Mal unterging, konnte Candy erst nicht glauben, dass er nicht noch einmal auftauchen würde. Aber die gegen das Floß schlagenden Wellen glätteten sich zu sanften Linien und aus der Schlammwolke, in der Jaeger verschwunden war, stiegen Blasen auf, die in einer Reihe zum Ufer liefen. In der Lagune herrschte tiefe Stille.

»Tsk«, machte Kemal.

Wie betäubt von dem grauenhaften Schauspiel, das sich vor ihren Augen abgespielt hatte, sah Candy ihn mit leerem Blick an.

»Tsssk!«

Kemal hatte die Augen weit aufgerissen, aber er starrte in eine andere Richtung, nicht dahin, wo Jaeger verschwunden war. Candy folgte seinem Blick und entdeckte drei weitere Krokodile, die wie von Radar gelenkt auf sie zuschwammen. Vor Entsetzen griff sie automatisch nach dem Parang.

Ein Krokodil war den anderen ein gutes Stück voraus. Mithilfe seines Ruderschwanzes schoss es wie ein Torpedo durch die Lagune. In seinem Kielwasser gluckerte das Wasser und glitt mit seidigem Rauschen über seine Flanken. Gelähmt vor Schreck begann Candy zu zählen. Zwanzig Meter, fünfzehn, zwölf.

Zehn Meter vom Floß entfernt wurde es langsamer und ließ sich nur noch treiben, doch sein restlicher Schwung trug es bis auf anderthalb Meter heran. Die Kiefer waren zu einem schiefen Grinsen geschlossen, ein paar Blasen entwichen der Schnauze. Es beobachtete sie, die Iris wegen des grellen Sonnenlichts zu senkrechten Schlitzen zusammengezogen.

Es ließ sich näher herantreiben und stupste fast schon an das Floß. Da sagte Kemal etwas. Er wiederholte die Worte lauter und wie auf Befehl öffnete das Krokodil den Schlund. Candy fuhr zurück und Kemal feuerte aus beiden Läufen seiner Flinte in den Rachen des Tieres.

Das Floß neigte sich und Candy stürzte über Bord. In strudelndem Wasser kam sie wieder hoch und streckte die Hand nach dem Floß aus. Kemal hatte sich flach hingeworfen und an beiden Seiten festgeklammert. Es war ihm nicht nur gelungen, auf dem Floß zu bleiben, sondern auch das Gewehr und das Ruder nicht zu verlieren. Auf dem Bauch rutschte er an den Rand und zog sie am Handgelenk auf das Floß hinauf. Vier bis fünf Meter entfernt peitschte das Krokodil im Wasser, als sei es mit einem Stecker an eine Steckdose mit 40 000 Volt angeschlossen. Die anderen Krokodile waren fast bei dem verletzten Tier angelangt und schwammen grunzend heran.

Kemal war bereits weggepaddelt, als das erste Tier den angeschossenen Artgenossen erreichte. Eine Sekunde später war das nächste da. Ein Kampf der Titanen begann. Die rasend zuckenden Leiber machten es Candy unmöglich, die einzelnen Tiere auseinander zu halten. Sie schloss die Augen und öffnete sie erst wieder, als der Tumult verebbte. Da waren sie bereits so weit weg, dass die Tiere recht klein aussahen. Aber sie waren immer noch mit ihrem Gemetzel beschäftigt, Gefangene eines Kampfes, für den sie seit Urzeiten, noch vor der Entstehung des Menschen, vorherbestimmt schienen.

Sie sah zu Kemal hinüber, aber er schenkte dem Kampf keine Beachtung. Unverwandt schaute sie ihn an. Sie hatte Angst das Schweigen zu brechen, denn sie wusste, Worte reichten nicht aus, auch dann nicht, wenn sie die gleiche Sprache gesprochen hätten.

# Teil 5

# 34

*25. Tag*

Langsam verschmolz die Insel mit der Küstenlinie, und um die Mittagszeit konnte Candy sie nicht mehr von den Mangroven unterscheiden. Bald darauf legte Kemal an um Proviant und Wasser zu organisieren und ließ Candy beim Floß zurück. Die gleißende Sonne stand zu hoch am Himmel um Schatten zu werfen. Sie hatte eine einschläfernde Wirkung und Candy überließ sich nach und nach dem trägen Rhythmus der Wellen.

Erschrocken flatterten Vögel auf, als Kemal irgendwo tief im Sumpf seine Schrotflinte abfeuerte. Nachdem sich der Radau gelegt hatte, bildete Candy sich ein ein anderes Geräusch zu hören – ein Brummen mechanischen Ursprungs, durchdringender als die Konkurrenz durch die Insekten. Blinzelnd blickte sie nach Süden und entdeckte Meilen entfernt einen Helikopter, der an der Küste entlangflog. Er musste zur Insel unterwegs sein und sie wusste, ihr blieb genügend Zeit um die Aufmerksamkeit auf sich zu lenken. Sie brauchte lediglich fünfzig Meter hinauszurudern und zu winken.

Mit angehaltenem Atem beobachtete sie die Mangroven und versuchte irgendein Anzeichen für Kemals Anwesenheit zu entdecken. Er schien nicht in der Nähe zu sein. Sie sprang auf und begann das Floß zu schieben. Bei jedem Versuch kam sie nur ein paar Zentimeter voran. Sie hatte gerade die vordere Kante des Floßes ins Wasser geschoben, da dachte sie an die Konsequenzen. Für sie bedeutete der Hubschrauber Rettung, für Kemal garantierte er im besten Fall Gefängnis, noch wahrscheinlicher aber die Todesstrafe. Sie hatten einen stillschweigenden Pakt miteinander geschlossen und, was immer auch geschah, sie konnte ihn nicht brechen.

Von den Strapazen einer Ohnmacht nahe beobachtete Candy den auf sie zufliegenden Hubschrauber. Als er vorbeiknatterte, hob sie die Hand zu einem melancholischen Gruß. Langsam sank sie auf das Floß und starrte in die leere grelle Hitze. Irgendwann kam Kemal keuchend aus dem Sumpf gelaufen. Abrupt blieb er stehen. Seine Augen huschten zuerst zu Candy, dann zum Floß und er wog ab, wie nahe sie daran gewesen war, ihm zu entwischen. Dann änderte sich sein Verhalten jäh und er schwenkte unbekümmert den Affen, den er geschossen hatte, als sei es ein Plüschtier, das er in einer Schießbude auf dem Rummelplatz gewonnen hatte. Candy, die sich fragte, wie er sich an ihrer Stelle in dieser Situation wohl verhalten hätte, verzog den Mund zu einem bewundernden Grinsen.

In stummer Übereinkunft versteckten sie sich für den Rest des Tages in den Mangroven. Ein weiterer Helikopter tauchte auf und draußen auf dem Meer erschien ein Kriegsschiff. Von Zufall konnte keine Rede mehr sein. Disco hatte einen Hafen erreicht. Die Möglichkeit, dass Boucher die Suchaktion veranlasst haben könnte, kam ihr nie ernsthaft in den Sinn.

Sie nahm die Kreditkarten heraus und starrte den aufgedruckten Namen an. Als einziger Überlebender war Disco, oder Cass oder wie immer er sich nennen mochte, Chronist aller Vorgänge auf der Insel. Der Gedanke, wie er alles verdrehte um selbst gut dazustehen, erfüllte Candy mit einem so unbändigen Hass, dass ihr Wunsch zu überleben nur noch auf ein einziges Ziel ausgerichtet war. *Rache!* Schon der bloße Klang dieses Wortes ließ ihr Blut schneller strömen.

Am nächsten Tag musste sie ihr letztes bisschen Durchhaltevermögen mobilisieren. Die Dämmerung setzte zögernd ein, denn die Sonne tauchte in einem dunklen Strahlenkranz aus dem Dunst des Meeres auf. Als sie den halben Weg zum Zenit erreicht hatte, zogen tief treibende Wolken auf. Die See wurde unruhig und zwang die Floßfahrer auf einer von umgestürzten Baumskeletten bedeckten Schlammbank Zuflucht zu suchen. Kemal versank in tierähnliche Apathie, aber Candy war sich des tatenlosen Verrinnens der Zeit schmerzlich bewusst. Die Wunde am Bein, die sie sich an den Korallen gerissen hatte, hatte sich so entzündet, dass sie nicht mehr von selbst verheilen würde. Sie hatten bereits einen halben Tag verloren und mit der heutigen Zwangspause bedeutete das, dass sich die auf fünf Tage geschätzte Reise auf sieben ausdehnen würde. Sie hustete – ein schleimiges Rasseln, das sie erschreckte, und Kemal immerhin veranlasste besorgt die Augen zu öffnen. Sie bettete den Kopf auf die Hände und schloss die Augen. Er nahm ihr nicht ab, dass sie schlief, bis er sie schüttelte und sie vorgab nicht aufzuwachen.

Am späten Nachmittag flaute der Wind ab und die Sonne brach durch die Wolken, sodass es schien, als öffne sich ein Fenster aus Licht. Sie setzten die Fahrt entlang der endlosen, öden Küste fort. Kemal ruderte noch, als die See schon lange dunkel geworden war und Candy Himmel und Land nicht mehr voneinander unterscheiden konnte.

Am nächsten Morgen schien die Sonne wieder mit voller Kraft. Für Candy, die Fieber hatte und keinen Sonnenschutz für den Kopf, war die Fahrt bei Tage das reinste Fegefeuer. Aber es war ihr letzter Tag auf See. An diesem Nachmittag öffnete sich die Wand der Mangroven auf einen breiten, olivfarbenen Kanal, der flach und glänzend vor ihnen lag wie die aufgespannte Haut einer Schlange. Anfangs glaubte Candy, es handele sich nur um eine Durchfahrt zwischen kleinen Inseln, bis Kemal ihr bedeutete, dass sie nun in den versprochenen Fluss eingefahren waren. Es war nicht der Hauptstrom, sondern eine träge fließende Nebenader in einem riesigen Deltasystem – ein wahres Labyrinth aus sich verzweigenden Wasserstraßen mit so extrem verlaufenden Biegungen, dass sich der Stand der Sonne laufend veränderte. In der einen Minute blendete sie Candy und im nächsten Moment brannte sie ihr auf den Nacken.

Es gab keine nennenswerte Strömung und auf allen Seiten lockten Kanäle, aber obwohl Kemal diesen Wasserweg noch nie befahren haben konnte, navigierte er so sicher wie ein Otter. Nach und nach wurden die Bäume höher und artenreicher und einige prunkten sogar mit leuchtend bunten Blüten und Blättern von der Größe eines Zeitungsblattes. Während Kemal durch einen grünen Algenflor lavierte, schöpfte er eine Hand voll Wasser und trank demonstrativ um zu zeigen, dass sie die Salzwasserzone hinter sich gelassen hatten.

Nach der stumpfsinnig machenden Ödheit der Küste strotzte der Fluss förmlich vor Leben. Flussdelphine tummelten sich um das Floß. Überhängende Zweige, geschmückt mit wahren Orchideengirlanden, boten kurze Erholung von der Sonne. Eisvögel schossen wie azurblaue Blitze vorbei. Auf einer Schlammbank schlug ein Teppich aus bunten Schmetterlingen wie im Takt mit den Flügeln, als hätten sie eine Übungsstunde in Synchrongymnastik. Etliche Male schreckten die Floßfahrer Krokodile auf, die sich in den Seichtstellen aalten oder vom flachen Ufer ins Wasser glitten. Eines begab sich behäbig wie eine alte Matrone, die eine Kur in einem Badeort macht, in den Fluss und ein über ihm im Baum hockender Affe kratzte sich verwirrt am Kopf.

Kemal begrüßte die Geschöpfe, als seien es alte Bekannte aus der Nachbarschaft, rief sie in ihren eigenen Sprachen und erzählte Candy ihre Lebensgeschichten, komische wie tragische. Er hatte das Auge eines Jägers und deutete oft auf Tiere, die ihr sonst entgangen wären. Eines Morgens lenkte er ihre Aufmerksamkeit auf einen eingerollt zwischen den Verzweigungen eines Baumes liegenden Python. Als sie näher kamen, begann er sich aufzurollen. Eine Schlinge seines Körpers nach der anderen streckte sich, bis sich mindestens drei Meter seines Leibes im Wasser befanden, während der restliche Körper immer noch zusammengerollt war wie ein nachlässig aufgewickelter Feuerwehrschlauch.

Bei einer anderen Gelegenheit, als Kemal wieder einmal in Richtung Ufer gestikulierte, erblickte Candy einen Tiger, der geduckt am Wasser kauerte um zu trinken. Er starrte sie so durchdringend an, dass sie das Gefühl hatte, er blicke in ihre Seele.

Kemal wollte wissen, wer den Tiger auf der Insel erschossen hatte, und sie öffnete bereits den Mund um es ihm zu sagen, da fiel ihr gerade noch rechtzeitig ein, dass er in dieser Beziehung der Jäger war. Leo, antwortete sie deshalb, der Mann, den das Krokodil getötet hat, und aus seinem Nicken schloss sie die richtige Antwort gegeben zu haben.

Sie war ihm keine Hilfe. Sie saß nur da und Kemal paddelte und paddelte und paddelte immer weiter. Oft beobachtete sie ihn nur und betrachtete das Spiel des auf seiner Haut reflektierenden Lichts.

Dann wieder schaute sie auf den unendlichen Wald und hatte das Gefühl, die letzte Frau auf Erden zu sein. Auf eine merkwürdige Weise war sie zufrieden. Die paar Meter Holz, auf denen sie saß, waren ihr zur Heimat geworden. In der Nacht schliefen sie auf dem Floß. Manchmal fuhren Tiere ein Stück weit mit – Insekten und Frösche und einmal auch eine Schlange, die von Kemal getötet und gekocht wurde.

Fische, die Kemal in den Seichtstellen aufspießte, waren ihre Hauptnahrung. Im Unterschied zu den Arten am Korallenriff, die festes Fleisch hatten, besaß das der meisten Flussfische die Konsistenz von mit Nadeln gespickter Baumwolle. Ihren Speisezettel ergänzten sie mit Früchten und Wurzeln, die sie auf kurzen Ausflügen in den Wald sammelten. Im Wald verhielten sie sich stets sehr vorsichtig, denn abgesehen von Tigern warnte Kemal vor Menschen-Ungeheuern, die ihm die Eingeweide herausreißen und sich mit ihr paaren würden.

Einmal schoss er eine Ente aus einem mit schwirrenden Flügeln flussabwärts rauschenden Schwarm, bei dessen Anblick Candy an einen kühleren Himmel denken musste.

Die auf drei Tage angesetzte Odyssee hatte sich auf sechs Tage ausgedehnt, als sich der Fluss endlich verbreiterte und sich eine Strömung einstellte. Kemal entdeckte etwas, was ihn dermaßen aus dem Häuschen brachte, dass er beinahe das Gleichgewicht verloren hätte. Candy erwartete ein besonders exotisches Tier zu sehen zu bekommen, aber nach längerem Starren entdeckte sie schließlich eine Pfahlhütte im dichten Wald.

»Wie weit noch bis zur Stadt?«, fragte sie.

Kemal hob zwei Finger.

Die Strömung nahm an Stärke zu und Kemal musste sich mächtig ins Zeug legen um voranzukommen. Candys Fieber war gestiegen, ihr Geist begann sich zu verwirren. Sie hatte nicht mehr das Gefühl sich vorwärts zu bewegen; stattdessen schien sie auf eine Achse gebunden, während um sie herum langsam wie von einer Filmspule ein Traum ablief, in dem die undurchdringlich grünen Wände zurückglitten und die Bäume sich drehten und ihr nachsahen, wenn sie an ihnen vorbeifuhren. Klare Momente und Halluzinationen gingen nahtlos ineinander über. Sie sah ein Motorboot mit drei Männern, von denen einer eine Girlande aus Vögeln umgehängt hatte und ein anderer eine tote Schildkröte in der Hand hielt.

Später erwachte sie vom dumpfen Dröhnen eines Motors und dem Gestank nach Auspuffgasen. Im Geräusch der gegen die Uferwurzeln schlagenden Wellen dämmerte sie wieder hinüber. Als sie das nächste Mal das Bewusstsein wiedererlangte, herrschte Dämmerung und ihre Sinne waren unnatürlich klar und nahmen plötzlich alles überdeutlich wahr – den Blitz, der wie ein elektrischer Lichtbogen über den zinnfarbenen Himmel flackerte; den Fischgeruch auf dem Boot und den scharfen Geruch nach Dung und Holzrauch; das Jaulen von Hunden und den unverwechselbaren Gesang der Frösche, der Regen ankündigte. Kemals Gesicht schwebte über ihr wie ein Planet und hinter ihm aufgereiht schoben sich, wie durch ein Fischaugeobjektiv betrachtet, eine Menge Gesichter heran, auf denen unverhüllte Neugierde stand.

Sie hustete Schleim und versuchte zu lächeln. »Große Stadt.«

Kemal antwortete nicht gleich. Mit feierlichem Ernst deutete er flussaufwärts und sprach mit ihr in einem so formellen Ton, wie sie ihn noch nie von ihm gehört hatte. Ihr war vage bewusst, dass er sich verabschiedete. Ihre Lippen bewegten sich, aber sie brachte keinen Laut heraus. Kemal legte eine Hand auf die ihre, dann zog er sich zurück. Seine Augen ruhten immer noch auf ihr, als er sich rückwärts durch das Gedränge schob.

Das war das letzte Mal, dass sie ihn sah.

Sie merkte, dass sie vom Boot gehoben und über eine aus einem Baumstamm geschlagene Leiter in einen Raum getragen wurde, den ein paar Lichtstrahlen nur schwach erhellten. Um sie herum drängte sich eine freudlose Menschenansammlung – Frauen mit hängenden Brüsten und trommelbäuchige Kinder, die hinter den Knien ihrer Mütter hervorlugten.

Danach blieb alles verschwommen. Sie bekam mit, dass man

ihr ein bitteres Gebräu einflößte und etwas auf ihr verletztes Bein legte. Aus irgendeinem Grund beschwor dieses Gefühl das Bild von Maden herauf. Sie konnte nicht mehr zusammenhängend denken. Jede Wahrnehmung existierte eigenständig für sich, völlig losgelöst von dem Bild, das zuvor da gewesen war, und dem, das danach folgte.

Ein Schwein quiekte. Ein Mann mit einem Gewehr grinste lüstern auf sie herab. Die Frauen vom Dorf standen in einer Reihe nebeneinander. Ein hoher Klagelaut. Ein Boot. Ein Schiff mit schwarzen Segeln.

# 35

Chicago, eingehüllt in eisigen Nebel, war grau und kalt. Als Boucher seine Wohnung betrat, war sie leer, nur Lydias Koffer stand im Flur. Er hatte sie aus Singapur angerufen, nachdem er herausgefunden hatte, dass ihr Orchester gerade in Philadelphia gastierte. Sie hatte ab heute zwei Tage Urlaub aus dringenden familiären Gründen, aber ihre Tournee endete erst am Wochenende vor Weihnachten – ein makabrer Streich des Terminplans, denn sie wäre erst nach ihm nach Hause gekommen. Es war kaum zu glauben, dass er nicht einmal fünf Wochen fort gewesen war.

Vorsichtig wie ein Dieb betrat er das Wohnzimmer. Auf dem Tisch thronte neben frischen Blumen die Schreibmaschine, die ihm Tom Brack geschenkt hatte. Bei ihrem Anblick befiel ihn ein komisches Gefühl, als sähe er einen Spuk vor sich. Er erinnerte sich, dass sie unter dem Gepäck gewesen war, das er im Hotel in Pontianaka zurückgelassen hatte – die persönliche Habe eines Toten.

Ein Blatt Papier hing schlaff aus der Walze. »Jay, willkommen zu Hause, mein Schatz!«

Der typisch weibliche Ausruf berührte eine weiche Stelle in seinem Herzen und er drehte sich um und blickte lächelnd auf die fremde Vertrautheit. Zu Hause, dachte er mit einem Kloß im Hals. Hier beginnt das Leben von vorn, ermahnte er sich. Candy war tot. Er würde sie nie vergessen, aber er würde die Erinnerung an sie an einem Ort bewahren, zu dem niemand außer ihm Zugang hatte.

Wie aus dem Hinterhalt überfiel ihn sein Gesicht im Spiegel. »Na, wie geht es uns?«, fragte er.

Oberflächlich gesehen ziemlich gut. Er war aufgeregt – eine nervöse Euphorie, die es ihm schwer machte, stillzuhalten. Aber wenn er in seine Augen blickte, spürte er das im Hintergrund lauernde Dunkel.

Arbeit ist die beste Medizin, entschied er. Zuerst ein Urlaub mit Lydia – Paris, Rom oder Prag, irgendeine kulturträchtige, nicht zu hektische Stadt. Aber sobald alte Gemäuer und imposante Musik und Mitternachtcafés den Exorzismus des Dschungel-Voodoo erfolgreich vollzogen hatten, nahm er sich vor die Tür zur Welt zu schließen, bis er sich die ganze Geschichte von der Seele geschrieben hatte.

Während er ruhelos umherging und sich mal hierhin und mal dorthin setzte, Briefe in die Hand nahm und ungeöffnet wieder zurücklegte, zog der leere Bildschirm des Fernsehgerätes seinen Blick magisch an.

Als Gegenleistung für seine Ausreise hatte er sich einverstanden erklären müssen Schulter an Schulter mit Clarence Tusser auf einer Pressekonferenz im Kennedy-Airport zu erscheinen. Er schaute auf die Uhr. Die ersten Abendnachrichten hatten gerade angefangen.

Er konnte nicht widerstehen, schaltete den Apparat ein und schrak vor seinem eigenen Anblick zurück. Da war er – erste Meldung in den Nachrichten, Schlagzeile auf der ersten Seite in fetten Großbuchstaben – und lief Spießruten an Mikrofongalgen und Kameras vorbei. Er zuckte zusammen, als er sich sah. Es war nicht die Magerkeit und die zu stark glänzenden Augen, die ihn störten. Er sah verschlagen aus. Er sah aus, als hätte er etwas zu verbergen.

Durch die gespreizten Finger beobachtete er Tusser, wie er mit funkelnd aggressiven Marktschreieraugen Bouchers Mut rühmte, sein Durchhaltevermögen und seine unerschütterliche Standhaftigkeit angesichts orientalischer Winkelzüge. Boucher traten Schweißperlen auf die Stirn. Im Fernsehen sah es aus, als sei er mit dem Verrückten einer Meinung.

Ein übler Handel, aber nicht übler als das danach folgende Theater mit den Medien. Delta Glenn, gekleidet in ein Orangerot, das den Augen wehtat, versuchte die Meute in den Griff zu bekommen, indem sie darauf hinwies, Boucher sei im Auftrag einer Zeitschrift in Borneo gewesen und werde seiner diesbezüglichen Verpflichtung nachkommen. Im Anschluss daran schreibe er die umfassende Geschichte der Wildguard-Expedition in Buchform nieder.

Sie hatte noch nicht ganz aufgehört zu sprechen, da fielen alle schreiend über ihn her, aber nicht von Kollege zu Kollege, sie sahen in ihm lediglich den Stofflieferanten für eine Story. Die meisten Fragen betrafen Dexter und Nadine. Er setzte auf Diplomatie und betonte, wie solidarisch sie sich einander gegenüber verhalten hätten, und ließ sich darüber aus, wie klaglos Dexter alles auf sich genommen habe, dass er ein sehr netter Kerl gewesen sei. Es klang aufrichtig.

»Können Sie uns etwas über Dexters Mörder sagen?«, fragte eine Reporterin, die sich nach vorne drängte.

Delta griff geschickt ein. »Wie ich Ihnen bereits sagte, wird Jay über sämtliche Fakten berichten, aber auf seine Weise, zu seiner Zeit.«

»Wieso haben Sie überlebt und warum niemand sonst?«

»Mit Glück. Ich habe mit Glück eine gute Karte erwischt.« Noch während Boucher das sagte, schoss ihm blitzartig der Herzkönig durch den Kopf, der sein Fullhouse komplettiert und dafür gesorgt hatte, dass Henry Ritter verlor. Tja, auch dieses Spiel hatte er gewonnen und dabei seinen besten Freund verloren.

Die nächste Frage kam von links und erwischte Boucher kalt.

»Sie sprachen über die Rolle, die die Engländerin gespielt hat – von ihrem Mut und so weiter. Hatten Sie eine persönliche Beziehung zu ihr?«

»Was gibt es sonst für Beziehungen?«

»Hatten Sie eine sexuelle Beziehung?«

Bevor Boucher sich ansehen konnte, wie er diese Frage pariert hatte, ertönte die Klingel des Aufzugs und er stürzte sich auf die Fernbedienung, als habe man ihn beim Anschauen eines harten Pornos in flagranti ertappt. Er stand auf, wischte sich die Hände, atmete zweimal tief durch und noch zweimal. Probehalber setzte er verschiedene Mienen auf.

Lydia trat ein, sah ihn und stellte vorsichtig die Einkaufstüten ab, die sie in der Hand trug. Ritters sarkastische Bemerkung, mit einem Saluki sei er auch nicht schlechter dran, war nicht so absurd, wie es im ersten Moment scheinen mochte. Mit ihrem langen, nervösen, fein geschnittenen Gesicht und den silberblonden Haaren erinnerte Lydia tatsächlich an eine seltene, hochgezüchtete Rasse mit edlem Stammbaum. Sie lächelte ein bisschen zittrig.

»Du *bist* es.«

»Ich bin's«, bestätigte er, »wenn auch nicht mehr ganz der Alte.«

Als sähen sie beide eine Lücke, die unbedingt geschlossen werden musste, gingen sie aufeinander zu und versteckten das Gesicht an der Schulter des anderen. Während er Lydia im Arm hielt, spürte Boucher ihre heißen Tränen an seinen Wangen und die zarte Struktur ihrer Knochen. Er war wieder da, wo er hingehörte, und in der festen Überzeugung, alles werde wieder gut, pries er im Stillen die unberechenbaren Wege des Herzens.

Lydia befreite sich aus seiner Umarmung und setzte sich auf eine Couch, Boucher setzte sich ihr gegenüber auf die andere Seite des Zimmers.

»Es ist schwer zu begreifen.« Lydia schnüffelte. »All diese Wochen war ich überzeugt, du seist tot. Und jetzt bist du wieder da. Es ist irgendwie unheimlich.«

Das war es wohl – als sei er ein Gespenst. »Du hast dich vermutlich inzwischen daran gewöhnt, dass es mich nicht mehr gibt. Tut mir wirklich Leid, dass du meinetwegen gleich zwei Traumata durchmachen musst.«

Lydia machte eine hilflose kleine Geste. »Du stehst in allen Zeitungen. Du bist berühmt. Das ist keine richtige Heimkehr. Ich hätte gerne etwas arrangiert, aber du sagtest, dass ...«

»He, genau das habe ich mir gewünscht – nur du und ich.«

Beim Essen, das Boucher zubereitet hatte, erkundigte sich Lydia nach seinen Erlebnissen auf der Insel, aber ausschließlich nach Belanglosigkeiten. Was hatten sie gegessen? Wie hatten sie sich sauber gehalten? Die blutigen Details wurden mit keiner Silbe erwähnt und Boucher war froh, dass Lydia in einer Welt lebte, in der man unter Schmerz und Leid eine falsch gespielte Note oder einen vorwurfsvollen Blick des Dirigenten verstand. Tatsächlich sprachen sie meist von ihr – von ihren Leistungen, den kleinlichen Streitereien im Orchester, ihrer Auseinandersetzung mit dem Dirigenten wegen seiner von der ihren abweichenden Auffassung über ihren Part in Tschaikowskijs *Variationen über ein Rokoko-Thema*.

Das machte den Weg ins Bett leichter, wo sie in stillschweigendem Einverständnis nichts von ihm erwartete oder forderte. Wirklich müde schlief er fast sofort ein, kaum dass das Licht aus war.

Mitten in der Nacht schreckte ihn ein elektrisierender Schock hoch. Es schüttelte ihn. Er wusste nicht mehr, was er geträumt hatte. Alles, was geblieben war, war waberndes Unterseelicht und ein saurer Geruch.

»Jay, du dampfst richtig. Du hast aufgeschrien. Als hättest du Angst.«

»Mir fehlt nichts.«

Er beugte sich über sie, küsste sie und legte sich wieder zurück, ließ aber eine winzige, allerdings merkliche Lücke zwischen sich und ihr. Seine Haut schien Wildlederstruktur angenommen zu haben. Nach und nach verblasste das gestaltlose Entsetzen, das ihn aus dem Schlaf gerissen hatte. Er roch Lydias Parfüm und rief sich den Duft zurück, der in der Dämmerung aus manchen Bäumen aufgestiegen war, das Zirpen der Insekten, die Ziegenmelker, die wie Geister durch die Schatten des Waldes glitten. Er überließ sich den Erinnerungen und war überrascht, wie viele schöne darunter waren. Für kurze Zeit tröstete ihn das. Dann überschwemmte ihn eine wahre Flut von Gewissensbissen.

»Jay?«

»Hm?«

»Du hast Candys Namen gerufen.«

In der zweiten Nacht nach ihrem Wiedersehen verführte Boucher Lydia und schlief mit ihr. Der Schlaf wollte sich nicht so einfach einstellen. Das Zimmer schien ihm luftlos, erstickend. Bis vier Uhr warf er sich hin und her, dann stand er auf und setzte sich bis Einbruch der Dämmerung ans Fenster. Später trennten sich seine und Lydias Wege – sie musste nach St. Louis zu ihrem Orchester, er hatte eine Verabredung mit Delta Glenn in der Zentrale von Time Warner an der Sixth Avenue in New York.

In der Großstadt herrschte Verkehrschaos, es war das letzte Weihnachten in diesem Jahrtausend – das letzte Weihnachtsfest aller Zeiten, wie manche voraussagten. Aber selbst wenn Armageddon tatsächlich vor der Tür stehen sollte, schien es der einkaufenden Menge lediglich als Vorwand für eine regelrechte Einkaufsorgie zu dienen.

Delta wartete in der Empfangshalle auf ihn. Diesmal trug sie ein magentarotes Outfit, das aus Strontium oder sonst einem exotischen Metall gewirkt zu sein schien. Besorgt sah sie ihn an.

»Sie sehen erschöpft aus.«

»An vier Wände und ein Dach muss man sich erst wieder gewöhnen.«

Sie maß ihn mit einem ausführlich taxierenden Blick. Schließlich klopfte sie auf die Tasche mit den beiden Videokassetten.

»Darauf ist einiges Hässliches zu sehen. Ich weiß nicht, ob Sie sich das noch einmal antun sollten.«

»Ich verspreche, ich werde mich nicht übergeben.«

Sie nickte. »Ich habe den Leuten gesagt, sie sollen in diesem Stadium behutsam mit Fragen umgehen.«

Ein Redakteur und zwei Assistenten geleiteten sie in einen kleinen Vorführraum, in dem sechs oder sieben Leute warteten. Die meisten der Männer und Frauen trugen Anzüge und sahen aus wie Anwälte; federführend war ein hoch gewachsener, schlaksiger Mann namens Pulman. Getränke wurden angeboten und höflich abgelehnt.

»Können wir anfangen?«, fragte Delta nach dem allgemeinen Bekanntmachen und dem üblichen Austausch von Höflichkeiten.

»Jederzeit.«

»Ich möchte Sie daran erinnern«, sagte Delta an die Zuschauer gewandt, »dass es hier nicht um Klatsch und Tratsch geht. Zweck dieses Filmes ist Jays Story zu untermauern.«

Als das Licht gedämpft wurde, begann Bouchers Herz heftig zu hämmern. Delta drückte beruhigend seine Hand.

Die erste Kassette begann mit einem chaotischen Schauspiel – die Kamera schwenkte vom versunkenen Luftschiff auf die Überlebenden am Strand. Im Hintergrund marschierte Jaeger herum und lamentierte, ob jemand wisse, wo seine Brille geblieben sei. Außer Sicht hörte man Fieser stöhnen und Nadine schluchzte in einem einzigen, nervenzerfetzenden Ton. Die Kamera verhielt kurz auf ihm selbst und er sah geschockter aus, als er es seiner Erinnerung nach damals gewesen war. Dann schwenkte sie weiter auf Candy und Aquila, die einander halbnackt umarmten.

Szene zwei war Landschaft. Bild- und Tonqualität waren hervorragend und einen Moment lang, als Boucher die üppige Vegetation sah und das Murmeln der entfernten Brandung hörte, betörte ihn die Schönheit der Insel.

Die friedliche Heiterkeit der Szene löste die Befangenheit der Zuschauer.

»Toller Strand.«

»Wer ist die Süße im BH?«

Als Nächstes konnte das Publikum Kent Bartoks virtuose Kletterei beim Hissen der Wildguard-Fahne bewundern. Trigg war ein guter Kamermann gewesen, stellte Boucher fest, er hatte technisches Können mit Paparazzotricks kombiniert. Irgendwie hatte er es fertig gebracht, Nadine und Dexter nackt beim Herumtollen im seichten Wasser zu erwischen. Ferner hatte er heimlich eine Sequenz von Aquila aufgenommen, wie sie, ebenfalls nackt, im Regenwald eine ihrer speziellen Liturgien vollzog. Als er sich selbst sah, wie er triumphierend von einem Angelausflug zurückkehrte, verspürte Boucher einen kleinen Stich Wehmut.

Die Farben wechselten zu düsterem Grün. Sie befanden sich in den Mangroven und Boucher empfand wieder die beklemmende Hitze und das Gefühl von Bedrohung.

»Was passiert da?«

»Candy und Marriot brechen auf um landeinwärts ein Dorf zu suchen.«

»Warum haben Sie ausgerechnet das Mädchen gehen lassen?«, fragte jemand.

»Keine Fragen«, ließ sich Delta vernehmen.

Wie im Traum beobachtete Boucher, wie er Abschied von Candy nahm. Er schluckte, als er sah, wie sie ihn auf die ihr eigene schnelle Art umarmte. Er hatte das Gefühl, ihm breche das Herz. Plötzlich grollte Donner und er sah sich als Silhouette vor einem Unheil verkündenden Himmel auf der Lagune. Das war an dem Nachmittag, als er die Pistole geholt hatte.

Die nächsten paar Szenen waren ihm fremd, Trigg hatte sie aufgenommen, nachdem er zu den Ökos übergelaufen war. Da waren Jaeger und Aquila bei einem rituellen Tanz um ein Feuer. Disco befand sich im Hintergrund, aber als er merkte, dass die Kamera auf ihn gerichtet war, stieß er mit einem spöttischen Zähnefletschen sein Gesicht bis kurz vor das Objektiv. Bouchers Lippen kräuselten sich.

Plötzlich wurde die Leinwand dunkel. Laute, schreckliche Schreie gellten. Die Leinwand explodierte in grellem Weiß und man sah schemenhafte Schatten schwanken. Ein Brüllen folgte, und die Szene kippte.

»Was geht da vor?«

»Das sind der Tiger und Aquila.«

»Können wir das noch mal ablaufen lassen? Ich konnte nichts erkennen.«

Bild für Bild ließ der Vorführer den Film rückwärts laufen.

»Weiter zurück, noch ein Stückchen. Da.«

»Ich sehe immer noch nichts.«

»Links von der Mitte. Großer Gott! Er hat ihr die Kehle aufgerissen.«

Schweigend sah das Publikum zu, wie Dexter ermordet wurde, und rutschte unbehaglich hin und her, als Disco, untermalt von seinen gegen Boucher ausgestoßenen Drohungen, die Piraten in die Luft jagte.

Als das Licht wieder anging, folgte ein kollektives Aufatmen. Die Zuschauer blinzelten und schüttelten die Köpfe.

»Wow«, machte Pulman.

»Es gibt eventuell Urheberrechtsprobleme«, warnte Delta. »Das Material wurde von drei Personen mit einer Ausrüstung aufgenommen, die Ronnie Trigg gehörte, dem von Wildguard beauftragten Kameramann. Jay erhebt keinen Anspruch auf die Videos. Sein persönlicher Wunsch ist es, dass der damit erzielte Gewinn unter den Familien der Verstorbenen aufgeteilt wird.«

Einer der Anwälte kratzte sich hinter dem Ohr. »Könnte problematisch werden.«

»Lassen wir dieses Problem erst einmal beiseite. Ich möchte eine Entscheidung, was Ihr Angebot betrifft.«

»Wollen Sie nicht erst etwas essen?«, schlug Pulman vor.

»Überspringen wir das Vorspiel«, erwiderte Delta. »Ich brauche Ihre Entscheidung jetzt. Ich muss heute Abend wieder in Los Angeles sein.«

Pulman lächelte. »Tut mir Leid, so schnell sind wir nicht.«

»Nun«, meinte Delta, »das ist ein Jammer.« Sie machte Anstalten aufzustehen.

Pulmans Lächeln erlosch, nervös sah er seine Kollegen an. »Geben Sie uns eine halbe Stunde, damit wir uns besprechen können.«

»Sicher«, stimmte Delta zu. »Könnte ich einen Pfefferminztee haben?«

Bei ihrer *Ptisane* nutzte sie die Zeit um weitere geschäftliche Angelegenheiten zu erledigen.

»Es ist nicht das Drehbuch, das mir Kopfzerbrechen macht«, sagte sie zu einem Schauspieler. »Es ist der Regisseur. Der Typ hat nicht gerade den besten Ruf.«

Anschließend rief sie einen ihrer Mitarbeiter an. »Anderthalb Millionen? Hast du das schriftlich? Also, verlass dich nicht auf sein Wort und wenn du ihn nicht festnageln kannst, sag ihm, er soll Leine ziehen. Aber auf die nette Tour.«

Als einer der Anwälte herauskam und sie zu sich winkte, steckte sie das Handy weg. Boucher begriff, dass seine Anwesenheit nicht erwünscht war, und bat um Kaffee für die Wartezeit. Er war unruhig. Seine Lüge in Bezug auf Discos Tod ließ die ganze Geschichte in einem falschen Licht erscheinen.

Zwanzig Minuten später erschien Delta wieder, ergriff ohne Umschweife seinen Ellenbogen und steuerte mit ihm zur Tür, als hätte sie gerade ein Gaunerkabinettstückchen geschaukelt und wolle verschwinden, bevor die Opfer merken, dass die eben von ihnen erstandene original Schweizer Uhr in einer Garage in Kowloon zusammengebastelt worden war. Im Aufzug lehnte sie den Kopf an die gepolsterte Wand, schloss die Augen und schüttelte sich in einer Art orgiastischem Schauer.

»Einzelheiten müssen noch konkret ausgehandelt werden, aber wir haben uns auf eine grobe Vereinbarung geeinigt – Buch-, Film-, Serienrechte.«

Boucher war nicht überrascht. Wie die meisten Autoren hatte er sich vor Fertigstellung seines Produkts in Gedanken bereits mit dem Vertrag, den Kritiken und den Tantiemenschecks beschäftigt.

»Es wird von Ihnen erwartet, dass Sie fragen, wie viel.«

Boucher schielte zu den anderen Leuten im Fahrstuhl, die so taten, als hörten sie nicht zu.

»Wie viel?«

»Vier Millionen. Ich sagte, wir würden morgen wieder auf sie zukommen.«

Es machte keinen Eindruck auf ihn.

Die Türen öffneten sich und sie strömten mit den anderen hinaus. Boucher musste seine Schritte beschleunigen um mit Delta mitzuhalten. Sie blieb stehen, dynamisch noch im Leerlauf. »Haben Sie Hunger?«

Boucher fühlte sich nicht recht wohl, aber er konnte schwerlich die Einladung der Frau, die ihn zum Millionär gemacht hatte, ablehnen.

Sie nahm ihn mit in einen Privatclub und zeigte einen gesunden Appetit.

»Woanders hätte ich mehr rausholen können, aber das sind faire Partner und wenn wir alle Vermarktungsmöglichkeiten in einer Hand belassen, behalten wir in gewisser Weise die Kontrolle. Ach, übrigens, die Leute wollen, dass Sie nach Los Angeles fliegen und mit ein paar Studioleuten sprechen.« Delta lächelte wie ein junges Mädchen. »Haben Sie einen speziellen

Wunsch bezüglich des Darstellers, der Sie spielen wird?«

Nichts hätte Boucher in diesem Augenblick gleichgültiger sein können.

Delta musste seine unguten Gedanken gespürt haben. »Ich hoffe, Sie überlegen es sich nicht noch anders.«

Zurück in Chicago saß Boucher neben dem Telefon, eine Flasche Whiskey in Reichweite. Delta hatte ihm strikt abgeraten Angehörige der anderen auf der Insel Gestrandeten anzurufen. Er würde sich nur auf ein emotionales Minenfeld begeben. Überlassen Sie es den Anwälten.

Draußen senkte sich Dunkelheit herab und als Boucher nur noch dunkle Schatten sah, griff er nach dem Telefon.

»Mein Name ist Jay Boucher. Ich habe zusammen mit Ihrer Tochter an der Wildguard-Expedition teilgenommen.«

Candys Vater war schroff. »Ich weiß, wer Sie sind. Ich habe in den Zeitungen über Sie gelesen.«

»Ich habe sie gut gekannt. Wir waren Freunde. Sie hat mir sehr viel bedeutet. Sehr, sehr viel.«

»Soweit ich weiß, waren Sie mit ihr zusammen, als sie starb.«

»Wir versuchten, zu einer Ölförderanlage zu rudern. Wir waren zu dritt – Candy, ich und ein Mann namens Disco. Die See war rau und es war dunkel. Eine Welle erwischte uns, und Candy und der andere Mann gingen über Bord. Ich habe sofort nach ihr getaucht, aber sie war verschwunden. Wir befanden uns direkt am Riff.«

»Haben Sie gesehen, wie sie ertrank?«

Boucher zögerte. Zieh einen Schlussstrich, dachte er, zu unser beider Wohl.

»Ja.«

»Ich bin Ihnen dankbar, dass Sie es mir gesagt haben. Es war bestimmt nicht leicht.«

»Nein, ist es nicht. Sehen Sie, ich möchte gerne noch über ein paar andere Dinge mit Ihnen sprechen, aber nicht am Telefon. Dürfte ich zu gegebener Zeit bei Ihnen vorbeikommen?«

Schweigen folgte.

»Soweit ich weiß, schreiben Sie ein Buch.«

»Damit hat es nicht das Geringste zu tun. Es geht um persönliche Dinge.«

»Ich weiß nicht, wie Sie das voneinander trennen wollen. Unter diesen Umständen halte ich es für besser, wenn wir uns nicht sehen. Ich bin sicher, Sie haben dafür Verständnis. Wenn Sie darüber schreiben möchten, ist das mein letztes Wort.«

»Ja, das möchte ich.«

»Auf Wiederhören, Mr Boucher.«

»Auf Wiederhören.«

An diesem Punkt goss sich Boucher den ersten Drink ein. Etliche Stunden später erwachte er im Dunkeln und wünschte, er wäre tot.

## 36

*42. Tag*

Langsam glitt Candy an den Rand des Bewusstseins und ließ sich in diesem Stadium treiben. Sie hörte ein leises Tröpfeln und ein Summen, Geräusche, die nicht nur in ihrem Kopf entstanden sein konnten, und das hieß, sie musste sich in einem Raum befinden. Versuchsweise öffnete sie die Augen und blinzelte in Licht, das von länglichen, in die Decke eingelassenen Lampen herableuchtete. Es erforderte gewaltige Anstrengung, ihren Kopf ein bisschen zu bewegen, doch nachdem sie das geschafft hatte, gerieten Wände in ihr Blickfeld – die an der Vorderseite war aus Glas, die Seitenwände waren blendend weiß mit ruhigen Bildern. Sie drehte den Hals noch weiter und sah Monitore, Schläuche und Drähte.

Ein Krankenhaus.

Sie versuchte sich zu erinnern, wie sie hierher gekommen war, aber sie geriet in eine Sackgasse und spürte Panik aufkommen, weil sie fürchtete an Amnesie zu leiden. Doch der Nebel lichtete sich. Kemal, der Fluss, aus einem stürmischen Abendhimmel herabblickende Gesichter. An so viel erinnerte sie sich.

An ihrem linken Arm hing ein Tropf mit einem Schlauch. Ihre rechte Hand tastete unter die Laken. Sie trug ein Baumwollhemd und auf ihrem rechten Bein lag ein Verband. Weiter hinab kam sie nicht, deshalb wackelte sie probehalber mit den Zehen. Sofern sie nicht unter Phantomschmerzen litt, schien sie noch komplett aus einem Stück.

Mehr oder weniger. Je klarer ihr Bewusstsein wurde, umso stärker begann sie die Folgen der Infektion zu spüren, die ihren gesamten Organismus belastete. Sie hatte einen schlechten Geschmack im Mund, ihre Gelenke schmerzten entsetzlich und ihre Augäpfel fühlten sich an, als seien sie mit kleinen Gummihämmern bearbeitet worden. Alles in allem fühlte sie sich wie ein von obskuren Wissenschaftlern mit unzureichenden Mitteln und ohne Skrupel zusammengepfuschter Prototyp.

Mit einem pneumatischen Seufzen öffnete sich die Tür. Das Rascheln gestärkter Kleidung näherte sich.

»Candy?«, fragte eine leise Stimme. »Candy, sind Sie da?«

Candy öffnete die Augen und erwiderte das Lächeln einer Frau, die sie an ihre schottische Lieblingstante erinnerte.

»Sind Sie wach oder träumen Sie mit offenen Augen?«

»Wach, glaube ich.«

»Freut mich, dass Sie wieder unter uns weilen. Sie sind in einem Schiffshospital – einem sehr guten Schiffshospital übrigens. Ich bin Dr. Laing – Penny. Sie sind seit gestern bei uns, seit wir Sie von dem Schoner geholt haben.« Dr. Laing zögerte kurz. »Ich glaube kaum, dass Sie sich daran erinnern.«

Candy schüttelte den Kopf.

Dr. Laing überprüfte die Daten auf den Monitoren. »Wie fühlen Sie sich?«

»Grässlich. Als sei ich mit Schlamm gefüllt.«

»Sie waren draußen in der Schlacht, aber jetzt sind Sie in Sicherheit. In Sicherheit und ein Gutteil gesünder als gestern. Machen Sie sich keine Gedanken wegen all der Schläuche; wir veranstalten nur einen kleinen Frühjahrsputz mit Ihnen.«

»Wie lange, sagten Sie, bin ich hier?«

»Seit gestern Abend. Sie sind das Tagesgespräch auf dem Schiff. Alle wollen wissen, wer Sie sind, aber wir haben entschieden Ihre Identität im Augenblick nicht preiszugeben.«

»Haben Sie meine Familie benachrichtigt?«

»Captain Ainsley hat selbst mit Ihrem Vater gesprochen. Er ist gerade auf dem Flug nach Singapur. Morgen werden Sie ihn sehen.«

»Wann darf ich nach Hause?«

»Zu Weihnachten, vielleicht. Eine Woche wird es schon dauern, bis Sie wieder auf den Beinen sind.« Dr. Laing zog einen Augenspiegel hervor und lächelte. »Wollen mal sehen, ob alle Funktionen Ihres Gehirns ebenfalls wieder erwacht sind.«

Nach Abschluss ihrer Tests schien Dr. Laing zufrieden. »Natürlich wissen wir nicht genau, was Sie alles über sich ergehen lassen mussten.« Sie zögerte. »Gibt es irgendetwas, das Sie mir anvertrauen möchten?«

Candy begriff nicht, was sie meinte.

Dr. Laing sprach in leichtem Ton. »Sie wurden von einem Boot mit ausschließlich männlicher Besatzung geborgen.«

Candy begriff. »Daran kann ich mich nicht erinnern.«

Lächelnd legte Dr. Laing ihre Instrumente weg. »Dann gibt es auch nichts zu erinnern. Ich wollte mir nur das Ergebnis meiner Untersuchung bestätigen lassen.«

»Kemal«, sagte Candy, die plötzlich begriff, wer die Fahrt mit dem Schiff mit den schwarzen Segeln arrangiert hatte. »Er ist auch nach Hause gegangen.«

Dr. Laing strich die Laken glatt. »Gut. Ruhen Sie sich jetzt aus.«

Candys Beziehung zur Realität war wie ein flüchtiger Flirt; eben noch da, dann wieder weg. Der Kapitän kam sie besuchen und einen Augenblick lang dachte sie, es sei ihr Vater. Als sie das nächste Mal aufwachte, dauerte es einige Sekunden, bis sie den Besucher bemerkte – einen korpulenten, zerknittert aussehenden Mann mit dicken Tränensäcken unter den Augen.

»Hallo«, sagte sie benommen. »Sind Sie Arzt?«

Seine Hände flehten mit einer inständigen Gebärde, sie dürfe sich auf keinen Fall körperlich anstrengen. Bevor er sich an ihr Bett setzte, warf er einen Blick zur Tür. »Barry Pitman«, flüsterte er. Er zog den Stuhl so nahe wie möglich an das Bett. »Candida?«, fragte er heiser. »Candida Woodville?«

»Candy.«

»Dem Himmel sei Dank«, hauchte Pitman und schloss dankbar die Augen. Er nahm ein Notizbuch zur Hand und leckte sich die Lippen. »Candy, ich möchte Ihnen ein paar Fragen stellen.«

»Habe alles schon der Ärztin erzählt.«

»Über die schrecklichen Torturen, die Sie hinter sich haben.«

»Nicht jetzt. Nicht wichtig.«

»Nicht wichtig? Candy, Sie sind die größte Story der Welt. Sie sind ein Phänomen, ein Wunder, eine Inspiration.«

»Ich fühle mich beschissen, ehrlich gesagt.«

Wieder warf Pitman einen prüfenden Blick zur Tür. »Die Wahrheit. Genau. Das ist es, was wir wollen.«

Seine Augen erinnerten Candy an weichgekochte Eier. Er beugte sich noch näher zu ihr, so nahe, dass sie seinen alkoholgeschwängerten Atem riechen konnte.

»Hat man Ihnen schon erzählt, dass noch jemand überlebt hat?«

»Disco?«

Pitman runzelte die Stirn.

»Cass«, erläuterte Candy. »In seinem Pass stand Cass, aber Jay hat ihm nicht geglaubt.«

Pitman kratzte sich mit seinem Kugelschreiber an der Stirn. »Ich spreche von Jay, dem Autor, dem Mann, den man vom Rettungsfloß geholt hat.«

Seine Worte drangen endlich durch Candys Fiebernebel. »Sie meinen, Jay lebt?« Angestrengt versuchte sie, sich aufzusetzen. »Jay lebt?«

»Pst!«, bat Pitman. »Pst! Ja, Jay lebt. Er steht in den Schlagzeilen auf allen Titelseiten. Jedenfalls bis morgen.«

Wieder versank Candy in einem wirren Schwindelgefühl. »Wo ist Disco?«

Pitman zog sein Notizbuch zurate. »Tot. Er ging mit Ihnen über Bord und ertrank. Erinnern Sie sich nicht?«

»Stimmt nicht.«

»Was stimmt nicht? Ging er nicht über Bord oder ertrank er nicht?«

Candy lächelte. »Jay hat ihn umgebracht.«

Pitman lachte und blickte nervös zur Tür. »Ich glaube, Sie haben immer noch Fieberfantasien.«

»Musste ihn umbringen«, sagte Candy träumerisch. »War ein Mörder. Hat den armen Kent erschossen. Hat versucht mich umzubringen. Stieß mich aus dem Boot.«

»Er hat Sie gestoßen? Warum?«

»Hat mich gehasst.«

»Und weil er Ihnen das angetan hat, hat Jay ihn umgebracht.«

»Musste er. Sonst hätte Disco ihn umgebracht.«

Pitman fuhr sich mit der Zunge über die Lippen. »Das ist eine sehr ernste Beschuldigung, Candy.«

Vage wurde ihr bewusst, dass sie in trübes Wasser geriet. »Sind Sie Polizist?«

»Ich bin Journalist.«

»Oh.«

»Warum kam Jay nicht zurück und hat nach Ihnen gesucht?«

»Weiß nicht. Kann nicht ... will nicht mehr reden.«

»Wollen Sie damit sagen, er hat Sie im Stich gelassen?«

Candy, hilflos in ihren Kissen liegend, begann sich zu widersetzen. »Wo ist Doktor ... Penny?«

»Okay, okay. Vergessen Sie Jay und Disco. Sie wurden aus dem Boot gestoßen und sind irgendwie auf die Insel zurückgekommen. Was dann? Hat das Schiff Sie an Bord genommen?«

»Bin auf einem Floß die Küste entlang.«

»Auf einem Floß? Oh, das ist gut, Candy. Das ist großartig. Wie viele Tage waren Sie auf diesem Floß?«

»Sechs, sieben Tage. Weiß nicht genau.«

»Und dann sind Sie auf das Schiff gestoßen.«

»Fuhr einen Fluss hinauf. Bis zu einem Dorf.«

»Das wird ja immer besser. Verdammt großartig. Gut, Sie ruderten also einen Fluss hinauf bis zu einem Dorf.«

»Kemal hat gerudert.«

»Wer ist Kemal?«

»Ein Pirat. So was wie ein Piratenlehrling.«

»Einer von den Piraten, die Dexter umgebracht haben?«

»Netter Kerl. Ein Freund.«

»Ein Freund? Verdammt! Sie haben mit einem Piraten Freundschaft geschlossen?«

»Bin müde.«

»Erzählen Sie mir mehr über diesen netten Piraten.«

»Nichts mehr.«

»Bitte, Candy, das ist eine fantastische Geschichte. Die Welt hat ein Recht darauf, sie zu erfahren.«

Pitmans Gesicht war bis auf die rote Öffnung zusammengeschrumpft, die sein Mund sein musste. Candy drehte den Kopf weg. »Gehen Sie.«

»Eine letzte Frage noch.« Pitmans Miene wurde sehr ernst. »Sagen Sie, haben Sie je die Hoffnung aufgegeben?«

»Ja.«

Pitman gluckste zufrieden in sich hinein und erhob sich. Candy glaubte schon, er sei gegangen, da hörte sie wieder ihren Namen. Licht blitzte in ihre Augen, gleich darauf blitzte es noch einmal.

»Candy, Sie haben mich reich gemacht und mir wieder einen Platz in meiner Zunft verschafft. Dafür mache ich Sie zum Star.«

»Will kein Star sein.«

Die Tür schloss sich saugend. Kein netter Mann, dachte Candy. Durch und durch fies. Aber Jay lebte. Was sagte man dazu?

Fünfzehn Stunden später wurde Candy von der *Gloriana* getragen und sah ihren Vater wieder. Das Wiedersehen verlief fast wortlos. Nur jede Menge Tränen, Lächeln und Umarmungen. Als man sie zum wartenden Krankenwagen begleitete, stürmte ihnen eine Menschentraube entgegen.

»Candy! He, Candy!«

Blitzlichter flammten auf.

»Wie, zum Teufel, sind die hierher gekommen?«

»Candy, stimmt es, dass Jay Boucher einen der Passagiere des Luftschiffes umgebracht hat?«

»Antworte nicht, Candy.«

»Warum hat er Sie zurückgelassen?«

»Gehen Sie aus dem Weg, verdammt noch mal.«

»Candy, Liebes, schenken Sie uns ein Lächeln.«

»Hauen Sie ab, aber schnell!«

»Sir, was ist das für ein Gefühl Ihre Tochter wiederzuhaben?«

# 37

Für Boucher begannen Briefe einzutreffen. Manche kamen von Menschen, die ihn beglückwünschten, ja sogar bewunderten, darunter von einer Frau, die sich mit ihm auf einer einsamen Insel niederlassen und ihm Kinder gebären wollte. Viele waren in kindlicher Schrift verfasst und ihre Absender wollten wissen, warum er nicht mehr zu Dexters Rettung unternommen habe. Auch zwei Morddrohungen waren darunter. Boucher begann sich verfolgt zu fühlen.

Drei Tage nach der vorläufigen Vertragsabsprache über die Veröffentlichungsrechte ging Lydias Tournee zu Ende und sie kam nach Hause. Sie schien reserviert und angespannt und Boucher suchte die Schuld dafür in seinem eigenen seltsamen Verhalten. Er schlief kaum und wenn ja, erwachte er schweißgebadet. Außerdem war er fahrig und konnte sich nicht einmal auf die leichtesten Aufgaben konzentrieren. Seit der zweiten Nacht zu Hause hatten Lydia und er sich nicht mehr geliebt, aber sie schien ihm seine Impotenz nicht übel zu nehmen.

Ihre Urlaubspläne hatten sich inzwischen konkretisiert. Sie hatten sich für Prag entschieden und saßen eines Abends über Reiseprospekten, als das Telefon läutete. Mitten in der Überlegung, für welches Hotel sie sich entscheiden sollten, klemmte Boucher zerstreut den Hörer unter das Kinn.

»Wie fühlt man sich so?«, fragte eine verstellte Stimme.

»Wer spricht da?«

»Dein Gewissen.«

»Lass mich in Ruhe.«

»Das Gewissen lässt dich nie in Ruhe. Wir sehen uns noch, Jay.«

Die Augen unverwandt auf den Prospekt gerichtet, legte Boucher den Hörer auf. Lydia sah ihn ängstlich an und er zwang sich zu einem Lächeln.

»Verwählt.«

In dieser Nacht schlief er zwei Stunden und am Morgen flog er nach Hollywood um mit drei Drehbuchdramaturgen – Brad, Ethan und Jerry – das Wildguard-Filmprojekt zu besprechen. Brad, mit einer Buchhalterbrille auf der Nase, sah aus wie siebzehn und nach seiner ungeheuren Blässe zu schließen hatte er sein ganzes Leben in einem dunklen Kino verbracht. Jerry war fett, bärtig und eifrig. Ethan trug eine Hornbrille und ein Tweedsakko, das ihm den Anstrich eines Hochschulabsolventen von der Ostküste verlieh.

»Das wird ein tolles Buch«, erklärte er und klopfte auf Bouchers Rohmanuskript, »aber aus tollen Büchern werden oft miese Filme.«

»Miese Filmemacher machen miese Filme.«

Das Trio lachte über seine geistreiche Bemerkung. »Sie wissen, was ich meine«, erwiderte Ethan. »Was sich gut liest, lässt sich nicht immer in gleicher Form auf die Leinwand übertragen. Wir kommen gleich auf ein paar Dinge zu sprechen, die unserer Meinung nach förmlich nach ein paar Änderungen und Anpassungen schreien.«

»Zum Beispiel?«

Ethan fuhr mit einem Stift an einer langen Liste entlang und runzelte dabei die Stirn, als säße er vor einer Speisekarte und könne sich nicht entscheiden, was er bestellen soll. »Okay«, meinte er schließlich, »fangen wir mit dem Tiger an.«

»Was stimmt nicht mit dem Tiger?«

»Tiger zählen zu den bedrohten Tierarten und stehen unter Schutz. Die Öffentlichkeit sieht sie als knuddelige Pelztierchen und im Kino zählt nur, was die Öffentlichkeit sieht.«

»Sie wollen den Tiger rausschmeißen?«

»Ein bisschen was ändern«, erklärte Jerry. »Wir machen aus ihm ein Tier, das durch einen von Wilderern verursachten Waldbrand schwer verunstaltet worden ist. So erscheint er Furcht erregend und wir behalten die Sympathie des Publikums.«

Boucher merkte, dass ihm die Kontrolle über das Drehbuch völlig zu entgleiten drohte. »Das echte Tier war reichlich furchterregend. Es hat vier von uns umgebracht.«

»Großartig«, sagte Ethan, als hätte sich ein Problem erledigt. »Gehen wir weiter zum nächsten wichtigen Punkt.« Er legte zwei Finger übereinander und schielte darüber hinweg. »Dexter und Nadine. Sie müssen in den Mittelpunkt gerückt werden, aber bei Ihnen spielen die beiden nur Nebenrollen.«

»Ich glaube, wir haben die beiden ein bisschen beschützt. Nadine fand die Insel ...«

Brad schaltete sich ein. »Alles begriffen, Jay, aber für den Film müssen wir ihnen einen höheren Stellenwert geben. Sie müssen stark in die Handlung mit eingebunden sein.«

»Wie denn?«

»Ihrer Aussage nach wurde Dexter angeschossen und dann von den Piraten einen Kopf kürzer gemacht, ohne dass ein richtiger Kampf stattgefunden hat.«

»Er hatte keine Chance sich zu wehren.«

»Lassen Sie es mich mal so sagen. Dexter Smith tötet bei dem Versuch Nadine zu beschützen zwei der Piraten. Als man ihn ermordet hat, zieht Nadine den Tod der sexuellen Sklaverei vor und wirft sich in das von Krokodilen wimmelnde Wasser.« Brad deutete mit einer lässigen Handbewegung an, wie einfach alles sein kann, sofern man die grundlegenden Dinge einmal begriffen hatte. »In gewisser Weise sind sie also wieder zusammen. Im Tod vereint.«

»Mir gefällt das«, sagte Jerry betont und schaute Boucher scharf an.

Boucher lachte auf. »Aber das ist reine Fantasie.«

Ethan fuhr mit seinem Kugelschreiber rund um seinen Notizblock. »Das ist unser Geschäft, Jay. Schon als er noch lebte, war Dexter Smith eine Legende und im Kino ist es von der Legende zur Fantasie nur ein kleiner Schritt. Dexter und Nadine verkaufen diesen Film. Das Publikum muss sich mit ihnen identifizieren können, und das geht nicht, wenn die Leute nur zu sehen kriegen, wie Dexter unter Palmen döst, während sich Nadine die Nägel poliert.«

»Das, was ich schreibe, wird im Widerspruch stehen zu dem, was ihr auf die Leinwand bringt.«

»Machen Sie sich darüber keine Gedanken. Filme und Bücher sind zwei völlig verschiedene Welten. Da gibt es kaum Berührungspunkte.« Ethan ging rasch zum nächsten Punkt weiter. »Gut. He, so langsam kommen wir hin. Dexters Musik wird eine der Hauptattraktionen. Als Soundtrack nehmen wir sein *Dirty Old Man*-Album. Dexter besaß auch bisher noch unveröffentlichtes Material. Wir dachten, wir arbeiten das so ein, dass es aussieht, als habe er diese Songs auf der Insel geschrieben.«

Boucher musste sich kneifen. »Habt ihr etwa vor daraus ein idiotisches *Musical* zu machen?«

Sie wechselten unbehagliche Blick, aber Brad kam eine Eingebung. »Ein Requiem«, verkündete er. »Ein Requiem, Jay.«

»Und was habt ihr mit mir vor?«

Ethan war erfreut darlegen zu können, dass sie an alles gedacht hatten. »Okay.« Seine Hände formten einen Rahmen. »Wir sehen Sie in der Dämmerung, nur als Silhouette im Boot, wie Sie auf die Insel zurückblicken. Bombastisches Anschwellen der Musik – Dexters Musik –, orchestriert für Streicher. Erhebend, optimistisch. Diese Musik verkündet, auch nach Dexter Smith's Tod leben seine Träume von einem saubereren Planeten weiter.«

»Was ist mit Candy?«

Ethan wirkte melancholisch. »Wir müssen sie runterschreiben, Jay.«

»Runterschreiben«, wiederholte Boucher.

»Wir müssen an den Markt denken, Jay.«

Boucher erhob sich wie ein Gespenst und marschierte zur Tür.

»Jay, wir sind noch nicht fertig.«

»Ich schon.«

»Sie haben einen Vertrag«, erinnerte ihn Ethan. »Sie stehen auf der Gehaltsliste.«

Auf dem Heimflug am gleichen Abend überlegte Boucher, ob er noch aussteigen konnte. Er hatte den Vertrag noch nicht unterzeichnet und es musste zahlreiche andere Filmgesellschaften geben, die die Wahrheit nicht derart entstellen würden.

Aber während er auf die unter ihm vorbeiziehende winterliche Prärie hinabblickte, war er sich im Klaren, dass dies nur ein müßiges Gedankenspiel bei an Bord serviertem Whiskey war. Er hatte Delta Glenn kommen lassen und damit einen dienstbaren Geist aus der Flasche geholt, den er nie wieder hineinbekommen würde um die Flasche anschließend zu verkorken. Außerdem, welches Recht hatte er das Drehbuchteam zu kritisieren? Er war auch nicht besser. Auch er hatte vor zu schneiden, zu kleben, abzuschwächen, zu verfälschen.

Von Zweifeln geplagt nahm er ein Taxi nach Hause. Er wollte gerade die Haustür aufschließen, als aus dem Dunkel jemand auf ihn zutrat.

»Sind Sie Jay Boucher?«

Erschrocken sah er sich fünf oder sechs Jugendlichen gegenüber, keiner älter als zwanzig, überwiegend Mädchen, alle mit Trauermiene. »Ja«, gab er zu.

»Warum haben Sie Dexter Smith einfach sterben lassen?«

Boucher fragte sich, ob es eines dieser Kinder gewesen war, dass ihn am Telefon bedroht hatte. Er bemühte sich vernünftig zu sprechen.

»Dexter Smith wurde von Piraten umgebracht. Niemand hätte ihn retten können.«

»Er wurde ermordet, während Sie ihn gefilmt haben. Das ist furchtbar.«

»Der Typ, der ihn gefilmt hat, hieß Disco und er ist ebenfalls tot. Jetzt entschuldigt mich.«

»Aber Sie haben den Film verkauft.«

Schiere Erschöpfung hinderte Boucher daran, sie einfach stehen zu lassen. »Seht mal, ich habe den Film als Dokumentarmaterial behalten. Er zeigt, was passiert ist. Ich verdiene keinen Cent damit.«

»Sie machen damit ein Fünf-Millionen-Dollar-Geschäft. Das steht in den Zeitungen.«

»Vier Millionen. Es tut mir wirklich Leid wegen Dexter, aber es ist kalt und ich muss rein.«

»Wir wollen nicht, dass Sie dieses Buch schreiben.«

Irgendetwas rastete in ihm aus. »Ich kann nicht aufhören. Ich werde nicht aufhören. Das ist meine *Arbeit*.«

Alle wichen zurück bis auf die Wortführerin, die noch einen Schritt auf ihn zutrat. Fast schüchtern sagte sie: »Warum sind Sie nicht an seiner Stelle gestorben?«

Als er vor seiner Wohnung stand, hörte er drinnen das Telefon läuten. Bis er endlich die Tür geöffnet hatte, war das Läuten verstummt. Lydia hielt ihm den Hörer entgegen. »Irgendein Mann.«

Voller Argwohn nahm Boucher den Hörer.

»Ich habe dich gewarnt, Jay. Und es wird noch schlimmer. Sehr viel schlimmer.«

Er warf den Hörer auf die Gabel und trat ans Fenster. Dexters Fans schoben immer noch Wache. Er drehte sich um und registrierte bestürzt die Furcht auf Lydias Gesicht.

»Irgendein Verrückter. Irgendein Dreckskerl.« Er ertrug die Spannung nicht mehr länger. »Herrgott noch mal, die Leute behandeln mich, als hätte ich etwas gestohlen.« Er machte eine wegwerfende Geste und ging zum Barschrank. »Ach, vergiss es. Denken wir lieber an Weihnachten in Prag.«

Er hatte sein Glas gefüllt und wollte es gerade an die Lippen setzen, als ihm Lydias hartnäckiges Schweigen auffiel.

»Was ist?«, erkundigte er sich und setzte das Glas ab.

»Ich komme nicht mit nach Prag.«

»Du kommst nicht mit?«

Sie setzte sich und legte die Hände in den Schoß. »Du hattest eine Affäre mit Candy.«

Boucher lachte gönnerhaft. »Eine Affäre? Auf dieser gottverlassenen Insel? So, wie du das sagst, klingt es, als hätten wir bei Kerzenlicht gespeist und nachmittags unseren heimlichen Techtelmechteln gefrönt.«

»Also Klartext. Hast du sie gebumst?«

Schlagartig verschwand jeglicher Humor aus Bouchers Miene. Zitternd vor Wut kehrte er Lydia den Rücken zu. »Das ist absurd.«

Lydia sprang auf. »Hast du sie gebumst?«

Boucher starrte aus dem Fenster. »Sie ist tot, Lydia.«

»In deiner Erinnerung lebt sie. In all den Stunden, die du wachliegst, denkst du nur an sie.«

Mit einem Mal erhielt Bouchers Trauer eine feste Form und Broucher brach zusammen. »Ja«, rief er. »Ich habe sie geliebt.«

Lydia ließ sich auf die Couch fallen und warf die Arme in die Höhe – Boucher glaubte zuerst, es sei eine Geste hoffnungsloser Verzweiflung, doch dann ging ihm auf, dass sie Erleichterung ausdrückte. Fragend sah er sie an. »Mein Gott, es geht überhaupt nicht um Candy.«

Lydia ließ sich mit ihrer Antwort Zeit. »Vor sechs Monaten lernte ich jemand anderen kennen – einen Musiker, Diethe. Ich war dir nicht untreu, Jay, das schwöre ich, aber nachdem man mir gesagt hatte, du seist tot, also, Diethe und ich ... Diethe gab mir Trost.«

Boucher empfand nichts. »Wie schön«, sagte er kalt. »Wie schön, dass du einen Mann an der Hand hattest, der dir über deinen kürzlich erlittenen schmerzlichen Verlust hinweghalf.«

»Bitte, Jay, es ist ja nicht so, dass du unschuldig wärst.«

»Meine Trostspenderin ist tot, Lydia.«

Lydia senkte die Augen. »Es tut mir wirklich Leid, Jay.«

Boucher verspürte große Lust die Wohnung in Trümmer zu legen. Stattdessen stakste er steifbeinig zum Telefon und rief Henry Ritter an.

»Henry, ich weiß, ich bin dir nicht gerade der liebste Mensch auf Erden, aber du bist der Einzige, an den ich mich im Moment wenden kann. Lydia und ich haben uns getrennt. Kann ich heute Nacht bei dir bleiben? Ich werde mich schnellstens nach etwas anderem umsehen.«

»He, bleib so lange du willst. Bleib über Weihnachten. Ich besorge neue Karten.«

»Jetzt kommt deine Chance. Das Spiel läuft gegen mich.«

Ritter wohnte immer noch in der heruntergekommenen Gegend, in der sie beide aufgewachsen waren. Als Ritter die Tür öffnete, stand eine dralle, hübsche junge Frau hinter ihm, die Boucher noch nie gesehen hatte, und grinste über das ganze Gesicht.

»Ah, verdammt, Henry, du hättest mir Bescheid sagen sollen. Ich gehe in ein Hotel. Kein Problem.«

»Du bleibst. Nancy will dich unbedingt kennen lernen. Sie kann nicht glauben, dass du wirklich ein so schlimmer Finger bist, wie ich ihr erzählt habe.«

Nancy war Dichterin, eine Dichterin, deren Werke veröffentlicht wurden, und sie schien bei Ritter eine bemerkenswerte Verwandlung bewirkt zu haben.

»Du lächelst unentwegt.« Boucher staunte. »Du musst eine Glückssträhne haben.«

»Letzte Woche habe ich wieder Hundert verloren. So langsam glaube ich, ich sollte mich auf ein anderes Spiel verlegen.«

»Henrys Roman ist angenommen worden«, verkündete Nancy.

Wortlos ging Boucher auf den Freund zu und umarmte den alten Sparringspartner. »Du Mistkerl, du verdammt guter Mistkerl.« Es war lächerlich, aber ein Fünkchen Neid konnte er nicht unterdrücken.

»Die verkaufte Auflage beträgt sicher nur tausend Stück, schon super, wirklich.«

»Aber ein Roman. In deinem eigenen Kopf entstanden. Komm schon, das schreit nach feiern.«

»Was ist mit Lydia?«

»Zwei Gründe zum Feiern.«

Er ließ eine Flasche fünfzehn Jahre alten Maltwhiskey kommen. Gegen Mitternacht, als sich der Whiskey auf die Hälfte seines ursprünglichen Volumens reduziert hatte, überließ Nancy die beiden dem Rest der Flasche. In diesem Stadium haderte Boucher mit sich.

»Warum kann ich die verdammte Story nicht schreiben?«

»Weil du selbst zu tief drinsteckst.«

»Willst du damit sagen, man kann keine Reportage über ein eigenes Erlebnis schreiben? Das es von dritter Seite bewertet und bearbeitet werden muss?«

»Schriftsteller gehen außen um die Dinge herum. Sie marschieren nicht geradewegs darauflos. Sie treffen ihr Ziel über Bande, hier wird etwas gestreift, da etwas hervorgehoben.« Ritter unterdrückte einen Schluckauf. »Aber niemals das ganze ...«, er ruderte mit einem Arm »... ganze verdammte Zeug. Nimm den Krieg. Krieg ist das größte Ereignis überhaupt, das allergrößte, und viele Schriftsteller haben Krieg erlebt, aber wie viele haben darüber geschrieben? Verdammt wenige. Manche Themen sind einfach *zu* groß.«

Bouchers alkoholbedingtes Hoch verzog sich und er blieb gestrandet auf einer wüstenartigen Hochebene zurück.

»Sogar *du* bist der Ansicht, ich sollte die Finger davon lassen.«

»Du machst dich fertig. Es ist nicht nur das Schreiben. Es ist der ganze Scheiß, der noch daranhängt. Ich habe gelesen, Wildguard will das Copyright. Nadines Familie droht mit einstweiliger Verfügung. Es frisst dich auf. Du wirst nie mehr dazu imstande sein, wieder das zu tun, was du am besten kannst.«

»Na wunderbar. Hallo, Klugscheißer-Artikel; tschüs, vier Millionen Dollar.«

»Du hast überlebt, Jay. Als Einziger. Das ist dein Lohn.«

»Mein Leben ist einen Scheißdreck wert«, antwortete Boucher, schlagartig nüchtern geworden und starrte lange in den Rest Whiskey in seinem Glas. »Die Story ist das Einzige, was dem Ganzen einen Sinn verleiht. Wenn ich sie begraben muss, bringt mich das ins Grab.«

»Vielleicht solltest du es mit einer Therapie versuchen. Vielleicht kommst du auf diese Weise darüber hinweg.«

»Zu einem Seelenklempner gehen? *Bezahlen* für das Privileg?«

Das Lachend darüber fiel schwer, aber Boucher lachte.

Zu sehr unchristlicher Stunde schüttelte Ritter ihn aus fast bewusstlosem Schlaf.

»Es ist diese Agentin. Klingt, als sei sie aus dem Häuschen.«

Zu betrunken um automatisch zu funktionieren musste Boucher ausprobieren, welches Ende des Hörers er an sein Ohr halten musste.

»Wo sind Sie gewesen? Seit drei Stunden versuche ich Sie zu erreichen.«

»Persönliche Krise.«

»Sie gehen schweren Zeiten entgegen. Für den 6.20-Flug nach New York ist ein Platz für Sie gebucht. Ein Wagen wird Sie abholen. Alles mitgekriegt?«

»Was ist denn los?«

»Was nicht? Seien Sie pünktlich.«

Besorgt beobachtete Ritter, wie Boucher am Apparat herumfummelte und -tastete und schließlich den Hörer auf die Gabel donnerte.

»Probleme?«

»Sieht so aus.«

Verkatert und besorgt flog Boucher nach New York. Er grübelte über verschiedene Szenarios nach, die alle zu seinem Ruin führen könnten. Den höchsten Einsatz verwettete er darauf, dass Discos Leiche gefunden worden war. Dieser Typ war wie ein Virus, einfach nicht totzukriegen.

Dieses Mal erwartete ihn kein Ehrengeleit. Ein junger Redakteur führte ihn die Treppe hinauf. Ein anderes Büro, ein paar Leute, deren Mienen die ganze Skala von Verlegenheit bis Grimmigkeit abdeckten. Mit das grimmigste Gesicht zog Delta.

Bouchers Lächeln kam wie ein schuldbewusstes Grinsen heraus. »Freut mich Sie zu sehen.«

»Setzen Sie sich, Jay«, befahl Pulman. Er hielt ein paar Zeitungsseiten in der Hand. »Die heutige Ausgabe des Londoner *Daily Express*. Wir haben sie kurz vor Mitternacht bekommen, zu spät also für die Morgenausgaben.« Er reichte ihm die Zeitung. »Im Laufe des Tages ist es im ganzen Land herum.«

AM LEBEN! verkündete die Balkenüberschrift – angereichert mit einem grobkörnig vergrößerten Foto von Candy, die anscheinend halb bewusstlos in einem Krankenhausbett lag.

Verständnislos blickte Boucher auf. Und starrte wieder auf das Bild. Immer noch begriff er nicht.

Pulman räusperte sich. »Candy wurde am vierzehnten von einem Fischerboot geborgen. Gestern hat das Schiff, das sie an Bord genommen hat, in Singapur angelegt. Irgendeinem Schmierer von der Bordzeitung gelang es, sich Zutritt zu ihrem Zimmer zu verschaffen und sie zu interviewen.«

Boucher konnte nicht anders, er weinte. Er rang nach Luft

und versuchte sich für diese unpassende öffentliche Zurschaustellung seiner Gefühle zu entschuldigen, aber sobald er den Mund öffnete, brach er erneut in Schluchzen aus. Jemand reichte ihm ein Papiertaschentuch und er lachte unter Tränen. »Warum diese betretenen Gesichter? Candy lebt!«

»Lesen Sie das«, sagte Pulman.

*Von allen ihren Freunden verlassen überlebte Candy Woodville das Martyrium einer Floßfahrt mit einem der Piraten, die das Rockidol Dexter Smith brutal ermordet haben. In diesen sieben langen Tagen, unter Fieberqualen, wurden sie und der Mörder zu Freunden, erzählte sie …*

Boucher verstand immer noch nicht und sah die anderen fragend an.

»Sie haben uns gesagt, Sie hätten mit eigenen Augen gesehen, wie sie ertrank«, konstatierte einer der Anwälte.

»Ich habe mich geirrt. Und ich freue mich unglaublich darüber.«

»Es geht noch weiter«, warnte ihn Pulman. »Es kommt noch schlimmer.«

Die Seiten vier und fünf waren mit Fotos voll gepflastert. Die meisten waren von Candy, aber auch ein Bild von ihm war darunter, wie er abgehärmt und alles anderes als vertrauenswürdig aussehend am Kennedy-Flughafen ankam. Das Foto sprang ihn förmlich an. »Hat dieser Mann einen Schicksalsgefährten ermordet?«

Mit kalter Faszination las Boucher weiter.

*Immer noch unter den verheerenden Folgen ihrer albtraumhaften Reise leidend berichtete mir Candy, Jay Boucher, der amerikanische Journalist, der bis heute als einziger Überlebender der Wildguard-Katastrophe galt, habe Disco im Verlauf eines Streits umgebracht …*

Eine eiskalte Faust schloss sich um Bouchers Herz, als ihm klar wurde, was Candy angerichtet hatte. Blitzschnell startete er einen Versuch zu retten, was noch zu retten war. »Dieser Spinner hat sich das ausgedacht«, feixte er und schnippte lässig gegen die Zeitung. »Sehen Sie sich doch an, in welchem Zustand sich Candy befindet. Sie steht unter dem Einfluss von Medikamenten, ist praktisch bewusstlos. Außerdem kann sie gar nicht wissen, was mit Disco passiert ist, weil er sie bereits ...«

»Über Bord gestoßen hatte?«

Ein Blick in ihre Gesichter machte Boucher unmissverständlich klar, dass er erledigt war.

»Niemand will Sie in die Enge treiben, Jay. Aber wenn dieser Disco Kent Bartok umgebracht hat, wie Candy behauptet, warum haben Sie ihn dann geschützt?«

Die furchtbare Ironie traf ihn wie ein Faustschlag. Er hatte getan, was in seinen Kräften stand um Candy herauszuhalten, und alles, was er erreicht hatte, war Disco von jeglicher Schuld freizusprechen. Einen Augenblick lang lag ihm die Wahrheit auf der Zunge.

»Ich sage kein Wort mehr, bevor ich nicht mit Candy gesprochen habe.«

Pulman seufzte. Der verantwortliche Anwalt meldete sich zu Wort. »Jay, das ist eine harte Nuss. Wir möchten unsere Vereinbarung unter Berücksichtigung zuverlässigerer und eingehenderer Informationen noch einmal überprüfen.«

Boucher stand auf. Auf dem Weg zur Tür fühlte er ihre Blicke auf sich gerichtet. Delta schloss sich ihm draußen an. Auf halbem Weg ins Erdgeschoss brach er das Schweigen.

»Das war's dann also.«

Delta zuckte die Achseln, als sei es ihr im Grunde egal. »Vielleicht lässt sich noch was retten.«

»Eine einzige falsche Anschuldigung und sie schicken einen in die Wüste.«

»Jay, es sind nicht nur diese Behauptungen, die ihnen Kopfschmerzen machen. Jedenfalls nicht, solange diese nicht glaubhaft bewiesen sind.« Delta ließ ein Fragezeichen im Raum stehen, aber Boucher ignorierte es. »Was sie wirklich ärgert, ist die Tatsache, dass sie fest davon überzeugt waren, eine Exklusivstory eingekauft zu haben, und eben das ist jetzt nicht mehr der Fall. Aus allen Ecken der Welt strömen die Medien in Scharen zu Candy. Ist Ihnen klar, was sie für einen Marktwert besitzt? Eine junge, gut aussehende Frau, von ihren eigenen Freunden für tot gehalten, fährt mit einem der Piraten, die Dexter Smith ermordet haben, auf einem Floß die Küste entlang und einen Fluss hinauf.«

»Ich sagte Ihnen ja, sie ist bemerkenswert.«

»Sie ist ein Star und Sie … Nun ja, Jay, Sie sind weit abgeschlagen Zweiter, und das ist wie eine Silbermedaille bei den Olympischen Spielen. Wen kümmert das? Wer kann sich noch an Ihren Namen erinnern?« Irritiert wich Delta einen Schritt zurück. »Warum lächeln Sie?«

»Disco hat mich gewarnt. Er sagte, wenn Candy zurückkommt, wird sie der Liebling der Medien.«

Die Aufzugtüren öffneten sich. »Okay, Jay, wir legen die Sache auf Eis, bis wir in Bezug auf Candys Story Klarheit haben. He, wo gehen Sie hin?«

»Was glauben Sie wohl?«

# 38

Schwach, mitgenommen und zwanzig Pfund leichter als vor ihrer Abreise nach Borneo lag Candy in Singapur im Krankenhaus.

Sie bekam kaum etwas mit von der Medienhysterie um ihre Rettung. Sobald sie auf ihr Martyrium auf der Insel zu sprechen kam, wechselte ihr Vater das Thema. Er behauptete, die emotionalen Wunden seien noch zu frisch um daran zu rühren. Aber am dritten Tag bestand sie darauf, dass er zuhörte.

»Vorher solltest du das lesen.« Ihr Vater reichte ihr einen Zeitungsausschnitt. »Das ist der umfassendste Bericht von Boucher, den wir kriegen konnten.«

Er stand auf und trat, die Hände in den Taschen, ans Fenster und aus seiner Weigerung ihr ins Gesicht zu sehen schloss Candy, Boucher müsse sämtliche unappetitliche Details geschildert haben. Sie begann zu lesen, zuerst voller Angst, dann zunehmend erstaunt. Disco wurde kaum erwähnt. Nicht eine Andeutung auf die von ihm begangenen Verbrechen.

»Das ist ...«, begann sie, aber ein Blick in das angespannte Gesicht ihres Vaters erinnerte sie daran, warum Jay Disco unterschlagen hatte. Sie versuchte zu lächeln. »Journalisten machen keine halben Sachen, wenn es zum Angriff geht.«

Ihr Vater nickte und gestikulierte am Fenster nach unten. »Sie belagern uns regelrecht. Da draußen müssen ein halbes Dutzend Fernsehteams und mindestens hundert Journalisten herumlungern. Gestern ist es einem fast gelungen, hier einzudringen.«

»Steht deshalb ein Polizist an der Tür?«

Er ließ sich Zeit mit seiner Antwort und wieder ging er nicht auf ihre Frage ein. »Wenn ich gewusst hätte, mit was für Leuten du da zusammenkommst, hätte ich dich nicht gehen lassen.«

Candy lächelte schwach. »Hätte *ich* es gewusst, wäre ich auch nicht unbedingt scharf darauf gewesen.«

»Sich blind auf etwas einzulassen ist doch sonst nicht deine Art. Sollte das so etwas wie eine Rebellion sein?«

»So dramatisch war es nicht«, antwortete Candy und fragte sich, ob Aufmüpfigkeit bei ihrer Entscheidung eine Rolle gespielt *hatte*.

Verständnislos schüttelte ihr Vater den Kopf. »Alle diese schrecklichen Dinge, die passiert sind. Ich begreife das alles nicht.«

»Anfangs schien der Aufenthalt auf der Insel wie ein Abenteuer und dann«, Candy unterdrückte ein Schluchzen, »dann brach alles zusammen.«

Ihr Vater betrachtete angelegentlich seine Füße.

Candy nahm sich zusammen. »Daddy, wann können wir nach Hause?«

Er machte eine hilflose Geste. »Ich fürchte, dafür bin ich nicht der richtige Ansprechpartner.«

Langsam setzte sich Candy auf. »Was stimmt nicht?«

Unangenehm berührt zuckte ihr Vater mit den Achseln. »Es ist dieser Boucher.«

»Jay? Hast du mit ihm gesprochen?«

Etwas auf dem Boden des Krankenhauszimmers schien die Aufmerksamkeit ihres Vaters völlig in Anspruch zu nehmen. »Er hat bald nach seiner Rückkehr in die Vereinigten Staaten kurz mit mir telefoniert. Er fragte, ob er mich besuchen dürfe. Ich hielt ein Treffen nicht für angebracht.«

»Du dachtest, ich sei tot.« Candys Stimme wurde hoch vor Verwunderung. »Und du hast dich geweigert mit dem Menschen zu sprechen, der mir am nächsten stand.«

Ihr Vater zuckte zusammen. »Ich nahm an, es ging um sein Buch. Was sollte ich von ihm denken? Drei oder vier Tage nach seiner Rückkehr unterschrieb er einen Vertrag für ein Buch. Dieser Mann ist ein Blutsauger.«

»Er war mein *Freund*.«

Ihr Vater rührte sich nicht. »Ein enger Freund?«

»Willst du wissen, ob ich mit ihm geschlafen habe? Gott! Ja, wenn du es genau wissen *musst*.«

Ihr Vater schloss kurz die Augen. »Mit deinem Einverständnis?«

»Mit Vergnügen, genauer gesagt. Was hat das mit all dem zu tun?«

»Liebst du ihn?«

Candy betrachtete ausgiebig die antiseptische Umgebung. »Es handelt sich nicht um eine kopflose Leidenschaft.«

»Du bist eine erwachsene Frau. Wen du dir aussuchst ... Tja, es ist deine Affäre. Aber dieser Mann ist ein Ausbeuter. Er handelt mit Leid.«

Nun wurde Candy zornig. »Jay hat mich vor dem Ertrinken gerettet. Als ich mich in den Mangroven verirrt hatte, war er es, der nach mir gesucht hat. Er hat mich gepflegt, als ich krank war. Ohne ihn wäre ich tot.«

Ihr Vater ging zur Tür und sah nach, ob der Polizist noch draußen stand. Als er sich wieder zu ihr umdrehte, hatte sich sein Verhalten geändert, er wirkte eindringlich. »Du hast diesem Reporter auf dem Schiff erzählt, er hätte diesen anderen Kerl ermordet – den, der dich über Bord gestoßen hat.«

Nach diesem Schock setzte Candys Denkvermögen völlig aus. »Ich erinnere mich nicht. Ich kann mich an gar nichts erinnern, was ich ...«

Ihr Vater setzte sich neben sie und nahm ihre Hand. »Stimmt das? Antworte mir, Candy. Warum wollte Disco, dass du stirbst? Was, um alles in der Welt, ist dort wirklich vorgefallen?«

Sie schaute ihrem Vater ins Gesicht und sah die Verzweiflung und Sorge in seinen Augen und plötzlich hatte Candy genug von der Täuschung. Es machte sie krank. Sie spürte, wie sich ihr Gesicht hässlich verzog. »Disco hat versucht mich zu vergewaltigen. Er hat Kent ermordet, weil der nicht mitmachen wollte.«

Entsetzt starrte ihr Vater sie an. »Es freut mich, sagen zu können, dass Disco nicht sehr weit gekommen ist.«

Ihr Vater alterte vor ihren Augen. Mit Mühe erhob er sich. »Das braucht nicht bekannt zu werden.«

»Machst du dir Gedanken, was sie im Kavallerieclub dazu sagen werden?«

»Ach was, verdammt.« Er begann, auf und ab zu gehen. »Candy, als Boucher hörte, dass man dich gerettet hat, hatte der Idiot nichts Besseres zu tun als nach Singapur zu fliegen. Noch am Flughafen hat man ihn verhaftet und in Untersuchungshaft gesteckt. Offiziell heißt es, er habe für die Ermittlungen entscheidend wichtige Videokassetten außer Landes geschmuggelt, aber der wirkliche Grund ist, dass die Polizei davon überzeugt ist, Kent Bartok und Disco seien ermordet worden. Sie hatten diesen Verdacht von Anfang an und dann kamst du daher und hast es diesem Journalisten auf die Nase gebunden.«

Candy schlug die Hand vor den Mund. »Oh, Jay«, flüsterte sie.

Ihr Vater ergriff ihre Hand. »Sieh mal, ich habe mit einem guten Anwalt gesprochen. Wenn Boucher die Nerven behält, kann die Polizei nichts Ernstes gegen ihn vorbringen. Ohne Discos Leiche spielt es im Grunde keine Rolle, was die Polizei glaubt. Wichtig ist, dass du Bouchers Version bestätigst. Ich wollte ihn besuchen, aber die Polizei lässt niemanden zu ihm, bevor du nicht ausgesagt hast.«

Bei dem Gedanken an eine Vernehmung durch die Polizei wurde Candy ganz flau. »Muss ich?«

»Du kannst dir gar nicht vorstellen, was alles unternommen worden ist um dir das zu ersparen. Der Botschafter persönlich hat interveniert und um deine sofortige Heimkehr nach England nachgesucht. Aber die Regierung in Singapur steht mächtig unter diplomatischem Druck vonseiten Jakartas. Die Indonesier haben wegen ihres totalen Versagens bei der Suche nach den Wildguard-Überlebenden das Gesicht verloren. Außerdem haben sie eine schlechte Presse wegen dieser Piratengeschichte. Wenn die Indonesier beweisen könnten, dass du, Boucher oder einer der anderen diese Verbrechen auf ihrem Territorium begangen haben, nähme das den Angriffen einiges an Schärfe.«

»Was passiert, wenn ich die Wahrheit sage?«

»Dann schickt man dich und Boucher mit fast an Sicherheit grenzender Wahrscheinlichkeit nach Indonesien zurück.«

Candy überlegte, was das für Folgen haben könnte. Sie riss sich zusammen. »Wann will die Polizei mit mir reden?«

»Morgen Vormittag. Eine Menge Zeit also um deinen Text zu lernen.«

»Meinen Text«, wiederholte Candy mit tonloser Stimme.

Ihr Vater tätschelte ihre Schulter. »Wir sind schrecklich stolz auf dich.« Er sah ihr dabei nicht offen in die Augen.

Kaum war er gegangen, bebte Candys Mund unkontrolliert, ihre Mundwinkel zogen sich nach unten und begannen zu zittern. Sie brach in Tränen aus. So sehr sie auch dagegen anzukämpfen versuchte, die Schleusen hatten sich geöffnet. Sie weinte und weinte. Jedes Mal, wenn sie dachte, sie habe keine Tränen mehr, füllte ihr Herz sie auf und sie fing von vorne an. Die sind für Kent, dachte sie. Die sind für Nadine. Sie hatte Tränen für alle. Nur bei Disco blieb ihr Herz kalt.

Inspektor Lee hörte sich Candys bereinigte Version mit höflichem Ärger an. Als sie geendet hatte, spielte er mit einem goldenen Feuerzeug. Rauchen war in Singapur fast ein politisches Verbrechen, wie Candy wusste. Lee musste ein entsetzlich frustrierter Mensch sein.

»Kommen wir noch einmal auf Disco zurück.« Er ließ nicht locker.

»Ich glaube, sein richtiger Name ist Cass. Norman Richard Cass.«

Lee hörte auf mit dem Feuerzeug herumzuspielen. »Laut Boucher hat niemand seine wahre Identität gekannt.«

»Ich kam auch erst dahinter, nachdem ich auf die Insel zurückgeschwommen bin. Disco hatte bei dem Absturz sein Gepäck verloren. Ich erinnere mich, dass er Jay gebeten hat danach Ausschau zu halten. Kemal hat die Tasche gefunden und die Brieftasche behalten. Darin befanden sich Kreditkarten, die auf den Namen Cass ausgestellt waren.«

»Ein Pass?«

»Nein, nur Geld und Kreditkarten – viel Geld.«

Lee borgte sich ein Notizbuch von einem seiner Beamten. »Bitte, schreiben Sie mir den Namen auf.«

Candy gehorchte. Lee betrachtete nachdenklich den Namen und reichte das Buch dem Beamten mit einem Befehl auf Chinesisch zurück. Er kam erst wieder auf sein Lieblingsthema zu sprechen, als sein Mitarbeiter gegangen war.

»Boucher gibt zu, dass er vor Disco Angst hatte. Warum?«

»Ich kann nicht für Jay sprechen. Das müssen Sie ihn selbst fragen.«

Lees Augen wurden schmal. »Hatten *Sie* Angst vor ihm?«

»Ich mochte ihn nicht. Sein Benehmen war ... unangenehm.«

»Hat er Sie in irgendeiner Form belästigt?«

Candy wappnete sich. »Nicht körperlich.«

Lee knipste mit seinem Feuerzeug und Candy bemerkte die Nikotinflecken an seinen Fingern. »Wo haben Sie in der Nacht nach dem Überfall der Piraten geschlafen?«

Das war die Nacht, in der sie im Wald Zuflucht gesucht hatte. Sie überlegte, ob das eine Fangfrage sein könnte. »Im Lager, mit Jay, Disco und ... eben wir.«

»Also in dem Lager, das Sie in der Nacht darauf verlassen haben – nach dem Gewitter, gegen Mitternacht.«

Candy bemerkte die Falle, konnte ihr aber nicht ausweichen. »Ja.«

Lee verglich ihre Aussage mit der auf einem anderem Papier. »Sowohl Sie als auch Boucher sagen aus, Kent Bartok sei in diesem Lager von den Piraten umgebracht worden. Die indonesische Polizei hat gerichtsmedizinische Hinweise, die Ihre Aussage bestätigen.«

Candy steckte in einem Loch und ihr blieb nichts anderes übrig als sich tiefer einzugraben. »Dann stimmen ja alle Aussagen überein.«

»Sie blieben in der Nacht nach dem Abzug der Piraten und den ganzen nächsten Tag über in einem Lager, das sich nicht einmal zehn Meter von Kent Bartoks Leiche entfernt befand. Und während dieser Zeit machten Sie keinen Versuch ihn zu begraben oder wenigstens wegzutragen.« Ein provozierendes Schweigen lastete im Raum. »Miss Woodville, Sie wissen, wie schnell eine Leiche in den Tropen in Verwesung übergeht.«

Candy zog sich auf ihre Ausweichposition zurück. »Ich hatte Fieber. Die letzten sechsunddreißig Stunden auf der Insel sind mir nur noch schemenhaft in Erinnerung. Auf mein Gedächtnis ist deshalb nicht hundertprozentig Verlass.«

»Das Gewehr, mit dem Mr Bartok erschossen wurde, fand man zwanzig Meter von seiner Leiche entfernt. Nicht abgefeuerte Patronen fand man verteilt in der Nähe. Kugeln aus derselben Waffe steckten in Baumstämmen in unmittelbarer Nähe. Und dabei handelt es sich um das Gewehr, das Ihrer Aussage nach Jaeger dem Piraten, der Sie und Boucher bedroht hatte, abgenommen hatte – *nachdem* der Pirat Bartok erschossen hatte.«

Candys Anwalt gab ihr unauffällig ein Warnzeichen. »Ich weiß nicht recht, worauf Sie hinauswollen, Inspektor.«

Müde stand Lee auf. »Die Piraten haben Mr Bartok nicht erschossen. Sie waren zur Tatzeit bereits fort. Auch Jaeger war es nicht. Er war nicht in Ihrem Lager. Die einzigen Menschen, die bei Mr Bartok waren, als er ermordet wurde, waren Sie, Boucher und Disco.« Lee war kein großer Mann, aber plötzlich schien er gute fünf Zentimeter zu wachsen. »Miss Woodville, haben Sie Kent Bartok umgebracht?«

»Nein.«

»War es Boucher?«

»Nein.«

»Dann muss es Disco gewesen sein, so wie Sie es diesem Journalisten gegenüber gesagt haben.«

Candy zwang sich Lee ins Gesicht zu sehen. »Inspektor, Dr. Laing wird Ihnen bestätigen, dass ich Fieberfantasien hatte, als sich dieser Journalist in mein Zimmer eingeschlichen hat. Sie dürfen nicht alles, was ich zu ihm gesagt habe, ernst nehmen.«

»Sie haben Recht«, sagte Lee. »Ich darf Ihre Aussage nicht ernst nehmen.« Er steckte sein Notizbuch weg.

»Sind Sie fertig mit mir?«

Voller Verachtung sah Lee auf sie herab. »Sie können von Glück sagen, dass Ihre Familie einflussreiche Verbindungen hat, Miss Woodville. Ginge es nach mir, würde ich Sie nicht weglassen. Es gefällt mir nicht, dass Sie irgendeinem Journalisten die Wahrheit erzählen und mich belügen.« Lee zuckte die Achseln. »Ich habe kein Interesse mehr an Ihnen.«

Candy straffte die Schultern. »Ich kann also jederzeit nach Hause?«

»Je eher Sie Singapur verlassen, umso besser.«

»Und Jay?«

»Mr Boucher hat keine einflussreichen Freunde.«

»Sie können ihn nicht aus reiner Schikane im Gefängnis festhalten.«

»Sie bezeichnen die Suche nach der Wahrheit als einen Akt der Schikane?« Lee blieb an der Tür stehen. »Miss Woodville, wenn Sie Ihrem Freund helfen wollen, schlage ich vor, Sie erzählen mir endlich eine glaubwürdige Geschichte.«

Verunsichert hielt sich Candy an die Warnung, die ihr Anwalt ihr signalisierte. »Ich habe alles gesagt, was ich zu sagen habe.«

Kaum war Candy allein, warf sie sich wütend auf das Bett und trommelte mit den Fäusten auf ihre Kissen. Als ihr Vater eintrat, war sie noch immer völlig aufgelöst. Sie rollte sich auf den Rücken und starrte an die Decke.

»Er glaubt mir nicht.«

»Das macht nichts. Er kann sich nicht weiter in die Sache verbeißen. Wir haben den Medien Futter vorgeworfen, indem wir ihnen mitgeteilt haben, man hätte dich im Krankenhaus verhört. Ein einhelliger Aufschrei der Empörung war die Folge. Die Schakale sind also auch einmal für etwas gut.«

»Dann sieh zu, dass du mit ihrer Hilfe Jay aus dem Gefängnis holst.«

»Der Idiot hätte nicht herkommen sollen. Dazu bestand kein Grund.«

»Nein, wohl nicht«, rief Candy. »Und er hatte auch keinen Grund die versuchte Vergewaltigung durch Disco zu vertuschen. Er hat sie verschwiegen um mich zu schützen. Und dich!« Plötzlich wurde Candy klar, dass Disco gewonnen hatte. Jay saß im Gefängnis und Discos Verbrechen würden nie ans Licht kommen. Diese Tatsache würde ein Leben lang in ihrem Innern schwären. Sie setzte sich auf.

»Daddy, sind die Journalisten noch draußen?«

»Es wird ihnen bald langweilig werden, dann suchen sie sich jemand anderen, den sie belästigen können.«

»Ich möchte mit den Leuten reden.«

Entsetzt fuhr ihr Vater hoch. »Ich dachte, wir wären uns einig, dass …«

»Du hast gesagt, sie hätten uns geholfen. Ich glaube, dafür haben sie ein Bonbon verdient.«

»Nein, Candy.«

»Ich bitte dich nicht um Erlaubnis. Wenn du es nicht arrangierst, tue *ich* es.«

»Inspektor Lee wird das gar nicht gefallen.«

»Ich bin frei und kann gehen, wohin ich will, und ich kann reden, mit wem ich will.«

Die Pressekonferenz wurde für den nächsten Vormittag um elf Uhr in einem der Hörsäle des Krankenhauses anberaumt. Candy stand draußen auf dem Flur und lauschte dem Lärm, der zu ihr herausdrang. Sie hörte kaum die Stimme ihres Vaters, der noch einmal eindringlich versuchte ihr den Auftritt auszureden. »Ich weiß, was ich tue«, beharrte sie, obwohl sie vor Angst feuchte Hände hatte.

»Fertig?«, fragte jemand.

Die Tür schwang auf, und Blitzlichtgewitter und donnernder Applaus empfingen sie. Als die Lichter sie nicht mehr blendeten, sah sie, dass der Raum überfüllt war – jeder Sitz war besetzt, jeder Durchgang verstopft. Die Menge wogte nach vorn wie ein Mann. Ein Polizeikordon schob sie mit vereinten Kräften zurück. Candy entdeckte Inspektor Lee seitlich auf der Bühne.

Flankiert von ihrem Vater und ihrem Anwalt setzte sie sich an einen mitten auf der Bühne stehenden Tisch. Vor ihr hob ein Fotograf drohend die Faust gegen einen anderen, der ihm die Sicht zu versperren suchte. Aus dem Stimmengewirr pickte sie sich eine akzentuierte englische Stimme heraus.

»Wie geht es Ihnen, Candy?«

»Ich bin froh, dass ich lebe. Ich bedauere nur, dass Jay Boucher nicht hier unter uns sein kann.«

Langsam legte sich der Tumult. Inspektor Lee schaute stur geradeaus. Candy versuchte nicht an ihn zu denken.

»Wie fühlen Sie sich bei dem Gedanken, dass Jay Boucher im Gefängnis ist?«

»Ich bin erschüttert. Verzweifelt. Untröstlich. Jay hat sich nichts zuschulden kommen lassen. Im Gegenteil. Er hat mir das Leben gerettet.«

»Sie sagten dem Presseoffizier der *Gloriana*, Boucher habe Disco umgebracht und Sie sterbend zurückgelassen.«

»Quatsch. Jay hätte mich nie im Stich gelassen.«

»Was ist mit der Sache mit Disco?«

Candys Stimme erstarb. »Ich ... ich ...«

»Inspektor«, rief eine Stimme, »hat Candy Bouchers Version der Geschehnisse bestätigt?«

Lee trat einen Schritt nach vorn, aber Candy kam ihm zuvor. »Jay Boucher hat gelogen«, rief sie. »Er hat gelogen um meiner Familie Peinlichkeiten zu ersparen.« Plötzliche Stille trat ein und Candy verstummte. »Auch ich habe gelogen.«

»Gegenüber Barry Pitman?«

»Nein.« Candy hielt sich an der Tischkante fest. »Ich habe Inspektor Lee belogen.«

»Um Gottes willen!«, zischte ihr Vater.

Einer der Polizisten machte einen Schritt auf sie zu, aber Lee schickte ihn mit einer Handbewegung zurück. Candy blickte in die Menge ohne jemanden zu sehen. »Ich sagte Mr Pitman, Disco habe Kent Bartok umgebracht. Das ist die Wahrheit. Disco hat Kent erschossen und dann versucht mich zu vergewaltigen.«

»Bitte, Candy«, flehte ihr Vater sie durch den allgemeinen Aufschrei an, der durch die Menge ging. »Lass sein!« Er erhob sich. »Meine Damen und Herren, meine Tochter ist krank. Sie war ...«

»Ich habe Disco Gift injiziert«, rief Candy. »Er hatte den Tod verdient. Er war ein Ungeheuer.«

»Oh Mann«, stöhnte ein Journalist begeistert.

»*Haben* Sie ihn umgebracht?«

Candy senkte den Kopf. »Nein. Und Jay bestand darauf, dass wir ihn mitnehmen.«

»Ging er mit Ihnen über Bord?«

»Nein.«

»Dann wäre es also möglich, dass Jay ihn ermordet hat?«

»Ich habe keine Ahnung. Ich war nicht im Boot.«

»Aber ich!«, schrie eine Stimme, die gleich wieder von einer anderen übertönt wurde.

»Boucher wusste, dass der Überlebende Millionen kassiert. Durchaus ein gewichtiges Motiv um einen Menschen über Bord zu werfen.«

»Das ist die Wahrheit«, schrie die Stimme, die Candy vorhin schon gehört hatte. »*Das* ist die Wahrheit.«

Angestrengt spähte sie in das Meer von Gesichtern. Der Lärm im Saal verebbte in ihren Ohren zu einem allgemeinen Summen. »Tut mir Leid«, antwortete sie automatisch auf eine Frage, die jemand nur ein paar Meter von ihr entfernt heraufgeschrien hatte. »Würden Sie das bitte wiederholen?«

»Er hat die Pistole benutzt, die du ihm gegeben hast«, schrie die Stimme von vorhin. »Er hatte eine Kugel für mich aufgehoben.«

Candy fuhr zurück und ihr Vater sprang empört auf. »Was soll das?«

»Er ist es«, flüsterte sie. »Er ist es.«

»Wer?« Ihr Vater wirbelte zu ihr herum.

»Disco. Er ist hier.«

Eilig winkte ihr Vater einen Angehörigen des Pflegepersonals herauf. »Meine Tochter ist krank. Bringen Sie sie hinaus.«

»Du kannst dich nicht vor mir verkriechen«, rief die Stimme.

Candy streckte Lee die Arme entgegen. »Inspektor, es ist Disco. Er lebt.«

»Mein Gott«, stöhnte ihr Vater, »was ist das für ein blutbesudeltes Schlachtfeld.«

Candy schlug seine Hand weg. »Niemand sonst kann das mit der Pistole wissen«, schrie sie. »Ich sage – es ist *er*!«

Lees Blick überflog die aufgeregte Menschenmenge. »Wo?«, verlangte er zu wissen.

»Ich will mich gar nicht verstecken«, rief die Stimme. »Hier bin ich.«

Mit dem Gespür für ein kommendes Drama verhielten sich die Journalisten still. Lee trat an den Rand der Bühne und spähte in den hinteren Teil des Saales. »Der Mann, der eben gesprochen hat. Nennen Sie Ihren Namen.«

»David Stilcho«, antwortete die Stimme.

»Treten Sie vor, Mr Stilcho.«

Candy biss sich auf die Fingerknöchel. In der Richtung, aus der die Stimme kam, machten die Leute zögernd Platz und rückten zur Seite. Sie sah einen dunkelhaarigen jungen Mann, der sich durch die Menge kämpfte. Sie lehnte sich an ihren Vater, als der Mann näher kam. Er hinkte stark und ging an einem Stock und hielt das blasse Gesicht gesenkt. Unter den Zuschauern erhob sich Gemurmel.

Ungefähr in der Mitte des Saales blieb der Mann stehen.

Lee zeigte auf ihn. »Ist das der Mann, den Sie Disco nennen?«

Candy konnte sein Gesicht noch immer nicht sehen. »Sehen Sie mich an.« Ihre Stimme zitterte.

Langsam hob der Mann den Kopf und blickte sie unter langen Wimpern hervor an. Und sie erkannte seine Augen – diese ungewöhnlichen Augen. Candys Knie gaben nach, die Gesichter um Disco drehten sich vor ihr. Ihr Vater fing sie im Fallen auf.

Wie aus einem weit entfernten Traum vernahm sie Discos Stimme. »Mein Name ist David Stilcho«, sagte sie. »Ich bin der zweite Mann von der Insel, derjenige, der keine Kommentare in Zeitungen oder im Fernsehen abgegeben hat. Ich bin der Mann, der hier soeben schrecklicher Taten bezichtigt wurde. Ich stehe vor Ihnen um Ihnen zu berichten, was ...«

»Kommen Sie bitte vor«, rief Lee über das einsetzende Stimmengewirr hinweg. »Sofort!« Zornig gab er seinen Beamten ein Zeichen und sie kämpften sich zu dem Mann durch.

»Ich habe Candy nicht vergewaltigt und ich habe meinen Freund Kent Bartok nicht umgebracht. Das ist eine Lüge, die sie und Boucher ausgeheckt haben, um die von ihnen begangenen Verbrechen zu vertuschen. Denn die beiden waren es, die Kent ermordet haben. Darum hat Candy mir Gift injiziert.

Warum, glauben Sie, hat sie ihre Geschichte jetzt geändert? Weil die Polizei die Ungereimtheiten hinter ihrem ...«

»Die Pressekonferenz ist zu Ende«, brüllte Lee. »Bitte verlassen Sie den Saal.«

Candy bekam das nun ablaufende Geschrei und Gedrängel kaum mit. Als ihr Blick wieder klar war, sah sie nur noch die letzten der rempelnden Menge, die sich unter den erhobenen Schlagstöcken von Lees Männern durch die Tür zwängten. Und plötzlich waren alle verschwunden und den Saal dominierte eine einsame Gestalt an einem Stock, die auf halbem Weg im Mittelgang stand, bewacht von einem Polizisten mit der Hand am Halfter. Lee marschierte auf der Bühne auf und ab. Er suchte fummelnd nach seinen Zigaretten, zündete eine an und setzte hektisch paffend seinen Marsch fort. Er schaute Candy an, drehte sich um und stach mit der Hand in Richtung auf den mitten im Saal stehenden Mann.

»Ist das Disco?«

Sie starrte die krank und zerbrechlich wirkende Gestalt kurz an, wandte den Blick aber rasch wieder ab. Ihr war flau. »Ja.«

Mit energischen Schritten verließ Lee die Bühne und baute sich vor Disco auf. »Ist das Ihr Name?«

»Meine Freunde nennen mich so. Mein voller Name lautet David Stilcho.«

»Bitte weisen Sie sich aus.«

Disco zog einen Pass aus der Tasche. Lee nahm das Dokument an sich, trat beiseite und öffnete es – blätterte es durch. Er winkte einen seiner Mitarbeiter zu sich und warf ihm den Pass zu. Der Mann verließ den Saal.

»Wie sind Sie nach Singapur gekommen?«, fragte er in scharfem Ton.

Wie betäubt lauschte Candy Discos Aussage. Er berichtete, wie er, nachdem Boucher auf ihn geschossen hatte, ans Ufer geschwommen war, wie er die Küste erreicht und sich durch die Mangroven bis zu einem Dorf geschleppt hatte, dessen Bewohner ihn gepflegt und zu einer Straße gebracht hatten, wo sich ihm eine Mitfahrgelegenheit nach Palembang geboten hatte. Von dort war er nach Singapur geflogen.

Er sprach artikulierter und gebildeter, als Candy in Erinnerung hatte.

»Wie ist es Ihnen gelungen, nach Singapur einzureisen?«, verlangte Lee zu wissen.

»Ich besitze ein gültiges Visum.«

Lee marschierte durch den Hörsaal, als könne er seinen Zorn nur durch ständige Bewegung zügeln. »Wo sind Sie auf Ihrer Reise noch gewesen?«

»In Thailand, auf Java und Bali. Ich war auch auf Komodo um die Drachen zu sehen. Dann bin ich nach Kalimantan geflogen, wo ich die Wildguard-Leute kennen lernte. Der Ärger mit Boucher begann bereits an Bord des Luftschiffes, als wir nach dem Unwetter sanken. Er meinte, man solle mich von Bord werfen, damit wir Gewicht sparen.«

Stirnrunzelnd blickte Lee zu Candy hinüber. »Es war ein Spiel«, erklärte sie mit tonloser Stimme. »Ein dummes Spiel.«

»Sogar in dieser Situation«, fuhr Disco fort, »brüstete er sich damit, wie er aus der Tragödie eine Story machen werde, mit der er ein Vermögen scheffeln kann. Fragen Sie Candy.«

Bitte, betete sie, lass ihn nicht gewinnen.

»Los, fragen Sie sie.«

»Später, Mr Stilcho. Wann trafen Sie mit Norman Richard Cass zusammen?«

»Mit wem?«

Lee legte in seinem Dauerlauf eine Pause ein und blieb direkt vor Disco stehen. »Norman Richard Cass.«

»Würden Sie den Namen bitte wiederholen?«

»Kennen Sie einen Amerikaner namens Norman Richard Cass?«

Candy hatte sich wieder gefasst und fixierte Disco mit Habichtsaugen. Er ließ sich keinerlei Aufregung anmerken, sondern runzelte nur verblüfft die Stirn.

»Sollte ich?«

Lee schnippte mit den Fingern, und ein Polizist reichte ihm ein Foto. Er gab es Disco. »Erkennen Sie diesen Mann?«

Disco schüttelte den Kopf. »Nein, aber dieses Gesicht ist recht durchschnittlich. Ist das Cass?«

»Sie haben diesen Mann während Ihrer Reise nicht kennen gelernt?«

Wieder schüttelte Disco den Kopf. »Tut mir Leid, aber ich kann mir nicht vorstellen, dass ich längere Zeit in seiner Gesellschaft verbracht hätte. Wer ist das?«

»Er ist Lehrer, Mr Stilcho, aus Winfield in Kansas.«

Disco zuckte die Achseln. »Ich kann Ihnen nicht helfen. Sehen Sie ...«

»Wie steht es mit dieser Person?« Lee präsentierte ein weiteres Foto. »Ist das eher eine Person, in deren Gesellschaft Sie gerne Ihre Zeit verbracht hätten?«

Disco griff nach dem Foto, aber Lee hielt es außerhalb seiner Reichweite. »Wie heißt sie?«

»Ann-Marie Becker – eine Bibliothekarin. Ebenfalls aus Winfield, Kansas.«

Candy fröstelte.

»Nein, an sie würde ich mich bestimmt erinnern.«

Lee nahm seinen Marsch wieder auf. »Mr Stilcho, Sie gingen in Pontianaka mit einer blauen Sporttasche an Bord des Luftschiffes.«

Auch jetzt bemerkte Candy keinerlei misstrauische Wachsamkeit in Discos Miene. »Ja. Ich verlor sie beim Absturz. Ich habe alles verloren, außer meinem Pass. Robert – Marriot – sagte, man solle unbedingt darauf achten, ihn nicht ...«

»Befand sich in der Tasche auch Ihre Brieftasche?«

Disco lächelte wehmütig. »Ich war auf einen Flug in den Dschungel vorbereitet, nicht auf einen Einkaufsbummel. Ich ließ meine Brieftasche in meiner Unterkunft.«

»Adresse?«

Disco verzog das Gesicht. »Es war ein Privatquartier. Ich kann mich nicht erinnern, wo genau das Haus ist. Ich traf einen Schlepper auf der Straße, dem ich sagte, ich sei auf der Suche nach einer billigen Unterkunft, und er nahm er mich mit in ...«

»Angenommen, ich teilte Ihnen mit, Ihre Tasche sei aufgetaucht, und darin hätten sich Kreditkarten auf den Namen Norman Richard Cass gefunden.«

»Bei allem Respekt, ich würde sagen, das ist Unsinn.«

Lee warf Candy einen boshaften Blick zu und marschierte weiter. »Welchen Beruf üben Sie aus, Mr Stilcho?«

»Ich bin Schauspieler. Kein Star mit einem großen Namen. Zwischen den Engagements schlage ich mich irgendwie durch – als Kellner oder Gärtner.«

»Diese Tätigkeiten sind nicht gerade gut bezahlt, trotzdem besaßen Sie genügend Geld um drei Monate Ferien in Asien zu machen.«

»Ich habe schwer gespart. Und ich reise, so billig es geht.«

»Als Sie auf Kalimantan waren, haben Sie da Loa Jonan besucht?«

»Wo liegt das?«

»Flussaufwärts von Samarinda im Osten Kalimantans.«

»Ich bin bis Balikpapan gekommen, weiter nicht.«

»Sie haben keinen Ausflug flussaufwärts gemacht? Es ist ein sehr beliebtes Touristenziel.«

»Nein, bestimmt nicht.«

»Norman Cass und Ann-Marie Becker haben diese Fahrt gemacht.«

Ärger verlieh Discos Stimme Schärfe. »Eine Reise, die ich nie gemacht habe, mit zwei Leuten aus dem Mittelwesten, von denen ich nie gehört habe. Können wir wieder auf das Wesentliche zurückkommen?«

Lee maß ihn mit einem langen Blick. »Ja«, sagte er schließlich und kletterte wieder auf die Bühne. »Sie begleiten mich zum Polizeipräsidium.« Er nahm Candys Ellenbogen.

»Und was ist mit ihr?«

Ohne zu antworten führte Lee Candy von der Bühne in den Flur hinaus.

»Verhaften Sie mich?«

»Sie haben gestanden Disco Gift verabreicht zu haben.«

Candy blieb unvermittelt stehen. »Diese Leute – Cass und das Mädchen. Was ist mit ihnen passiert?«

»Das hat nichts mit Ihnen zu tun.«

»Sie sind tot, nicht wahr? Disco hat sie umgebracht.«

Lee beugte sich zu einem Fenster in der Tür. »Sehen Sie ihn an«, befahl er. »Ist das das Gesicht eines Mörders?«

Candy spähte durch das Fenster und sah Disco in dem leeren Hörsaal sitzen. Er blickte sich wachsam um. Sein Gesicht wandte sich zur Tür und einen entsetzlichen Augenblick lang bildete sie sich ein, er könne sie sehen. Ein paar Zeilen von Blakes Tigergedicht gingen ihr durch den Kopf.

Lächelte er da, indem er sein Werk sah?
Schuf der, welcher das Lamm schuf, auch dich?

Sie straffte sich. »Ja«, sagte sie.

# 39

Boucher war mit einem einzigen Gedanken nach Singapur geflogen: Candy zu sehen. Danach, sagte er sich, sei ihm egal, was mit ihm passiert.

Tatsächlich schaffte er nicht einmal die Einreiseformalitäten. Der Beamte prüfte seinen Pass, schaute ihm scharf ins Gesicht und gab anscheinend irgendein für Boucher unmerkliches Zeichen, denn zwei Polizisten setzten sich in Trab und führten ihn in eine Arrestzelle. Dort ließ man ihn drei Stunden lang allein sitzen, bis man ihn holte und zum Polizeipräsidium brachte.

Lee erwartete ihn. Es war mitten in der Nacht und er schien müde und unwirsch.

»Mr Boucher, Sie sind verhaftet.«

»Was wirft man mir vor?«

»Behinderung meiner Ermittlungen im Mordfall Kent Bartok.«

Boucher hatte zwei Nächte kaum geschlafen und befand sich in ebenso unleidlicher Stimmung wie Lee. »Dieses Verbrechen fällt nicht in die Zuständigkeit Singapurs.«

»Ein Auslieferungsbegehren Ihre Person betreffend wird von den Behörden in Sumatra eingeleitet.«

»Was ist mit Candy? Wie geht es ihr? Kann ich mit ihr sprechen?«

Lee erhob sich und signalisierte damit das Ende der Unterredung. »Angesichts der Schwere des Verbrechens bleiben Sie in Untersuchungshaft.«

Boucher wurden Handschellen angelegt und man verfrachtete ihn in einen Kastenwagen. Die Morgendämmerung erreichte eben die Skyline, als man ihn im Gefängnis Queenstown Road am Nordostrand der Stadt ablieferte. Er stieg aus dem Wagen. Hohe graue Mauern, gespickt mit Stacheldraht und Wachtürmen, auf denen Gurkhas mit Maschinengewehren Wache schoben, türmten sich vor ihm auf.

Er wurde in das Gebäude gestoßen, musste sich ausziehen und durchsuchen lassen. Seine Wertsachen nahm man ihm ab. Nach dieser Prozedur brachte ihn ein Gefängniswärter zu seiner Zelle, in der vier weitere Untersuchungsgefangene saßen – ein Australier namens Keith, ein Holländer, der Jan hieß, und zwei Malaien.

»Wieso haben sie dich drangekriegt?«, erkundigte sich Keith.

Boucher konnte sich kaum noch auf den Beinen halten und ihm stand nicht der Sinn nach langwierigen Erklärungen. »Betrug.«

»Um wie viel geht's?«

»Vier Millionen.«

Keith pfiff. Aus Höflichkeit fühlte Boucher sich verpflichtet sich nach den von ihnen begangenen Verbrechen zu erkundigen. Es stellte sich heraus, dass Keith verhaftet worden war, weil er in betrunkenem Zustand auf einem öffentlichen Platz uriniert hatte, und dass er ein Urteil von drei bis sechs Monaten Gefängnis zu erwarten hatte. Jan hatte man am Flughafen im Besitz von siebzig Gramm Marihuana erwischt und die beiden Malaien waren des Mordes an einem Landsmann angeklagt – beides Verbrechen, auf die die Todesstrafe stand.

Boucher wusste, bei einer Auslieferung nach Indonesien drohte ihm das gleiche Schicksal, aber er konnte sich keine Strategie zu seiner Verteidigung zurechtlegen, ehe er nicht mit Candy gesprochen hatte. Seine größte Angst war, auch sie könne verhaftet worden sein, denn erst als Arnold von der Botschaft zu ihm vorgelassen wurde, erfuhr er, dass Candy der Heimflug gestattet worden war. Arnold, obschon voller Anteilnahme angesichts von Bouchers misslicher Lage, erklärte, die US-Regierung würde keine große Anstrengungen gegen seine Auslieferung unternehmen. Dieses Mal rauschte mit Sicherheit kein Clarence Tusser durch die Tür.

Arnold war sein einziger Besucher. Boucher versuchte sich

nicht von Verzweiflung überwältigen zu lassen und jede Stunde und jeden Tag zu nehmen, wie sie kamen. Seine Zellengenossen hatten sich bereits mit ihrem Urteil abgefunden und in der Gewissheit, dass ihm das gleiche Schicksal blühen würde, versuchten sie ihn aufzuheitern, indem sie ihm erzählten, im Changi-Gefängnis sei es im Vergleich zum Untersuchungsgefängnis direkt gemütlich.

Am vierten Tag seiner Haft holte ihn ein Wärter ab und marschierte schweigend mit ihm durch vergitterte Tore, über düstere Treppenhäuser und schmuddlige Korridore entlang. Am Ende der Wanderung drückte er schwungvoll eine Tür auf und winkte Boucher durch. Und da, an einem Tisch auf der anderen Seite einer Glaswand, saß Candy. Lächelnd stand sie auf und Boucher fand, sie sähe überwältigend aus. Erst bei näherem Hinsehen bemerkte er ihr ausgezehrtes Gesicht und den angespannten Ausdruck in ihren Augen.

Ihre Stimme klang gedämpft. »Es tut mir so Leid, Jay. Ich habe dich wirklich schön in die Scheiße geritten.«

»Ich bin aus eigenem Antrieb hergekommen.«

Sie verstummten. Jeder sah die Spuren der Erlebnisse, die er selbst durchgemacht hatte, im Gesicht des anderen eingegraben. Schließlich wischte sich Candy energisch die Augen. »Ich fürchte, wir haben nur eine halbe Stunde Zeit, und ich habe dir so viel zu erzählen. Wirst du gut behandelt? Du bist furchtbar mager.«

»Ich kann mich nicht beklagen. Es ist wie in alten Zeiten. Ich teile die Zelle mit zwei Mördern und einem Rauschgiftsüchtigen. Manchmal, wenn die Tür aufgeht, erwarte ich fast, Disco käme hereinspaziert.«

»Er lebt, Jay.«

»Ich wusste, dass er nicht umzubringen ist. Ich hätte darauf achten sollen, dass die Kugel, die ich in die Tasche gesteckt habe, aus massivem Silber ist.«

»Es ist mein Ernst. Er ist hier in Singapur. Vor zwei Tagen erschien er auf meiner Pressekonferenz.«

Boucher sah nur Candy vor sich, wie sie den Medien entgegentrat. Nach einem Blick auf den Wächter senkte er die Stimme und sagte: »Ich habe ihn erschossen, Candy. Du hattest Recht, ich hätte es schon auf der Insel tun sollen, als du es gesagt hast. Was du dem Journalisten erzählt hast, ist …«

»Du bist ein miserabler Schütze, Jay. Du hast voll danebengeschossen. Er ist ans Ufer geschwommen und hat es irgendwie geschafft, sich durch die Mangroven zu schlagen.«

Boucher fragte sich, ob Candys Geist durch die furchtbaren Erlebnisse zerrüttet worden war. »Das gibt es gar nicht. Du weißt, dass ist absolut unmöglich.«

»Jay, ich habe ihn mit eigenen Augen gesehen.«

Boucher begann sich zu fragen, ob er vielleicht nicht mehr ganz bei Trost sei. »Die Hand aus dem Sumpf«, bemerkte er. »Ich habe auch an diesem Syndrom gelitten. Irgendjemand hat mich in Chicago angerufen. Ich hatte einen Albtraum, weil ich mir einbildete, es wäre …« Wie hypnotisiert von Candys Gesichtsausdruck brach er mitten im Satz ab. »Großer Gott, du meinst es ernst.«

»Ich wurde ohnmächtig, Jay. Es hat mich regelrecht umgehauen.«

»Aber warum lässt er sich wieder blicken nach allem, was er getan hat?«

»Alle Zeitungen weltweit haben über uns berichtet. Stell dir vor, was das für Disco bedeutet haben muss – zu lesen, dass du einen Vertrag über zig Millionen Dollar abgeschlossen hast, dass man mich als eine Art Heldin bejubelt. Er hatte doch nichts zu verlieren. Was Lee anging, hatte er nichts zu befürchten.«

Die grausame Wahrheit traf Boucher wie ein Schlag. »Großer Gott, ich selbst habe dafür gesorgt, dass er ungeschoren davonkommt.«

»Ich auch. Zuerst jedenfalls. Aber dann dachte ich an Kent und an dich, wie du im Gefängnis sitzt, und mich packte die kalte *Wut*. Es war mir egal, ob man mich hinterher auch ins Gefängnis steckt, wenn nur die ganze Welt erfährt, was Disco getan hat. Darum berief ich die Pressekonferenz ein. Ich war mitten in meinen Erklärungen, da stand er auf.«

Boucher schluckte. »Was hat er gesagt?«

»Er verdrehte alles, wie es ihm in den Kram passte. Er sagte, wir hätten Kent ermordet und versucht ihn umzubringen. Er sagte, du seist hinter den Kassetten hergewesen.«

Boucher kam nicht so schnell mit. »Aber das nimmt ihm kein Mensch ab. Unsere Aussagen stützen sich gegenseitig.«

»Jay, das Einzige, worin wir übereingestimmt haben, war ein Haufen Lügen.«

»Ja, aber ...«

»Du warst nicht dabei, als er Bartok umgebracht und mich zu vergewaltigen versucht hat. Sein Wort steht gegen meines und du weißt, was die Polizei von unseren Aussagen hält. Was er erzählte, klang plausibel, Jay, er wirkte verletzt und empört. Es war, als hätte man einen völlig anderen Menschen vor sich. Weißt du noch, wie du ihn verspottet hast, als er behauptete Schauspieler zu sein? Tja, es stimmt. Und das war sein großer Auftritt, seine Hauptrolle.«

Langsam begriff Boucher, was das zu bedeuten hatte. Verzweifelt lachte er auf. »Wenn man ihm Glauben schenkt, muss ich mir ein Hobby suchen, irgendeine Betätigung, die mich für die nächsten zwanzig Jahre schwer in Anspruch nimmt.«

»Ich bin noch nicht fertig, Jay.«

Boucher sah sie an.

»Als ich auf die Insel zurückkam, fand ich Discos Tasche und darin Kreditkarten auf den Namen Cass. Nein, das ist kein Deckname; sein richtiger Name lautet übrigens David Stilcho. Cass war aus Kansas und befand sich mit einem Mädchen namens Ann-Marie auf Urlaub in Kalimantan. Sie schrieb jede Woche nach Hause oder rief an, aber ab Oktober erhielt ihre Familie keine Nachricht mehr von ihr.«

Boucher versuchte mit der neuen Wendung Schritt zu halten.

»Nachdem ein paar Wochen vergangen waren, ohne dass ein Lebenszeichen von ihr eintraf, wandte sich Ann-Maries Familie an die Polizei in Borneo, und die fand heraus, dass sie und Cass am zwanzigsten Oktober von einem Ausflug nach Samarinda zurückgefahren sind. Aber sie sind nie in ihrem Hotel angekommen. Niemand hat sie danach noch gesehen.«

Boucher merkte auf, als er das Datum hörte. »Das war nur ein paar Tage vor unserer Ankunft in Pontianaka.«

»Drei Wochen später fand die Polizei in einem Monsungraben eine Leiche. Es handelte sich um Cass. Man hatte ihn zerstückelt.«

Boucher überlief eine Gänsehaut. »Und was ist mit dem Mädchen?«

»Man hat sie nicht gefunden.«

»Großer Gott!« Heftig stieß Boucher den Atem aus. »Und die Kreditkarten von Cass befanden sich in Discos Tasche.«

Candy biss sich auf die Unterlippe. »Sie sind mir abhanden gekommen, Jay.«

Nun geriet Boucher völlig durcheinander. »Und wo ist dann der Beweis, der Disco mit Cass in Verbindung bringt?«

»Ein Mitglied der Schiffsbesatzung erinnert sich Cass und seine Freundin in Begleitung eines jungen Amerikaners gesehen zu haben. Lee schickte ein Foto von Disco nach Samarinda. Der Matrose schwört, es sei derselbe Mann.«

Noch wagte Boucher kaum zu hoffen. »Ob das reicht?«

»Disco leugnet auch nur in der Nähe dieses Ortes gewesen zu sein und die Polizei hat ihm bisher nicht das Gegenteil beweisen können.«

In Sekundenschnelle sank Boucher von ansteigender Hoffnung in tiefste Verzweiflung. Er schlug mit der Faust gegen das Glas. »Verdammt, er kommt damit durch. Er zieht als freier Mann ab und ich krepiere im Knast.«

»In ihrem letzten Brief an ihre Eltern schrieb Ann-Marie, sie hätten einen Reisenden kennen gelernt – einen Amerikaner.« Candys Stimme begann zu zittern. »Sie schrieb auch seinen Namen – Disco.«

Boucher ließ sich gegen die Rückenlehne fallen. »Ein Name und ein Foto, die eine Verbindung zu ihm herstellen«, murmelte er. »Darüber kann die Polizei nicht einfach hinweggehen.«

Candy nickte. »Disco kann nicht angeben, wo er zu der Zeit war, als Cass und seine Freundin verschwunden sind. Vier Tage fehlen ihm. Außerdem behauptet Disco, er habe seine persönlichen Sachen in einem Privatquartier in Pontianaka gelassen, aber angeblich hat er die Adresse vergessen. Die Polizei sucht das Haus. Sobald sie es haben, ist Lee sicher dort weitere Beweise zu finden.«

Boucher schlug sich mit der Faust in die Hand.

»Die Indonesier haben seine Auslieferung verlangt. Wenn man ihn für schuldig befindet, droht ihm die Todesstrafe.«

Boucher erinnerte sich an das kribbelnde Unbehagen, das er bei seiner ersten Begegnung mit Disco empfunden hatte. »Wie viele andere hat er deiner Meinung nach ...«

»Nicht«, unterbrach Candy ihn rasch. »Ich darf nicht einmal daran denken.«

Bouchers Erregung ließ nach. »Und was wird aus uns in der ganzen Sache?«

»Heute Nachmittag gebe ich ein Interview im indonesischen Fernsehen. Das war die Idee des indonesischen Botschafters. Er schlug vor, ich solle mich devot geben und den Indonesiern für ihre Bemühungen bei der Suche nach uns danken. Auf seinen Wunsch hin soll ich besonders betonen, dass es keinen Beweis gibt, dass es sich bei den Piraten um Bugis gehandelt hat. Dafür wird er sich wiederum erkenntlich zeigen, indem er andeutet, Jakarta erwäge auf die Auslieferungsbegehren uns betreffend zu verzichten.«

Das müsste genügen, entschied Boucher. Candys halbe Stunde war fast um und es gab noch so viel Wichtiges zu besprechen.

»Wie ist es dir seit deiner Rückkehr ergangen?«

»Ich bin manchmal recht weinerlich«, gestand Candy. Sie gab sich einen kleinen Ruck. »Weiß Gott, warum. Für dich ist alles viel schlimmer. War Lydia da?«

»Das ist vorbei. Hat nichts mit dir zu tun.«

»Tut mir sehr Leid.« Candy wandte die Augen ab. »Was treibst du die ganze Zeit?«

»Ich spiele Karten. Ich diskutiere mit meinen Zellengenossen über die Probleme der Welt. Aber meistens ertappe ich mich dabei, dass ich an die Insel denke. In gewisser Weise fehlt sie mir. Wenn man dem Tod so nah ist, erlebt man vermutlich alles intensiver.«

»Jetzt kannst du deine Story schreiben – die unbereinigte Version. Nichts braucht dich davon abzuhalten. Ich habe bereits alles ausgeplaudert.«

Boucher schüttelte den Kopf . Er verspürte einen kleinen Stich des Bedauerns. »Nein, Candy. Ich lasse es lieber. Zu viele Gespenster.«

»Armer Jay, du hast alles verloren.«

»Habe ich das wirklich?«

Candy senkte den Blick. »Ich liebe dich. Nehme ich an. In gewisser Weise. Aber ...«

»Jetzt hörst du auf«, unterbrach sie Boucher und streckte die Hand aus, »bevor du einen Rückzieher machst.«

»Aber wir passen nicht zusammen.« Candys Stimme hatte plötzlich eine Schärfe, als hätte sie sich in Gedanken oft mit diesem Thema beschäftigt und sei ärgerlich, weil sie zu dem Schluss gelangt sei, die Behauptung ließe sich nicht ganz von der Hand weisen.

»Das hast du schon einmal gesagt und du weißt, was dann passiert ist.«

Eine hauchzarte Röte überzog Candys Wangen. »Damals lagen die Dinge anders. Wir hatten nur uns.«

»Mir hat das gereicht.«

»Mir auch«, antwortete sie und sah ihm direkt in die Augen. »Ich bin froh, dass sich unsere Wege gekreuzt haben, Jay, aber wir wissen beide, dass sie in verschiedene Richtungen führen.«

Boucher nickte schweigend. »Tja«, sagte er schließlich, »jetzt führt dich dein Weg, wohin immer du willst. Dir liegt die Welt zu Füßen.«

Candy lachte. »Es hat sich überhaupt nichts geändert. Ich bin immer noch auf der Suche nach einem Job. In ein paar Tagen fliege ich nach Hause. Sobald ich mich wieder eingewöhnt habe, ziehe ich nach London.«

Boucher versuchte sich Candy in der Großstadt vorzustellen. »Ich bin lange nicht mehr in London gewesen. Wenn sie mich hier rauslassen, fliege ich vielleicht auf einem Umweg nach Chicago und komme ein paar Tage vorbei.«

»Oh ja«, sagte Candy, »das musst du unbedingt.«

Sie waren beide verlegen, und bevor Boucher die passenden Worte fand um dem Schweigen ein Ende zu machen, zeigte der Wärter an, dass die Zeit um war.

Candy presste die Hände von der anderen Seite der Glasscheibe gegen seine. »Morgen komme ich wieder«, versprach sie, als sie aufstand. »Oh, ich habe dir ein Geschenk mitgebracht. Man hat mir aber nicht erlaubt es dir persönlich zu geben.« Sie ging rückwärts, ihre Miene drückte wehmütige Sehnsucht aus. »Auf Wiedersehen, Jay. Ich denke an dich.«

An der Tür blieb sie stehen und hielt den Blick gesenkt, als wolle sie noch ein letztes Wort sagen, das ihr besonders am Herzen liege.

»Ein Kissen mit Gänsedaunen.«

»Ein was?«

»Mein Luxusgegenstand. Erinnerst du dich? Das möchte ich mit auf meine einsame Insel nehmen.«

Boucher lachte. »Sollst du haben.«

Grinsend hob sie den Kopf. »Falls du bleiben willst, bringst du besser zwei mit.«

Nachdem sie gegangen war, starrte Boucher blicklos in den Raum. Tief in seinem Innern wusste er, dass er sie nicht würde halten können, aber sein Herz sagte ihm, wie viel sie auch bereit war ihm zu geben, es würde sein Leben auf ewig bereichern.

Auf dem Rückweg zur Zelle zeigte ihm der Wärter Candys wunderschön eingepacktes Geschenk. Er wickelte eine Seidenkrawatte mit einem derart schrillen Muster aus, dass der Verkehr stillstehen würde, wenn er sie trug. Der Wärter erlaubte ihm nicht, sie zu behalten, weil er sie zu einem Selbstmordversuch benutzen könnte.

Bouchers Zellengenossen sahen ihn entgeistert an, als er ihnen von Candys Geschenk erzählte.

»Deine Kleine kreuzt hier auf und alles, was sie dir mitbringt, ist ein dämlicher Schlips. Herrgott, Jay, bestimmt will sie dir damit etwas sagen.«

»Ein privater Scherz«, antwortete er und trat ans Fenster. Er starrte auf einen kleinen Fleck aus Baum und Himmel über dem Stacheldraht und erging sich in Erinnerungen.

»Willst du Karten spielen?«

»Klar«, erklärte Boucher. Er sah eine Insel vor sich, geformt wie eine Träne, umspült von sechs herrlichen Schattierungen in Blau und Grün, und Fischschwärme im klaren Wasser, leuchtender und bunter als jede Palette eines Malers. Er sah Candy am Strand, wie sie die Augen gegen das blendende Meer beschattete und wartete, dass er mit seinem Fang zurückkehrte. »Warum nicht?«

»Fünf Karten, drei zum Austausch«, verkündete Keith, »Buben offen.«

Boucher sah weitere Personen am Strand stehen – Bartok, der strahlend lächelte, Aquila, die sich weitschweifig über die Grausamkeit der Menschen gegenüber den Tieren ausließ, Leo, der kurzsichtig, aber zustimmend nickte, Nadine und Dexter und Marriot und ... Bouchers Kehle wurde eng.

»He, Jay, spielst du nun mit oder nicht?«

Die Vision löste sich auf. Mit einem schiefen Lächeln wandte sich Boucher um, setzte sich, holte tief Luft und schlug sich auf die Knie.

»Los, gib schon.«

ETHNO BY KNAUR

GRENZENLOS LESEN

(77235)

(60501)

(65090)

(77126)

(01279)